풍기농서

마보융 지음

风起陇西

양성희 옮김

풍기농서

이름 없는 영웅들의 비밀 첩보 전쟁

RHK
알에이치코리아

인물 소개

위나라

진공 | 위나라에 파견된 촉나라 고정간첩으로 자는 문례, 간첩명은 흑제를 쓴다. 실제로는 촉나라의 비밀 정보국인 사문조 소속이지만, 오랜 세월 위나라 천수군 태수부의 주기로 위장 근무해왔다.

손령 | 천수군 태수부 문학좨주이나, 쉽사리 전란에 휩싸이는 지역 특성상 주어진 업무가 많지 않다. 자는 정경을 쓰며, 재능이 있으나 천성이 거만하다.

위량 | 천수군 태수부 문하서좌로 문서 창고인 서좌대를 관리한다. 술을 좋아하는 중년의 사내로 호방한 성격이다.

곽회 | 옹주 자사로, 농서 지역 위나라 군대 최고 통솔자이다. 근엄하고 검소한 성격의 전형적인 군인이다.

곽강 | 곽회 수하의 아문장으로 자는 의정을 쓴다. 천수군 지역의 촉나라 간첩을 색출하는 간군사마로도 활동 중이다.

임량 | 곽광의 부하인 독군종사로 간첩 사건의 후속 조사를 지원한다.

마균 | 위나라에서 가장 명성이 높은 기술 관료, 전쟁용 신무기를 개발하는 기기조 소속으로 자는 덕형을 쓴다.

서영 | 중서성 직속 간군사마의 독군종사로 모종의 의도를 가지고 진공을 찾아온다.

적제 | 촉나라 고정간첩, 천수군 지역에서 활동 중

백제 | 촉나라 고정간첩, 천수군 지역에서 활동 중

오나라

장관 | 촉나라에서 파견한 관리로 오나라의 무오돈목사 직책을 맡고 있다.

극정 | 촉나라에서 파견한 오나라의 돈목관(촉나라 사신이 거주하는 곳) 서령으로 자는 영선을 쓴다.

설영 | 오나라 비부 중서랑으로 돈목관과의 연락을 담당한다.

촉나라

순후 · 위나라 간첩을 색출하는 정안사에서 근무하는 종사로 자는 효화를 쓴다. 낙천적이고 온화한 성격이지만, 사상 최악의 간첩으로 불리는 촉룡의 뒤를 쫓을 때는 집요하고 지능적이며 담대하기 그지없다.

풍응 · 촉나라 비밀 정보국인 사문조의 부장으로 불혹의 정보 관리다. 자는 개연을 쓰며 신중한 성격으로, 자신이 공을 세울 수 있는 큰 사건만을 기다리고 있다.

요유 · 사문조 최고 지휘관인 조연 직책을 맡아 오 년간 사문조를 이끌어왔다. 엄격한 성격으로 냉혹하리만치 원리 원칙과 효율을 중요시한다.

음집 · 사문조의 핵심 부서 사문사의 사승으로 백발의 노인이다. 작은 체구지만 젊은이 못지않게 다부지다.

마신 · 사문사 옹량 분사의 종사로 무골호인으로 불린다. 가진 능력에 비해 상관의 눈치를 많이 보는 성격이다.

호충 · 사문조 내에서 수집된 정보의 비교·분석·진위 판별 업무를 담당하는 군모사의 종사로 자는 수의를 쓴다. 용맹과는 거리가 멀지만 예리한 관찰력과 논리적인 사고력을 갖췄다.

배서 · 정안사 도위로 자는 숙치를 쓴다. 일 처리가 빈틈없어 행동조의 작전 설계를 담당한다.

성번 · 촉나라 면현 수비를 담당하는 위수영 소속 군인이다. 거친 말투, 시원시원한 성격의 소유자로 맡은 임무에는 충실히 임한다.

하 씨 · 촉나라 제6노기제작방 최고 기술자로 이름난 실력자지만 섬세하고 겁이 많은 성품을 지녔다.

미충 · 촉나라에 파견된 위나라 간첩으로, 이안이라는 이름도 함께 쓴다. 뛰어난 연기력과 변장술로 양국 간의 정보 전쟁을 좌지우지한다.

차례

2부 ─ 촉룡의 충성

일러두기

1. 본문의 각주는 모두 옮긴이의 주입니다. 2. 고유명사는 한자와 함께 표기하였습니다.
3. 이 책은 픽션으로, 등장하는 실존 인물과 관련된 내용은 작가 상상력의 산물로 실제
와는 무관한 가상의 이야기입니다. 등장인물 중 가상 인물을 제외한 실존 인물의 인명만
한자와 함께 표기하였습니다.

프롤로그

왕쌍(王雙)이 위기를 직감했을 때, 상황은 이미 돌이킬 수 없었다.

왕쌍의 눈에 가장 먼저 들어온 것은 좌우 산봉우리의 기괴한 번쩍거림이었다. 갑옷이나 칼의 햇빛 반사광이 아니라, 틀림없이 그보다 훨씬 거대한 금속 물체였다. 곧이어 묵직한 울림이 천천히 전해졌다. 단단한 쇠줄을 팽팽하게 잡아당기는 소리 같았다. 왕쌍은 불길한 기운을 감지했다. 오랫동안 전장을 누빈 군인의 직감이었다.

"추격을 멈춰라! 여긴 길이 너무 좁다. 퇴각하라!"

왕쌍이 말머리를 돌리며 크게 외쳤다. 왕쌍을 따르던 위나라 기병은 대략 천 명이었다. 이 많은 기병이 깎아지른 듯한 회색빛 절벽이 양옆으로 솟은 좁은 골짜기 길을 지나가다 보니 자연스럽게 일렬로 늘어설 수밖에 없었다. 잘 훈련된 부대는 왕쌍의 명령을 듣고 서둘러 말머리를 돌렸다. 후발대가 선발대로 바뀌어 질서정연하게 골짜기 입구로 돌아갔다.

하지만 퇴각은 오래 이어지지 못했다. 저 높은 산봉우리에서 촉나라 억양이 강한 구호가 들렸다. 왕쌍이 소리가 들려온 오른쪽 산봉우리로 고개를 돌렸다. 그 순간 백 명이 넘는 기병이 아주 큰 노기[1]를 들고 일렬로 늘어선 모습을 똑똑히 보았다. 눈부신 태양 아래 무시무시하게 번쩍이는 화살촉을 장착한 노기가 골짜기에 늘어선 위나라 기병들을 차갑게 노려보고 있었다.

"안 돼……."

왕쌍이 뭐라 말하기도 전에 수백 대의 화살이 비 오듯 쏟아지며 시커멓게 하늘을 뒤덮었다. 질서정연했던 위나라 기병의 대열은 이 기습 공격으로 어지럽게 흩어졌다. 미처 도망가기도 전에 화살에 맞아 고꾸라진 병사만 수십 명이 넘었다. 가장 가까이에서 화살을 맞은 기병이 말과 함께 바위에 고꾸라지면서 사방으로 핏방울이 튀었다.

위나라 병사들이 미처 정신을 차리기도 전에 두 번째 화살비가 쏟아졌다. 계속해서 세 번째, 네 번째, 다섯 번째……. 연이은 화살비 공격에 넋이 나간 위나라 군대는 뒤죽박죽 엉망진창이 됐다. 강력한 공격에 이미 모든 투지가 사라졌다. 여덟 번째 공격이 끝났을 때 위나라 군대는 완전히 무너졌다. 질서정연했던 기병 부대는 사라지고 공포에 질린 사람과 말이 뒤엉켜 내뱉는 처절한 울부짖음이 온 골짜기에 울려 퍼졌다. 골짜기 여기저기 처참하게 널브러진 병사와 말

◇◇◇◇◇◇◇◇

1 弩機, 쇠로 된 발사 장치가 달린 활로 여러 대의 화살을 연달아 쏠 수 있다.

들은 마치 고슴도치처럼 보였다. 백여 명 남짓한 촉나라 노기병이 짧은 시간 동안 쏟아낸 수천 대의 화살이 끊임없이 휘몰아치는 파도처럼 위나라 기병을 삼켜버렸다.

"저, 저건, 대체 무슨 물건이야?"

당황한 왕쌍이 저도 모르게 소리쳤다. 오랫동안 전장을 누볐지만 이렇게 강력하고 빠른 화살 공격은 난생처음이었다. 하지만 대답하는 이는 아무도 없었다. 아무도 그 물건의 정체를 몰랐으니까.

화살비 공격이 이어지는 가운데 위나라 기병 부대의 절반은 정신이 나갔고 나머지 절반은 목숨이 끊어진 채라 잃을 정신도 없었다. 왕쌍의 친위병도 삼 분의 일이 사라졌다. 그중 하나는 눈알에 화살을 맞고 벌러덩 자빠졌다. 왕쌍은 어떤 반격도 무의미하다고 판단해 남은 병사들과 함께 골짜기 입구로 죽어라 달렸다.

'골짜기만 벗어나 군대를 재정비하면, 아직 희망이 있다.'

왕쌍은 이를 악물고 고통을 참으며 달렸다. 다행히 급소는 피했지만, 그 역시 화살을 세 대나 맞았다. 일반 병사와 비교하면 운이 좋은 셈이었다. 등과 왼쪽 팔에 화살이 꽂혀 있지만 단단한 갑옷과 보호장구 덕분에 깊이 찔리기는 했어도 관통까지는 아니었다.

그러나 촉나라 군대의 무시무시한 공격은 아직 끝나지 않았다. 또 한 번 날아든 화살비가 죽음의 그림자처럼 온 하늘을 시커멓게 뒤덮었다. 촉나라 노기의 위력은 상상을 초월했다. 급한 마음에 말 뒤로 숨어도 말과 사람을 동시에 꿰뚫었다. 왕쌍은 더 이상 장군의 위엄을 지킬 수 없었다. 말과 창을 버려둔 채 두 손 두 발을 허우적거리며 골짜기 입구로 기어갔다. 양옆에 따르던 병사들이 방패막이가 되어주었다. 끝내 불운을 맞이한 친위병들은 역시 고슴도치로 변해 고꾸라졌다. 그 사이를 왕쌍은 필사적으로 달렸다.

왕쌍은 단단한 갑옷과 행운 덕분에 겨우 골짜기를 빠져나갔다. 그는 놀란 가슴을 부여잡고 뒤를 돌아봤다. 한눈에 들어온 골짜기는 지옥, 그 자체였다. 골짜기 전체가 널브러진 시체로 뒤덮였고 제대로 서 있는 생명체는 눈 씻고 봐도 없었다. 흙먼지와 코를 찌르는 피비린내뿐, 신음도 거의 들리지 않았다. 좁은 골짜기에 널브러진 사람과 말은 대부분 열 대 이상의 화살을 맞고 즉사했다.

왕쌍은 두근거리는 마음으로 고개를 들었다. 양쪽 봉우리 정상에서 촉나라 노기병들이 번쩍이는 노기를 들고 아직 살아 있는 생명이 있는지 살펴보고 있었다. 그들이 들고 있는 특이한 모양의 노기는 전대미문의 살상력을 보여줬다. 위나라 군대가 기습당한 시간은 불과 향 하나 태울 정도였다. 그 짧은 시간에 천 명이나 되는 기병부대가 거의 전멸했다.

이때 '한(漢)'이라고 쓴 대형 깃발이 왕쌍의 눈에 들어왔다. 황토색 군복을 입은 수많은 촉나라 병사들이 물밀듯이 밀려왔다. 모든 희망이 사라졌다. 왕쌍은 절망적으로 포효하며 칼을 뽑고 달려오는 적을 향해 시뻘건 눈을 부릅떴다. 잠시 후 사방에서 날아온 창 네대가 왕쌍의 몸을 관통했다. 그리고 누군가 큰 칼을 휘둘러 그의 목을 베어버렸다.

위나라 태화² 3년 1월, 대장군 조진(曹眞)이 황제 조예(曹叡)에게

◇◇◇◇◇◇◇◇
2　太和. 위나라 2대 황제 조예 시대 연호, 227~233년.

상주문을 올렸다.

촉나라 적장 제갈량(諸葛亮)이 진창성 앞에 진지를 구축하고 이십 일 동안 공격했으나 사상자가 많아 스스로 후퇴하여 가정(街亭)의 실패[3]를 되풀이했습니다. 황제 폐하의 현명한 명령과 삼군이 몸 바쳐 싸운 덕분에, 보잘것없는 소국이 천명을 거스르려다 천하의 웃음거리가 되었습니다.

이 상주문은 한창이던 연회에 흥겨움을 더했다. 조예와 측근들은 한동안 신나게 웃고 떠들었다. 조진은 일부러 왕쌍이 후퇴하는 적군을 뒤쫓다가 전사한 일은 언급하지 않았다. 굳이 황제에게 알릴 필요가 없었다. 그저 전술상의 작은 실수일 뿐이니까.

같은 시각 익주(益州), 석회로 밀봉한 왕쌍의 머리가 성도(成都)에 전달됐다. 이것은 북벌 실패로 기분이 가라앉았던 황제 유선(劉禪)에게 작은 기쁨을 선사했다.

진령(秦岭)산맥을 사이에 둔 두 나라는 이렇게 각자의 방식으로 스스로를 위로하며 새로운 한 해를 맞이했다. 때는 바야흐로 위나라 태화 3년, 촉나라 건흥[4] 7년이었다.

◇◇◇◇◇◇◇◇◇

3 제갈량의 1차 북벌 때 위나라와 촉나라 사이에 벌어진 가정 지역에서의 전투. 촉나라가 대패함.

4 建興, 촉나라 2대 황제 유선 시대 연호, 223~238년.

1부

한중의 십이 일

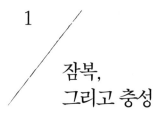

1

잠복,
그리고 충성

위나라 태화 3년 2월 6일, 위나라 영토 천수(天水)군 상규(上邽)성.

진공은 진시[1]를 알리는 딱따기[2]가 울릴 때 집을 나섰다. 색이 살짝 바랬지만 깨끗한 감색 도포에 삿갓을 쓰고 허리에 지필묵을 넣은 작은 천 주머니를 찼다. 집을 나서기 전 준비 상태를 꼼꼼히 점검하고 방문을 잠근 후 대문을 나섰다.

"진 주기(主記), 이렇게 일찍 어딜 가시나?"

앞집 이웃이 먼저 알은체했다.

"비상시국이니 어쩔 수 없지요."

◇◇◇◇◇◇◇◇◇

1 辰時, 오전 7시~9시.
2 서로 마주쳐 '딱딱' 소리를 내게 만든 나무토막.

17

촉나라와 위나라가 작년에만 큰 전투를 두 번 치렀는데 최근 들어 또 일촉즉발 상황이었다. 이곳 상규성은 최전선 지역이라 언제 적군이 쳐들어올지 알 수 없기 때문에 늘 선제 대응이 필요했다. 그럴 때마다 태수부(太守府) 관리들은 눈코 뜰 새 없이 바빴다.

"차림새를 보니 어디 멀리 가시나 보오?"

"예. 오늘 시장이 열리는데 마 태수가 군마를 보충하라고 해서 사러 갑니다."

"아……."

두 사람은 형식적인 안부 몇 마디를 나누고 헤어졌다.

대로가 인파로 북적였다. 그중 대부분은 긴 대열을 갖추고 거리를 순찰하는 시커먼 갑옷을 걸친 위나라 병사들이다. 저벅저벅, 거리에 울리는 일사불란한 발걸음 소리가 사람들에게 '전쟁 중'임을 상기시켰다.

기산(祁山) 북쪽 천수군에 속한 상규성은 양주(凉州), 한중(漢中)으로 가는 길목이다. 만약 상규성이 함락당하면 농서(隴西) 전체가 촉군의 위협에 노출된다. 그래서 위군은 농서 방어선의 중심을 상규성으로 옮기고 이곳에 난공불락의 요새를 구축했다. 원래 백성이 이만 명이 넘지 않는 작은 도시였는데 현재는 옹주(雍州) 자사(刺史) 곽회(郭淮)의 일만 이천 군대가 주둔하고 있다.

진공은 병사들을 피해 길을 돌아 말 상인이 모이는 동부 교역 시장으로 향했다. 이 시장에 모여든 서량(西凉)과 삭북(朔北) 출신 말 상인들은 대부분 전쟁의 기운을 감지하는 능력이 뛰어났다. 곧 전쟁이 일어날 곳이라야 좋은 값에 말을 팔 수 있으니까.

시장에 가까워지자 말똥 냄새가 코를 찔렀다. 울타리 안에 품종

별로 나누어놓은 수많은 말들이 여기저기서 요란하게 울어댔다. 상인들은 울타리 난간에 먹으로 생산지, 성별, 연령을 적어놓은 푯말을 걸고 그 앞에서 저마다 자기 말이 좋다며 소리를 질렀다. 그 옆에 조금 떨어진 허름한 울타리는 나귀와 노새를 파는 곳이었다. 말 울타리보다 확실히 볼품없었다. 말 상인은 대부분 강족과 흉노족이라 외모가 독특했고 나귀와 노새 상인은 주로 중원(中原) 사람이었다.

진공은 심드렁한 표정으로 울타리 맞은편을 서성이다가 울타리 샛길을 몇 번이나 돌았다. 쉽게 마음을 정하지 못하는 모양새였다. 그러다 어느 나귀 울타리 앞에 걸린 푯말을 보고 걸음을 멈췄다. '나귀'라는 글자 위쪽에 무의식적으로 뿌린 것 같은 옅은 먹물 흔적이 있었다. 작고 희미해서 눈여겨봐야 보였다.

진공이 울타리 샛길을 몇 번 더 돌다가 그 독특한 푯말이 걸린 울타리보다 조금 앞에서부터 가격을 묻기 시작했다. 한 울타리씩 가격을 물으며 지나다 드디어 그 울타리 차례가 됐다.

"여기, 나귀 주인 없소?"

진공이 크게 외치자 나귀 상인이 황급히 달려와 "예, 예." 하며 굽실거렸다. 나귀 상인은 왜소하고 깡마른 사내다. 나이는 많지 않은 것 같은데 얼굴이 주름투성이고 머리카락에 짚풀 부스러기가 잔뜩 붙어 있었다.

"나리, 이 나귀는 좁쌀 닷 섬입니다. 비단으로는 두 필이고요."

"너무 비싼데……. 좀 싸게 안 되겠소?"

나귀 상인이 두 손을 내저으며 인상을 찡그렸다.

"나리, 너그럽게 좀 봐주세요. 농서가 우리 옛 도성만큼 풍요롭지는 않겠지만요."

진공이 순간적으로 날카로운 눈빛을 반짝이며 천천히 되물었다.

"방금 말한 옛 도성이 낙양(洛陽)이오, 장안(長安)이오?"

"당연히 장안이지요. 적제[3]가 계셨던 곳이니까요."

"아……."

진공이 말끝을 흐리며 혹시 엿듣는 사람이 없는지 의식적으로 주위를 살폈다. 그런 후에 품에서 꺼낸 대전[4] 다섯 꾸러미를 상인에게 건네며 나귀를 끌고 나오라고 말했다. 상인은 고맙다며 몇 번을 굽실거리고 꼼꼼하게 짐바리[5] 도구까지 얹어줬다. 두 사람은 시선이 마주치는 순간 약속한 것처럼 동시에 고개를 끄덕였다.

진공이 인적 드문 곳으로 나귀를 끌고 가 짐바리 도구를 걷어냈다. 이 짐바리 도구는 납작한 사다리꼴 모양이었다. 안쪽에 버드나무로 만든 틀이 있고 바깥을 무두질한 소가죽으로 감싸 장거리를 견딜 수 있을 만큼 튼튼했다. 진공은 밑바닥 박음질 솔기를 쓸어 내려가다 가죽이 살짝 벌어진 부분을 발견했다. 다시 주위를 살핀 후 가죽을 잡아당겨 솔기를 더 벌리고 손을 집어넣어 작게 접은 삼종이를 꺼내 재빨리 품에 쑤셔 넣었다. 그리고 가죽 솔기를 원래대로 잘 갈무리한 후 자연스럽게 나귀를 끌고 갔다.

진공은 그 후에 다른 상인들 울타리를 몇 군데 더 돌아다니며 나귀 세 마리, 노새 두 마리, 말 두 마리를 샀다. 해 질 무렵이 돼서야

◇◇◇◇◇◇◇◇◇

3 赤帝, 한나라의 상징으로 개국 황제 유방(劉邦)을 의미함. 이 책에서는 촉나라 간첩들의 암호명이기도 함.
4 大錢, 중국 고대 동전 중 하나.
5 말이나 소로 실어 나르는 짐.

태수부 마구간에 도착했다. 술 한잔하자는 동료 관리들의 유혹을 뿌리치고 곧장 집으로 돌아갔다.

진공은 가족 없이 혼자 지냈다. 천수군에 오기 전 부인과 사별했고 후처를 맞을 생각이 없어 늙은 하인을 두고 살림을 맡겼다. 이웃들도 이런 사정을 다 알았다.

잠시 후 하인이 양고깃국과 떡 두 덩이를 내왔다. 진공은 쟁반을 건네받고 어서 들어가 쉬라는 뜻으로 휘휘 손을 흔들었다. 그리고 제 방으로 들어가 방문을 걸어 잠갔다.

진공의 방은 별로 넓지 않았다. 양쪽 벽면 전체가 책장이고 두께가 제각각인 책들이 빼곡하게 꽂혀 있었다. 창가에 침대, 침대 옆에 붉은 협탁을 놓았고 다시 그 옆에 칠반무**6**를 추는 무희를 그린 병풍을 펼쳤다. 무희의 세상은 여전히 한나라에 머물러 있었다.

진공은 완벽하게 혼자였지만 재차 병풍을 둘러 몸을 완전히 가렸다. 그리고 협탁 앞에 한쪽 무릎을 꿇고 앉아 촛불을 켜고 옷 안에 숨겼던 삼종이를 꺼냈다.

삼종이에 빼곡하게 적힌 깨알 같은 예서체**7** 글자는 이십여 개로 분류한 위나라 관련 정보였다. 조정 관리의 인사이동 상황부터 녹봉 액수까지 상세히 적혀 있었는데 이 중에는 기밀 정보도 많았다. 원래 상서성(尙書省), 중서성(中書省) 담당 기관 관리만 열람할 수 있는 기밀 자료가 지금 천수 태수부 일개 주기의 눈앞에 펼쳐졌다.

그렇다. 사실 진공은 천수 태수부 주기 말고 다른 비밀 신분이 있

◇◇◇◇◇◇◇◇
6 七盤舞, 일곱 개의 쟁반 앞에서 춤을 추는, 한나라 때의 무용 중 하나.
7 隷書體, 한자 붓글씨체의 한 종류.

다. 그는 위나라 관농(關隴) 지역 정보 수집 임무를 담당하는 촉한[8] 승상부(丞相府) 사문조(司聞曹)에 소속된 천수 지역 고정간첩이다.

승상부 직속 기관 사문조는 뛰어난 능력으로 유명한 촉한의 비밀 정보국이다. 사문조의 기본 역할은 적국의 정보를 수집, 전달, 정리, 분석하는 것이다.

촉한은 전통적으로 정보를 매우 중요하게 다뤘다. 특히 승상 제갈량은 수적으로 열세인 촉군의 약점을 보완하려면 반드시 정보 수집 작업이 필요하다고 생각했다. 그래서 남정(南征) 당시 참군(參軍) 마속(馬謖)을 한중에 보내 위나라 정보 임무를 총괄하게 했다.

마속은 유장(劉璋)과 장로(張魯)가 남긴 기반을 이용해 사문조를 세우고 위나라를 겨냥한 치밀한 정보망을 구축해나갔다. 진공은 여기에서 가장 위험한 잠입 임무를 맡았다. 이렇게 적국 영토에서 가짜 신분으로 정보 전쟁 최전선에서 활동하는 사람이 바로 간첩이다.

진공은 양주 안정(安定)군에서 태어나 열 살이 넘어 아버지를 따라 성도로 이주했다. 이런 이력 때문에 사문조 수장인 마속의 눈에 들어 엄격한 훈련을 마친 후 옹량(雍凉) 지역 간첩으로 파견됐다.

마속의 안목은 매우 정확했다. 진공은 본인의 임무를 아주 훌륭하게 소화했다. 꾸준히 정보를 수집하고 전달하면서 위나라 천수 태수부 문하서좌(門下書佐) 역할도 충실하게 해냈다. 얼마 뒤 1차 북벌이 끝나고 주기로 발탁돼 조금 더 중요한 문서를 다루게 되면서 존재 가치가 크게 올라갔다.

◇◇◇◇◇◇◇◇

8 유비(劉備)의 한나라를 계승한다는 의미에서 촉나라를 촉한이라고 혼용하여 부름.

지금 진공의 손에 들어온 정보는 업성(鄴城)에서 활동하는 고위 간첩 '적제'가 보낸 것이다. 적제는 사전에 약속한 방법을 이용해 정기적으로 정보를 보내왔다. 진공은 원래 기성(冀城)에 있던 중간 연락소를 상규성으로 옮기고 여기에서 취합한 정보를 승상부 소재지인 한중 면현(沔縣)까지 전달하는 임무를 맡았다.

당시만 해도 하급 기관은 대부분 죽간[9]을 사용했지만 촉나라 간첩 사이에서는 사치품이나 다름없는 삼종이 사용이 보편적이었다. 재질이 부드러운 삼종이는 여러 번 접어 여기저기 몰래 숨길 수 있고 비단보다는 저렴해서 좋았다.

진공은 스무여 개의 정보를 대충 훑어보고 두 부류로 나눴다. 사문조 전문 용어인 경(硬)과 연(軟)으로 구분했다. 업성 수비군 규모, 관중(關中) 지역 조세 수입, 오나라에 파견한 사신 이름 등은 그대로 직접 보고하는 경 정보에 해당한다. 그러나 농서 지역 군대 지휘관 인사이동, 조정 관료 승진, 새로 발표한 법령과 같은 연 정보는 그대로 전달하지 않고 이 정보로 예상되는 결과와 촉나라에 미칠 영향 등을 세밀히 분석해 진공의 의견을 덧붙였다. 중요 관직의 인사이동 정보의 경우 해당 인물의 상세한 이력, 성격, 주변인 평가까지 덧붙였다.

엄밀히 따지면 이런 분석 작업은 간첩의 임무가 아니다. 원래 간첩은 정보만 전달하고 분석은 사문조 산하 군모사(軍謀司)가 담당했다. 그런데 일부 연 정보는 위나라 내부 사정을 잘 아는 사람이 분

---

9 竹簡, 글자를 기록하던 대나무 조각.

석해야 쓸 만한 정보가 되기 때문에 예외적으로 진공이 직접 분석하고 의견을 덧붙여 사문조에 전달할 때도 많았다. 특히 1차 북벌실패 후, 농서 지역 촉나라 간첩이 대거 체포돼 정보망을 제대로 운영할 수 없게 되고 남은 믿을 만한 인재는 진공뿐이라 분석 역할이더 중요해졌다.

이번 정보는 대부분 분석이 필요 없는 경 정보이기 때문에 진공의 마음이 한결 편해졌다. 혹시 본인의 잘못된 판단으로 촉나라에큰 피해를 줄 수도 있기 때문에 정보 분석 작업은 늘 부담스러웠다.

진공은 다시 삼종이를 훑어보다가 마지막 정보에 주목했다. 다른정보는 구구절절 말이 많은데 마지막 정보는 유난히 간단했다. 노련한 진공은 바로 직감했다. 간단한 정보는 불완전하기에 반드시 보충이 필요한 법이다. 줄임말을 많이 사용한 문장을 제대로 다시 적으면 대략 이런 내용이다.

믿을 만한 소식통에 따르면 최근 조정에서 곽회의 요청에 따라 천수지역에 급사중(給事中)을 파견했다. 급사중 신원은 파악되지 않음.

진공이 눈살을 찌푸렸다. 급사중은 황제 옆에서 자문 역할을 하는 내조관에 해당하기 때문에 황명 없이 도성을 떠나는 일이 거의없었다. 특히 군사 업무로 지방을 오가는 경우는 매우 드물었다. 그급사중이 지금 천수에 파견됐다. 더구나 천수 지역 군사 최고 책임자 곽회의 요청에 따른 것이라니, 확실히 이상했다.

'도대체 왜? 무슨 일이지? 기본적으로 급사중 임무는 군사 쪽과는거리가 멀고 지금까지 위나라 황제가 군대 시찰에 급사중을 파견한

선례도 없었어. 아무래도 천수에 파견된 급사중이 누군지 알아야겠는데……. 일단 방법을 찾아봐야겠군.'

직감적으로 예사롭지 않은 일이라는 생각이 들었다. 적제가 정체를 모를 정도라면 이번 급사중 파견은 극비리에 진행됐을 테고 분명히 매우 중요한 일일 것이다. 진공은 삼종이를 한 번 더 꼼꼼히 읽고 화롯불에 태워버렸다. 모든 정보를 머릿속에 완벽히 새겼다. 신분 노출 위험이 있는 흔적을 즉시 지우는 것은 적진에 침투한 간첩의 기본 생존 원칙이다.

다음 날.

진공은 아침 일찍 일어나 방 안을 정리한 후 밖으로 나갔다. 이 시간이면 동녘이 밝아와야 하는데 아직 날이 어두웠다. 문득 올려보니 하늘을 뒤덮은 시커먼 먹구름이 꿈쩍도 하지 않고 있었다.

주기는 원래 태수부 안에 정해진 공간이 있었지만 지금은 마준(馬遵) 태수가 사용하는 곳만 빼고 모두 곽회의 군대가 차지했다. 주기처럼 보잘것없는 말단 문관들은 임시로 빌린 평민 집에서 일했다.

진공이 일하는 주기실은 여물 사료장 옆 목조 주택이다. 바람 부는 날이면 집 안에 지푸라기가 날려 썩 좋은 환경은 아니지만 조정에서 내려온 문서와 각종 자료가 보관된 서좌대(書佐臺)가 가까워 이곳을 선택했다. 이 방대한 자료 창고는 분석 임무를 수행해야 하는 간첩에게 꼭 필요한 장소였다.

진공은 주기실에 도착하자마자 출근 도장부터 찍었다. 오늘은 출근한 사람이 많지 않았다. 물자를 구하러 외지에 나간 이들이 많았고 몇 명은 어제 술을 마시고 아직 일어나지도 않았을 것이다. 꽤 넓은 목조 주택에 진공 말고 딱 한 명 더 있었는데 책상에 고개를 박고 정신없이 붓을 휘갈기고 있었다. 이름은 손령, 재능은 있으나 천성이 거만했다. 이 년 전, 함부로 동료를 평가했다가 도성에서 쫓겨나 천수군 문학좨주(文學祭酒)로 왔다. 툭하면 전란에 휩싸이는 천수군에서 문학좨주라니, 누가 봐도 우습기 짝이 없는 관직이었다. 이 때문에 손령은 늘 침울했다.

"아, 정경[10], 일찍 일어나셨구려."

진공이 우산을 내려놓으며 먼저 인사를 건넸다. 손령은 고개 한 번 까딱하지 않고 계속 붓만 움직였다. 진공은 손령의 성격을 알기에 크게 신경 쓰지 않고 본인 책상으로 가 꽁꽁 얼어붙은 붓을 꺼내 화로에 대고 녹였다. 대충 향 하나 피울 시간이 지났을 때 손령이 길게 숨을 내쉬며 붓을 탁 내려놓았다. 뭔가 꽤 힘든 일을 끝낸 표정이었다.

"아, 문례[11], 혹시 좀 전에 나 불렀어요?"

손령이 뒤늦게 진공을 발견하고 물었다. 진공은 천천히 먹을 갈며 가볍게 대꾸했다.

"불렀죠. 어디에 정신이 팔려 못 들으신 게지요?"

손령이 머리를 긁적이며 미안해하더니 초서체[12]가 빼곡하게 적힌 종이를 들어 보였다.

"아, 목재 반출 때문에요."

◇◇◇◇◇◇◇◇◇
10 손령의 자(字), 이 시대에는 아주 가까운 사이가 아니면 이름이 아닌 '자'로 부르는 것이 일반적이었음.
11 진공의 자.
12 草書體, 한자 붓글씨체의 한 종류.

"아니, 목재를 상규성 밖으로 내보내라고요? 상부 명령이에요?"

지금 진공과 다른 주기들은 위나라 군대의 요청에 따라 목재와 군량 등 전략 물자를 최대한 끌어모으는 중인데, 반대로 상규성 밖으로 목재를 반출한다고? 진공은 놀라움을 금치 못했다.

"그렇죠. 어이쿠, 이런, 시간이 없어서 긴 얘기 못 하겠네요. 먼저 가볼게요."

손령이 정신없이 상주문 초안을 챙긴 후 솜 도포를 걸치고 복건[13]을 매만지며 진공에게 인사했다. 손령이 나가고 혼자 남은 진공은 책상 앞에 앉아 급사중 문제를 생각했다. 천수에 파견된 급사중이 어떤 인물인지 알려면 먼저 현재 급사중 명단부터 확보해야 한다. 그래야 조사 범위를 좁힐 수 있다.

이때 문하서좌 위량이 들어왔다. 오십이 넘은 위량은 눈에 확 띄는 크고 오뚝한 딸기코 때문에 서역 혈통이라고 생각하는 사람들이 많았다. 진공은 마침 위량을 기다리던 참이었다. 그가 문서 창고 서좌대 관리 담당자이기 때문이다. 위량은 술을 워낙 좋아해서 늘 눈빛이 흐리멍덩해 보였다. 오늘도 눈이 풀린 걸 보니 어젯밤 또 몰래 술을 마신 모양이었다. 진공이 조용히 다가가 슬쩍 물었다.

"이런, 어젯밤에 또 몰래 마신 거예요?"

"아니야, 아니야. 어떻게 그러나? 그랬다간 큰일 나지."

위량이 손을 흔들며 도리질까지 하다가 갑자기 딸꾹질을 했다. 그제야 목소리를 낮추고 실토했다.

---

13 幅巾, 도포에 갖춰 머리에 쓰는 건.

"문례, 사실 어제 정말 기쁜 일이 있어서 좀 마셨어. 절대 다른 사람한테 말하면 안 돼. 만약 곽 장군 귀에 들어가면 정말 큰일 난다고."

위량이 말하는 곽 장군은 바로 옹주 자사 곽회다. 현재 농서 지역 위나라 군대 최고 통솔자인 곽회는 젊은 시절 하후연(夏候淵) 수하의 군관이었다. 근엄한 표정에 늘 검소하고 엄격한 성격의 전형적인 군인이라 태수부 관리들은 모두 그를 무서워했다. 진공이 씩 웃으며 위량의 어깨를 가볍게 두드렸다.

"허허, 별걱정을 다 하십니다. 당연히 아무한테도 말 안 하지요. 그래도 술 좀 줄이세요. 그러다 정말 큰일을 그르칠지도 몰라요."

"문하서좌 나부랭이가 망쳐 봤자지, 큰일이랄 게 뭐 있어? 기껏해야 쥐새끼가 서좌대 문서 갉아먹는 거? 그래, 그게 제일 큰일이겠네."

진공은 위량이 투덜거리자 이때다 싶어 자연스럽게 말을 꺼냈다.

"제가 서좌대 문서를 좀 봐야 하는데……. 식량이랑 가축 재고 상황을 확인해야 해서요."

위량이 흔쾌히 승낙하고 품에서 본인 인장을 꺼내주며 진공에게 직접 가서 보라고 했다. 그리고 자신의 자리에 기대앉아 잡부를 불러 뜨끈한 해장국을 가져오라고 시켰다.

진공은 위량의 인장을 챙겨 나가며 속으로 혀를 찼다. 마준이 태수로 부임한 지 벌써 사 년이 지났다. 그동안 천수 태수부 관리들은 나약하고 무능한 상관의 영향으로 점점 구태의연하고 무사태평해졌다. 1차 북벌 초반, 이런 자들이 제갈량의 상대였으니 촉군의 파죽지세는 너무 당연했다.

서좌대는 주기실 뒷문으로 나가 오른편 길 끝에 있다. 이곳은 혹시 불길이 번져 문서가 훼손되는 일이 없도록 얕은 도랑을 빙 둘러 주변 다른 건물과 완벽하게 분리했다.

진공이 문을 열어준 늙은 서리(書吏)에게 위량의 인장을 보여줬다. 서리는 고개를 끄덕이고 허리춤에서 꺼낸 황동 열쇠를 건네고 바로 불을 쬐러 방으로 들어갔다. 진공은 회랑을 지나 문서 보관실 자물쇠를 열고 안으로 들어갔다.

규모가 꽤 큰 보관실 건물은 채광은 좋은데 너무 추웠다. 일렬로 늘어선 열 개가 넘는 나무 서가 선반에 천수군의 역사가 담긴 각종 문서, 공고, 서신, 갖가지 자료가 빼곡하게 정리돼 있었다. 죽간마다 쌓인 뽀얀 먼지와 회백색 책등 때문에 보관실 분위기는 더 춥고 을씨년스럽게 느껴졌다. 진공은 이런 곰팡이 투성이 물건은 건드리지 않았다. 그의 목표물은 따로 있었으니까.

작년, 태화 2년 9월에 황제 조예가 태자 조목(曹穆)을 번양왕에 봉한 것을 기념해 작성한 하표[14]. 위나라는 황자가 성장해 첫 영지를 하사받으면 문무백관 모두 황제에게 하표를 올리는 것이 관례였는데 그만큼 황족을 따르는 신하가 많음을 증명하는 일이기도 했다. 보통 하표를 작성할 때, 천하가 한마음으로 축하한다는 의미로 모든 조정 관리가 공동 서명하고 각 지역 관부에 사본을 보냈다. 천수군도 예외가 아닐 테니 이 하표 사본의 서명 목록을 확인하면 현재 급사중이 누구인지 알 수 있을 것이다.

진공은 두 손에 입김을 불며 발을 몇 번 구르고 팔을 쭉 뻗어 하표를 꺼낸 후 재빨리 펼쳤다. 수천 자가 넘는 방대한 문장들이 이어

◇◇◇◇◇◇◇◇◇

14 賀表. 신년 혹은 나라에 경사가 있을 때 신하가 왕에게 바치던 축하문.

졌고 왼쪽 맨 끝에 조금 작은 글씨로 축하 행렬에 참여한 관리의 직책, 이름, 출신지가 적혀 있었다. 작년 9월에 작성되어 이미 다섯 달이 지난 하표지만 그사이 큰 관직 변화는 없었을 테니 참고할 만했다.

급사중은 기존 관리가 겸직하는 경우가 많았다. 특히 황제가 직접 하사하는 급사중은 매우 영예로운 관직이었다. 예를 들어 대장군 조진, 중서감(中書監) 유방(劉放), 박사(博士) 소림(蘇林) 등이 급사중을 겸직했다. 하지만 모두 진공이 찾는 인물은 아니다. 지금 필요한 것은 전적으로 급사중 임무만 담당하는 인물의 정보다.

진공은 명단을 하나하나 확인하며 급사중 다섯 명을 찾아냈다. 다섯 명의 이름과 출신지를 머릿속에 새기고 서둘러 하표를 제자리에 돌려놓았다. 오늘은 일단 이 정도에서 만족해야 했다. 이들 중 천수에 파견된 자가 누군지는 조금 더 조사해봐야 알 수 있을 것이다.

소기의 목적을 달성한 진공은 서둘러 보관실을 나왔다. 너무 추워서 오래 머물 수 없었다. 보관실 열쇠를 관리에게 돌려주고 바로 서좌대를 떠났다.

하늘엔 여전히 구름이 짙게 깔렸지만 아직 눈이 올 것 같지는 않았다. 진공은 문득 누군가 자신을 몰래 지켜보는 시선을 느껴 고개를 홱 돌렸다. 하지만 개미 새끼 한 마리 보이지 않았다.

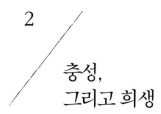

2

충성,
그리고 희생

곽회가 매서운 눈빛으로 천수 태수 마준을 노려보며 손가락을 꿈틀거렸다. 마준은 소맷자락으로 이마에 맺힌 땀을 연신 닦아냈다. 태수부 의사청(議事廳) 전체가 후끈해지면서 마치 온몸이 화로에 구워지는 느낌이었다. 한참 후에야 마준은 겨우 고개를 들고 버벅거리며 입을 뗐다.

"백, 백제[15], 잘못 들은 거 아닙니까? 우리 상규성에 촉군 첩자가 있다니요?"

"쯧쯧, 내 부하가 이미 확실한 증거를 잡았다니까. 이 상규성에,

◇◇◇◇◇◇◇◇◇

15 伯濟, 곽회의 자. 촉나라 간첩 암호명 백제와 동음이의어.

비밀리에 돌아가는 촉군 정보망이, 적어도 하나 이상이란 말이오."

곽회가 목소리에 힘을 실어 침착하게 대꾸했다. 그는 현재 상규성의 실질적인 최고 통치자이고 마준처럼 무능하고 어리숙한 관리를 매우 경멸했다. 마준이 여전히 이마의 땀을 닦으며 청천벽력 같은 현실을 부정했다.

"그, 그런 일이……. 그런 정보망이 정말 있었으면 제 부하들이 벌써 찾아냈을 겁니다. 제 부하들이 놓칠 리가……."

곽회가 거리낌 없이 단호하게 말을 잘랐다.

"놓쳤소. 당신 부하들이 대부분 이 지역 출신이고 용맹하다는 사실은 인정하오. 하지만 첩보 분야는 확실히 훈련이 부족했을 것이오. 뭐, 그건 중요한 게 아니고……. 의정!"

곽회가 소리를 지르자 문이 벌컥 열렸다. 갑옷을 제대로 갖춘 젊은 장수가 성큼성큼 걸어들어와 반듯한 자세로 의사청 한가운데 섰다. 우뚝 솟은 붉은색 군모에 양옆으로 단단히 조여맨 가죽조끼까지, 빈틈이 없었다.

"이쪽은 내 조카뻘 되는 곽강이오. 자는 의정, 올해 스물넷이고 내 수하 아문장(牙門將)이오."

곽회가 오른손으로 가리키자 곽강이 두 사람에게 정중히 인사하고 다시 고개를 들었다. 곽강은 마준을 제대로 쳐다보지도 않고 시종일관 거만하고 심드렁했지만 마준은 두 사람의 비위를 맞추려 애썼다.

"훌륭한 젊은이네요. 정말 장군감이에요."

"사실, 의정은 직함이 하나 더 있소. 천수 지역 촉나라 간첩 활동을 전담 조사하는 간군사마(間軍司馬)요."

마준은 아연실색했다. 군이 천수군에 간첩 감시 기구를 만들면서 태수인 자신에게 알리지 않았다니 우롱당한 기분이었다.

"어, 어떻게……. 왜 난 듣지 못했죠?"

"아, 간군사마는 고위 관리도 아닌데다, 지방 관부 소속이 아니라 중서성 직속이니까."

곽회가 의도적으로 '중서성' 세 글자를 강조한 것은 확실히 효과가 있었다. 마준의 얼굴이 새하얗게 질리더니 점점 흙빛으로 변해갔다. 중서성은 조정의 핵심 기구다. 겁 많고 무능한 지방 관리가 조정의 결정에 어떻게 이의를 제기하겠는가?

"아, 의정아, 네가 직접 말해라."

곽회는 할 말 잃은 마준을 놔두고 곽강에게 턱짓으로 명했다.

"예!"

곽강의 목소리는 이름처럼 아주 단단하고 강했다. 한겨울 추위에 꽁꽁 얼어붙은 황하강의 얼음처럼.

"1월 12일, 우리 군이 상규와 노성(鹵城)을 잇는 산길에서 한중을 오가는 소금 밀매 상단을 적발했습니다. 이 상단 화물에서 위나라 군용 및 관용 위조 영패(令牌) 스무 개를 발견했습니다. 그리고 천수 태수 인장도 나왔는데, 물론 가짜입니다."

곽회가 한심하다는 듯이 쳐다보자 마준이 탁자 뒤로 군색하게 몸을 움츠렸다.

"소금 밀매상 진술에 따르면, 출발 직전에 촉군이 큰돈을 주면서 그 물건을 기성으로 운반해 특정 인물에게 팔라고 했답니다. 1월 15일, 소금 밀매상으로 위장한 간군사마 둘을 기성으로 보냈고 1월 20일, 성공적으로 그 인물과 접촉했습니다. 잡고 보니 그자는 기성 사람인데 상규성 모 관리의 심부름꾼이었습니다. 그자의 진술에 따라 1월 28일에 최종적으로 그 관리가 누구인지 밝혀냈습니다."

마준은 불안해하며 계속 손가락을 꼼지락거렸다. 위조 태수 인장에 이어 수하에서 변절자가 나왔다는 말을 듣는 순간 오늘이 제삿날이 될지 모른다는 생각까지 들었다.

곽강의 말투는 높낮이가 없고 무미건조했지만 목소리 자체는 낭랑했다.

"1월 29일, 상규성 모 관리를 감시하기 시작했습니다. 감시 첫날, 성 안팎을 오가며 우리 군 병사, 하급 관리, 사대부, 관군 병사 등과 총 다섯 차례 접촉했습니다. 나중에 접촉자들을 조사해보니 놈은 웬만해선 눈치채기 힘들 정도로 탐문 기술이 교묘했습니다. 어떻든 놈의 관심은 무도(武都), 음평(陰平)에 주둔 중인 우리 군 병력 규모와 천수 지역 주요 둔량(屯糧) 기지의 위치였습니다. 감시 기간 중 놈이 특별한 목적 없이 외출한 적이 있는데 이때 다른 누군가와 접촉해 정보를 교환했을 겁니다. 이자는 촉나라가 상규에 심은 올빼미가 확실합니다."

곽회는 어리둥절한 표정의 마준에게 위나라 정보국에서 적국 간첩을 통칭 '올빼미'라고 부른다고 귀띔했다. 마준이 침을 꿀꺽 삼키고 겁먹은 표정으로 물었다.

"그, 그자가 누구요? 설마, 태수부 관리요?"

곽강이 고개를 끄덕이자 격분한 마준이 탁자를 내려치며 소리쳤다.

"세상에, 어떻게 이런 파렴치한 놈이 있단 말이오? 도대체 그놈이 누구요? 어서 말해주시오. 당장 잡아들이겠소!"

마준의 분노는 자신의 군색함을 덮으려는 듯 다소 과해 보였다. 곽회가 차갑게 대꾸했다.

"필요 없소. 우리 군이 이미 계획을 세웠소. 의정의 분석에 따르면 놈이 조만간 상규에 있는 또 다른 올빼미와 접촉할 것이니 그때 한꺼번에 잡아들일 것이오. 마 태수는 그때 태수부 병사를 동원해 외부 포위만 맡으시오."

굴욕, 분노, 공포 등 온갖 감정이 뒤섞인 탓에 마준의 얼굴이 심하게 일그러졌다. 명색이 천수 지역 최고 통치자인데 제집 안방에서 굴러 들어온 돌에 걷어 차였으니, 이런 모욕이 또 어디 있겠는가? 하지만 지금은 할 수 있는 일이 아무것도 없었다. 상대가 군권을 가진 옹주 자사와 중서성 직속 관리 간군사마이니 아무리 모욕적이어도 참을 수밖에 없었다. 마준은 이를 악물고 허리춤의 옥패를 만지작거리다가 억지로 미소를 쥐어짰다.

"알겠습니다. 준비해두지요."

"마 태수, 잊지 마시오. 이 일은 절대 비밀을 엄수해야 하오. 태수부 관리들, 너무 믿지 마시고."

곽회의 마지막 한마디는 따귀를 날리듯 충격적이었다. 하지만 마준은 미처 대꾸할 기회가 없었다. 곽회가 벌떡 일어나 작은 삽으로 청동화로에 담긴 시뻘건 숯 한가운데를 쑤셨다. 보통 불길을 키울 때 하는 행동이지만 지금은 나가라는 의미가 분명했다. 마준은 마지못해 일어나 씩씩거리며 밖으로 나갔다.

마준이 어느 정도 멀어진 후 곽강이 물었다.

"숙부님, 저런 무능한 자가 이런 중요한 자리에 있는데, 조정에서 왜 가만두는 겁니까?"

"의정아, 조정의 일은 황제 폐하가 정하실 일이니, 우리는 맡은 바임무에만 충실하면 된다."

곽회가 곽강 앞에 서서 똑바로 눈을 마주 봤다.

"간군사마의 임무는 조사와 감시야. 절대 섣불리 결론 내리면 안 된다. 섣부른 결론은 편견이 되고 편견에 사로잡히면 다른 단서를 놓치게 되니까. 잊지 마라. 너의 편견은 곧 적국 간첩의 생존 토대가 된다."

"네. 제가 잘못 생각했습니다."

"됐다. 가서 세부 계획을 점검해라."

"이미 몇 사람 뽑아놨습니다. 이번 행동의 핵심 인원은 최대 여섯 명을 넘지 않을 겁니다. 밖에서 지원할 인원은 움직이기 직전에 정해서 지시할 계획입니다."

곽회가 나가 봐도 좋다는 의미로 고개를 끄덕였다. 곽강은 절도 있는 포권 자세를 취하고 휙 돌아서서 의사청을 나갔다.

홀로 남은 곽회가 탁자 쪽으로 걸어가 벽에 걸린 황포를 걷었다. 한쪽 벽 절반을 뒤덮은 농서 지역 상세 지도가 나타났다. 곽회는 지도 앞을 천천히 오가다가 간혹 화로에서 불쏘시개를 꺼내 지도에 뭔가 표시를 했다. 지금 그가 생각하는 일은 촉나라 올빼미를 잡는 것보다 훨씬 중요한 일이 분명했다.

위나라 태화 3년 2월 10일.

진공은 아무래도 직접 움직여야겠다고 생각했다. 그동안 여러 가지 방법으로 급사중의 정체를 알아보려 했지만 전혀 성과가 없었다. 아무리 봐도 이상한데 자료가 부족해 확신이 없었다. 2월 14일이 사문조에 정기 보고를 하는 날이니 그 전에 분석을 마치지 못하면 이 정보는 의미가 사라진다.

그래서 '백제'를 찾아가기로 했다. 백제는 상규성에서 활동하는 또 다른 간첩인데 뭔가 쓸 만한 정보통이 있을지 모른다.

사실 진공과 백제는 서로의 존재를 몰랐다. 사문조는 원칙적으로 제일선에서 활동하는 간첩 간의 연락을 완벽히 차단했다. 수직 연락망만 존재할 뿐 수평 연락 체계는 없었다. 이 방법은 효율성은 떨어지지만 만에 하나 한 명이 체포될 경우 다른 요원을 보호할 수 있다. 사문조는 수장 제갈량의 영향 때문인지 매우 신중하고 보수적인 분위기였다.

1차 북벌 실패 후 촉나라 정보망이 거의 무너지다시피 했을 때 진공과 백제는 조사를 받다가 우연히 서로의 존재를 눈치챘다. 참으로 아이러니한 상황이었다. 어떻든 두 사람은 대대적인 간첩 소탕 중에 운 좋게 살아남았고 서로의 존재를 알게 됐다. 이들은 평소에는 서로 마주칠 기회가 없었지만 특별한 방법으로 연락을 주고받기 시작했다.

그날 밤 진공은 몰래 상규성 보병 연무장에 갔다. 연무장 입구 나무 대문, 오른쪽 아래 모서리 앞에 작은 돌 세 개를 세우고 그 위에 다시 작은 돌을 얹었다. 위에 얹은 돌은 미리 밑바닥을 먹으로 칠해두었다. 할 일을 마친 진공은 재빨리 어둠 속으로 사라졌다.

다음 날 오후, 일을 핑계로 태수부에 가는 길에 연무장 앞을 지나면서 돌무더기 모양이 변했는지 확인했다. 위에 얹은 작은 돌이 뒤집혀 까맣게 칠한 부분이 위로 올라왔다. 백제의 답변이었다.

2월 12일.

사정¹⁶ 즈음 집을 나선 진공은 오래전 약속해둔 장소로 향했다. 부디 백제로부터 급사중의 정체와 관련된 새로운 정보를 얻을 수 있기를 바라며.

두 번째 큰길을 건널 때 긴 창을 들고 벽에 기대 잡담을 나누는 병사 두 명을 발견했다. 태수부 병사였다. 뭔가 이상했다. 주위를 둘러보니 주점에도 병사 서넛이 자리에 앉아 있는데 술은 놓여 있지 않았다. 다음 사거리에서 왼쪽으로 방향을 꺾자마자 오른편 골목 입구를 지키는 병사가 보였다. 평소에도 병사들이 지키는 곳이지만 오늘은 그 수가 배 이상 많았다. 그중 한 병사가 진공을 알아보고 먼저 인사를 건넸다.

"진 주기, 여긴 웬일이오? 어디 가시오?"

"아, 물품 재고 때문이죠, 뭐. 상부에서 만날 확실한 장부를 올리라고 닦달해대니……."

진공이 자연스럽게 윗사람에 대한 불만을 드러냈다. 동료와 가까워지려면 이만큼 좋은 방법이 없다. 역시나 병사가 이해한다는 표정으로 한숨을 내쉬었다.

"그러게 말이오. 원래 우리도 오늘 쉬는 날인데 갑자기 불려 나왔지 뭐요? 여기서 꼼짝 말고 대기하라는 명령이 있어서."

"꼼짝 말고 대기하라? 아니, 왜요?"

뭔가 매우 이상했다.

"그냥 여기에서 대기하라는 명령만 받았지. 무슨 일인지 말도 안

---

16 巳正, 사시(巳時, 오전 9시~11시)의 절반, 오전 10시.

해주고 말이오."

진공은 몇 마디 더 나누다가 일을 핑계로 자리를 떠났다. 이때부터 왠지 모르게 불안했지만 일단 약속 장소로 발걸음을 옮겼다.

이때 흙담 뒤에 몸을 숨긴 이가 빼꼼 고개를 내밀고 밖을 살폈다.

"저자가 확실한가?"

"맞습니다. 확실합니다."

고개를 내밀고 지켜보던 부하가 곽강을 행해 고개를 끄덕였다.

이때 길 맞은편 지붕에서 녹색 깃발이 서쪽을 향해 세 번 흔들렸다. 목표물이 서쪽으로 이동한다는 의미였다. 보고를 받은 곽강이 무의식적으로 입술을 움찔거리더니 평민으로 위장한 부하들에게 명령했다.

"너희 둘, 옆길로 최대한 빨리 앞서가 놈의 앞길을 막아. 그리고 너희 둘은 놈이 눈치채지 못하게 뒤에서 미행해."

"예!"

부하 넷이 일제히 대답하고 자리를 떴다. 곽강은 바로 20장[17] 높이의 탑루에 올라가 서쪽을 내려다봤다. 그는 높은 위치에서 모든 것을 한눈에 내려다보는 이 느낌을 아주 좋아했다.

한편 진공은 저 멀리 높은 곳에서 음흉한 시선이 성 안을 내려다보는 줄 상상도 못 하고 태연하게 목적지를 향해 걸었다. 빨래터에서 방망이질하는 아낙, 대형 자루 두 개를 짊어지고 힘겹게 걸어가는 일꾼, 길 한가운데서 닭몰이를 하며 뛰어가는 아이들, 길을 가로

⬦⬦⬦⬦⬦⬦⬦⬦
17 丈. 길이 단위. 1장은 약 3미터.

지르는 마부의 고함, 양지바른 담벼락에 기대 한가롭게 잡담하는 병사들, 낡은 갑옷을 뒤집어 무릎에 펼쳐놓고 이를 잡는 병사, 모든 것이 평소와 다름없이 평화로웠다.

"나리, 나리, 뜨끈한 탕국에 몸 좀 녹이고 가세요."

작은 가게 앞을 지날 때 주인이 고개를 내밀고 크게 외쳤다. 진한 양고기 국물 냄새가 코를 찔렀지만 진공은 발걸음을 멈추지 않았다. 잠깐 하늘을 한 번 쳐다보고 조금 더 속도를 높여 오른쪽으로 방향을 틀었다.

이때 곽강이 탑루 울타리를 잡고 매의 눈을 번뜩이며 몸을 밖으로 기울였다. 목표물이 방향을 틀어 시장 쪽으로 걸어갔다. 두 부하가 멀찍이 떨어져 목표물을 뒤쫓고 다른 둘은 옆길로 목표물을 앞지르고 있었다.

"어이, 올빼미, 빨리 울어."

곽강이 혼잣말을 중얼거리며 주먹을 불끈 쥐었다. 처음 곽회가 그를 간군사마에 추천했을 때, 너무 젊다는 이유로 반대하는 사람이 많았다. 그래서 곽강은 하루빨리 제 숙부의 판단이 옳았다는 사실을 증명하고 싶었다.

잠시 후 대로에 나타난 순찰 병사들의 육중한 갑옷과 뿌연 흙먼지가 곽강의 시야를 가리면서 목표물이 사라졌다. 곽강이 눈을 부릅뜨고 속으로 욕을 퍼부었다.

'제기랄! 빨리, 빨리 좀 지나가!'

순찰 병사들이 지나간 후, 목표물이 완전히 사라졌다. 다급하게 사방을 두리번거렸다. 아무래도 목표물이 시선이 닿지 않는 사각지대에 들어간 모양이었다. 지금 곽강 자신은 멀리 떨어진 탑루에 있으니 일단 부하들에게 맡겨둘 수밖에 없었다. 탑루 전령에게 초록색과 붉은색이 섞인 비휴[18] 깃발을 올리게 했다. 이 깃발은 추적 중인 병사에게 '탑루에서 목표물이 보이지 않으니 즉시 목표물 위치를 보고하라.'는 의미였다. 탑루의 전령은 깃발을 올리고 바로 북을 울려 추적 병사에게 신호를 보냈다.

부하 셋이 바로 답을 보내왔다. 그러나 모두 '목표물이 사라졌다.'는 내용이었다. 곽강이 더 강하게 주먹을 움켜쥐었다. 목표물이 어디로 사라졌을까? 혹시 놈이 의도적으로 몸을 숨겼을까? 미행을 눈치챈 것일까? 온갖 의문이 꼬리에 꼬리를 물고 이어지면서 곽강의 이마에 땀이 뱄다.

다행히 의문은 금방 해결됐다. 마지막 네 번째 부하가 탑루를 향해 오른손을 세 번 흔들고 바로 옆에 있는 우기 주점을 가리키는 것이 보였다. 목표물이 주점에 들어가 아직 나오지 않았다는 뜻이었다.

"저곳이 접선 장소다! 확실해!"

곽강이 빠르게 상황을 정리했다. '계속 미행하라.'는 의미로 노란색 깃발을 올리게 하고 재빨리 아래로 뛰어내려갔다. 탑루 아래에 마준이 보낸 병사 스무 명이 대기하고 있었다. 곽강은 병사들에게 따라오라고 손짓하고 바로 말에 올라타 우기 주점으로 달렸다.

한편 진공은 느긋하게 우기 주점에 들어섰다. 이곳은 상규성의 유일한 주점인데 주둔군 규모가 커지면서 장사가 아주 잘됐다. 마침 정오 무렵이라 몸을 녹일 겸 술 한잔하러 온 사람이 많았다. 위층

◇◇◇◇◇◇◇◇◇

18 貔貅, 범과 비슷하다고도 하고 곰과 비슷하다고도 하는 맹수.

손님은 대부분 태수부 관리와 군관이고 아래층은 주로 평민과 일반 병사들이었다.

"진 주기, 이쪽으로 들어오세요."

어깨에 하얀 수건을 걸친 점원이 반갑게 인사를 건넸다. 진공은 알아서 자리를 잡겠다는 뜻으로 손을 휘휘 저었다. 점원이 입구에서 다른 손님을 맞이하는 사이, 진공은 혼자 계단을 올라간 후 이층 전체를 한 바퀴 둘러봤다. 식사 중인 손님이 대충 스무 명 정도인데 꽤 시끄러웠다.

이때 진공은 등 뒤에서 범상치 않은 기운을 느꼈다. 반사적으로 계단 아래를 돌아보는 순간, 온몸의 피가 얼어붙었다.

곽강이 병사들을 우르르 데리고 우기 주점 앞에 도착했다. 지나가는 사람들이 깜짝 놀라 발길을 멈추고 구경했다.

곽강은 말에서 내리자마자 한 사람도 놓치지 않도록 주점을 포위하라고 명령했다. 주점 바깥쪽엔 더 많은 병사가 동원돼 반경 2리를 완벽하게 봉쇄했다. 미행 임무를 맡았던 부하 셋이 합류해 목표물을 쫓던 나머지 한 명이 이미 주점 이층에 올라갔다고 보고했다.

"저자가 다른 올빼미랑 접선한 후에 올라가야 하지 않을까요?"

"괜찮아. 지금 우리 병사들이 주점 반경 2리를 완벽하게 장악했어. 두 놈 다 절대 못 빠져나가!"

곽강이 정예병 열 명에게 손짓하고 주점으로 뛰어 들어갔다. 후문을 지키는 병사 둘을 제외하고 나머지 병사들은 모두 곽강을 따라 계단으로 달려갔다. 곽강은 마침 빈 쟁반을 들고 내려오던 점원과 마주치자 가차 없이 상대를 발로 차버렸다. 고개를 들자 계단 중간쯤 올라가고 있는 목표물이 보였다. 곽강이 바로 칼을 뽑으며 소리쳤다.

"빨리 안 잡고 뭣들 해?"

위에서 내려다보던 백제가 경멸하듯 씩 웃고 목청 높여 외쳤다.

"한나라 부흥!"

외침과 동시에 백제는 꼿꼿한 자세로 고꾸라졌다. 계단 폭이 매우 좁아 곽강은 갑자기 덮쳐온 백제와 한데 뒤엉켜 몇 계단 구르다가 뒤따라온 병사 덕분에 멈췄다. 백제를 밀어내고 재빨리 일어서는데 가슴에 통증이 느껴졌다. 작고 예리한 칼이 꽂혀 있었다. 다행히 군복 안에 얇은 갑옷을 입어 상처는 깊지 않았다.

서둘러 쓰러진 백제의 옷자락을 펼쳐 보니 역시 왼쪽 가슴에 칼이 꽂혀 있었다. 한 병사가 백제 옆에 쪼그려 앉아 콧구멍에 손을 대보고 맥을 짚어본 후 고개를 흔들었다.

"독한 놈……."

곽강이 바닥에 칼을 집어던졌다. 화도 나고 당황스럽기도 했다.

진공은 무표정하게 발길을 돌려 집으로 향했다. 우기 주점에서 들리는 시끌벅적한 소리가 점점 희미해졌다. 등골을 스치는 한기가 그 어느 때보다 서늘했다.

방금 전 이층에 올라서자마자 창가 자리에 앉은 백제를 발견했다. 발걸음을 옮기려는데 갑자기 백제의 눈빛이 차갑게 바뀌더니 전혀 모르는 사람인 양 고개를 홱 돌렸다. 진공은 심상치 않은 상황임을 눈치채고 바로 돌아섰다. 그때 계단 난간에 그려놓은 오른쪽으로 기운 사선 두 개를 발견했다. 이 암호는 '이미 발각됐으니 빨리 도망쳐라.'는 뜻으로 가장 위급한 상황에서 사용하는 경계 경보였다.

진공은 서둘러 계단을 내려가 뒤도 돌아보지 않고 우기 주점을 떠났다. 1리쯤 멀어졌을 때 꽤 많은 병사들이 줄지어 나타나 방금 진공이 빠져나온 골목 입구를 봉쇄했다. 백제의 정체가 탄로 난 것이 분명했다. 추격자를 죽이려다 실패해 자결한 모양이었다.

백제의 죽음은 너무 안타까웠다. 진공은 이 순국열사 동료의 진짜 이름조차 몰랐지만 말할 수 없이 허전하고 외로웠다.

1차 북벌 이후, 위나라가 적국 간첩 활동을 근절하기 위해 엄격한 호적 제도를 실시했다. 민간, 사대부, 군대 모두 예외 없이 현지 관부에 호적 문서를 만들고 수시로 관리했다. 그 지역 호적에 등록되지 않은 사람은 금방 눈에 띄기 때문에 촉나라에서 새로운 간첩을 보내기가 어려워졌다. 따라서 제대로 활동할 수 있는 간첩은 진공과 백제처럼 1차 북벌 이전에 파견된 이들뿐이었다. 이 사람들이 잘못돼도 보충할 방법이 없었다. 백제의 죽음으로 촉나라 정보망에 짙은 먹구름이 끼기 시작한 것이다.

진공만큼이나 크게 실망한 또 한 사람은, 바로 곽강이다. 사실 간첩의 기본 정보는 이미 다 알고 있었다. 이름은 곡정, 자는 중칙, 태수부 부도위(副都尉)다. 부도위는 꽤 높은 직책이다. 곡정이 갑자기 죽어버리는 바람에 그와 연결된 정보망에 대한 단서가 모두 사라졌다. 그자가 얼마나 많은, 얼마나 중요한 위나라 정보를 빼냈는지도 알 수 없게 됐다.

특히 곡정과 접선하려던 또 다른 올빼미가 꽁꽁 숨어버린 것이 가장 치명적이었다. 놈을 다시 수면 위로 끌어내기는 쉽지 않을 것이다. 곡정이 죽은 후 바로 우기 주점과 주변을 봉쇄하고 길가의 행인까지 철저히 조사했지만 아무것도 건지지 못했다. 결과적으로 이

번 작전은 양쪽 모두에게 뼈아픈 실패가 됐다.

2월 12일, 백제가 죽은 그날 밤. 통금 시간이 지나자 몇몇 초소를 제외한 상규성 전체가 고요에 휩싸였다. 성 밖 주둔군 병영 한가운데 세운 대형 막사를 밝히는 등불에 두 사람의 그림자가 흔들렸다.

"미행하는 사람이 너무 많았어. 그럴수록 목표물이 미행을 눈치 챌 가능성이 높아진다."

"네."

"목표물이 시야에서 사라졌을 때 너무 과한 반응을 보였다. 미행 당하는 자들은 원래 속임수를 잘 쓰는 법이지. 본인이 미행당하는지 확인하기 위해 수시로 몸을 숨기고 당황하는 사람이 없는지 주위 반응을 살피는 거지."

"네."

"그리고, 네 마지막 판단은 너무 독단적이었어. 만약 목표물의 접선 장소가 우기 주점이 아니었다면, 네 계획은 제대로 시작도 하기 전에 다 들통나버린 셈이지. 어쨌든, 결론적으로 그렇게 됐지."

"네."

"어떻든 가장 치명적인 실수는 목표물이 접선하기 전에 무모한 행동을 시작한 거야. 이번 계획의 목표를 완전히 잊은 행동이었다."

"네."

곽회가 손가락을 치켜세우며 하나하나 지적했다. 꾸짖는 말투가 아니라 차분하게 곽강이 저지른 실수를 정확히 짚어냈다. 유달리 명예를 중시하는 곽강에게는 채찍질보다 훨씬 효과적인 방법이었다.

곽강은 왼손에 군모를 쥐고 고개를 숙인 채 곽회 바로 옆에 똑바로 섰다. 곽회가 잘못을 지적할 때마다 크고 분명하게 대답하면서 힘껏 입술을 깨물었다. 너무 세게 물어 입가에 피가 맺혔다.

"의정아, 우리 임무가 얼마나 중요한지 잊지 마라. 촉나라가 시시각각 우리 영토를 노리고 있는 지금, 작은 실수 하나로 적이 목표를 이루고 나아가 매우 치명적인 결과를 초래할 수도 있어."

곽회가 모피를 걸치고 막사 입구로 걸어갔다. 양쪽 장막을 팽팽하게 잡아당겨 하나로 묶고 밑으로 세게 잡아당겼다. 갈라진 장막 틈이 딱 붙어 차가운 바깥바람이 들어오지 못했다.

"촉나라 군대가 표면적으로는 아직 움직임이 없지만, 수면 아래에서는 이미 전투가 시작된 것이나 다름없다."

곽회는 여전히 고개를 숙인 곽강을 똑바로 주시했다.

"내가 애초에 조진 장군에게 널 천수에 보내달라고 한 이유가 이것이다. 지금 이곳은 이미 소리 없는 전쟁터이고 넌 이 전투의 주인공이야."

"숙부님, 잘 알겠습니다. 당장 곡정 주변인을 다시 심문해서 나머지 올빼미를 꼭 찾아내겠습니다."

곽회가 바로 나가려는 곽강을 붙잡았다.

"그건 네 수하에게 맡겨라. 지금 우리는 더 중요한 일이 있어. 이 시점에서 가장 시급한 일이다. 우리 군에 간군사마의 전폭적인 지원이 필요하다."

곽회가 품에서 얇은 비단 종이를 꺼내 곽강에게 건넸다. 곽강은 내용을 확인하며 눈썹을 치켜올렸다가 조용히 비단 종이를 접어 곽회에게 되돌려줬다.

"숙부님, 곧 얻을 수 있을 겁니다."

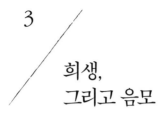

3

희생,
그리고 음모

위나라 태화 3년 2월 13일.

진공은 백제의 죽음에 너무 깊게 빠져들지 않았다. 동지의 죽음은 당연히 가슴 아픈 일이지만 간첩으로서의 임무를 한시도 잊지 않았다.

백제는 세상을 떠났지만 어딘가 분명히 그가 숨겨놓은 문서가 남아 있을 것이다. 백제는 천수 지역 군대를 관리하는 도위의 업무를 보좌하는 부도위였다. 중앙 군대가 아니라 지방 군대 소속이긴 하지만 꽤 중요한 정보를 다루는 자리였다. 진공은 심사숙고 끝에 백제가 남긴 문서를 찾아내기로 결심했다. 그것이 동지의 넋을 기리는 최선의 방법이라고 생각했다.

이날 주기실은 정신없이 바빴다. 기존 업무 외에 어제 우기 주점에 있던 사람들 호적을 조사하러 온 간군사마 곽강 부하들의 요구까지 들어줘야 했다. 진공과 동료들은 진시부터 미시[19]까지 찍소리 없이 조사 대상자의 호적 내용을 옮겨 적어야 했다. 일을 마치자마자 다들 뻐근한 허리와 등을 쭉 펴며 곡소리를 냈다.

"아이고, 아이고. 이보게, 문례. 이거 들고 갈 사람 좀 불러주게. 난 힘들어서 도저히 못 가겠어."

위량이 오만상을 찡그리며 베껴 쓴 호적 책자를 진공 앞으로 밀었다. 위량의 나이와 체력을 고려할 때 오늘 작업은 확실히 힘든 일이었다. 진공은 아랫사람을 부르려다가 갑자기 생각이 바뀌었다.

"그쪽에서 어디로 가져오라고 했는데요?"

"그게, 어디 보자……."

위량이 너저분한 책상에서 이것저것 한참을 뒤적거리다 공문을 찾았다.

"여기 있네. 병기 창고랑 산신묘 샛길, 오른쪽에서 세 번째 집……. 웅? 허허, 거참……. 여긴 그 촉나라 간첩 집인데……."

"중요한 문서이니 아무래도 제가 직접 다녀오는 게 좋겠습니다."

진공이 바로 몸을 일으켰다. 감격한 위량이 진공의 겉옷과 모자를 정성스럽게 챙겨주고 직접 문까지 열어줬다.

범인의 집에 사건 조사 본부를 차린 것은 곽강의 부하인 독군종사(督軍從事) 임량의 생각이었다. 최근 주둔군 규모가 커지면서 상규성에서 빈집을 찾기가 쉽지 않기도 했고 범인 집에 머물면 이것

◇◇◇◇◇◇◇◇◇
19 未時, 오후 1시~3시.

48

저것 편리한 점이 많았다. 무엇보다 집 수색을 제대로 할 수 있다. 곽강이 다른 일 때문에 바쁜 관계로 간첩 사건의 후속 조사는 임량이 전담했다.

진공은 호적 사본 책자를 들고 백제의 집으로 향했다. 이런 식으로 백제의 집을 방문하게 되다니, 만감이 교차했다. 평범한 벽돌집이었다. 구조도 상규성의 다른 집과 비슷했다. 손님을 맞는 객청과 그 양쪽에 방이 있고 마당에 마구간이 있었다. 아마도 부도위였기 때문에 마구간까지 있었던 모양이다.

대문 앞 보초병이 진공이 내민 영패와 인장을 확인한 후 들여보내면서 임량이 서쪽 방에 있다고 말해줬다. 진공은 호적 책자를 한 아름 안고 겨우 서쪽 방 앞에 도착해 문을 두드렸다.

"들어오시오."

목소리만 들리고 문은 열리지 않았다. 진공은 바닥에 책자를 내려놓고 문을 열었다. 다시 책자를 들고 들어가니 작고 통통한 군관이 팔짱을 낀 채 벽을 뚫어져라 쳐다보고 있었다.

"임 종사, 호적 사본을 가져 왔습니다."

"거기, 책장에 두게."

임량이 무심코 고개를 돌리다가 진공을 알아봤다.

"이런, 진 주기 아니시오?"

"예, 그렇습니다."

임량이 얼른 예를 갖춰 인사했다.

"이걸 왜 직접……. 이런 일은 문리(文吏)나 하인들 시키시면 되는데요."

임량은 곽회나 곽강과 달리 늘 태수부 관리들을 예의 바르고 친절하게 대했다. 그래서 진공도 예의 바르게 답례를 했다.

"중대한 사안이고 책임도 막중한 일인데, 함부로 아랫사람에게 시켜서야 되겠습니까?"

"암요, 지당한 말씀입니다."

임량은 진공의 성실하고 책임감 있는 태도가 매우 마음에 드는지 연신 고개를 끄덕였다. 진공이 호적 책자를 묶었던 끈을 풀며 자연스럽게 질문을 던졌다.

"이 간첩이 상규성에 꽤 오래 숨어 있었다지요?"

임량이 탁자 앞으로 걸어가 술 한 모금을 마시고 분개했다.

"그러니까요. 그놈이 몇 년 동안 얼마나 많은 정보를 빼돌렸는지 알 수 없으니, 정말 화가 납니다!"

"허 참, 그런 나쁜 놈이 있나. 분명히 이 벽에 비밀문서 같은 걸 숨겼을 거예요."

"으하하하, 진 주기, 곡정 놈이 문서를 벽 속에 숨겼는지 어찌 아십니까?"

진공은 간첩에 대해 전혀 모르는 전형적인 문인처럼 고리타분한 얘기를 꺼냈다.

"그 옛날 진시황의 분서갱유 때, 공자의 후손 공부(孔鮒)가《경서(經書)》를 벽 속에 숨겼다지 않습니까?"

임량은 진공의 표정과 말투에 완전히 속아 얼굴 살이 떨리도록 정신없이 웃어댔다. 그렇게 한바탕 웃고 나서 대답했다.

"진 주기, 정말 아무것도 모르는군요. 진짜 간첩은 절대 그런 유치한 방법을 안 씁니다. 사실 우리가 이 집에 들어오자마자 구석구석 샅샅이 뒤졌어요. 이중벽 틈새는 물론이고 바닥 벽돌까지 다 뜯어냈습니다."

"그래서 찾았습니까?"

임량이 아무것도 못 찾았다는 의미로 빈손을 내밀었다.

'그래, 그랬겠지.'

진공이 안도의 한숨을 쉬었다. 어쨌든 문서는 아직 적의 손에 넘어가지 않았다. 하지만 진공 역시 이 문제를 풀기가 쉽지 않았다. 분명히 백제의 집과 사무실을 철저히 수색했을 텐데 여기에 없다면 도대체 어디에 숨겼을까?

진공은 임량에게 인사하고 주기실로 돌아왔다. 이틀 전 목재 반출 임무로 출장 갔던 손령이 와 있었다. 이제 막 돌아왔는지 아직 코가 빨갰다. 겉옷을 툭툭 털면서 위량에게 한창 불평을 늘어놓는 중이었다.

"진 주기, 별일 없죠?"

손령이 진공을 보고 바로 인사를 건넸다. 위량이 진공의 옷을 털어주며 부드럽게 말을 건넸다.

"지금 정경이랑 그 얘기를 하고 있었어. 정말 대단한 구경거리를 놓쳤다고."

평소 오지랖 넓은 손령은 구경거리라는 말에 눈빛이 반짝거렸다.

"그러니까요. 정말 아깝네. 나 없는 사이에 곽 장군이 촉나라 간첩을 색출했다면서요? 게다가 우리 태수부 부도위였다고요? 도저히 믿기지가 않네요."

"그러게요. 누가 상상이나 했겠어요?"

진공은 이 일에 대해 길게 얘기하고 싶지 않아 간단히 대꾸했다. 그러나 손령은 계속 재잘거렸다.

"그 곽 장군 말이에요, 가난한 집안 출신이죠? 누가 가난한 집안에서는 인재가 나올 수 없다고 그래요? 빌어먹을 구품중정[20]!"

손령이 계속 지껄이려는데 위량이 말을 가로챘다.

"이봐 정경 아우, 날씨도 추운데 오늘은 진 주기도 같이 술 한잔어때? 아우 여독도 풀겸…… . 나머지 얘기는 술자리에서 하자고."

손령은 당연히 쌍수 들고 찬성이었다. 진공은 잠시 망설이다가 같이 가기로 했다. 개인적으로 술을 즐기지 않지만 술은 확실히 유용한 도구였다. 적의 황궁에 잠입하는 것보다 이런 평범한 술자리에서 얻는 정보가 더 유용할 때가 많았다.

우기 주점은 상규성의 유일한 주점이다. 어제 간첩 사건으로 썰렁할 줄 알았던 주점은 오히려 평소보다 더 북적였다. 호기심 때문에 구경하러 온 사람이 많았다.

세 사람은 주점 이층 창가 자리에 앉았다. 순서대로 앉다 보니 공교롭게 진공이 창가 자리에 앉게 됐다. 손령이 점원을 불러 눈빛을 반짝이며 물었다.

"어이, 어제 여기서 엄청난 사건이 벌어졌다지?"

점원 역시 세상이 조용하면 못 견디는 사람이었다. 수건을 오른쪽 어깨에 탁 걸치고 손짓 발짓을 해가며 이야기를 시작했다. 어찌나 맛깔나게 이야기하는지, 세 사람뿐 아니라 옆 탁자 손님들까지 고개를 돌리고 귀를 쫑긋 세웠다.

"계단 밟는 소리가 마른하늘에 천둥 치는 것 같았어요. 곽 장군이

---

20 九品中正, 처음에는 출신에 상관없이 능력만으로 인재를 선발하는 제도였으나 결국 부정부패가 만연해 귀족 가문에만 유리한 제도가 됐다.

쿵쿵쿵 달려가다가 헉하고 숨을 멈추며 깜짝 놀라 우뚝 멈췄어요. 그 앞을 가로막은 사람이 있었거든요. 각진 얼굴에 짙은 눈썹, 코는 오뚝하고 입이 컸어요. 그 사람이 번개처럼 강렬한 눈빛으로 노려보고 있으니 제아무리 용감한 곽 장군이라도 순간적으로 멈칫할 수밖에 없었을 거예요. 그 사람이 누구냐면……."

"그래서? 그래서 어떻게 됐어?"

손령을 포함해 넋 놓고 듣던 사람들이 빨리 말하라고 재촉했다. 사람들이 열렬히 호응하자 점원은 점점 우쭐해졌다. 일부러 말을 끊어 사람들을 안달 나게 만들더니 갑자기 탁자를 탁 내려쳤다. 다들 깜짝 놀라 몸을 움찔했다. 이때 점원이 진공을 가리키며 다시 입을 열었다.

"그 사람은 바로 촉나라 간첩 백제, 곡정이었어요. 그날 곡정이, 여기 나리가 앉은 자리에 앉았었죠."

사람들이 "아." 하고 감탄사를 내뱉으며 진공을 쳐다봤다.

"이런, 내가 이 자리에 당첨될 줄이야……."

위량이 술을 한 잔 가득 채워 진공에게 건넸다.

"진 주기, 대단하구먼. 이 잔은 무조건 비워야겠네."

"암요, 비워야죠."

진공이 술잔을 받고 살짝 들어 올렸다. 마음속으로 백제를 애도하며 명복을 빌고 단숨에 잔을 비웠다. 점원은 계속 이야기하고 싶었지만 주인에게 한바탕 욕을 먹고 씩씩거리며 아래층으로 내려갔다. 손님들도 각자 자리로 돌아가 자기들끼리 술자리를 이어갔다.

한 잔, 두 잔 하면서 술잔을 기울이다 보니 다들 거나하게 취했다. 이런저런 얘기를 하다가 손령이 또 불평을 늘어놓기 시작했다. 진공은 어딜 가나 문인들은 불평불만이 많구나 싶었다.

"조정에서 당연히 재능을 보고 인재를 등용해야 하는 거 아닙니까? 그게 바로 왕도(王道)지요! 그런데 태학 출신인 나더러 목재나 운송하라니……. 이런 황당한 일이 어디 있습니까?"

손령이 술잔을 들고 계속 구시렁거렸다. 위량이 구리 술 국자로 잔을 채워주며 손령을 위로했다.

"그래도 기성이 상규성보다 풍요롭잖나. 주점도 많고 기녀도 더 아리땁고……. 며칠 실컷 즐기고 왔음 됐지."

"쳇! 즐기긴 뭘 즐겨요? 기성은 무슨……. 내가 간 곳은 기성 근처 산골짜기였다고요. 얼씬거리는 개새끼 한 마리 없는, 돌투성이 산골짜기요."

이 말을 듣고 진공이 바로 되물었다.

"기성에 목재 운송하러 간 거 아니었어요?"

손령은 흥, 콧방귀를 뀌고 다시 잔을 비웠다.

"처음엔 분명히 기성에 간다고 했는데, 기성이 30리쯤 남은 지점에서 갑자기 병사들이 우르르 몰려오더니 곽 장군 명령이라면서 목재 운송 행렬을 산길로 돌리라고 했어요. 그 길로 가니 결국 산골짜기가 나오더군요."

"인가가 전혀 없었어요?"

"아예 없다고는 할 수 없죠. 산자락 평지가 꽤 넓었는데, 내가 도착할 때 막사가 세워져 있었으니까요. 한 열 개쯤? 그리고 많은 사람을 동원해 터를 닦고 돌담을 쌓고 있었어요. 무슨 군영을 만드는 것 같았는데……."

진공이 위량에게 술 국자를 건네받고 손령에게 따뜻한 술을 떠주며 자연스럽게 물었다.

"그 군영에 또 뭐가 있던가요?"

"말하다 보니 또 열받네. 그 자식들, 얼마나 안하무인인지, 목재를 산골짜기 입구에 두고 더 이상 못 들어가게 했어요. 조금 있다 다른 병사들이 와서 목재랑 쇳덩이를 안으로 옮겨 갔어요."

"쇳덩이도 있었어요?"

"그렇다니까요. 쇳덩이 운송 행렬도 우리랑 비슷하게 도착했는데, 관내[21]에서 왔다는데 수레가 한 30량은 되더라고요. 그게 다가 아니었어요. 산골짜기 입구에 석회, 땔나무, 석탄이 실린 수레가 줄줄이 늘어서 있었어요."

손령이 여러 잔 연거푸 마시고 다시 횡설수설 떠들었다.

"그때 갑자기 볼일이 보고 싶은 거예요……. 그래도 내가 명색이 효렴[22]인데 사람들한테 못 볼 꼴을 보이면 안 되잖아요? 그래서 최대한 멀리 떨어져 움푹한 곳을 찾았죠. 그러다가 우연히 군영 내부를 보게 됐어요."

"군영 안에 뭐가 있었는데?"

위량이 불쑥 끼어들었다.

"모르겠어요. 막사 뒤로 토굴 가마 같은 걸 줄줄이 만들어놨더라고요. 꼭 무덤 봉분처럼 생겨서……. 왠지 기분이 더럽더라고요."

"됐어, 됐어. 어쨌든 무사히 돌아왔으니까. 자, 한 잔 더 해. 어차피

---

21 수도를 중심으로 일정 범위 이내를 관내, 그 밖을 관외라 함. 현대 우리나라의 수도권 개념과 비슷함.

22 孝廉. 관리 선발 제도 시험 과목이자 그 과목을 통과한 사람을 일컫는 말.

산골짜기에 처박혀 있는 놈들인데, 알게 뭐야."

"그러니까요. 아 참, 그 군관이 나더러 비밀로 하라고 했는데…….
두 분, 절대 어디 가서 말하면 안 돼요."

손령과 위량은 주거니 받거니 쉬지 않고 술잔을 기울였고 진공은
정말 어쩔 수 없을 때만 한두 잔 마시면서 분위기만 맞췄다. 지금
진공의 두뇌는 아주 빠르게 돌아가고 있었다. 방금 손령이 한 말을
종합해보면 그 산골짜기에 엄청난 규모의 작업장이 들어선 것이다.
관내에서 운송해 온 엄청난 양의 쇳덩이와 곽회가 직접 관리하고
있다는 사실로 미루어 보아 이 작업장은 틀림없이 무기 생산 기지
였다. 그 토굴 가마는 제철용 용광로일 것이다.

그런데 위나라 군대가 도대체 왜 이 시기에, 극비리에, 그렇게 큰
규모의 무기 생산 기지를 만드는 것일까?

진공은 혼자 술을 홀짝이며 쉬지 않고 머리를 굴렸다. 원래 술이
세지 않아 몇 잔 마시지도 않았는데 살짝 어지러웠다. 날이 어두워
지면서 한기를 느껴 창문을 닫으려고 일어서다가 잘못해서 허리춤
에 달린 주머니가 떨어졌다. 조심스럽지 못한 자신을 탓하며 허리를
굽혀 바닥을 더듬었다. 탁자가 낮으니 아래 공간이 좁아서 바닥에
손을 뻗기가 힘들었다. 한참 더듬다가 겨우 주머니 끈을 잡았다.

주머니를 들어 올리다가 탁자 밑 받침대에 손이 닿았다. 그런데
손가락 끝에 뭔가 이상한 느낌이 들었다. 나무 받침대가 울퉁불퉁했
다. 처음엔 그냥 허술하게 만들었나 싶었는데 손가락이 여러 번 닿
으면서 뭔가 규칙성이 느껴졌다. 진공은 허리를 쭉 펴고 손바닥을
펼쳐 받침대를 천천히 더듬었다. 울퉁불퉁한 그것의 정체가 머릿속
에 그려졌다.

누군가 일부러 긁어놓은 표식이었다. 오른쪽으로 기운 사선 두 개와 온전한 동그라미 두 개다. 탁자를 뒤집어 제대로 봐도 다른 사람들은 그냥 누군가 장난으로 긁었다고 생각할 것이다. 그러나 진공은 그 사선 두 개가 간첩끼리 사용하는 경계 신호임을 알아챘다. 그런데 동그라미 두 개는 무슨 뜻이지? 백제가 그날 몸에 지니고 있던 작은 칼로 새겨놓은 표식인 것만은 확실했다. 더 이상 도망갈 수 없다고 생각한 백제는 진공과 접촉할 수 없는 상황이기 때문에 이런 방법으로 메시지를 남긴 것이다.

세 사람이 술병을 비울 무렵 마침 쿵쿵쿵, 탑루 북소리가 세 번 울렸다. 반 시진[23] 후 야간 통금이 시작되니 서둘러 집으로 돌아가라는 의미였다. 세 사람은 서둘러 계산하고 작별 인사를 나눈 후 각자 집 쪽으로 흩어졌다.

진공의 집은 주점에서 멀지 않았다. 차가운 밤바람에 술기운을 날려버리며 천천히 걸었다. 모퉁이를 몇 번 돌다가 문득 고개를 들었는데 지난번 그 양곰탕 가게가 보였다. 늦은 시간인데 아직 문을 닫지 않았다.

"나리, 뜨끈한 탕국에 몸 좀 녹이고 가세요."

주인장이 고개를 내밀고 크게 외쳤다. 진공이 손사래를 치며 그냥 지나치려 했는데 가게 앞에 세워둔 꼬질꼬질한 깃발이 눈에 들어왔다. 석양이 남긴 마지막 흐릿한 빛줄기가 깃발에 적힌 '곰탕' 두 글자를 비췄다. 그리고 노란색 동그라미 두 개. 곰탕 두 글자가 동그

◇◇◇◇◇◇◇◇◇
23 時辰, 시간을 나타내는 단위로 한 시진은 대략 두 시간에 해당함.

라미 하나에 한 글자씩 들어가 있었다.

진공은 벼락을 맞은 듯 눈앞이 번쩍했다. 설마 백제가 죽기 직전 남긴 그 표식이 바로 이것인가? 그렇다면 이 양곰탕 가게가 백제의 정보망 중 하나일까? 진공은 대충 여기까지 생각을 정리한 후 가게로 들어갔다.

아주 작은 가게였다. 보통 집 방 한 칸보다 조금 넓은 정도였다. 노랗고 걸쭉한 국물이 보글보글 끓고 있는 커다란 솥이 가장 먼저 눈에 들어왔다. 부뚜막 벽이 새까맣게 그을렸고 그 옆에 땔감으로 쌓아놓은 보리 줄기가 보였다. 간간이 보리 부스러기가 날려 정체를 알 수 없는 내장이 둥둥 떠 있는 양곰탕 국물에 섞여 들어갔다. 반 토막 낸 큼직한 양고기 두 덩어리를 쇠갈고리로 찍어 대들보에 걸어놓았고 나무 손잡이가 달린 날카로운 칼 몇 자루가 널려 있었다. 가게 안에 양고기 누린내가 진동했다.

"이쪽으로 앉으세요."

주인이 정성스럽게 내준 짚방석에도 기름때가 끼었다. 진공은 바로 앉지 않고 주인의 얼굴을 빤히 쳐다봤다. 살짝 도드라진 광대가 붉었고 얼굴에 주름이 많았다. 주름에 파묻혀 가느다란 실눈, 삐뚤빼뚤한 누런 이빨, 나이는 대략 쉰이 넘은 것 같았다.

"뭐 드릴까요? 바로 준비해드리겠습니다."

"그해 낙양에서 헤어지고 벌써 이십 년이 지났소. 사마상여[24]의 〈상임부〉는 지금 다시 떠올려도 여전히 아름답고 황홀합니다."

◇◇◇◇◇◇◇◇
24 司馬相如. 기원전 179~118년, 중국 전한 시대의 문인.

주인은 들은 척도 하지 않고 부뚜막 앞으로 걸어갔다. 큰 사기그릇 하나를 집어 들고 행주로 닦은 후 솥 옆에 내려놓았다. 진공은 방금 한 말을 다시 반복했다. 주인은 여전히 대꾸가 없지만 움직임은 눈에 띄게 느려졌다.

이 말은 촉나라 간첩과 그 정보망으로 활동하는 사람이라면 누구나 알고 있는 공용 암호였다. 주로 각기 다른 독립 정보망이 서로의 존재를 확인할 때 사용했다. 잠시 후 주인이 말없이 돌아서서 비통한 표정으로 입을 열었다.

"알아들었으니, 그만하셔도 됩니다."

진공은 당황스러웠다. 그들의 규칙상 '〈상임부〉가 아름답긴 하지만 〈칠발〉만한 기개는 없소.'라고 대답해야 했다. 그런데 상대가 정해진 답을 하지 않으니 갑자기 말문이 막혔다.

이때 주인이 부뚜막 옆에 쌓인 보리 줄기를 한쪽으로 밀어내고 풀무기 막대와 위판을 떼어낸 후 깨알 같은 글씨가 가득한 종이 뭉치를 꺼내 왔다.

"이걸 찾는 거죠?"

진공은 잠시 주저하다가 종이 뭉치를 받아 바로 펼쳐봤다. 위나라 군대와 관련된 내용이었다. 이곳은 역시나 백제가 비밀문서를 숨겨둔 곳이었다. 주인이 바닥에 쪼그려 앉아 풀무를 다시 조립하고 막대를 당기자 부뚜막 불이 세차게 타올랐다.

"난 당신들이 쓰는 암호는 모릅니다. 하지만 곡 선생이 부탁하셨지요. 곡 선생 신변에 문제가 생기면 그 암호를 말하는 사람한테 이 물건을 전해달라고."

진공은 어떻게 말해야 좋을지 잠시 고민했다.

"그렇군요······. 곡 선생의 죽음은 한나라 부흥에 있어 크나큰 손실이오. 나 역시 매우 비통한 심정이지만 우리의 사명은 멈출 수 없소. 오늘부터 곡 선생의 정보망은 내가 이어받아 관리할 테니 앞으로 내게 연락하시오."

주인이 쓴웃음을 지으며 고개를 흔들었다. 그리고 잡히는 대로 움켜쥔 보리 줄기 한 움큼을 아궁이에 던져 넣었다.

"난 촉한이고, 한나라고, 그런 거 모릅니다. 그저 평범한 백성일 뿐이지요."

"그럼 왜······."

"곡 선생이 내 목숨을 구해준 인연으로 선생을 따라 상규성까지 왔고, 내가 한 일은 모두 그분에게 은혜를 갚기 위한 것입니다. 곡 선생이 돌아가셨고 그분의 유지도 받들었으니 이제 난, 서쪽 고향으로 돌아갈 것입니다. 죽기 전에 태어난 곳으로 돌아가야 하니까."

주인의 목소리는 말라비틀어진 낙엽만큼이나 서글프고 허망해서 생기라곤 전혀 느껴지지 않았다. 진공은 서쪽이란 말을 듣고 그제야 주인이 강족임을 알아봤다. 주인이 일어서서 큰 국자를 들고 솥 안을 한바탕 휘저은 다음 군침 도는 양곰탕을 큰 그릇에 담았다. 행주로 그릇 가장자리를 깨끗이 닦은 후 부들 잎으로 덮어서 진공에게 건넸다.

"나리께 물건을 전달했으니 내일 바로 가게를 닫을 겁니다. 부디 잘 지내길 바라겠습니다."

주인은 바로 돌아서서 다시 부뚜막 앞에 웅크려 앉았다. 그는 어떤 표정을 짓고 있을까?

이때 저 멀리 탑루의 북소리가 다시 울렸다. 백성들에게 빨리 집

60

으로 돌아가라고 재촉하는 것이다. 진공은 말없이 가게를 나섰고 주인은 배웅하러 나오지 않았다.

진공은 집에 돌아와 문을 단단히 걸어 잠갔다. 등불을 켜고 백제 곡정이 남긴 문서를 꼼꼼하게 살폈다.

위나라 군대의 내부 전달 사항, 각종 명령 및 지침, 회의 기록, 인사이동 등 대부분 중요도가 높은 군사 정보였다. 무엇보다 천수 지역 군대 상황뿐 아니라 중앙 군대, 즉 곽회 군대의 동향까지 알아낸 것은 정말 대단했다. 이 많은 정보를 얻기까지 얼마나 큰 용기와 지혜가 필요했을까? 진공은 곡정이 매우 존경스러웠고 그만큼 더 안타깝고 슬펐다.

곡정이 남긴 문서 중 태화 3년 연초의 군대 회의 기록이 여러 건 있었다. 곽회가 지방 군대와 중앙군 군관을 모두 소집했던 회의 기록 사본이었다. 진공은 곽회가 이 회의에서 노기가 전쟁에 얼마나 큰 영향을 미치는지 수차례 강조한 점에 주목했다. 여기에서 왕쌍이 전사한 전투 사례를 언급하면서 위나라와 촉나라 군대의 노기 기술 차이가 십 년이라고 노골적으로 표현했다.

그리고 명령 및 지침에도 비슷한 내용이 있었다. 위나라 조정은 왕쌍이 전사한 전투를 가능한 조용히 덮으려 했지만 군은 이 패배를 매우 심각하게 받아들였다. 군 수뇌부가 특별히 진창(陳倉)에 사람을 보내 면밀히 조사했는데 그 결과는 매우 놀라웠다. 왕쌍의 군대가 전멸한 이유는 바로 촉군의 강력한 노기 때문이었다. 현장 조사관의 보고에 따르면 촉나라의 노기는 말과 사람을 한꺼번에 벽에 박아버릴 만큼 강력했다. 이 결과는 위나라 군대 지휘관, 특히 안목이 높고 두뇌 회전이 빠른 사람일수록 더욱 충격적으로 받아들였다.

'당연하지. 우리 촉나라가 전체적인 군사력은 위나라보다 못할 수도 있지만 기술만큼은 압도적으로 우위에 있지.'

진공은 저도 모르게 우쭐해졌다. 제갈량의 아낌없는 지원으로 촉나라의 기술 투자 규모는 위, 촉, 오 세 나라 중 단연 최고였다. '기술이 강력한 군대를 만든다.'는 기치 아래 촉나라 군대의 기술은 위, 오 두 나라를 크게 앞질렀다.

곡정은 문서마다 일련번호를 매기고 날짜별로 일목요연하게 정리해두었다. 한마디로 그는 매우 주도면밀한 사람이었다. 진공은 순서대로 정리된 문서를 하나하나 훑으며 급사중의 정체에 관한 정보가 있기를 간절히 바랐지만 안타깝게도 원하는 답을 찾지 못했다. 급사중에 대한 직접적인 언급은 전혀 없었다.

진공은 잠시 문서를 내려놓고 목을 축이러 일어섰다. 일어선 김에 촛불 심지를 살피는데 방금 전 내려놓은 문서의 맨 뒷장이 눈에 들어왔다.

태화 3년 2월 10일 을유(乙酉)

날짜로 보아 이것은 가장 최근에 작성된 문서이자 곡정이 생전에 작성한 마지막 문서다.

이 문서에 곽회가 옹주 자사 자격으로 천수 태수부 오병조(五兵曹)로 보낸 공문 내용이 있었다. 곽회는 이 공문에서 천수 태수부에 일련번호 '갑진451624'의 전보 발령을 전달하며 이 사람을 부군제조 관리 명단에 등록하라고 요청했다. 곽회는 이 공문에서 이번 인사이동은 비공개이므로 녹봉 이백 석 이상 품계에 해당하는 일급 관리에게만 전달하라고 강조했다.

보통 사람이 보면 그냥 평범한 문서겠지만 위나라 관리 체계와 인사 관리 생태를 잘 아는 진공은 이 문서가 매우 특별하다는 것을 눈치챘다.

위나라는 관리 체계를 효율적으로 운영하기 위해 천간지지와 숫자로 일련번호를 부여했다. '갑'으로 시작하면 내조관(內朝官)이고 '을'로 시작하면 중앙의 외조관(外朝官), '병' 이후는 각 지역 지방 관리를 뜻한다. 일련번호가 '갑'으로 시작했으니 내조관이고 '진'은 현직 관리라는 의미다. 앞 세 자리 숫자 '451'에 해당하는 부풍군(扶風郡)은 이 사람의 출신지 호적이고 뒤 세 자리 숫자는 이 사람의 고유번호다.

일반적으로 위나라 관리가 승진 혹은 인사이동을 할 때 인사 기록 편제도 같이 이동했다. 이상의 내용을 종합하면 내조관 한 명이 천수군에 배치된다는 뜻이다. 그런데 이 인사 기록 편제를 요청한 사람이 곽회 장군이다. 이 내조관의 농서 이동을 군대가 요청했다는 뜻이다. 그런데 인사 기록 편제 요청은 문관에 해당하는 부군제조 관리 명단에 등록하라고 명했다. 그렇다면 이 사람은 무관이 아니라 문관이라는 뜻이다.

곽회가 공문에서 이름이나 직위 대신 일련번호만 언급한 것은 천수 태수부를 온전히 신뢰하지 못하고 어느 정도 보안을 유지하려는 의도일 것이다. 이는 이 인사이동이 극비리에 진행되는 매우 중요한 사안이기 때문이다.

이쯤 되자 진공은 이 내조관이 바로 자신이 찾고 있던 급사중임을 확신했다. 급사중은 내조관이다. 최근에 급사중 한 명이 천수에 파견됐다. 이 모든 것이 극비리에 진행됐다. 모든 사실이 공문 내용과 맞아떨어졌다.

진공은 눈을 감고 며칠 전 서좌대 문서 창고에 본 급사중 다섯 명의 인적 사항을 떠올렸다. 바로 답을 찾았다. 그 다섯 명 중 출신지 호적이 부풍군인 사람은 단 한 명이었다.

본명 마균(馬鈞), 자는 덕형(德衡).

진공은 급사중의 정체가 마균이라는 결론에 이르자 소스라치게 놀랐다. 머리부터 발끝까지 서늘한 기운이 스쳤다. 마균은 위나라 조정에서 가장 유명한 기술 관료다. 기계에 대한 조예가 깊어 이미 오래전부터 이름을 알렸다. 조예가 그를 급사중으로 등용하고 기기조(機技曹)를 세워 지휘하게 했다.

기기조는 명목상으로는 무기 기술을 연구 개발하기 위한 기관이지만 실제로 한 일은 황제가 재미있게 가지고 놀 수 있는 놀이 기구를 만드는 정도였다. 기기조 설립 후 군대에 도움이 되는 유일한 성과로 마균이 직접 설계한 발석거[25]가 있었지만 제대로 된 이름도 붙이지 못했다. 발석거는 위력이 어마어마한 병기였다. 대규모로 편제했다면 위나라 군대의 위력을 크게 높였겠지만 안타깝게도 황제는 무기 개발에 관심이 없었기에 군에서도 뭐라 말할 수 없었다. 더구나 진부한 탁상공론에 빠진 관리들이 발석거에 관심이 쏠릴까 의도적으로 방해하는 바람에 결국 이 기술은 도면 설계 단계에서 사

ꠥꠥꠥꠥꠥꠥꠥꠥꠥ
25 發石車, 지렛대 원리를 이용해 돌덩이를 발사하는 무기.

장됐다.

당시 마균은 조정에서는 외면당했지만 군에서는 그의 능력을 인정하고 큰 관심을 보였다. 곽회가 특별히 마균을 천수로 이동시킨 이유는 위나라 군대에 신무기가 존재하기 때문일 것이다. 위나라 군대가 이 무기를 제대로 사용하기 위해 마균의 능력이 필요한 것이다. 이 신무기는 어쩌면 곧 등장할 수도 있고 혹은 한창 준비 단계일 수도 있다.

기성 부근 산골짜기에 만들고 있는 대규모 무기 생산 기지도 이 계획과 분명히 관계가 있을 것이다.

'그렇다면, 혹시……. 위나라 군대의 신무기가 노기일까?'

왕쌍이 전사한 후 위나라가 촉나라의 노기를 두려워하고 있다는 사실은 다른 문서에서도 반복적으로 나타났다. 어쩌면 이런 위기감이 노기에 대한 강렬한 열망으로 바뀌었는지 모른다.

진공은 갑자기 뭔가 떠올라 다시 백제의 문서를 뒤적였다. 그가 찾은 문서는 태화 3년 1월 10일 신미(辛未) 날짜였다. 이 문서는 군의 궐기대회에 대한 내용이었다. 곽회는 이 궐기대회에서 수개월 후 위나라가 촉나라에 맞설 능력을 갖출 것이며 다시는 왕쌍과 같은 비극이 일어나지 않을 것이라고 말했다.

조금 전에 읽을 때는 단순히 위나라 군대가 병력을 증강할 것이라고만 생각했다. 그런데 마균의 인사이동, 무기 생산 기지 구축, 위나라 군대의 노기에 대한 관심을 종합해보니 뭔가 엄청난 계획을 진행 중일 것이라는 직감이 들었다. 진공은 무기 기술 분야는 문외한이지만 상식적으로 생각할 때 한두 달 안에 신무기를 만드는 일이 불가능하다는 정도는 알았다. 마균이 제아무리 천재라도 안 될 일이다. 더구나 여러 분야의 도움이 필요한 일이니 현재 위나라 분위기로는 더더욱 불가능하다.

그렇다면 기존 기술을 보완하거나 바로 사용할 수 있는 기술을 찾아야 한다. 모두가 알다시피 위나라 노기는 형편없다. 제대로 된 노기 기술을 보유한 나라는 촉나라뿐이다. 촉나라가 이 중요한 기술을 동맹국 오나라에도 알려줄 리 없으니 적대국인 위나라는 말할 것도 없다.

적대국에서 기술을 도입하는 방법은 딱 하나다. 기술 탈취, 촉나라에 잠입해 기술을 훔치는 것이다.

진공은 밤을 새워 보고서를 작성했다. 자신이 분석하고 예측한 모든 내용을 보고서에 담았다. 그리고 마지막에 사문조가 이 가능성을 외면할 경우 심각한 결과를 초래할 것이라고 경고했다. 현재는 촉나라가 전략적으로 우세한 상황이지만 위나라가 성공적으로 노기 기술을 빼낼 경우 위나라의 방어력이 매우 강력해져 북벌 계획이 상상 이상으로 힘들어질 것이라고 적었다.

보고서를 마무리할 무렵 동쪽 하늘 끝에 희미한 빛이 어리기 시작했다. 진공은 보고서를 잘 접어 찬합 이중 바닥 비밀 공간에 조심스럽게 밀어 넣었다. 그리고 밖으로 나가 신선한 새벽 공기를 마셨다. 오늘은 2월 14일이다. 진공은 결국 2월 14일에 맞춰 이 중요한 보고서를 완성했다.

진공은 이날 오전에 상규성 밖 작은 언덕으로 향했다. 보고서를 숨긴 찬합을 미리 정해둔 나무 밑에 숨겼다. 한 시진 후에 비단 상인으로 위장한 사문조 첩자가 나무 밑에 숨긴 보고서를 꺼내 특별 제작한 말발굽 안에 다시 숨길 것이다. 말발굽은 수레를 끄는 말 앞발에 박을 계획이다. 이 비단 상인은 말을 끌고 상단에 섞여 여러 상인들과 함께 대로로 이동하다가 진령산맥의 좁은 산길을 따라 한 중으로 돌아갈 것이다.

진공은 저 멀리 사방으로 뻗어 나가며 겹겹이 우뚝 솟은 진령산맥을 우두커니 바라봤다.

'나머지는 면현 사문조 녀석들이 알아서 하라지.'

같은 시각, 상규성 어딘가에서 또 다른 누군가가 진령산맥을 바라보고 있었다. 그 사람의 생각은 진공과 완전히 반대였다.

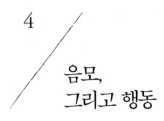

4

음모,
그리고 행동

진공의 보고서는 열흘 후 2월 24일, 촉나라 사문조에 도착했다.

위나라와 촉나라는 적대하는 상황이지만 경제적으로는 서로의 존재를 무시할 수 없었다. 위나라는 익주의 소금, 비단, 생강이 필요했고, 촉나라는 중원의 약재, 모피, 향료, 수공품을 원했다. 그래서 소규모 상단이 끊임없이 진령산맥을 넘나들었고 양국 국경 수비군도 상단 교역 왕래만큼은 크게 문제 삼지 않았다.

촉나라 첩자는 이들 상단에 섞여 이동했다. 상규에서 출발해 남쪽으로 노성, 기산, 성현(成縣)을 지나 진령을 넘었다. 그 후에 동남쪽 무가(武街)로 이동해 서한수(西漢水)를 건너 촉나라 땅으로 들어갔다. 약양(略陽)에서 진공의 보고서를 전달받은 전담 파발꾼은 한중의 핵심 면현까지 최고 속도로 달려갔다.

당시 제갈량은 한중에 주둔하며 북벌 준비에 여념이 없었다. 최대한 기산과 가까운 곳에 머물기 위해 승상부를 남정(南鄭)에 두지 않고 서쪽 면현으로 옮겼다. 이곳은 면수(沔水)와 가깝고 서북쪽으로 기산 대도와 이어져 북벌 출정에 매우 적합한 위치였다. 승상부만 옮겨온 것이 아니라 정보 업무를 전담하는 사문조를 포함해 여러 관부도 같이 따라왔다.

진공의 보고서를 가장 먼저 전달받은 사람은 사문조 부장 풍옹이었다. 그는 보고서 내용을 확인한 후 향로 가장자리를 두 번 두드렸다. 청아한 울림소리가 퍼지자 문밖의 호위병이 바로 들어왔다.

"무슨 분부라도 있으십니까?"

"조연(曹掾) 요유, 사문사(司聞司) 음집과 마신, 정안사(靖安司) 순후에게…… 아, 참, 군모사 호충한테도 당장 도관(道觀) 회의에 참석하라고 전해라."

"알겠습니다."

"서신 말고 반드시 구두로 통지해야 한다. 긴급 소집이라고 전하거라."

"네."

호위병이 바로 자리를 떴다. 풍옹은 양손으로 세게 얼굴을 비비며 긴 한숨을 내쉬었다. 그러다 갑자기 책상에 흩어져 있는 붓, 먹, 종이, 벼루 등을 정리한 후 반쯤 마시고 남은 물을 화로에 쏟았다. 그리고 진공의 보고서를 가지고 도관으로 향했다.

면현 동부 고급 주택가에 위치한 도관은 정식 명칭이 사문조 부사(副司)다. 정군산(定軍山)을 등지고 바로 옆에 맑은 시내가 흐르는 전형적인 배산임수 입지였다. 일찍이 오두미교의 사당이었기 때문에 부사 대신 습관적으로 도관이라 부르는 사람이 더 많았다. 한술 더 떠 도관 관리를 '도사'라고 불렀는데 이미 공식 호칭이 돼버렸다.

관부 체계상 사문조는 상서대(尙書臺) 소속 하급 관부이고 본부에 해당하는 정사(正司)는 성도에 있다. 그러나 정사 관리들은 주로 호기심 많고 오지랖 넓은 조정 관료를 적당히 구워 삶을 뿐이고 사문조의 핵심 기능을 담당하는 곳이 부사라는 사실은 이미 공공연히 알려져 있었다.

풍웅은 도관에 도착하자마자 의사청으로 직행했다. 의사청은 도관 뒷산에 동굴 형태로 만든 석실이다. 창문이 없어 출입문을 꼭 닫으면 외부에서 어떤 말도 엿들을 수 없었다.

'이번 일은, 아무래도 심상치 않아.'

풍웅은 의사청에 들어서서 텅 빈 다섯 자리를 보는 순간 깊은 우려와 흥분을 동시에 느꼈다.

풍웅은 보통 관상가들이 복이 많다고 말하는 넓고 평평한 이마가 한눈에 들어오는 불혹의 정보 관리다. 지금 그는 중대한 인생의 갈림길에 서 있다. 사문조 부장은 녹봉 이백 석에 해당하는 품계다. 촉한 관리 체계로 볼 때 꽤 중요한 문턱을 넘어선 상황이었다. 이제 '부' 자를 떼버리고 '정' 직급에 오르면 관리 인생에 탄탄대로가 펼쳐질 것이다. 하지만 이 기회를 놓치면 아마 평생 부사로 끝날지 모른다.

사실 풍웅은 큰 혼란을 바라지 않지만 한편으로는 자신이 공을 세울 수 있는 큰 사건이 일어나길 기대하는 이중적인 마음이었다. 다행인지 불행인지, 지금이 바로 그런 큰 사건 내지는 혼란이 일어날 상황이었다. 그래서 더더욱 신중에 신중을 기했다.

곧이어 회의 참석자들이 연이어 석실에 도착했다. 오늘 참석자는 모두 정보국 고위 관료들이다.

가장 먼저 등장한 사문사 사승(司丞) 음집은 긴 수염을 기른 백발 노인이다. 체구는 작지만 행동 하나하나가 젊은이 못지않게 다부졌다. 사문사는 촉한의 모든 정보 활동을 기획 및 총괄하는 사문조의 핵심 부문이다. 이번 정보 전쟁의 중심이 농서이기 때문에 이 지역을 담당하는 옹량 분사의 종사(從事)인 마신도 함께 참석했다.

다음으로 군모사 종사 호충이 도착했다. 풍응이 이끄는 군모사는 수집된 정보를 비교 및 분석, 진위 판별 업무를 담당했다. 사문사처럼 직접 위험을 감수하지는 않지만 무미건조하고 따분한 일이다. 군모사 관리는 용맹과는 거리가 멀지만 예리한 관찰력, 치밀하고 논리적인 사고력이 필수였다. 서른 남짓한 나이에 이 두 가지 조건을 갖춘 호충은 제갈량에게 극찬을 받을 만큼 자료 분석 능력이 매우 뛰어났다.

호충의 뒤로 정안사 종사 순후가 들어왔다. 마지막으로 도착한 순후는 자리에 앉은 사람들에게 포권 자세로 인사하고 싱글벙글하며 호충 옆에 앉았다. 얼마 전 정안사 사승 왕전이 세상을 떠나고 아직 후임이 결정되지 않아 종사 순후가 대신 참석했다. 정안사는 대외 정보 활동을 전담하는 사문사와 대조적으로 대내 정보 활동, 즉 촉한 내부에 침투한 적국 간첩을 색출하는 임무를 맡았다. 임무의 특성상 정안사 수장은 강력한 지도력을 발휘하는 사람이어야 하지만 현재 사승 대리인 순후는 낙천적이고 온화한 성격이다. 풍응은 순후를 볼 때마다 능력이 뛰어나다고 하지만 끊임없이 같은 편을 의심해야 하는 이 일을 감당할 수 있을지 걱정스러웠다.

회의 참석자가 모두 착석한 후 사문조 최고 지휘관인 조연 요유가 석실에 나타났다. 오 년간 사문조를 이끈 요유는 통통한 외모와 달리 단호하고 엄격한 법가(法家) 출신이었다. 요유가 지휘하는 동안 사문조는 전반적으로 인간미가 메마르고 냉혹한 원칙과 효율만 남았다. 어쨌든 사문조는 정보국이니 지휘관의 이런 성향이 꼭 나쁜 것만은 아니었다. 자리가 정리된 후 풍웅이 헛기침을 하며 고개를 끄덕이자 호위병이 밖에서 석실 문을 닫았다.

"여러분을 이렇게 한자리에 모은 이유는 방금 전달받은 상규성 보고서 때문입니다."

풍웅이 운을 띄우면서 보고서 사본을 다섯 명에게 나눠줬다.

"만약 이 보고서 내용이 사실이라면, 지금 촉한은 엄청난 위기에 처한 겁니다."

모두 집중해서 보고서를 읽느라 고개를 숙인 채 대답이 없었다. 대략 향 하나 피울 시간이 지나자 하나둘 고개를 들었다. 보고서를 읽은 후 다들 반신반의하며 불안한 표정이었다.

"이 보고서, 신뢰할 만한 것인가?"

요유가 눈살을 찌푸리며 까다롭게 되물었다.

"그렇습니다. 정보 출처는 천수의 고정간첩 흑제[26]입니다."

풍웅의 대답에 이어 사문사에서 농서 지역을 담당하는 마신이 재빨리 설명을 덧붙였다.

"흑제는 저희가 파견한 간첩 중 손꼽는 능력자입니다. 흑제가 보

◇◇◇◇◇◇◇◇◇
26 黑帝, 진공의 암호명.

내온 정보는 경, 연 모두 가치가 높았고 분석도 매우 정확했습니다."

"만약 제가 흑제 상황이었다면 절대 그만큼 잘해내지 못했을 겁니다."

호충이 차분하게 대꾸하며 오른손으로 콧대 윗부분을 꾹꾹 눌렀다. 오랜 시간 분석에 몰두하면서 눈이 피로할 때 습관적으로 되풀이하는 행동이었다.

"정보 출처 신뢰도가 그렇게 높다면, 위나라가 우리 촉한의 노기 기술을 훔칠 간첩을 보낸다는 뜻인데……."

톡톡, 요유가 손가락으로 탁자 윗면을 두드리는 둔탁한 소리가 좁은 석실에 울렸다. 확실히 좋은 소식이 아니었다. 풍응이 요유의 의견에 고개를 끄덕이며 말을 이었다.

"마균의 전보 발령이 2월 10일, 기성 주둔군이 병기 공장 건설을 시작한 시점은 늦어도 1월 20일 이전이었을 겁니다. 위나라 역참의 문서 전달 속도, 관중과 농서의 물리적 거리를 고려할 때 이 기술 탈취 계획은 대략 1월 10일 전후에 시작됐을 겁니다."

"혹시, 그렇다면 이미……."

음집이 굳은 표정으로 몸을 앞으로 기울였다.

"그렇습니다. 이미 우리 땅에 들어와 활동하고 있는 위나라 간첩이 적어도 한 명 이상일 것이란 뜻입니다. ……만약 하늘이 우릴 버렸다면 그들이 이미 기술을 빼돌려 천수로 돌아가고 있을지도 모릅니다."

풍응은 차분한 말투였지만 심각성을 부풀리려는 듯 의도적으로 힘주어 말했다. 풍응의 의도대로 모두의 시선이 내부 간첩 색출 임무를 담당하는 순후에게 향했다. 순후가 난처한 표정으로 보고서 사본을 내려놓고 머리를 긁적였다.

"그건 불가능합니다. 우리 정안사가 한중을 철저히 통제, 관리하고 있으니까요. 노기 제작 전문가와 설계도는 군대가 엄격하게 관리하고 있고요. 위나라 간첩이 1월 중순쯤 업성에서 출발했다면 아무리 빨라도 2월 하순에나 면현에 도착할 수 있습니다. 제대로 자리를 잡기에도 짧은 시간인데 우리 경계망을 뚫고 노기까지 훔치는 건 불가능합니다."

요유가 날카로운 실눈으로 풍옹을 힐끗 쳐다보고 다시 순후를 돌아봤다.

"그럼, 자네 생각은 어떤가?"

"저는 위나라 간첩이 막 우리 땅에 들어와 아직 제대로 자리를 잡지 못했을 것으로 판단됩니다. 따라서 이 기회를 이용해 위나라 간첩을 일망타진할 수 있을 것입니다."

순후가 당당하게 의견을 말하고 음집과 마신에게 시선을 돌렸다.

"만약 농서에 있는 그쪽 사람이 위나라 군대의 세부 계획을 더 자세히……."

"농담하시오?"

음집이 버럭 화를 내며 순후 말을 잘랐다.

"우린 이미 뛰어난 인재를 잃었고 그 자리는 다른 간첩으로 보충할 수도 없소. 더 이상 우리 쪽 사람을 위기로 내몰지 마시오. 자칫하면 농서 전체가 한순간에 날아갈 수도 있소."

순후가 다시 반격하려는데 음집이 순후의 머리를 콕콕 찌르며 훈계하듯 말했다.

"삼군을 잊지 마시오."

이 한마디에 모두가 입을 굳게 다물었다.

삼군 그 자체는 평범한 단어지만 사문조 사람들에게는 특별한 의미가 있었다. 일 년 전, 제갈량이 드디어 위나라를 상대로 군대를 움직였다. 당시 사문조를 움직이는 직속 상관은 참군 마속이었다. 그때 사문조는 촉한 군대가 움직이기도 전에 이미 정보 전쟁에서 큰 승리를 거뒀다. 치밀한 비밀공작으로 위나라 세 개 군 태수들의 반란을 부추겼고 거짓 정보를 흘려 위나라 주력 부대를 사곡(斜谷)으로 유인함으로써 전세를 완전히 역전시켰다. 덕분에 촉한 군대는 원래 위나라 땅이었던 농서 지역을 순식간에 차지했다.

그러나 본격적인 전투가 시작된 후 마속은 북벌 전투를 완전히 망쳐버리는 어처구니없는 과오를 저질렀다. 이는 단순히 군사 작전의 실패에 그치지 않고 촉한 정보망을 철저히 무너뜨렸다.

마속은 삼군 태수 모반 획책 당시, 서둘러 성과를 만들고 과시하려는 욕심에 정보 임무의 기본 철칙을 어기고 말았다. 원래 암암리에 활동했던 모든 간첩에게 무장 군대처럼 수면 위에서 적극적으로 활동하라고 명령한 것이었다. 사실 마속의 조치는 효과가 전혀 없지는 않았다. 삼군 지역에서 촉군의 실력을 확실히 각인시켜 결과적으로 삼군 태수의 최종 선택을 앞당겼다.

그러나 군사 작전이 실패한 후 수면 위에서 활동했던 간첩들은 미처 몸을 피하지 못하고 대부분 체포되어 옥중에서 죽었다. 반면 위나라로 투항한 배신자도 많았다. 특히 이 중에는 중요한 핵심 정보를 다루는 꽤 높은 직급자들이 포함되어 촉한의 피해를 더 키웠다. 하지만 그들 입장에서는 버려진 것이나 다름없었으니 무엇을 바라겠는가? 어쨌든 당시 삼군 지역에서 무사히 한중으로 돌아온 간첩은 극히 일부였다.

삼군 사건의 막대한 손실은 아직까지 이어져 사문조는 농서 지역 정보망을 북벌 이전으로 되돌릴 방법을 찾지 못하고 있다. 그래서 사문조 사람들에게 삼군은 영광스러운 공적인 동시에 뼈아픈 기억이었다. 사문조 사람들은 이 일을 거의 언급하지 않았지만 대부분 잊지 말아야 할 교훈이라고 생각했다.

"옳은 말이네. 그런 위험을 감수할 순 없지."

요유가 확실히 선을 긋자 순후는 불만을 삼키며 입을 다물 수밖에 없었다. 석실에 무거운 침묵이 흘렀다. 잠시 후 호충이 손에 쥔 종이를 가볍게 흔들며 침묵을 깼다. 평소 군모사에서 정보를 분석할 때처럼 차분한 말투였다.

"노기 기술을 훔치는 방법은 크게 두 가지가 있겠지요. 설계도나 실물을 노리는 방법과 기술공을 납치하거나 매수해 농서로 데려가는 방법. 두 번째 방법은 현실적으로 위험요소가 많고 위나라 군대가 마균을 데려온 것으로 보아 놈들의 목표는 노기 설계도나 실물일 것입니다. 그것만 있으면 마균이 분석하고 연구해서 똑같이 만들 수 있을 테니까요."

"실물이라면 일단 어느 정도 크기인지 알아야겠군요. 놈들이 노리는 노기가 어떤 기종일까요?"

풍웅의 질문에 순후가 입을 삐죽거리며 투덜거렸다.

"그건 군부에 확인해봐야 알 수 있겠지요. 군부 놈들이 좀 옹졸합니까. 신무기를 개발해도 도통 우리한테는 알리지를 않으니……. 기밀이 누설된 후에야 씩씩거리면서 우리 보안 체계가 허술하다고 비난이나 하죠. 아니, 우리가 뭘 지켜야 하는지 알아야 지킬 거 아닙니까?"

"순 종사는 기본적인 처세부터 배워야겠소."

풍응은 이 정도만 지적하고 바로 요유를 돌아보며 의견을 구했다.

"승상부가 직접 나서서 군부와 조율하도록 청해보는 건 어떨까요?"

"양 장사(長史)가 나서는 게, 과연 도움이 되겠는가?"

요유의 질문에 다섯 사람 모두 쓴웃음을 지었다. 사문조와 군부의 불화는 이미 공공연한 사실이다. 절반의 이유는 두 기관의 업무 방식이 확연히 다르기 때문이고 나머지 절반의 이유는 두 기관의 우두머리 때문이다. 원래 정보국 사문조의 직속 상관은 마속이었다. 그러나 마속이 죽은 후 승상부 장사 양의(楊儀)가 사문조의 직속 상관이 됐다. 양의와 승상부 군부 직속 상관인 위연(魏延)의 관계는 한마디로 물과 기름이었다. 이 때문에 사문조와 군부는 의견 충돌이 잦았다.

이때 마신이 조용히 나섰다.

"제가 마대(馬岱) 장군과 같은 집안입니다. 제가 가서 군부와 교섭해보는 것이 나을 것 같습니다."

요유가 잠시 생각해보고 대답했다.

"그렇긴 한데, 지금 자네는 농서 지역 정보 업무를 담당하고 있지 않나? 우리 군이 이번 봄에 다시 출정할 계획이니 북방 정찰 업무에 만전을 기해야 해. 음, 이렇게 하지. 자네가 마대 장군에게 협조 요청 서신을 써주고 일 처리는 순 종사가 하는 것으로."

순후가 바로 마신을 보며 두 손을 모았다.

"잘 부탁드립니다."

요유가 회의를 마무리하기에 앞서 마지막 당부를 했다.

"그럼, 지금 우리가 해야 할 일은 두 가지네. 하나는 최근 농서에서 한중으로 넘어온 간첩을 철저히 조사해 찾아내는 것이고 두 번째는 노기 설계도 보관 장소와 기술공의 동향을 빈틈없이 감시하는 것이다. 두 가지 모두 군부의 협조가 필요하지. 순 종사, 정안사 쪽은 인원이 충분한가? 다른 부문에서 인원 보충할 필요 없겠나?"

순후는 솔직하게 대답했다.

"현장에서 직접 임무를 수행할 인원은 많을수록 좋고 고위 관리는 적을수록 좋습니다."

"그뿐인가?"

"아, 군모사에서 분석 능력이 뛰어난 인재를 보내줬으면 합니다."

"당연히 그래야죠. 가장 뛰어난 인재로 보내드리지요."

호충이 흔쾌히 응했다. 풍웅이 이때다 싶어 재빨리 끼어들었다.

"군모사도 협력한다고 하니 두 부문의 의견 조율은 제가 맡겠습니다. 순 종사 업무를 분담해야 할 것 같습니다."

"음, 그게 좋겠군. 개연27, 그 부분은 자네가 잘 맡아서 하게."

풍웅이 요유에게 공손히 고개를 숙인 후 조금 기세등등하게 순후에게 말했다.

"순 종사, 진행 상황을 수시로 보고해주시오."

"네, 알겠습니다."

순후는 속으로 '결국 또 고위 관리를 붙여줬네.'라고 구시렁거리며 심드렁하게 대답했다.

◇◇◇◇◇◇◇◇◇
27 풍웅의 자.

정안사는 촉한 전체에서 이 분야에서만큼은 가장 전문적이라는 나름의 자부심이 있는데, 순후로서는 아무리 관직이 높아도 다른 부문 사람이 참견하는 건 정말 싫었다.

"좋아, 그럼 다들 가보게. 모든 수단과 방법을 동원해 위나라의 계획을 저지해야 하네."

요유가 먼저 일어나며 회의를 마무리했다.

"며칠 후, 양 장사와 제갈 승상에게 붉은 문서를 보여줄 수 있길 바라네."

촉한의 공문서는 내용에 따라 초록색, 빨간색, 검은색, 자주색, 네 가지 색으로 테두리를 둘러 구분했다. 빨간색 테두리 문서는 주로 전쟁에서 대승을 거두거나 널리 알릴 좋은 소식을 전할 때 사용했다.

회의가 끝나자마자 다섯 사람은 풍응에게 보고서 사본을 돌려줬다. 풍응은 사본을 모두 화롯불에 태우고 원본만 남겼다. 회의 참석자들이 하나둘 석실을 떠나고 순후와 호충이 마지막으로 나가며 인사를 나눴다.

"수의[28], 협조해줘서 고마워요."

순후가 어깨를 툭 치자 호충은 그냥 씩 웃었다. 순후는 양손 검지를 맞대며 말했다.

"예전부터 군모사와 정안사가 협력하면 좋겠다고 생각했어요. 군모사 사람은 머리가 좋은데 몸이 안 따라주고, 정안사 사람은 근육만 발달했지 머리가 잘 안 돌아가잖아요. 두 부문이 협력해서 군모

---

28 호충의 자.

사는 치밀한 계획을 짜고 정안사가 계획을 실행하면 정말 대단할 겁니다."

"난 그 반대가 더 궁금합니다. 정안사가 계획을 짜고 군모사가 실행하면 어떻게 될지……."

호충은 농담할 때의 표정도 진지했다.

"풍 부장만 가만있으면 좋겠는데……."

순후는 풍옹에게 특별히 악감정은 없었다. 다만 다른 사람이 자기 일에 참견하는 것이 싫을 뿐이었다. 순후는 호충과 나란히 도관 정원을 걸어가다가 갑자기 뒤를 한 번 살피고 목소리를 낮췄다.

"수의, 사실 좀 전에 못 한 말이 있어요. 풍 부장이 또 난리 칠 거 같아서 말이죠."

"제가 맞춰 볼까요? 내부에 큰 쥐새끼가 있다고 의심하는 거죠?"

호충의 말은 얼핏 질문 같지만 이미 확신에 차 있었다.

"역시 똑똑하셔."

순후가 기분 좋게 코를 찡긋했다가 금방 근심 어린 표정을 지었다.

"이제 막 침투한 간첩 한두 명만으로 노기 설계도나 실물을 훔치는 건 절대 불가능해요. 곽회 놈이 그렇게 자신만만한 걸 보면 탈취 계획을 도울 패거리가 이미 한중에 있다는 뜻이지요. 아마도 관직이 꽤 높을 겁니다. 어쩌면 승상부 관리일 수도 있고, 혹은 오늘 회의 참석자일지도……."

순후가 본인이 무슨 죄냐는 듯이 두 손바닥을 위로 펼쳐 보였다.

"회의 중에 이런 말을 어떻게 하겠어요?"

"했으면 아마 난리가 났겠죠. 신중, 또 신중해야 해요. 잘못하면 정안사 명성이 한순간에 곤두박질칠 수도 있어요."

"뭐, 그건 걱정할 필요 없어요. 지금 정안사는 더 곤두박질칠 명성도 없으니까요."

두 사람은 주거니 받거니 하며 도관 정문에 도착했다. 순후가 하늘을 올려보며 아쉬움을 토로했다.

"실은 오늘 같이 한잔할까 했는데, 일이 생겨버렸네요. 나중에 이 일 해결하고 실컷 마십시다."

"네. 모두 한나라 부흥을 위한 것이니까요."

호충은 술자리 초대에는 가타부타 말이 없고 간단히 대화를 마무리했다. 순후는 작별 인사 후 한동안 호충의 뒷모습을 바라보다가 호위병을 불러 정안사 내부 회의를 소집했다.

"우리가 잡아야 할 쥐새끼가 나타났다고 전해라."

순후는 옷깃과 두건을 매만지고 다시 도관 안으로 들어갔다.

'고양이들이 제 역할을 해야 할 텐데……'

순후는 부인과 다섯 살 아들을 성도에 남겨두고 홀로 한중에서 지내고 있다. 한중에 집이 있지만 집으로서의 의미가 전혀 없었다. 그래서 대부분의 시간을 도관에서 보냈다. 집 생각을 덜 하려고 일부러 바쁘게 지내왔다.

이 시각, 면현에서 240리 떨어진 울퉁불퉁한 산길에 남색 보따리를 매고 천천히 걸어가는 남자가 있었다. 왜소하고 등이 많이 굽은데다 피부는 거칠고 까맸다. 얼추 마흔쯤 되어 보였다. 남자는 익주 사람들이 외출할 때 애용하는 쑥으로 엮은 삿갓을 쓰고 있었다. 쑥 삿갓은 햇빛도 막아주고 비도 막아주는데 무엇보다 돈을 들일 필요가 없었다. 남자의 허리춤에 달린 조롱박 물통이 걸음을 옮길 때마다 흔들리면서 출렁출렁 물소리가 났다. 누덕누덕 기운 먼지투성이 옷이 날씨에 비해 좀 얇아 보였다.

남자는 뾰족한 호신용 막대기를 지팡이 삼아 천천히 발걸음을 옮겼다. 이때 뒤쪽에서 덜커덩덜커덩 요란한 마차 바퀴 소리가 들려왔다. 곧이어 짐칸을 매단 쌍두마차가 흙먼지를 일으키며 쏜살같이 지나갔다. 남자가 마차를 향해 열심히 손을 흔들었다. 마부가 고삐를 당겨 말을 멈추고 뒤를 돌아보며 크게 외쳤다.

"거기, 무슨 일 있소?"

남자가 마차 옆에 서서 조심스럽게 물었다.

"형씨, 좀 태워주실 수 있겠소?"

마부가 흔쾌히 응낙했다.

"암요. 어디까지 가시오?"

"고맙소. 서향(西鄕)까지만 부탁하오."

남자는 파서(巴西) 쪽에서 왔는지 사천(四川) 억양이 강했다.

"그럽시다. 이 뽕나무를 남향으로 운반하는 중인데 마침 서향을 지나니."

마부가 엄지손가락을 치켜세우고 마차 뒤를 가리켰다. 천으로 뿌리를 감싼 뽕나무 묘목이 얼추 열 그루 넘게 실려 있었다. 마부가 살짝 옆으로 비켜 앉으며 남자의 손을 끌어당겨 마차에 태웠다. 그리고 채찍을 휘두르자 말 두 마리가 큰 수레를 끌고 다시 달리기 시작했다.

어느 시대나 마부들은 입담이 좋은 편인데 이 마부도 예외가 아니었다. 그는 마차가 달리는 동안 끊임없이 재잘거렸다.

"난 진택이라 하오. 몸집이 좀 크다 보니 늘 서주(徐州) 사람이라는 소리를 듣죠. 하하하. 중원에는 가본 적이 없으니, 우리 익주랑 어떻게 다른지 모르겠네. 아, 참. 성함이 어찌 되시오?"

"아, 난 '이' 가이고, 이안이라 하오."

남자는 고생하며 먼 길을 걷느라 피곤했는지 목소리에 힘이 없었다.

"보아하니, 꽤 멀리서 오신 모양이오?"

"예. 안강(安康)에서 오는 길이오."

마부는 '안강'이라는 말을 듣고 눈이 휘둥그레졌다. 잠시 말을 잇지 못하다가 한숨을 내쉬고 동정하듯 말했다.

"그런 것 같더라니, 낙상호인가 보오."

"목숨이라도 건졌으니 다행이죠."

이안이 쓴웃음을 지었다.

안강은 면현에서 동남쪽으로 300리 넘게 떨어진 한수 하류 도시로, 서성(西城)이라고도 부르며 상용(上庸)에서 멀지 않았다. 맹달(孟達)이 사마의(司馬懿)에게 패한 후 줄곧 위나라 관리하에 있었다. 촉나라와 위나라가 정치군사적으로 끊임없이 충돌했지만 민간 무역은 서로의 필요에 의해 공개적으로 묵인됐다. 농서 지역은 해마다 화염에 휩싸였지만 위흥(魏興), 상용, 안강은 접경 지역임에도 불구하고 상대적으로 평화로웠다. 또한 면수와 한수가 가까워 화물 운송이 편리하기 때문에 많은 상인이 모여들었다.

여기에는 규모가 큰 상단뿐 아니라 혼자 얼마 안 되는 물건을 팔러 오는 가난한 백성들도 많았다. 그런데 양국 조정은 이런 소상인이 경제적 이익도 별로 없는데다 치안과 외교 문제를 일으킬 수 있다고 생각해 단속 대상으로 삼았다. 그래서 물건을 압수당하고 무일

푼으로 집에 돌아가야 하는 소상인이 많았는데, 이들이 바로 '낙상호'였다. 이안이 초라한 몰골로 안강에서 왔다고 하니, 당연히 낙상호를 떠올린 것이었다.

진택이 대충 손에 잡힌 지푸라기를 입에 넣고 잘근잘근 씹었다.

"요즘 뭘 해도 쉽지 않아요. 우리 형제가 셋인데 느닷없이 한중군대에 끌려갔어요. 난 그나마 운이 좋아서 마부로 차출됐죠. 고향집에는 환갑이 넘은 어머니랑 여자 셋만 남아 농사를 짓고 있어요. 거기도 녹록지 않을 거예요."

"그러게요."

이안은 쑥 삿갓으로 표정을 감춘 채 보따리를 단단히 움켜쥐었다.

해 질 무렵, 마차가 서향에 도착했다. 서향성으로 이어지는 관도(官道)는 동문 밖 10리 지점, 가파른 관문 앞에서 끊어졌다. 이 길을 지나는 사람은 이 관문을 통과해야 한중 지역으로 들어갈 수 있었다. 거의 관문이 닫힐 시간이라 막 초소를 떠나려던 수문병들은 늦은 시간에 나타난 두 사람이 달갑지 않았다.

"거기, 마차 세우시오."

수문병이 긴 창을 관문 입구 양쪽 나무 모서리에 걸쳐놓고 이안과 진택을 보며 소리쳤다. 진택이 부랴부랴 마차를 세우고 바퀴를 고정시킨 후 품에서 호적 지역 향좌(鄕佐)가 발급한 명패를 건넸다. 이 비단 명패에 이름, 출신지, 호적 분류가 적혀 있고 현지 관부의 인장이 찍혀 있었다. 진택의 명패는 전혀 문제가 없었다. 수문병이 이번에는 옆에 앉은 이안을 쳐다봤다.

"일행이오?"

"아닙니다. 도중에 만났는데 서향에 간다기에 태워준 겁니다. 오늘 처음 만났어요."

진택은 혹시 문제가 생길까 봐 일부러 낙상호라는 말은 꺼내지 않았다. 수문병은 이안 앞으로 다가가 수상하다는 듯이 위아래로 한 번 훑고 소리쳤다.

"어이, 명패!"

이안이 품에서 쭈글쭈글한 비단 명패를 꺼냈다. 수문병은 이안의 명패에서 '파서'라는 글자를 보고 더욱 의심스러운 눈초리로 물었다.

"파서 사람이 한중엔 무슨 일로 온 거요?"

이안이 의외로 솔직하게 대답했다.

"전 낙상호입니다. 쫄딱 망해서 한중에 사는 형제를 찾아가는 길입니다."

수문병은 여전히 의심스러운지, 이안에게 똑바로 서서 두 팔을 벌리게 하고 몸수색을 했다. 보따리에는 낡은 옷가지, 말린 간식, 바람막이 외투, 나무 자르는 칼뿐이었다. 이리저리 몸도 뒤졌지만 이 몇 마리가 전부였다. 수문병이 뭔가 불만스러운 듯 이안의 조롱박 물통을 툭툭 건드리자 출렁출렁 물소리가 들렸다. 이때 관문 안쪽에서 병사 둘이 고함을 질렀다.

"어이, 둘째! 뭐 해? 빨리 마무리하고 술 한잔하러 가야지. 오늘 장 씨네서 술 항아리를 두 개나 보내왔잖아."

"예, 예. 갑니다."

수문병이 입을 삐죽이며 이안에게 명패를 돌려줬다. 그리고 긴 창을 들고 두 사람에게 빨리 지나가라고 재촉했다. 두 사람은 고맙다고 연신 고개를 숙이며 마차를 끌고 관문을 통과했다. 두 사람이 지나가자마자 크고 시커먼 문 두 짝이 쿵 하고 닫혔다.

5리쯤 더 갔을 때 삼거리가 나오자 진택이 마차를 세웠다.

"형씨, 여기에서 헤어져야겠소. 난 밤새도록 남쪽으로 달려야 할 것 같소. 부디 몸조심하시오."

"그쪽도 몸조심하시오."

진택이 휘파람을 불며 속도를 올리고 빠르게 어둠 속으로 사라졌다. 이안은 진택의 마차가 완전히 사라질 때까지 지켜보다가 갑자기 등을 곧게 폈다. 이안은 재빨리 길옆 숲으로 뛰어 들어가 보따리를 풀었다. 먼저 나무 자르는 칼을 꺼내 칼자루를 분리했다. 그 안에서 이상한 톱니 모양 쇳조각, 새 명패, 무늬가 독특한 노란색 부적이 나왔다. 계속해서 조롱박 바닥의 칠을 손톱으로 긁어내고 살짝 돌리자 바닥판이 완전히 떨어졌다. 이 안에 갈색 액체가 있었다. 손바닥에 액체를 붓고 비빈 후 얼굴을 문질렀다. 거무튀튀한 것이 깨끗이 씻겨나가고 뽀얀 살결이 드러났다.

이안이 보따리에서 낡은 옷가지를 꺼내 허접한 겉감을 뜯어내자 둥근 옷깃을 오른쪽으로 여민 단소매 비단옷이 나왔다. 바람막이 겉옷에는 통이 넓은 바지, 두건, 말발굽 고리가 달린 허리띠가 숨겨져 있었다.

이안은 옷을 갈아입고 새 명패와 부적을 품에 넣은 후 벗은 옷가지와 보따리를 한곳에 모아 불태웠다. 모든 준비를 끝낸 후 서향성 쪽으로 걸어갔다. 잠시 후 파발꾼이 탄 말이 바람을 일으키며 이안의 옆을 스쳐갔다. 방금 그가 지나온 관문으로 가는 것 같았다.

이안이 도착했을 때 서향성 성문은 이미 닫힌 후라 성 밖 역관에서 하룻밤을 보내기로 했다. 역관 주인이 술을 내오며 말을 건넸다.

"손님은 어디에서 오셨습니까?"

"아, 성도에서 왔습니다. 미충이라 합니다."

'이안'이었던 그가 술잔을 들고 부드럽게 웃었다. 완벽한 성도 억양의 말투였다.

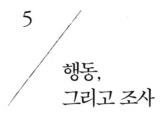

5

행동,
그리고 조사

이안이 서향에 도착할 무렵, 순후도 정안사 업무 배치를 끝냈다. '적군 첩자 잠입에 대비해 명패 검사를 강화하라.'는 긴급 문서를 받아든 전령이 각 지역 관문을 향해 전속력으로 달려갔다. 방금 전 이안의 옆을 스쳐 간 파발꾼도 그 수많은 전령 중 한 명이었다. 그리고 면현 인근 도시와 마을에 다시 호적을 철저히 점검해 정체가 의심스러운 외지인을 경계하라고 명령했다.

한편 정안사는 주요 도시와 요충지 곳곳에 민간인으로 위장한 요원을 배치하고 특히 주요 역참과 객잔에는 도관에서 직접 정예 요원을 파견했다. 그러나 정안사는 적군 첩자가 북쪽으로 침투할 것으로 예상해 대부분의 조치를 북쪽에 집중해 남쪽은 상대적으로 빈틈이 많았다.

순후는 일련의 조치를 마친 후 사문사 옹량 분사 담당 마신에게 사람을 보내 서신을 받아오게 했다. 정안사와 군대의 원활한 협력에 도움을 줄 서신이다.

순후는 서신을 받아들자마자 도관을 나섰다. 그 길로 곧장 위수영(衛戍營)으로 달려가 수문병에게 방문 요청을 전하고 기다렸다. 잠시 후 평상복 차림의 덩치 큰 장군이 나와 큰 소리로 반갑게 순후를 맞았다.

"허허, 효화²⁹ 무슨 바람이 불어 여기까지 오셨습니까?"

"어제 마나님한테 한바탕 혼났다는 소문을 듣고 위로하러 왔지요."

"이런, 날 놀려먹으려고 오셨군."

"그건 절대 아니니 걱정 말아요. 정안사 사람들이 농담하는 거 봤어요? 정말 위로하러 온 거예요."

두 사람이 서로의 팔뚝을 툭툭 치며 유쾌하게 웃었다. 순후가 찾아간 장군은 면현 수비를 담당하는 위수영의 성번(成藩)이다. 나이는 마흔, 말투는 거칠지만 성격이 시원시원해 순후가 유일하게 가까이 지내는 군대 인맥이다. 성번은 면현에서 꽤 유명했는데, 사실 본인의 명성이 아니라 성격이 강인한 부인 때문이었다. 순후와 함께 본인 막사에 들어간 성번은 앞섶을 풀어헤쳐 배를 훤히 드러내고 거들먹거리며 넓은 나무 의자에 벌러덩 누웠다.

"효화, 이렇게 갑자기, 정말 무슨 일이오?"

"아, 그게 말이죠. 군대 쪽에 말이 좀 통할 만한 사람이 누가 있을

---

²⁹ 순후의 자.

지 물어보고 싶어서요."

순후는 성번의 자유분방한 행동에 이미 익숙한지 크게 신경 쓰지 않았다.

"말이 통할 사람? 갑자기 무슨 일이오? 설마, 군대로 옮길 생각이오?"

"자세한 건 말할 수 없어요. 알잖아요, 내가 무슨 일 하는지. 자자, 더 물어봐야 소용없으니 어서 말해 봐요."

성번이 입가에 짧은 수염을 만지작거리며 콧방귀를 뀌었다.

"흥, 세상천지에 이런 식으로 부탁하는 사람이 어딨소?"

"그럼, 어쩔 수 없죠. 장군 부인한테 부탁해야겠네요."

성번이 이 말을 듣고 벌떡 일어났다.

"에이, 효화, 군자가 인덕이 있어야지. 그렇게 야박해서 되겠소?"

순후가 성번의 어깨를 가볍게 두드리며 음흉한 미소를 지었다.

"어서 말해요."

성번이 씩씩거리며 다시 벌러덩 누웠다.

"다 알잖소! 그동안 우리 군과 그쪽 사문조가 계속 삐걱거린 거. 무슨 일인지 모르겠지만 군의 도움을 받긴 아주 힘들 거요."

"그래서 특별히 장군을 찾아와 조언을 구하는 것 아닙니까? 실권이 있으면서 말이 통할 만한 고위 군관이 누굽니까?"

"당연히 장예(張裔) 장군이죠. 온화한 성품에 모두에게 정중하고 친절하셨으니까. 그런데 몸이 좋지 않아 얼마 전에 성도로 돌아갔어요. 남은 사람 중에는, 그나마 왕평(王平)이죠. 최근에야 주목받기 시작해서 누구한테 크게 미움 산 일도 없을 테고……. 본인 스스로 무식하다고 생각하는지, 문인들한테 아주 깍듯하죠. 아, 마침 내일

사마부 당직이 왕평일 겁니다. 그 외엔 다 비슷하고 위연 장군만 아니면 되죠. 지금도 그쪽 상관, 양의랑 사문조를 못 잡아먹어 안달이니까."

순후가 고개를 끄덕이며 자리에서 일어섰다.

"알아요. 그 부분은, 이미 생각해뒀어요. 그럼, 난 또 일이 있어서 이만 가보겠습니다."

성번은 정안사 일이 밤낮없이, 정신없이 돌아간다는 것을 알기에 굳이 순후를 잡지 않았다.

"나중에 시간 나면 같이 한잔해요."

"장군 부인이 허락하신다면……."

순후가 히죽거리며 한마디 내뱉고 성번이 버럭하기 전에 얼른 막사를 빠져나왔다.

이튿날 2월 25일, 순후가 면현 군부 기관 사마부를 정식 방문했다.

성번이 말한 대로 오늘 외부 방문객 담당자는 참군 왕평이었다. 덩치는 큰데 평범한 인상이라 얼핏 보면 마음씨 좋은 주점 주인 같았다. 하지만 순후는 그가 절대 만만하고 쉬운 사람이 아님을 잘 알았다. 왕평은 지금 군에서 가장 주목받는 실세다. 지난해 마속의 부장으로 출정했던 가정 전투에서 마속의 전술에 반대한 것으로 크게 유명해졌다. 1차 북벌 실패 후 출정했던 모든 무장, 심지어 제갈량까지 강등 처분을 받았는데 유일하게 왕평만 승진했다.

순후는 왕평을 만나 일단 의례적인 인사말을 나눴다. 그리고 단도직입적으로 '진공 보고서' 문제를 언급하고 정안사가 군이 관리하는 무기 시설을 조사하도록 협조해줄 것을 요청했다. 물론 이렇게 직접적으로 강하게 표현하지는 않았다. 강압적인 '조사'라는 단어 대신 '점검'이라고 조금 순화시켰다.

하지만 왕평 입장에서 난감하기는 매한가지였다. 뒷짐을 진 채 한참을 서성거리다가 갑자기 순후를 향해 획 돌아섰다.

"위나라가 정말 우리 노기를 훔쳐 가려 할까요?"

"확실합니다."

"그놈들이 이런 비열한 방법까지 쓸 줄은 정말 상상도 하지 못 했습니다."

왕평이 나지막이 욕설까지 내뱉으며 동조하는 분위기를 풍기자 순후가 재빨리 끼어들어 부채질했다.

"그러니 우리도 신속하게 조치를 취해야 합니다. 안 그러면 정말 심각한 결과를 초래할지 몰라요."

"음, 맞는 말씀입니다만……."

왕평이 느닷없이 순후에게 손을 내밀었다.

"먼저 그 흑제의 보고서를 제게 보여주시지요. 중대한 사안인 만 큼 우리도 신중하게 처리해야 합니다."

"아, 그게……. 이 보고서는 극비 문서라, 사본은 이미 다 불태웠 고 원본은 아마 제갈 승상 손에 있을 건데, 제 생각엔 늦어도 오늘 오후에는 그쪽 위연 장군에게도 전달이 될 겁니다."

"음……. 그럼 위 장군이 직접 확인하고 허가할 때까지 기다리시 지요. 난 외부인의 무기 시설 출입을 허가할 권한이 없어요."

왕평은 여전히 난감한 표정이었다.

"하지만, 매우 긴박한 상황입니다. 위나라 첩자가 이미 우리 땅에 들어왔다고요. 어쩌면 지금쯤 벌써 한중에 도착했을 수도 있어요."

"무슨 말인지 압니다. 하지만 군에는 군의 규칙이 있어요. 나도 어떻게 할 방법이 없어요."

"……"

순후의 표정이 굳고 안색이 어두워지자 왕평이 말투를 누그러뜨리며 한마디 덧붙였다.

"순 종사, 아시잖아요. 위 장군과 그쪽 양 참군 사이……."

순후가 살짝 발을 움직이며 쓴웃음을 지었다. 왕평은 섣부른 행동으로 위연과 양의의 기싸움에 휘말릴까 봐 걱정하는 것이었다. 왕평은 고민 끝에 적당한 해결법을 제시했다.

"일단 조사 대상과 구체적인 조사 항목을 적어 주시면 제가 위 장군에게 전달하겠습니다. 그러면 위 장군 승인이 떨어지자마자 바로 조사를 시작할 수 있을 겁니다."

"그럼, 수고스럽겠지만 잘 부탁드립니다."

순후가 미리 써둔 조사 목록을 품에서 꺼내 건네자 왕평이 바로 훑어봤다. 무기를 연구 개발하는 군기사(軍技司)와 무기 제작을 담당하는 군계방(軍械坊)이 주요 대상이었다. 노기와 관련된 모든 사람을 철저히 조사하겠다는 명확한 의지가 엿보였다.

"알겠습니다. 여기서 좀 기다리세요. 지금 바로 위 장군에게 전달하겠습니다."

왕평이 바로 자리를 떴다. 순후는 사마부 객청에서 한 시진 넘게 기다렸다. 한 시진 반쯤 지났을 때 한 병사가 들어와 말을 전했다.

"왕평 장군이 모셔오라 하셨습니다."

순후가 병사를 따라 왕평의 집무실로 갔다. 다행히 왕평의 표정이 밝았다. 왕평은 순후를 보자마자 당당하게 외쳤다.

"순 종사! 운이 좋았어요. 위 장군이 이 두 기관 조사 신청을 승인했습니다."

'당연하지. 파벌 싸움이 아무리 심해도 일의 경중을 모르고 큰일을 망치면 안 되지.'

순후는 속마음과 달리 입으로는 고맙다는 인사를 몇 번이나 했다. 아마 제갈량에게 직접 전달받았기 때문에 위연이 어쩔 수 없이 바로 승낙했을 것이다.

"그런데 조건이 있습니다. 조사 과정에 우리 쪽 사람이 동행해야 합니다."

순후는 순순히 고개를 끄덕였다. 이미 예상한 바였다.

"그리고, 조사는 해당 부문 작업을 방해하지 않는 선에서 진행해야 합니다. 잘 아시겠지만, 지금 군이 새로운 작전을 준비하고 있어 모든 부문이 바쁘게 돌아가고 있어요. 만약 이 일, 확실하지도 않은 간첩 사건 때문에 작전 준비에 차질이 생기면 그 또한 심각한 문제를 초래할 수 있습니다."

순후는 이 마지막 문장이 위연의 입에서 나왔다고 확신했다. 왕평이 부드럽게 순화해서 전달하긴 했지만 위연이 공개적으로 강경한 발언을 내뱉은 일이 한두 번이 아니었다. 정안사는 물론 사문조 전체가 툭하면 별것 아닌 일로 호들갑을 떤다, 안전한 후방에 가만히 앉아 전방에서 애쓰는 사람들 발목을 붙잡고 늘어진다면서.

"그렇다면, 혹시 마대 장군에게 부탁해도 되겠습니까?"

평북 장군 마대라면 조사 과정에서 크게 까다롭게 굴지 않을 것이다. 왕평은 순후의 단도직입적인 요청에 잠깐 고민했지만 순순히 동의했다.

순후는 예전에 마대를 만난 적이 있었다. 당시 순후는 정안사에서 일개 집사(執事)였다. 그게 벌써 구 년 전이고 그땐 소열 황제 유비가 살아 있었다. 강양(江陽) 태수 팽양(彭羕)이 마초(馬超)에게 반란을 부추겼지만 마초는 이를 유비에게 밀고했다. 유비는 즉시 팽양을 잡아들였고 정안사에 마초와 그의 사촌 마대가 반란할 의도가 있었는지 은밀히 조사하라는 명령을 내렸다. 순후는 마초와 마대를 조사하는 임무에 투입됐었다. 당시 마초와 마대는 자신들이 의심받고 있다는 사실을 분명히 인지해 늘 불안하고 두려운 마음에 매우 조심스럽게 행동했다. 그래서 이런 심리 상태로는 반란을 일으킬 가능성이 없다는 결론을 내렸다.

순후는 마대와 재회하는 순간, 정말 감개무량했다. 마대는 구 년 사이에 폭삭 늙어버렸다. 이제 갓 마흔을 넘겼을 뿐인데 귀밑머리가 희끗희끗하고 이마와 눈가에 겹겹이 접힌 주름이 깊은 근심을 대변하는 것 같았다. 피로에 찌든 눈빛은 그림자가 드리운 듯 여전히 어두웠다.

"마 장군, 정안사 종사 순후입니다."

순후가 먼저 인사를 건넸다. '정안사'라는 세 글자에 반사적으로 흠칫하는 마대의 눈빛에 두려움이 떠올랐다. 순후는 마대의 긴장을 풀어주려 얼른 한마디 덧붙였다.

"이번 조사 동행, 잘 부탁드립니다."

"아닙니다. 별말씀을요."

마대의 목소리는 가볍다 못해 살짝 아부하는 느낌이었다.

"아, 참. 여기, 마신이 전해달라고 한 서신입니다."

순후가 품에서 꺼낸 봉투를 건넸다. 마대는 바로 봉투를 뜯어 들으라는 듯 일부러 소리 내 읽었다. 그리고 다시 잘 접어 품에 넣었다.

"순 종사, 가시지요."

사마부 정문 앞에 전용 군마차를 의미하는 황갈색 마차가 준비돼 있었다. 마대와 순후가 올라타자마자 마부의 외침과 함께 마차가 쏜살같이 달려나갔다.

마대가 아주 정중하게 순후의 의견을 물었다.

"순 종사, 조사를 어디부터 시작하시겠습니까?"

"군기사부터 시작하지요. 일단 적군이 노리는 노기가 어떤 기종인지 알아봐야겠습니다. 그래야 범위를 좁혀 경계를 집중할 수 있을 테니까요."

"알겠습니다."

마대가 고개를 끄덕이고 마부에게 군기사로 가라고 지시했다. 마차는 순식간에 동문을 통과했고 대략 15리쯤 달려가다 관도를 벗어났다. 길이 아닌 들판을 가로질러 산자락으로 달려갔다. 주변은 온통 황량한 들판이라 새 한 마리 보이지 않았다.

"군기사가 아주 은밀한 곳에 숨어 있었군요."

"예. 이곳과 관도를 잇는 길은 화초를 심어 은폐했기 때문에 외부인은 절대 찾을 수 없죠."

마차가 어느 언덕 아래 멈췄다. 지표면에 노출된 수많은 암석이 눈에 들어왔다. 크기와 모양이 제각각인 회색 암석, 그 암석 틈새를 힘겹게 뚫고 나온 초록 식물이 곳곳에 보였다. 마차가 갈 수 있는 길은 여기가 끝이었다.

"도착했습니다."

순후가 고개를 갸웃하며 주위를 둘러보다가 오른쪽으로 열 발자국쯤 거리에 시커먼 동굴 입구를 발견했다. 입구 위 암석이 처마처럼 툭 튀어나와 있었다.

순후는 마대를 따라 동굴 입구로 걸어갔다. 가까이 가보니 암석 표면이 전체적으로 까끌까끌했는데 동굴 바로 옆만 유난히 반들반들했다. 수시로 사람들이 드나든다는 증거였다. 순후가 암석을 살펴보는데 환수도[30]를 찬 갑옷 차림 병사 두 명이 동굴 안에서 기어나왔다.

"두 분, 호부(虎符)를 보여주십시오."

마대가 품에서 꺼낸 반쪽짜리 호부를 건네자 병사가 동굴 안으로 전달했다. 동굴에서 바로 크게 외쳤다.

"호부 일치, 이상 없음, 검사 완료."

병사가 그제야 들어가라고 손짓했다. 순후는 철저하고 빈틈없는 이곳의 보안 체계에 크게 감탄했다.

동굴 안쪽은 완만한 내리막길이었다. 길게 이어진 좁은 길 끝에 계단을 만들어놓았다. 양쪽 벽 역시 단단한 암석으로 그 위에 일정 간격으로 홈을 파고 홈 안에 촛불을 켜놓았다. 동굴인데 호흡이 전혀 불편하지 않고 앞쪽에서 스산한 바람이 불어왔다. 아마도 어딘가 암석 틈에 통풍구를 뚫어놓은 모양이었다.

좁은 동굴에서 여러 번 모퉁이를 돌았는데 그때마다 보초병들이 계속 호부를 확인하고 종을 흔들어 다음 보초병에게 신호를 보냈다. 처음보다 조금 넓은 회랑을 지나갈 때는 두 사람 모두 몸수색을 받

◇◇◇◇◇◇◇◇◇
30 環首刀. 칼자루 상단이 고리 모양으로 만들어진 대도.

왔다. 보초병은 이곳 규정이라며 조심스럽게 양해를 구했다. 제갈량을 제외한 모든 사람은 이곳을 지날 때 반드시 몸수색을 받아야 한다고, 위연도 예외가 아니라고 했다.

"제갈 승상 이외에 모든 사람? 그럼, 황제 폐하는요?"

순후가 툭 던지듯 가볍게 대꾸했다. 보초병은 전혀 예상치 못한 질문에 어떻게 대답해야 할지 생각나지 않아 크게 당황했다. 그 옆의 마대는 농담인 줄 모르고 얼굴이 하얗게 질렸다.

다시 이백 걸음쯤 걸어가 좁은 길 끝에서 모퉁이를 도는 순간 시야가 탁 트였다. 도관 전체의 서너 배쯤 되는 거대한 공간이 불규칙하게 펼쳐졌다. 둥그스름한 천장 돌 틈새로 빛이 들어와 동굴 안인데도 전혀 어둡지 않았다. 넓은 중앙 공간과 이어진 움푹 들어간 작은 동굴이 아주 많았다. 얼핏 보면 화강암을 벽돌처럼 쌓아 만든 작은 방 같았다. 무엇보다 놀라운 것은 창문 하나 없는 깊은 동굴에 한참 걸어 들어왔는데 전혀 답답하지 않다는 사실이었다. 순후는 그 이유가 너무 궁금했다.

"혹시, 보이지 않는 곳에 통풍구가 따로 있습니까?"

마대는 조금 전 농담의 충격이 아직 가시지 않았는지 대답이 없었다.

동굴 중앙 공간은 정신없고 시끌벅적했다. 나무와 구리로 만든 온갖 특이한 기계가 놓여 있고 검은 옷을 입은 사람들이 분주하게 오가며 수시로 걸음을 멈추고 기계를 자세히 들여다봤다. 이외에 붓과 종이를 들고 다니면서 뭔가 열심히 기록하는 사람도 많았다. 저 멀리 깊은 동굴에서 시뻘건 불빛이 어른거리고 땅땅땅 쇠망치 두드리는 소리가 들렸다. 군기사 전용 제련소일 것이다.

두 사람이 여기저기 두리번거리고 있을 때 검은 도포 차림의 왜소한 노인이 다가왔다. 들고 있던 작은 부품을 옆 사람에게 건넨 노인은 의심스러운 눈빛으로 순후를 쳐다봤다. 마치 기밀을 훔치러 온 첩자라도 보듯이.

"이쪽은 정안사 순 종사입니다. 오늘 군기사 방문은 이미 승인을 받았습니다. 여기, 승인 문서입니다."

노인은 마대가 건넨 호부와 문서를 자세히 살폈다. 전혀 문제가 없었지만 여전히 마뜩잖은 표정으로 호부와 문서를 돌려줬다. 그리고 인상을 쓰면서 툭 내뱉었다.

"분명히 말해두는데, 오늘 대화 내용은 빠짐없이 기록해서 위연 장군에게 보고드릴 것이오."

"그 기록을 위나라나 오나라에 팔아먹지 않는 이상 제 소관이 아닙니다."

순후는 정안사 관리의 농담이 얼마나 최악인 줄 알지만 저도 모르게 장난기가 발동했다. 확실히 순후의 장난을 이해하지 못한 노인은 사슴 가죽 장갑을 벗어 고리에 걸어놓고 손을 흔들었다.

"이쪽으로 오시오."

순후와 마대는 노인을 따라 어느 작은 동굴로 들어갔다. 사람 키만 한 높이에 가로 20보, 세로 30보쯤 되는 넓이였다. 물건이라곤 초라한 나무 침상과 구리 등잔뿐이고 여기저기 온갖 설계도와 자료들이 널려 있었다. 노인이 장막을 내려 동굴 입구를 가리고 돌아섰다.

"내가 군기사 책임자 초준이오. 무슨 일로 오셨소?"

마대가 먼저 자초지종을 설명했다.

"……그래서 순 종사의 조사 업무에 협조하라는 위연 장군의 특별 지시를 받고 왔습니다."

"음, 알겠소."

초준은 절차를 지키든 말든 상관없다는 듯 순후에게 단도직입적으로 물었다.

"그래서, 알고 싶은 게 무엇이오?"

"지금 우리 군에 배치된 노기 기종을 알고 싶습니다."

초준이 순후를 흘겨보며 비아냥거렸다.

"정안사는 그런 거 벌써 다 알고 있지 않나?"

"전문가의 의견을 직접 듣고 싶습니다."

순후의 입에 발린 소리가 별 효과가 없었는지 초준이 콧방귀를 뀌었다.

"흥, 뭘 모르는군. 그 질문은 너무 광범위하오. 건흥 4년, 군기사 창립 이래 개발한 노기가 총 서른 종이 넘고 그중에서 최종적으로 군에 배치된 기종도 열 종 이상이오. 정확한 범위를 정하지 않으면 답하기 힘들지."

"네, 그럼 지금, 현재 배치된 기종은 몇 가지입니까?"

"현재 우리 군 노기병 편제에 배치된 건 대략 여섯 종이오. 대부분 단병식 비장연노[31]인데 일부 군대는 강력한 공격력을 위해 아직 궐장식 노차[32]가 배치돼 있소. 단기노[33]도 있긴 한데 주로 근위 부

◇◇◇◇◇◇◇◇

31 중국 고대 무기의 이름 중 하나. 단병식은 '개인용'이라는 뜻으로 병사 한 명이 휴대할 수 있는 연발 노기를 말함.

32 대형 노기를 이동하기 위해 수레와 결합한 형태.

33 노기 종류 중 가장 기본적인 기종.

대에서 사용하지. 아, 그렇지. 오나라 수출 전용으로 만든 상업용 측죽 궁노³⁴도 있군. 오나라 군대는 자기들이 만든 노기보다 상업용이라도 우리가 만든 측죽 궁노를 사려고 안달이라오."

초준은 이 부분에서 매우 의기양양해졌다.

"작년 연말, 왕쌍 군대를 기습할 때 사용했던 노기는 어떤 기종입니까?"

"아, 그때 말이군. 그때 매복 작전을 수행한 게, 강유(姜維) 부대였지?"

초준이 확인하려 시선을 돌리자 마대가 고개를 끄덕였다.

"어디 보자. 그 전투에 사용한 건, 궐장식 노차 '촉도' 열다섯 대와 비장연노 '원융' 이백 대였소. 두 기종 모두 군기사가 새로 개발한 최신 기종이었는데 실전에서 보여준 효과가 아주 대단했지."

초준이 목판 두 개를 찾아와 순후에게 건넸다. 그중 한 목판에 이렇게 써 있었다.

촉도, 정동(精銅) 궐장 노기³⁵, 일련번호—익한692. 투사력 15석³⁶, 철촉 화살 열 대 동시 발사, 사정거리 1,000보. 사격장 시험 발사 결과 화살 하나가 800보 거리에 2척³⁷ 간격으로 설치한 말발굽 과녁 네 개 관통.

◇◇◇◇◇◇◇◇
34 대나무로 만든 활과 노기를 통칭.
35 구리로 만든 노기의 한 종류.
36 石, 원래는 무게 단위로 활의 강도를 나타낼 때 사용했음. 1석의 기준은 시대마다 다름.
37 尺, 길이 단위. 약 33cm.

초준이 다시 의기양양하게 목판을 가리키며 힘주어 말했다.

"봤소? 말발굽 과녁 네 개를 화살 하나로 꿰뚫었소. 우리는 노기 골조를 만들 때 구리만 사용해 예전 노기보다 투사력을 5석 가까이 증가시켰소. 뒷부분 외형 구조를 사다리꼴로 변형시키고 받침대에 바퀴 여덟 개를 달아 이동이 편리하고 지형 적응력도 크게 향상됐소. 망산과 활줄 사이에 망산이 하나 더 있어 명중률을 높였고. 한마디로 기존 노기와 완전히 다른 물건이지."

초준은 무기 얘기가 나오자 말이 끊이지 않았다.

"정말 그 정도로 대단합니까?"

"물론이오. 우리 군이 사용했던 기존 노기들, 예를 들어 '동천', '잠총', 아직까지 주력으로 사용하는 '파악' 같은 것들은 위나라 것보다 부분적으로 우세한 정도였소. 그런데 이 촉도는 적군이 절대 따라올 수 없는 수준이란 말이오."

"원융은 어떻습니까?"

"원융은 처음부터 현재 주력으로 사용하는 단병식 비장연노를 대체할 목적으로 개발한 것이오. 화살 열 대를 한 번에 동시 발사할 수 있다는 점은 촉도와 같소. 여기에 사용하는 화살은 8촌[38] 짜리 철촉을 달아 짧은 시간 안에 최고의 살상력을 발휘하지. 그리고 한 사람씩 개별 휴대할 수 있으니 이동이 편리하고 지형에 상관없이 언제나 사용할 수 있소."

"다시 말해, 위나라가 어떤 대가를 치르더라도 얻고 싶은 무기가

<hr>

38 寸, 길이 단위. 약 3.3센티미터.

있다면, 원융과 촉도겠군요?"

"그렇소. 원융과 촉도는 현존하는 모든 노기 중 성능이 가장 뛰어나니까."

초준은 마지막으로 한 가지 사실을 더 강조했다.

"아, 참. 특히 원융은 제갈 승상의 지도와 관심으로 개발된 것이오. 그분은 정말 천재라니까."

순후는 조용히 생각을 정리했다. 위나라 첩자의 목표 노기는 틀림없이 이 두 기종이다.

"그 두 노기의 설계도는 이곳에 있습니까?"

"설계도는 총 세 개인데 군기사, 군계방 본부, 그리고 승상부에서 하나씩 보관하고 있소."

순후는 예상과 달리 너무 솔직한 답변에 살짝 고민하다가 코를 만지작거리며 조금 무리한 요구를 던졌다.

"노기를 실제로 볼 수 있을까요?"

"그럴 필요까지 있소?"

초준이 주저하며 되물었다.

"실물을 보면 아무래도 이 무기에 대한 인상이 명확해질 것 같습니다. 어차피 이미 군에 배치된 것이니 기밀이 아니지 않습니까?"

초준은 내키지 않지만 고개를 끄덕이고 두 사람을 다른 동굴로 안내했다. 이곳에는 삼베 천을 덮어놓은 기계 여러 대가 놓여 있었다. 초준이 덮개 하나를 휙 걷어 내자 번쩍번쩍 광이 나는 구리 노차가 보였다. 전체적으로 납작하고 평평한 노차 내부에 규칙적으로 교차하는 수많은 막대기를 보니 매우 정교하게 만들어졌음을 알 수 있었다. 기계 위에 '촉도'라고 쓴 푯말이 놓여 있었다. 순후는 한 바퀴 돌며 노기를 자세히 살펴보고 두 손으로 노차 버팀목 위를 힘껏 눌러봤다. 살짝 흔들렸지만 움직이지는 않았다.

"소용없소. 이 노기는 최소한 세 명이 달라붙어야 움직일 수 있소. 소나 말을 이용해도 두 사람이 양옆에서 잡아줘야 하고."

순후가 노기를 주시하며 허리에 손을 얹었다.

"혹시, 이 노기를 분해할 수 있습니까?"

"분해? 농담하시오? 전문가가 아니면 절대 해체할 수 없소."

순후가 천천히 고개를 끄덕였다. 일단 위나라 첩자가 촉도 실물을 훔치는 것은 확실히 불가능해 보였다.

"번거롭겠지만 원융도 보여주시겠습니까?"

초준이 바로 옆에 있는 긴 천을 잡아당기자 앞머리 부분이 넓은 연노가 보였다. 순후는 초준이 건네준 노기를 직접 들어봤는데 전혀 무겁지 않았다. 보통 사람도 한 손으로 들고 걸을 수 있을 정도였다.

"이건 분해할 수 있습니까?"

"물론이오. 처음 설계할 때부터 편의성에 중점을 뒀으니까. 이 연노는 혼자서도 휴대할 수 있도록 열두 부분으로 해체되오."

순후가 이 설명을 듣고 이맛살을 찌푸리며 노기를 자세히 살폈다. 초준은 순후의 생각을 간파하고 볼멘소리로 투덜거렸다.

"설마 누가 이걸 훔쳐 갈까 봐 걱정하는 거요? 쓸데없는 걱정 마시오. 우리가 보안 조치를 확실히 하고 있으니."

"우리 정안사 업무는 모든 보안 조치가 확실하지 않다는 가정을 전제로 합니다."

순후가 덤덤하게 대답하며 노기를 제자리에 내려놓았다.

군기사 동굴에서 나오니 날이 거의 저물었다. 순후와 마대가 타고 왔던 마차를 다시 타고 면현으로 향했다. 도중에 마대가 불쑥 질문을 던졌다.

"순 종사는 위나라 첩자의 목표가 실물 원융을 훔치는 것이라고 생각하십니까?"

"예, 그런 것 같아요. 마균 같은 천재 기술자라면 설계도, 실물, 기술공, 이 셋 중 하나만 있어도 충분히 복제할 수 있을 테니까요."

순후가 고개를 젖히며 눈을 감고 마차 흔들림에 몸을 맡겼다. 마대가 마차 앞부분을 툭툭 치며 말했다.

"그런 걱정 안 하셔도 됩니다. 이렇게 중요한 무기는 군에서 일련번호를 매겨 매일 확인하거든요. 전시라면 장담할 수 없겠지만 평시에는 촉나라 영토 안에서 노기가 한 대라도 사라지면 바로 알 수 있습니다."

"예."

"설계도 보안 체계도 매우 치밀합니다. 세 군데 모두 위연 장군, 장예 장군, 제갈 승상, 세 사람이 모두 서명한 문서가 있어야 꺼내볼 수 있지요. 특히 세 사람 모두 열람 승인 문서에는 특별한 비밀 서명을 하기 때문에, 문서 위조는 절대 불가능해요."

"그렇군요."

"기술공은 말할 것도 없죠. 기술공을 빼내 농서로 데려가는 일이 얼마나 힘든지 순 종사도 잘 알잖아요."

순후는 두 손으로 머리를 받치며 좀 더 편한 자세로 바꿨다.

"마 장군은 군 업무에 대해 잘 아시네요."

"당연하죠. 군에 있으니까요."

"관동에는 재상감이 많고 관서에는 장군감이 많다더니, 역시 마장군은 옹량 출신답습니다."

순후가 무심코 내뱉은 이 말은 원래 마대를 추켜세우며 친해지려는 목적이었는데 듣는 사람은 전혀 다르게 받아들였다. 마대는 이말을 듣자마자 낯빛이 싹 변하면서 옷소매를 강하게 뿌리쳤다.

"난 옹량 출신이지만 절대 위나라와 같은 하늘 아래 살 수 없는 엄연한 촉나라 장군입니다."

'뭐, 이렇게까지 강력한 입장 표명이 필요한 일은 아닌데.'

순후는 무안하고 난감해서 애꿎은 두건만 만지작거렸다. 정안사 관리 입에서 이런 말이 나왔으니 마대는 자신이 의심받고 있다고 오해했을 것이다. 옹량 출신인 데다 군사 기밀을 많이 알고 있는 장군이니 위나라로 배신할지 모른다는 의심.

마대는 정안사가 관리들의 언행과 소문까지 주시한다는 사실을 잘 알았다. 수년 전 쓸데없이 중앙 관리들을 비난하며 입을 놀렸다가 좌천당한 요립(廖立) 사건이 대표적인 사례다.

마차는 쉬지 않고 달렸다. 울퉁불퉁한 길을 달리느라 덜커덩덜커덩, 바퀴 소리가 요란했다. 날이 거의 저물고 별과 달이 희미하게 빛나기 시작했다. 하지만 반대편 하늘에는 마지막 노을빛이 어렴풋이 남아 있었다. 좌우로 시커먼 암석과 울창한 산들이 끝없이 이어졌다.

마차 안은 한동안 침묵에 휩싸였다. 순후는 문득 마대의 반응에 호기심이 생겼다.

'마대가 왜 이렇게 예민할까? 사촌형 마초와 함께 유비 진영에 의탁할 당시, 특별한 상황이었던 탓에 두 사람은 늘 반란 혐의를 받지 않을까 노심초사했을 것이다. 여기까지는 충분히 이해할 수 있어.

하지만 벌써 십 년도 더 지난 일이고 지금은 소열 황제가 세상을 떠난 후 제갈 승상이 정권을 잡고 있다. 제갈 승상이 마대를 고위직에 임명하지는 않았지만 번듯한 고위 군관으로 등용하면서 충분히 신임하고 있음을 보여줬어. 마대가 기밀 보안이 중요한 군기사에 드나들 수 있는 것만 봐도 알 수 있잖아. 그런데 아직도 남들이 자신의 충심을 의심할까 봐 전전긍긍하고 있어. 왜일까? 아무래도 재미있는 추리가 되겠군.'

순후가 마대 쪽을 힐끔 쳐다봤다. 입을 꾹 다물고 뚫어질 정도로 앞만 노려보는 마대의 얼굴은 차가운 달빛이 비쳐 한층 더 창백해 보였다.

잠시 후 마차가 관도에 진입하면서 속도가 훨씬 빨라졌다. 어둡고 속도가 빨라 좌우 풍경이 제대로 보이지 않자 순후는 아예 눈을 감고 앞으로 해야 할 일을 정리했다. 순후가 눈을 감는 순간 마부가 채찍을 세게 휘두르자 마차가 쏜살같이 달려나가며 앞서가던 상단 행렬을 획 지나쳤다. 그 바람에 크게 놀란 나귀 한 마리가 뒷발질을 하며 법석을 떨었다.

"뭐야! 마차를 왜 저따위로 몰아? 이 깜깜한 밤중에 저렇게 달리다 길옆으로 굴러떨어지기 십상인 거 몰라?"

한 마부가 흙먼지를 일으키며 멀어지는 마차를 가리키며 욕을 퍼부었다. 이때 옆에 앉은 동료가 얼른 마부 입을 틀어막았다.

"이봐, 작게 말해. 못 봤어? 저거 황갈색 군용 마차잖아. 죽고 싶어 환장했어?"

놀란 나귀를 진정시키려고 여러 사람이 모여들었지만, 나귀가 좀처럼 말을 듣지 않았다. 거친 콧바람을 내뿜으며 계속 날뛰는 바람에 짐바리가 다 풀려 떨어질 것 같았다. 이때 상단 행렬에서 튀어나온 갈색 비단옷을 입은 사람이 나귀 옆으로 다가갔다. 오른손으로 나귀 목을, 왼손으로 나귀 엉덩이를 힘주어 누르자 나귀가 금방 얌전해졌다. 누군가 보리 이삭을 나귀 입가에 가져다 대자 덥석 물고 더 이상 소란을 피우지 않았다.

"아이고, 미충 선생, 정말 감사합니다."

상인이 몇 번이나 감사 인사를 했고 미충이라 불린 남자는 탁탁 손을 털며 방긋 웃었다.

"별말씀을요. 다 같이 가는 길이니 당연히 서로 도와야죠. 이제 곧 면현에 도착할 텐데 다 와서 문제가 생기면 안 되지 않겠습니까?"

"그럼요, 옳은 말씀입니다."

상인이 연신 고개를 끄덕였다.

상단 행렬은 다시 출발했고, 이후 10리 길에서는 아무 일도 없었다. 그렇게 해서 다행히 성문이 닫히기 전에 면현성에 도착했다. 상단 행렬이 성문 안쪽 광장에 잠시 멈췄을 때 상인이 미충에게 말을 건넸다.

"미 선생, 저희랑 같은 객잔으로 가는 게 어떻겠습니까? 제가 객잔 주인을 잘 알아서 조금 싸게 해드릴 수 있어요."

"아닙니다. 마중 나오기로 한 사람이 있습니다."

호의를 정중히 거절한 미충은 상인에게 예를 갖추며 작별 인사를 했다. 상단 행렬이 떠난 후 미충은 대로 오른쪽으로 걸어가다가 세 번째 사거리에서 왼쪽으로 꺾어 들어갔다. 머뭇거림 없는 발걸음으로 보아 면현성 길을 아주 잘 아는 것 같았다. 간혹 순찰병들이 지나갔지만 아무도 그를 눈여겨보지 않았다.

미충은 '항덕 쌀가게'라는 간판이 붙은 가게 앞에서 걸음을 멈추고 문을 두드렸다. 점원이 작은 창을 열고 퉁명스럽게 대꾸했다.

"문 닫은 거 안 보여요? 내일 다시 와요."

"좀 도와주세요. 쌀 다섯 말[39]만 파세요."

미충이 간곡한 말투로 부탁했고 점원이 실눈을 뜨고 미충을 힐끔거렸다.

"몇 말이라고요?"

"다섯 말이요. 더도 말고 덜도 말고 딱 다섯 말만. 많으면 퍼내고 부족하면 채워서 딱 다섯 말이요."

점원이 귀를 후비며 귀찮다는 표정을 지었다.

"알았어요. 좀 기다려요. ……에잇, 사람 정말 귀찮게 하네. 쌀 다섯 말을 왜 꼭 오늘 사야 한다는 거야?"

잠시 후, 빗장 내리는 소리가 들리고 가게 문이 열렸다.

"빨리 들어와요."

미충은 점원의 재촉에 얼른 안으로 들어갔다. 점원이 바깥을 한 번 살피고 문을 닫았다. 미충을 위아래로 훑어보던 점원의 표정이 부드럽게 바뀌었다.

"북쪽에서 오셨습니까?"

"그렇습니다."

"사군(師君)은 잘 지내십니까?"

"네, 평안하십니다."

◇◇◇◇◇◇◇◇
39 쌀 다섯 말에 해당하는 단어가 오두미(五斗米)이므로 오두미교의 은어에 해당함.

미충이 품에서 이상한 노란 부적을 꺼내 점원에게 건넸다. 점원이 부들부들 떨며 부적을 펼쳤다. 그리고 감개무량한 얼굴로 바닥에 무릎을 꿇고 알 수 없는 말을 중얼거렸다.

이때 뒷방에서 웃옷을 벗고 검은 두건을 동여맨 남자 셋, 비녀를 꽂지 않고 머리를 풀어헤친 젊은 여자와 나이든 여자가 나왔다. 이들 역시 점원 옆에 꿇어앉아 부적을 향해 머리를 조아렸다. 심지어 두 여자는 울먹이기까지 했다. 미충은 조용히 옆으로 비켜서 있었다.

잠시 후 점원이 일어서서 부적을 정성스럽게 접었다. 나머지 사람들도 서로 손을 잡아주며 일어섰다.

"저는 오두미교 좨주(祭酒) 황예입니다. 한중 신도들은 오랫동안 사군의 가르침을 듣지 못했지요. 오늘 귀하께서 이 서신을 전해주신 덕분에 다시 사군의 가르침을 듣게 되었습니다. 정말 고맙습니다."

"예. 낭중후(閬中侯)는 여러분들이 최대한 내게 협조하길 바라시오. 그래야 그분이 기뻐할 것이오."

미충이 자리를 찾아 앉았다. 황예가 두 손을 모아 예를 취했다.

"사군의 명령이니 당연히 따르겠습니다. 한중 오두미교는 귀졸(鬼卒)이 수천이고 좨주도 수백 명에 달합니다. 모두 한마음으로 사군의 명을 받들겠습니다."

미충의 새하얀 얼굴에 미소가 번졌다.

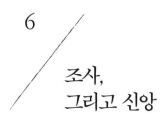

6

조사,
그리고 신앙

2월 26일 오전, 도관.

"그러니까, 자네 말은 오두미교가 이번 간첩 사건에 관련됐다는 뜻인가?"

풍웅이 순후의 보고서를 쥔 채 미간을 찌푸렸다.

"그렇습니다. 제 경험상 오두미교가 위나라 첩자로 이용당한 사례가 매우 많았습니다. 이번에도 이용당했을 여지가 충분합니다. 거기 다섯 번째, 여섯 번째 죽간에 관련 자료 내용이 있습니다."

풍웅은 굳은 표정으로 말없이 다섯 번째 죽간을 펼쳤다.

오두미교는 장로가 한중을 다스리던 시절 크게 유행했던 종교이다. 교주인 장로를 '사군', 중간 간부급을 '좨주', 일반 신도를 '귀졸'이라고 불렀다. 오두미교는 한중 전역으로 신도가 퍼져 나가 깊은 뿌리를 내렸다. 장로가 조조(曹操)에게 투항해 관중으로 떠난 후 한중을 장악한 촉한이 오두미교를 강하게 억압했지만 민간에 흘러들어 끈질긴 생명력을 이어갔다. 한중 전역의 수많은 오두미교 신도들이 여전히 비밀 집회를 열어 위나라 낭중후에 봉해진 장로를 섬겼다. 그가 죽은 후 아들 장부(張富)가 낭중후 작위를 이어받자 오두미교 신도는 장로의 계승자 장부를 새로운 사군으로 받들었다.

"지금 낙양에 있는 장부가 여전히 영향력을 발휘하고 있으니 위나라가 보낸 첩자는 분명히 장부를 내세워 오두미교 신도들을 움직일 것입니다."

순후는 두 손을 공손히 내려놓고 풍웅이 동의하기를 기다렸다. 정안사는 풍웅의 승인 없이는 대규모 인력을 동원할 수 없었다. 풍웅이 죽간을 탁자에 내려놓았다.

"이 보고서는 좀 더 숙고해보겠네. 우리는 사소한 부분이라도 신중해야 할 필요가 있어."

"뭣 때문에요?"

순후의 목소리가 갑자기 커졌다. 풍웅은 직설적인 순후의 태도가 못마땅해 더욱 강경하게 대응했다.

"벌써 잊었나? 지난번에 오두미교 신도를 체포했다가 그 마을 신도가 전부 들고 일어났던 거? 우리 군대가 4월쯤 다시 위나라로 출정할 테니 반드시 후방의 안정을 유지해야 해."

풍웅이 '안정'이란 말에 특히 힘을 주며 또박또박 발음했다. 지금 상황에서 절대 큰 문제를 일으키고 싶지 않다는 뜻을 분명히 했다. 순후는 화가 울컥 치밀어 퉁명스럽게 대꾸했다.

"예. 아주 '안정'적으로 오두미교를 조사할 테니 염려 마시지요."

"오두미교 조사에는 꽤 많은 인력이 필요할 텐데, 그런 불확실한 예측 말고 노기 기술 보안을 더 철저히 하는 게 중요하지 않겠나?"

풍옹이 느긋한 표정으로 붓을 빙그르르 돌리다가 순후의 표정이 일그러지는 것을 보고 덧붙였다.

"자네 의견은 승상부에서 심의하도록 건의하겠네. 어쨌든 오두미교 문제는 우리 사문조가 주관할 수 있는 일이 아니니까."

이렇게 말하며 순후의 보고서를 죽간 더미 쪽으로 밀어치웠다.

순후는 풍옹의 행동이 어떤 의미인지 잘 알았다. 이제 이 보고서는 수많은 죽간 무더기에 파묻혀 서서히 잊혀갈 것이다. 수백 년 후에나 누군가 이 보고서를 다시 발견할 텐데 그때는 오두미교도, 촉한도 이미 세상에서 사라진 지 오래일 것이다.

순후는 결국 풍옹을 설득하지 못하고 씩씩거리며 도관을 나섰다. 풍옹이 자신의 의견을 묵살하고 노골적으로 무시하니 화가 나 견딜 수가 없었다. 우연히 마주친 호충은 심상치 않은 순후의 표정을 보고 무슨 일인지 물었다. 그는 보고서 이야기를 듣고 피식 웃었다.

"순 종사, 효화. 제발 관료 사회가 어떤 곳인지 잘 생각해보시오."

"난 누가 적국과 내통하는지, 누가 나라를 팔아먹고 있는지만 생각합니다."

호충이 눈을 가늘게 뜨며 순후를 놀렸다.

"하지만 이 세계엔 언제든 우릴 물어뜯으려는 온갖 뒷말과 중상모략이 넘쳐나고 있어요."

"허허, 그게 바로 우리 정안사 일인데……."

순후가 살짝 난감해했다.

"지난번에 요청했던 인력은 오후에 보내드리지요. 다들 뛰어난 인재들이라……."

호충은 풍웅이 다가오는 것을 보고 처음에는 일부러 목소리를 높였다가 마지막 말은 작게 속삭였다.

"작년 감찰 기록 중, 무(戊) 행렬 첫 부분을 조사해보시오. 필요한 내용이 있을 겁니다."

순후는 본인 집무실로 돌아가자마자 사람을 불러 건흥 6년 정안사가 촉한 관리를 감찰했던 기록을 가져오게 했다. 잠시 후 두꺼운 먼지가 쌓인 어마어마한 양의 죽간이 순후를 둘러싸고 있는 모습이 마치 대나무 성벽처럼 보였다. 촉한 조정은 원칙적으로 내부 감시를 하지 않지만 특별한 경우, 즉 특별히 주목해야 할 인물이 있을 경우 감찰을 실시했다. 대표적인 사례가 마대와 강유, 그리고 농서 출신 장수와 관리들이다.

순후는 오후 내내 죽간을 뒤적인 끝에 드디어 원하던 내용을 찾았다. 작년 9월 26일 감찰 기록 중에 정체불명의 오두미교 남녀 두 명이 마대의 집을 찾아왔다는 내용이 있었다. 이들이 어떤 대화를 나눴는지는 알 수 없고 이후 마대는 오두미교 신자의 방문을 상부에 보고하지 않았다. 보고서 말미에 풍웅의 확인 서명이 있었다.

읽었음. 보고 안 함.

중요하지 않은 내용이므로 상부에 보고하지 않고 문서 창고에 보관한다는 의미다.

"호충 이 사람, 정말 대단하군."

순후가 감탄을 금치 못하며 죽간에 꽉 쥐었다. 호충은 정보 분석을 하면서 이 내용을 봤지만 그때는 대수롭지 않게 넘겼을 것이다. 작년에 읽은 사소한 문서의 내용과 날짜까지 정확히 기억하다니, 정말 기막히지 않은가?

"보고합니다!"

"응? 무슨 일이냐?"

순후는 호위병의 우렁찬 목소리에 깜짝 놀라 죽간을 내려놓고 고개를 들었다.

"노기 기술공 호적을 조사하러 보낸 관리들에게 문제가 생겼습니다."

순후는 왠지 불길한 느낌이 들었다.

"심각한 상황인가?"

"저희가 파견한 관리 둘이 몰매를 맞아 크게 다쳤는데, 한 명이 위중하다고 합니다."

"대체 어떤 놈들이?"

도무지 이해가 안 됐다. 정안사의 적은 정체를 숨겨야 할 간첩 혹은 내통자이므로 정안사 관리가 공개적으로 공격당하는 일은 극히 드물었다.

"그, 그게……."

호위병이 얼른 대답하지 못하고 망설이다가 순후의 날카로운 눈빛에 겁을 먹고 겨우 대답했다.

"예, 위연 장군 쪽 병사들입니다."

순후는 호되게 뒤통수를 얻어맞은 기분이었다.

같은 시각, 면현성 동부 세 번째 사거리에서 작은 충돌 사고가 일어났다. 말린 분뇨와 보릿재를 가득 실은 묵직한 소달구지가 갑자기 균형을 잃는 바람에 마침 말을 타고 그곳을 지나던 관리와 부딪혔다. 소달구지를 몰던 농부는 상대가 어떤 사람인 줄도 모르고 강한 한중 사투리로 욕을 퍼부었다. 관리의 호위병들이 우르르 몰려들어 간이 배 밖으로 튀어나온 농부를 끌어내렸다. 관리가 씩씩거리며 앞으로 나섰다. 이때 농부가 갑자기 달려들어 팔뚝을 낚아채려 하자 관리가 깜짝 놀라 한 걸음 뒤로 물러서면서 강하게 따귀를 날렸다. 이어 호위병들이 달려들어 농부를 한바탕 흠씬 두들겨 팬 후 길옆에 내버려 두고 떠났다.

곤죽이 된 농부는 관리 일행이 떠나고 한참 후에야 일어나 욱신거리는 팔다리를 주무르고 씩씩거리며 소달구지를 정리했다. 그리고 작게 욕을 지껄이며 구경 삼아 몰려든 사람들 틈새를 뚫고 사라졌다. 구경거리가 사라지자 구경꾼들도 뿔뿔이 흩어졌다. 사실 이런 일은 워낙 일상다반사라 특별한 얘깃거리가 되지 못했다.

농부와 정반대 방향으로 가던 관리가 호위병의 시선을 피하기 위해 허리를 살짝 굽히면서 몰래 주먹을 펼쳤다. 손바닥에 숨겼던 꼬깃꼬깃한 종이에 '지정 장소 갑, 익일 오시.'라고 써 있었다.

이렇게 미충은 한중 내부 간첩과 접선하는 데 성공했다.

면현성에서 서쪽 면양(沔陽) 방향으로 10리쯤 가면 면수 동편에 신선구라 불리는 분지가 있었다. 이 분지는 전체적으로 반달 형태이고 곳곳에 깊은 골이 파인 전형적인 한중 지형이다. 면현성과 면양을 연결하는 관도는 면수를 따라 곧게 뻗어 나가다 통행이 힘든 신선구를 만나면, 북쪽으로 크게 돌아 분지를 지난 후 다시 직선으로 이어졌다.

수년 전 조조가 한중을 공격할 때 면현 수비 임무를 맡은 장로의 동생 장위(張衛)가 신선구에 군영을 설치했다. 후에 장로가 조조에게 투항하면서 군영이 하루아침에 텅 비어버리자 주변 백성들이 몰려와 쓸 만한 물건을 모두 챙겨가고 낡은 막사만 남았다.

이곳은 한가운데 깊은 골이 있고 주변이 낮은 구릉으로 둘러싸인데다 곳곳이 고랑 천지였다. 이 모습이 하늘에서 보면 한자 '곤(困)'을 닮았다며 이곳이 한마디로 '곤란'의 땅이라고 말하는 이들도 있다. 이 때문에 백성들 발길도 끊겼고 관부에서도 전혀 관리하지 않았다.

그런데 오늘 이곳, 폐허가 된 신선구 옛 군영에 실로 오랜만에 사람 그림자가 나타났다. 폐허 한가운데에서 누군가를 기다리는 사람들은 모두 평민 차림이었다.

"거기 두 사람은 저쪽, 나머지 둘은 반대쪽으로 가서 망을 봐. 수상한 움직임이 있으면 바로 보고하고."

황예가 오두미교 신도 네 사람에게 지시를 내렸지만 여전히 불안감을 감추지 못하며 계속 두리번거렸다.

"미 선생, 그쪽에서 말한 시간이 지금이 맞습니까?"

"그렇소. 걱정 말고 그냥 기다리시오. 촉룡은 반드시 올 것이오."

미충이 입을 다물고 어느 한 곳을 물끄러미 응시했다. 바람에 펄럭이는 낡은 막사의 장막이 탁탁 소리를 냈다. 사방이 너무 고요하니 이 소리가 더 쓸쓸하게 들리고 왠지 모르게 자꾸 불안해졌다. 황예는 계속 초조하게 사방을 둘러봤다. 충분히 대비했지만 좀처럼 불안이 가시지 않았다. 사실 이 불안증은 촉한이 한중을 점령한 후부터 이어져 왔다.

황예는 사군이 다스리는 이상적인 화합의 나라를 세우는 것이 인생의 목표인 충성스러운 오두미교 신도다. 사군 장로가 조조와 함께 이곳을 떠난 후, 한중에 남겨진 신도를 이끈 이가 바로 황예였다. 그동안 촉한의 억압이 몇 번이나 있었지만 오두미교는 끈질지게 조직을 유지했다.

사 년 전, 장로가 죽었다는 소식이 전해졌을 때, 삶의 목표가 사라지고 인생이 끝났다는 생각에 죽고 싶은 생각뿐이었다. 그런데 얼마 뒤 위나라가 비밀리에 첩자를 보내 황예에게 '장로의 모든 직위가 아들 장부에게 계승됐다. 황제 조예가 천하통일 후 장부를 필두로 오두미교를 부흥시켜주겠다고 약속했다.'라는 말을 전했다. 이를 계기로 인생의 목표를 실현하기 위한 황예의 의지가 다시 불타올랐다. 특히 미충의 등장으로 눈앞에 한 줄기 서광이 비치는 것 같았다. 위나라의 이번 작전은 오두미교 부흥의 서막이 되리라.

해가 중천을 지날 무렵 드디어 촉룡이 나타났다. 한 걸음 한 걸음 다가오는 남자는 촉나라 관복을 입고 있었다. 관복을 보자 미충도 크게 긴장했는지 저도 모르게 입술에 침을 발랐다. 촉룡은 위나라 정보국에서 가장 신비롭고 중요한 인물이다. 관직이 꽤 높아 중요하고 값진 정보를 많이 제공했지만 위나라 정보국에서도 정체를 아는 사람이 많지 않았다. 이렇게나 중요한 존재인 만큼 안전을 위해 다른 간첩 활동에는 거의 참여하지 않았다. 이번 작전은 어떻게든 노기 기술을 손에 넣으려는 곽회와 곽강의 강렬한 열망 때문에 어쩔 수 없이 참여하게 됐다.

"촛불을 입에 물고 밤낮을 비추네."

촉룡이 멀리서 시를 읊듯 암호를 보내왔다.

"해가 닿지 않는 곳에 촉룡은 어찌하여 빛을 비추는가?"

미충이 다음 구절을 읊으며 황예에게 손짓을 했다. 황예가 그 뜻을 알아차리고 "조심하십시오."라고 당부한 뒤 고개를 숙이고 물러갔다. 촉룡이 그제야 다가와 단도직입적으로 물었다.

"북쪽에서 오셨소?"

미충도 만나는 시간이 짧을수록 발각될 위험이 적다는 것을 알기에 최대한 간단하게 곽강의 계획을 설명했다.

"허허, 배포가 아주 크시구먼. 그래도 계획은 치밀하게 잘 세웠네. 상상력도 있고."

"관련 자료만 입수하면 바로 준비하겠습니다."

"음, 필요한 자료와 물품은 내가 제공하겠지만 더 조심해야 할 것이오. 정안사가 벌써 냄새를 맡고 중요한 요소요소에 진을 쳤소."

"계획에 차질이 생길까요?"

"아직은 그쪽도 아는 게 많지 않은 모양이니, 핵심 계획엔 큰 영향이 없을 거요. 다만 외부 정보망 활동은 좀 골치 아플 거요."

"그럼 다행입니다."

"3월 16일 전에 모든 임무를 완수해야 할 것이오. 정안사를 절대 만만하게 보지 마시오."

"놈들은 아무것도 알아내지 못할 겁니다."

표정만 봐서는 미충이 말하는 '놈들'이 정안사인지 촉나라 군부인지는 분명치 않았다.

두 사람은 자료와 물품을 전달하는 방법을 정하고 바로 헤어졌다. 다음 약속은 정하지 않았다. 미리 정할 경우 정보가 새어 나갈 위험이 있기 때문이다. 미충은 한중에 오기 전 상부로부터 '촉룡은 정보만 제공할 뿐 작전에는 참여하지 않는다.'라는 명확한 조건을 전달받았다.

발각 위험을 줄이기 위해 촉룡이 먼저 돌아가고 미충과 황예는 한 시진 후에 신선구를 떠났다. 황예 일행은 관도 부근에서 양을 기르는 오두미교 신도를 만나 함께 면현성으로 돌아왔다. 성문 앞에 도착했는데 수문병들이 성으로 들어가려는 백성들을 길 가장자리로 밀어내고 성문 앞 나무 울타리를 부랴부랴 옮기고 있었다. 잠시 후 쿠르릉 소리와 함께 육중한 대문이 열렸다. 면현성은 백성들이 드나들 수 있도록 평소엔 옆문만 열어놓고 긴급 공무가 있을 때만 대문을 열었다.

'틀림없이 무슨 일이 생긴 거야.'

미충의 추측이 옳았음을 증명하듯 성문 안쪽에서 들려온 다급한 말발굽 소리가 요란하게 메아리쳤다. 곧이어 성안에서 여섯 명쯤 되는 말 탄 무리가 달려 나와 반대편 길 끝으로 순식간에 사라졌다. 옷차림으로 봐서는 군인 같지 않았다.

'재수 없이 일복 터진 문관이겠지.'

미충은 상관할 바 아니라고 생각하며 사람들 틈에 섞여 성안으로 들어갔다.

미충의 추측이 맞았다. 그들은 확실히 재수 없는, 아니 정말 운이 나쁜 관리들이었다. 곧 아주 골치 아픈 일로 군부 사람들을 상대해야 했으니까. 말을 타고 질주하던 순후는 이 생각을 하니 정말 기운이 쭉 빠졌다.

순후는 이틀 전, 군기사에서 돌아오자마자 어느 정도 직급이 있는 관리 둘을 불렀다. 그리고 위연 장군이 서명한 문서를 주고 제 6노기제작방에 가서 기술공 호적을 조사하라고 명했다.

촉한이 한중에 세운 군계방은 총 여덟 곳이었다. 제1에서 제5제작방은 일반 무기를 만들고 제7, 제8제작방은 군영 용품과 대형 건설 장비를 생산했다. 그리고 제6노기제작방은 아주 특별했다. 면현성에서 동쪽으로 30리 떨어진 면수 부근 산자락에 위치한 제6노기제작방은 규모는 크지 않지만 기술형 무기인 촉도와 원융을 생산했다. 이곳은 보안과 효율적인 관리를 위해 바로 옆에 기술공 거주지를 마련하고 전담 군대를 배치해 철저히 통제했다. 이 전담 군대가 바로 사건의 발단이었다.

두 정안사 관리는 제6노기제작방 입구에서 문전박대를 당했다. 이곳 전담 군대의 책임자 황습(黃襲)은 기술공 호적은 대외비라 절대 외부인이 열람할 수 없다며 조사를 거절했다. 정안사 관리는 황습에게 업무방해죄로 체포하겠다고 으름장을 놓으며 조사를 강행하려고 했다. 결국 시비가 붙어 두 관리가 황습의 부하들에게 두들겨 맞고 감금당했다.

순후는 가는 길에 구체적인 상황을 들었지만 아무리 생각해도 뭔가 이상했다. 조사하러 간 관리들은 위연이 직접 서명한 승인 문서를 가지고 있었는데 황습이 왜 조사를 막았을까? 혹시, 황습 배후에 조사를 방해하는 세력이 있나?

순후는 황습과 개인적인 친분은 없지만 신상 정보는 훤히 알고 있었다. 1차 북벌 당시 마속의 부장으로 가정 전투에 출정했던 그는 겨우 목숨은 건졌으나 후에 강등 조치됐다. 일선 지휘관에서 산간벽지로 쫓겨나 무기 제작방이나 관리 감독하게 된 것이다. 이와 관련해 여러 가지 소문이 많았다. 똑같이 마속의 부장이었던 장휴(張休)와 이성(李盛)은 처형됐는데 황습만 살아남았다. 그래서 어마어마한 뇌물을 썼을 것이란 말이 많았지만 어디까지나 소문일 뿐 확인된 바는 없었다.

순후는 제6노기제작방이 위치한 산자락 풍경이 군기사와 사뭇 다름을 느꼈다. 푸른 풀밭에 회백색 모래와 자갈이 깔렸고 그 위에 크고 작은 수레바퀴 자국이 어지럽게 찍혀 있었다. 주변이 온통 진흙더미와 폐광석 천지라 듬성듬성 심은 나무들이 잘 보이지 않았다. 공기 중에 미세한 분진이 섞여 눈앞이 뿌옇고 숨쉬기가 힘들었다. 길 왼편에 흐르는 크게 휜 인공 하천의 혼탁한 흙탕물을 보니 더 숨이 막혔다.

노기제작방 입구 양쪽에 어디선가 캐 왔을 돌무더기가 산처럼 쌓여 있었다. 돌무더기 사이로 녹슨 대형 철문이 보이고 갑옷 입은 보초병 열댓 명이 그 앞을 지키고 있었다. 순후는 말을 타고 가서 고삐를 잡아당긴 후 호부를 꺼내 보이며 문을 열라고 소리쳤다. 보초병들이 힐끔 한 번 쳐다볼 뿐 만사 귀찮다는 듯 대꾸했다.

"황 장군의 명령입니다. 지금은 비상시국이라 위 장군 승인 문서가 없으면 아무도 들어갈 수 없습니다."

아무리 장군의 명령이라도 일개 병사가 정안사 고위 관리에게 이렇게 무례할 수는 없는 법이다. 순후는 너무 화가 나서 버럭 소리를 질렀다.

"건방진 놈! 지금 공무를 방해하는 거냐? 좋아, 규율대로 목이 날아가게 해주마!"

보초병은 순후의 태도에 기세가 꺾였다. 순후의 직급을 정확히 모르기 때문에 일단 태도를 누그러뜨렸지만 절대 길을 비키지는 않았다. 순후가 굳은 표정으로 툭 던지듯 말했다.

"굳이 들어갈 필요도 없으니 가서 황습에게 전해라. 정안사 종사 순후가 찾아왔다고."

보초병은 순후의 직함을 듣고 얼굴이 하얗게 질려 재빨리 허리를 굽히고 안으로 뛰어 들어갔다.

대략 향 두 대 피울 시간이 지났을 때 철문이 열렸다. 먼저 긴 창과 큰 칼로 무장한 병사들이 줄줄이 달려 나와 양쪽으로 대열을 만들었다. 이어서 짧은 콧수염을 기른 장군이 육중한 갑옷 차림으로 말을 타고 등장했다. 순후는 한눈에 황습을 알아봤다.

두 사람은 살짝 고개만 끄덕일 뿐 말에서 내리지는 않았다. 양쪽 모두 강경한 입장이란 뜻이었다. 먼저 침묵을 깬 사람은 황습이었다. 좌천당한 사람 특유의 가시 돋친 말투로.

"이런, 정말 순 종사가 오셨네. 이런 누추한 곳에 무슨 일이신지?"

"예, 듣자니 우리 쪽 사람이 여기에서 문제가 있었다고 해서 특별히 직접 알아보러 왔소."

두 사람은 간단히 형식적인 인사말을 주고받은 후 바로 본론으로 들어갔다.

"어제 여기에 온 우리 정안사 관리가 감금당했다는데 대체 무슨 일이오?"

황습이 뭐가 문제인지 모르겠다는 표정으로 어깨를 으쓱했다.

"아, 노기제작방에 불법 침입하려 했기 때문이오. 여긴 보안 등급이 아주 높은 곳이라 아무나 들어갈 수 없다는 걸 잘 아시지 않소?"

"우리 쪽은 문제가 없었소. 분명히 위연 장군이 서명한 승인 문서를 가지고 있었소."

황습은 이 질문을 예상했다는 듯이 품에서 꺼낸 문서를 순후에게 건네고 피식 웃었다.

"이 문서 말씀이오? 난 확실히 규정대로 처리했소."

"정안사 관리를 구타하고 열 시진 넘게 감금해놓고 규정대로 처리했다고?"

"그쪽 생각은 그쪽 자유니까."

황습이 다시 어깨를 으쓱했다. 순후는 문서를 펼쳐 '군기방 및 모든 군계방 출입을 승인함.'이라는 문장을 가리켰다.

"아, 순 종사가 이 문서의 뜻을 잘못 이해한 모양이오."

순후는 황습이 가리킨 다른 문장으로 시선을 돌렸다. 방금 전 순후가 가리킨 문장보다 몇 줄 앞에 '이는 평상시에 한함.'이란 구절이 있었다.

"이게 왜? 지금이 평상시가 아니란 말이오?"

황습이 기다렸다는 듯이 미소를 지으며 당당하게 대답했다.

"이틀 전이라면 이 문서가 유효했겠지. 안타깝지만 어제 아침에 승상부에서 '전군, 전시 동원 상태'라는 명령이 전달됐소. 순 종사도 아실 텐데? 곧 우리 군의 작전이 시작된다는 걸……."

"하지만 군기사는 출입을 허용했소."

"성격이 다르오. 군기사는 연구 개발만 하는 곳이니 상관없겠지만 우리 군계방은 야전 군대와 보조를 맞춰야 하니까."

순후는 이 말이 평계임을 알지만 특별히 문제 삼을 부분이 없었다. 군부와 정안사의 갈등은 이미 오래전에 시작됐다. 그동안 서로를 공격하면서 곤란하게 만든 일이 한두 번이 아니었고 지금 이 사건도 그 갈등의 연장선이었다.

"기술공 호적은 반드시 조사해야 하오. 군계방 정보를 빼내려는 위나라 첩자가 곧 움직일 것이오."

"그 일이라면 걱정 마시오. 우리가 철저한 보안 조치를 취하고 있으니까. 정안사는 그쪽 수하나 잘 관리하시오."

순후는 상대의 비아냥에 울컥 화가 치밀었지만 겨우 마음을 진정하고 황습을 노려보며 한 글자 한 글자 똑똑히 내뱉었다.

"지금 황 장군 행동이 우리 군 기밀을 훔치려는 적국 첩자에게 얼마나 큰 도움이 되는지 알고 있소?"

"순 종사도 분명히 알아야 할 것이오. 지금 정안사가 군계방 무기 생산을 지연시키면 전체 군사 계획에도 차질이 생길 것이오."

황습도 질세라 날카롭게 맞받아쳤다. 두 사람 뒤에 늘어선 수하들도 서로 죽일 것처럼 노려봤고 성격 급한 몇 사람은 벌써 칼을 뽑아 들었다. 아직 꼿꼿이 서 있지만 이미 순후 쪽이 기가 눌린 상태였다. 머릿수도 적은데다 무기라고 할 만한 것도 없었으니까.

양측의 대치가 길어지면서 긴장이 고조됐지만 다행히 물리적 충돌은 일어나지 않았다.

순후는 한 방 날리고 싶었지만 힘으로는 황습을 이길 수 없으니 꾹꾹 참을 수밖에 없었다. 황습도 정말 한판 붙으면 이길 수야 있겠지만 군법에 따른 처벌을 피하기 힘들다는 것을 잘 알았다. 정안사 일반 관리 둘을 구타하는 것과 정안사 종사를 폭행하는 것은 완전히 별개의 일이기 때문이다.

그래서 양측은 한 발씩 물러서기로 했다. 순후가 감금된 부하를 풀어달라고 요구하자 황습도 거절하지 않았다. 대신 마지막에 한마디 덧붙였다.

"보안 구역에 함부로 침입한 부분은 정식으로 고발할 것이오."

순후는 못 들은 척 대꾸하지 않고 돌아섰다. 결국 조사를 하지 못하고 돌아가던 길에 마침 성문을 지키고 있던 성번을 만났다. 성번은 순후를 보자마자 긴장한 표정으로 손을 흔들었다. 순후가 부하들에게 잠시 기다리라고 한 뒤 말에서 내려 성루로 올라갔다. 다급하게 뛰어 내려오던 성번이 순후를 가로막고 주위를 한 번 둘러본 후 목소리를 낮춰 말했다.

"큰일이오. 큰일 났소."

"무슨 일이오?"

"방금 사마부에서 정안사랑 군부가 한바탕 했다는 말을 들었소."

'발 없는 말이 천 리를 간다더니, 나쁜 소식은 더 빠르군……'

순후가 한숨을 내쉴 때 성번이 문서 한 장을 내밀었다.

"방금 받은 공문이오. 순 종사에게, 면현에 돌아오는 대로 당장 사문조로 오라고 전하라는 내용이오."

"아, 알겠습니다."

"조심하시오. 아무래도 쉽게 넘어갈 것 같지 않으니."

순후가 불안한 마음으로 성루를 내려와 말머리를 돌려 곧장 도관으로 향했다.

도관에 도착하니 요유, 풍옹, 음집, 마신, 호충 등이 의사청에 모여 있었다. 다들 표정이 좋지 않았는데 풍옹은 특히 안색이 어둡고 심각해 보였다. 이들 사문조 고위 관리 다섯 명 외에 몸집이 작은 중년 남자가 한 명 더 있었다. 턱이 뾰족한 전형적인 역삼각형 얼굴에 눈이 쑥 들어가 보일 정도로 광대와 넓은 이마가 툭 튀어 나왔다. 눈은 광대와 이마가 위아래에서 찍어 누른 것처럼 팔(八)자 형태의 단춧구멍이라 보는 사람이 더 답답했다. 하지만 절대 얕볼 수 없는 사람이다. 순후가 옷매무새를 정리하고 가장 먼저 이 남자에게 허리를 숙였다.

"양 참군."

바로 이 남자가 사문조의 최고 권력자인 승상부 참군 양의였다.

"효화, 일은 어떻게 됐는가?"

양의의 말투는 부드러웠지만 풍옹의 분노한 눈빛을 보니 이미 수습할 수 없음을 안 순후는 자초지종을 상세히 보고했다. 양의가 이미 성안에 퍼진 소문을 듣고 상황을 파악하러 달려왔을 테니까.

순후는 보고를 마치고 양의의 표정을 확인한 순간 문제가 아주 커지겠구나 싶었다. 양의는 반드시 받은 만큼 돌려주는 사람이니까. 특히 이번에 본인이 이끄는 정안사의 체면을 짓밟은 자가 숙적의 부하이니 양의의 분노가 어디까지 치솟을지 가늠하기 힘들었다. 양의가 천천히 턱을 괴고 알 수 없는 표정을 지었다.

"효화, 당장 보고서를 작성하게. 요점을 모두 포함하되 최대한 간결하게."

순후는 명령을 받자마자 기록실로 달려가 종이를 펼치고 보고서를 써 내려갔다. 모두들 양의의 기세에 눌려 꿈쩍도 못하는지 발소리가 전혀 들리지 않았다.

순후는 보고서 작성이 끝나자 바로 양의에게 가져갔다. 양의가 한 번 훑어보고 고개를 끄덕인 후 잘 접어 소맷부리에 넣고 별다른 말 없이 도관을 떠났다. 다들 그제야 한숨을 돌렸다. 그러나 풍옹은 순후에게 삿대질하며 본격적으로 분노를 표출했다.

"자네, 지금 무슨 일을 저질렀는지 알아?"

"기술공 호적을 조사해 위나라 첩자와 접촉할 가능성이 큰 사람을 찾아내려고 했습니다만."

순후가 아무렇지 않게 대답하자 풍응이 노발대발했다.

"이렇게 야단법석을 떨면 우리가 주도권을 뺏긴다는 걸 몰라?"

"그만하게. 이번 일은 효화 책임이 아니야. 군부 놈들, 너무 거만해졌어."

요유의 말에 풍응은 조금 수그러들었지만 여전히 부릅뜬 눈으로 순후를 노려봤다. 이때 호충이 끼어들어 가볍게 툭 던지듯 말했다.

"효화, 대단하오. 사문조와 군부의 전면전을 일으키다니."

"그렇게 대단한 능력이 있었으면 벌써 쥐새끼를 잡았겠지요."

순후가 퉁명스럽게 대꾸했다. 마신은 순후의 어깨라도 두드려주고 싶었지만 풍응의 눈초리에 저도 모르게 손을 움츠렸다. 마신은 사문조에서 유명한 무골호인이다. 늘 열심인데 패기가 없어서 상관 눈치를 많이 보는 편이었다. 그리고 요유는 이런 쓸모없는 잡담을 아주 싫어했다.

"됐어. 그런 쓸데없는 소리 할 때가 아니야. 효화, 지금 조사가 어디까지 진행된 상태인가?"

"노기 기술 유출 경로 세 곳을 확인했습니다. 군기사는 이미 조치했지만 나머지 두 곳은, 이미 들으신 대로입니다. 군계방은 들어가지도 못했고 노기가 배치된 군대는, 말할 것도 없죠."

"위나라 쥐새끼 행적은?"

"각 관문에 철저히 조사하라고 통보했고 면현성 주요 객잔과 주점을 비롯해 공공장소에 잠복을 지시했습니다. 아직 별다른 소식은 없습니다."

보고를 끝내야 하는데 순후는 버릇처럼 꼭 말을 덧붙였다.

"걱정 마십시오. 쥐새끼는 반드시 잡겠습니다. 우리가 끝까지 최선을 다하고, 관련 부문이 협력하면……."

"지금 상황에서 할 말이 아닌 것 같소."

음집이 언짢은 듯 툭 내뱉었다. 순후는 대선배 말에 감히 대꾸할 수 없어 순순히 입을 다물었다. 음집이 헛기침을 하고 선생 같은 말투로 가르치듯 말했다.

"우리의 농서 경험으로 볼 때 현지 주민과 유대감 있는 사람이 간첩으로 제격이지요. 예전에 우리가 강족을 선택했던 것처럼 말이오. 그러니 일단 오두미교 신도를 조사해보는 것이 좋겠소. 위나라 정보국도 우리와 같은 생각이지 않겠소?"

"벌써 조사했습니다만, 그쪽은 가능성이 낮아 배제했습니다."

왜 이렇게 대답했는지 순후 자신도 명확하지 않았다. 풍응을 힐끔 쳐다봤는데 왠지 안도하는 것 같았다.

"그런데, 양 참군은 왜 효화 보고를 다 듣지도 않고 가셨을까요?"

마신이 불쑥 질문을 던지자 요유가 냉정한 답을 내놓았다.

"이 일은 양 참군의 관심사가 아니야. 당장 해야 할 더 중요한 일이 있는 게지."

이 말은 단순히 사실을 말하는 것 같기도 하고 동시에 비꼬는 것 같기도 했다.

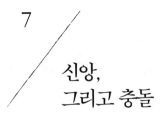

7
신앙,
그리고 충돌

　면현 정남부에 위치한 제갈량의 승상부는 전체적으로 아주 두터운 벽돌로 높은 담을 둘러 외부 세계의 시선을 완벽하게 차단했다. 승상부 출입구는 면현성 주요 도로와 연결되고 네 귀퉁이에 19장이 넘는 높은 감시탑을 세워 밤낮으로 철저한 경계 태세를 유지했다.

　예전에는 장로가 하늘에 제사를 지내던 곳이었는데 촉한 지배의 상징인 승상부가 들어섰다. 승상부는 원래 면현성 정중앙에 위치한 장로의 침궁에 있었다. 그러나 신중한 제갈량은 세상 사람들이 자신을 야심가로 오해할 것을 염려해 승상부의 위치를 옮겼다.

　촉한의 수도는 성도이지만 제갈량이 한중 승상부에서 국사를 돌볼 때만큼은 이곳이 실질적인 촉한의 심장부였다. 하지만 이곳 건물은 막강한 권세만큼 화려하진 않았다. 평범한 단층 벽돌 건물 세 동뿐이고, 건물 사이를 연결하는 회랑도 특별한 장식 없는 단순한 기와지붕을 얹었고 색감도 전체적으로 차분했다. 건물 사이마다 뽕나무 세 그루를 심었고 문 앞에는 쾌속마와 전령이 상시 대기했다. 이런 요소들은 승상부가 실무와 효율성을 중시한다는 사실을 보여준다.

양의가 승상부 정문 앞에 도착한 시각은 이미 자정 무렵이었다. 하지만 이는 승상부 업무 일과표상 정상적인 업무 시간이기 때문에 양의가 제갈량에게 접견을 요청했을 때 호위병의 반응 역시 지극히 일상적이었다.

양의는 기본적인 몸수색을 받고 정문을 통과한 후 익숙한 듯 제갈량의 집무실로 연결된 회랑에 들어섰다. 지금 그는 폭발하기 일보 직전이었다. 순후에게 제6노기제작방 사건을 보고받자마자 분노가 끓어올랐다. 사실 양의는 속이 좁고 까칠한 편이라 누구든 자신의 영역에 사소한 의문을 제기하기만 해도 불같이 화를 냈다. 특히 이번 사건의 배후는 사문조를 사사건건 방해하는 군부의 실세이자 원수나 다름없는 위연이기 때문에 더욱 화가 나고 도저히 용납할 수 없었다.

위연과 양의의 악연은 선대 소열 황제, 유비 시대에 시작됐다. 양의는 형주(荊州)군 최고 지휘관이었던 관우(關羽)의 수하였다가 유비에게 재능을 인정받아 좌장군 병조연(兵曹掾)에 올랐다. 유비가 한중왕에 오를 때, 상서(尙書)에 등용되어 큰 영예를 누렸다. 이즈음 오랫동안 주목받지 못했던 위연이 갑자기 두각을 나타냈다. 특히 유비가 그에게 한중 수비군 지휘를 맡기면서 일개 중급 군관에서 단숨에 진원장군(鎭遠將軍)으로 승진했다. 위연의 기적적인 행보가 많

은 사람들 입에 오르내리면서 양의의 존재는 점점 희미해졌다. 양의
는 이때 이미 위연을 질투하기 시작했을 것이다.

그 후 촉나라와 오나라의 전쟁이 시작될 무렵 양의는 상관인 상
서령(尙書令) 유파(劉巴)에게 미움을 사는 바람에 홍농(弘農) 태수로
좌천됐다. 당시 홍농은 위나라 지배하에 있었기 때문에 매우 모욕적
인 처사였다. 반면 촉나라 북부 수비군을 지휘하고 있던 위연은 자
자한 칭송을 받으며 승승장구했다. 이 때문에 양의의 질투는 한없
이 커졌다.

유비가 백제성(白帝城)에서 세상을 떠나자 촉한은 본격적인 제갈
량의 시대를 맞이했다. 제갈량은 양의가 행정에 탁월한 능력을 발휘
하자 승상부로 불러들여 둔전, 물자 운송, 관리 등 후반 행정 업무를
맡겼다. 이때 위연도 한중과 농서 지역을 담당하는 군사 전문가로
제갈량 수하에 있었다. 위연 역시 처음 보자마자 양의가 싫었기 때
문에 두 사람의 관계는 첫 만남에서부터 물과 기름이 돼버렸다.

제갈량이 두 사람의 갈등을 봉합해보려 갖은 노력을 했지만 소용
없었다. 두 사람은 제갈량 앞에서만 겨우 성질을 죽였을 뿐, 돌아서
면 서로를 물어뜯느라 정신없었다. 한번은 제갈량이 안타까운 마음
에 이렇게 물었다.

"위 장군, 도대체 왜 그렇게 위공[40]을 미워하는가? 그 마음이 타
고난 것은 아니지 않은가?"

"타고난 마음입니다."

◇◇◇◇◇◇◇◇
40 威公. 양의의 자.

위연의 답은 아주 진지하고 단호했다.

어쨌든 양의의 입장에서 보면 황습이 정안사 관리를 폭행한 일은 위연에게 직접 뺨을 맞은 것이나 다름없었다. 지금 양의는 끓어오르는 분노로 뺨 근육이 파르르 떨리기까지 했다.

'빌어먹을 놈! 반드시 대가를 치르게 해주마.'

양의가 이런 생각을 하며 독하게 이를 갈고 바닥에 침을 뱉었다.

제갈량의 집무실은 여전히 환하게 등불을 밝히고 있었다. 제갈량은 정말 보기 드물게 근면 성실한 관료였다. 매일 밤늦은 시간까지 일하고 잠도 몇 시간밖에 안 잤다. 문 앞의 시종이 양의를 보자마자 과하게 호들갑을 떨었다.

"양 참군, 왜 이제 오십니까? 승상께서 한참 기다리셨는데."

양의는 살짝 이상하다고 생각하며 성큼 한 걸음을 뗐다. 그리고 문지방을 채 넘기도 전에 시종이 그런 반응을 보인 이유를 알았다. 깃털 부채를 쥔 제갈량이 겨울용 털가죽 외투를 걸치고 홍단목 앉은뱅이책상 앞에 앉아 있고 그 옆에 검게 그을린 얼굴에 갑옷을 입은 위연이 서 있었다.

"......"

"......"

양의와 위연은 말없이 서로 노려봤다. 하지만 감정이 격한 양의와 달리 위연은 여유롭고 자신만만해 보였다. 제갈량이 깃털 부채를 내려놓고 자리에 앉으라는 뜻으로 두 사람에게 손을 내밀었다. 양의가 재빨리 왼쪽에 자리를 잡자 위연은 자연스럽게 오른쪽에 앉았다.

"위공, 제6노기제작방 사건 얘기는 이미 들었네."

제갈량이 부드럽게 말을 꺼내자 양의가 몸을 들썩이며 항변했다.

"승상! 저자의 일방적인 주장만 들으시면 안 됩니다. 제 부하의 과오를 덮으려는 수작입니다."

이번엔 위연이 눈동자를 부라리며 벌떡 일어섰다.

"쥐새끼 같은 놈! 적반하장도 유분수지."

양의는 위연을 무시한 채 제갈량에게 호소를 이어갔다.

"정안사 관리들이 정상적인 절차를 밟아 호적 조사를 요구했는데, 황습은 말도 안 되는 이유로 조사를 방해했습니다. 심지어 관리들을 구타하고 불법 감금하기까지 했습니다. 이건 한마디로 법과 규정이 안중에도 없다는 뜻입니다."

"감히 여기가 어디라고 헛소리를 지껄여? 네놈들이 느닷없이 쳐들어와 강제로 진입하려는 바람에 군 작전 준비가 엉망이 됐는데!"

위연이 양의를 잡아먹을 것 같은 표정으로 버럭 소리를 질렀다. 제갈량이 깃털 부채를 들어 두 사람 사이를 가로막고 엄하게 꾸짖었다.

"둘 다, 조용히 하게."

두 사람이 씩씩거리며 다시 자리에 앉았다. 위연은 양의에게 겁을 주려는 듯 칼자루를 꽉 움켜쥐었다.

"지금 우리가 북방의 강적 위나라를 상대해 승리하려면 상하좌우 전체가 한마음 한뜻이 되어야 하거늘, 두 사람은 어찌 허구한 날 서로 공격하고 내부 다툼을 일으키는가? 이것이 아군에 불리하고 적군에 유리한 일임을 모르는가? 정안사와 군계방은 역할이 명확히 구분되지만 황제 폐하에게 충성을 다해야 한다는 전제는 같네. 노기 제작방 사건은 서로 오해가 있었던 모양이네."

제갈량이 부드럽지만 단호한 말투로 대화를 이끌었다. 그러나 제갈량이 이 사건을 오해로 규정해버리자 양의가 다시 발끈했다.

"아무래도 승상께서 이 일이 얼마나 심각한 사안인지 모르시는 것 같습니다. 지금 한중에 있는 정체불명의 위나라 간첩이 우리 군의 최신 노기 기술을 노리고 있습니다. 그놈을 빨리 찾아내지 못하면 엄청난 대가를 치르게 될 것입니다."

위연이 차갑게 비웃으며 상대를 한껏 무시했다.

"그래서 지금 당신들은 뭘 하고 있나? 쥐새끼 잡는 건, 당신들보다 우리 집 고양이가 더 잘하는 거 같은데? ……승상, 이번 봄 총공세에 차질이 없도록 준비하려면 노기를 포함해 모든 기술형 병장기 배치 비율을 4할 혹은 4할 반까지 끌어올려야 합니다. 현재의 군기방 생산 속도를 반드시 유지해야 합니다."

이번엔 양의가 위연을 무시할 차례였다.

"한심하긴. 내가 그 자리에 있었으면 목표치는 벌써 달성했다."

"제길! 며칠 전, 왕평 무당군(無當軍)이 단체로 식중독에 걸렸어. 그 군량을 누가 제공했지? 누가 관리했어?"

"요즘 왕평 장군이 잘 나가니, 누가 시기해서 꾸민 일인지 어떻게 알아?"

양의가 뭔가 의심스럽다는 듯이 위연을 흘겨보며 천천히 수염을 쓰다듬었다. 본인의 반격이 꽤 만족스러운 표정이었다.

왕평은 지난 두 번의 북벌에서 유일하게 승진한 촉나라 장수였다. 위연의 경우 직접 제안한 군사 작전이 거부당했고 전투 패배의 책임을 물어 관직이 강등됐다. 이 때문에 군 내부에서 위연이 왕평을 눈엣가시처럼 생각한다는 소문이 돌았다.

역시나 위연은 이 말을 듣자마자 불같이 화를 내며 책상을 걸어차고 벌떡 일어나 양의에게 직진했다. 큰손으로 가녀린 양의의 멱살을 움켜쥐고 순식간에 칼을 뽑아 목을 겨눴다.

"이 개자식! 다시 한번 지껄여봐!"

양의는 칼날이 급소를 건드리자 얼굴이 파랗게 질리고 입술이 덜덜 떨려 아무 말도 못했다. 위연의 돌발행동에 놀란 제갈량은 잠깐 당황했지만 바로 정신을 차리고 호통쳤다.

"위연! 뭐 하는 짓인가? 어서 그 손 놓지 못하겠는가!"

제갈량의 호통에 위연이 칼날을 살짝 떼고 휙 베는 시늉을 하면서 한 번 더 겁을 주고 양의를 놓아주었다. 양의는 바닥에 주저앉았다가 제갈량 옆으로 기어가 그의 다리에 매달리며 정신없이 소리쳤다.

"승상, 살려주십시오. 제발, 살려주십시오."

방금 전까지 자신만만했던 양의가 눈물 콧물을 흘리며 애걸하는데, 정말 가관이었다. 어쨌든 양의는 후방에서 행정 업무를 담당하는 관리이기 때문에 실제로 칼날이 목에 닿자 극도의 공포를 느낄 수밖에 없었다.

"문장[41], 감히 내 앞에서 무기를 들고 관리를 위협하다니, 어떤 대가를 치를지 잘 알고 있겠지?"

제갈량이 무섭게 꾸짖자 위연은 정신이 번쩍 들었다. 승상의 바로 코앞에서 이런 경솔한 짓을 저지르다니, 이것은 권위에 도전하는 일이나 다름없었다. 위연은 얌전히 칼을 거두고 한쪽 무릎을 꿇으며

---

41 文長, 위연의 자.

제갈량에게 고개를 숙였다. 어쩔 수 없이 겉으로는 복종하는 척했지만 혼비백산한 양의를 보니 내심 뿌듯했다.

제갈량은 발밑에서 벌벌 떠는 양의를 보며 긴 한숨을 내쉬었다.

이 소문은 다음날 바로 면현성에 쫙 퍼졌다. 지난밤 승상부에서 양 참군이 위 장군에게 대들었다가 눈물이 쏙 빠지도록 혼쭐이 났다고. 이 사건은 한동안 많은 사람들의 입에 오르내렸다. 제갈량은 일을 더 키우고 싶지 않아 위연에게 내부 징계만 내리고 마무리했다. 그러나 위연과 수하 장군들은 이 일을 자랑스럽게 생각해 여기저기 떠들고 다녔다.

반면 사문조, 특히 정안사 사람들은 체면이 땅에 떨어져 고개를 들고 다닐 수가 없었다. 하지만 이 일이 꼭 나쁜 것만은 아니었다. 이 사건 이후 군부가 제6노기제작방 기술공 호적 조사에 동의했기 때문이다. 사람들은 대부분 제갈량의 명령이 있었을 것이라고 추측했지만 군부 사람들은 '재미있는 구경거리에 대가를 지불한 것'이라고 주장했다.

어쨌든 이 사건은 순후의 업무에 큰 도움이 됐다. 2월 27일, 호충이 보내준 군모사 관리 둘이 합류하자 바로 제6노기제작방으로 보내 호적 조사 및 분석을 지시했다. 그리고 바로 심복을 보내 정안사 도위 배서를 비밀리에 불러들였다.

순후는 이미 다른 계획을 준비하고 있었다. 며칠째 분주히 움직였지만 실질적인 진전이 없어 확실한 돌파구가 필요했다. 아무래도 조금 더 공격적으로 움직여야 할 것 같았다.

본적이 하동(河東) 문희(聞喜)이고 어려서 부모와 함께 익주로 이

주한 배서는 올해 스물다섯 살로 이 년 전에 정안사에 합류했다. 유머 감각도 있고 윗사람의 의중을 잘 헤아렸다. 일 처리가 빈틈없고 특히 계산이 빠른 편이라 행동조 작전 설계를 담당했다. 이외에 격투 실력도 좋고 그림에도 일가견이 있었다. 그림 실력은 가문의 전통이라고 했다.

"순 종사, 부르셨습니까?"

배서가 크게 외치는 소리에 순후가 가볍게 고개를 끄덕였다. 배서는 오늘 섶이 짧은 흰옷을 입었는데 양쪽 소매 끝과 팔꿈치에 먹물이 묻어 있었다. 도면 작업을 하다가 달려온 것 같았다.

"그쪽 일은 많이 바쁜가?"

순후가 호위병을 시켜 배서에게 물 한 잔을 내줬다.

"그럭저럭 잘돼 갑니다. 구역별 면현성 내 지도 세 개는 다 그렸는데, 백분율 설정이 너무 높아 진행 속도가 좀 더딥니다."

"허허, 자네 제도 기술 대단한 건 워낙 유명하니까. 제갈 승상이 극찬한 솜씨 아닌가."

배서가 쑥스럽게 웃으며 겸손하게 대답했다.

"과찬이십니다. 하동 본가에 대대로 전하는 제도육체를 조금 응용했을 뿐입니다."

이때까지만 해도 두 사람은 꿈에도 몰랐을 것이다. 수천 리 떨어진 하동 문희에 사는 배씨 집안의 다섯 살짜리 꼬마[42]가 수십 년 후 제도육체의 진면목을 만방에 떨칠 줄은.

◇◇◇◇◇◇◇◇

42 중국 진나라 때 명성을 떨쳤던 지리학자 배수(裴秀, 224~271년)를 말한다. 이 소설의 배경이 229년이므로, 당시 배수는 다섯 살이었다.

배서가 물을 마시고 숨을 돌리자 순후가 바로 본론으로 들어갔다. 배서는 순후가 털어놓은 계획을 듣고 매우 놀랐다. 도저히 믿지 못하겠다는 표정으로 한참 동안 말없이 순후를 쳐다보기만 했다.

"자네 생각은 어때? 이 계획 가능하겠나?"

순후가 다그쳐 묻자 배서는 어렵게 고개를 끄덕였다.

"기술적으로는 문제가 없습니다. 다만, 아시잖아요. 지금 상황이 안 좋아요. 너무 위험하다고요. 양 참군 일이 벌어진 게 바로 어제인데, 또 이렇게 군부를 자극하면……."

"뭐, 자오곡(子午谷) 계책만큼 위험하겠나?"

순후가 언급한 자오곡 계책은 촉한에서 아주 유명한 일화였다. 1차 북벌 직전, 위연이 서한수 하류의 자오곡을 거쳐 장안을 기습하자는 전략을 제안했는데 제갈량이 너무 위험하다는 이유로 받아들이지 않았다. 그 후 자오곡 계책은 '매우 위험한 일'의 대명사가 됐다.

"그런데, 오두미교와 관련된 일 아닙니까? 풍 부장은 알고 있습니까?"

"내가, 오두미교를 건드리지 않겠다고 했지……. 그런데 조사를 안 한다고 말한 적은 없어."

순후가 교활하게 웃자 배서는 왠지 식은땀이 나는 것 같았다. 이렇게 간 큰 상관을 모셔야 한다니. 순후가 배서의 물잔을 채워주며 말을 이었다.

"숙치[43], 난 하루라도 빨리 쥐새끼를 잡고 싶을 뿐이네. 다른 건

◇◇◇◇◇◇◇◇
43 배서의 자.

다 나중 문제야. 자넨, 꼭 날 도와줘야 해."

배서는 갑작스러운 요구에 잠시 망설였지만, 결국 젊음의 패기가 다른 걱정을 모두 물리쳤다.

"알겠습니다. 최선을 다해보겠습니다."

"좋았어! 고맙네, 고마워. 지금 바로 행동조에서 믿을 만한 사람을 뽑아 보게. 비밀 임무라고 말하고 조용히 데려와. 이번 행동조는 내 직속이고 독립 조직이니 나한테만 보고하게."

"알겠습니다."

"모든 가능성을 예상해 다양한 작전 계획을 세워 보게. 최대한 빨리. 필요한 물품은 내가 준비하지."

"네. 혹시 세부 계획까지 필요할까요?"

"아직은 필요 없네. 일단 내가 직접 해야 할 일이 있으니, 세부 계획은 그 상황을 본 뒤 논의합세. 이 일은 반드시 비밀리에 진행해야 해. 정안사 사람이라도 우리 외엔 아무도 알면 안 돼. 만약 풍 부장 귀에 들어가면 그대로 끝장이야. 하지만 걱정 말게. 당연히 모든 책임은 내가 질 테니까."

"모두 한나라 부흥을 위한 것임을!"

배서의 이 외침은 1차 북벌 이후 무장과 문관들 사이에서 크게 유행한 구호다.

"좋아, 어서 가서 준비하게."

"질문이 하나 더 있습니다."

"뭔가?"

"우리 행동조 명칭을 어떻게 할까요?"

"음……. 제5조로 하지."

정안사에는 원래 4개 조가 있다. 제1조는 감시와 미행 등 정보 수집 업무, 제2조는 필체와 문서 감정 및 심리 분석 업무, 제3조는 추격 및 체포 작전 담당, 제4조는 기타 후방 지원과 연락 업무를 담당했다. 순후가 '제5조'라 명명한 것은 배서의 행동조가 정안사의 비밀 조직임을 강조하기 위함이었다.

배서가 돌아간 후 순후는 계속 일에 집중했다. 호적 조사가 아직 끝나지 않았고 관문에서 수상한 사람을 발견했다는 보고도 없었다. 위나라에 잠입해 있는 흑제 진공의 정보는 3월에나 받아볼 수 있다.

순후는 눈이 시큰거리자 문서를 내려놓고 눈을 비비며 한숨을 내쉬었다. 문득 정안사 일이 청소부 같다는 생각이 들었다. 아무리 열심히 해도 일한 티가 나지 않는 반면, 조금만 소홀해도 금방 눈에 띄기 때문이다.

순후는 창밖의 하늘을 보다가 자리에서 일어나 대나무 선반에 올려둔 나무 상자를 꺼냈다. 그 안에 든 가로세로 8촌 길이로 자른 비단 뭉치는 녹봉을 아껴 모은 소중한 개인 물품이었다. 순후는 비단 한 장을 책상에 펼쳐놓고 붓으로 뭔가를 적기 시작했다. 공문서나 보고서가 아니라 성도에 있는 처자식에게 보내는 서신이었다. 순후에게는 이 순간이 최고의 휴식이었다.

그날 오후, 순후가 성번에게 같이 술 한잔하자는 간단한 서신을 보냈다. 당연히 성번은 흔쾌히 수락했다.

순후가 성번을 초대한 장소는 본인 집이었다. 혼자 살면서 한 번도 밥을 해본 적이 없기 때문에 이날도 음식은 밖에서 주문했다. 상을 차리자마자 때마침 도착한 성번이 술 향기가 좋다며 너스레를 떨었다.

두 사람은 간단히 인사를 나누고 바로 술잔을 기울이기 시작했다. 두세 번 술잔을 부딪칠 즘 얼굴이 벌개진 성번이 앞섶을 풀고 다시 술잔을 들었다.

"효화, 오늘 무슨 바람이 불어서 나랑 술 마실 생각을 했소?"

순후가 씩 웃으며 구리 술 국자를 들어 성번의 잔을 채웠다.

"솔직히 말하면, 장군에게 청이 있습니다."

"아, 말해보시오. 우리 마나님이 반대할 일만 아니면 당연히 도와야지요."

"그게……. 장군, 마대 장군과 가까운 사이지요?"

"암요, 나도 부풍군 사람이니까. 하지만 상황이 전혀 다르오. 우리 집안은 일찌감치 촉한에 들어왔고 마초, 마대 장군 쪽은 집안이 다 망해서 왔으니."

순후가 갑자기 좌우를 살피고 목소리를 낮췄다.

"혹시, 개인적으로 마대 장군을 소개해줄 수 있겠습니까? 그분과 친구가 되고 싶은데."

"뭐요?"

성번이 깜짝 놀라 순후를 뚫어지게 쳐다봤다.

"효화, 대체……."

"왜요?"

"어제 양 참군 일, 얘기 못 들었소? 군부와 사문조가 틀어질 대로 틀어졌는데, 지금 효화가 마 장군을 만났다가 무슨 일이 일어날 줄 알고? 양 참군이나 위 장군이 알면 절대 가만있지 않을 거요."

"허허, 아무 일 없을 겁니다. 지금 우리도 같이 술 마시고 있잖습니까? 난 그냥 개인적으로 마 장군을 만나고 싶은 것뿐이에요."

"그래도……."

성번이 살짝 망설이자 순후가 조금 더 적극적으로 밀어붙였다.

"장군과 내가 입 다물고 마대 장군도 말하지 않으면 아무도 모르는 거죠. 안 그렇습니까? 자, 자, 건배합시다."

"하지만……."

성번은 계속 망설였다. 위연이 알게 되었을 때 어떤 처벌을 내릴지도 걱정이지만 양의의 보복도 두려웠다. 면현성 수비군 보급을 책임지는 승상부 양 참군의 위세는 촉나라에서 모르는 사람이 없을 정도니까.

"사실 장군이 직접 나설 필요도 없어요. 마대 장군에게 서신 한 장만 써주면 내가 직접 찾아가면 됩니다."

"그래요? 그럼, 그럽시다."

성번이 그제야 순후의 부탁을 받아들였다.

2월 28일.

순후는 아침 일찍 도관에 가서 업무를 지시하고 이것저것 문서를 챙긴 후 군복을 갖춰 입은 정안사 관리 둘을 데리고 마대의 집으로 향했다.

마대의 집은 아주 평범한 민가였다. 다른 장군들 저택에 비하면 초라하기 그지없었다. 대문 기둥은 칠이 다 벗겨졌고 문머리 모서리가 하도 닳아서 윤곽이 희미했다. 민가에서 흔히 대문에 걸어두는 빨간 등롱이나 길운을 기원하는 벼 이삭조차 없었다. 너무 평범해서 신경 쓰지 않고 걷다 보면 그냥 지나치기 십상이었다. 이런 집은 형편이 아주 어렵거나 집주인이 남의 이목을 피하고 싶어 하는 아주 폐쇄적인 사람이거나, 둘 중 하나였다.

정안사의 정보 업무는 객관적인 사실과 증거 외에 종합적인 인물 평론을 중시했다. 한 사람의 말과 행동, 표정과 언어습관은 그 사람의 심리를 분석하는 데 매우 중요한 요소다. 특히 간첩 색출과 용의자 심문에 유용했다. 인물평론의 중요성을 가장 먼저 제창한 사람은 동한 말기의 명사인 여남(汝南) 사람 허소(許劭)다. 인물평론이 뛰어나기로 유명했던 허소는 상대방의 행동을 관찰해 심리 상태를 파악하고 나아가 종합적인 인품을 분석하고 평가했다. 이 이론은 초반에는 단순히 인물평론에만 사용했는데 나중에 유비를 따르던 형주 학자들을 통해 촉한에 전해졌고 사문조를 만나 독보적인 정보 분석 기술로 발전했다.

순후는 처음 만났을 때 이미 마대가 과도한 중압감에 시달리고 있으며 그 원인이 일종의 두려움임을 눈치챘다. 지난번에 함께 군기사에 다녀온 후 더 강한 확신이 들었다. 그리고 며칠 전 전문가를 불러 마대의 인물평론을 맡겼다. 그 결과 마대는 현재 확실히 불안 상태에 놓여 있었다. 자신의 상황에 대한 안정감이나 믿음이 몹시 부족했다. 평소 매우 신중하고 소극적이며 폐쇄적이기까지 했는데 모두 외부의 시선을 피하기 위한 일종의 자기보호에서 비롯된 행동이었다. 여러 상황을 종합해볼 때 위장병이나 불면증을 앓을 확률도 높았다.

마대의 이런 심리 상태가 과거 이력에서 비롯됐을 가능성은 크지 않았다. 정치 망명자라 한동안 의심을 받은 적이 있으나 그것만으로는 현재의 그늘진 심리 상태를 충분히 설명할 수 없었다. 지금 마대를 불안하게 만든 근본적인 원인은 분명히 따로 있다. 순후는 그 원인이 무엇인지 알고 있었다.

순후 일행은 마대 집 근처에 도착했다. 순후는 군복을 입은 두 관리에게 대문을 두드리게 하고 자신은 뒤로 물러나 있었다. 다섯 번쯤 두드렸을 때 마대가 직접 나와 대문을 열었다. 그는 군복 입은 두 사람을 보자마자 낯빛이 변했다.

"마대 장군이십니까? 저희는 사문조 정안사에서 나왔습니다."

한 명이 정안사 영패를 내보였다. 마대는 정안사라는 말에 살짝 휘청했지만 겨우 마음을 가라앉히고 억지로 웃었다.

"그런데, 무슨 일이시오?"

"다름이 아니라, 불법 조직 오두미교와 관련해 몇 가지 여쭐 것이 있습니다."

"그건……. 난 그쪽이랑은 전혀 관계가 없소."

"하지만 작년 9월 26일, 최소 두 명의 오두미교 신도와 접촉했다는 제보가 있었습니다."

"……."

마대는 금방이라도 쓰러질 것 같았다. 오른손으로 문틀을 잡고 겨우 버텼다. 순후는 이때다 싶어 얼른 나섰다. 아무것도 모르는 척 대문 쪽으로 걸어가며 크고 밝은 목소리로 인사했다.

"아이고, 마 장군. 오랜만입니다."

순후와 두 정안사 관리를 번갈아 보는 마대의 얼굴이 점점 창백해졌다. 이때 순후가 관리들을 보고 조금 놀라는 척했다.

"어? 자네들이 마 장군 댁에 무슨 일인가?"

두 관리가 자초지종을 설명하자 순후가 굳은 표정으로 호통을 쳤다.

"무엄한 것들. 마 장군이 이 나라의 기둥임을 모르느냐? 제대로 확인되지도 않은 일로 감히 고위 군관을 조사하겠다고?"

마대는 순후 호통에 전전긍긍하는 두 관리를 보면서 조금 안정을 되찾았다.

"이런 중차대한 일을, 어떻게 이렇게 함부로 처리하느냐? 그 문서 이리 주고 돌아가거라. 내가 직접 처리하마."

순후가 관리들이 갖고 있던 감찰 기록을 뺏고 빨리 사라지라고 손을 흔들었다. 그리고 바로 마대에게 돌아서서 부드러운 미소를 지었다. 마대는 서둘러 순후를 안으로 들이고 대문을 잠갔다.

집 내부는 외관만큼이나 소박하고, 또 소박했다. 눈에 띄는 것이라곤 대청 벽 한가운데 걸린 초상화 두 점뿐이었다. 긴 창을 쥐고 준마에 올라탄 위풍당당한 두 영웅은 바로 마등(馬騰)과 마초였다. 그 밑에 향로와 위패가 놓여 있었다.

마대가 직접 상석에 방석을 올리고 순후에게 자리를 청한 후 두 손을 맞잡고 공손히 물었다.

"순 종사가 이 누추한 곳까지 무슨 일로 오셨는지요?"

"아, 성번 장군과 얘기하다가, 지난번 군기사에서 도움 주신 일도 있고 해서 한번 인사를 드려야겠다 싶어서 왔습니다."

순후는 자연스럽게 성번이 써준 서신을 내밀었다. 마대는 서신을 읽으니 조금 더 마음이 놓였다. 어쨌든 정안사에 친구가 있어서 나쁠 건 없으니까. 순후는 형식적인 인사말을 조금 더 나누다가 자연스럽게 본론으로 들어갔다.

"그런데, 어쩌다 오두미교 신도랑 엮이셨습니까?"

"엮이다니요, 절대 그런 거 아닙니다."

겨우 진정된 마음이 다시 불안해졌다. 순후는 날카로운 눈빛으로 마대를 힐끔 쳐다보고 감찰 기록을 쭉 훑어본 후 가볍게 한숨을 내쉬었다. 지금 마대는 상대방의 작은 행동에도 민감하게 반응하는 아주 예민한 상태였다. 덕분에 아주 작은 움직임만으로 자연스럽게 마대의 불안감을 증폭시킬 수 있었다. 조금씩 티 나지 않게 상대를 압박하려는 순후의 계획이 아주 제대로 먹힌 것이다.

"마 장군, 아시다시피 이게 제 일이기도 하니……. 모두가 납득할 수 있도록 설명해주지 않으면 그냥 넘어가기 어려울 것 같습니다. 특히 최근 사문조와 군부 사이가 좋지 않으니, 위에서도 이 일을 알면 분명히 꼬투리를 잡으려고 할 겁니다."

진실과 거짓, 강약을 적당히 뒤섞어 말하자 마대의 마지막 심리적 방어선이 완전히 무너졌다. 마대는 이 감찰 기록이 이미 '보고 안 함.'으로 분류된 사실을 몰랐다. 순후가 상관 풍웅과 정안사 전체를 속이고 있다는 것도, 만약 일이 잘못됐을 때 가장 먼저 화를 당할 사람이 자신이 아니라 순후라는 것도 전혀 모르는 상태였다. 이 순간 순후는 관중의 두근거리는 심리를 이용해 아슬아슬한 줄타기를 선보이는 서커스단 광대 같았다. 마대는 물잔과 과일 접시를 순후 앞으로 옮기며 작게 대답했다.

"순 종사, 사실……. 정안사에서 생각하는 그런 일은 절대 아닙니다."

순후는 느긋하게 기다렸다. 줄타기는 확실히 성공적이었다.

"그럼, 진실은 뭡니까?"

마대가 탁자 앞에 꿇어앉아 덤덤하게 설명을 시작했다.

"그러니까……. 작년 9월 초였을 겁니다. 어느 날 집 앞에서 전단지를 발견했어요. 오두미교 주문 같은 게 써 있었는데……. 잘은 모르지만 그런 거 같았어요. 아무튼 그때는 너무 놀라서 아무한테도 말하지 않고 바로 태워버렸습니다. 그런데 그 전단이 매일 날아들었어요. 사실 조금 무서웠습니다. 그리고 아시는 것처럼 9월 26일에 느닷없이 그 두 사람이 찾아왔습니다. 남자 한 명, 여자 한 명이었죠."

'감찰 기록과 일치하는군.'

"두 사람은 오두미교 귀졸이라면서 옛 동료였던 방덕(龐德)의 서신을 가지고 왔다고 했습니다."

"방덕은 건안[44] 24년에 형주에서 전사하지 않았습니까?"

"맞습니다. 분명히 그랬죠. 그래서 더 그 사람들을 믿을 수 없었어요. 어쨌든 두 사람은 제게 이곳 내부 정보를 빼내는 위나라 첩자 노릇을 해달라고 했습니다. 나중에 양주 자사와 제후(諸侯) 작위를 준다면서. 선주(先主)와 제갈 승상에게 큰 은혜를 입은 제가 어떻게 그자들의 말을 따를 수 있겠습니까? 일언지하에 거절했고 그들도 바로 돌아갔습니다. 그게 전부입니다."

"그때 왜 바로 상부에 보고하지 않았습니까?"

마대가 쓴웃음을 지었다.

"솔직히 말하면, 보고 후가 두려웠습니다. 일단 보고를 하면 몇 날 며칠 정안사 조사를 받아야겠죠. 조사 결과 아무 혐의가 없어도 한동안 계속 의심받을 게 뻔하고요. 저는 그게 두려웠습니다."

◇◇◇◇◇◇◇◇

44 建安. 196~220년. 한나라 헌제의 연호.

"저런, 걱정이 너무 지나치십니다."

순후는 겉으로 마대를 위로하면서 속으로는 오두미교의 예리한 안목에 감탄했다. 그들은 마대가 신고하지 않을 것이라는 판단하에 당당하게 마대를 만나러 왔던 것이다. 이로써 위나라가 한중에 남은 오두미교 잔당을 이용할 것이라는 추측이 옳았음이 또 한 번 입증됐다.

"순 종사, 다 말씀드린 겁니다."

순후가 물잔을 만지작거리며 가볍게 툭 던졌다.

"마 장군, 아직 뭔가 더 있을 것 같은데요."

"아닙니다. 정말 이게 다예요."

"그 두 사람이 돌아가기 전에 연락 방법 같은 거 남기지 않았나요?"

정보망 소통 유지는 첩보 업무에서 기본 중의 기본이다. 특히 마대처럼 우유부단하고 공개적인 노출을 꺼리는 사람을 상대할 때는 더욱 중요하다. 이번에 포섭 임무를 맡은 간첩도 한 번에 성공하지 못할 것을 예상해 틀림없이 단방향 연락 방법을 남겼을 것이다. 나중에 마음이 바뀌었을 때 언제든 연락할 수 있도록. 사실 마대가 순후처럼 경험 많고 노련한 정보 전문가를 속이기란 거의 불가능했다. 순후는 마대의 눈빛이 살짝 흔들리는 것만 보고도 아직 뭔가 더 있으리라고 확신했다.

"아 참, 맞아요. 제가 잊은 게 있습니다. 그 사람들이 언제든 생각이 바뀌면 면현 서부 주마점(駐馬店) 근처 현무지(玄武地)로 오라고, 거기 큰 오동나무가 있는데 비석 옆으로 삐쳐 나온 나무뿌리에 빨간 천을 묶어놓으라고 했어요. 그러면 다시 연락을 하겠다고요. 순종사, 이제 정말 다 말했어요."

마대가 어색하게 웃으며 목덜미를 쓱 닦아냈다.

"예."

순후는 마대가 확실히 다 털어놓았다고 생각했지만 조금 더 압박하려고 일부러 살짝 의심스러운 표정을 남겼다. 그는 마대의 눈빛이 불안하게 떨리는 것을 보며 조용히 물을 들이켰다. 소맷부리로 입가를 닦고 잠시 눈을 감았다가 천천히 입을 뗐다.

"마 장군, 정안사는 장군의 굳은 충심을 잘 알고 있습니다. 하지만 모두가 다 그렇게 생각하는 건 아니겠지요. 소문이 얼마나 무서운지 잘 아시잖아요. 세 사람이 우기면 없는 호랑이도 만든다는 말이 있지 않습니까? 소문이 한번 퍼지기 시작하면 나중에 어떻게 커질지 아무도 모릅니다. 개인적으로, 마 장군이 그런 오명에 휩싸이지 않았으면 좋겠습니다."

"옳은 말씀입니다. 당연하지요."

"그래서 말인데요, 좋은 방법이 하나 떠올랐습니다. 마 장군이 우리 정안사와 손을 잡고 그 오두미교 신도를 끌어내는 겁니다. 제가 정안사 종사의 명예를 걸고 이 사건으로 장군이 곤란해지는 일이 없도록 깔끔하게, 완벽하게 정리하겠습니다."

이쯤 되자 마대는 순후 말이라면 무조건 고개를 끄덕일 수밖에 없었다.

'독단적인 행동에 고위 군관 협박죄가 추가되겠군. 위연이 알면 내 목을 쳐버리겠다고 하겠지.'

순후가 씁쓸한 생각에 빠져 있을 때 마대가 우물쭈물 입을 열었다.

"그런데, 순 종사……. 한 가지 조건이 있습니다. 제가 이번 일에 협력했다는 사실을 공개하면 절대 안 됩니다. 제발, 아무한테도 말하지 말아주세요."

"당연하지요. 이 일이 잘 풀리기만 하면 아무도 이 사실을 알지 못할 겁니다."

순후가 어깨를 으쓱하며 속으로 몰래 웃었다.

'마대 장군, 당신이 말하지 않았으면 내가 그 말을 했을 거야. 만약 이 일이 알려지면 당신보다 내 목숨이 먼저 달아날 테니까.'

"그럼, 언제 움직입니까?"

마대는 한시라도 빨리 시작해 빨리 끝내고 싶었다. 그래야 이 시름과 불안에서 벗어날 수 있을 테니 말이다.

"구체적인 행동 계획은 잠시 후 사람을 보내 알려드리겠습니다. 걱정 마세요. 아주 믿을 만하고 입이 무거운 사람을 보내겠습니다."

순후가 그만 자리에서 일어났다. 목적을 달성했으니 더 지체할 이유가 없었다. 그 속을 알 리 없는 마대는 얼른 따라 나가 그를 배웅했다.

순후는 대문을 나서자마자 긴 한숨을 내쉬었다. 다행히 이번 도박은 이겼다. 하지만 이것은 첫판일 뿐, 본격적인 시작은 이제부터였다. 마대를 이용해 오두미교 잔당을 찾아낼 수는 있겠지만 그들이 정말 위나라 간첩과 손을 잡았는지는 아직 알 수 없다. 만약 아니라면, 방향이 완전히 잘못됐다면, 모든 것이 물거품이 된다.

'상관없어. 어차피 지금까지 한 일도 다 헛수고였으니까.'

이렇게 생각하니 한결 마음이 홀가분했다. 사실 정보를 다루는 사람들 중에 순후처럼 긍정적인 이는 매우 드물었다.

같은 날, 순후가 보낸 두 군모사 관리는 제6노기제작방 앞에 도착했으나 잠시 말을 멈추고 코를 틀어막은 채 기다려야 했다. 하필 그때 돼지, 꿩, 오리 등을 가득 실은 수레 행렬이 고약한 분뇨 냄새를 풍기며 줄지어 군영 안으로 들어가고 있었다. 정기적으로 식재료와 보급품을 운송하는 수레 행렬로, 이번 운송에 동원된 마부와 일꾼은 모두 인근 마을에 사는 농부들이었다.

수레 행렬이 군영 공터에 멈추자 머리에 수건을 두른 농부들이 줄줄이 뛰어내렸다. 이들은 함께 온 담당 관리의 지시에 따라 물건을 나르기 시작했다. 짐이 워낙 많아 제작방에서도 기술공들을 동원해 물건을 나르게 했다.

이곳 기술공은 대부분 한중 사람이라 보급품 운반에 동원된 농부들과 고향이 같거나 친척인 경우도 많았다. 물건을 나르면서도 반가움에 소리를 지르며 인사를 하거나 가족에게 안부를 전해달라고 부탁을 하느라 정신이 없었다. 등 뒤에서는 수레에서 편안하게 쉬다가 갑자기 쫓겨난 돼지들이 무리 지어 울부짖는 소리가 들려왔다. 엄청난 목청을 자랑하는 오리들은 밧줄에 묶여 날개를 움직이지 못하자 꽥꽥 거리며 분노를 표출했다. 끌채에 묶인 말은 빨리 이곳을 떠나고 싶은지 콧김을 내뿜으며 씩씩거렸다. 이 모든 소리가 뒤섞인 군영 공터는 시장바닥처럼 시끌벅적했다.

채소 운반을 담당한 농부 열댓 명이 마른 채소 포대를 하나씩 짊어지고 줄줄이 곡식 창고로 들어갔다. 그중 검은 누더기를 걸친 사람이 돼지 똥에 미끄러져 "어이쿠." 하며 넘어지더니 바로 옆 수레 밑으로 굴러 들어갔다. 잠시 후 휘청거리며 기어 나와 떨어뜨렸던 채소 포대를 짊어지고 다시 일을 시작했다. 그런데 이 사람의 옷이 넘어지기 전보다 더 깨끗해져 있었다.

다시 잠시 후, 같은 수레의 반대편 방향에서 웬 진흙투성이 농부가 기어 나와 자연스럽게 사람들 틈에 끼어 포대를 날랐다. 워낙 시끄럽고 혼란스러운 상황이라 이 사실을 눈여겨 본 사람은 아무도 없었다. 병사들은 날뛰는 돼지와 오리 때문에 정신이 하나도 없었다.

보급품 운반은 한참 이어졌지만 다행히 점심을 먹기 전엔 정리가 끝났다. 기진맥진한 농부들은 나눠준 음식으로 대충 허기를 때우고 수레 위로 기어 올라가 대자로 뻗어버렸다. 쉴 틈 없는 마부들은 투덜거리며 여물통을 수레에 싣고 돌아갈 준비를 했다.

얇은 관보다 한 치수 작은 회색 여물통은 원래 수레 뒤에 싣고 다니던 것인데 오늘처럼 화물이 많을 때는 수레 밑에 매달았다가 돌아갈 때 수레가 비면 다시 위에 실었다. 그중 여물이 반도 안 찬 통이 하나 있었다. 유독 이것 하나만.

수레 행렬이 제작방을 떠날 때, 책임감 강한 경비병 한 명이 들어올 때와 나갈 때의 인원수를 꼼꼼히 확인했다. 인원 점검이 끝난 후 나무 울타리를 치우고 수레 행렬을 내보냈다.

제6노기제작방 곡식 창고. 검은 누더기를 걸친 미충이 산처럼 쌓인 마른 채소와 좁쌀 포대에 둘러싸인 채 어둠이 내리길 기다렸다.

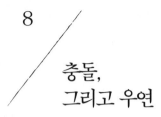

8

충돌,
그리고 우연

　면현성 서부에 위치한 주마점은 지명인 동시에 특별한 기능이 부
여된 기관이다. 주마점은 각지의 화물을 면현으로 운반해 온 마부에
게 숙박을 제공하는 마차 부대 전용 객잔이다. 시간이 흐르면서 주
점, 잡화점, 방앗간, 대장간, 소규모 시장, 가축 시장 등이 주위에 모
여들어 꽤 규모 있는 번화한 마을이 형성됐다. 엄숙하고 살벌한 기
운이 감도는 군부나 승상부에 비해 낡고 초라한 느낌이지만 온종일
활기가 넘쳤다.

　마대가 불안한 표정으로 어디론가 걸어가고 있다. 최대한 눈에
띄지 않으려 거친 무명옷을 입고 얇은 천으로 얼굴을 가렸다. 이곳
은 아주 시끄러웠다. 화물을 가득 실은 대형 수레가 요란하게 덜컹
거리며 황토 대로를 지나가고 길 양쪽에서 절인 생선이며 생강차를

파는 장사꾼들의 시끄러운 호객 소리가 끊이지 않았다. 그리고 연을 날리며 그사이를 뛰어다니는 아이들까지, 정말 정신없는 거리였다. 하지만 마대는 다른 곳은 눈길도 주지 않고 고개를 푹 숙인 채 현무지로 직진했다.

현무지는 가로세로가 대략 2리[45] 정도인 저수지다. 이 저수지에는 늘 볏짚, 천 쪼가리, 음식 찌꺼기, 온갖 쓰레기가 둥둥 떠다녔다. 저수지 바로 옆에 큰 오동나무가 있고 그 아래 '현무지' 세 글자를 새긴 그럴듯한 비석이 세워져 있었다. 하지만 언제, 어떤 이유로 저수지를 만들었는지, 왜 이런 이름이 붙었는지에 대한 기록은 어디에서도 찾을 수 없었다. 하지만 이곳 주민들은 기록 따위에는 관심이 없었다. 그저 씻고 빨래하고 밥을 지을 수 있는 저수지가 있다는 사실이 중요할 뿐 저수지의 이름은 전혀 신경 쓰지 않았다.

마대가 오동나무 아래에서 걸음을 멈추고 좌우를 두리번거렸다. 왼쪽에는 두 사람이 나무뿌리에 쪼그려 앉아 잡담 중이고 오른쪽에는 아이들이 모여 땅속 지렁이를 파내며 신나게 소리를 질러댔다. 저쪽 주점에서는 점원 아가씨가 손님에게 술을 따라주고 그 옆 대장간에서는 쉴 새 없이 뚱땅대는 소리가 들려왔다. 나무 위에서 들려오는 새소리도 끊이질 않았다. 마대는 심호흡을 하고 재빨리 품에서 붉은 비단 끈을 꺼낸 후 허리를 숙여 신발 끈을 묶는 척하면서 비석에서 제일 가까운 오동나무 뿌리에 비단 끈을 묶었다. 아주 간단한 동작이지만 온몸의 기가 다 빠져나간 기분이었다. 어쨌든 할 일을 마친 그는 얼른 몸을 일으키고 정신없이 그 자리를 떠났다. 저수지에서 멀어져 대로에 진입하려 할 때 누군가 뒤에서 마대를 불렀다.

"마 장군, 드디어 뜻이 통한 건가요?"

획 돌아선 마대 앞에 활짝 웃는 한 여자가 서 있었다. 위아래 하얀 옷에 초록 허리끈을 묶고 머리칼을 올린 스물 남짓한 아가씨였다.

"어……. 아, 아가씨였군."

"작년에 뵙고 처음이네요. 마 장군, 그간 별고 없으셨는지요?"

이렇게 미소가 아름다운 여자를 오두미교 귀졸이라고 생각할 사람은 아무도 없을 것이다. 마대는 난감한 표정으로 고개를 끄덕일 뿐 최대한 말을 아끼고 슬며시 옆으로 고개를 돌렸다. 두 정안사 관리가 멀리서 그를 지켜보고 있었다. 그중 한 명이 배서였다.

"여기에서 얘기하긴 불편하니 저희 주점으로 가시지요."

"그쪽 주점?"

여자가 팔짱을 끼고 티 나지 않게 손가락으로 저쪽 방향을 가리켰다.

"바로 근처예요. 누추하지만 저희 아버지랑 편하게 말씀 나누실 수 있을 거예요. 안심하세요. 자연스럽게 사람들 눈을 피할 수 있어요."

여자가 가리킨 쪽에 '유길'이라는 주점 간판이 보였다. 그제야 이 여자가 조금 전 저수지를 두리번거릴 때 봤던 주점 아가씨라는 사실을 알았다. 주점이 저수지와 가까워 계산대 앞에 앉아 현무지 상황을 한눈에 파악할 수 있었다. 그래서 마대의 등장을 바로 알았던 것이다.

"그게, 그러니까……. 사실은 말이오, 난 당신들한테 두 번 다시 접근하지 말라고 경고하러 왔소. 다음엔 반드시 고발할 것이오."

마대는 사전에 순후가 알려준 대로 아주 엄격하고 단호하게 경고하고 여자가 뭐라고 대꾸하기 전에 바로 돌아섰다. 여자는 전혀 예상치 못한 마대의 반응에 크게 당황했다. 팔짱을 낀 채 어리둥절한 표정으로 멀어지는 마대의 뒷모습을 한참 동안 응시했다.

멀리서 지켜보던 배서가 부하에게 손을 흔들었다.

"그만 가지. 목표물을 확인했으니 오늘 임무는 끝났어."

"예? 마대 장군이 그냥 가버리는 건가요? 마대 장군이 저쪽에 협조하는 척하면서 다른 정보를 캐내야 하는 거 아닙니까?"

배서가 직접 선택해 제5조에 합류한 요회는 배서와 비슷한 또래였다. 배서는 유길 주점을 한 번 더 눈여겨보며 대꾸했다.

"어쨌든 마대 장군은 군부 사람이야. 순 종사가 겁을 줘서 어쩔 수 없이 협조한 거지. 만에 하나 위연 장군이나 양 참군이 이 사실을 알면 아주 난리가 나겠지. 마대 장군 역할은 숨어 있는 귀졸을 유인해내는 것만으로 충분해."

"그럼, 이제 어떻게 합니까?"

"허허, 그거야, 순 종사 뜻에 달렸지."

배서는 호탕하게 웃고 말았지만 사실 이미 계획이 있었다.

두 사람은 서둘러 도관으로 돌아가 순후에게 주마점 일을 보고했다. 순후는 바로 유길 주점 자료를 조사하라고 지시한 후 직접 마대를 찾아갔다. 마대의 집에서 조용히 만나 오늘 일은 반드시 함구하겠다고 약속했다. 마대는 순후를 철석같이 믿고 몇 번이나 감사 인사를 했다.

순후가 다시 도관에 돌아왔을 때 배서와 제5조 관리들은 이미 유길 주점 자료 조사를 끝냈다. 주점 주인 유민은 쉰두 살 남자로 본적은 한중 남향 군호(軍戶)였다. 아내와 사별했고 아들 둘, 딸 하나가 있었다. 큰아들 유성은 건안 23년에 위나라 군대에 징병되어 이듬해 정군산 전투에서 죽었다. 작은아들 유약은 진식(陳式) 장군 직속 부대에서 둔장(屯長)을 맡아 지금 양평관 북쪽과 진령 남쪽 기슭 사이에 위치한 적안(赤岸) 둔전에 복무 중이다. 딸 유형은 올해 열아홉이고 아직 혼례를 치르지 않고 유길 주점에서 아버지 일을 돕고 있었다.

그리고 배서가 관부 문서에 기록되지 않은 흥미로운 정보를 알아왔다. 유민의 딸 유형이 그곳에서 꽤 유명하다고 했다. 특히 단조로운 군대 생활에 지친 병사와 장군들이 시간이 날 때마다 유형을 보려고 유길 주점을 찾았고 자기들끼리 그녀의 사랑을 차지하려 몸싸움을 벌이곤 했단다.

"그런데, 이상하군. 규정상 군호의 딸은 열여섯 살이 되면 무조건 군인에게 시집을 가야 하는데, 이 아가씨는 왜 아직 미혼이지?"

"소문을 듣자니 그 지역에 관직이 꽤 높은 관리가 유형을 좋아했답니다. 어느 날 유형이 늙은 아버지를 부양할 사람이 자기뿐이니 혼례를 미뤄달라고 관부에 간곡히 호소했고, 유형이 계속 혼자이길 바랐던 그 높은 관리가 뒤에서 관부를 조종해 유형의 호소문을 승인하고 효녀 칭호까지 내렸답니다."

"허허, 대단하군. 어떻게 그런 것까지 알아냈나?"

배서가 다른 제5조 부하를 돌아보며 씩 웃었다.

"사실 제5조 내부에도 매달 유길 주점을 찾아가는 유형의 추종자가 있습니다."

배서 뒤에 사람들이 대부분 얼굴이 빨갛게 달아올라 고개를 푹 숙였고 딱 한 사람만 상관없다는 듯 고개를 빳빳이 들고 있었다.

"우리에겐 시간이 많지 않아. 일반적인 방법으로는 빠른 효과를 낼 수 없어. 다소 위험하더라도 공격적인 방법을 써야 해."

순후가 깍지를 끼며 사뭇 진지한 표정을 지었다. 지금쯤 물밑에 숨어 있던 적들도 분명히 행동을 개시했을 테니까.

"저희가 이미 계획을 세워뒀습니다. 이 방법이라면 분명히 빠르고 확실한 효과가 있을 겁니다."

배서가 순후에게 계획을 적은 종이를 건넸다. 순후가 쓱 읽어보고 만족스러운 표정으로 고개를 끄덕였다.

"음, 좋아. 내가 생각했던 방법이랑 비슷해. 이대로 실행하도록. 자고로 용감한 자가 미인을 얻는 법이지. 아주 좋아!"

배서의 계획은 인간의 가장 원초적 감정을 이용한 것이었다. 남녀 간의 사랑. 배서는 유형이 이틀에 한 번 꼴로 관부의 술 창고에 간다는 사실을 알아냈다. 할당량만큼 술을 받아 면현에 도착하면 대부분 저녁 무렵이었다. 촉나라는 관부에서만 제한된 양의 술을 생산했고 개인이 술을 빚는 일은 엄격히 금지했다. 그래서 주점마다 관부의 술 창고에 가서 정해진 만큼 술을 받았다.

배서의 계획은 제5조 요원들이 건달처럼 꾸미고 나타나 유형을 괴롭히고 한 명만 군 도위로 위장해 그녀를 구해내는 것이다. 이렇게 해서 유형에게 접근해 마음을 얻은 후 기회를 만들어 정보를 빼내겠다는 것이다.

이 시대에는 여자 간첩이 존재하지 않았기 때문에 정안사는 여자 목표물에 대한 경험이 거의 없었다. 관부나 군부 관리 중 여자는 한 명도 없었다. 역사적으로 미모가 뛰어난 여자를 뽑아 적국 장군을 유혹한 사례는 있었지만 남자 요원이 여자 간첩에게 접근하는 경우는 이번이 처음이었다. 순후는 천천히 감정을 키울 시간이 없으니 극단적인 상황을 만들어 가능한 유형이 빨리 마음을 열게 만들어야 한다고 지적했다. 배서가 이에 따라 세부 계획을 완성하고 순후가 역할을 분배했다.

"마충, 요회, 고당병 세 명이 건달 역할을 맡고, 미인을 구하는 임무는 가장 잘생긴 아사이가 맡으면 되겠군."

이 말에 다들 폭소하고 아사이만 쑥스러워하며 머리를 긁적였다. 아사이는 남만 사람이다. 제갈량이 남만에서 무당군을 모집할 때 촉나라 군대에 들어왔고 정보 분야에서 활약하다가 정안사에 들어왔다. 건장한 체격, 탄탄한 구릿빛 근육, 잘생긴 얼굴 덕분에 한중 여자들에게도 인기가 많아 이번 작전의 주인공으로 가장 적합했다. 이때 고당병이 손을 번쩍 들었다. 그는 제5조 요원 중 유일하게 자세도 표정도 심각하게 굳어 있었다.

"질문이 있습니다."

"말하게."

"어째서 유민, 유형 부녀를 바로 체포하지 않습니까? 고문으로도 우리가 원하는 정보를 캐낼 수 있다고 생각합니다."

"지금 우리가 그 두 사람이 위나라 간첩에 대해 얼마나 알고 있는지 모르기 때문이지. 우리 목표는 그 두 사람이 아니야. 줄을 길게 늘여 대어를 낚아야 하지."

고당병은 배서의 대답에 고개를 끄덕이며 한 걸음 뒤로 물러섰다. 순후가 요원들에게 다가가 차례로 어깨를 두드리며 격려했다.

"자네들은 정안사 정예 요원들이야. 이번 작전의 성공 여부가 여러분 손에 달렸소."

"모두 한나라 부흥을 위한 것입니다!"

정안사 제5조 요원들이 힘차게 구호를 외치기 하루 전 제6노기제작방.

제6노기제작방 벽에도 정안사 요원들이 외쳤던 구호가 적혀 있었다. 하 씨는 이 구호 아래에서 열심히 일했다. 노기제작방 관리자는 기술공들에게 훈화할 때마다 벽에 적힌 이 구호를 반복해서 읽게 했다.

하 씨는 제6노기제작방의 기술공으로 원융과 촉도 조립 생산에 참여했다. 원융과 촉도는 위력이 대단한 만큼 제작 공정이 매우 까다로웠다. 한 치의 오차도 허용하지 않기 때문에 세심함과 인내심이 필요한 작업이었다. 최근 군부의 독촉이 심해서 하 씨를 포함한 기술공들은 하루 평균 예닐곱 시진씩 각종 부품에 파묻혀 씨름하느라 온종일 허리 한번 펴기 힘들었다. 고된 노동으로 죽을 것 같을 때가 한두 번이 아니니 나날이 불만이 쌓여 갔다. 노기 부품만 봐도 토할 것 같아 가끔은 스스로 노기 시험용 과녁이 되어 차라리 화살을 맞고 죽고 싶었다. 하 씨는 본인이 만드는 무기의 위력이 얼마나 대단한지 잘 알았다.

그런데 어제부로 이런 생각이 크게 바뀌었다. 어제 다녀간 식재료 수레 행렬 일꾼 중에 하 씨의 먼 친척인 우정이 있었는데, 식재료 보급품을 나르던 중 손에 숨겼던 작은 종이를 하 씨에게 몰래 건넸다. 우정은 예전에 오두미교 신도였다. 하 씨가 숙소에 돌아간 후 종이를 확인했다.

오늘 밤, 곡물 창고에서 봅시다.

하 씨는 어리둥절하기만 했다. 우정은 종이를 건네면서 눈만 찡긋할 뿐 아무 말도 하지 않았다.

밤이 되자 온종일 바쁘게 일한 기술공들이 하나둘 잠자리에 들었다. 하 씨는 잠을 이루지 못하고 한참 뒤척인 끝에 종이에 적힌 대로 창고에 나가보기로 했다. 자리에서 일어나면서 옆 사람에게 소변을 보러 간다고 말하고는 옷을 걸치고 조용히 문을 나섰다. 노기제작방 구조를 잘 아는 하 씨는 건물 사이를 돌고 돌아 경비병과 경비탑의 시야를 피해 아무도 모르게 곡물 창고에 도착했다.

곡물 창고 문 앞에 경비병이 없어 살그머니 문을 열고 안으로 들어갔다. 너무 어두워서 알아볼 수 있는 것은 산더미처럼 쌓인 곡식 포대뿐이었다. 어떻게 할까 고민하던 하 씨는 작게 헛기침을 하며 창고 안을 돌아다녔다. 잠시 후 뒤에서 누군가 나타났다. 하 씨가 깜짝 놀라 소리를 지르려 하자 뒤에서 나타난 사람이 하 씨의 입을 틀어막고 구석으로 끌고 갔다.

"조용히 하시오. 우린 같은 편이오."

하 씨의 눈이 휘둥그레졌다. 조금씩 어둠에 익숙해지면서 상대방 얼굴이 어렴풋이 보였다. 온통 검은 옷을 입었는데 얼굴은 전혀 모르는 사람이었다. 생판 처음 보는 사람이 같은 편이라니 당황스러웠다.

"누구신지?"

"내가 누군지는 중요하지 않소. 당신이 원하느냐가 중요하오."

검은 옷 남자가 날카로운 눈빛으로 뚫어지게 쳐다보자 하 씨는 감히 눈빛을 마주치기가 두려웠다.

"내가 원한다니요? 뭘 말입니까?"

"이 망할 놈의 땅을 떠나 풍족한 삶을 즐기고 싶지 않소?"

하 씨의 얼굴이 점점 창백해졌다. 상대방이 무슨 말을 하는지 전혀 이해할 수 없었다.

"이런 거지같은 나라에서 비참하게 늙어 죽고 싶소?"

"이, 이봐요. 그런 대역무도한 말, 함부로 하면 크, 큰일 나요."

하 씨는 저도 모르게 심장 박동이 빨라지면서 말을 더듬었다. 남자가 씩 웃으며 하 씨에게 다가가 작게 속삭였다.

"저 북쪽에 있는 부인과 자식이 남편 없는 여자라고, 아비 없는 자식이라고 무시당하며 살도록 내버려둘 것이오?"

이 말에 충격을 받은 하 씨는 눈앞이 아찔하면서 저도 모르게 눈물이 났다. 하 씨는 원래 부풍 사람인데 위나라 태조 무황제인 조조가 한중 쟁탈전을 벌일 당시 가족과 함께 면현으로 이주했다. 후에 위나라가 한중을 포기하면서 하 씨 가족을 포함한 백성들도 다시 위나라 땅으로 돌아갔다. 당시 하 씨는 하후연 수하에 있다가 촉나라에 포로로 잡혀 기술공이 됐고 오랫동안 힘든 노동에 시달렸다.

"당신 도대체 누구요?"

"돌려 말하지 않겠소. 난 당신을 데려가기 위해 특별히 위나라에서 파견된 사람이오."

"농담하지 말아요. 나처럼 하찮은 기술공을 뭐하러 데려간단 말입니까?"

하 씨는 도저히 믿기지 않았다. 검은 옷의 남자가 손가락으로 창고 밖을 가리켰다.

"당신이 우리가 모르는 것을 알고 있기 때문이오. 노기 제작 기술. 지금 위나라는 원융과 촉도 제작 기술이 꼭 필요하오. 당신이 알고 있는 그것 말이오."

"이, 이건 반역죄예요. 목, 목이 날아가는 일이라고요."

"허허, 반역죄? 어느 나라에 반역이라는 것이오? 당신은 원래 우리 위나라 사람이오. 촉나라에서 잠시 떠돌이 생활을 하다가 이제 고향으로 돌아가는 것이오. 나와 함께 돌아간다면 앞으로 위나라 노기제작방의 책임자가 될 것이오. 후한 녹봉을 받아 가족과 함께 풍족하게 생활할 수 있을 것이오. 확실히 보장하지요."

하 씨는 조금 마음이 움직이는 것 같다가 이내 쓴웃음을 지었다.

"돌아간다고요? 말이 쉽지, 내가 어떻게 돌아가요? 난 이곳 울타리 근처에도 갈 수 없소. 안팎으로 경비가 얼마나 심한지 알기나 해요?"

검은 옷의 남자가 별것 아니라는 듯 손을 흔들었다.

"그건 걱정하지 마시오. 당신이 결심만 하면 탈출 계획은 내가 알아서 할 테니. 당신의 친척 우정과 오두미교 신도들이 최선을 다해 도울 것이니 안심하시오."

"내가 당신을 어떻게 믿어요?"

"날 믿든 말든, 그건 중요하지 않소. 난 당신에게 기회를 주는 것 뿐이고, 그 기회를 잡을지 말지는 오롯이 당신 뜻에 달렸소. 만약 못 믿겠다면 가서 신고하고 여기에서 평생 기술공으로 사시오."

검은 옷의 남자가 경비탑 방향을 가리키며 단호하게 말하자 하 씨는 결국 마음이 움직였다. 상대의 눈빛과 말투가 워낙 강하고 설득력 있기도 했지만 사실 하 씨 입장에서는 다른 선택의 여지가 없었다.

두 사람은 먼저 세부적인 탈출 계획에 대한 이야기를 나눴다. 그후에 남자가 노기 설계도 보관 장소에 대해 자세히 물었다. 하지만 하 씨는 일반 기술공이기 때문에 필요할 때 열람 신청을 할 수 있지만 평소에 어떻게 관리되는지는 전혀 몰랐다. 한 가지 확실한 점은 최근에 설계도를 본 장소가 군계방 총부라는 것이다.

모든 대화가 끝난 후 검은 옷의 남자는 다시 어둠 속으로 사라졌다. 이 좁은 공간에서 여섯 시진 넘게 기다려야 외부에서 그를 데리러 올 것이다. 기대 반 걱정 반의 마음으로 곡물 창고를 빠져나온 하 씨는 며칠 후의 탈출 계획을 되새기며 마음을 단단히 다잡았다.

3월 1일 아침.

하 씨와 기술공들은 감독관의 지시에 따라 하루 일과를 시작했다. 하 씨는 아침밥을 먹으면서 무심코 곡물 창고 쪽을 쳐다봤다.

'아직 창고 안에 있겠지? 그 좁고 어두운 곳에서 아무것도 못 먹고 이틀이나 버티다니, 정말 대단한 사람이군. 나 같았으면 벌써 미쳐버렸을 텐데.'

정오 무렵 요란한 바퀴 소리와 함께 식재료를 가득 실은 수레 행렬이 다시 나타났다. 이것은 매우 이례적인 일이었다. 제6노기제작방의 식재료 보급은 보통 여드레에 한 번이었다. 그제가 바로 그날이었다. 보급 담당자 말로는 어느 고위 관리가 기술공의 사기를 북돋워 군부의 무기 제작 임무를 차질 없이 완수하기 위해 특별히 준비한 하사품이라고 했다. 제6노기제작방의 책임자 황습은 조금 이상하긴 했지만 어쨌든 먹을 것이 많아 나쁠 것은 없다고 생각했다. 부하들을 시켜 자세히 조사해보니 좋은 고기에 술도 몇 단지 있었다. 그래서 기분 좋게 군영 문을 열고 수레 행렬을 들여보냈다.

그런데 한 가지 문제가 생겼다. 곡물 창고가 이미 꽉 차서 새로 가져온 것들을 들여놓을 공간이 없었다. 그때 황예라는 마을 이장이 나서서 자신이 일꾼들과 직접 창고에 가서 안에 있는 물건을 정리하고 새로 가져온 물건을 들여놓겠다고 제안했다. 일꾼 여럿을 데리고 해지기 전에 일을 마무리하겠다고 약속하자 황습이 흔쾌히 수락했다.

황예가 일꾼들에게 수레를 창고까지 몰고 가게 했다. 그리고 일단 창고 안에 있는 물건을 모두 밖으로 내놓고 종류별로 분류했다. 식재료 양이 워낙 많아 결코 쉽지 않은 일이었다. 일꾼 스무 명이 쉬지 않고 열심히 물건을 날랐다. 잠시도 숨 돌릴 틈이 없었다. 노기제작방 관리들이 미안한 마음에 기술공을 불러 일손을 돕겠다고 했지만 황예가 제작방 임무 기일에 차질이 생기면 큰일이라며 완곡하게 거절했다.

대략 한 시진 반이 지난 후, 황예가 황습에게 창고에 오래된 식품이 꽤 많아 따로 추려냈다고 보고했다. 황습은 속으로 안도의 한숨을 내쉬었다. 만약 기술공들이 먹고 탈이라도 났다면 무기 제작 기일이 크게 늦어졌을 것이다. 황습은 다행이라고 생각하며 얼른 갖다 버리라고 지시했다. 황예는 이 식재료가 사람은 먹을 수 없지만 돼지 사료로 사용할 수 있다고 운을 띄우자 황습이 잘 됐다 싶어 바로 가져가라고 승낙했다.

황예가 일꾼들에게 곰팡이 핀 식재료 포대를 수레에 싣고 새로
가져온 식재료를 창고로 옮기라고 지시했다. 꼬박 한 시진 반이 지
나서야 모든 작업이 끝났다. 일꾼들은 너무 힘들어서 말 한마디 못
하고 수레에 올라타자마자 썩은 식재료 포대에 기대앉거나 바닥에
널브러졌다.

수레 행렬이 군영 정문을 통과할 때 코를 틀어막은 수문병들이 긴
창을 가지고 포대 몇 개를 쿡쿡 찔러 대충 확인하고 빨리 떠나라며
손을 흔들었다. 황습이 기분 좋게 출입 문서에 도장을 찍으며 오늘
일꾼들이 아주 수고했다는 것을 상부에 꼭 얘기하겠다고 약속했다.

수레 행렬이 제6노기제작방을 출발해 10리쯤 갔을 때, 황예가 마
부들에게 관도를 빠져나가 근처 숲에서 잠시 휴식을 취하며 말에게
물을 먹이라고 지시했다. 이미 해가 많이 기울어 어둑어둑했고 불을
지피지 않아 20보 거리도 잘 보이지 않았다. 잠시 후 어느 수레에서
포대 하나가 꿈틀거리자 황예가 얼른 달려가 포대 끈을 풀고 미충
을 꺼내주었다. 미충은 곡식 창고에서 이틀이나 숨어 있느라 안색이
초췌하고 온몸이 뻣뻣했지만 정신은 또렷해 보였다. 황예는 물을 떠
와 미충의 몸에 묻은 오물을 씻어낸 후 마실 물과 간단한 먹을거리
를 건넸다. 그는 미충에게 성공 여부는 묻지 않았다. 이런 고통을 감
수할 사람이라면 반드시 성공했을 테니까.

같은 시각, 수레 행렬이 멈춘 숲에서 17리 떨어진 면현성의 어느
좁은 골목길.

유형은 관부의 술 창고에서 배당받은 술을 다른 사람을 시켜 유
길 주점으로 보냈다. 그리고 술 창고 관리인과 한참 실랑이를 벌인

끝에 다섯 단지를 더 받아냈다. 그 바람에 평소보다 귀가 시간이 많이 늦어졌다. 통금 시간이 얼마 남지 않았고 날이 완전히 어두워지기 전에 집에 도착하려면 발길을 더 재촉해야 했다.

유형의 뒤에 일정한 거리를 유지하며 따라오는 네 남자가 있었다. 평범한 옷차림을 한 세 남자는 마충, 요회, 고당병이고 멋진 갑옷에 꽤 화려한 관모를 쓴 잘생긴 남자는 바로 아사이였다.

유형이 외진 골목으로 들어서면 마충, 요회, 고당병이 바짝 따라붙고 아사이는 일단 30보 뒤에서 대기하기로 했다. 그리고 배서의 작전대로 세 남자가 유형을 괴롭히고 잠시 후 아사이가 나타나 유형을 구할 계획이었다.

세 남자가 유형을 거의 따라잡을 즈음, 갑자기 그녀 앞에 다른 네 남자가 나타났다. 촉군 군복을 입은 네 명의 병사는 다들 거나하게 술에 취해 비틀거렸다. 네 병사가 유형을 알아보고 휘파람을 불며 그녀를 에워쌌다. 병사들의 불순한 의도를 눈치챈 유형은 우뚝 발걸음을 멈추고 정신을 가다듬으며 마음을 다잡았다. 그녀는 시선을 피하며 최대한 빨리 지나가려 했다.

"치마가 엄청 이쁘구먼. 어디 향기 좀 맡아볼까?"

그중 한 명이 허리를 굽히며 낄낄 웃더니 유형의 치맛자락을 획 들췄다. 화도 나고 당황한 유형이 반사적으로 병사의 따귀를 때렸다.

"감히 어딜!"

"젠장! 어디서 손찌검이야? 죽고 싶어 환장했어?"

따귀를 맞은 병사가 버럭 화를 내며 유형의 가녀린 팔을 낚아채 땅바닥에 내동댕이쳤다. 나머지 세 병사도 낄낄 웃으며 그녀에게 다가갔다. 땅바닥에 쓰러진 유형은 두려움에 벌벌 떨며 날카로운 눈초리로 병사들을 노려봤다.

"자, 우리 앞에서 노래 한 곡 부르면 보내주지."

"에이, 뭐가 그렇게 급해? 노래 한 곡 하고 나서 우리랑 한잔해야지. 안 그래?"

"가만, 이 아가씨 안 되겠네. 통금 시간이 지났는데 돌아다니고 있잖아? 법령을 어겼으니 제대로 벌을 받아야지. 으하하."

네 병사가 유형을 둘러싸고 계속 험한 말들을 내뱉었다. 평소 주점에서 수많은 남자들 사이를 거침없이 오가던 유형이지만 이 상황에서는 연약한 여자에 불과했다.

한편 뒤에서 지켜보던 제5조 요원들은 예상치 못한 상황에 잠시 당황했다. 마충, 요회, 고당병은 어떻게 해야 할지 몰라 서로 얼굴만 쳐다봤고 조금 멀리 떨어져 대기 중인 아사이는 어리둥절하기만 했다. 그사이 병사들이 계속 유형을 희롱하며 신발까지 벗겼다. 그녀의 발이 드러나자 병사들의 눈빛이 탐욕스럽게 변했다.

"사, 살려 주세요!"

유형이 소리를 지르며 발버둥 치자 한 병사가 달려들어 더러운 헝겊으로 그녀의 입을 틀어막았다. 소리를 낼 수 없게 된 유형은 눈물을 흘리며 계속 버둥거렸다.

"당장 멈추지 못해?"

어디서인가 천둥처럼 웅장한 고함이 들렸다. 한 병사가 언짢은 표정으로 고개를 돌리며 소리쳤다.

"어떤 놈이야? 죽고 싶어 환장했어? 감히 이 어르신의 흥을 깨?"

"이 몸이다!"

병사들 앞에 늠름하게 모습을 드러낸 사람은 바로 고당병이었다.

사실 배서의 계획에 차선책은 없었기에 평소 불의를 참지 못하는 고당병이 물불 가리지 않고 나선 것이었다. 상황이 이렇게 되자 마충과 요회도 같이 나설 수밖에 없었다. 멀찍이 떨어져 있는 아사이는 무슨 영문인지 몰라 멀뚱멀뚱 쳐다보고만 있었다.

방금 소리를 질렀던 병사가 고당병을 향해 칼집을 휘둘렀지만 정안사 정예 요원인 고당병은 아주 가볍게 몸을 피했다. 동시에 빈틈을 발견하고 바로 병사의 옆구리를 향해 주먹을 날렸다. 병사는 비명을 지르며 담장 앞에 널브러졌다. 상대가 만만치 않다고 생각한 나머지 세 병사가 칼을 빼 들고 고당병에게 달려들었다. 고당병은 무표정한 얼굴로 침착하게 한 명 한 명 상대했다. 크게 힘들이지 않고 한주먹에 한 명씩 날려버렸다. 눈 깜짝할 사이에 병사 넷이 땅바닥에 쓰러져 끙끙거렸다.

마충과 요회는 굳이 고당병을 도울 필요가 없었다. 고당병이 정안사, 아니 사문조를 통틀어 최고의 무술 고수이기 때문이다. 오금지희[46]로 유명한 화타(華佗)의 수제자 오보(吳普)가 바로 고당병의 스승이었다. 네 병사는 이날 지지리도 운이 없었던 셈이다.

고당병은 병사들을 제압한 후 유형에게 달려가 입을 틀어막은 더러운 헝겊을 빼내고 무심하게 가죽 물통을 건넸다.

"여기, 입가심하시지요."

유형은 전혀 반응이 없다가 고당병이 한 번 더 말한 후에야 물통을 받았다. 그녀는 한 번 입을 헹구고 바로 물통을 돌려줬다. 고당병

---

46 五禽之戱. 위나라 의사 화타가 만든 일종의 보건체조.

이 물통을 받다가 무심코 유형의 손을 건드리자 그녀의 얼굴이 순식간에 빨개졌다. 고당병은 유형을 직접 일으켜 세우지 않고 일단 상황을 물었다.

"혼자 일어날 수 있습니까?"

"네."

"그럼, 조심히 가십시오."

고당병이 무덤덤하게 툭 내뱉고 돌아서자 유형이 급하게 그를 불러 세웠다.

"저기요."

"무슨 문제 있습니까?"

"아, 아니요."

유형이 몸을 일으키고 뭔가 말하려다 그만뒀다. 고당병은 그녀를 힐끔 쳐다보고 아무 일 없었다는 듯 돌아서서 골목 반대편으로 걸어갔다. 마충과 요회가 시종처럼 다급하게 뒤따라갔다.

도관에서 기다리던 순후와 배서는 네 사람이 돌아오자마자 어떻게 됐느냐고 물었다. 마충이 자초지종을 이야기하자 순후는 잠시 말없이 생각에 잠겼다. 배서는 의중을 알 수 없는 표정으로 입술을 오물거렸다. 이때 고당병이 벌떡 일어났다.

"이번 작전 실패는 모두 제 책임입니다. 제가 경솔하게 나서는 바람에 아사이가 목표물에 접근하지 못해 목표물과 연결 고리를 만들지 못했습니다. 제가 모든 책임을 지겠습니다."

순후가 손가락으로 책상을 톡톡 두드리며 장난스럽게 되물었다.

"정말 자네가 다 책임질 수 있나?"

"물론입니다. 사내대장부는 절대로 책임을 회피하지 않습니다."

고당병이 가슴을 내밀며 당당하게 외쳤다.

"그래. 자네가 계획을 망쳤으니, 자네가 책임지고 대책을 마련해야겠지. 그럼, 아사이 대신 자네가 유형에게 접근하게."

순후의 결정은 매우 의외였다. 고당병은 강직하고 고지식한 성격에 말수도 적고 일 외에 다른 관심사가 전혀 없었다. 최소한 동료들이 보기에는 그랬다. 유흥이나 취미를 즐기지 않는 매우 고지식한 남자였다. 사랑에 가장 서툰 고당병에게 유형을 유혹하는 미남계를 사용하라니, 다들 순후를 이해할 수 없었다.

"우리의 목적은 목표물이 우리 사람에게 호감을 느끼도록 하는 것이야. 그 사람이 꼭 아사이일 필요는 없지. 누구든 상관없어. 고당병이 이미 용감하게 그녀를 구했으니 감정의 기초를 쌓은 셈이야. 그러니까 고당병을 보내는 것이 가장 확률이 높아."

순후가 열심히 이유를 설명했지만 고당병과 제5조 요원들은 전혀 이해할 수 없다는 듯 허탈한 표정을 지었다.

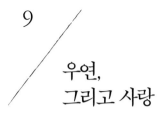

9

우연,
그리고 사랑

3월 2일, 풍웅이 아침 일찍 도관에 도착했다. 이번 간첩 사건의 실무 책임자로서 신경 쓰이는 일이 많았지만 가장 골칫거리는 역시 순후였다. 이미 한 번 사고를 쳤고 또 언제 무슨 풍파를 일으킬지 모르기 때문이다. 만에 하나 순후가 일을 그르치면 순후뿐 아니라 풍웅도 부하를 잘못 관리했다는 비난을 면치 못할 것이다. 풍웅의 입장에서는 자신의 앞날을 위해 천지 분간 못하고 날뛰는 야생마를 확실히 단속해야 했다.

곧이어 군모사 종사 호충이 도착했다. 순후가 인원 보충을 요청하며 군모사에서 데려갔던 두 관리의 이동 명령 기한은 오늘까지였다. 규정상 호충이 직접 이동 철회령을 전달해야 한다.

순후는 두 사람이 도착하기 훨씬 전부터 그들을 기다리고 있었다. 풍웅과 호충이 등장하자 환하게 웃으며 두 사람을 맞이했다. 마치 모든 일이 너무나 순조롭다는 듯이.

"조사는 어디까지 진행됐나?"

풍웅의 말투는 지극히 사무적이었다. 순후가 미리 작성해둔 보고서를 바로 내밀었다.

"아직 위나라 간첩의 신분을 밝힐 확실한 단서를 찾지 못했습니다. 사실 현재로서는 그 간첩이 정말 존재하는지조차 확신할 수 없습니다."

"뭐? 그 말은, 조사를 시작할 때보다 오히려 정보가 적어졌다는 뜻인가?"

풍웅이 고개를 휙 돌리며 조롱하는 투로 물었다. 순후는 난감한 표정으로 머리를 긁적이며 변명했다.

"꼭 그런 뜻은 아니고……"

풍웅은 난감해하는 순후를 보며 왠지 모르게 기분이 좋았지만 겉으로는 엄하게 부하를 질책했다. 순후가 "예예." 하며 고분고분 고개를 숙이자 풍웅은 더욱 안심했다.

'자기 때문에 양 참군이 그 모욕을 당했으니, 나름 자중하는 모양이군.'

풍웅이 구체적인 조사 상황을 물었고 순후는 간첩 신분을 특정할 수 없는 상황이라 일단 설계도, 기술공, 노기 실물을 집중 감시하는 방법뿐이라고 대답했다. 하지만 이 세 가지 모두 군부가 꽁꽁 숨겨두고 있어 정안사가 끼어들 틈이 전혀 없었다. 이때 잠자코 있던 호충이 끼어들었다.

"참, 군모사에서 보낸 두 사람은 어찌 됐소?"

"아, 좀 전에 제6노기제작방에서 돌아와 지금 조사 보고서를 정리하고 있습니다. 뭔가 찾아낸 거 같은데, 부디 좋은 소식이었으면 좋겠습니다."

보통 사람들은 무소식이 희소식이라고 말하지만 정보 수집이 주요 업무인 정안사에게 무소식은 곧 나쁜 소식이다.

"아주 좋아. 이번에 군모사와 정안사가 합이 아주 잘 맞았군."

풍웅이 흐뭇한 표정으로 고개를 끄덕이고 다른 일을 보러 잠시 자리를 비웠다. 호충이 순후 옆에 바짝 붙어 작게 중얼거렸다.

"이보시게, 거짓 보고는 나쁜 짓이라고."

"거짓은 아니고…… 편중 보고지요."

순후가 일부러 무표정하게 반응하자 호충이 허허 웃으며 어깨를 툭툭 쳤다.

"작년 9월 자료는 볼만했어요?"

"아주 근사하더군요."

두 사람은 눈빛만으로 서로의 마음을 알기 때문에 더 이상 말이 필요 없었다. 순후와 호충은 이런 점이 특히 잘 맞았다. 이전에도 이런 암묵적인 협력이 결정적인 효과를 발휘하곤 했다.

잠시 후 두 군모사 관리가 완성된 보고서를 가져왔다. 보고서의 분량이 어마어마하고 두 사람 다 눈이 새빨갛게 충혈된 것으로 보아 밤을 새워 정리한 모양이었다. 이때 풍웅이 다시 돌아왔다. 사문조 고위 관리 세 사람은 보고서를 돌려보며 군모사 관리의 설명을 경청했다.

군모사 관리는 기술공 호적과 개인 자료를 꼼꼼히 살펴본 후 모반 가능성이 큰 순서대로 분류했다고 설명했다. 모반 가능성이 가장 큰 부류의 세부 기준은 본적이 진령산맥 북부 지역이고 나이는 서른에서 마흔 사이, 주조 혹은 조립 작업을 담당하는 독신 기술공이었다.

"여기에 해당하는 사람이 몇 명이나 되는가?"

"열여섯 명입니다. 여기, 명단을 정리했습니다."

군모사 관리가 죽간 하나를 풍옹에게 건넸다. 깨알 같은 해서체[47]로 기술공 이름과 관리번호가 적혀 있었다.

풍옹이 대충 한 번 훑어보고 죽간을 순후에게 넘겼다.

"이제 어떻게 할 생각인가?"

순후는 여전히 난감한 표정이었다.

"당연히 이 사람들을 온종일 감시하는 방법이 가장 좋지만 군부 놈들이 우리 계획을 받아들일 리가 없으니……. 군부가 스스로 경계심을 높여 보안을 강화하도록 알려야겠지요."

"안 돼. 만약 양 참군이 알면 절대 그냥 넘어가지 않을 거야. 그 사달을 누가 책임지려고?"

풍옹이 단호하게 반대하자 순후는 찍소리도 못했다. 이때 잠자코 보고서에 집중하던 호충이 조용히 입을 열었다.

"제 생각엔, 꼭 군부를 상대할 필요는 없을 것 같습니다. 제가 면현 안역관(安疫館) 관리들을 잘 아는데, 안역관에서 역병 예방 차원으로 기술공 신체검사를 실시하도록 청해보겠습니다. 이 신체검사를 받으려면 노기제작방 기술공들이 모두 안역관 격리 구역으로 이

---

47 楷書體, 한자 붓글씨체의 한 종류.

동해야 하니, 우리는 이 틈에 명단에 있는 기술공들을 심문하면 됩니다. 필요할 경우, 역병 의심자로 격리시키고 다른 조치를 취할 수도 있습니다."

"좋아! 아주 좋은 방법이야. 호 종사, 당장 안역관에 연락하게."

호충은 평소에도 아끼는 부하였기에 풍옹은 아주 기분 좋게 무릎을 치며 칭찬을 연발했다. 그러나 순후를 돌아보며 말할 때는 완전히 다른 말투였다.

"아직 아무 성과도 없긴 하지만 그래도 다방면으로 조사를 진행해야 하네. 효화, 자네가 계속 수고해주게."

"예. 지금 정안사 관리들이 전력을 다하고 있습니다."

순후의 말은 틀림없는 사실이었다. 정안사 요원들은 확실히 최선을 다하고 있었다. 그중 가장 열심인 사람들은 풍옹이 그 존재조차 알지 못하는 제5조였다.

풍옹이 직접 정안사를 시찰하는 동안 고당병과 제5조 요원들은 유길 주점에 도착해 이미 자리를 잡았다. 아직 이른 아침이라 다른 손님이 전혀 없어 고당병 일행은 눈에 띌 수밖에 없었다. 마침 유형이 가게에 나왔다. 손님이 있을 줄 전혀 예상치 못해 머리도 제대로 정리하지 못한 그녀는 대나무 꼬챙이로 대충 머리를 말아 올리고 서둘러 손님을 맞았다.

"나리님들, 이렇게 일찍 어쩐 일들이세요?"

유형이 친절하게 인사를 하며 행주를 꺼내 열심히 탁자를 닦았다. 다른 사람들은 어색한 듯 겸연쩍게 웃고 있고 고당병만 굳은 표정으로 불안한 시선을 감추지 못했다. 꽤 긴장한 모습이었다.

"가게 문을 방금 열어서 불도 이제 막 피웠어요. 재료 준비가 덜

177

돼서 아무래도 많이 기다리셔야…….”

직업정신을 발휘해 애써 웃으며 설명하던 유형이 갑자기 굳은 표정으로 말을 멈췄다. 왠지 낯익은 손님들 사이에서 어젯밤 자신을 구해준 은인을 발견한 것이었다. 유형의 침묵으로 가게 분위기가 더 어색해졌다. 유형과 고당병은 특히 난감했다.

“저, 저……. 유 낭자, 맞습니까?”

“네? 아, 네……. 맞습니다…….”

살짝 상기됐던 유형의 얼굴이 순식간에 새빨개지면서 갑자기 허리를 세우다가 젓가락 통을 떨어뜨렸다. 순간 주점 안이 쥐죽은 듯 고요해졌다.

고당병의 동료들이 얄궂게 웃으며 주섬주섬 젓가락을 줍는 동안 두 사람의 시선은 한동안 서로에게 고정됐다. 지금 고당병은 극도의 긴장 상태였다. 왼손으로 바지 옆을 만지작거렸고 자꾸 땀이 나 오른손을 계속 쥐었다 폈다 반복했다. 타고난 연애박사도 아니고 특별한 방법을 알려준 사람도 없었다. 그저 본능이 이끄는 대로 움직일 뿐이었다. 어쨌든 사람이고, 남자니까.

“그럼, 제가, 잘못 본 게 아니군요…….”

고당병은 계속 쓸데없는 말만 늘어놓고 유형은 대충 고개를 끄덕였다.

“그럼, 그러니까……. 어제, 제가……. 길에서 우연히 마주쳐서, 마침 낭자를 돕긴 했는데……. 호, 혹시, 어디 다치지 않았는지, 걱정이 돼서……. 한, 한 번 와본 건데…….”

고당병이 우물쭈물 말끝을 흐려 무슨 말인지 제대로 알아들을 수 없었다. 결국 이 상황을 정리한 사람은 유형이었다.

"은공[48], 잠시만 기다리세요."

유형은 일단 주방으로 뛰어 들어갔다. 행주를 내려놓고 손을 깨끗이 씻은 후 부스스한 머리카락을 정리해 다시 올려 묶었다. 그런데 갑자기 가슴이 두방망이질 치기 시작했다. 유형은 어지러운 마음을 가라앉히려 심호흡을 했다. 뜨겁게 달아오른 뺨을 손등으로 문지르며 제발 진정하라고, 혹여 이 남자에게 마음을 뺏기면 안 된다고 끊임없이 자신을 타일렀다. 하지만 유형의 마음은 이미 제멋대로 움직이고 있었다. 잠시 밖을 살피다가 어색한 표정으로 그 자리에 붙박인 듯 서 있는 고당병을 보는 순간, 겨우 가라앉힌 마음이 다시 두근거렸다.

간신히 마음을 다잡은 유형은 뜨거운 물을 챙겨 고당병 일행에게 갔다. 젓가락을 다 주워놓고 다들 곧은 자세로 딱딱하게 앉아 있었다. 이번에는 고당병만 자연스러워 보였다.

"나리님들, 뭘 드시겠어요?"

유형이 평소 손님을 대할 때처럼 차분하게 물었다. 그런데 고당병이 갑자기 자리에서 일어섰다.

"유 낭자가 무탈한 것을 확인했으니, 저는 이만 가보겠습니다."

간다고 말한 것은 고당병인데 다른 사람들이 먼저 뛰어나갔다.

"은공! 잠깐만요."

급한 마음에 일단 외치긴 했는데 그리고 뭐라고 해야 할지 생각나지 않았다.

◇◇◇◇◇◇◇◇◇

48 恩公. 목숨의 은인이나 은혜를 입은 사람을 높여 부르는 말.

179

"유 낭자, 무슨 일인지요?"

"소, 소녀……. 은공의 존함을 여쭙고자 합니다."

"편히 말씀하셔도 됩니다. 저는 성이 고당이고 이름은 병입니다. 군에 몸담고 있습니다."

유형은 '군'이라는 말에 눈빛이 반짝였다. 이 순간, 그녀에게 꼭 필요한 이유였다.

멀리 주점 밖에서 지켜보던 나머지 사람들은 두 사람이 자연스럽게 대화를 시작하자 겨우 안도의 한숨을 내쉬었다. 아사이가 머리를 긁적이며 한마디 툭 던졌다.

"처음이라더니, 저 친구 꽤 잘하는데요?"

대충 향 하나 피울 시간이 지났을 즘 고당병이 주점에서 나왔다. 요회가 고당병의 팔을 획 낚아챘다.

"이놈 이거, 정말 장난 아니네?"

"우와, 정말 상상도 못했어. 평소엔 그렇게 얌전하더니, 완전 고수 잖아."

"이게……. 성공한 겁니까?"

이런 쪽으로 확실히 경험이 부족한 고당병은 반신반의하며 되물었다.

"다 된 거야. 거의 다 됐어. 다음에 밖에서 만날 약속만 하면, 완전히 성공이야."

당사자보다 주변 사람들이 더 흥분하며 난리였다.

"약속이요? 좀 전에 유 낭자가 이틀 후 술 받으러 갈 때 같이 가달라고 해서 그러겠다고 했습니다. 이것도 그 약속에 해당합니까?"

"야, 이 얼간아! 어떻게 그걸 모를 수 있냐?"

아사이가 장난스럽게 한 번 버럭하고 다 같이 신나게 웃었다. 놀림감이 된 고당병은 이 난감한 상황을 벗어나려 일부러 정색하며 대꾸했다.

"빨리 돌아가서 순 종사에게 보고합시다."

위장된 사랑 이야기가 무르익어가던 그 시각, 10리 밖 면현성 청룡 초소 부근에 땔나무를 짊어진 나무꾼이 걸어가고 있었다. 이곳은 북부 산기슭과 가까워 땔감을 구하는 나무꾼이나 사냥꾼이 일을 마치고 면현성으로 돌아가는 길목이었다. 나무꾼이 짊어진 멜대[49] 양쪽에 땔나무가 한 아름씩 묶여 있었다. 땔감 무더기 중간에 삐죽삐죽 나뭇가지가 삐져나와 가시 돋친 기둥 두 개를 달아놓은 것 같았다. 덩굴줄기로 간단히 동여맨 멜대 양 끝이 묵직하게 늘어졌다. 하지만 나무꾼은 워낙 체격이 좋은 탓인지 별로 힘들어 보이지 않았다.

나무꾼이 흔들거리는 멜대를 메고 검문소 쪽으로 걸어가는데 오늘따라 유난히 사람이 많이 모여 있었다. 조금 더 가까이 가보니 평소 아무렇지 않게 지나다니던 길이 단단히 틀어막혔다. 길 한복판에 나무 울타리를 세우고 검문소 병사들이 오가는 사람을 하나하나 검사했다. 그 옆에 승상부 공고문이 붙은 푯말이 세워져 있었다. 오늘부터 임시 관문을 설치한다는 내용인데 이유나 배경 등 상세한 설명은 없었다.

◇◇◇◇◇◇◇◇
49 양쪽 끝에 물건을 달아 어깨에 메는 데 쓰는 긴 나무.

사실 이것은 승상부가 정안사 측 요청에 따라 내린 조치였다. 정안사와 승상부가 직접 관리하는 촘촘한 경비망을 구축해 면현성과 주변 지역에 수상한 움직임이 없는지 신속하게 파악하기 위함이었다.

나무꾼은 맨 뒷줄에 서서 조용히 차례를 기다렸다. 검사 속도는 생각보다 빨랐다. 병사들이 명패만 확인하고 대충 간단한 질문 한두 개 하는 것이 다였기 때문에 차례가 금방 돌아왔다. 나무꾼은 멜대를 울타리 앞에 내려놓고 어깨를 주무르고 품에서 명패를 꺼내 공손히 건넸다. 두 병사가 명패를 자세히 살폈지만 별다른 문제가 없어 다시 나무꾼에게 돌려주며 가볍게 물었다.

"성안으로 땔감 팔러 가는 거요?"

"네, 맞습니다."

한 병사가 멜대에 묶인 나무더미를 발로 툭툭 치며 장난스럽게 툭 한마디 던졌다.

"허허, 정말 대단하네. 이 무거운 걸 혼자 짊어지다니. 혹시 이 안에 뭘 넣은 건 아니겠지?"

갑자기 표정이 굳은 나무꾼은 불안해하며 무의식적으로 나무더미를 힐끔 쳐다봤다. 그는 바로 자신이 실수했음을 깨닫고 이마를 닦는 척하며 표정을 숨겼다. 하지만 옆에 있던 다른 병사가 이 미세한 표정 변화를 눈치챘다. 실눈을 뜨고 가만히 살피다가 한 걸음 나서며 나무꾼에게 손짓했다.

"이쪽으로 와 보시오."

나무꾼은 얼어붙은 듯 꿈쩍도 하지 않았다.

"안 들려? 이리 좀 오라고."

병사가 목소리를 높이자 나무꾼이 그제야 죽을상을 하고 발걸음을 옮겼다. 병사가 나무 더미를 가리키며 명령했다.

"풀어 보시오."

"그냥 땔감 나무예요. 정말 아무것도 볼 거 없어요⋯⋯."

"당장 풀란 말이오!"

병사는 나무꾼의 간절한 표정을 보고 더 사납게 외쳤다. 나무꾼은 얼굴이 하얗게 질린 채 꿈쩍도 하지 않았다. 처음에 나무더미를 찼던 병사도 뭔가 심상치 않다는 생각에 검게 칠한 단단한 나무막대기를 움켜쥐고 나무꾼을 경계했다. 목소리를 높였던 병사는 나무더미 앞에 웅크려 앉아 덩굴줄기를 풀기 시작했다.

나무더미가 와르르 무너지는 순간, 나무꾼이 갑자기 소리를 지르며 병사를 밀어내고 뒤돌아 달리기 시작했다. 검사를 기다리던 여자들은 비명을 지르고 남자들은 깜짝 놀라 몸을 피하면서 검문소 주변이 아수라장이 됐다. 검문소 안에서 병사 대여섯 명이 뛰쳐나와 나무꾼이 도망간 방향으로 쫓아갔다. 한 병사가 검문소 꼭대기에 올라가 나팔을 불어 검문소 밖에 나가 있는 다른 병사들에게 신호를 보냈다.

이곳 산길은 가파르고 험했지만 나무가 거의 없어서 제법 멀리까지 한눈에 들어왔다. 나무꾼은 숨을 곳이 없으니 산등성이를 따라 죽기 살기로 달릴 수밖에 없었다. 검문소 병사들이 그 뒤를 바짝 뒤쫓았다. 곧이어 오른편에서 기병 순찰대가 나타났다. 기병 셋은 목표물을 확인하고 빠르게 포위망을 펼쳤다. 산길에 적응할 수 있도록 특별 훈련을 받은 말들이라 평지를 달리듯 가볍고 빨랐다.

나무꾼은 앞길이 가로막힌 것을 보고 재빨리 왼쪽으로 방향을 틀었다. 하지만 왼편은 길이 아니라 절벽이었다. 추격병이 뒤따라와 포위망을 갖춰 점점 다가오는데 더 이상 도망갈 곳이 없었다. 궁지에 몰린 나무꾼은 겁에 질린 채 절벽 쪽으로 조금씩 뒷걸음질했다. 작은 돌 몇 개가 발 끝에 걸려 떨어졌는데 한참 후에야 바닥에 부딪히는 소리가 났다. 병사들이 나무 막대기를 들고 천천히 나무꾼에게 접근했다. 가장 앞에 선 병사가 순순히 투항하라고 소리쳤다. 나무꾼은 절망한 표정으로 하늘을 올려봤다.

"사군이시여! 복을 내려주소서!"

나무꾼은 이 말을 외치고 절벽에서 뛰어내렸다.

정안사는 당일 밤에서야 이 사건을 보고받았다. 정안사의 1차 정보 분류 담당자가 이 사건을 단순 밀수 도주 사건으로 판단해 보류 문서로 분류했다. 나중에 배서가 우연히 이 문서를 보고 순후에게 보고했다. 순후는 사건 장소가 청룡 검문소라는 것을 듣고 자세히 알아봐야겠다고 생각했다. 청룡 검문소가 군계방 총부 근처이기 때문이다. 순후는 제5조 작전과 기술공 신체검사 준비로 정신이 없었기 때문에 아사이를 청룡 검문소에 보내 자세히 조사하도록 했다.

아사이는 고당병을 따라다니며 계속 재미있는 구경을 하고 싶었는데 갑자기 다른 임무에 차출되자 억지로 발길을 돌려 청룡 검문소로 달려갔다. 명령은 반드시 따라야 하니까.

이날 밤 청룡 검문소는 평소와 크게 달랐다. 정문 앞에 커다란 등롱 두 개가 걸렸고 검문소 책임 관리가 초조하게 면현성 방향을 바라보고 있었다. 신중하고 경험 많은 관리는 정안사 요원이 빨리 도착하기를 바랐다. 골치 아픈 나무꾼 사건을 정안사에 넘기면 더 이상 자신이 신경 쓰고 책임질 일은 없을 테니까.

잠시 후 어둠 너머에서 말발굽 소리가 들렸다. 관리가 안도의 한숨을 내쉬고 옷매무새를 정리한 후 계단을 내려가 두 손을 모으고 기다렸다. 아사이의 얼굴을 확인한 관리는 정안사 요원이 남만 사람이라는 것을 알고 살짝 경계하며 의심의 눈초리를 보냈다.

"남만 사람이라 놀라셨나요?"

"아니, 그게······."

관리는 아사이의 직설적인 말투에 더 당황해 말을 잇지 못했다.

"걱정 마시오. 아직 날이 덥지 않으니 노린내는 안 날 겁니다."

아사이가 상대의 생각을 눈치채고 농담을 던졌다. 그런데 관리는 아사이가 화를 내는 줄 알고 깜짝 놀라 다급하게 손을 휘저었다.

"무슨 말씀이십니까? 절대 아니에요."

아사이가 씩 웃으며 검문소 안으로 들어갔다. 검문소 대청에 오늘 나무꾼을 추격했던 순찰 병사들이 대기하고 있었다. 정안사 관리가 도착하기 전에 절대 떠나지 말라는 명령 때문에 다들 주린 배를 움켜쥐고 억지로 기다리는 중이었다. 아사이는 병사들 상황을 생각해 쓸데없는 인사말을 생략하고 바로 질문을 시작했다.

"범인을 검사했던 사람이 누구요? 일단 그때 상황을 자세히 설명해보시오."

나무꾼을 상대했던 두 병사가 앞으로 나와 전후 사정을 자세히 설명했다. 이야기가 끝난 후 아사이가 눈살을 찌푸리며 물었다.

"그자의 신분은 알아냈소?"

"요양현(遼陽縣)에 사는 농부입니다. 이름은 우정, 본적도 요양입니다. 일단 명패에는 그렇게 적혀 있었습니다."

"그자, 지금 어디에 있소?"

185

"죽었지요. 절벽 밑에서 시체를 찾아 지하 창고에 옮겨놨습니다."

"가서 봅시다. 앞장서시오."

한 사람이 등불을 들고 앞장서고 아사이와 나머지 한 병사가 뒤따라갔다. 세 사람은 좁고 어두운 계단을 내려가 지하 창고로 들어갔다. 이미 봄이지만 한중의 지하 창고는 음습한 냉기가 감돌아 아직도 벽에 얇은 서리가 맺혀 있었다.

병사가 등불을 높이 들어 올렸지만 빛이 너무 약해 아주 가까운 곳만 겨우 보였다. 지하 창고 한가운데 돗자리로 대충 덮어 나무판에 올려놓은 시체가 보였다. 형체가 이상하게 뒤틀렸고 이미 딱딱하게 굳었다. 깜빡이는 등불 때문에 더 끔찍하고 무섭게 보였다.

아사이는 병사에게 등불을 낮추게 하고 허리를 굽히며 돗자리를 걷었다. 피와 살이 엉겨 붙고 내장과 뼈가 찢어지고 부러진 우정의 시체가 드러났다. 앞면으로 떨어졌는지 얼굴은 형체를 알아볼 수 없었고 눈알 하나가 당장 튀어나올 듯이 뚫어져라 천장을 응시했다. 징그럽다는 듯이 코를 찡긋거리던 아사이가 그 눈알을 슬쩍 밀어 넣고 제대로 감겨줬다. 그리고 바로 일어나 지하 창고를 나갔다.

세 사람이 대청으로 돌아오자 책임 관리가 바닥을 가리키며 말했다.

"그자의 뗄감 더미 안에서 이 물건들이 나왔습니다."

우정의 유품이 바닥에 널브러져 있었다. 아주 튼튼한 밧줄, 갈고리 두 개, 활석 가루, 천 꾸러미 등이었다. 천 꾸러미를 풀어보니 정교하게 세공한 구리 바늘 세 개가 있었다. 길이는 2촌쯤이고 끝이 구부러진 갈고리 형태로 한쪽에 톱니처럼 튀어나온 부분이 있었다. 도대체 어디에 사용하는 물건인지 알 수가 없었다.

"이게 도대체 뭐 하는 물건인지 아시오?"

아사이가 구리 바늘을 가리키며 물었지만 다들 서로 얼굴만 쳐다보다가 고개를 저었다. 아사이는 일단 천 꾸러미를 다시 잘 접어서 품에 넣고 죽간 문서에 '증거물 수취'라는 인장을 찍었다.

"시체는 그냥 태워버리고 나중에 마을 사람들을 불러 유골을 가져가라고 하세요. 다른 유품은 일단 이곳에 보관해주시오."

아사이가 일을 마무리 짓고 검문소를 나왔다. 정문 앞에 매어놓은 말고삐 줄을 풀고 훌쩍 올라탔다. 막 출발하려는 순간 병사 한 명이 쫓아와 아사이를 불렀다. 아사이가 말고삐를 당기며 돌아봤다.

"무슨 일이오? 다른 문제라도 있소?"

병사가 모자를 만지작거리며 우물쭈물했다.

"이게 무슨 단서가 될지 잘 모르겠습니다. 그게 아주 사소한 것이라……. 전혀 상관없는 것일 수도 있고…….”

"상관이 있는지 아닌지는 내가 판단하겠소."

"예, 실은, 그 나무꾼이 절벽에서 뛰어내릴 때 제가 제일 가까이에 있었습니다. 그래서 그자가 뛰어내리기 전에 외친 말을 똑똑히 들었습니다. '사군이시여, 복을 내려주소서.'라고 했습니다.”

"사군이시여, 복을 내려주소서? 확실해요?”

"네. 틀림없습니다. 그때 그 사람과 10보 정도 거리였으니까요."

아사이는 말안장 주머니에서 붓과 먹을 꺼내 방금 들은 말을 소맷부리에 적은 후 바로 채찍을 휘두르며 떠났다.

아사이는 정안사에 도착하자마자 순후에게 검문소에서 보고 들은 상황을 보고하고 구리 바늘 세 개를 건넸다. 순후와 배서가 등불을 가까이 비추고 한참 동안 살펴봤지만 그들 역시 이 물건이 무엇인지 알 수 없었다. 이때 순후 앞으로 새로운 보고서가 도착했다. 순후는 산더미처럼 쌓인 보고서를 보고 관자놀이를 꾹꾹 누르며 한숨을 내쉬었다.

"보다시피, 여긴 지금 승상부 못지않게 바빠. 이렇게 하지. 군기사 초 종사가 오늘 일이 있어 면현에 와 있어. 정안사 명의로 서신을 써줄 테니 자네가 초 종사를 찾아가 물어봐. 기술 방면으로 가장 권위 있는 사람이니."

"하지만, 시간이……."

아사이가 난감한 표정으로 창밖을 쳐다봤다. 자정에 가까운 시간이니 대부분의 사람들이 단잠에 빠져 있을 것이다. 순후는 다른 말 없이 보고서를 들여다보며 얼른 가라는 뜻으로 손을 흔들었다. 아사이는 어쩔 수 없이 천 꾸러미를 다시 품에 넣고 배서에게 받은 서신을 가지고 초준을 만나러 갔다.

초준은 오늘 제갈량에게 무기 개발 진행 상황을 보고하러 면현성에 왔다. 그는 이날 승상부 근처 역관에 묵었다. 아사이는 말이 달리는 속도를 최대한 높여 2각[50] 만에 역관에 도착했다. 말에서 내리자마자 역관 대문을 쾅쾅 두드렸다. 한참 후에야 늙은 하인이 나와 좁은 문 틈새로 귀찮다는 듯 투덜거렸다.

"누구요? 무슨 일인데 이 한밤중에 이 난리요?"

아사이가 최대한 진지하고 엄숙하게 대답했다.

"정안사에서 왔소. 급한 공무요."

◇◇◇◇◇◇◇◇◇
[50] 刻, 1각은 대략 15분에 해당함.

"뭐요?"

늙은 하인이라 귀가 잘 안 들리는 모양이었다. 아사이가 문틈으로 서신을 건네자 늙은 하인이 손을 덜덜 떨며 부싯돌을 꺼냈다. 아사이는 급한 마음에 문을 확 밀어젖혔다.

"초 종사 방이 어디요?"

"왼쪽에서 세 번째……. 아니, 들어가면 안 돼요. 지금 주무시고 계시잖아요."

"아주 급한 공무란 말이오."

아사이가 늙은 하인을 뿌리치고 왼쪽 세 번째 방으로 성큼성큼 걸어갔다. 초준은 군기사의 책임자이니 아사이가 함부로 대할 수 있는 상대가 아니었다. 일단 조심스럽게 문을 두드렸다. 반응이 없자 조금 더 세게 두드렸다. 잠시 후 불쾌한 기색이 역력한 노인의 헛기침 소리가 들렸다.

"흠, 으흠……. 웬 놈이 이렇게 소란을 피우는 것이야?"

"죄송합니다. 군기사 초 종사, 맞습니까?"

"지금이 몇 시인지 모르나? 당장 물러가!"

"소인은 정안사에서 왔습니다. 아주 급한 용무가 있어 찾아왔습니다."

잠시 침묵이 흐르다가 문이 벌컥 열렸다. 양가죽 겉옷을 걸치고 문 앞에 나타난 초준은 눈살을 찌푸리며 호통을 쳤다.

"이 야심한 밤에 자는 사람을 꼭 깨워야겠나? 그놈의 정안사는 대체 뭐 하는 데야?"

"물건 감정을 부탁드리러 왔습니다."

아사이가 바로 본론을 언급하며 천 꾸러미를 꺼냈다. 초준은 직업정신이 발동했는지 갑자기 화가 가라앉았다. 아사이에게 받은 천 꾸러미를 풀어보더니 말없이 역관 대청으로 자리를 옮겨 탁자의 등불을 붙였다. 탁자 앞에 무릎을 꿇고 앉아 구리 바늘을 유심히 살폈다. 아사이는 초준이 오직 구리 바늘에만 집중하는 모습을 보고 속으로 혀를 내둘렀다.

'정말 미치광이가 따로 없구나.'

향 세 개 피울 시간이 지날 즘 초준이 구리 바늘을 내려놓고 아사이를 돌아봤다.

"이런 대단한 물건을 어디서 구했소?"

"나무꾼한테서요."

"나무꾼?"

"예. 정확히 말하면, 나무꾼이 지고 가던 나무 더미를 수색하다 발견한 것입니다."

초준이 구리 바늘 하나를 들고 단호하게 말했다.

"그럴 리 없소. 이렇게 정교한 도구를 만들려면, 구리를 주조하고 연마하는 기술이 상당한 경지에 올라야 하고 필요한 도구도 많소. 절대 개인이 소지할 물건이 아니오."

"하지만 분명히 나무꾼이 가지고 있었습니다. 혹시 이것이 어디에 쓰는 물건인지 아십니까?"

초준이 입을 오물거리며 잠시 생각에 잠겼다.

"음, 사실 이런 물건은 본 적이 없소. 하지만 모양과 크기로 보아 기계 부품은 아닌 것 같고 아무래도 공구 종류 같소. 여기 보면, 끝 부분이 엄지와 검지손가락으로 잡기 편하게 되어 있고 반대편 끝에 갈고리는 뭔가를 뽑거나 잡아끄는 용도일 것이오."

"뭐, 설마 귀이개 같은 건가요?"

아사이는 무심코 한마디 내뱉었다가 바로 후회했다. 괜히 쓸데없는 말을 했다가 괴팍한 노인의 심기를 건드리는 것은 아닌지 불안했다. 그런데 잠시 깊은 생각에 잠겼던 초준이 갑자기 탁자를 탁 치며 고개를 들었다. 탁자 위 등불이 크게 흔들렸다.

"맞아! 바로 그거야!"

"네? 설마 정말 귀이개라고요?"

초준은 기계와 도구를 설명할 때면 늘 아이처럼 흥분하곤 했다.

"그건 아니고. 그쪽 덕분에 생각이 났소. 사실 이게 귀이개와 크기도 모양도 비슷하잖소. 그러니까 이 물건은 귓구멍처럼 좁고 긴 공간에서 정밀한 작업을 해야 할 때 사용하는 것이오. 예를 들면……. 열쇠 구멍이오. 금속과 용수철로 만든 자물쇠 구멍에 들어갈 크기요."

아사이는 듣고도 이해가 안 돼 어리둥절했다. 초준이 자리에서 일어나 늙은 하인에게 자물쇠를 가져오라고 했다. 늙은 하인이 주먹만 한 나비 날개 모양 자물쇠를 가져와 부르르 떨리는 손으로 초준에게 건넸다. 초준은 자물쇠를 잠그고 구리 바늘 세 개를 차례로 구멍에 집어넣고 서로 교차시켰다. 그리고 그중 하나를 천천히 살살 흔들었다. 순간 찰칵 소리와 함께 자물쇠가 열렸다. 초준이 아사이를 돌아보며 의미심장하게 고개를 끄덕였다.

아사이는 대단한 발견과 함께 서둘러 도관으로 돌아갔다. 마침 정안사도 바쁜 업무를 마무리했는지 야간 근무자들이 기둥에 기대거나 책상에 엎드려 자고 있었다. 아사이는 동료들 사이를 지나 곧장 순후 집무실로 향했다. 순후와 배서는 아직도 산더미처럼 쌓인 문서와 죽간에 파묻혀 있었다. 집무실 한쪽 향로에서 졸음을 쫓기

191

위한 향 연기가 끊임없이 피어올랐다.

"순 종사, 저 다녀왔습니다."

순후는 문서에서 눈을 떼지 못하고 입만 움직였다.

"아, 왔나? 어떻게 됐어? 초준이 뭔가 알아냈나?"

"네. 초 종사 판단으로는 이 구리 바늘이 자물쇠를 여는 도구랍
니다."

순후가 그제야 놀란 표정으로 고개를 번쩍 들었다.

"뭐라고? 자물쇠를 여는 도구?"

"네. 금속과 용수철로 만든 자물쇠에 특화된 도구랍니다."

순후는 구리 바늘을 손바닥에 올려놓고 가볍게 흔들었다. 뭔가
어렴풋이 생각날 듯한데 아직 확실하지 않았다. 배서가 보던 죽간을
돌돌 말아 한쪽으로 치우고 등불을 조금 더 밝게 키웠다.

"면현성의 일반 백성들은 보통 나무, 특히 대나무로 만든 자물쇠
를 사용하지요. 용수철 구조로 된 금속 자물통은 주로 관부에서 사
용하고요."

배서의 말대로 정안사에서도 이런 자물쇠를 사용했다. 순후는 바
로 뒷방 나무상자에서 자물쇠를 하나 가져왔다. 아사이는 초준이 하
던 대로 구리 바늘 세 개를 열쇠 구멍에 끼워 넣고 천천히 움직였
다. 몇 번 실패했지만 금방 요령을 터득해 결국 자물쇠를 열었다. 순
후가 구리 바늘과 자물쇠를 뚫어지게 바라보며 감탄을 금치 못했다.

"배 도위, 나중에 이번 일 끝나면, 이 녀석을 다른 부문으로 보내
야 한다고 꼭 말해줘. 아주 위험한 놈이야."

아사이가 히죽거리며 다시 자물쇠를 잡으려다가 문득 소맷부리
에 쓴 먹 글씨를 발견했다. 그제야 검문소를 떠날 때 병사가 했던

말이 생각났다.

"젠장, 한 가지 깜빡했어요. 나무꾼 사건과 관련된 내용인데."

"뭐? 뭔데?"

순후는 아사이가 하던 대로 자물쇠 구멍에 구리 바늘을 넣고 이리저리 쑤시며 대수롭지 않게 대답했다.

"나무꾼 우정을 추격했던 병사가 한 말인데, 우정이 절벽에서 뛰어내리기 전에 '사군이시여, 복을 내려주소서.'라고 외쳤답니다."

순후는 이 말을 듣는 순간 멈칫했다. 다음 순간 놀람, 충격, 흥분 등 격렬한 감정이 솟구쳤다. 쥐고 있던 자물쇠를 집어던지고 벌떡 일어나 아사이 어깨를 움켜쥐고 크게 소리쳤다.

"확실해? 그렇게 외친 게 분명해?"

"네. 그 병사는 우정과 10보 거리에 있었답니다."

아사이는 순후의 반응에 매우 당황했다. 순후는 아사이를 놓아주고 뒷짐을 진 채 왔다 갔다 하며 혼잣말을 중얼거렸다. 순후는 감정이 격해질 때 늘 이랬다. 아사이는 도무지 영문을 몰라 배서에게 무슨 일인지 물었다. 배서는 대략 눈치를 챘지만 아사이에게 질문을 미뤘다. 아사이가 조심스럽게 물었다.

"순 종사, 혹시 뭔가 생각나신 겁니까?"

순후가 그제야 발걸음을 멈추고 흥분을 가라앉혔다.

"그자가 외친 말이 무슨 뜻인지 아나?"

"저는 모르겠습니다."

남만 출신인 아사이는 중원 문화를 많이 접하긴 했지만 깊이 이해하는 정도는 아니었다.

"사군은 장로가 만든 오두미교의 전문용어야. 오두미교는 일반

193

신도를 귀졸, 중간 간부를 좨주, 그리고 그들의 정신적인 지주인 최고 지도자 장로를 사군이라고 부르지. 장로가 죽은 후 그 아들 장부가 그 칭호를 이어받았어. 한중에 숨어 있는 오두미교 신도들은 아직도 그 용어를 사용하고 있지."

"그렇다면, 우정이란 놈이 오두미교 신도인가요?"

"그렇지. 오두미교 신도가 관부 전용 자물쇠를 여는 특수 도구를 가지고 청룡 검문소를 통과하려고 했다는 사실이 중요한 거야. 군계방 총부가 청룡 검문소 근처에 있고, 군계방 총부에 노기 설계도가 보관되어 있어. 그리고 위나라 간첩과 오두미교의 협력 관계 가능성을 생각하면……."

"그럼, 지금 바로 군계방 총부에 경계 등급을 높이라고 통보해야겠네요."

배서가 벌떡 일어섰다.

"잠깐, 어쩌면 우리에게 좋은 기회가 될 수도 있어."

그동안 정안사는 위나라 간첩에 대해 아는 바가 전혀 없었다. 이 수수께끼의 인물이 존재하는지조차 알 수 없었다. 지금 순후는 놈에게 접근할 수 있는 절호의 기회를 잡은 것이다. 놈의 존재를 확인하고 체포할 수도 있는, 다시 없을 좋은 기회였다.

'드디어 놈의 검은 그림자에 빛이 들기 시작했어.'

같은 시각, 정안사에서 10리 넘게 떨어진 신선구에서 촉룡이 미충에게 작은 보따리를 건넸다.

"이번에는 잃어버리지 마시오."

"예. 계획은 그대로 진행해도 되겠지요?"

"이번 작전에 맞춰 이미 그쪽에 명령을 하달했소. 이유 없이 군령을 변경하면 오히려 의심을 살 수도 있소. 기회는 단 한 번뿐이오. 바로 오늘 밤."

"알겠습니다."

"그리고, 한 가지 흥미로운 소식을 들었소."

"이번 작전과 관련된 것입니까?"

"작전과는 상관없소. 하지만 농서 곽 장군에게 꼭 보내야 할 소식이오."

"무슨 일입니까?"

"제갈량이 이달 말에 다시 농서를 공격할 계획이오. 목표는 무도와 음평."

"무도와 음평. 알겠습니다. 곽 장군께 꼭 전달하겠습니다."

두 사람은 바로 돌아서서 반대 방향 어둠 속으로 사라졌다.

몇 시진 후, 동쪽 하늘에서 어김없이 태양이 떠올랐다. 촉나라와 위나라 모두 3월 3일을 맞이했다.

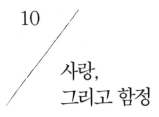

10

사랑,
그리고 함정

이날, 정안사 사람들은 각자 임무를 수행하느라 정신없이 바빴다. 고당병과 제5조는 계속 유형의 주위를 맴돌았고 배서는 면현에서 북쪽으로 20리 떨어진 요양현으로 달려가 우정의 호적과 주변 상황을 조사했다. 그리고 순후는 비밀리에 제3조 요원들을 소집해 청룡산 산자락에 위치한 군계방 총부로 이동했다.

제작방은 정안사의 사정을 조금도 봐주지 않았지만 총부는 달랐다. 제작방은 무기 생산을 전담하지만 총부는 행정 업무만 처리하기 때문에 보통 총부 책임자인 기실(記室)은 문관으로 충당했다. 지금 총부 기실을 맡고 있는 곽익(霍弋)은 이십 대 초반으로 나이는 어리지만 집안 배경이 대단했다. 곽익의 부친 곽준(霍峻)은 유비의 서천 입성에 큰 공을 세우고 후에 높은 관직에 올랐다. 곽익은 유선 즉위

후 알자(謁者)에 임명됐는데 후에 제갈량이 그의 능력을 알아보고 한중으로 데려왔다. 한마디로 곽익은 뒷배와 재능을 모두 갖춘 전도유망한 인재였다.

순후와 곽익은 성도에서 몇 번 만난 인연이 있는데 서로 잘 맞는 편이었다. 군계방 총부는 군부에 속하지만 승상부 출신인 곽익이 지휘하면서 군부 특유의 분위기가 거의 사라졌다. 그래서 곽익은 총부에 함정을 설치하고 싶다는 순후의 요청을 흔쾌히 수락했다. 노기제작방에서와 같은 강력한 방해 행위가 전혀 없었다.

곽익은 아주 솔직한 성격의 소유자였다. 순후에게 처음 함정 계획을 들었을 때 한 치의 망설임도 없이 직설적으로 되물었다.

"순 종사, 놈들이 오늘내일 움직일 걸 어떻게 확신하십니까? 도구도 다 뺏겼으니 다시 준비해야 하잖아요. 상식적으로 생각할 때 원래 계획보다 늦어져야 하는 거 아닙니까?"

순후는 곽익의 예리한 지적에 은근히 감탄했다.

"허허, 그게 말입니다. 놈들도 우리만큼 시간이 촉박하고, 시간을 끌수록 가능성이 낮아지니까요. 그리고 놈들이 안심하고 계획대로 움직이도록 작은 속임수를 하나 썼지요."

순후가 여기까지만 말하겠다는 뜻으로 손바닥을 펼쳐 보였다. 곽익은 정안사 업무의 특성을 알기에 더 이상 묻지 않았다.

"부디 순 종사 예상대로 일이 진행되길 바라겠습니다."

순후의 속임수는 아주 간단했다. 우정의 유류품을 면현 관부에 보내고 면현 현승(縣丞) 명의로 '어제, 관문 조사에 불응하고 달아나던 나무꾼이 절벽으로 추락해 결국 사망했다. 이 나무꾼의 사정을 잘 아는 자는 속히 면현 현승에게 알려 달라.'는 공고문을 발표하게 했다. 면현 관부가 우정의 죽음을 우연한 사고로 처리했을 뿐, 아직 정안사의 관심을 끌지 않았다고 적들에게 알려주기 위함이었다.

잠시 후 곽익이 총부 평면도와 작은 돌 몇 개를 가져와 책상 위에 올려놓았다.

"순 종사, 현재 총부 경비 상황은 이렇습니다."

청룡산 중턱 평지에 위치한 군계방 총부 건물은 서쪽으로 산을 등지고 동쪽을 바라보는 정(丁)자 형태였다. 정문을 들어서면 바로 긴 회랑으로 연결되고 그 양쪽에 하급 관리 업무실이, 회랑이 끝나는 곳에 노기 설계도를 보관하고 있는 총부 기실이 있다. 기실 좌우에 길이가 대략 30보 정도인 작은 곁방이 딸려 있었다. 총부 중앙 정원을 둘러싼 담장의 남북 바깥쪽에는 네 사람이 나란히 설 수 있을 정도의 좁은 공간이 길게 이어졌다. 곽익이 작은 돌을 평면도 위에 올려놓으며 이곳에 경비를 세웠다고 설명했다.

"곽 주기, 이쪽엔 왜 경비가 없습니까?"

순후가 기실 서쪽 담장 쪽을 가리켰다. 남, 북, 동, 세 방향에는 작은 돌이 있는데 서쪽만 비어 있었다.

"아, 그쪽은 기실 뒤편인데 절벽입니다."

"절벽이요?"

"예. 기실이 절벽에 딱 붙어 있어요. 절벽이 꽤 높고 가팔라서, 사람은 물론 동물도 기어오르지 못할 겁니다. 그쪽 방향은 십만 대군이 지키는 것이나 다름없어요."

순후는 미덥지 않은지 기실 밖으로 나가 직접 뒤편을 확인했다. 기실의 구조는 곽익이 말한 대로였다. 목조 건물 뒤편은 깎아지른 절벽이었다. 지면과 거의 수직을 이루는 이 절벽은 여기저기 뾰족한 바위가 튀어나와 울퉁불퉁했다. 순후는 안심하듯 고개를 끄덕이며 다시 기실로 들어갔다.

두 사람은 계속 경비 배치도를 보면서 의견을 나눴다. 오래 얘기를 나눠보니 곽익은 타고난 정보 부문 인재였다. 사고방식이나 일 처리 방식이 정보 업무와 잘 맞았다. 순후는 곽익을 정안사로 데려가고 싶다는 생각까지 했다.

이때 총부의 호위병이 할 말이 있는 듯 기실 안을 기웃거렸다. 눈치를 챈 곽익이 순후에게 양해를 구하고 밖으로 나가 호위병과 얘기를 나눴다. 잠시 후 곽익이 비단 문서를 가지고 돌아왔는데 표정이 좀 이상했다.

"무슨 일이오? 급한 공무라도 생겼소?"

"거참······. 일이 공교롭게 됐습니다."

곽익이 비단 문서를 내밀었다. 순후는 비단 문서 가장자리를 두른 황토색 실에 시선이 꽂혔다. 승상부에서 보내온 공문서였다. 최근 군대 개편으로 면현성 수비군이 부족해 총부에 인원을 요청한다는 내용이었다.

촉나라는 오랫동안 병력 부족 문제에 시달려왔다. 그래서 제갈량은 임시방편으로 일부 도시 수비군을 야전부대에 편입시키곤 했다. 결과적으로 대다수 지역에 수비군 부족 현상이 발생했다. 최근 주력 부대가 전시 상태에 돌입하면서 면현도 수비군 공백을 메우기 위해 각 부문에서 병력을 차출하기 시작했다. 이런 일은 이미 한두 번이 아니었다.

"아무래도 이번 작전은 정안사 단독으로 진행해야겠네요."

곽익은 미안해하고 순후는 한숨을 내쉬었다. 승상부 명령이니 감히 거스를 수 없었다. 그렇다고 명령 철회를 요청할 수도 없었다. 양의와 위연 모두 이번 작전을 알면 절대 용납하지 않을 테니까. 순후는 평면도에 올렸던 작은 돌을 하나둘 빼냈다. 그리고 마지막에 남은 돌 몇 개로 다시 배치를 시작했다.

같은 시각, 총부 근처 바위 언덕. 미충과 황예가 바위 사이에 숨어 틈새로 총부 중앙 정원을 주시했다. 아침 일찍 매복을 시작해 계속 때를 기다리는 중이었다. 방금 전 불시 명령을 받고 중앙 정원에 집합했던 병사 스무 명이 줄지어 총부를 빠져나갔다. 곽익이 병사들을 직접 인솔해 면현 성내로 향했다.

"과연 촉룡이군요, 정말 대단해요!"

황예가 목소리를 한껏 낮추면서도 흥분을 감추지 못했다. 촉룡이 촉나라 수비부대를 이렇게 쉽게 움직일 수 있는 대단한 사람이라니! 옆에서 미충이 텅 빈 적막한 총부 정원을 내려다보며 덤덤하게 중얼거렸다.

"촉룡이 큰 위험을 감수하고 움직인 것이니, 이 기회를 절대 놓치면 아니되오."

"그럼, 오늘 밤, 계획대로 움직이는 겁니까? 우정 형제의 죽음은 안타깝지만 다행히 대신할 적당한 인물을 찾았습니다."

"우정은 신분 노출 염려가 없겠소?"

"우정 형제의 시신 확인 관련 관부 공고 내용으로 볼 때 놈들은 아무것도 모르는 것 같습니다. 냄새를 맡았으면 정안사 놈들이 벌써 달려들었겠죠."

"음, 그래도 지체할 시간이 없으니 오늘 밤 바로 움직일 것이오."

미충이 바로 바위 밑으로 기어나간 후 툭툭 흙을 털어내고 빠르게 언덕을 내려갔다. 황예도 서둘러 뒤따라갔다.

이들은 만일의 상황에 대비해 언덕 위에 오두미교 신도 한 명을 남겨 망을 보게 했다. 두 시진 후, 이 신도는 지붕 한가운데 공작 깃털을 꽂은 가마 두 대가 총부 정문 앞에 멈추는 것을 발견했다. 가마가 멈춘 위치가 회랑으로 이어지는 정문 바로 코앞이라 처마에 가려 자세한 상황은 보이지 않았다. 얼핏 보니 문관 차림의 두 남자가 거들먹거리며 나와 정문 호위병과 몇 마디 주고받더니 다시 가마에 올라탔다. 가마꾼 열여섯 명이 동시에 가마를 들고 왔던 길로 되돌아갔다.

"하여간, 벼슬아치들은 하나같이 허세 부리는 걸 좋아하지……."

망을 보던 신도는 시샘과 조롱이 뒤섞인 말투를 내뱉으며 하품을 해댔다. 이 가마 두 대에 나눠 타고 온 정안사 요원 열 명이 벌써 총부에 잠입한 줄은 꿈에도 모른 채. 그런데 더욱 아이러니한 것은 순후가 이런 방법으로 정안사 요원을 잠입시킨 이유가 위나라 간첩이 아니라 군부와 사문조의 이목을 피하기 위함이란 사실이었다.

3월 3일, 평온한 하루 끝에 어둠이 내려앉고 통금이 시작되자 면현성 전체가 고요에 휩싸였다. 이곳 청룡산 중턱의 군계방 총부는 한층 더 적막했다.

잠시 후 고요한 밤의 장막을 뚫고 나타난 검은 그림자가 살금살금 총부 중앙 정원으로 다가갔다. 산등성이의 울퉁불퉁한 지면과 어둠을 십분 활용해 철저히 몸을 숨기며 조심스럽게 움직였다.

군계방 총부 명단에 등록에 병사는 모두 서른다섯 명이었다. 하지만 실제 근무자는 서른 명이고 그중 다섯 명은 돌아가면서 쉬었다. 그런데 지금 면현성 수비군으로 스무 명이 차출됐으니 오늘 밤 실제 경비 인원은 열 명뿐이었다. 열 명이 스물다섯 명 몫을 해내기는 쉽지 않았다. 총부 중앙 정원 네 모서리 초소 중 앞쪽 두 곳에 각각 한 명, 총부 정문에 두 명을 배치하고 나머지 여섯 명은 2인 1조로 회랑을 오가며 순찰했다. 순찰 간격이나 횟수가 크게 부족할 수밖에 없었다.

검은 그림자가 북쪽 곁방 외벽에 딱 달라붙어 모서리 초소를 올려봤다. 이쪽 초소에는 병사도 없고 횟불도 붙이지 않았다. 검은 그림자는 주위에 아무도 없음을 다시 한번 확인하고 품에서 갈고리를 꺼내 밧줄을 연결한 후 담장 너머로 힘껏 던졌다. 특수 제작한 갈고리는 흙벽돌로 쌓은 총부 외벽 안쪽에 철컥 걸렸다. 밧줄을 힘껏 당겨 단단히 잘 걸렸는지 확인하고 두 번째 갈고리도 담장 너머로 던져 외벽에 걸었다. 그리고 활석 가루를 손바닥에 바른 후 두 밧줄을 꽉 붙잡고 담장 위로 기어 올라갔다.

검은 그림자는 담장 꼭대기에 올라가자마자 순찰 병사가 담장을 따라 걸어가는 것을 보고 몸을 납작 엎드렸다. 두 병사가 정원을 대충 쓱 한 번 훑어보고 반대쪽으로 돌아나갔다. 그사이에 재빨리 담장 밖으로 늘어져 있는 밧줄을 끌어 올린 후 담장 안쪽으로 다시 늘어뜨렸다. 이는 돌발 상황에 대비한 퇴로였다. 밧줄을 타고 담장을 내려온 검은 그림자는 일단 회랑 기둥 옆에 웅크려 앉았다. 깊은 밤이라 아주 가까이 다가오지 않는 이상 검은 옷을 입은 사람을 발견하기는 쉽지 않았다.

같은 시각, 정문을 지키던 병사가 아주 이상한 광경을 목격했다. 저 멀리 어둠 속에서 반짝이는 초록색 빛이 점점 가까이 다가오고 있었다. 깜짝 놀라 졸고 있던 동료 병사를 다급하게 깨웠다. 두 병사는 한참을 뚫어지게 바라보다가 늑대라는 사실을 알았다.

"늑대?"

"늑대다!"

한중 땅에 산이 워낙 많아 늑대, 이리, 오소리 같은 짐승이 낯설지는 않지만 군계방 총부 부근에 늑대가 나타난 것은 처음이었다. 한 마리도 아니고 예닐곱 마리가 떼를 지어 총부 앞에서 느릿느릿 서성였다. 털이 누렇고 뭔가 정상이 아닌 것 같아 보였다.

"어이, 빨리 와 봐. 늑대가 나타났어."

앞쪽 모서리 초소에 있던 병사가 흥분을 감추지 못하며 대문 안쪽을 향해 소리쳤다. 중무장한 병사 열 명이 늑대 예닐곱 마리를 상대하는 것은 일도 아니었다. 늑대 고기로 오랜만에 목구멍의 때도 벗길 수 있으니 흥분할 수밖에.

양쪽 곁방과 회랑을 순찰하던 병사 여섯 명이 고함 소리를 듣고 재빨리 정문으로 달려갔다. 한자리에 모인 병사들은 늑대를 어떻게 잡을지 갑론을박을 벌였다. 열 명이 한꺼번에 달려들어 단숨에 해치워야 한다는 의견과 함부로 자리를 비우면 안 되고 반드시 자리를 지켜야 한다는 의견이 팽팽하게 맞섰다. 야간 순찰 임무가 워낙 지루하다 보니 이런 사소한 사건 자체가 큰 재미였다.

검은 그림자는 순찰조가 모두 자리를 비운 사이에 몸을 낮추고 북쪽 곁방에서 기실 문 앞으로 빠르게 이동했다. 구리 바늘을 꺼내 기실 문에 걸린 자물쇠를 쉽게 열었다. 그리고 숨을 죽인 채 기실 안으로 들어가 얼른 문을 닫았다.

이제 목표물까지 불과 다섯 걸음 남았다. 검은 그림자는 먼저 창밖을 확인했다. 병사들은 여전히 정문 앞에 모여 신나게 떠들고 있었다. 보아하니 논쟁이 금방 끝날 것 같지 않았다. 덕분에 마음 편히 구리 바늘을 꺼내 들고 기실 한가운데 한 줄로 늘어놓은 나무 상자 앞으로 걸어갔다. 그 앞에 쪼그려 앉아 상자 위에 써놓은 글씨를 확인했다. 어둠 속이라 아주 가까이 들여다봐야 했다.

상자는 오동나무로 만들어 아주 단단했고 겉면을 붉게 칠하고 네 귀퉁이에 쇳조각을 박아 놓았다. 크고 작은 나무 상자 열댓 개가 일렬로 줄지어 있는데 큰 것은 사람 두 명이 들어갈 만큼 크고 작은 것은 주먹만 했다. 오른쪽부터 하나하나 살펴보다가 '내무부 기록갑'이라고 적힌 작은 상자를 발견했다.

검은 그림자는 상자를 더듬거리며 자물쇠를 찾았다. 자물쇠가 손에 잡히자 구리 바늘을 구멍에 끼워 넣고 능숙하게 몇 번 움직였다. 곧 탁 소리와 함께 자물쇠가 열렸다. 상자 뚜껑을 열자 비단 문서 여러 개가 가지런히 놓여 있었다. 하나하나 확인하다가 드디어 '원융 제작법', '촉도 제작법'이라고 적힌 문서를 발견했다. 기쁨을 억누르며 침착하게 봉인을 찢고 문서를 펼쳐 내용을 확인했다. 이때 등 뒤에서 싸늘한 목소리가 들려왔다.

"설계도가 볼만하시오?"

검은 그림자가 깜짝 놀라 뒤를 돌아봤다. 기실 밖에서 요란한 발소리가 들리더니 여러 사람이 나타났다. 그중 맨 앞에 서 있는 사람이 격자창 너머로 기실 안을 들여다보고 있었다. 이미 오래전부터 기실 부근에 매복하고 있던 순후는 드디어 위나라 간첩과 마주하게 됐다.

예상치 못한 위기였음에도 검은 그림자의 반응은 아주 놀랍고 빨랐다. 그는 쏜살같이 입구로 달려갔다. 마침 두 병사가 문을 밀고 들어가려던 참이었는데 검은 그림자가 안쪽에서 더 강하게 밀어 문을 닫았다. 잠시 몸으로 문을 막은 채 자물쇠를 꺼내 안에서 문을 잠근 후 기실 뒤쪽으로 도망쳤다.

순후는 피식 웃으며 문을 부수라고 지시했다. 기실에 다른 출입구가 없으니 놈은 독 안에 든 쥐나 다름없었다. 기실 나무문은 아주 단단하지 않아 금방 부서졌다. 정안사 요원들이 우르르 안으로 뛰어들었으나 안에는 아무도 없었다.

"빨리 찾아!"

기실이 크지 않으니 어느 구석에 숨어 있든 금방 찾으리라 생각했다. 횃불을 준비해 기실 내부를 환히 밝히고 구석구석 샅샅이 살폈지만 검은 그림자는 마치 증발한 것처럼 흔적도 없이 사라졌다. 요원들이 당황해 서로 얼굴만 쳐다봤지만 순후는 침착하게 손짓하며 부하들을 지휘했다.

"분명히 이 방에 있어. 샅샅이 뒤져!"

기실 내부에는 문서 보관용 상자, 공간을 분리하는 최소한의 병풍, 탁자, 촛대, 향로가 전부였다. 지금 보이는 곳에 없다면 다른 가능성은 한 가지뿐이다. 순후는 고개를 젖히고 위를 확인했다. 굵은 대들보가 한눈에 들어왔다. 이 기실은 단독 건물이다. 앞뒤 공간이 분리되어 있지만 건물 자체는 하나이므로 지붕도 하나로 연결되어 있다. 크고 굵은 대들보가 앞뒤로 길게 연결됐다. 순후가 다급하게 소리를 질렀다.

"빨리 입구를 봉쇄해!"

입구 근처에 있던 요원 둘이 순후의 외침을 듣고 입구 주변을 확인했지만 아무 이상이 없었다. 이때 머리 위에서 이상한 소리가 들렸다. 고개를 젖히는 순간 검은 그림자가 두 요원을 덮쳤다. 검은 그림자와 충돌한 두 요원은 비명을 지르며 쓰러졌다. 사람 몸무게가 보통 100근이 넘는데 3장 높이에서 떨어질 경우 충격이 크기 때문에 즉사할 수도 있었다. 그러나 정안사의 두 요원이 완충 역할을 해준 덕분에 검은 그림자는 멀쩡하게 일어나 쏜살같이 문밖으로 뛰어나갔다.

순후는 검은 그림자의 대범함에 감탄하며 요원들에게 당장 뒤쫓으라고 소리쳤다. 기실 바닥에서 대들보까지 높이가 3장이나 되는데 그 짧은 시간에 소리 없이 올라간 것만도 대단한데 대들보를 타고 입구까지 이동하고 두 사람을 이용해 충격을 줄여 떨어질 생각을 하다니. 명석한 두뇌, 놀라운 기지, 민첩한 몸을 두루 갖춘 대단한 능력자였다.

하지만 아무리 능력자라도 수적 열세를 극복하기는 쉽지 않았다. 정문에서 늑대를 잡느냐 마느냐 열띤 토론을 벌이던 병사들이 기실에서 뛰쳐나온 검은 그림자를 발견하고 일제히 뒤쫓았다. 검은 그림자는 도망갈 길이 여의치 않자 다급한 마음에 구리 바늘 하나를 뒤쫓아오는 병사에게 날렸다. 그 틈을 타 북쪽 곁방으로 통하는 회랑으로 달려갔다.

이때 회랑 좌우에서 두 병사가 달려들었다. 검은 그림자는 빠르게 달리면서 살짝 각도를 틀어 두 병사의 공격을 피했다. 바로 이어 무술 고수처럼 주먹 한 방, 발차기 한 번으로 두 사람을 간단히 때려눕혔다. 마침 이 광경을 목격한 순후는 고당병을 데려오지 않은 것을 후회했다. 고당병이라면 오금지희로 녀석을 제압했을 텐데.

검은 그림자는 이미 담장 앞까지 달려갔다. 들어올 때 준비해둔 밧줄을 타고 재빨리 담장을 기어 올라가 밖으로 훌쩍 뛰어내렸다. 뒤쫓아온 병사들은 검은 그림자처럼 담장을 기어 올라가지 못했다. 검은 그림자가 담을 넘어갔음을 확인한 순후는 조급해하지 않고 일단 정안사 요원과 총부 병사들을 불러모아 정문으로 달려갔다.

검은 그림자는 담장에서 뛰어내릴 때 살짝 발을 접질렸지만 한 번 만져볼 겨를도 없이 다시 달려야 했다. 이때 귀청이 떨어질 듯 요란한 징 소리가 울리고 북쪽 담장의 동편 끝에서 긴 창을 들고 중무장한 병사 여덟 명이 우르르 뛰어나왔다. 병사들은 좌우로 나뉘어 검은 그림자를 에워싸고 창을 겨눴다. 날카로운 창을 든 병사들이 인간 병풍이 되어 검은 그림자의 퇴로를 차단했다.

이것은 순후가 미리 준비해놓은 대비책이었다. 기실을 급습하기 전에 만약을 대비해 남쪽과 북쪽 외벽에 미리 인력을 배치한 것이었다. 결과적으로 이 대비책이 매우 중요한 역할을 해냈다.

검은 그림자가 제아무리 무술의 고수라도 중무장한 병사 여덟 명을 상대하기는 무리였다. 그는 초조한 듯 제자리에서 서성였다. 이때 순후와 다른 병사들이 도착해 인간 차단막이 더욱 공고해졌다. 북쪽 담장의 서편은 절벽이기 때문에 사방이 가로막힌 셈이었다. 검은 그림자는 더 이상 도망칠 곳이 없었다.

"어서 항복하시지. 목숨만은 살려주겠다."

한 병사가 고함을 지르자 나머지 병사들이 일제히 호응했다. 병사들의 고함이 깊은 산골짜기에 메아리쳤다. 순후는 조용히 복면으로 얼굴을 가린 검은 그림자를 주시했다. 드디어 가까이에서 적의 실체를 확인하게 됐다. 키는 크지 않았다. 아니, 오히려 살짝 왜소한

편이었다. 하지만 검은 옷으로 감싼 몸은 탄탄하고 날렵해 보였다. 복면 때문에 이목구비는 확인할 수 없지만 날카로운 눈빛이 예사롭지 않았다. 사람 보는 눈이 남다른 순후는 상대가 비범한 인물이라고 확신했다.

검은 그림자가 천천히 좌우로 몸을 움직였다. 뭔가 망설이는 것 같았다. 순후는 그에게 생각할 시간을 주기 위해 병사들에게 경거망동하지 말라고 지시했다. 향 하나 피울 시간이 조금 못 됐을 때 검은 그림자가 모든 것을 포기한 듯 천천히 상의 옷고름을 풀었다. 그리고 허리춤에 끼웠던 설계도와 구리 바늘 등을 하나하나 바닥에 던졌다. 희망이 없다고 생각해 일체의 저항을 포기하고 투항하려는 것처럼 보였다.

검은 그림자는 가지고 있던 물건을 모두 던진 후 두 손을 높이 들었다. 순후는 안도의 한숨을 내쉬었다. 그런데 두 손을 치켜든 검은 그림자는 앞으로 걸어오지 않고 한 발 한 발 뒷걸음질했다. 조심스러우면서도 머뭇거림이 없었다.

순후는 뭔가 이상하다는 생각이 들어 당장 체포하라고 명령을 내렸다. 총부 병사 네 명과 정안사 요원 한 명이 소매를 걷어붙이며 검은 그림자에게 다가갔다. 검은 그림자는 계속 두 손을 높이 든 채 뒷걸음질하는 속도가 조금 빨라졌다. 순후는 적에게 다른 계획이 있음을 눈치채고 빨리 체포하라고 다시 소리쳤다. 순후의 명령에 발걸음을 재촉하던 다섯 사람이 갑자기 비명을 지르며 주저앉아 발을 부여잡았다.

바로 그때 검은 그림자가 뒤돌아서서 달리기 시작했다. 북쪽 담장 서쪽 끝까지 달려간 검은 그림자는 한 치의 망설임도 없이 시커먼 절벽 아래로 뛰어내렸다.

"독한 놈!"

순후는 그제야 상황을 파악하고 분노를 터트렸다. 옆 사람이 들고 있던 횃불을 낚아채 절벽 앞으로 달려갔지만 이미 늦었다. 보이는 것이라곤 끝을 알 수 없는 깊은 어둠뿐이고 간간이 작은 돌이 부딪히는 소리가 들렸다. 검은 그림자와 함께 굴러떨어진 돌이 절벽에 부딪히는 것이다.

순후가 씩씩거리며 북쪽 담장 외벽으로 돌아왔다. 조금 전 다섯 사람은 아직도 땅바닥에 주저앉아 신음하고 있었다. 가까이 가서 살펴보니 병사들의 발바닥을 찌른 것은 네발 철질려[51]였다. 보통 철질려보다 작은 크기로 보아 특수 제작했을 것이다. 조금 전 투항하는 척하면서 철질려를 바닥에 뿌려놓은 것이다. 워낙 어두운 밤이라 아무도 눈치채지 못했다.

"다섯 사람은 일단 돌아가서 빨리 치료하고 남은 사람은 날 따라와. 절벽 아래로 내려가 시체를 찾아야 해."

"지금은 너무 어두운데……."

한 병사가 대꾸를 하려다가 순후의 분노한 눈빛을 보고 얼른 뒷말을 삼켰다. 순후는 사전에 여러 가지 가능성을 충분히 고려했지만 절벽에서 뛰어내릴 줄은 정말 상상도 못했다. 위나라 간첩이 이렇게까지 독할 줄이야.

'위나라에 이렇게 충성스럽고 의지가 강한 간첩이 있다니.'

◇◇◇◇◇◇◇◇◇

51 鐵蒺藜. 쇠꼬챙이 형태의 뾰족한 기구로, 땅에 꽂아 적의 침입을 막는 데 쓰였다.

순후는 병사 이십 명을 이끌고 절벽 아래로 내려갔다. 절벽이 워낙 높아서 산길을 돌고 돌아 내려가는 데만 한 시진 반이 걸렸다. 절벽 아래는 돌무더기와 잡초투성이였다. 하지만 수색 작업에 가장 큰 걸림돌은 역시 어둠이었다. 새벽녘 희미한 여명이 비칠 무렵에야 잡초더미에서 피 묻은 검은 옷가지를 발견했다.

"말도 안 돼. 이 높은 데서 떨어졌는데 살았다고?"

순후가 고개를 젖히며 절벽 위를 바라봤다. 높이가 가늠되지 않을 만큼 높았다.

"절벽이 전체적으로는 가파른데 중간중간 완만한 부분이 있는 것 같습니다. 바로 떨어진 것이 아니라 완만한 부분에서 구르면서 떨어졌다면 살 수도 있지 않을까요?"

한 병사가 조심스럽게 내놓은 추측에 다른 이가 강하게 반박했다.

"말도 안 되는 소리 하지 마. 그게 어떻게 가능해? 이렇게 가파른 절벽이라면 중간에 튀어나온 부분이 있기 마련이야. 거기에 한 번만 부딪혀도 즉사라고."

"아니, 난 그냥 그럴 수도 있을 것 같아서……."

이때 다른 병사가 다른 의문을 제기했다.

"그런데, 죽었다면 시체가 혼자 사라질 수 있을까요?"

순후는 조용히 굳은 표정으로 뚫어져라 절벽을 주시했다. 어떤 각도에서 보더라도 이 절벽에서 떨어지고도 죽지 않았다는 사실은 믿을 수 없었다. 하지만 간첩의 시체가 없는 것 또한 분명한 사실이었다. 정말 이렇게 가파른 절벽에서 굴러떨어지고도 죽지 않는 사람이 있단 말인가?

순후는 시공을 초월하는 능력이 없으니, 삼십사 년 후 이것과 똑

같은 일이 벌어질 줄은 상상도 못 했을 것이다. 263년, 정예군 일
만을 거느린 위나라 장군 등애(鄧艾)가 똑같은 방법으로 음평 절벽
을 지나 지름길로 성도까지 쳐들어갔다. 그해 촉한은 결국 멸망했다.

"순 종사!"

병사 한 명이 천 조각을 쥐고 달려왔다.

"무슨 일이야?"

"이거 보세요. 검은 옷 안감에서 발견한 겁니다."

순후는 병사가 건넨 천 조각을 보고 흠칫 놀랐다. 순후는 이 간단
한 부적 그림을 바로 알아봤다. 이것은 오두미교 신도들이 악귀를
쫓기 위해 옷 안감에 꿰매는 부적이다. 그자의 옷에서 이 부적이 나
왔다면 그 의미는 아주 명확했다.

5리 밖 산간 평지.

황예와 오두미교 신도들이 탄 수레 행렬이 은밀하게 산길로 들어
갔다. 대형 수레에 실린 큰 짐승 우리에 늑대가 있었다. 어젯밤 총부
정문에 나타났던 바로 그 늑대들이다. 맨 뒤의 수레에는 한 남자가
누워 있었다. 돗자리를 덮고 누운 남자는 방금 전 큰 사고를 당한
듯 얼굴이 창백했다.

"미 선생, 미 선생, 괜찮습니까?"

미충이 힘겹게 눈을 뜨며 괜찮다는 듯 오른손을 들어 보였다. 몸
은 크게 다쳤지만 정신만은 또렷했다.

지난밤 미충은 죽을 각오로 절벽에서 뛰어내렸다. 뛰어내리지 않
으면 실낱같은 희망마저 없음을 잘 알기 때문이다. 그 절벽은 멀리
서 보기와 다르게 실제로는 완만한 부분이 꽤 있고 중간에 튀어나

온 바위나 고목도 많았다. 미충은 어느 정도 구르다가 중간에 바위를 붙잡아 떨어지는 속도와 충격을 줄였다. 순후가 들었던 돌 부딪히는 소리는 미충이 일부러 작은 돌을 발로 차서 떨어뜨린 것이었다. 그리고 순후와 병사들이 절벽 아래까지 내려오는 동안 나뭇가지와 바위를 밟아가며 절벽 아래로 내려갔다.

순후가 내려와 확인할 것임을 알기에 마음이 급해 손발을 빨리 움직였다. 마지막 10장쯤 남겨두고 힘이 빠지는 바람에 손을 헛디뎌 그대로 추락했다. 다행히 풀더미 위로 떨어져 목숨은 건졌으나 허리 부분이 뾰족한 바위에 긁혀 옷이 찢기고 상처가 났다.

미충은 잠시도 지체하지 않고 아픔을 참으며 일단 방향을 확인했다. 거추장스러운 겉옷을 벗어버리고 비틀거리며 미리 약속한 장소로 향했다. 미충은 체력이 한계에 다다르기 직전에 황예를 만났다. 황예는 크게 놀랐지만 한편으로 다행이라 생각하며 미충을 수레에 태우고 서둘러 길을 떠났다. 황예는 미충의 맥을 짚으며 상태를 살폈다. 정신이 온전한 것을 확인하고 옆에 가죽 물통을 남겨두고 선두의 마차로 자리를 옮겼다.

"미 선생은 어떠신가요?"

"정신은 또렷하오."

황예가 긴 한숨을 내쉬며 대답했다.

"정말 대단한 분이군요. 그 높은 곳에서 굴러떨어졌는데 어떻게 정신줄이 붙어 있죠?"

마부는 도저히 믿기지 않는 표정이었다. 황예가 엄숙한 표정으로 고개를 끄덕이며 가슴에 손을 얹었다. 황예의 옷 안감에도 같은 부적이 들어 있었다.

"하늘에 계신 장 사군이 지켜주신 덕분이오. 이것은 분명한 길조요. 우리의 계획과 꿈이 반드시 이루어질 것이오."

"그런데 설계도는 얻지 못했지 않습니까?"

"작은 시련일 뿐이오. 미 선생은 반드시 성공할 것이오. 그분은 보통 사람이 아니오. 그리고 하늘의 장 사군도 항상 우리를 지켜주고 있으니까."

이때 미충은 황예의 확신에 찬 말을 듣지 못한 채 꼼짝 않고 수레에 누워 짙푸른 하늘을 바라보고 있었다. 그의 눈빛에 수많은 생각과 감정이 스쳤다.

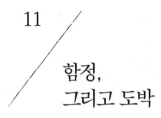

11

함정,
그리고 도박

3월 4일.

순후의 군계방 총부 잠복 작전이 허무하게 끝났다. 위나라 간첩
의 설계도 탈취 계획을 막았다는 사실에만 만족해야 했다. 결과적으
로는 양쪽 모두 목적을 이루지 못했으니 똑같이 실패한 셈이었다.
하지만 순후는 적이 사전에 치밀하게 구축한 포위망을 뚫고 도망쳤
다는 사실에 큰 좌절감을 느꼈다. 다행히 순후의 부하들은 그를 실
망시키지 않았다.

오늘 고당병은 약속대로 관에서 관리하는 술 저장고에 술을 받으
러 가는 유형과 동행했다. 고당병이 유형을 보호한다는 명목이었지
만 두 사람 모두 오늘의 만남이 무엇을 의미하는지 잘 알았다. 유형
은 오늘도 수수한 하얀 치마를 입었지만 뭔가 평소와 달랐다. 치마

허리에 분홍색 끈을 달아 늘어뜨리고 머리에 귀한 꽃을 꽂았다. 고당병은 꽃향기를 닮은 여인의 향기 때문에 너무 긴장해서 숨도 쉬기 힘들었다. 사실 이 향기는 유형의 체취가 아니라 허리춤에 찬 향주머니에서 나는 것이지만 고당병은 전혀 눈치채지 못했다.

3월의 따사로운 햇살이 쏟아지는 성 밖 대로는 행인이 없어 고즈넉했다. 인적 드문 길을 나란히 걷는 두 사람은 어색하고 쑥스러워서 말수가 거의 없었다. 고당병의 머릿속에 동료들이 알려준 대화법이 맴돌았지만 이 상황에 써먹을 만한 건 없었다. 유형은 손가락으로 치마끈을 꼬아가며 가끔 고당병을 힐끔거렸지만 대부분은 고개를 푹 숙인 채 조용히 바닥만 보며 걸었다. 결국 이 침묵을 깨뜨린 사람은 유형이었다.

"고당 장군. ……군대 일이 많이 바쁘시죠?"

고당병은 살짝 당황했지만 다행히 답하기 어려운 질문은 아니었다.

"아, 아닙니다. 전 장군이 아니라 일개 둔장일 뿐입니다."

"하지만 이미 장군처럼 늠름하신걸요."

유형의 수줍은 대답에 고당병이 진지하게 반응했다.

"몇 년 안에 전공을 세우면 편장(偏將)은 될 수 있을 겁니다."

"무공이 이렇게 뛰어난데 장군이 안 되면, 정말 말도 안 돼요."

고당병이 일 외에는 관심이 없는 사람임을 파악하고 일부러 군대 얘기를 꺼낸 것이었다. 유형은 이런 본인의 행동이 너무 놀라웠다. 그동안 주점에서 자신에게 말을 걸어보려고 전전긍긍하는 남자가 한둘이 아니었다. 그런데 지금은 자신이 이 남자와 얘기하고 싶어 안달이 났으니.

'단지 얘기만 하고 싶은 것일까? 정말 그게 다일까?'

유형은 스스로의 질문에 답하지 못했다.

"장군이라……."

고당병이 굳은 표정으로 가볍게 한숨을 내쉬었다. 예리한 유형은 이 작은 행동을 놓치지 않았다.

"왜요? 장군이 되고 싶지 않으세요?"

고당병은 유형이 정안사의 그물에 걸려들었음을 확신했다. 사실 그는 마음에 없는 말을 절대 못하는 사람이다. 특히 여자 앞이라면 더더욱. 그래서 표정이 계속 굳어 있었다.

"어떻게 말해야 할지……. 사실 군관이 되고 싶은 마음은 없었어요. 그저 부모님 모시고 평범하게 살고 싶었는데……."

"부모님은 어디 계세요? 면현에?"

"돌아가셨습니다."

고당병의 말투가 매우 덤덤해서 유형은 전혀 의심치 않았다. 의심은커녕 안타깝고 안쓰러워 가슴이 먹먹했다. 고당병은 먼 곳을 응시하며 말을 이었다.

"두 분은 사교(邪敎)를 신봉한 죄로 참형당했습니다."

유형이 어깨를 파르르 떨었다. 호흡이 가빠지면서 빨갰던 얼굴이 창백해졌다. 애써 아무렇지 않은 척했지만 목소리에 묻어난 놀라움은 감출 수 없었다.

"그, 그러니까, 부모님이 오두미교 신도였단 말인가요?"

고당병이 말없이 고개를 끄덕이고 주위를 둘러봤다. 그리고 이 얘긴 그만하자는 뜻으로 손바닥을 펼쳐 보였다. 유형은 눈치껏 입을 다물었지만 거센 강물이 밀려오듯 수많은 생각이 꼬리에 꼬리를 물고 이어져 머릿속이 아주 복잡했다.

'이 사람의 부모님이 오두미교 신도라니, 나랑 아버지처럼……. 군관이 되고 싶지도 않았고…….'

유형은 줄곧 마음에 걸리는 한 가지가 있었다. 오두미교 신도인 자신과 군관인 고당병이 과연 어울릴 수 있을까. 그런데 오늘 우연히 고당병의 속 깊은 얘기를 듣고 나니 한층 가까워진 느낌이었다.

물론 유형은 이 모든 것이 배서의 계획이라는 것을, 고당병은 이 계획의 충실한 실행자라는 사실을 전혀 몰랐다. 배서는 고당병 집안을 오두미교 신도로 설정하면서 딱 이 사실만 언급하도록 했다. 나머지 부분은 직접 말해주는 것보다 유형 스스로 상상력을 발휘해 채워나가는 편이 훨씬 효과적이기 때문이다. 고당병은 이 계획을 완벽하게 실행했지만 마음 한편의 죄책감은 지울 수가 없었다.

"유…….".

고당병은 갑자기 유형을 어떻게 불러야 좋을지 고민스러웠다. 눈치 빠른 유형은 가녀린 손으로 고당병 어깨를 톡톡 두드렸다.

"그냥 형아라고 불러줘요. 우리 아버지도 그렇게 부르시거든요."

고당병은 어깨 언저리에서 풍겨오는 여인의 향기를 느끼며 서툴지만 최대한 자연스럽게 대답했다.

"형아, 주점에서 손님들한테 인기가 많은 것 같던데…….".

유형이 수줍게 웃었다.

"당연히 많죠. 왜요? 혹시 신경 쓰여요?"

유형은 솔직한 대답과 동시에 눈빛을 반짝이며 고당병을 똑바로 쳐다봤다. 짐짓 아무렇지 않은 척했지만 당황스러움을 숨기지 못하는 그의 모습이 너무 웃겼다.

"아, 아니요. 내가 어떻게……. 형아, 이렇게 예쁘니 쫓아다니는 사람이 많았겠지요?"

유형이 우뚝 멈춰서 허리를 쭉 펴면서 다시 고당병 눈을 뚫어져라 쳐다봤다.

"많았죠. 고당 장군, 그런데 그 질문을 왜 하는 거죠?"

"아, 그냥, 그냥이요."

고당병이 난감해서 머리를 긁적이며 먼저 앞으로 걸어갔다. 유형은 그 모습이 왠지 안쓰러워 달래주고 싶었다.

"고당 장군, 걱정 말아요. 주점에 그런 사람이 많은 건 사실이지만 그냥 손님일 뿐이에요. 난 그렇게 만만한 여자가 아니에요."

"그건 형아의 일이니 나한테 굳이 그런 말 할 필요 없어요."

분위기가 갑자기 어색해지고 두 사람은 동시에 얼굴이 빨개졌다. 유형은 고개를 푹 숙이고 작게 중얼거렸다.

"그래요. 당신은 이런 일, 신경 쓰지 않겠죠."

이 상황은 원래 계획에는 없었다. 고당병이 여자를 사귀어본 경험이 없고 말재주가 서툴러 어색해졌을 뿐. 잠시 어색한 침묵이 흘렀다. 유형은 이 목석같은 남자를 자극하려고 의도적이지만 아주 자연스럽게 머리카락을 휘날렸다. 머리카락에 묻어난 가쁜 숨결이 귓가를 스치고 달콤한 향기가 코끝을 간질이며 고당병의 마음을 뒤흔들었다.

"하지만 진심인 사람이 한 명도 없었던 건 아니에요."

고개를 번쩍 든 고당병은 확실히 평소보다 눈이 동그랬다. 유형은 기대했던 반응에 만족하며 다음 말을 이어갔다.

"그 사람은 관리인데……. 관직이 고당 장군보다 훨씬 높아요."

"네? 그 사람이 누굽니까?"

"장군한테만 알려줄게요. 절대 다른 사람한테 말하면 안 돼요."

유형이 까치발을 들고 고당병 귓가에 두 글자 이름을 말했다. 고당병은 그 이름을 듣는 순간 돌처럼 굳었다. 질투가 아니라 충격, 오직 충격 그 자체였다.

피곤에 찌든 배서가 도관 앞에서 말고삐를 당겼다. 하급 관리가 재빨리 달려와 말고삐를 건네받고 먼 길을 달려온 배서를 위해 발받침대를 준비했다. 배서는 말에서 내리자마자 뻐근한 허벅지를 몇 번 주무르고 서둘러 안으로 들어갔다.

배서는 전날 요양현에서 온종일 우정의 뒷조사를 마치고 지금 막 돌아왔다. 꽤 번거로운 일이었다. 우정의 호적 자료는 기본이고 그의 친척, 친구, 동료 등 주변인까지 모두 조사해야 했다. 이 많은 작업을 하루 만에 끝내기란 거의 기적에 가까웠다.

이때 순후는 본인 집무실에서 어젯밤 작전 보고서 초안을 작성 중이었다. 결과적으로 이 작전은 '실패'였다. 붓을 든 채 단어 선택을 고민하고 있을 때 배서가 들어왔다.

"아, 왔는가?"

순후의 얼굴에도 피곤이 그대로 드러났다. 어젯밤 작전으로 한숨도 못 잤으니.

"예, 다녀왔습니다."

배서는 순후의 좋지 않은 안색을 보고 지난밤 작전이 실패했음을 눈치챘다.

"순 종사, 일단 좀 쉬셔야 하지 않겠습니까? 보고는 나중에……."

순후가 힘없이 손을 흔들었다.

"어차피 지금은 잠이 안 와. 보고를 듣다 보면 잠이 올 수도 있겠군. 그래서 갔던 일은 어떻게 됐나?"

배서도 지금이 이것저것 따질 상황이 아님을 잘 알았다. 일단 시종이 가져온 물로 목을 축이고 준비한 자료를 꺼냈다.

"우정과 그 주변에 흥미로운 일이 꽤 많았습니다."

"그래?"

"먼저, 우정은 오두미교 신도였습니다."

"그건 이미 예상한 것이고, 그리고?"

"우정의 먼 친척 중에 제6노기제작방에서 일하는 기술공이 있습니다. 그런데 그쪽 호적까지는 확인할 수가 없어서 기술공 이름은 알아내지 못했습니다."

"우연이라기엔……. 아주 기가 막힌 우연이군."

순후가 정신을 차리려는 듯 붓끝으로 머리를 톡톡 두드렸다.

"호충 쪽 사람들이 호적 조사 결과를 토대로 배신 가능성이 큰 기술공들을 추려냈네. 잠시 후에 대조해보게."

"더 기막힌 우연이 있습니다. 우정이 사는 요양현에서 2월 28일과 3월 1일, 두 차례 제6노기제작방에 물품을 운반했습니다. 우정도 여기 참여했고요."

순후가 눈빛을 반짝이며 고개를 번쩍 들었다.

"물품 운송이 두 번? 그것도 이틀 만에?"

"요양현의 현승 말로는, 두 번째는 마을 이장인 황예가 병사들을 위로하는 차원에서 제안했다고 합니다. 요양현 입장에서는 농부들이 자발적으로 물품을 기부하면 현의 예산을 아낄 수 있으니 마다할 이유가 없었답니다. 이장 황예도 두 번 모두 운송에 참여했습니다."

순후가 팔짱을 낀 채 손가락으로 팔꿈치를 톡톡 두드렸다.

"요즘 세상에 그런 훌륭한 농부들이 있단 말이지? 허허……. 그 황예라는 자도 조사했겠지?"

"예. 원래 요양현 사람이고, 인간관계가 넓으면서 평판도 좋았습니다. 이웃들 말로는 황예 집에 사람들이 많이 모여 제사를 지내는 일이 많았다고 합니다. 이자는 직급이 높은 오두미교 신도일 가능성이 큽니다."

"음……."

"평소 이자와 가까이 지내는 사람들을 조사했는데 대략 스무 명정도이고 모두 오두미교 신도로 추정됩니다. 아시다시피 요양현은 예전에 오두미교가 크게 성행했던 마을 중 하나입니다."

"그렇다면……."

"이번 간첩 사건이 오두미교와 연관돼 있다면 이 요양현 사람들이 그 중심에 있을 겁니다. 황예와 주변인 이십여 명, 그리고 그 가족들까지 싹 다 잡아들여 철저히 조사해야 합니다."

배서는 이렇게 말하긴 했지만 사실 좀 걱정스러웠다.

"순 종사, 대대적인 체포 작전은 정안사 단독으로 할 수 있는 일이 아니지 않습니까? 풍 부장이 승낙할까요?"

순후의 직속 상관인 풍웅은 자칫 폭동을 일으킬 수 있다며 오두미교 신도를 직접 건드리는 일에 줄곧 반대하는 입장이었다. 그러나 순후는 이 지적을 가볍게 웃어넘겼다. 배서는 순후의 웃음이 무슨 의미인지 몰라 어리둥절했다. 잠시 후 순후가 웃음기를 거두고 진지하게 대답했다.

"어제까지만 해도, 걱정스러운 일이었지만 지금은 아니야."

"네?"

배서는 대체 무슨 꿍꿍이인지 갈피를 잡을 수 없었다. 순후가 허리 장신구로 향로 가장자리를 두드리자 누군가 안으로 들어왔다. 고당병이었다. 그는 유형을 주점에 데려다주고 그녀의 아쉬운 눈빛을 뒤로 한 채 바로 도관으로 돌아왔다.

"오늘 봉황 쪽에서 아주 흥미로운 정보가 들어왔네."

순후가 고당병에게 직접 말하라고 눈짓을 보냈다. 봉황은 제5조에서 정한 유형의 별칭이고 전체 작전명은 '봉구황(鳳求凰)'이었다. 이는 '봉이 황을 구한다.'라는 뜻으로 전한 시대 사마상여가 지은 시의 제목이다. 고당병이 조금 머뭇거리다가 순후와 눈이 마주치자 똑바로 자세를 잡고 사무적인 말투로 보고를 시작했다.

"오늘 유형이 오랫동안 그녀에게 구애해온 고위 관리 이름을 언급했습니다. 바로 풍응입니다."

배서가 소스라치게 놀랐다.

"뭐라고? 풍 부장이요? 어떻게……. 이미 처자식이 있잖아요."

"그렇지. 그래서 줄곧 눈에 띄지 않게 물밑 작업을 해왔지. 유형 진술에 따르면 일 년 반쯤 전 풍응이 그녀에게 반해 유길 주점에 몇 번이나 왔었다는군. 하지만 보는 눈이 많으니 누가 알아볼까 직접 가지 않고 사람을 시켜 눈에 띄지 않게 선물 공세를 펼친 모양이야. 그즈음 유형은 이미 혼기가 꽉 찬 나이라 군호 규정에 따라 혼인하라는 압박이 심해지자 풍응에게 부탁했고 풍응이 관부에 개입한 거야. 그 결과 혼인 압박은 슬그머니 사라졌고 유형은 효녀라는 찬사를 얻었지."

"우리가 대단한 사랑꾼 상관을 모시고 있었군요."

배서가 감정을 담아 비웃음을 날렸다.

"풍웅은 유형이 오두미교 신도인 것을 진즉에 알았을 거야. 그러니까 우리가 오두미교를 조사한다고 했을 때 기를 쓰고 막은 거지. 사랑하는 여자에게 피해를 줄까 봐."

순후가 이렇게 생각한 근거는 마대의 감찰 기록이다. 유형이 마대를 포섭하려 접근한 상황이 고스란히 적혀 있었지만 풍웅은 이 보고서에 '읽었음. 보고 안 함.'이라고 서명하고 보류했다. 지금 생각해보니 풍웅의 서명에는 특별한 목적이 있었던 것이다.

"이건 풍웅이 유형에게 보낸 선물 중 하나입니다."

고당병이 품에서 순금에 옥을 박아 넣은 머리 장신구 보요(步搖)를 꺼냈다. 매화가 새겨진 순금 보요였다. 얇은 은조각과 은실로 만든 꽃이 두 송이고 그 위에 진주알 크기의 옥 두 알이 박혀 있었다. 한마디로 매우 정교한 예술 작품이었다. 순후와 배서가 놀란 표정으로 서로를 응시했다. 순후는 자신과 혼인한 후 줄곧 구리 보요를 달고 사는 아내를 생각하며 탄식했다. 배서는 금 보요와 고당병을 번갈아 보며 기쁨을 감추지 못했다.

"이걸 줬다면, 유형이 자네를 완전히 믿는다는 뜻이군."

유형이 고당병에게 풍웅의 선물을 준 이유는 매우 명확했다. 자신은 풍웅과 아무 관계가 아니니 절대 오해하지 말라는 뜻이다. 배서는 이번 작전의 기획자이기에 고당병의 성공이 더욱 기뻤다. 고당병은 살짝 얼굴이 빨개졌지만 바로 정색하며 나지막이 외쳤다.

"모두 한나라 부흥을 위한 것입니다."

"고당병, 수고했네. 이건 아주 중요한 정보야. 하지만 이건 의외의 수확일 뿐이고, 봉황이 숨기고 있는 다른 정보를 찾는 데 더욱 집중하게."

순후 역시 그동안의 실패를 보상받은 것 같아 매우 기뻤다. 어젯밤 총부 작전이 실패해 막막하던 차에 오늘 이렇게 새로운 돌파구가 생길 줄이야. 이것이 정안사에 행운이 깃들 징조이기를 바랐다. 고당병이 두 상관에게 공손히 인사하고 다시 한번 굳은 의지를 표명했다.

"기대에 어긋나지 않도록 반드시 최선을 다하겠습니다."

순후는 배서와 고당병을 돌려보낸 후 일단 부족한 잠을 보충했다. 오후에 일어나 세수를 하고 제대로 관복을 갖춰 입고 자기 전에 써둔 보고서를 가지고 풍웅의 집무실로 갔다. 순후는 풍웅을 상대할 계획이 이미 준비돼 있었다.

순후가 집무실에 들어갔을 때, 풍웅은 군모사 관리 하나를 호되게 꾸짖고 있었다. 왕평에게 군모사 자료를 넘겼다가 양의가 알게 되는 바람에 불호령이 떨어진 것이었다. 군부와 사문조의 대립 국면은 누그러질 기미가 전혀 없었다. 군모사 종사 호충도 잔뜩 굳은 표정으로 한옆에 서 있었다. 그는 순후가 들어오는 것을 보고 조용히 눈짓을 보냈다. 순후는 별일 아니라는 뜻으로 가볍게 손을 들어 보였다.

풍웅이 순후를 힐끔 한 번 쳐다보고 군모사 관리에게 몇 마디 더 퍼붓고 내보냈다. 호충이 부하 관리와 함께 풍웅에게 고개를 숙이고 밖으로 나갔다.

순후가 문을 꼭 닫은 후 풍웅 앞에 보고서를 내놓았다. 풍웅은 대충 분량만 가늠하고는 펼쳐 보지도 않았다. 무시하는 태도가 분명했지만 순후는 조용히 지켜보기만 했다. 잠시 후 풍웅이 눈썹을 치켜

세우고 비웃으며 입을 열었다.

"순 종사, 듣자니 어젯밤 군계방 총부에서 작전을 수행했다고?"

"그렇습니다. 정보 분석 결과, 위나라 간첩이 총부에 보관 중인 설계도를 노릴 것으로 판단해 미리 매복했습니다."

"아, 그래? 그래서 결과는?"

"유감스럽게도, 놈이 포위망을 뚫고 도망쳐 작전은 실패했습니다."

"그러니까, 사전에 적이 올 것을 알았고, 스무 배가 넘는 인력을 동원해 포위망을 짰는데, 그런데도 놓쳤단 말인가?"

"그렇습니다."

순후는 순순히 인정했다. 이 사실만큼은 변명의 여지가 없었다.

순후가 꼬리를 내리자 풍웅은 앞으로 살짝 몸을 기울여 순후를 내려다보며 만족스러운 미소를 지었다. 이 방은 상석을 높이 배치해 자연스럽게 상대를 내려다보는 상황이 연출됐다. 윗자리에 앉으면 고압적인 자세로 아랫사람을 깔보며 우월감을 만끽할 수 있었다.

"순 종사, 처음 이 임무를 맡길 때까지만 해도 자네에게 거는 기대가 컸네. 그런데 지금까지의 성과로 볼 때 실망했다는 말을 하지 않을 수가 없군."

풍웅의 말투는 아주 덤덤하고 사무적이었다.

"죄송합니다. 더 노력하겠습니다."

"임무를 시작한 지 벌써 열흘째네. 그런데 정안사는 새로운 단서를 찾아내기는커녕 절호의 기회를 놓쳤군. 위나라 간첩이 우리 손바닥 안에서 보란 듯이 활보하고 있는데 넋 놓고 보고만 있을 건가? 이러니 군부가 우리를 무시하는 게 아닌가? 군부에서 뭐라는 줄 아나? 우리 사문조가 간첩만 쏙 빼고 애먼 사람만 의심하고 괴롭히는

225

미친놈 집단이라고 한다지."

풍웅의 질책이 이어졌지만 순후는 평소와 달리 아주 차분해 보였다. 흥분하거나 반박할 기미가 전혀 보이지 않았다. 확실히 이상하긴 했지만 풍웅은 계속 순후를 다그쳤다.

"순 종사, 정안사의 이 처참한 결과에 대해 어떻게 생각하는가?"

"그건……. 정말 면목 없습니다. 하지만 그렇기 때문에 지금 저희는 정보망을 더 확대해야 합니다. 예외 없이 모든 부분으로 범위를 넓혀 보다 다양한 정보를 수집해야 합니다."

풍웅이 깍지 낀 두 손으로 턱을 받치고 눈빛을 반짝이며 능구렁이 같은 순후를 주시했다.

"뭔가 할 말이 있는 모양이군."

"그렇습니다. 지금이라도 정안사가 오두미교를 철저히 조사할 수 있도록 체포 작전을 승인해주십시오. 그간의 정보 분석으로 볼 때 오두미교가 위나라 간첩 사건에 관련된 것이 확실합니다."

풍웅은 꼬리라도 밟힌 것처럼 발끈하며 벌떡 일어섰다.

"뭐라고? 분명히 안 된다고 했는데, 경솔하게 오두미교를 건드렸단 말이야?"

"아닙니다. 그저 주변 상황을 살펴봤을 뿐입니다."

"내 기억이 잘못된 건가? 아니면 자네가 내 말을 무시하는 건가? 내가 분명히 독단적으로 판단하고 행동하지 말라고 했을 텐데!"

풍웅 얼굴이 붉으락푸르락했다.

"저는 이 일이 꼭 필요하다고 생각해서……."

풍웅이 급기야 고래고래 소리를 지르기 시작했다.

"필요해? 순 종사! 자넨 지금, 우리의 거국적인 목표가 정안사 임무보다 하찮아 보이나?"

"방금 말씀하신 거국적인 목표가 혹시 이거라면, 맞습니다. 저는 제 임무가 더 중요하다고 생각합니다."

순후가 차분하게 대답하며 품에서 꺼낸 보요를 책상 위에 올려놓았다. 보요를 확인하는 순간 불처럼 타오르던 풍웅의 분노가 뚝 끊겼다. 벌겋게 달아올랐던 얼굴이 점점 식어가더니 하얗게 질렸다. 보요에 시선을 고정한 채 눈만 끔뻑였다. 숨소리조차 희미해 한겨울 삭풍에 얼어붙은 석상 같았다. 순후는 다른 말은 하지 않았다. 보요의 존재 자체가 이미 모든 것을 말해주니까.

"자네……. 대체 원하는 게 뭔가?"

풍웅이 무너지듯 자리에 주저앉았다. 기고만장한 모습은 온데간데없고 치부를 들킨 것에 대한 당황과 어떻게든 상대방 비위를 맞추려는 비굴함이 떠올랐다. 작은 장신구 하나가 풍웅의 자신감을 철저히 무너뜨렸다.

"제가 바라는 건 딱 하나입니다. 정안사가 오두미교 신도를 체포할 수 있도록 승인해주십시오. 구체적인 명단과 사유는 보고서에 있습니다."

"알겠네."

풍웅은 힘없이 고개를 끄덕였다. 다른 선택의 여지가 없었다. 떨리는 손으로 붓을 들어 서명한 후 영전[52]을 꺼내 순후에게 건넸다. 풍웅이 보요를 잡으려고 손을 뻗었지만 한발 빨랐던 순후가 먼저

◇◇◇◇◇◇◇◇◇

52 令箭, 명령 전달용 화살.

잡아 자연스럽게 다시 품에 넣었다. 풍옹은 이것저것 따질 상황이 아니어서 부끄러움을 무릅쓰고 순후의 비위를 맞추려 노력했다.

"다음에 요 조연이나 양 참군을 만나면 자네 얘기를 잘 해보겠네."

순후가 씩 웃었다.

"잘 이끌어주신다니, 고맙습니다."

재빨리 영전을 챙긴 순후가 뒤도 돌아보지 않고 나갔다. 홀로 남은 풍옹은 머리를 감싸 쥐고 책상에 엎드린 채 불안에 떨었다.

순후는 풍옹에게 압승을 거두고 나오자마자 회랑 끝에서 손을 흔드는 호충을 발견했다. 호충은 순후의 어깨 너머로 풍옹의 집무실을 힐끔 쳐다보고 피식 웃었다.

"효화, 대어를 낚은 모양입니다."

"다 수의 덕분이지요."

확실히 그랬다. 만약 호충이 작년 감찰 기록을 조사해보라고 말해주지 않았다면 유형에게 접근할 일도 없었을 테니 유형과 풍옹의 관계를 알 수 없었을 것이다. 순후는 문득 그때 호충이 했던 다른 말도 떠올랐다.

"하지만 이 세계엔 언제든 우릴 물어뜯으려는 온갖 뒷말과 중상모략이 넘쳐나고 있어요."

그때는 이 말이 마대 일을 뜻하는 줄 알았는데 지금 생각해보니 다른 깊은 뜻이 있었던 것이다. 군모사 관리들은 정안사 내에서도 가장 예리한 안목을 가진 사람들이다. 특히 호충은 풍옹과 함께하는 시간이 많으니 이 일을 이미 알고 있었을 것이다.

'이 친구, 벌써 눈치채고 있었던 거 아니야? 일부러 말 안 하고 내가 나서길 기다리고 있었던 것이로군.'

"효화, 왜 그래요? 무슨 생각해요?"

순후가 얼른 정신을 차리고 어색하게 웃었다.

"요즘, 이것저것 일이 하도 많아서 정신이 없네요."

"허허, 그래도 기술공들 안역관 신체검사가 모레라는 건 잊지 마세요. 시간이 충분치 않으니 심문 준비 잘해야 할 겁니다."

"이런, 정말 까맣게 잊고 있었네……."

순후가 제 머리를 쥐어박았다. 그제야 3월 2일에 풍옹, 호충과 함께 회의했던 일이 생각났다. 군부가 제6노기제작방 기술공의 심문을 거부하는 상황이라 안역관이 나서도록 협조를 구하기로 했다. 노창[53] 검사를 해야 한다는 명분으로 기술공들을 안역관으로 불러내 기습 심문할 계획이었다.

"아, 그쪽이랑 얘기가 다 됐어요?"

안역관 관리들을 잘 아는 호충이 연락을 담당하기로 했었다.

"예. 안역관 쪽이랑 얘기가 다 됐고, 군부에 이미 통보도 된 상태에요."

"젠장, 군부가 고집만 안 부리면 이렇게 돌아갈 이유가 없는데."

"허허, 탓해봐야 소용없지요. 오랜만에 술이나 한잔합시다. 맞다, 성번 장군도 부르지요. 요즘 부인이 병이 나서 고삐가 풀린 모양입니다."

호충이 순후 어깨를 두드리며 호탕하게 말했다. 방금 전 순후가 넋 놓고 무슨 생각을 했는지 전혀 눈치채지 못한 것 같았다.

---

53 虜瘡, 오늘날의 천연두에 해당함.

"술은 이번 일 해결하고 마십시다."

순후가 턱을 만지작거리며 공허한 표정으로 피식 웃고 한마디 덧붙였다.

"만약 해결할 수 있다면 말이죠."

같은 날 오후. 풍웅의 승인을 받고 정안사로 돌아온 순후는 바로 요양현 오두미교 신도 체포 작전을 개시했다. 작전 수행을 위해 특별히 면현성 수비군을 지휘하는 성번을 찾아가 협조를 요청했다. 순후는 가무 공연에 푹 빠져 있던 성번에게 공문서를 내밀었다. 성번은 구체적인 내용을 듣고 눈이 휘둥그레졌다.

"아니, 무슨 남만 코끼리 잡으러 가는 것도 아니고, 무슨 사람이 이렇게 많이 필요해요?"

"그거보다 더 무서운, 오두미교 신도 잡으러 갑니다. 아주 과격한 놈들이라 때려잡기가 쉽지 않을 겁니다."

성번의 표정이 확 굳었다. 손을 흔들어 무희들을 물러가게 하고 가부좌를 틀고 앉아 진지하게 말했다.

"효화, 절대 내 부하들을 내주기 싫어서가 아니라 진심으로 걱정해서 하는 말이오. 이 일로 자칫 민란이라도 일어나면 우린 둘 다 끝장이오."

"이 일은 당연히 나 혼자 책임질 겁니다."

"아니, 내 말은 그런 뜻이 아니라……. 병사를 빌려주는 거야 당연히 빌려드려야지. 더구나 정식 공무 집행인데. 하지만 이 많은 인원을 갑자기 모으려면 시간이 필요하오. 그리고 면현성 수비군 배치도 다시 해야 하고. 지금 주력 부대가 전시 상태에 돌입해서 성내 수비군이 크게 부족한 거 잘 알잖소.”

순후가 공문을 성번에게 툭 던졌다.

“어쨌든 최대한 서둘러 주세요. 시간을 끌 수 없는 일이라. 오늘 저녁 유시[54]까지 면현성 북문에 병사 이백 명을 집합시켜 주십시오. 문제가 생기면 승상은 물론이고 댁에 계신 부인이 가만있지 않을 겁니다.”

순후가 의도적으로 무희들이 빠져나간 옆문을 주시하자 성번이 씩씩거리며 문서를 움켜쥘 뿐 한마디도 반박하지 못했다.

잠시 후 병사 이백 명이 집합 완료한 시간은 대략 유시를 반 시진이나 넘긴 후였다. 순후는 꾸물거리는 성번에게 한마디 할 여유도 없었다. 곧바로 말을 타고 병사 이백 명과 정안사 요원 서른 명을 인솔해 요양현으로 달려갔다. 작전 승인이 떨어지자마자 이미 요양현 현위에게 쾌속마 전령을 보냈다. 목표물들이 도망치지 못하도록 비밀리에 현내 주요 길목을 봉쇄하도록 조치했다.

순후가 요양현에 도착했을 때는 이미 자정이 넘은 시간이었다. 즉 체포 작전이 시작된 날은 3월 5일이었다. 요양현 현위가 마을 외곽까지 나와 순후를 맞이하고 명령대로 봉쇄를 마쳤다고 보고했다. 순후는 배서가 선별한 오두미교 신도 스무 명 명단을 현위에게 넘기고 인근 지리와 마을 사정을 잘 아는 병사에게 길을 안내하도록 했다. 체포 부대 이백 삼십 명을 스무 개 조로 나누고 조마다 길을 안내할 수 있는 현지 병사를 배치했다. 이렇게 구성된 스무 개 조가

◇◇◇◇◇◇◇◇

54 酉時, 오후 5시~7시.

명단에 적힌 오두미교 신도들의 집을 동시에 기습했다.

순후는 현지 관부에 자리를 잡고 소식을 기다렸다. 대략 한 시진 후 작전에 성공한 체포조가 속속 도착했다. 순후는 정안사가 드디어 승기를 잡았다고 생각하니 절로 미소가 지어졌다. 그런데 체포조의 보고가 이어질수록 뭔가 이상했다. 지금까지 잡아 온 신도는 전부 귀졸이다. 관부 마당에 꿇어앉은 열댓 명 신도 중에 좨주급은 하나도 없었다.

반 시진 후 마지막 조가 빈손으로 돌아와 황예와 다른 좨주 둘은 행적이 묘연하다고 보고했다. 순후는 순간적으로 화가 치솟아 강하게 탁자를 내려쳤다. 놈들이 이렇게 빨리 냄새를 맡을 줄이야. 이번에도 미꾸라지처럼 빠져나가 버렸다. 이때 황예를 잡으러 갔던 체포조 대장이 세부 사항을 보고했다.

"황예 집에서 약재 찌꺼기와 피 묻은 헝겊을 찾아냈습니다. 침상에도 핏자국이 선명했습니다. 부상당한 자가 있었던 것이 분명합니다. 그리고 검은 옷 한 벌과 복면도 있었습니다."

그러면서 검은 옷과 복면을 내놓았다. 순후는 이것이 그날 밤 지도를 훔치러 왔던 놈이 입었던 옷임을 한눈에 알아봤다.

"저자들을 심문해라. 황예가 어디 있는지 불라고 해."

순후가 검은 옷을 꽉 움켜쥐며 싸늘하게 말했다. 체포조 대장이 명령을 받고 나간 후 바로 참혹한 비명이 들리기 시작했다. 정안사 요원들은 늘 그렇듯 잔혹한 방법으로 오두미교 신도들을 심문했다. 법가의 제자 요유가 사문조를 지휘하면서 유가(儒家)의 흔적은 완전히 지워졌다. 요유가 가장 좋아하는 말이 '지금 시대에 인의와 도덕은 사치다.'였다. 사문조 내에서 이런 분위기 영향을 가장 크게 받은 곳이 바로 정안사였다. 향 세 대 피울 시간이 지났을 즘 체포조 대장이 피 묻은 채찍을 쥔 채 달려왔다.

"보고드립니다. 한 놈도 입을 열지 않습니다."

"음……."

비밀조직까지 만들 정도이니 믿음이나 의지가 확고한 자들일 것이다. 이런 자들은 고문으로 굴복시키기 힘들었다.

"어떻게 할까요?"

순후가 검은 옷을 내던지며 벌떡 일어나 소리쳤다.

"당장 성내로 돌아가 면현성 전체를 봉쇄한다!"

적이 철저히 몸을 숨기고 있어 정보가 전혀 없었지만 어젯밤 총부 작전에서 절벽 아래로 뛰어내리는 것을 보면서 뭔가 조금 알 것 같았다. 놈들은 목적을 달성하기 전까지 절대 포기하지 않을 것이다. 수세에 몰려 아무리 힘들고 어려워도 포기는커녕 더 악랄하게 수단과 방법을 가리지 않고 덤빌 것이다.

그래서 순후는 놈들이 위나라 관할인 농서로 가는 북쪽 길이 아니라 면현성으로 이어지는 남쪽 길을 택했을 것이라고 판단했다. 설계도든, 기술공이든, 실물 노기든, 반드시 그중 하나를 다시 노릴 것이다. 어떻든 지금 놈들은 아무것도 얻지 못했으니까.

3월이지만 이른 봄 추위가 아직 매서웠다. 하지만 순후는 온몸의 피가 들끓어 추운 줄도 몰랐다. 뿌옇게 밝아오는 동쪽 하늘을 보며 비밀정보국 관리답지 않은 말을 중얼거렸다.

"이제부턴 정면 승부다."

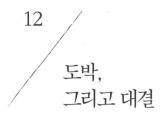

12

도박,
그리고 대결

면현성 주민들은 이른 아침부터 성안 분위기가 심상치 않은 것을 알아채고 불안에 떨었다. 거리를 순찰하는 병사들이 확연히 늘어 골목마다 길을 막고 평소보다 훨씬 철저하게 신분 검사를 했다. 진홍색 도포를 입은 정안사 관리들이 한 집 한 집 탐문 조사를 벌였다.

많은 주민들이 무슨 일인지도 모른 채 벌벌 떨며 문을 걸어 잠갔다. 소심하고 겁 많은 장사꾼들은 아예 가게 문을 열지도 않았다.

현무지 근처 유길 주점에도 정안사 관리가 찾아와 문을 두드렸다. 잠시 후 삐걱 소리와 함께 문을 열고 나온 사람은 유형이었다. 천천히 왼손을 허리에 얹고 오른손으로 문틀을 잡으며 무심코 한 발을 내밀었다. 방금 일어나 세수를 했는지 얼굴에 물방울 몇 개가 남아 있었다. 새카만 머리카락을 대충 말아 올렸는데 몇 가닥이 가슴 앞으로 흘러내렸다.

정안사 관리는 방금 잠자리에서 일어난 요염한 미녀를 보자 얼굴이 화끈 달아올랐다. 이 관리는 유길 주점에 손님으로 와본 적은 없으나 유형의 명성은 익히 알고 있었다. 하얗고 가녀린 미녀의 목덜미에 시선이 닿자 저도 모르게 심장 박동이 빨라졌다.

"이렇게 일찍 무슨 일이세요? 저희는 오후에나 장사를 시작해요."

정안사 관리는 넋을 놓고 유형을 바라보느라 잠시 할 말을 잊었다. 유형이 한 번 더 묻자 그제야 고개를 흔들며 당황한 표정을 지우고 정신을 차렸다.

"말씀 좀 묻겠습니다. 요 며칠 수상한 사람을 본 적 없습니까?"

유형이 고개를 갸웃하며 나긋하게 대답했다.

"네……. 없는 것 같아요. 요 며칠 주점에 온 손님은 대부분 단골 손님이었어요. 물론 처음 보는 사람도 있었지만 그런 손님은 오래 앉아 있지 않아서 잘 기억이 안 나네요."

살짝 젖은 유형의 머리카락이 어깨를 스칠 때마다 은은한 향기가 퍼져 관리의 코를 간질였다. 살짝 마음이 설렌 관리는 더 머물면 안 되겠다 싶어 서둘러 죽간을 꺼내 목탄으로 표시를 하고 친절한 안내를 덧붙였다.

"유 낭자, 당분간 조심하셔야 합니다. 최근 성내에 오두미교 신도가 나타나서, 그놈들 잡으려고 정신이 없거든요."

정안사의 봉구황 작전은 순후와 배서, 제5조 요원 몇 명만 아는 일이라 나머지 정안사 관리들은 유형이 오두미교 신도라는 사실을 알지 못했다. 유형은 "어머." 하고 크게 놀라는 척하며 몸을 움츠렸다. 그 모습이 한층 매력적이고 남자의 보호 본능을 일으켰는지 관리가 재차 나섰다.

"안심하세요. 지금 성 전체를 봉쇄하고 철저히 조사 중이니, 놈들을 잡는 건 시간문제예요. 유 낭자, 너무 걱정할 필요 없어요."

"나리님들이 정말 수고가 많으세요. 이렇게 고생하시는데, 나중에 제가 좋은 술 대접할게요."

유형이 안심하며 밝은 표정으로 인사하자 관리도 기분 좋게 씩 웃으며 두 손 모아 인사하고 다음 집으로 향했다.

유형은 정안사 관리가 멀어진 후 조심스럽게 문을 닫고 돌아섰다. 미소가 빛나던 그녀의 얼굴이 순식간에 심각해졌다. 주변에 아무도 없음을 확인한 후 마당을 거쳐 주방에 들어가 부뚜막 옆 느릅나무 뚜껑을 열었다. 아래로 줄사다리가 늘어진 토굴이 나타났다.

줄사다리를 타고 토굴로 내려간 유형은 습관적으로 주위를 살폈다. 이 토굴 규모는 보통 토굴보다 두 배 이상 컸다. 토굴 천장에 큰 나무판자 다섯 개를 이어 붙였고 벽에 오목한 구멍을 뚫어 촛불을 켜놓았다. 미충, 황예, 유형의 아버지 유민, 그리고 정안사 체포망을 빠져나온 오두미교 신도 몇 명이 이곳에 숨어 있었다. 유형이 돌아오자 유민이 다급히 물었다.

"형아, 밖에 상황이 어떠냐?"

유형이 고개를 흔들며 대답했다.

"철저하게 검문 중인 것 같아요. 낯선 사람이 나타나면 바로 눈에 띄어 검문당할 거예요."

"정안사 놈들 보통이 아니군. 우릴 이렇게까지 몰아붙이다니."

황예가 이를 갈며 중얼거렸다. 어젯밤 시간이 촉박해 철수하라고 통보한 사람이 몇 명뿐이었다. 나머지 신도들은 모두 체포되어 요양현의 오두미교 조직은 완전히 공중분해 됐다. 미충은 심각한 표정으로 말없이 벽에 기대고 있었다. 부상 때문에 아직 얼굴이 창백했다.

"그럼, 우린 이제 어찌해야 합니까?"

어젯밤 급히 도망치다 발을 다쳐 붕대를 감은 한 좨주가 답답하다는 듯이 묻자 황예가 단호하게 대답했다.

"당연히 계획대로 진행해야지요. 이런 작은 시련에 굴복하면 무슨 낯으로 사군을 뵙겠소?"

"그런데……."

유민이 말을 하려다 말고 미충의 눈치를 봤다. 그는 여전히 미동도 없었다.

"성내에 다른 연락소 몇 곳이 있기는 한데, 지금 다들 행동에 제약이 커서 움직이기는 쉽지 않을 것 같아요."

황예가 고개를 저으며 손가락 하나를 치켜세웠다.

"한 번, 딱 한 번이면 되오. 제6노기제작방 기술공들이 내일 안역관으로 신체검사를 받으러 가는데, 기술공 하 씨에게 이미 탈출 계획을 알려놓은 상태요. 이번이 마지막 기회가 될 것이오."

"그다음은요? 기술공을 성공적으로 빼내더라도, 이번 작전에서 우리 신분이 모두 노출될 텐데, 그럼 우린 한중 땅에 발붙일 수 없는 거잖아요?"

또 다른 좨주가 불안해하며 묻자, 줄곧 잠자코 듣기만 하던 미충이 입을 뗐다.

"그 부분은 걱정할 필요 없소. 이 일을 잘 마무리한 후 여러분은 나와 함께 관중으로 돌아갈 수 있을 것이오. 그리고 곁에서 장 사군을 모실 수 있도록 하겠소. 아마 장 사군도 크게 기뻐할 것이오."

이 말에 다들 크게 기뻐했지만 유민은 여전히 수심이 깊어 보였다. 유민은 잠시 생각에 잠겼다가 고개를 흔들며 입을 열었다.

"흠, 흠, 내 생각엔 그게 문제가 아니오. 이번 작전은 생각보다 쉽지 않을 것이오. 지금 상황에서, 여기 몇 사람만으로는 어림도 없을 겁니다."

"아버지."

"응?"

유민 옆에 서 있던 유형은 뭔가 할 말이 있는 표정이었다. 그녀는 사람들을 돌아보며 잠시 망설이다가 조심스럽게 말을 꺼냈다.

"한 가지 제안이 있는데 말씀드려도 될지 모르겠습니다."

"괜찮소, 어서 말해보시오."

미충이 흥미로운 눈빛으로 유형을 주시하자 다른 사람들도 일제히 그녀를 돌아봤다. 많이 긴장했는지 손을 가슴에 얹고 심호흡을 한 후 다시 용기를 냈다.

"추천할 만한 사람이 있습니다. 아마도 그 사람이 우리를 도와줄 수 있을 거예요."

"그게 누구요?"

"성변 장군 수하의 둔장인데, 이름은 고당병입니다."

유형은 고당병 이름을 입에 올리는 것만으로도 가슴이 두근거렸다. 아직 제대로 연애를 시작한 것도 아닌데, 그녀는 자신의 운명을 맡길 수 있을 만큼 고당병을 신뢰했다. 그래서 유민이 이번 작전에 대해 걱정하는 말을 듣는 순간 바로 고당병의 이름을 떠올렸다.

"고당병? 며칠 전에 널 구해줬다는 그 젊은이 말이냐?"

고당병의 이름을 들은 적은 있지만 자세한 내용은 모르기 때문에 딸이 이 상황에서 그 이름을 말하자 놀랍고 뜻밖이었다. 심각한 회의 중이었지만 유형은 저도 모르게 얼굴이 빨개졌다.

"네, 맞아요. 그사이에 꽤 친해졌어요."

황예의 눈빛에는 의심이 가득했다. 무엇보다 유형의 판단을 믿을 수 없었다.

"겨우 며칠 만난 사람을 어떻게 믿는다는 것이오? 지금은 아주 특별한 상황이오. 그자가 뭔가 목적이 있어 고의로 접근한 것일 수도 있소."

"그럴 리 없어요."

유형이 살짝 발끈하며 반박했다.

"도대체 무슨 근거로 그 사람을 믿는 것이오? 목숨을 구해줘서? 그건 그 사람한테 아무것도 아닌 일일지 모르오. 더구나 그쪽이 오두미교 신도인 것을 모르지 않소?"

"제가 그 사람을 추천하는 가장 큰 이유가 바로 우리와 공통점이 있기 때문입니다. 그 사람 부모가 오두미교 신도라는 이유로 참형을 당했어요. 그래서 줄곧 촉한에 불만을 품고 있고요. 저는 그 사람을 우리 편으로 만들 자신이 있어요."

"그 사실을 어떻게 알았소?"

"제가 왜 모르겠어요? 요 며칠 계속 함께 있었는데."

유형은 급한 마음에 생각나는 대로 숨김없이 말했다. 미충이 구부정한 자세로 유형과 황예 사이로 천천히 걸어갔다. 미충의 얼굴은 창백하고 초췌했지만 워낙 진지하고 근엄한 표정이라 두 사람 모두 입을 다물 수밖에 없었다. 그는 일단 황예에게 잠시 기다리라는 뜻으로 손가락을 치켜세웠다. 그리고 살짝 힘이 풀렸지만 여전히 날카

239

로운 눈빛으로 유형을 뚫어져라 처다봤다. 그 눈빛이 너무나 강렬해 유형이 저도 모르게 뒷걸음질했다.

"유 낭자……."

살짝 쉰 미충의 목소리가 무겁게 푹 가라앉았다. 그는 품에서 날카로운 비수를 꺼내 유형에게 건넸다.

"유 낭자를 믿기에 유 낭자가 추천한 사람도 믿겠소. 하지만 만에 하나 그 고당병이란 자가 믿을 수 없는 사람이라면 유 낭자가 직접 처리해주시오."

유형이 잠시 망설이다가 결국 비수를 받았다.

3월 5일 점심.

고당병은 이날도 유길 주점을 찾았다. 요 며칠 제집 드나들 듯 매일 드나들고 있다. 유형과 함께 성 밖으로 술을 받으러 가거나 유형이 만들어준 요리를 같이 먹으면서 사이가 부쩍 가까워졌다. 그러나 오늘은 특별한 임무가 있었다. 체포망을 빠져나간 황예와 오두미교 신도들이 유길 주점과 연결돼 있을 수 있으니 자세히 조사해보라는 순후의 지시가 있었다.

이날 유길 주점은 다른 가게들처럼 문을 열지 않은 채였다. 당연히 손님은 한 명도 없었다. 고당병이 문 앞에 서서 가볍게 문을 두드렸다. 유형이 문틈으로 얼굴을 확인하고 바로 문을 열었다.

"형아, 오늘 왜 문을 열지 않았어요?"

유형이 조심스럽게 주위를 살피고 작게 대답했다.

"들어와서 얘기해요."

안으로 들어가니 탁자에 정갈하게 담아놓은 밑반찬 세 접시, 삶은 고기 요리, 그리고 따뜻하게 데운 술이 준비돼 있었다. 유형이 고당병을 위해 특별히 준비해놓은 것이다.

"시장하죠?"

유형이 자연스럽게 젓가락을 건넸다. 고당병을 처음 만났을 때의 격정이 깊고 진한 감정으로 변해가면서 두근거림 대신 기분 좋은 편안함이 느껴졌다. 고당병이 고사리를 집어먹는 모습을 보고 있자니 절로 미소가 지어졌다.

"오늘 아침에 순찰병이 다녀갔어요. 위험한 오두미교 신도들이 성내에 잠입했다던데요. 그래서 아버지가 오늘은 문을 닫는 게 좋겠다고 하셨어요."

유형이 조심스럽게 반응을 살폈다. 고당병이 굳은 표정으로 젓가락을 내려놓으며 한숨을 내쉬었다.

"그러게 말입니다. 오늘 아침에 우리 쪽에도 조금이라도 의심스러운 사람이 있으면 철저히 조사하라는 명령이 떨어졌어요. 이번에는 또 얼마나 많은 오두미교 신도가 잡혀갈지……. 음, 이런 얘기는 하지 맙시다."

"고당 장군 부모님도 오두미교 신도라고 했죠?"

고당병이 고개를 끄덕이자 유형이 조금 더 과감하게 떠보기로 했다.

"단 한 번이라도, 부모님 원수를 갚겠다는 생각을 해본 적이 있나요?"

고당병의 눈빛이 갑자기 싸늘해졌다. 유형이 그냥 별 뜻 없이 해본 말이라며 다급하게 손을 흔들자 고당병이 쓴웃음을 지었다.

"어떻게 원수를 갚겠어요? 원수를 갚을 상대가, 부모님을 참형한 것이 촉한 관부인데, 나 같은 일개 둔장이 무슨 수로 원수를 갚겠어요?"

"만약에 기회가 생긴다면요? 원수를 갚고 싶은 마음이 있기는 한가요?"

천천히 고개를 돌리는 고당병의 표정이 아주 날카롭고 차가웠다. 사실 유형은 이 고지식한 군인이 본인이 던진 명확한 암시를 어떻게 받아들일지 조금 두려웠다. 하지만 피하지 않고 당당하게 고당병과 눈빛을 마주쳤다. 한참 후에야 고당병이 천천히 입을 열었다.

"형아, 그런 말 함부로 내뱉으면 큰일나요. 목이 날아갈 수도 있어요."

"부모의 원수도 갚지 못한다면 어찌 사내대장부라 할 수 있겠습니까?"

고당병은 유형의 반박에 아무 말 못 하고 술잔만 들이켰다. 유형은 그 모습을 보고 고당병의 단단한 마음의 벽에 균열이 생겼다고 판단해, 과감한 결정을 내렸다.

"솔직히 말할게요. 그 도망갔다는 오두미교 신도들, 지금 우리 집에 숨어 있어요."

쨍그랑. 깜짝 놀란 고당병이 움찔하면서 친 술잔이 바닥에 떨어졌다.

"형아, 그게 무슨, 무슨 그런 말도 안 되는 소리를……"

"제 말은 모두 사실이에요. 그 사람들뿐 아니라 아버지와 저도 오두미교 신도예요. 고당 장군 부모님처럼요."

유형이 침착하게 술잔을 주워 탁자에 올려놓고 진지하게 말을 이었다.

"물론 고당 장군이 원한다면 지금 바로 우리를 고발하고 잡아갈 수도 있어요."

"내가 어떻게……."

고당병은 도저히 믿기지 않는다는 표정으로 고개를 푹 숙이고 혼잣말하듯 중얼거렸다. 고당병이 당장 움직이지 않자 유형은 자신의 판단이 옳았다고 확신했다.

"아버지와 저는 예전부터 면현성 오두미교 비밀조직에서 활동해 왔어요. 어제 정안사가 요양현 거점을 급습했고 황 좌주와 위나라에서 온 미 선생이 가까스로 탈출해 우리 집에 숨어 있어요. 지금 촉군이 온 성을 뒤지며 찾고 있는 사람이 바로 그 사람들이에요."

"위나라 사람도 있다고요?"

이미 예상한 바였지만 유형의 입으로 직접 들으니 놀라지 않을 수 없었다.

"예. 장부 사군, 아시죠? 장로 사군의 직위를 계승한 아들이요. 장부 사군이 우리에게 미 선생의 작전에 협조하라는 지시를 내렸어요. 촉군의 최신 노기와 관련된 자료가 작전의 목표예요."

유형은 고당병을 설득하려면 보다 적극적으로 진실하게 다가가야 한다고 판단해 모든 사실을 털어놓았다.

"고당 장군, 우리와 함께해요. 이 일은 장군 부모님을 위한 일이기도 해요."

유형이 드디어 결정적인 말을 꺼내자 고당병이 고개를 번쩍 들면서 목소리를 높였다.

"나보고 반역을 하라고요?"

"반역이 아니라 장군이 부모님을 죽인 원수의 나라를 버리는 것입니다. 지금 우리는 장군의 도움이 꼭 필요해요. 만약 장군이 도와 준다면 우리는 노기 자료를 손에 넣고 무사히 위나라로 갈 수 있어요. 미 선생이 후한 보상과 거처를 마련해주기로 약속했어요. 우리는 사군 곁에서 새로운 삶을 시작할 수 있어요."

유형은 '우리'라고 말할 때 저도 모르게 얼굴이 달아올랐다. 열정적인 설득 때문인지, 무심결에 속마음이 튀어나온 탓인지 확실치 않았다. 어쨌든 그녀는 이것 또한 고당병을 설득하는 데 큰 영향을 끼치리라 생각했다. 고당병은 굳은 표정으로 한마디도 하지 않았다. 유형은 이 침묵이 마음이 움직이고 있다는 증거라고 생각했다.

하지만 고당병의 생각은 유형의 예상과 전혀 달랐다. 바로 정안사에 알려 이 집을 급습하면 이들을 일망타진할 수 있다. 그런데 유형의 말을 들어보니 뭔가 다른 일을 꾸미고 있는 것이 분명했다. 더구나 노기 기술과 관련이 있다니, 아무래도 무슨 일인지 확실히 알아야 할 것 같았다. 지금 이 자리에 순후나 배서가 없으니, 스스로 판단할 수밖에 없었다.

"형아, 알겠어요. 조금만 생각할 시간을 줘요."

유형은 고당병의 대답에 일단 안도했다. 얼마나 긴장했는지 식은 땀이 흘러 목덜미가 흥건했고 등 뒤에 감춘 비수를 쥔 왼손 손바닥도 축축했다.

잠시 후, 고당병은 발바닥이 토굴 바닥에 닿는 순간 깊은숨을 들이마셨다. 차가운 공기가 폐까지 파고들어 정신이 번쩍 들었다. 정안사 요원들이 열흘 넘도록 힘들게 뒤쫓아온 목표물을 곧 마주하게 된다고 생각하니 저도 모르게 턱 근육까지 뻣뻣하게 굳었다. 이 뜻밖의 상황을 밖으로 알릴 방법이 없으니 밖에서 대기 중인 아사이와 요회가 알아서 잘 판단해주길 바랄 수밖에 없었다. 두 사람이 잘못 판단해 경솔하게 유길 주점을 급습하기라도 한다면 적진 한가운데 들어와 있는 자신이 가장 먼저 제거당할 것이다.

이때 유형이 고당병의 손을 잡았다. 고당병은 갑자기 어두운 곳에 들어와 아직 앞이 잘 안 보였지만 부드러운 유형의 손은 확실히 느껴졌다. 남자라면 당연히 설레야 할 순간이지만, 그는 그저 미안한 마음뿐이었다. 하지만 임무 수행에 영향을 끼칠 정도는 아니었다.

"그쪽이 고당병이요?"

건장한 중년 남자가 고당병을 가리키며 불신에 찬 말투로 물었다. 이와 동시에 고당병 옆에 두 사람이 바짝 붙어섰다.

"예, 제가 고당병입니다."

고당병이 허리를 곧게 펴고 당당하게 대답했다. 황예는 고당병에게 가까이 다가서서 위아래로 자세히 훑었다. 사냥개가 냄새를 맡듯 뭔가 의심스러운 구석이 없는지 꼼꼼하게 살폈다. 유민과 유형은 초조함을 감추지 못했고 미충은 어두운 구석에 틀어박혀 있었다. 황예가 빙빙 돌며 고당병을 앞뒤로 살피고 다시 그를 뚫어지게 쳐다보다가 느닷없이 질문을 던졌다.

"〈삼업육통결〉을 읊어보시오."

"모릅니다."

"그럼, 〈황서합기〉는?"

이 질문에 애먼 유형의 얼굴이 확 달아올랐다. 〈황서합기〉는 오두미교 교리 중 남녀 합방에 관한 비문이다. 그녀는 황예가 자신이 고당병을 마음에 둔 것을 알고 일부러 이런 질문을 했다고 생각했다.

"모르겠습니다."

그러자 황예가 과장스럽게 비웃다가 갑자기 싸늘한 눈빛으로 호통을 쳤다.

"이런 기본 교리도 모르면서, 감히 우리 교에 잠입한 첩자가 아니라고 말하는 건가?"

고당병은 황예의 갑작스러운 질책에 전혀 당황하지 않았다. 그는 천천히 뒷짐을 지고 차분하게 대답했다.

"내 부모는 오두미교 신도였지만, 나는 아닙니다. 내가 그 교리를 알아야 할 이유가 없지 않습니까?"

"거짓말! 촉한이 오두미교 탄압을 시작한 건 장무 2년이었어. 지금으로부터 팔 년 전이지. 자네 부모가 참형을 당했을 때, 자네는 이미 철들 나이였어. 그런데 어떻게 모를 수 있다는 거야?"

고당병은 어이없다는 표정으로 관자놀이를 꾹꾹 눌렀다.

"황 좨주, 아무래도 잘못 알고 계신 모양인데, 나는 오두미교 신도도 아니고, 그쪽에 전혀 관심도 없습니다."

"흥, 웃기는군."

"아무래도 형아가 여러분에게 설명한 내용이 제 뜻과 다소 차이가 있는 것 같습니다. 내가 여러분을 돕기로 한 건, 장 사군에 대한 충성심이 아니라 돌아가신 부모님 때문입니다. 물론, 한 가지 이유가 더 있긴 합니다만."

고당병이 의도적으로 유형을 돌아보자 유형이 수줍어하며 고개를 숙였다.

"여자 때문이라고? 만약 여자 때문에 우리를 돕기로 했다면, 언제든 다른 여자를 위해 우리를 배신할 수도 있는 것 아닌가?"

황예가 계속 믿을 수 없다는 투로 말하자 고당병이 위를 가리키며 대꾸했다.

"만약 내가 당신들을 잡으려 했다면 위에 있을 때 벌써 밖으로 신호를 보냈겠지요. 이곳이 넓긴 하지만 어차피 꽉 막힌 토굴이니 위에서 포위하면 도망갈 방법이 없지 않습니까?"

이 말에 가장 큰 충격을 받은 사람은 유민이었다. 그러나 유형은 침착하게 아버지의 손을 꼭 잡으며 안심시켰다.

"말은 아주 잘 하는군. 하지만, 난 촉나라 군인의 말은 절대 믿지 않아."

"피차일반입니다."

황예는 격한 감정을 주체하지 못해 짐승처럼 으르렁거렸다. 그는 요양현 오두미교 조직이 전멸한 이후로 줄곧 불안하고 신경이 날카로운 상태였다. 고당병의 당당한 눈빛과 마주치자 마치 거대한 바위와 마주 선 기분이었다. 아무리 세찬 파도가 몰아쳐도 끄떡하지 않는 강한 바위. 반면 자신은 부질없이 바위에 부딪히는 잔물결처럼 느껴졌다. 이때 어둠 속에 숨어 있던 미충이 입을 열었다.

"황 좨주, 너무 흥분하지 마시오. 맹자께서 이르길, '사람의 마음을 살피는 데 눈동자보다 더 좋은 것이 없으니 눈동자는 결코 나쁜 마음을 숨길 수 없다. 마음이 바르면 눈동자가 맑고 마음이 바르지 않으면 눈동자가 흐리다.'라고 하셨지 않소? 고당 장군의 눈빛이 흔들림 없이 맑은 것으로 보아 거짓말을 하는 것은 아닌 듯하오."

"그건 모르는 일입니다. 만약 이자가 정안사 첩자라면요? 정안사 첩자는 전문적인 훈련을 받아 눈 하나 깜짝하지 않고 거짓말을 할 수 있어요."

"황 좨주, 만약 고당 장군이 먼저 우리를 돕겠다고 했다면 충분히

247

의심할 만합니다. 하지만 따지고 보면 제가 먼저 도와달라고 부탁드린 것 아닙니까? 정안사가 아무리 신통방통해도 제가 이런 부탁을 할 것까지 알 수 있을까요?"

사랑하는 사람이 의심을 받아 계속 추궁당하자 유형이 보다못해 한마디 했다. 이는 확실히 맞는 말이다. 순후가 봉구황 작전을 구상하면서 오늘과 같은 일이 벌어질 줄은 꿈에도 몰랐으니까. 고당병은 유형에게 눈빛을 보내며 흥분하지 말라는 뜻으로 오른손을 아래로 천천히 내렸다.

천천히 몸을 일으킨 미충이 고당병에게 다가가 눈을 가늘게 뜨고 위아래로 훑었다. 미충보다 머리 하나만큼 더 큰 고당병은 고개를 숙여야 미충의 눈을 볼 수 있었다. 상대는 생각보다 왜소했다.

'이자구나. 우리가 그토록 잡고 싶었던 위나라 간첩.'

위나라 간첩은 의외로 키도 작고 지극히 평범한 생김새였다. 그 어떤 농부보다 더 농부 같았다. 사람들 무리에 섞여 있으면 전혀 눈에 띄지 않아 아무도 기억하지 못할 것 같았다. 유일하게 눈에 띄는 점이라면 눈, 매의 눈처럼 날카로운 두 눈이다. 어둠 속에서 청동검이 순간순간 빛나는 것 같았다. 고당병은 왠지 모르게 그 예리한 눈빛에 깊은 비밀이 숨겨져 있다는 생각이 들었다. 미충은 강단에 선 박식한 박사 같은 말투로 물었다.

"고당 장군의 고견을 듣고 싶습니다. 우리에게 도움이 될 좋은 의견이 있는지요?"

"일단, 최소한 한 사람을 위로 올려 보내 주점을 지키도록 하시지요. 다 같이 이 토굴에 틀어박혀 있으면 안 될 것 같습니다."

예상치 못한 답변에 잠시 어리둥절하던 미충이 금방 그 뜻을 이해하고 크게 웃으며 유형을 돌아봤다.

"난 장군이 믿을 만한 사람이라고 생각합니다. 유 낭자처럼요."

유형은 너무 기쁜 나머지 한걸음에 고당병에게 달려가 그의 손을 덥석 잡았다. 미충이 인정했으니 고당병의 합류가 확정된 것이나 다름없었다. 황예는 고당병을 노려보고 씩씩거리며 한쪽으로 물러났다. 그리고 품에서 누런 가죽 표지 책을 꺼내 두 손으로 공손히 높은 곳에 올려놓고 양쪽에 촛불을 밝혔다.

'사군, 부디 제 판단이 틀리도록 해주십시오.'

황예는 두 손바닥과 이마를 땅바닥에 대고 납작 엎드려 책을 바라보며 큰 소리로 기도했다.

"사군, 부디 저희와 함께 해주소서. 저희가 하는 일이 잘 풀리도록 돌봐주소서."

이 기도를 들은 유민과 유형, 그리고 다른 신도들이 약속이나 한 것처럼 동시에 바닥에 엎드렸다. 고당병과 미충, 두 사람은 꼿꼿이 선 채로 각자의 생각에 몰두했다.

다음 날, 3월 6일.

제6노기제작방은 아침 일찍 기술공들에게 오늘 작업을 중단하고 신체검사를 하러 전원 안역관으로 이동한다고 통보했다. 안역관이 제6노기제작방에 신체검사 통보를 보낸 것은 3월 4일이었다. 제6노기제작방 책임자 황습은 조금 갑작스럽다는 생각이 들었지만 크게 이상한 점은 느끼지 못했다. 최근 열심히 다그친 덕분에 목표 생산량을 거의 달성했고 기술공들의 체력이 한계에 이르러 이 기회에 하루 쉬는 것도 나쁘지 않다고 생각했다.

안역관은 사방이 숲으로 둘러싸여 외부와 철저히 동떨어진 면현 북부 산간 분지에 위치해 있었다. 외부와 연결되는 통로는 험하고 구불구불한 좁은 산길 하나뿐이었다. 역병이 발생할 경우 철저한 격리를 위해 선택한 장소였다.

건흥 3년, 제갈량이 남만 변경 지역 소수민족을 진압하기 위해 출정했다. 그러나 남만 중부 지역에서 발생한 전염성 강한 학질을 만나는 바람에 촉군의 전투력이 크게 꺾였다. 촉군은 이 사건을 계기로 큰 교훈을 얻었고 제갈량이 성도에 돌아오자마자 역병 대비를 위한 안역관 설립을 지시했다.

제6노기제작방은 기술공만 총 이백 서른일곱 명이고 호위병까지 포함하면 총 인원이 대략 삼백 명이었다. 안역관이 험하고 외진 산속에 있지만 어디까지나 촉군 통제 범위 안이기 때문에 호위병 수는 그리 많지 않았다. 제6노기제작방을 출발한 기술공 행렬은 관도를 따라 면현성 교외에 도착한 후 북쪽으로 방향을 틀어 한수를 건너고 드디어 산길에 접어들었다.

산길에 들어서니 갑자기 시야가 좁아지고 길이 험해졌다. 오르락내리락 기복이 심하고 좌우로 간간이 절벽이 나타났다. 안역관으로 가는 산길은 절벽을 끼고 이어지는 길이라 꽤 위험했다. 말을 타고 가던 호위병들은 산기슭에서부터 말을 끌며 기술공들과 같이 걸어서 산길을 올라갔다.

이백 명이 넘는 기술공들은 세 줄로 늘어서서 고개를 숙인 채 열심히 산길을 올랐다. 상대적으로 수가 적은 호위병은 기술공 행렬 좌우로 드문드문 배치되어 발길을 재촉했다. 행렬 전체를 지휘하는 군관 한 명만 말을 타고 맨 뒤에서 따라갔다. 하지만 이 군관은 자신만이 누릴 수 있는 특권에 후회하는 중이었다. 말발굽에 차인 돌이 절벽 밑으로 굴러떨어지는 소리가 들릴 때마다 깜짝깜짝 놀랄 뿐 감히 아래를 쳐다보지 못했다.

산중턱에서 한 시진쯤 더 갔을 때 참상교가 나타났다. 이름에 다리를 뜻하는 '교' 자가 붙어 있지만 실제로는 두 절벽이 가까이 맞붙은 것이었다. 왼쪽 절벽 이름이 참애, 오른쪽 절벽이 상애라서 앞글자만 따서 참상교라 불렀다. 두 절벽 간 거리는 대략 5장 정도인데 일단 참애의 나무 잔도[55]를 따라 조금 내려가서 절벽 중간 부분에서 크게 한 바퀴 돌아야 상애로 넘어갈 수 있었다.

길을 안내하는 부장 군관이 일단 행렬을 멈추게 하고 병사 둘을 먼저 보내 상황을 살펴보게 했다. 잠시 후 두 병사가 반대편 상애 절벽에 나타나 안전하다며 손을 흔들었다. 잔도 상태가 양호하다는 뜻이다. 부장 군관이 안도의 한숨을 내쉬고 기술공 행렬을 두 줄로 바꿔 세웠다. 2척 간격으로 두 사람씩 잔도 내벽을 붙잡고 천천히 내려가도록 지시했다. 호위병들도 칼을 칼집에 넣고 조를 나눠 기술공 행렬 중간중간에 끼어 절벽을 건너갔다.

이때 기술공 한 명이 비명을 지르며 주저앉았다.

"무슨 일이야?"

호위병이 급히 달려갔다. 평소 안면이 있는 기술공 하 씨였다. 하 씨가 괴로운 표정으로 오른쪽 다리를 부여잡고 있었다.

"돌부리에 부딪혔어요."

◇◇◇◇◇◇◇◇◇
55 험한 벼랑 같은 곳에 선반처럼 매달아서 만든 길.

"일어설 수 있겠소?"

"일어서긴 하겠는데 아무래도 근육이 뭉친 것 같아요. 종아리에 감각이 없어서 조금 쉬어야 할 것 같습니다."

호위병이 뒤에 멈춰선 행렬을 돌아보며 눈살을 찌푸렸다. 일단 하 씨를 부축해 길옆에 앉히고 뒷사람을 먼저 보냈다.

"여기서 잠깐 쉬다가 맨 마지막에 따라오시오."

"예, 예, 감사합니다."

하 씨가 연신 고개를 끄덕이며 인사를 하고 바닥에 누워 다리를 주물렀다. 작은 사고가 있었지만 나머지 행렬은 별 탈 없이 참상교를 건넜다. 2각쯤 지나자 대부분 맞은편 상애로 건너갔다. 참애에 남은 사람은 행렬 전체를 지휘하는 군관과 호위병 둘, 그리고 하 씨뿐이었다.

군관이 먼저 말을 끌고 조심스럽게 잔도에 올라섰다. 보기만 해도 아찔했다. 나무말뚝과 넝쿨로 만든 잔도이니 말이 갑자기 성질이라도 부리면 사람도, 말도, 절벽 아래로 추락할 것이다. 군관은 몇 발자국 옮기다가 다시 돌아와 호위병에게 말고삐를 넘겼다. 호위병은 울며 겨자 먹기로 부들부들 떨며 말을 끌고 잔도를 내려갔다.

"이젠 걸을 수 있겠소?"

마지막 남은 호위병이 하 씨에게 크게 소리쳤다. 하 씨는 바로 대답하지 않고 꿈지럭거렸다. 계속 종아리를 주무르며 불안한 표정으로 사방을 두리번거렸다.

이때 수풀 쪽에서 바스락 소리가 들렸다. 군관은 산토끼나 꿩인 줄 알고 태연하게 다가갔다. 갑자기 튀어나온 검은 그림자가 군관을 덮치며 빠르게 주먹을 세 번 날렸다. 관자놀이를 강타당한 군관은 바로 기절했다. 마지막 남은 호위병은 순식간에 일어난 일에 크게 놀랐는지 넋이 나가 꼼짝도 못했다. 불행히도 그 짧은 망설임이 그의 목숨을 앗아갔다. 호위병 등 뒤에서 또 다른 그림자가 나타나 목을 조르고 그의 등에 칼을 꽂았다.

"하 씨?"

황예가 호위병 시체를 내던지고 피 묻은 칼을 움켜쥔 채 하 씨에게 다가갔다. 하 씨는 겁에 질려 목을 움츠렸다.

"우정 형제가 보낸 사람이오?"

"그렇소. 얼른 갑시다."

황예가 하 씨를 잡아끌며 고당병을 힐끗 쳐다봤다. 고당병은 쓰러진 군관을 한쪽으로 걸어차고 있었다.

이미 상애로 건너간 호위병들은 입이 떡 벌어진 채 이 모습을 지켜봤다. 하지만 그저 지켜볼 수밖에 없었다. 두 절벽 거리가 5장이 넘으니 당장 어쩔 도리가 없었다. 부장 군관이 빨리 참애로 돌아가라고 다급하게 소리를 질렀지만, 이 역시 의미 없는 외침이었다. 잔도에 사람이 꽉 찬 상황이라 당장 어쩔 수 있는 상황이 아니었다.

이 상황에서 가장 괴로운 사람은 재수 없게 말고삐를 넘겨받은 참애에서 가장 마지막에 출발한 호위병이었다. 상황이 아무리 급해도 이 호위병은 천천히 움직여야 했다. 까딱하면 말과 함께 절벽으로 떨어질 테니까. 바로 앞에 출발했던 사람들도 말고삐를 잡은 호위병에게 길이 가로막혀 똑같이 꾸물꾸물 걸을 수밖에 없었다.

이때 또 다른 악당 서너 명이 잔도 입구에 나타났다. 그들은 누구든 가차 없이 베어버릴 준비가 되어 있었다. 잠시 후 황예가 전체 상황을 확인한 후 가볍게 툭 내뱉었다.

"임무 완수. 철수한다."

황예, 고당병, 하 씨, 다른 오두미교 신도들은 참애 옆 골짜기로 신속하게 빠져나갔다. 쓰러진 군관, 호위병 시체, 진땀을 빼며 말을 끌고 잔도를 건너를 호위병, 그 외에 갈팡질팡하는 수많은 기술공과 호위병을 뒤로 한 채.

성공적으로 하 씨를 탈출시킨 황예 일행은 익숙한 신길을 지나 꽤 넓은 산간 평지에 도착했다. 유민과 유형 부녀를 포함해 몇 사람이 애타게 그들을 기다리고 있었다. 기다리던 사람들은 황예 일행에 한 사람이 더해진 것을 보고 작전이 성공했음을 알았다. 유민은 그래도 다시 확인했다.

"성공한 겁니까?"

"그렇소."

황예가 고개를 끄덕이며 초조해하는 하 씨를 힐끔 쳐다봤다. 유민이 크게 기뻐하며 고당병의 손을 덥석 잡았다.

"고당 장군이 힘써주지 않았다면 우린 면현성을 벗어나지도 못했을 것이오. 정말 큰 공을 세우셨소."

"아버지."

유형이 아버지에게 곱게 눈을 흘기며 고당병의 팔을 붙잡고 나긋하게 말했다.

"다친 데 없어요?"

"네, 괜찮아요."

"아직은 한가한 얘기나 하고 있을 때가 아니오. 빨리 위험 지역을 벗어나야 하오."

황예가 사람들을 다그치며 미리 준비해둔 말을 가져오게 했다.

이 탈출용 말들은 고당병이 준비한 것이었다. 이들은 말을 타고 포진도(褒秦道)를 따라 양산(梁山)을 넘어갈 계획이었다. 산기슭 포진도 입구에서 미충과 합류하기로 돼 있었다.

미충은 서북쪽 방향으로 계속 가다 보면 하루가 지나기 전에 포수(褒水) 유역에 진입하고 그 후에 다시 북쪽으로 이동해 수양(綏陽) 계곡까지 가면 진창에 주둔한 위나라 군대를 만날 것이라고 했다. 촉군이 조만간 농서 서남부를 공격할 것이기 때문에 이쪽에는 촉나라 군대가 거의 없을 것이라고 했다.

황예와 고당병 일행은 각자 말을 타고 포진도로 달렸다. 가는 길에 황예가 고당병에게 느닷없는 질문을 던졌다.

"조금 전에 군관을 왜 죽이지 않았소?"

"죽일 필요까지는 없지 않습니까? 오두미교 신도들도 평안을 추구하지 않습니까?"

황예는 더 이상 대꾸하지 않았다.

정오 무렵 포진도에 가까워지자 길이 좁아지고 산세가 험해졌다. 이동속도가 느려질 수밖에 없었다. 양옆으로 우뚝 솟은 높은 산봉우리가 이어지고 길은 갈수록 좁아 보였다. 잠시 후 길옆에 절반 이상 흙에 묻힌 비석이 보였다. '포진도'.

"미 선생이 마중 나왔······."

맨 앞에 가던 오두미교 신도가 길 입구에 서 있는 사람을 보고 흥분해 소리를 지르려다가 갑자기 입을 다물고 그 자리에 굳어버렸다.

저 앞에 뒷짐을 지고 서 있는 사람은 미충이 아니라 순후였다.

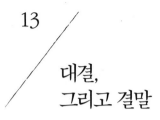

13

대결,
그리고 결말

　고당병을 제외한 나머지 일행은 순후가 누군지 몰랐지만, 그들
앞에 나타난 사람이 미충이 아니라는 사실만으로 일이 잘못됐다고
판단했다. 반응이 가장 빠른 황예가 말머리를 돌리며 크게 외쳤다.

　"후퇴해!"

　하지만 이미 늦었다. 이미 매복해 있던 정안사 병사들이 우르르
달려나와 퇴로는 물론 좌우의 통로까지 완벽하게 차단했다.

　황예 일행은 순식간에 갖춰진 포위망을 보고 도망갈 수 없음을
알았다. 황예는 말고삐를 당긴 후 말없이 굳은 표정으로 전방을 주
시했고 유민과 하 씨는 말등에 납작 엎드려 벌벌 떨었다. 유형은 얼
굴이 창백했지만 최대한 의연하게 행동했다. 말고삐를 늦추며 고당
병 옆으로 다가간 그녀는 그윽하게 정인을 바라보며 처연하게 속삭

256

였다.

"낭군, 당신과 함께라면 오늘, 이 자리에서 죽더라도 여한이 없어요."

고당병의 얼굴에 난감한 심정이 고스란히 드러났다. 눈을 감고 고개를 숙인 채 입술을 깨물었다. 감정이 격한 나머지 피가 흐르는 줄도 몰랐다. 멀리서 순후가 부르는 소리가 들리자 어쩔 수 없이 눈을 뜨고 깊이 숨을 들이마셨다. 그리고 오른손으로 유형의 허리를 감싸고 힘껏 끌어당겨 꽉 안았다.

유형은 고당병이 최후의 순간을 맞이하기 전에 마지막 입맞춤을 하려는줄 알았다. 당황스럽지만 기꺼이 받아들이고 싶었다. 그런데 뭔가 이상했다. 고당병이 그녀를 끌어안은 채 앞으로 움직였다. 더 이상한 것은 아무 반응 없는 정안사 병사들이었다.

"낭군, 뭐 하는 거예요?"

유형이 하얗게 질린 채 버둥거렸다. 고당병은 대꾸 없이 묵묵히 앞으로 전진했다. 황예와 다른 일행도 영문을 몰라 멍하니 쳐다보고만 있었다.

순후 앞에 도착한 고당병이 말에서 훌쩍 뛰어내렸다. 그는 유형의 두 팔을 등 뒤로 돌려 단단히 붙잡고 순후에게 허리를 숙였다.

"수고했다."

순후가 대견하다는 듯 고당병 어깨를 두드렸다.

"모두 한나라 부흥을 위한 것입니다."

그 순간 버둥거리던 유형이 돌처럼 굳어버렸다. 이 한마디가 모든 것을 설명해줬고 그녀는 온 세상이 무너지는 충격에 휩싸였다.

"황 쾌주 말이 맞았어. 처음부터 함정이었어. 철저하게 이용당한 거야."

유형이 이렇게 중얼거리자 고당병은 손에 힘이 풀리고 어찌할 바를 몰랐다.

"형아……. 난, 난……."

유형이 갑자기 웃음을 터트렸다. 고당병이 우물쭈물하는 사이 유형의 웃음소리가 뚝 끊겼다. 그녀가 아무 말 필요 없다는 듯이 손가락을 흔들더니 고당병의 품에 달려들어 강렬한 입맞춤을 퍼부었다. 유형은 늘 부드럽고 상냥했기에 고당병에겐 다소 의외였다. 그는 눈을 감으며 순순히 그녀를 받아들였다. 여태껏 한시도 자신의 임무를 잊은 적이 없었지만 이 순간만큼은 이대로 시간이 멈추길 바랐다.

두 사람의 입맞춤이 길어지자 순후도, 오두미교 신도들도 당황스러움을 감출 수 없었다. 그중 가장 난감한 사람은 유민이었다. 이 중대한 상황에 낯부끄러운 사사로운 감정에 휘말린 딸을 도저히 이해할 수 없었다.

'설마 저 혼자 살겠다고 아비와 다른 신도들을 팔아먹으려는 건 아니겠지?'

향 하나 피울 시간이 지났을 즘 유형이 고당병의 품에서 조금 떨어졌다. 창백한 얼굴에 야릇한 미소가 떠올랐다. 가장 가까이에서 두 사람을 지켜보던 순후는 그제야 뭔가 이상하다는 생각이 들었다. 두어 걸음 옮겼을 때 고당병의 가슴에 꽂힌 날카로운 비수를 발견했다. 유형의 두 손이 비수를 꼭 쥐고 있었다. 조금 전 강렬한 입맞춤보다 더 놀라운 사건이었다. 사람들은 또 한 번 충격에 휩싸였다.

"이 여자 끌어내! 빨리, 빨리!"

순후가 정신없이 팔을 흔들며 다급하게 외치자 아사이와 요회가 쏜살같이 달려갔다. 그사이 재빨리 비수를 뽑아 든 유형은 복잡 미묘한 표정이었다. 고당병은 피가 철철 흘렀지만 흔들림 없이 꼿꼿이 서서 유형을 응시했다. 그 눈빛에 담긴 그의 의지는 아주 명확했다.

'미안하오. 모두 한나라 부흥을 위한 것이오.'

유형은 그 눈빛을 읽는 순간 눈을 감아버렸다. 두 뺨을 타고 흘러내린 눈물이 앞섶을 흥건하게 적셨다. 다음 순간 비수를 높이 들어 올렸다가 본인 가슴에 내리꽂았다. 그녀는 아버지는 물론 아무도 돌아보지 않고 그대로 고꾸라졌다.

"형아!"

멀리서 스스로 목숨을 끊는 딸을 지켜본 유민이 목놓아 울부짖었다. 지금 유민은 자식을 잃은 세상의 그 어느 부모보다 더 비통했지만 이제 와 바꿀 수 있는 것은 아무것도 없었다.

아사이와 요회가 고당병을 부축했다. 요회가 자기 옷 앞섶을 찢어 고당병의 가슴을 틀어막고 아사이는 품에서 지혈제를 꺼내 한 병을 통째로 쏟아부었다. 고당병이 천천히 눈을 감았다. 마치 무거운 짐을 벗어버린 듯 홀가분한 표정이었다. 숨죽이고 있던 순후가 조심스럽게 물었다.

"어떤가?"

"힘들 것 같습니다……."

아사이가 울먹이면서 말끝을 흐렸다. 순후는 정신을 잃은 고당병을 지켜보다가 괴로운 듯 눈을 감았다. 조금 더 일찍 두 사람을 떼어놓지 못한 자신이 원망스러웠다. 문득 옆을 돌아봤는데 유형을 살피던 마충이 고개를 절레절레 흔들었다. 이미 숨이 끊어졌다는 의미였다.

"세 사람은 여기 남아 고당병을 돌보게."

순후는 무거운 마음으로 명령을 내리고 주먹을 불끈 쥐며 돌아섰다. 지금은 슬퍼할 때가 아니었다. 가장 중요한 임무를 아직 마무리하지 못했다. 고당병의 희생을 헛되이 하지 않으려면 반드시 이 작전을 완벽하게 성공시켜야 한다.

오두미교 신도들은 이미 정안사 병사들에게 제압됐다. 너무나 절망적인 상황이라 전혀 저항하지 않았다. 한 명 한 명 밧줄에 꽁꽁 묶여 일렬로 꿇어앉았다. 순후가 돌아가며 한 명 한 명 자세히 훑어봤다. 유민은 넋이 나간 채 울부짖기만 했다. 황예는 아집과 교만이 뒤섞인 표정으로 허공을 응시했다. 하 씨는 잔뜩 웅크린 채 부들부들 떨었다. 순후는 이들 앞에서 오락가락하다가 황예에게 다가섰다.

"미충이란 작자, 지금 어디 있어?"

황예가 잠시 놀라며 멈칫하더니 인상을 쓰며 거칠게 침을 뱉었다. 그리고 못 들은 척 고개를 돌려버렸다.

순후도 같이 멈칫했다. 아무 말 하지 않았지만 황예의 얼굴에 스친 표정을 분명히 읽었다. 그는 미충이 사라진 사실을 전혀 몰랐다.

어제 고당병이 유길 주점에 다녀온 후 황예 일행의 계획을 자세히 보고했다. 3월 6일 황예와 오두미교 신도들이 참상교에서 기술공을 빼낸 후 포진도 입구에서 미충을 만나 위나라로 도망친다는 내용이었다. 순후는 절호의 기회라 여기고 정안사 인력을 총동원해 고당병을 지원했다.

오늘 아침, 고당병에게 황예 일행이 탈 말을 준비해주고 미리 성내 경비를 느슨하게 풀어 이들이 자연스럽게 성을 빠져나갈 수 있게 조치해뒀다. 한편 순후는 미충과 황예 일행을 일망타진할 계획으로 총동원한 정안사 병사를 포진도에 매복시켰다. 하지만 예상과 달리 황예 일행만 나타났을 뿐, 미충은 끝내 코빼기도 보이지 않았다.

'어떻게 된 거지? 설마 우리 계획을 눈치채고 도망간 건가?'

괴롭지만 현실을 직시해야 했다. 가능성이 전혀 없지는 않았다. 미충의 실력은 절대 과소평가해선 안 된다.

순후는 그 자리에 쪼그려 앉아 잡히는 대로 풀을 뜯으며 생각을 정리했다. 맥이 빠지기도 하고 위안이 되기도 했다. 미충에게 두 번이나 지다니, 자신이 정말 한심스러웠다. 하지만 미충 역시 아무것도 얻지 못했다는 사실이 그나마 위안이 됐다. 어쨌든 그가 노렸던 기술공은 지금 정안사 손에 들어왔으니까.

이때 멀리서 다급한 말발굽 소리가 들려왔다. 빨간 깃발 세 개를 등에 꽂은 정안사 전령이 백마를 타고 쏜살같이 달려왔다. 빨간 깃발 세 개는 '긴급 소식'을 의미한다. 전령이 순후 바로 앞까지 와서 급하게 말고삐를 당기고 훌쩍 뛰어내려 서신을 전했다.

"배 도위가 보낸 급보입니다."

바로 서신을 뜯어 보니 급히 휘갈겨 쓴 글씨가 눈에 들어왔다. 내용은 딱 한 줄이었다.

군기사 도난 사건, 설계도 분실. 속히 돌아오길 바람.

순후는 쇠망치로 한 대 얻어맞은 기분이었다. 다음 순간 분노가 치밀어 미칠 것만 같았다.

완전히 속았다. 고당병의 위장 잠입이 미충의 눈을 속이지 못한 것이다. 더구나 정안사 계획을 역이용하다니, 정말 대단한 놈이었다. 놈은 제6노기제작방 기술공이 목표라는 사실을 일부러 흘렸다. 하지만 기술공 납치 계획은 정안사의 관심을 돌리려는 연막작전일 뿐이고 진짜 목표는 경비가 허술해진 군기사였다. 미충은 황예, 유민 부녀 등 오두미교 신도들까지 모두 속였다. 오두미교 신도들은 언제든 버려질 바둑돌에 불과했다.

"어떻게…… 이런……."

완벽한 패배였다. 순후는 일단 부하들에게 이것저것 명령을 내린 후 다급한 마음에 먼저 도관으로 향했다. 돌아가는 내내 오직 한 가지 생각에 집중했다.

'미충이란 놈은 정말 신출귀몰했어. 여긴 엄연히 내 구역인데, 정안사 전체를 쥐락펴락하면서 매번 선방을 날렸단 말이지. 과연 정말 놈의 재주가 대단해서일까? 아니면 촉군 내부의 쥐새끼가 도와준 덕분일까?'

어쨌든 설계도는 이미 도난당했고 정안사의 모든 노력은 물거품이 됐다. 순후는 분한 마음에 더 힘껏 채찍을 휘둘렀다. 이렇게나마 답답하고 괴로운 마음을 풀어냈다.

도관에 도착하니 정문 앞에 두 사람이 기다리고 있었다. 한 명은 배서이고 다른 한 명은 바로 군기사 종사 초준이다. 군기사 보안 조치가 완벽하다고 호언장담하던 그는 며칠 사이 폭삭 늙은 데다 사시나무 떨듯 부들부들 떨고 있었다. 순후는 말에서 뛰어내리면서 초준을 힐끔 쳐다봤다. 인사 따위 생략하고 바로 배서에게 직진했다.

"어떻게 된 거야?"

"오늘이 군기사에서 동굴 내부를 정기 청소하는 날이라 아침에 통풍굴 세 개를 열고 환기를 시켰답니다."

"환기?"

"네. 군기사가 동굴에 만들어져서 사흘 간격으로 두 시진씩 환기를 시킨다고 합니다. 군기사 동굴에 외부와 통하는 통풍 구멍이 세 개인데 평소에는 큰 돌로 막아두고 환기할 때만 바람이 통하게 돌을 치운답니다."

"미충이 그사이에 통풍굴로 기어 들어가 설계도를 훔쳤다는 건가?"

배서가 무겁게 고개를 끄덕였다. 초준은 여전히 믿을 수 없다는 표정으로 중얼거렸다.

"세 개 다 길이가 백 보가 넘고 너비도 고르지 않은데……. 내벽에 울퉁불퉁 튀어나온 돌이 많아서 절대 기어갈 수 없어……. 사람이 어떻게 거길 기어 들어가?"

"그냥 사람이 아니니까요."

순후가 차갑게 한마디 받아쳤다.

"지금까지 알아본 바로는 도난당한 두 설계도는 촉도와 원융입니다. 어제 제갈 승상이 두 설계도를 열람하시느라 따로 꺼냈던 것인데 바로 보관 장소에 원위치시키지 않아 이렇게 된 것 같습니다."

순후는 예상했다는 듯 고개를 끄덕였다. 배서의 서신을 받았을 때 어느 정도 예상은 했지만 정말 최악이었다.

"초 종사, 어떻게 설계도를 지키는 사람이 한 명도 없었습니까?"

초준이 얼빠진 표정으로 고개를 흔들었다.

"군기사 병사 반 이상이 면현성 봉쇄에 차출되고 반밖에 안 남았는데……. 통풍굴로 사람이 기어 들어와 설계도를 훔쳐갈 줄 누가 상상이나 했겠소?"

"이제 어떻게 하죠?"

배서는 순후의 얼굴이 먼지투성이인 것을 발견하고 옆에 있는 병사에게 수건을 가져오라고 손짓했다. 순후가 고맙다는 듯 가볍게 대꾸하고 찬물에 적신 수건을 받아 얼굴을 닦으며 마음을 가라앉혔다.

"아직 끝나지 않았어. 오두미교가 완전히 무너졌으니 아무 도움 없이 혼자 면현성에서 움직이긴 힘들 거야. 우리 군의 봉쇄를 뚫고 면현성에서 위나라 경계까지 가는 건 절대 쉽지 않아."

순후는 배서에게 수건을 돌려주고 물잔을 받아 크게 한 모금 들이켰다.

"놈은 우리 군 내부에 숨어 있는 쥐새끼에게 도움을 청할 수밖에 없을 거야. 다른 선택의 여지가 없으니."

"그 쥐새끼가 누굽니까?"

"아직 몰라."

순후가 먼 하늘을 바라보다가 물잔을 내려놓고 황급히 말에 올라탔다. 배서가 깜짝 놀라며 외쳤다.

"어디 가시려고요?"

"배신당한 자들을 다시 만나봐야겠어. 우리도 그 방법뿐이야."

순후는 완전히 지친 상태였지만 다시 두 다리를 바짝 조이며 쏜살같이 달려나갔다. 배서는 순후가 완전히 사라진 후에야 초준을 부축해 도관으로 들어갔다. 아직 수습해야 할 뒷일이 많았다.

해는 이미 서쪽으로 기울었다. 순후는 다시 포진도를 향해 왔던 길을 되돌아갔다. 정안사 병사들이 황예 일행을 도관으로 압송해오는 중일 것이다. 배신당한 자들을 한시라도 빨리 만나야 했다.

해가 지평선 너머로 완전히 사라지고 한중 분지에 어둠이 내려앉을 무렵, 순후는 방금 대로에 들어선 오두미교 압송 행렬을 발견했다. 해가 완전히 사라졌지만 횃불을 들고 있어 눈에 확 띄었다.

순후는 행렬을 멈추게 했다. 가까이 가보니 맨 앞에 있는 사람은 아사이고 그 뒤에 나뭇가지를 엮고 부드러운 풀을 깔아 만든 들것이 보였다. 꼼짝 않고 누워 있는 고당병 몸에 요회 옷이 덮여 있었다. 그리고 또 다른 들것 하나. 얼굴까지 천으로 뒤덮여 있으나 형체로 보아 여자가 확실했다. 밧줄로 꽁꽁 묶인 황예, 유민, 하 씨 등은 병사 수십 명에게 둘러싸인 채 행렬 뒤에 걸어오고 있었다.

"고당병의 상태는 어떤가?"

고당병이 이미 죽었다고 생각했던 터라 반갑고 놀라웠다. 아사이의 목소리에도 기쁨과 걱정이 뒤섞였다.

"천만다행으로 칼이 빗나가 심장은 다치지 않았어요. 상처 부위는 단단히 싸맸습니다. 아직 숨이 붙어 있는데 너무 약해서 도착할 때까지 버틸 수 있을지 모르겠습니다."

순후는 조금 마음이 편해졌다. 일단 고당병을 뒤로 한 채 서둘러 황예에게 다가갔다. 황예는 꽁꽁 묶인 상태에서도 거만한 태도로 순후를 거들떠보지도 않았다. 순후는 정면으로 밀어붙여서는 황예의 입을 열 수 없다고 판단했다. 스스로 마음의 벽을 허물게 해야 한다. 일단 황예 앞에 서서 마치 오래된 친구와 이야기하듯 스스럼없이 말을 걸었다.

"미충이 당신들 사군 장부의 부적을 들고 와서 협조 요청을 했을 거야."

황예는 여전히 순후를 쳐다보지도 않았다.

"위나라가 촉나라를 무너뜨린 후 오두미교를 부활시켜 주겠다고 약속했겠지?"

"흥!"

"그래서 모든 신도를 동원하고 모든 재물을 다 쏟아부어 그자를 도왔는데, 결국 이 지경이 됐구면."

"퉤!"

순후가 말투를 바꾸고 목소리를 조금 높였다.

"오늘 낮에 군기사에 도둑이 들어 극비 군사 기밀에 해당하는 설계도 두 장을 훔쳐갔어."

"거참, 잘됐네."

황예가 차갑게 비아냥거렸지만 순후는 화내지 않고 말을 이었다.

"조사해보니 여러 증거가 나왔는데, 당신들 친구 미충 짓이야."

황예가 뭔가 생각난 듯 눈이 휘둥그레졌다. 순후가 씩 웃으며 황예의 속마음을 대변했다.

"당신들 친구 미충이 우리 관심을 돌리려고 당신들을 미끼로 쓴 거야. 덕분에 경비가 허술해지자 군기자에 잠입해 원하는 물건을 손에 넣었지."

황예는 다시 침묵했다. 하지만 방금 전의 침묵과 확실히 달랐다. 순후가 일부러 티 나게 유형의 시체를 돌아봤다.

"당신들은 목숨까지 바쳤고 오두미교는 이제 한중에서 발도 못 붙이게 됐는데, 결국 돌아온 건 배신뿐이야. 위나라 간첩은 원하는 것을 얻었으니 기쁜 마음으로 성공을 자축할 테지. 그런데 당신들은? 당신들은 뭘 얻었지?"

"흥! 당신들은 허구한 날 파렴치한 중상모략에, 남을 헐뜯을 줄밖에 모르지."

"우린 새벽부터 포진도에 매복하고 당신들을 기다렸어. 당신들

266

말고는 아무도 나타나지 않았어. 왜일까? 미충은 처음부터 당신들을 만날 생각이 없었던 거야. 그자는 처음부터 고당병이 첩자라는 걸 알았지만 말하지 않았어. 우리만 속은 게 아니라 당신들도 속은 거야."

"……."

"물론 미충이 일부러 당신들을 궁지에 빠뜨린 건 아닐 거야. 왜? 그럴 필요가 없으니까. 당신들은 미충의 바둑돌이었던 셈이지. 필요할 땐 쥐고 있다가 필요 없어져서 버린 것뿐이야. 그게 다지."

황예의 눈에 벌건 핏발이 섰다. 순후는 안타깝다는 듯 황예의 어깨를 두드리며 최후의 일격을 가했다.

"이제 당신들은 참형을 받을 준비를 해야겠지만 미충은 위나라로 돌아갈 계획을 짜고 있겠지. 당신들 믿음이 가져온 결과가 이런 거야."

"으으……."

황예가 허리를 굽히며 일그러진 표정으로 고통스럽게 신음했다. 순후의 말주변이 좋아서가 아니라 그동안 품었던 의문이 결국 사실로 증명됐기 때문이다.

사실 황예는 미충이 따로 움직이는 계획을 제안할 때부터 의심스러웠다. 굳이 따로 움직여야 할 이유가 없었기 때문이다. 하지만 미충이 계속 고집했고 아직 그에 대한 믿음이 있었기에 따랐다. 이제와 돌이켜보니 그때 이미 배신이 시작된 것이었다.

서늘한 밤바람이 불고 저 멀리 어두운 숲에서 처량한 까마귀 울음소리가 들려왔다. 오두미교 재건을 꿈꿨던 황예는 서서히 그 자리에 주저앉아 다리 사이에 얼굴을 파묻고 흐느꼈다. 처음엔 작게 흐

느끼다가 점점 소리가 커지더니 급기야 대성통곡했다. 그를 지켜보던 사람들은 모두 안타까운 마음을 감출 수 없었다. 순후는 황예 옆에 같이 쪼그려 앉아 연민의 눈빛으로 속삭이듯 작게 물었다.

"우리 거래 하나 할까? 미충이 숨어 있을 만한 곳을 알려주면 다른 오두미교 신도는 잡아들이지 않을게. 그리고 미충의 목숨까지 없애서."

순후는 마지막 구절을 특별히 힘주어 말했다. 하지만 황예는 고개를 숙인 채 말이 없었다. 한참 후에야 고개를 들고 깊이 숨을 들이마셨다. 그리고 다시 다리 사이에 얼굴을 묻고 힘없이 툭 내뱉었다.

"촉룡."

"뭐? 뭐라고?"

순후는 제대로 알아듣지 못해 다급하게 되물었다.

"촉룡. 분명히 그 사람을 찾아갈 거요. 촉룡은 당신들 촉한의 고위 관리야. 줄곧 우리를 도왔소."

"이름이나 직책을 알아? 아니면 생김새라도."

순후는 애써 흥분을 가라앉히고 침착하게 물었다. 황예는 생기라고는 하나도 없는 멍한 눈빛으로 주위를 둘러봤다.

"그건······. 모르오. 신선구에서 딱 한 번 봤는데, 두 사람이 얘기할 때 난 멀리서 망을 보느라 얼굴은 보지 못했으니까."

"신선구?"

"그렇소. 그자들의 고정 접선 장소 같았소."

황예가 힘겹게 팔을 들어 먼 곳을 가리키며 중얼거렸다. 순후는 그가 가리키는 방향으로 고개를 돌렸지만 칠흑 같은 어둠뿐이었다.

순후의 시선 너머 저 멀리, 미충이 신선구의 어둠 속에서 조용히 누군가를 기다리고 있었다. 폐허가 된 옛 군영을 스쳐 가는 밤바람이 음산한 울음소리를 냈다. 움푹 파인 분지 한가운데 서서 하늘을 올려보면 마치 자신이 어딘가로 빨려 들어가고 있다는 착각에 빠질 것이다.

잠시 후 폐허 밖에서 차분한 발소리가 들렸다. 어둠을 뚫고 나온 사람은 바로 촉룡이었다. 간단히 손 인사를 나눈 후 촉룡이 단도직입적으로 물었다.

"잘 처리했소?"

"모두 계획대로 됐습니다."

"설계도는 어디 있소?"

"제갈량이 무도와 음평을 공격할 것이라는 정보와 함께 중간 연락소로 보냈습니다. 지금쯤 이미 출발했을 겁니다."

촉룡이 흐뭇한 미소를 지었다.

"잘했소. 이번 작전은 아주 훌륭했소."

"하늘이 도왔습니다."

미충의 대답은 간단했다. 승리의 기쁨이나 흥분을 전혀 느낄 수 없고 간단하고 일상적인 임무를 마친 듯 덤덤했다. 거친 무명옷은 먼지와 백색 가루투성이인 데다 군데군데 찢어진 곳도 많았다. 군기사 통풍굴을 드나들면서 생긴 훈장일 것이다.

"군계방 총부 작전이 실패했을 때 더 이상 희망이 없다고 생각했는데, 바로 계획을 수정해주신 덕분입니다."

"허허, 황예가 안타깝긴 하지만, 황제 폐하를 위한 일이니 이 정도 희생은 감수해야지요."

"예."

촉룡이 미충에게 다가서서 달과 별을 가린 검은 구름을 올려다보며 감개무량하게 말했다.

"이제 한중 임무는 거의 끝난 셈이오. 돌아가는 길은 이미 마련해놓았소. 그것이 마지막 임무요."

"예."

굳어 있던 미충의 표정이 살짝 풀렸다. 촉나라 국경을 넘은 2월 20일부터 오늘 임무를 완수하기까지 꼬박 십육 일이 걸렸다. 임무를 완수했으니 이제 돌아갈 시간이었다.

촉룡이 철수 준비를 하러 가자는 뜻으로 미충의 어깨를 두드렸다. 두 사람은 나란히 폐허 밖으로 걸어 나갔다.

"철수 노선은 대략 이렇소. 일단 면현 동부에서 면수를 따라 성고(城固)와 양현(洋縣)을 거쳐 안양(安陽)까지 가시오. 그곳에 마중 나온 사람이 위홍까지 갈 수 있게 도와줄 거요. 그다음엔 낭야(琅琊)든, 영천(潁川)이든, 원하는 곳에 가서 몇 달 푹 쉬시오."

미충은 말없이 미소만 지었다.

잠시 후 반쯤 무너진 돌벽 모퉁이를 돌 때 촉룡이 갑자기 발걸음을 늦추며 미충의 뒤로 움직였다. 그는 특별 제작한 청동 비수를 품에서 꺼낸 후 무방비 상태인 미충을 꽉 틀어쥐고 단숨에 목을 베어버렸다. 미충은 몇 번 버둥거리다가 축 늘어졌다. 촉룡은 미충의 시체를 바닥에 엎어 놓았다.

"미안하오. 곽 장군의 마지막 지시였소."

촉룡이 비수를 다시 품에 넣으며 이 한마디를 남긴 후 재빨리 어둠 속으로 사라졌다.

순후가 병사들을 거느리고 신선구에 도착한 것은 반 시진 후였다. 병사들에게 분지를 드나드는 길목을 지키게 하고 정예병 대여섯 명을 데리고 직접 폐허가 된 군영으로 들어갔다.

'설마 또 한발 늦은 건가?'

이렇게 생각하니 칠흑 같은 어둠에 휩싸인 폐허가 더 황량하고 스산해 보였다. 고요하다 못해 너무 적막해서 사람의 숨결이 전혀 느껴지지 않았다. 그런데 어느 순간 피비린내가 느껴졌다. 순후는 가시를 세운 고슴도치처럼 바짝 긴장했다. 부하들과 함께 냄새를 따라 이동했다. 피비린내가 점점 짙어졌다. 마침내 무너진 돌벽 앞에서 시체를 발견했다.

순후가 엎어진 시체를 뒤집었다. 목에 깊은 칼자국이 보였다. 정확히 숨통을 끊어버린 것이다. 시체의 목과 바닥이 온통 검붉은 피였다. 피가 응고된 정도로 볼 때 죽은 지 얼마 안 됐을 것이다.

순후는 부하에게 등불을 가져와 시체의 얼굴을 비추게 했다. 죽기 직전의 충격과 공포가 고스란히 남아 있었다. 자세히 살폈지만 한 번도 본 적 없는 낯선 얼굴이었다. 시체를 전체적으로 한 번 훑어본 후 허리를 구부리고 등불을 더 가까이 비추게 했다. 시체의 옷이 심상치 않았다. 팔과 등 곳곳에 미세한 회백색 가루와 마찰 흔적이 명확히 남아 있었다. 순후는 손가락으로 가루를 쓸어내 가볍게 비비며 결론을 내렸다.

'이자는 미충이다.'

이 가루는 군기사 동굴 내부를 감싼 바위와 같은 재질이었다. 온몸이 이 돌가루로 뒤덮인 사람이라면, 오늘 통풍굴로 기어 들어가 설계도를 훔친 미충이 확실했다.

실로 청천벽력과 같은 결론이었다. 순후는 저도 모르게 주먹에 힘이 들어가면서 눈앞의 시체를 후려치고 싶었다. 끓어오르는 분노를 주체할 수가 없었다. 천신만고 끝에 겨우 다시 놈에게 바짝 다가섰는데 또 한 번 눈앞에서 놓쳐버렸다. 아니, 영원히 놓쳐버렸다.

이자가 미충이 확실하다면 범인은 단 한 사람, 바로 촉룡일 것이다. 순후는 갑자기 마음이 급해져 미충의 옷을 샅샅이 뒤졌지만 나온 것은 쌀보리 낟알 몇 알이 전부였다.

설계도를 훔치는 데 성공하는 순간 미충의 이용 가치가 사라지자 영원히 입을 막아버린 것이다. 혹여 돌아가는 길에 촉군에게 붙잡힐 경우 촉룡의 신분이 노출될 수도 있다고 판단했겠지. 순후는 위나라 정보국의 잔혹함에 치를 떨었다.

천천히 일어선 순후는 깊은 절망에 빠져 한동안 멍하게 있었다. 그동안 오직 하나의 목표만 보고 온 힘을 다해 달려왔는데 마지막 한 발을 앞두고 모든 것이 물거품이 됐다. 순후는 차갑게 식어버린 시체가 마치 자신의 무능함을 비웃는 것 같아 더 괴로웠다. 도저히 감정을 주체할 수 없어 시체를 힘껏 걷어찼다. 다시 한번 걷어차려는 순간 한 가지 생각이 뇌리를 스쳤다.

"쌀보리 낟알?"

순후는 시체에서 나온 쌀보리 낟알을 노려보며 괴성을 질렀다. 정안사 병사들이 깜짝 놀라 순후를 쳐다봤다.

촉나라 군대는 전투마와 화물 수레를 끄는 가축의 사료로 귀리, 검은콩, 보릿짚과 갖가지 잡초를 베어 사용했다. 전방의 전투마와 잡무용 가축의 사료로 귀리와 검은콩을 배급했고 후방의 가축 사료는 주로 보릿짚과 잡초였다. 그러나 한중 서북쪽 양주 부근에서 군사 작전을 펼칠 때는 현지 기후와 환경을 고려하고 촉군 기병의 전투력 향상을 위해 특별히 쌀보리 사료를 배급했다.

한중 땅에서는 쌀보리가 생산되지 않기 때문에 쌀보리 전용 특별 사료장을 여러 개 지었다. 이 쌀보리는 평소 적응 훈련을 하는 전투마에게 먹였고 양주나 강족 접경 지역에서 전투가 벌어질 경우 전방에 우선 공급했다.

다시 말해, 시체에서 나온 쌀보리의 출처는 아주 명확했다. 촉군의 특별 사료장. 현재 제갈량이 한중 서북 지역 군사 작전을 준비하고 있기 때문에 특별 사료장 쌀보리는 곧 촉군 선봉대와 함께 위나라와 촉나라의 접경 지역으로 출발할 것이다.

절망에 휩싸였던 순후 앞에 다시 한번 희망의 빛이 깜빡거렸다. 미충이 특별 사료장에 간 이유는 누군가에게 설계도를 넘기기 위함이었을 것이다. 그 누군가는 설계도를 가지고 쌀보리 마차 부대와 함께 접경 지역으로 이동해 위나라로 돌아갈 계획이겠지. 확실히 완벽한 계획이다. 설계도를 몸에 지닌 그 누군가는 아무런 방해 없이 당당하게 촉나라 땅을 벗어날 것이다. 어느 누가 감히 군부의 마차 부대를 막아서고 조사하겠는가?

순후는 더 생각할 것 없이 벌떡 일어섰다. 온종일 말을 타느라 쓸린 허벅지가 너무 아팠지만 다시 말등에 올라탔다. 두 부하에게 시체 정리를 맡기고 나머지 병사들을 데리고 신선구를 빠져나가 특별 사료장으로 향했다.

촉군이 면현성 부근에 세운 쌀보리 사료장은 총 세 곳이다. 순후는 두 곳 사료장에 정안사 요원 각 네 명을 보내고 나머지 가장 큰 사료장은 본인이 직접 확인해보기로 했다.

273

정안사가 설계도 유출을 막을 수 있는 마지막 기회일 것이다.

자정에 가까운 시간이라 면현성 주변 대로는 칠흑처럼 어둡고 적막했다. 텅 빈 대로에 쉴 새 없이 외치는 이럇 소리와 질주하는 말발굽 소리만 울려 퍼졌다. 온종일 사방팔방 뛰어다니느라 말도 사람도 지친 기색이 역력했다. 신선구는 면현 서쪽, 포진도는 면현 동쪽 끝, 안역관은 면현 북쪽, 그리고 지금 달려가는 사료장은 면현 정남쪽이다. 순후와 정안사 요원들은 오늘 하루 한중 전체를 크게 일주한 셈이었다.

순후는 사료장 입구에 도착하는 순간, 심장이 쿵 내려앉았다. 산더미처럼 쌓여 있어야 할 곡식 가마니가 하나도 남아 있지 않고 입구 대문이 활짝 열린 상태였다. 대문 앞길에 말똥과 쌀보리 낟알이 드문드문 떨어져 있고 어지럽게 뒤엉킨 수많은 바퀴 자국이 보였다.

쌀보리 마차 부대가 이미 출발한 것이었다.

순후는 바로 사료장 경비실로 달려가 자고 있던 나이든 두 병사를 흔들어 깨우고 곡식을 어디로 운반하는지 물었다. 병사 하나가 흐리멍덩한 눈을 비비며 대답했다.

"어제 오후에 출발했으니 지금쯤 약양 경계쯤 도착했을 겁니다."

'다행이군. 아직 많이 늦지 않았어.'

살짝 마음이 놓였다. 면현에서 약양은 그리 멀지 않으니 쾌속마로 쫓아가면 충분히 따라잡을 수 있다.

문제는 까다로운 절차였다. 사료장은 엄연히 군부 시설이다. 만약 후방 보급 부대에 미리 알리지 않고 쌀보리 마차 부대를 방해했다간 목이 날아갈 수도 있다. 군부 승인을 받아내기가 당연히 쉽지 않겠지만 지금은 다른 선택의 여지가 없었다. 울며 겨자 먹기로 부탁할 수밖에.

순후는 사료장을 나오자마자 면현성으로 돌아갔다. 승상부 각 부서는 당직자를 교대해가며 밤낮없이 업무가 이어졌다. 운이 좋으면 당직자를 잘 설득해 승인을 받을 수 있으리라. 그리고 쾌속마를 타고 밤새 달려 약양에서 마차 부대를 조사해 설계도를 되찾을 것이다.

이날 밤 양전조(粮田曹) 당직자는 아직 서른이 안 된 젊은 관리였다. 한밤이라 일이 없어 《춘추(春秋)》를 읽다가 깜빡 졸고 있을 때 순후가 찾아왔다. 젊은 관리는 순후의 소속과 직급을 듣고 정신이 번쩍 들었다. 순후의 직급이 자신보다 크게 높아 황공하면서도 군부와 정안사의 관계 때문에 왠지 꺼려졌다.

"무슨 일이신지요?"

젊은 관리가 붓을 찾느라 책상을 더듬거리며 조심스럽게 물었다. 급히 달려온 순후는 숨을 헐떡이며 목소리를 높였다.

"극비 설계도를 훔친 자가 어제 오후 쌀보리 사료장에서 출발한 보급 부대에 숨어들었소. 지금 당장 마차를 돌려 면현으로 돌아와 조사를 받으라는 명령을 전해주시오."

"예? 이건 정말 큰일 아닙니까?"

"그렇소. 안다니, 다행이군."

순후는 젊은 관리의 반응을 보고 가능하겠다 싶었다. 젊은 관리가 삼종이를 펼치고 붓을 들었다.

"놈이 숨어든 마차가 어느 마차입니까? 아니, 그 설계도를 훔쳤다는 놈이 누굽니까?"

순후는 말문이 막혀 잠시 고민했다.

"지금은 누군지 확실치 않소. 그러니까 보급 부대 전체를 돌아오게 해서 철저히 조사해야 한단 말이오."

젊은 관리가 탁, 소리를 내며 붓을 내려놓고 어쩔 수 없다는 듯이 어깨를 으쓱했다.

"순 종사, 정말 죄송하지만, 전 보급 부대 전체를 돌아오게 할 권한은 없습니다. 잘 아시겠지만 이번 작전 선봉 부대에 공급해야 할 곡식을 이동 중입니다. 보급 부대 전체를 돌아오게 하려면 제갈 승상, 위연 장군, 진식 장군 중 두 사람의 승인이 필요합니다."

순후는 급한 마음에 버럭 소리를 질렀다.

"그렇게 다 따지다가 놓치면? 이 일은 지금, 당장, 진행시켜야 한단 말이오!"

제갈량과 진식은 지금 면현에 없고 위연의 승인은 촉군이 낙양을 함락시키는 것보다 힘든 일이었다.

"이 일은 소인이 결정할 수 있는 일이 아닙니다. 대신 날이 밝는 대로 위연 장군에게 보고하고 승인 요청해드리겠습니다."

"이건! 우리 군의 중대한 군사 기밀 유출과 관련된 일이란 말이오!"

"하지만 이번 군사 작전의 승패가 달린 일이기도 합니다."

젊은 관리의 말투는 공손했지만 그 뜻은 분명했다. 팔짱 낀 태도로 보아 타협의 여지가 전혀 없었다.

'촉룡인가, 미충인가? 어떤 놈인지 정말 대단하구나. 놈은 이 보급 부대를 절대 막을 수 없다고 확신하고 그편에 설계도를 보낸 거야.'

식량을 제시간에 보급하는 일은 전쟁의 승패를 좌우하는 기본 요인 중 하나다. 특히 진령산맥을 넘나드는 작전일 경우 보급 문제는 더욱 중요했다. 그래서 촉군은 전통적으로 보급 문제에 민감했고 관련 법령도 매우 엄격했다. 보급이 하루라도 늦어질 경우 '군사 작전

지연' 죄를 적용해 군법에 따라 담당 관리를 처벌했다. 선발 보급 부대 전체를 되돌리라는 요구는 결과적으로 촉군의 군사 작전 계획에 차질을 주고 순후는 목이 열 개라도 살아남지 못할 것이다. 더구나 손에 쥔 쌀보리 낟알 외에는 확실한 증거도 없는 상태였다.

"다른 방법은 없소?"

"아니면……. 양 참군과 위연 장군, 두 분의 승인으로 가능할 것입니다. 두 분 모두 날이 밝는 대로 일찍 나오실 것입니다."

"알겠소. 기다리겠소."

순후는 불만스러운 표정으로 종이와 붓을 요구했다. 그리고 신중하게 어휘를 골라가며 승인 요청서를 적었다. 아침 일찍 나타난 양전조 주관(主管)은 업무실에 들어서자마자 마음 급한 순후에게 붙잡혔다. 주관도 매우 예민하게 반응했고 결국 순후의 요청서는 양의와 위연 두 사람에게 동시에 전달됐다.

요청서 전달 후, 순후는 초조한 마음을 감추지 못하고 계속 서성였다. 마음씨 좋은 하급 관리가 아침 식사로 고깃국을 챙겨줬지만 순후는 손도 대지 않고 굳은 표정으로 문밖을 바라봤다. 날이 밝았으니 이제 보급 부대는 한 시진마다 서북 방향으로 수십 리씩 멀어질 것이다. 멀어진 거리만큼 설계도가 위나라에 넘어갈 가능성이 높아진다. 이번이 정말 마지막 기회였다. 지난 십이 일 동안 온갖 고생을 다 하며 여기까지 왔는데, 목표물을 코앞에 두고 이대로 주저앉을 수는 없었다.

기다림은 정오까지 이어졌다. 문서 전달 담당 관리가 회신 공문을 가지고 다급하게 뛰어왔다. 원래 양전조 주관이 먼저 확인해야 했지만 순후가 불쑥 나서서 공문을 펼쳤다.

사실 어느 정도 예상한 결과였다. 하지만 두 눈으로 직접 확인하는 순간 강한 좌절감이 밀려와 얼굴이 하얗게 질리고 온몸이 휘청거렸다.

이번만큼은 양의와 위연이 한마음 한뜻이었다. 양의는 '전선 보급이 매우 시급하고 중요한 일이므로 불확실한 정보와 막연한 의심만으로 보급 부대 운행에 지장을 줄 수 없다.'라는 뜻을 전했다. 그리고 위연은 순후보다 더 신중하게 어휘를 선택해 그의 요청을 단호히 거절하는 동시에 군기사 설계도를 도둑맞은 이유가 순후의 무모함 때문이라며 맹비난했다.

마지막 기회의 문이 굳게 닫혀버렸다. 말없이 공문을 구겨 던져버린 순후는 주관을 밀치고 양전조를 떠났다. 이미 제정신이 아니었다. 한낮의 햇살이 포근하고 눈부셨지만 순후는 아무것도 느낄 수 없었다. 넋 나간 표정으로 터벅터벅 걸어가며 나지막이 중얼거렸다.

"졌다."

군계방 총부에서 설계도 탈취를 막아내고, 한중의 불법 오두미교 조직을 와해시키고, 노기 기술공을 몰래 빼내려던 음모도 저지했고, 직접 처리한 건 아니지만 간첩 미충을 바짝 뒤쫓아 결국 죽음에 이르게 했다. 하지만 최종 결과는 완패였다. 노기 설계도가 적의 손에 들어감으로써 모든 노력이 물거품이 됐다.

순후는 승리의 문턱에서 처참하게 무너졌다. 좌절과 패배감에 잠식당하자 갑자기 감당하기 힘든 피로가 밀려왔다. 며칠 동안 사방팔방 뛰어다니느라 피로가 누적됐을 뿐 아니라 우울한 상실감으로 마음이 너무 괴로웠다.

무거운 발걸음으로 도관에 들어선 순후는 동료들의 인사와 안부를 모두 무시한 채 본인의 집무실에 들어가 문을 닫아버렸다.

바깥세상은 따사로운 햇살을 받아 아름답게 빛났다. 황금빛 태양이 온 면현성을, 그리고 한중 전체를 포근하게 감쌌다. 언제나 공평한 태양은 진령산맥 너머 농서 땅도 따사롭게 물들였다.

건흥 7년 3월 7일, 촉나라 사문조 정안사는 '노기 기술 유출 방지 작전'의 실패를 공식화했다. 2월 24일에 시작된 이 작전은 십이 일 후 결국 실패로 막을 내렸다.

간주

강동의
촉나라 사신

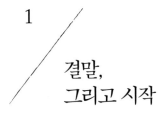

1

결말,
그리고 시작

촉나라 건흥 7년 3월 15일, 제갈량이 위나라 무도와 음평을 목표로 군사 작전을 개시했다.

진령산맥의 서남부와 한중 서북부에 위치한 무도와 음평은 원래 촉나라 땅이었으나 가정 전투에 패하면서 위나라로 넘어갔다. 이로써 한중 분지 한쪽에 위나라 영토가 툭 튀어나온 형국이 됐다. 이 두 지역이 위나라 수중에 넘어가자 농서를 공격하기 위해 북상해야 하는 촉군 입장에서는 무도와 음평이 위치한 왼쪽 측면에 대한 부담이 매우 커졌다.

촉군의 주력인 진식의 부대가 무도를 공격한 3월 15일, 상규성에서 소식을 들은 곽회는 지원군을 이끌고 바로 남하해 무도 관부가 있는 하변(下邊)으로 달려갔다. 곽회의 반응은 촉군의 군사 계획을 사전에 알고 있었던 것이 아닐까 싶을 만큼 아주 빨랐다.

그러나 곽회의 군대는 3월 16일 오후에 진군을 멈췄다. 남하하는 위군의 오른쪽 측면에 대규모 촉군이 포진하고 있다는 정찰병의 보고가 있었기 때문이다. 촉군의 규모는 대략 삼사 만 명이고 총지휘관이 제갈량이었다. 곽회 군대와 약 20리 거리를 두고 동쪽으로 빠르게 이동했다. 촉군의 이동 방향은 곽회 군대의 후방에 해당하는 기산 남쪽 길목인 건위(建威)였다.

만약 계속 남하한다면 곽회 군대는 후방 퇴로가 완전히 차단될 것이다. 이 경우 곽회 군대가 몰살당하는 것은 물론 상규성 등 군사 요충지까지 위험해진다. 자칫하면 농서 전체를 뺏길 수도 있었다. 득과 실을 충분히 따져본 곽회는 무도와 음평을 포기하고 일단 안전하게 기산성으로 후퇴한 후 다시 상규성으로 돌아갔다. 덕분에 진식이 이끄는 촉군은 고립무원에 빠진 무도와 음평을 손쉽게 점령했다. 3월 21일, 끝까지 버티던 하변성이 투항하면서 제갈량의 3차 북벌이 단 칠 일 만에 막을 내렸다.

무도와 음평은 본래 강족과 저족이 모여 살던 땅이다. 토지가 척박해 땅은 넓지만 살고 있는 사람이 많지 않아 공격은 쉽지만 지키기는 어려운, 전형적인 이공난수(易攻難守) 지형이다. 위나라가 이곳을 계륵이라고 부른 이유가 여기에 있다. 대단한 쓸모는 없지만 버리기는 아깝다는 뜻이다. 그래서 위나라는 무도와 음평을 잃은 것에 크게 신경 쓰지 않았다. 대장군 조진을 포함한 군 지도부는 오히려 빠르고 안전하게 군대를 철수시킨 곽회의 현명한 판단을 크게 칭찬했다.

한편 촉나라는 이번 승리로 축제 분위기에 휩싸였다. 1차, 2차 북벌 실패로 떠안아야 했던 암울함이 한순간에 씻겨나갔다. 한중에서 남중(南中)까지, 익주 전체가 기쁨에 들떠 이번 승리가 한나라 부흥의 전조라며 흥분을 감추지 못했다. 특히 면현은 고위 관리부터 일반 백성에 이르기까지, 모두가 한마음으로 성대한 개선식을 준비했다.

이 열광의 도가니에서 기쁨의 환호를 지르지 못하는 단 한 사람이 있으니, 바로 정안사 종사 순후다. 순후는 지난 며칠 '노기 기술 유출 사건'을 마무리하느라 정신없이 바빴다. 오두미교 신도를 심문하고, 기술공 사건을 정리하고, 면현성에 퍼져 있는 위나라 정보망을 색출하고, 유민 부녀와 황예의 주변 인물까지 샅샅이 조사했다. 무엇보다 이 모든 결과를 일목요연한 보고서로 정리하는 일이 가장 힘들었다. 이 시기 순후에게 위로와 기쁨을 준 유일한 사건은 고당병이 기적적으로 목숨을 건진 일이었다. 의원 말로는 평소 체력을 기른 덕분이라고 했다. 하지만 건강한 신체와 달리 고당병의 심리 상태는 양호하지 못했다. 순후는 아사이와 요회에게 고당병을 특별히 신경 쓰라고 당부했다.

이즈음 순후는 풍응과 요유를 대면할 일이 많아졌다. 풍응은 유형과의 관계가 드러날까 걱정됐는지 상당히 어색한 태도였다. 사문조 고위 관리와 오두미교 여자 신도의 부적절한 관계는 단순한 치정 문제로 끝날 일이 아니기 때문이다. 한편 요유는 작전 실패에 대한 책임을 물으며 순후를 질책했다. 그러나 사적인 자리에서는 순후의 상황을 충분히 이해한다며 차후 승상부에 군부의 비협조적인 태도 문제를 제기하겠다고 말했다. 물론 순후는 이 말이 형식적인 위로일 뿐이라는 사실을 잘 알았다.

3월 25일. 여전히 분주하던 순후는 뜻밖의 공문을 받았다. 봉투 테두리가 검은색인 것으로 보아 절대 좋은 내용이 아닐 터였다. 촉나라 관료 체제에 몇 가지 관습이 있는데 대내외적으로 기쁜 소식을 전할 때는 빨간색 테두리를 두른 공문을 사용했다. 검은색은 그 반대로, 좋지 않은 소식이 담긴 경우가 대부분이었다.

순후는 차분하게 공문을 확인했다. 발신인은 승상부 군정사(軍正司)다. 촉나라 군부의 헌병사령부에 해당하는 군정사는 군부뿐 아니라 한중 지역 모든 정치 기관에 영향력을 행사했다. 이러한 군사와 정치의 일원화는 촉나라 관료주의의 가장 큰 특징이다. 수신인 이름은 순후이고, 이름 앞에 빨간색으로 본적을 표시했다.

검은색 테두리를 두른 봉투에 발신인은 군정사, 수신인은 순후 개인, 이 세 가지만으로 공문의 심각성을 충분히 예상할 수 있었다. 순후는 눈썹을 움찔하며 칼을 들고 봉투를 뜯었다. 그 안의 종이를 꺼내 천천히 펼쳤다.

발신: 승상부 군정사
수신: 승상부 사문조 정안사 종사 순후 효화
제목: 평의 통보
승상부 사문조 정안사 종사 순후 효화는 건흥 7년 3월 26일 을유(乙酉)일 진시 정각에 군정사 평의에 출석하라. 평의가 끝날 때까지 직무는 정지한다.
본 공문의 효력은 당일부터 적용함.
첨부: 평의관 명단
우호군 편장군 유민(劉敏)

호군 정남장군 강유

군좨주 보군장군 내민(來敏)

면현 태수부 중정 두용

순후는 한쪽으로 고개를 기울이고 붓 꼬리로 귀를 파면서 알 수 없는 미소와 함께 혼잣말을 중얼댔다.

"드디어 올 게 왔군."

한나라 말기 허소(許劭)가 제안한 평의 제도는 원래 인재의 장단점을 평가하는 방법이었다. 후에 촉나라 조정이 관료 체제 관리에 이 제도를 도입했다. 명칭은 그대로 평의였지만 내용은 완전히 달라졌다. 관련 법령을 참고하면, 평의 제도의 목적은 평가 대상자의 부당 행위를 토론 방식으로 검토해 개선하도록 만드는 것이다.

하지만 대부분의 관리들은 평의라는 말만 들어도 얼굴이 새하얗게 질리기 마련이다. 평가 대상자는 평의 심사 과정에서 고문이나 다름없는 정신적인 고통과 온갖 모욕을 당하게 되기 때문이었다. 그래서 하루 온종일 평의를 당하느니 차라리 곤장 삼천 대를 맞겠다는 말이 있을 정도였다.

순후는 평의관 신분으로 평의에 참석한 적이 있기에 그 절차와 방식을 누구보다 잘 알았다. 붓을 내려놓고 다시 공문을 들고 평의관 명단을 하나하나 확인했다.

"허, 아주 대단한 분들이로군."

평의관 명단이 총 네 명인데 그중 셋이 군부 사람이다. 이번 평의의 배후가 군부라는 사실이 명확히 드러났다. 애초에 숨길 의도가 없어 보였다. 그동안 정안사 업무와 관련해 순후에게 불만이 많았던

287

군부가 제대로 복수하려는 것이다.

'그럼 그렇지. 불행은 원래 한꺼번에 찾아오는 법이지.'

순후는 피식 웃으며 자리에서 일어나 집무실 정리를 시작했다. 비단 종이, 삼종이, 죽간 등 각종 문서를 잘 분류해 선반에 올려두고 붓을 깨끗이 씻어 붓걸이에 걸어뒀다. 그리고 돼지가죽으로 만든 큰 자루를 가져와 돌 문진, 비휴 목조품, 둥근 구리거울, 서역 단향목 상자, 아들 손바닥을 찍은 종이판 등 개인 사물을 담았다. 이렇게 정리를 끝내고 배서를 불렀다.

배서는 집무실에 들어서자마자 깨끗하게 정리된 모습을 보고 크게 놀란 눈치였다. 순후가 덤덤하게 웃으며 평의 출석 공문을 건넸다. 배서는 공문 내용을 확인하고 주먹을 휘두르며 격분했다.

"말도 안 돼요! 아무리 군부라도 정안사 관리를 이런 식으로 대할 순 없어요!"

순후는 대수롭지 않게 대꾸했다.

"뭐, 새삼스러울 것도 없어. 지금까지 늘 이런 식이었으니까. 어쨌든 누군가는 이번 실패에 책임을 져야 하니까."

"하지만……."

"내가 떠나고 후임이 오기 전까지 자네가 정안사 최고 책임자야. 여기, 관련 문서들 정리해놓았네. 나머지는 자네가 잘 맡아주게."

순후의 태도가 이상하리만치 차분해서 배서는 너무 당황스럽고 왠지 두렵기까지 했다.

"그리고, 절대 촉룡을 잊지 말게. 놈은 지금 촉한 군부에 가장 위험한 독버섯 같은 존재야. 놈을 제거하지 않으면 촉한 군부는 계속 적의 손에 놀아날 거야."

마지막 문장을 말하는 순후의 눈빛이 차갑게 얼어붙었다.

"알겠습니다."

배서는 달리 할 말이 생각나지 않아 시키는 대로 고개를 끄덕였다. 순후가 흐뭇하게 웃으며 배서의 어깨를 두드린 후 돼지가죽 자루를 안고 밖으로 나갔다. 소식을 들은 정안사 사람들이 발걸음을 멈추고 떠나가는 순후를 지켜봤다. 순후는 고개 한 번 돌리지 않고 담담하게 정안사 정문 문턱을 넘었다.

그날 밤, 순후는 호충과 성번을 집으로 불러 술자리를 벌였다. 호충과 성번은 술자리에서 순후의 직무가 정지되고 평의 출석 요구를 받았다는 말을 듣고 크게 놀랐다. 두 사람은 걱정이 태산인데 정작 순후는 이미 포기했는지 아무렇지 않게 연신 술잔을 들이켰다. 호충이 보다못해 술잔을 쥔 순후의 손을 붙잡고 물었다.

"효화, 제6노기제작방 일 말고 군부 미움을 살 만한 일이 또 있었어요?"

"정안사 일이 원래 군부 미움을 사는 일이 아니겠소? 나라고 별 수 있소."

호충이 의심스럽다는 듯 한참 쳐다보자 순후가 허허 웃었다.

"이봐요, 그런 눈으로 쳐다보지 말아요. 내가 무슨 군모사 정보 문서도 아니고……."

"마대 장군한테 아무 짓도 안 한 거 확실하지요?"

"어……. 그게……."

순후가 대충 얼버무리며 술잔을 들어 얼굴을 가렸다. 옆에 앉은 성번이 칼로 양고기를 크게 한 덩이 잘라 입에 넣고 우물거리며 한

마디 했다.

"하여간, 효화는 너무 충동적이라니까. 군부 놈들은 사소한 원한도 반드시 앙갚음하는 놈들이란 말이오."

"어허, 장군은 군부 사람 아닙니까?"

성번은 순후가 아닌 호충에게 말꼬리를 잡히자 머쓱해져서 머리를 긁적였다.

"난 좀 다르지요. 난 중앙군 편제가 아니라 지방군 소속이잖소."

호충은 성번을 내버려두고 다시 순후를 걱정스럽게 쳐다봤다.

"군부가 이번 평의에서 효화를 골탕 먹이려고 안간힘을 쓸 게 분명해요. 요 조연한테 얘기해 봤어요? 그래도 요 조연이 힘을 쓰면 평의를 취소할 수 있을 겁니다."

순후가 고개를 절레절레 흔들었다.

"아마 요 조연도 어쩌지 못할 거요. 저쪽 배후는 위연일 테니까."

성번이 자신 있게 가슴 치며 말했다.

"효화가 조금만 숙이고 들어가면 그쪽도 너무 세게 나오진 않을 거요. 내가 평의관들이랑 연줄 있는 사람을 알아볼게요. 어떻소?"

순후가 입을 삐죽이며 절대 그러지 말라는 손짓을 했다.

"아니요. 내가 벼슬은 낮지만 양 참군처럼 군부에 우스운 꼴을 보이고 싶진 않아요."

순후가 술기운이 올랐는지 술잔을 높이 들고 격앙된 목소리로 외쳤다.

"군부 놈들! 어디 하고 싶은 대로 해보라고 해! 자고로 간사한 세 치 혀에 죽어간 관리가 어디 나 하나뿐이겠어?"

호충과 성번은 순후가 술김에 더 이상한 말을 할까 봐 얼른 주저

앉혀 방 안으로 데리고 들어갔다. 두 사람은 순후가 깊이 잠든 후에
야 돌아갔다. 순후 집 대문을 나서면서 성번이 걱정스럽게 한숨을
내쉬었다.

"효화가 이번에는 아무래도 힘들 것 같소."

"그렇게 말입니다. 기적이 일어나지 않는 한······."

호충은 두 손을 소매에 넣으며 축제 분위기에 휩싸인 면현성을
둘러봤다.

3월 26일, 순후는 아침 일찍 세수를 하고 관복을 제대로 갖춰 입
고 군정사로 향했다. 면현성 동부 옛 성루에 위치한 군정사 건물은
사백여 년 전 유방 시대에 지어졌다. 주벽을 두꺼운 청고벽돌로 쌓
아 올려 건물 자체가 매우 견고하고 웅장했지만 어둡고 싸늘해 보
이는 것이 단점이었다.

'옛말에 사람은 이름 따라간다고 했는데, 이곳 군정사는 건물 분
위기를 따라갔군.'

드넓지만 음침하기 그지없는 군정사 복도를 걷고 있자니 긍정적
인 생각이 들 수가 없었다. 복도 양편에 길게 이어진 두꺼운 청고벽
돌 벽에는 창문 하나 나 있지 않았다. 빛이라고는 입구에서 비치는
햇살이 전부였다. 순후는 입구를 등진 채 점점 어두워지는 복도를
따라 점점 깊은 곳으로 들어갔다. 적막한 복도에는 벽돌 바닥에 부
딪히는 무거운 발소리만 울렸다. 차가운 공기를 들이마시는 순간 온
몸이 파르르 떨렸다.

복도 끝에 회색으로 칠한 나무문이 있었다. 문을 열고 들어가니
군정사 제복을 입은 병사가 기다리고 있었다. 꼿꼿하게 서 있던 병

사가 무표정한 얼굴로 무미건조하게 물었다.

"정안사 순후 종사입니까?"

"맞소."

"따라 오십시오."

병사를 따라가며 모퉁이를 몇 번 돌고 나니 미로에 빠진 기분이었다. 내려가는 계단이 꽤 여러 개인 것으로 보아 평의실이 지하에 있는 모양이었다. 예전에 평의관 신분으로 참석했던 평의는 폐쇄된 동굴에서 진행되기도 했다.

잠시 후 병사가 발길을 멈추고 문을 열더니 순후에게 먼저 들어가라고 손짓했다. 그리 넓은 공간은 아니지만 설계에 꽤 신경을 쓴 것 같았다. 석회를 칠한 벽은 단조롭지만 새하얗게 빛났다. 전체적으로 한쪽은 높고 한쪽은 낮아 양쪽이 뚜렷하게 구분되는 구조였다. 순후가 서 있는 낮은 공간에는 덜렁 의자 하나뿐이었다. 반대편은 바닥이 두 장쯤 높고 회색 나무 탁자 네 개가 나란히 배열돼 있었다. 높은 곳에서 순후 쪽 의자를 고압적으로 내려다보는 구조다.

"안에서 잠시 기다리십시오."

병사가 의자를 가리킨 후 문을 닫고 나갔다. 순후는 의자에 앉아 아무 생각 없이 탁자 네 개를 뚫어지게 쳐다봤다.

얼마나 지났을까? 맞은편 높은 쪽 문이 열리고 네 사람이 줄줄이 들어와 순서대로 자리에 앉았다. 하나같이 순후에게 눈길도 주지 않았다. 하급 관리 한 명이 따라 들어와 탁자마다 물잔을 올려놓고 바로 사라졌다.

순후는 네 사람을 자세히 뜯어봤다.

왼쪽에서 두 번째 자리에 앉은 사람이 평의관 중 가장 직급이 높은 우호군 유민이다. 평의 관례상 직급이 가장 높은 관리는 평의 절차에 직접 관여하지 않는다. 이들은 그 직급만으로 해당 평의에 대한 중요성과 입장을 상징적으로 보여준다.

왼쪽에서 세 번째 자리에 앉은 사람은 군좨주 내민이다. 쉰 살이 훌쩍 넘은 이 노인은 한중에서 유명한 경학박사이지만 오만하고 꼭 나이 많은 티를 내는 성격이었다. 후배나 제자가 자신의 이론에 의문을 제기하면 펄쩍 뛰며 불같이 화를 내기 때문에 진심으로 그를 따르는 사람은 아무도 없었다.

오른쪽 끝에 앉은 사람은 면현 태수부 중정 두용이다. 순후가 가장 싫어하는 허정(許靖) 부류의 명사로, 현실과 동떨어진 현학과 청담(淸談) 사상에 심취해 말만 번지르르한 사람이다. 이 두 사람만으로 군정사의 의도를 분명히 알 수 있었다.

마지막으로 주목해야 할 한 사람, 호군 정남장군 강유이다. 직급만으로 따지면 강유가 가운데 앉아야 하는데 어찌 된 일인지 왼쪽 끝에 앉았다. 이 자리는 보통 조용히 듣기만 하는 자리였다. 제갈량의 최측근인 강유는 현재 직급은 그리 높지 않지만 제갈량의 후계자가 될 가능성이 가장 높은 인물이었다. 강유가 이 자리에 참석했다면 제갈량이 이 일을 보고 듣고 있는 것과 같았다.

강유가 촉한에 투항했을 때 정안사가 한동안 그를 예의 주시하며 감시했었다. 그래서 순후는 강유가 매사에 신중하고 사리 분별이 확실해 주변 사람들도 좋게 평가한다는 사실을 잘 알고 있었다. 순후가 이런 생각을 하며 고개를 드는 순간 강유와 눈이 딱 마주쳤다. 다른 세 사람의 표정이 서릿발 넘치는 것과 달리 강유는 친근한 미소를 지어보였다.

이때 내민이 탁자를 내려치며 엄중한 표정으로 외쳤다.

"집중하시오. 정안사 종사 순후에 대한 평의를 시작하겠소."

순후가 옷매무새를 가다듬고 자세를 바로잡았다.

"이름?"

내민이 붓을 들고 근엄하게 물었다. 아마도 그가 오늘 심사의 주도적인 역할을 맡은 모양이었다.

"순후, 자는 효화, 본적 장사, 서른다섯 살, 사문조 정안사 종사, 기혼, 처와 자식 하나, 저는 제 가족을 매우 사랑합니다."

순후가 다음에 이어질 질문의 답까지 한 번에 거침없이 쏟아냈다. 이런 관례와 절차를 너무 잘 알고 있었으니까. 반면 내민은 자신이 조롱을 당하고 순후에게 주도권을 뺏겼다고 생각해 코가 새빨개져서 소리쳤다.

"진지하게 답하시오! 이곳이 군정사라는 사실을 잊지 마시오."

"알고 있습니다."

내민이 화를 참지 못해 다시 호통치려 할 때, 유민이 헛기침을 했다. 내민이 씩씩거리며 입을 다물고 다시 붓을 들고 다음 질문을 시작했다.

"순 종사는……."

"건안 24년에 선제 휘하에 들어왔고, 장무[1] 원년 사문조에 합류했고 이듬해 정안사에 배치되어 어제까지 일했습니다."

순후는 다음 순서가 이력 확인이라는 것을 알고 또 한 번 선수를

---

1 章武, 221~223년. 유비 재위 시기 연호.

쳤다. 단순히 먼저 대답한 것뿐이니 평의 절차상 전혀 문제 삼을 일이 아니었다. 하지만 누가 봐도 순후가 주도권을 장악하고 내민을 꿀 먹은 벙어리로 만든 상황이었다. 내민은 화가 치밀었지만 속으로 삼킬 수밖에 없었다.

이때 상황이 심상치 않다고 판단한 두용이 내민을 불러 귓속말을 주고받았다. 곧이어 내민이 강유에게 뭔가 의견을 구한 후 다시 똑바로 앉아 순후를 응시했다.

"순 종사, 그렇게 감정적으로 나올 필요 없지 않겠소? 그냥 그동안의 업무 상황을 이야기하는 자리라고 생각하시오."

"그게 무슨 말씀입니까? 감정적이라니요? 저는 최선을 다해 적극적으로 협조하고 있습니다만."

순후가 일부러 밝게 웃으며 대답했다.

"부디 그 태도를 계속 유지해주길 바라겠소. 우리도 순 종사의 솔직한 태도를 적극 반영해 관례적인 확인 절차는 생략하고 바로 본론으로 들어가겠소."

"바라던 바입니다."

순후가 자세를 고쳐 앉았다. 이때 강유는 줄곧 말없이 순후를 지켜보기만 했다.

내민이 두용을 힐끔 쳐다보자 두용이 바로 삼종이를 들고 천천히 읽어내려갔다.

"건흥 7년 2월 24일, 사문조가 간첩 정보를 입수하고 고위층의 회의와 분석을 통해 위나라가 우리 군대의 핵심 노기 설계도를 노리고 간첩을 파견했다는 결론을 내렸지요. 그리고 순 종사가 이 사건을 맡았는데, 여기까지 맞소?"

"맞습니다. 왕전 사승이 돌아가신 후 모든 감찰 및 간첩 관련 업무를 제가 담당하고 있습니다."

"2월 25일, 순 종사가 군기사 조사를 요청했고 위연 장군이 승인하고 마대 장군이 동행해 군기사를 방문했소. 맞소?"

"예. 초 종사와 마대 장군이 많은 도움을 주셨습니다."

"군기사에 들어갈 때 몸수색 하던 보초병에게 황제 폐하가 오셔도 몸수색을 받아야 하느냐고 물었다지요? 이것도 맞소?"

"아, 그건 그냥 농담이었습니다."

이런 사소한 말까지 조사했을 줄이야.

"무엄하오! 감히 황제 폐하를 농담거리로 삼다니! 황제 폐하에 대한 최소한의 예의와 존중도 모르오? 이것만으로도 대역죄가 될 수 있소!"

기고만장한 내민이 사납게 꾸짖었다. 순후가 대꾸하지 않자 드디어 주도권을 되찾았다고 생각했는지 자신만만하고 느긋하게 말을 이어갔다.

"이 일은 일단 접어두고 지금은 다른 일부터 얘기하겠소. 2월 26일에 제6노기제작방 황습 장군과 마찰이 있었다는데, 구체적으로 설명해보시오."

"아, 그땐 우리가 완패했죠. 정말 죄송합니다."

"누가 이겼는지를 물어본 게 아니라, 마찰이 왜 일어났는지 묻는 것이오."

내민이 억지로 화를 누르며 되물었다.

"그쪽에서 그때 기술공 호적 조사를 하러 간 정안사 관리 두 사람을 불법 감금했기 때문입니다."

두용이 이 말을 듣고 갑자기 뭔가 생각났는지 문서 하나를 찾아 순후에게 보여줬다.

"위연 장군이 승인한 문서가, 이것이 맞소?"

순후가 자세히 확인한 후 고개를 끄덕였다. 원본은 아니고 내용을 똑같이 베껴 쓴 사본이었다.

"여기를 보면 평상시에 한해 군기방 및 모든 군계방 출입을 승인한다고 써 있는데 제6노기제작방은 2월 25일에 이미 전시 동원 상태로 전환됐소. 조사 관리를 파견하기 전에 이 사실을 확인하지 않았소?"

"안 했습니다. 하지만 그건 말장난일 뿐이지요."

두용이 고개를 흔들며 훈계조로 말했다.

"순 종사, 그건 매우 잘못된 생각이오. 맹자께서 이르길, 규칙이 없으면 일을 이룰 수 없다 하셨소. 예로부터 기강과 질서를 바로잡기 위해 만들어진 것이 공문인데, 그렇게 가볍게 무시하면 되겠소?"

내민이 얼른 끼어들어 한마디 보탰다.

"방금 말한 부분에서 공문의 내용을 제대로 확인하지 않은 점은 인정하오?"

"그래요, 인정하지요."

"그러니까, 순 종사가 공문을 제대로 확인하지 않고 부적절한 상황에 사람을 보내는 바람에 그들이 억지로 노기제작방에 들어가려 했고 결국 사문조와 군부가 서로 오해해 그런 혼란이 벌어진 것 아니오?"

"아, 그렇군요. 그런데 도대체 무슨 혼란이 있었죠?"

순후가 능글스럽게 되묻자 내민은 순간 말문이 막혔다. 이 자리

에서 양의가 위연에게 대들었다가 눈물 콧물 흘린 일을 언급할 수
는 없으니, 대충 말을 얼버무렸다.

"어쨌든, 순 종사가 일을 제대로 처리하지 않는 바람에 사문조와
군부 사이가 틀어졌잖소."

"허!"

순후가 어이가 없다는 듯 내뱉은 이 한마디가 무거운 공기를 가
르며 네 사람의 귀에 꽂혔다. 순후의 입장에서는 대답할 가치도 없는
문제였다.

이 문제를 계속 파고들면 결국 양의를 언급해야 할 수도 있었다.
난처해진 내민과 두용이 동시에 유민과 강유를 쳐다봤다. 유민이 강
유와 귓속말을 주고받은 후 내민을 보며 고개를 가로 저었다. 내민
과 두용은 더 이상 추궁하지 않고 다음 질문으로 넘어갔다.

"2월 28일, 마대 장군 집을 방문한 사실이 있소?"

내민은 이번에야말로 자신 있다는 표정이었다.

"예."

"방문 이유가 무엇이오?"

"마대 장군에게 오두미교에 대한 정보를 얻기 위해서였습니다.
간첩 사건 조사에서 매우 중요한 부분이었습니다."

"그래서, 정보를 얻었소?"

"예. 그리고 마대 장군에게 오두미교 신도를 유인해달라고 부탁
했습니다."

순후는 유길 주점에서 시작된 오두미교 소탕 작전에 대해 자세히
설명했다. 드디어 기다리던 순간을 맞이한 내민이 상체를 앞으로 기
울이고 순후를 똑바로 쳐다보며 질문했다.

"마대 장군에게 협조를 구하는 과정에서 혹시 부적절한 방법을 사용하지 않았소?"

"말씀하신 부적절한 방법이 어떤 의미인지 모르겠습니다."

"마대 장군이 자발적으로 협조했소?"

"그렇습니다."

내민은 거짓말인 줄 다 안다는 듯이 씩 웃더니 갑자기 목소리를 높였다.

"우리가 알아본 바로는 마대 장군이 협박을 당했다는데?"

순후는 전혀 놀라지 않았다. 그는 힘껏 소매를 털어내고 차분하게 대답했다.

"저는 정안사 감찰 기록을 보고 찾아간 것뿐입니다. 혹시 마대 장군이 오두미교와 관계가 있다면 간첩 사건 조사에 도움이 될 테니까요."

"그래서 마대 장군과 오두미교가 결탁한 증거를 찾았소?"

"마대 장군은 결백합니다. 오두미교와 결탁하지 않았습니다."

"기록을 보니, 그 감찰 기록은 작년에 사문조 서조연(西曹掾) 풍응이 이미 확인하고 '문서 창고 보관'으로 분류한 것인데, 그렇게 한 이유가 무엇이라고 생각하시오?"

"아마도 그분은 참고할 만한 가치가 없다고 생각했겠지요."

순후는 아직 풍응의 치정극을 이야기할 상황이 아니라고 생각했다.

"그렇소. 그러니까 당신은 지난 2월 28일에 창고에 처박힌 전혀 쓸모없는 사안을 가지고 군부 고위 장군을 협박했소. 본인 임무를 위해서 말이지. 그런데 사실은 무고한 일이라고?"

내민이 기세등등하게 몰아붙였다.

"아무래도 '결탁하다'와 '관계가 있다'를 혼동하는 모양인데, 마대 장군이 오두미교와 결탁하지 않았다고 해서 전혀 관계가 없는 것은 아니지요. 제 생각엔……."

"그래서! 도대체 문제가 있다는 거요, 없다는 거요?"

"사실 관계로만 보면 별문제 없어 보이지만, 이 일은 그렇게 단순히 결론 지을 일이 아닙니다."

"만약 마대 장군이 협조에 응하지 않았다면, 당신이 그 감찰 기록을 가지고 없는 죄를 만들어 뒤집어씌우지 않았겠소? 당신네 정안사가 늘 하는 일이 그거 아니오?"

"그 말엔 동의하지 않습니다."

순후가 고개를 치켜들고 날카롭게 내민을 노려봤다. 내민이 움찔하며 살짝 뒤로 몸을 뺐다.

"방금 한 그 말, 정안사 전체를 모욕하는 발언임을 기억해 두셔야 할 겁니다."

유민도 내민의 막말이 너무 심했다고 생각했는지 눈살을 찌푸리며 크게 헛기침을 했다. 내민이 난감해하며 격앙된 표정을 거뒀다. 내민이 곤란해지자 이번에는 두용이 나섰다.

"어쨌든 순 종사가 본인 욕심을 채우려고 마대 장군을 겁박한 것은 사실이 아니오? 우리가 이미 마대 장군 진술을 확보했소. 당신은 마대 장군이 협조하는 대신 그 감찰 기록을 더 이상 문제 삼지 않겠다고 말했소. 맞소?"

순후는 아무래도 대충 넘어가긴 힘들다고 생각하며 고개를 끄덕였다.

"맞습니다. 분명히 그렇게 말했습니다."

"군자는 진실하게 사람을 상대하는 법인데, 편법과 불법을 일삼다니. 보통 사람이라도 진실하고 정직하게 대해야 하거늘, 당신과 마대 장군은 촉한의 대들보와 같은 조정의 중신이오. 진심으로 서로 도와야 마땅한데 조정 중신 간에 감시와 협박을 일삼다니, 순 종사, 자신의 행동이 법도에 어긋난 것임을 모르시오?"

"아무래도 귀하께서는 정안사의 업무에 대해 전혀 모르시나 봅니다. 우리 일은 모든 사람을 의심해야 한다는 전제에서 시작됩니다."

"군부 고위 장군도 협박하는 마당에 무슨 짓인들 못하겠소?"

내민이 다시 기세를 올려 공격했다. 더 날카롭게 맞받아치려던 순후는 순간 강유와 눈이 마주쳤다. 그 눈빛이 자중하라는 충고로 느껴져 목구멍까지 올라온 말을 그대로 삼켰다. 내민은 순후가 살짝 움츠린 모습을 보고 더 강하게 밀어붙였다. 이번에는 순후를 향해 다른 종이를 흔들어 보였다.

"3월 6일, 제6노기제작방 기술공들이 신체검사를 받으러 안역관으로 향하던 중 참상 협곡에서 적이 기습해 기술공 한 명을 납치해 갔소. 이 적들은 두 시진 후 포진도 입구에서 미리 매복해 있던 정안사 병사들에게 붙잡혔소. 이 내용이 맞소?"

"그렇습니다."

"정안사가 어떻게 알고 포진도 입구에 매복한 것이오?"

"적 내부에 정안사 첩자를 잠입시켰습니다."

"그러니까, 정안사는 적들이 기술공 행렬을 습격할 것을 미리 알았단 말이오?"

"맞습니다. 상세한 부분까지 정확히 알고 있었습니다."

"그런데 왜 바로 조치를 취하지 않았소?"

"적들이 포진도 입구에서 우두머리와 합류하기로 했기 때문에 그곳에서 일망타진할 계획이었습니다."

"그렇다면, 왜 군부에 알리지 않았소? 황습 장군은 이 사실을 전혀 몰랐다고 말했소. 정안사로부터 아무런 통지도 받지 못했다고."

순후는 티 나지 않게 조용히 탄식했다. 황예가 노기 기술공을 빼돌릴 계획임을 알았을 때, 군부에 알리지 않은 것은 사실이다. 지금까지의 경험으로 보아, 군부가 섣부르게 경계를 강화하거나 정안사를 배제하고 단독으로 처리할 것이 불 보듯 뻔했다. 순후는 이 소중한 기회를 날려버릴 수 없었다. 그래서 규정 위반이고 엄중한 잘못이라는 것을 알면서도 어쩔 수가 없었다. 군부에 이 사실을 알리면 황예가 바로 눈치챌 테니까.

"군부에서 알면 작전에 영향을 미칠까 봐 알리지 않았습니다."

순후는 신중하게 어휘를 골라가며 대답했다. 이번에는 두용이 훈계조로 말했다.

"적들이 기술공을 납치하는 과정에서 젊은 촉군 병사가 죽은 사실을 알고 있소?"

"아, 그랬습니까? 그 부분은 정말 유감입니다."

"이게 다 순 종사가 군에 알리지 않고 쓸데없는 고집을 부린 결과란 말이오."

"아니오. 불행한 일이긴 하나 예상할 수 없는 뜻밖의 사고일 뿐입니다."

말은 이렇게 내뱉었지만 미안한 마음에 저절로 목소리가 기어들어갔다.

"순 종사가 계획을 알려주지 않은 바람에 죽은 거잖소! 한마디로 촉군 병사가 죽든 말든 본인 일이 더 중요하다는 것 아니오!"

내민이 의분을 터트리듯 종이로 탁자를 내려치며 소리쳤고 두용이 이때를 놓치지 않고 말을 보탰다.

"순 종사, 정말 믿을 수가 없구려. 인의와 도덕을 떠받드는 우리 촉한에서, 한나라 부흥을 위해 고군분투하는 촉군 병사를 이런 식으로 대하는 게 말이 된다고 생각하오?"

두용이 잠시 말을 멈췄다가 다른 종이를 펄럭이며 다시 분노를 쏟아냈다.

"그 병사는 이제 겨우 열일곱 살이었소. 심성이 바르고 노모에게 효성이 지극했다 하오. 그리고 군에서 뛰어난 실력을 발휘하던 재능 넘치는 젊은이였소. 그 병사는 자신이 어느 이기적인 관리의 욕심 때문에 억울하게 죽을 줄 꿈에도 몰랐을 것이오."

내민과 두용이 거세게 몰아붙였지만 순후는 평정을 유지하며 차분하게 대꾸했다.

"제가 한 일은 모두 한나라의 부흥을 위한 것입니다."

"아, 그래요? 노기제작방에 강제로 들어가려 한 건 위나라 간첩을 색출하기 위해서고, 마대 장군을 협박한 건 오두미교에 관한 정보를 얻기 위해서고, 촉군 병사가 죽도록 내버려둔 건 간첩을 잡기 위해서라는 것인데, 그래서 성공했소?"

"기본적으로, 어떤 의미에서 보느냐에 따라……"

"예, 아니오, 로 대답하시오."

"아닙니다. 성공하지 못했습니다. 적이 성공적으로 설계도를 빼돌렸으니까요."

"그러니까, 촉한의 막대한 인력과 물자를 동원하고 죄 없는 사람들에게 돌이킬 수 없는 불행을 안겼는데, 결과물이 전혀 없단 말이오? 아, 아니지. 결과물이 전혀 없는 건 아니네. 저쪽 위나라는 아주 큰 결과물을 얻었지. 순 종사는 이 가슴 아픈 결과에 대해 다른 할 말이 있소?"

"없습니다. 확실히 제 잘못입니다. 적을 잡는 일에만 몰두하느라, 같은 편 사람들에게 잘 보이는 일이 더 중요하다는 사실을 간과했습니다. 앞으로는 성심성의껏 여러 장군들의 비위 맞추는 일을 최우선으로 생각하겠습니다."

순후는 말도 안 되는 비난을 더 이상 듣고 있을 수 없어 뾰족하게 대꾸했다.

평의는 밤늦게까지 이어졌다. 그사이 순후는 야채죽과 돼지고기 두어 점을 먹었고 화장실에 두 번 다녀왔다.

내민과 두용은 평의 자체를 즐기는 것 같았다. 작전 수행 중에 있었던 아주 사소한 일들을 몇 번이나 묻고 꼬치꼬치 추궁했다. 고당병이 황예의 믿음을 얻을 수 있도록 일행이 타고 갈 말을 대신 준비해준 것은 정말 별것 아닌 일인데 장장 반 시진 동안 물고 늘어졌다. 순후가 대답할 때마다 직무 유기 혹은 직권 남용이라고 몰아붙였다. 내민은 조롱과 비난을 즐겼고 두용은 경전을 인용해 긴 사설을 늘어놓는 것이 특기였다. 두 사람은 순후의 업무 평가보다는 본인의 언변을 뽐내는 데 열중했다. 어쩌면 이것까지도 위연의 의도일지 모른다.

반면 유민과 강유는 줄곧 입을 다물고 지켜보기만 했다. 한두 번 의례적인 질문을 던졌을 뿐이다.

순후는 좀 답답하고 짜증이 났지만 정신적으로 고통스러울 정도는 아니었다. 군부가 일부러 괴롭히려는 것임을 알기에 일찌감치 마음을 비웠더니 크게 신경 쓰일 것이 없었다. 최악의 경우 평민으로 강등되어 멀리 떠나야겠지만, 그게 뭐 별건가. 그래서 마음 편히 내키는 대로 대답했다. 내민, 두용 두 사람과 각을 세우며 치열한 논쟁을 벌이기도 하고 피곤하고 귀찮으면 눈을 감고 대충 "예, 예." 하고 넘겼다. 가혹하고 불순한 의도가 다분한 공격이 이어졌지만 순후는 억울한 감정을 드러내지 않았다.

이날 평의는 자시²에서 축시³로 넘어갈 즈음 마무리됐다. 내민과 두용이 흡족한 표정으로 두툼한 기록지 뭉치를 들고 일어섰다. 마지막으로 순후에게 오늘의 언행을 모두 기록했고 이 기록이 평의 결과의 중요한 근거가 될 것이라고 으름장을 놓은 후 유민을 따라 밖으로 나갔다.

순후가 지친 몸을 일으키고 뻐근한 팔다리를 움직이며 하품을 했다. 그러다 아직 평의관 자리에 남아 있는 한 사람을 발견했다. 강유가 왼쪽 끝자리에 그대로 앉아 두 손으로 턱을 괴고 흥미롭다는 듯이 순후를 바라보고 있었다. 강유의 야윈 얼굴에 미묘한 미소가 스쳤다.

"강 장군, 왜 아직 안 가셨습니까?"

자리에서 일어난 강유가 순후 앞으로 다가와 어깨를 두드렸다.

"오늘 수고했소."

"아닙니다. 어차피 머리도 몸도 안 쓰는 일인걸요."

◇◇◇◇◇◇◇◇◇◇

2 子時, 오후 11시~오전 1시.

3 丑時, 오전 1시~3시.

순후가 습관적으로 비아냥거렸지만 강유는 크게 신경 쓰지 않았다. 오늘 평의 내내 들었던 말투라 이미 익숙해져 있었다. 평의실 네 귀퉁이에 켜놓은 양초가 얼마 남지 않아 불꽃이 약해졌다. 평의실엔 두 사람뿐이었지만 강유는 조심스럽게 주위를 살핀 후 목소리를 낮췄다.

"순 종사, 시간도 늦고 많이 피곤하겠지만, 평의가 끝나고 순 종사를 만나려고 기다리는 분이 계시오. 꼭 만나야 한다고 하셨소."

"그게 누굽니까?"

"제갈 승상이오."

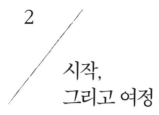

2

시작,
그리고 여정

순후는 승상부에 발을 들이기 직전까지도 도무지 믿기지 않았다. 제갈 승상이 녹봉 이백 석 수준의 하급 관리를 만나겠다고 했다니. 이렇게 갑자기, 더구나 악의적인 비난이 난무했던 평의가 끝나자마자. 순후는 불안과 초조를 감출 수가 없었다.

제갈량은 모든 촉한 관리가 우러러보는 존재였다. 조금씩 차이는 있겠지만 촉한의 실질적인 통치자를 숭배하지 않는 사람은 없었다. 제갈량은 뛰어난 재능에 비범한 분위기와 인간적인 매력이 더해져 강력한 지도자이자 신비로운 우상으로 군림하고 있다.

순후는 강유를 따라 승상부 정원에 들어선 후 건물 사이 뽕나무길을 따라 조금 더 안으로 들어갔다. 온종일 답답한 군정사 지하실에 있다 나온 터라 승상부 풍경이 더 상쾌하게 느껴졌다. 가벼운 밤바람이 뽕나무 사이를 스치면서 맑은 나뭇잎 향기가 코끝을 간질였다.

강유가 지극히 평범한 외양의 건물 앞에서 걸음을 멈추고 순후를 보며 돌아섰다.

"순 종사, 들어가 보시오. 승상께서 기다리고 계시오."

순후가 굳은 표정으로 강유를 슬쩍 한 번 쳐다보고 심호흡을 한 후 문을 열고 들어갔다. 예전에 많은 관리들이 모인 자리에서 제갈량을 본 적이 있지만 멀리서 혼자 지켜봤을 뿐이다. 이렇게 일대일로 만나게 될 줄은 꿈에도 몰랐기에 너무 떨렸다.

제갈량의 집무실은 상상했던 것보다 훨씬 소박했다. 내부 구조나 장식이 순후의 집무실과 별 차이가 없었다. 가장 큰 차이점은 바닥과 선반에 쌓인 비단과 죽간 등 각종 문서가 정안사보다 훨씬 더 많음에도 불구하고 전혀 어지러운 느낌 없이 질서정연하게 정리돼 있다는 점이다. 머리카락이 희끗희끗하고 하얀 도포를 걸친 노인이 산더미처럼 쌓인 문서 한가운데에서 무언가를 읽고 있었다. 바로 옆에 촛대를 세워뒀는데 흘러내린 촛농을 보니 꽤 오랫동안 촛불을 켜놓은 모양이었다.

순후가 크게 한 번 숨을 들이마시고 공손하게 외쳤다.

"승상."

문서에 파묻혀 있던 제갈량은 순후가 온 것을 알고 붓을 내려놓은 후 옷을 탁탁 털고 부드러운 미소를 지었다.

"허허, 효화로군. 어서 오게."

친근하고 너그러운 어르신에게 어울리는 묵직한 목소리였다. 순후는 긴장이 조금 풀리자 제갈량에게 가까이 다가가 바닥에 무릎을 꿇고 두 손을 모아 예를 표했다.

"승상, 감사합니다."

"아, 승상이라고 부르지 말게. 지금 난 우장군(右將軍)일세."

제갈량은 농담조였지만 입조심 하라는 듯 손가락 하나를 펼쳐 보였다.

지난해 1차 북벌에 실패하자 제갈량은 스스로 직급 세 단계를 낮추겠다는 상소를 올렸다. 그 후 우장군 신분으로 승상 업무를 이어 왔다. 하지만 순후뿐 아니라 촉한 사람들 모두가 여전히 제갈 승상이라고 불렀다. 촉한에서 '승상'은 관직 이름을 뜻하는 일반 명사가 아니라 제갈량을 가리키는 고유 명사가 된 지 오래였다. 아무리 제갈량이라도 수많은 사람의 오랜 습관을 하루아침에 바꿀 순 없었다.

"예, 승상."

순후는 순순히 고개를 숙였지만 '장군'이란 말이 도저히 나오지 않아 말과 행동이 전혀 다른 아이러니한 상황이 연출됐다. 제갈량도 더 이상 어쩔 수 없다고 생각했는지 피식 웃으며 고개를 흔들었다. 순후는 제갈량의 격의 없는 태도에 조금 더 마음이 편해졌다.

제갈량이 책상 아래에서 새 양초를 꺼내 불을 이어 붙이고 촛대에 꽂았다. 집무실이 훨씬 밝아졌다. 제갈량은 전쟁이 어느 정도 마무리되자 먼저 전선을 떠나 오늘 면현에 도착했다. 돌아온 지 서너 시진밖에 안 됐을 텐데 지친 기색이 전혀 없었다. 순후에게 가까이 와서 앉으라고 손짓하고 편안하게 대화를 시작했다.

"오늘 평의를 받느라, 고생 많았네."

순후는 아직 제갈량의 의도를 미처 파악하지 못해 조심스럽게 대답했다.

"평의는 모든 관리의 의무라고 생각합니다."

"허허, 평의관들이 많이 괴롭히지 않았나?"

"조금요. 아마도 뭔가 오해가 있었던 모양입니다."

"아."

제갈량이 습관적으로 깃털 부채를 흔들다가 다시 말을 이었다.

"이번 평의는, 사실 군부의 강력한 요청이 있었네. 그동안 군부가 정안사 업무에 불만이 많았지. 개인적으로 고위 관리를 평의에 소환하는 건 바람직하지 않다고 생각하지만, 법령은 법령이니 따르지 않을 수가 없었네. 그래서 이렇게 자네를 부른 것이야. 그냥 관례상 절차일 뿐이니 부디 괘념치 말게."

"염려해주셔서 감사합니다, 승상."

"자네도 알겠지만, 지도자로서 내부 안정을 책임져야 하는데, 안정에는 종종 희생이 필요한 법이지. 이번에는 불행히도 자네가 내부 안정의 희생양이 된 것이고. 다른 사람은 죄가 없으니 부디 날 원망하시게."

제갈량이 담담하고 차분하게 이야기를 풀어놓았다. 순후는 너무 놀랍고 뜻밖이라 대꾸할 말이 생각나지 않았다. 단순히 진심 어린 위로일까? 아니면 모종의 암시인가?

"이번 일은 정말 미안하게 생각하네. 자네가 무고한 것을 알지만 군부의 요청을 받아들일 수밖에 없었어. 이게, 참……. 일국의 승상 노릇이 정말 쉽지가 않아. 현실적으로 모두를 만족시킬 순 없지만, 대다수를 만족시켜야 하지."

무겁게 가라앉은 목소리와 표정에서 진심으로 미안해하는 마음이 느껴졌다. 순후는 제갈량의 희끗희끗한 귀밑머리와 수척한 얼굴을 보면서 그의 말이 절대 과장이 아니라고 생각했다. 다만 이렇게 지위가 높고 대단한 인물이 자기처럼 보잘것없는 하급 관리에게 직접 사과하는 모습이 놀랍고 당황스러웠다. 한동안 멍해 있다가 우물쭈물 입을 열었다.

"승상. 제, 제가 설계도 유출을 막지 못했습니다. 이건 명백한 제 잘못이고 변명의 여지가 없습니다. 이번 실패에 대한 책임을 지겠습니다."

제갈량이 흐뭇한 미소를 지으며 고개를 끄덕였다.

"효화, 사실 그동안 자네 임무를 지켜보고 있었네. 이번 실패가 온전히 자네 잘못만은 아니지. 자네 능력은 내가 잘 알아. 솔직히 난 자네 능력을 아주 높이 평가하네. 그래서 오늘 자네를 부른 것이기도 하지. 이번 평의는 그저 행정적인 평가일 뿐이야. 내가 바라보는 관점과 전혀 다르다는 사실을 알아주게."

"……."

순후는 뭐라 대답할 말이 생각나지 않았다. 그동안 힘들고 서러웠던 마음이 한순간에 녹아내려 저도 모르게 감정이 북받쳤다.

"누가 자네더러 청동 같은 의지를 지녔다고 하던데, 나도 같은 생각이네. 명석하고 통찰력이 뛰어나고 고생을 마다하지 않고 열정적이기까지 해서 죽음도 두려워하지 않고 포기를 모르지. 자네는 정안사에 꼭 필요한 인재야."

제갈량은 지그시 순후를 바라보며 진심을 전했다. 그 한마디 한마디가 차갑게 얼어붙은 순후의 마음을 따뜻하게 어루만졌다. 순후는 금방이라도 눈물이 쏟아질 것 같았다.

"부디 자네의 의지와 믿음이 오늘 평의 때문에 흔들리지 않기를 바라네. 한나라 부흥을 위해 자네가 꼭 필요해."

오늘 제갈량이 '바란다.'라는 말을 몇 번이나 반복했는데 순후는 매번 제대로 답을 하지 못했다. 대답은커녕 눈물이 날까 봐 입술을 꽉 깨물어야 했다. 이런 자신이 너무 바보 같고 부끄러웠다.

제갈량이 가볍게 한숨을 내쉬며 천천히 부채질을 했다. 이렇게 공개적으로 질책하고 따로 불러 뒤에서 위로하는 방식을 좋아하지 않지만 어쩔 수 없이 현실과 타협해야 했다. 순후뿐 아니라 양의와 위연도 마찬가지였다. 촉한은 인재가 많지 않기 때문에 모두의 능력이 최대한 발휘되도록 하려면 복잡한 인간관계와 정치적 이해관계가 완벽한 균형을 이뤄야 했다. 그 균형을 잡는 일이 바로 제갈량의 몫이었다.

승상부 주변에 내려앉은 밤안개가 옅어졌다. 여전히 고요하고 적막한 가운데 이따금 야간 보초가 두드리는 딱따기 소리가 들려왔다. 순후는 만 하루가 넘도록 눈을 붙이지 못했지만 지금은 전혀 피곤하지 않았다. 제갈량은 분위기가 너무 가라앉았다고 생각했는지 화제를 돌렸다.

"군부와 타협하려면 일단 자네를 무창(武昌)의 정보 무관으로 보내야 할 것 같네. 절대 좌천이라고 생각하지 말고 잠시 쉬어간다고 생각하게. 어쨌든 강동이 한중보다 날씨도 좋으니까. 조금 잠잠해지면 다시 부르겠네."

"오나라요? ……예, 알겠습니다."

제갈량이 현실적인 문제로 화제를 돌리자 차라리 다행이다 싶었다. 무거운 분위기가 계속 이어졌다면 정말 눈물이 났을지도 모른다. 상황이 다르긴 하지만 양의처럼 찔찔 눈물을 짜는 추태를 보이고 싶지는 않았다.

"오나라 사람은 툭하면 잔꾀를 부리려 하니, 당최 믿을 수가 없어. 자네가 가서 정보망을 잘 관리해주게. 이기적인 자들이니 절대 자발적으로 사실을 말해주지 않을 거야."

"알겠습니다."

순후는 임무 얘기가 나오자 심호흡을 하며 평정심을 되찾으려 노력했다.

"이동 명령은 이미 백약[4]에게 처리하라고 했네. 이르면 모레 출발하게 될 거야. 강동에 가기 전에 일단 성도에 들러 가족들을 봐야지. 아들이 올해 몇 살인가?"

"이제 다섯 살입니다. 바를 정 자를 써서 순정이라 합니다."

"허허, 좋은 이름이군. 그 아이가 어른이 될 때는 태평성세일 걸세."

"예, 반드시 그렇게 될 겁니다."

"그래. 다른 할 말 없으면 얼른 돌아가 쉬게나."

제갈량이 깃털 부채를 흔들며 그만 가보라는 뜻으로 눈을 감았다. 그런데 순후가 움직이지 않자 의아해하며 다시 눈을 떴다.

"효화, 더 할 말이 있나?"

순후가 자리에서 일어나 잠시 바깥쪽을 돌아보고 굳은 표정으로 입을 열었다.

"예, 승상, 떠나기 전에 반드시 보고해야 할 일이 있습니다. 제 부하에겐 이미 당부를 했지만 아무래도 승상께 직접 말씀드리는 편이 좋을 것 같습니다."

◇◇◇◇◇◇◇◇

4 伯約, 강유의 자.

제갈량이 양쪽 관자놀이를 꾹꾹 누르며 대답했다.

"그래, 말해보게."

"이번 정안사 작전이 실패한 가장 큰 이유는 한중 고위층에 숨어 있는 위나라 고정간첩 때문입니다."

"뭐라고?"

제갈량이 손을 멈추고 고개를 번쩍 들었다. 피로가 몰려왔던 눈이 다시 반짝거렸다.

"설계도를 훔쳐 간 적은 면현 내부 사정을 잘 알고 있었고 정안사 작전을 미리 간파하고 있었습니다. 우리 내부에 고정간첩이 숨어 있기에 가능했던 겁니다. 오두미교 신도의 진술에 따르면 그 간첩의 암호명은 촉룡입니다. 관련 내용을 정리한 보고서를 작성해뒀습니다. 정안사의 배서를 부르시면 확인하실 수 있습니다."

"촉룡의 구체적인 신분은 아직 모른다는 뜻인가?"

"예, 원래 바로 조사에 착수할 계획이었는데, 이제 어렵게 됐습니다. 우리 촉한에 더 큰 피해가 없도록 승상께서 꼭 신경 써 주십시오."

제갈량이 순후의 앞으로 다가가 어깨를 두드리며 흐뭇한 표정을 지었다.

"역시 내가 자네를 잘못 보지 않았네. 허허. 알겠네. 바로 적임자를 찾아 처리하도록 할 테니, 자네는 안심하고 떠나게."

이때 순후는 아주 가까이에서 제갈량의 얼굴을 자세히 볼 수 있었다. 눈가 주름이 희끗희끗한 귀밑머리까지 이어졌고 수척한 얼굴에 어두운 그림자가 드리웠다. 두 눈이 쑥 들어가 피곤한 기색이 역력했다. 당당한 위엄에 가려진 해묵은 피로가 고스란히 느껴졌다.

이 작고 여윈 몸으로 촉한의 운명을 짊어지고 있으니 어찌 힘들지 않겠는가?

"그럼, 이만 물러가겠습니다. 부디 옥체 보전하십시오."

순후는 한숨을 속으로 삼키며 공손하게 예를 올린 후 밖으로 나갔다.

3월 27일, 전임 사문조 정안사 종사 순후의 인사이동 소식이 정식 발표됐다.

순후가 면현을 떠나던 날, 마침 개선 군대가 입성했다. 사람들이 성대한 환영식이 열리는 북문에 몰려가서 거리가 한산했다. 성번은 질서 유지 책임자라 자리를 비울 수 없고 호충은 요유와 풍응 옆에서 시중을 들어야 했다. 결국 썰렁한 남문까지 순후를 배웅한 사람은 배서와 아사이 둘 뿐이었다.

"이렇게 떠나실 줄은, 정말 상상도 못했습니다."

배서는 더 이상 말을 잇지 못했고 아사이는 분노를 감추지 못해 계속 씩씩거렸다.

"여기 중원 사람들 진짜 이상해요! 물불 안 가리고 죽어라 일한 사람한테 어떻게 이럴 수 있어요?"

순후가 아사이를 붙잡고 더 이상 말하지 말라는 뜻으로 고개를 흔들었다.

"고당병은 어떻게 지내나?"

이번 작전에서 설계도를 잃은 것만큼 뼈아픈 일이 바로 고당병의 부상이었다. 아사이가 머리를 긁적이며 대답했다.

"상처는 많이 나았습니다. 아직 체력 회복이 안 됐을 뿐이죠. 우리

제5조 동료들이 번갈아가며 돌보고 있습니다."

"허허, 내가 더 이상 정안사 종사가 아니니 이제 제5조도 없어."

"아닙니다. 저희 모두 제5조를 영광으로 생각하고 있습니다. 모두 언제가 되든 순 종사가 정안사에 복귀하시는 날을 미생지신[5]의 마음으로 기다리겠습니다."

배서가 푸핫 하고 웃음을 터트렸다.

"어이, 자네 미생지신이 무슨 뜻인지나 알고 말하는 거야? 아무 데나 막 갖다 붙이지 말라고."

아사이는 멋쩍은 건지 난감한 건지 일부러 더 크게 껄껄 웃었다.

"틈틈이 중원 고서를 읽어두게. 내가 두고 가는 책, 언제든지 가져가 읽고 모르는 것은 배 도위에게 물어보라고."

순후의 말에 얼굴이 빨개진 아사이가 손가락 관절을 만지작거리며 볼멘소리를 했다.

"차라리 고당병 형님이랑 격투술 토론할래요. 아직 오금지희도 다 못 배웠거든요."

그래도 아사이의 작은 말실수 덕분에 무겁고 슬픈 분위기가 살짝 밝아졌다.

"자, 이제 출발할 시간이야."

순후가 하늘을 한 번 올려보고 챙겨온 짐을 마차에 실었다.

"배웅은 여기까지면 충분하네. 정안사 일을 절대 소홀히 하면

---

5 尾生之信. 춘추 시대 노나라 미생이란 사람이 연인과 다리 아래에서 만나기로 약속한 후 소나기가 내려 물에 떠내려가 죽을 때까지 오지 않는 상대를 기다렸다고 함. 미련하고 융통성 없이 약속을 굳게 지킨다는 뜻.

안 돼."

"순 종사, 걱정 마십시오."

배서와 아사이가 동시에 대답했다. 순후는 두 사람에게 두 손 모아 예의를 갖추고 마차에 올라탔다. 마부가 이럇, 하고 외치며 힘차게 채찍을 휘두르자 말 두 마리가 달려나가면서 덜컹덜컹 바퀴 소리가 크게 울렸다. 순후를 실은 마차가 천천히 면현성 남문을 빠져나갔다.

같은 시각, 면현성 북문. 촉한 군대의 선봉 기병 부대가 화려하게 등장하자 요란한 환호성이 터졌다.

순후는 밤낮으로 길을 재촉했다. 한중 남부에서 대파산(大巴山)을 넘은 후 가릉(嘉陵), 검각(劍閣)을 거쳐 성도 평원에 들어섰다. 가족과 이별한 지 이 년이 훌쩍 넘은 건흥 7년 4월 4일, 드디어 성도에 도착했다.

순후는 성도에 있는 동안 가족과 함께 단란한 시간을 보냈다. 매일 아들과 책을 읽고 낚시를 했다. 아내의 부탁으로 지붕을 고치고 그동안 모은 봉록으로 아내에게 구리 보요와 비단 치마를 선물했다.

정안사 임무를 시작한 후로 이렇게 여유롭고 평화로운 시간은 처음인 것 같았다. 가끔 방문 앞에 앉아 아들이 노는 모습을 보고 있으면 한평생 이렇게 사는 것도 나쁘지 않겠다는 생각이 들곤 했다. 어느 날 아들이 바람개비를 들고 뛰어다니다가 순후의 소매를 붙잡고 물었다.

"아버지, 아버지는 그렇게 먼 데 가서 무슨 일을 해요?"

순후는 뜻밖의 질문에 조금 놀랐지만 바로 따뜻한 미소와 함께 아들의 머리를 쓰다듬었다.

"아버지는 한나라 부흥을 위해 일한단다."

"한나라 부흥이요? 그게 뭔데요?"

"음, 모든 사람이 더 행복해지는 거란다."

"그럼, 한나라가 부흥하면 아버지가 매일 나랑 놀아주는 거예요?"

"물론이지."

아들이 기쁨에 겨워 마당 한가운데로 뛰어가 팔짝팔짝 뛰며 소리 쳤다.

"엄마, 엄마, 나도 '한나라 부흥' 할래요! 한나라가 부흥하면 아버 지가 매일매일 집에 돌아올 거래요."

아들의 뒷모습을 바라보는 순후의 입가에 잔잔한 미소가 걸렸다.

닷새가 눈 깜짝할 새에 지나갔다. 4월 9일, 순후는 가족과 이별하 고 강동(江東)으로 떠났다.

순후는 이번에 성도에서 한꺼번에 두 개의 관직을 새로 받았다. 대외 신분인 무오돈목사(撫吳敦睦使) 장관 수하의 주부(主簿) 외에 사문조 강동 분사 공조(功曹)라는 비공개 관직을 겸했다.

촉나라와 오나라는 위나라에 맞서기 위해 손잡은 동맹 관계다. 두 나라는 우호적인 외교 관계를 유지하기 위해 상대국 도성에 돈 목사를 파견했다. 돈목관은 돈목사가 상주하며 양국 외교 관리가 교 류하는 장소이자 고위 대신이 상대국을 방문했을 때 머무는 곳이기 도 했다. 촉한 승상부 참군인 비의(費禕)는 오나라를 방문할 때 늘 이곳에 머물렀다.

그리고 돈목관에는 또 다른 기능이 있었다. 외교 활동에 가려진 교묘한 첩보 활동의 무대이기도 했다. 사실 두 나라 모두 상대가 숨

김없이 모든 사실을 말해주리라 믿을 만큼 순진하지 않기에 수고로
워도 직접 발로 뛰며 상대의 정보를 수집했다. 이것이 사문조 강동
분사의 임무였다.

순후는 성도를 출발해 육로로 강주(江州)에 도착한 후 돈목관 전
용 외교 목선을 타고 장강(長江)을 따라 동쪽으로 이동했다. 그렇게
며칠이 지나고 4월 17일, 드디어 오나라 도성 무창에 도착했다.

이날은 날씨가 정말 좋았다. 하늘은 구름 한 점 없이 맑고 햇살이
눈부시게 쏟아지니 강물도 더없이 투명했다. 돈목관 목선이 촉나라
깃발을 휘날리며 서서히 무창 서편 항구 우진(牛津)에 진입했다. 이
곳은 외교 선박 전용 항구이기 때문에 대체로 한산했다. 목선이 제
방과 항구 울타리를 지나쳐 선착장 나무판자 옆에 멈췄다.

"순 종사, 이제 내리셔도 됩니다."

선장이 쇠사슬을 잡고 배 밖으로 닻을 던졌다. 선장 말이 떨어지
자마자 며칠 사이 폭삭 늙은 순후가 비틀거리며 선실에서 나왔다.
이렇게 심한 배멀미는 난생처음이었다. 장강 연안 도시 장사에서 태
어났지만 익주에서 자란 탓에 배를 타고 장거리를 이동할 일이 없
었다. 강물 위에 떠 있는 며칠 동안 토하고, 토하고, 또 토했더니 위
장이 싹 비워졌다. 정말 죽고 싶을 만큼 괴로웠다.

순후가 비틀거리며 나무판자 위를 걸어가다가 크게 휘청했다. 하
마터면 물에 빠질 뻔했는데 맞은편에서 누군가가 달려와 부축해준
덕분에 위기를 모면했다.

"순 주부시죠?"

순후는 힘없이 고개를 끄덕였다. 상대방 말투에서 성도 억양이
살짝 느껴졌다. 이 사람의 부축을 받아 흔들림 없는 육지에 발을 디

디니 조금 살 것 같았다. 그제야 정신을 차리고 상대방에게 눈길을 돌렸다. 하얀 얼굴, 가늘고 옅은 눈썹, 전체적으로 온화하고 점잖은 문인 분위기를 풍기는 젊은이였다. 낡은 남색 겉옷은 하도 빨아서 물이 다 빠졌지만 아주 깔끔했다.

"순 주부, 장 대사(大使) 분부를 받고 모시러 왔습니다. 돈목관 서령(書令) 극정입니다. 자는 영선입니다."

순후는 두 손을 모아 예를 갖추려는데 갑자기 어질했다. 극정이 품에서 꺼낸 초록색 환약을 순후에게 건넸다.

"곧 괜찮아질 테니 걱정 마세요. 처음 배 타고 오나라에 오면 다들 심하게 멀미를 하죠. 이건 성신환(醒神丸)입니다. 한 알만 먹어도 어지럼증은 거의 가라앉습니다."

환약을 삼키자마자 맑은 향기가 퍼지는가 싶더니 목구멍에서 전부 녹아버렸다. 방금 들은 말 때문인지 정말 어지럼증이 가라앉고 확실히 효과가 있는 것 같았다.

"오나라 약방에서 특별 제조한 겁니다. 여기 의원 실력이 꽤 괜찮아요. 적벽대전 때 조조군이 이 비법을 알았더라면 그렇게 처참하게 깨지지 않았을 텐데……. 이쪽으로 가시지요. 마차를 준비해뒀습니다."

극정은 입담이 좋아 처음 만났는데도 쉴 새 없이 떠들었다. 순후는 배에서 내리기 직전까지 뱃속의 것을 게워낸 터라 맞장구를 칠 여력이 없었다. 마차 앞까지 간신히 걸어간 후 극정의 도움을 받아 겨우 마차에 올라탔다. 이때 오나라 국경 관리가 다가와 순후를 가리키며 말했다.

"이분은 등록이 안 돼 있어요."

"새로 부임한 돈목관 주부십니다. 그쪽 상부에 이미 통지했어요."

극정이 짜증스럽게 손을 휘젓고 붓을 낚아채 죽간에 대충 서명하고 바로 마차에 올랐다. 순후가 탄 마차는 곧장 무창성으로 향했다.

극정은 마차가 달리는 동안에도 주변 풍경이며 오나라 풍습과 사람들 이야기를 신나게 떠들어댔다. 마차 벽에 기대앉은 순후는 오른손으로 관자놀이를 꾹꾹 누르며 인상을 찡그린 채 힘겹게 주위를 둘러봤다. 듣던 대로 강동은 눈길이 닿는 곳마다 푸릇푸릇했다. 마침 봄기운 완연한 4월이라 더 푸르른 수양버들이 길 양편에 줄지어 늘어서 있었다. 저 멀리 종횡으로 뻗어 나간 운하에 삿갓 쓴 어부들이 노 젓는 작은 고깃배가 떠 있어 정겨운 운치를 더했다. 숨을 들이마실 때마다 코끝을 간질이는 부드럽고 촉촉한 공기가 너무 상쾌했다. 한중의 차갑고 메마른 공기는 비교가 안 됐다.

반 시진쯤 달려 무창 성문 앞에 도착했다. 성문 위에 걸린 거대한 도금된 글자가 햇빛을 받아 눈부시게 빛났다. 수문병이 마차에 꽂힌 촉나라 돈목관 깃발을 멀리에서부터 알아보고 미리 성문을 열어놓은 덕분에 순후가 탄 마차는 속도를 전혀 줄이지 않고 그대로 성문을 통과했다. 오나라가 촉나라 돈목관을 특별 대우하는 이유는 그만큼 우호적인 양국 관계를 중시하기 때문이다.

돈목관은 무창 중심에서 조금 북쪽에 위치해 있다. 정확히 따지면 내궁성 선양문(宣陽門)에서 2리쯤 떨어진 지점이고 궁전 양식으로 지어 매우 화려했다. 이릉(夷陵) 전투 직후 제갈량과 손권(孫權)이 다시 동맹할 뜻을 밝히면서 두 나라는 각각 등지(鄧芝)와 장온(張溫)을 사신으로 파견했다. 이때 손권이 성의를 표시하고자 특별히 무창에 촉나라 사신의 거처를 새로 지었다. 후에 이 거처가 강동에 파견된 촉나라 관리가 상주하는 돈목관이 됐다.

마차가 돈목관에 도착할 즈음, 순후는 어느 정도 몸을 추슬렀다. 마차가 멈추자마자 뛰어내린 극정이 하인들을 불러 짐을 옮기게 했다. 순후는 혼자 조심스럽게 마차에서 내렸다. 저 앞에 여러 색이 뒤섞인 비단 관복을 입은 사람들이 다가왔다. 맨 앞에 선 사람이 먼저 예를 갖추고 반갑게 순후를 맞이했다.

"순 주부? 난 무오돈목사 장관이오."

장관은 순후 예상보다 나이가 많지 않았다. 자신과 비슷하거나 많을 줄 알았는데 오히려 서너 살 어린 것 같았다. 얼굴이 하얗고 통통해서 주름살도 없고 아주 건강해 보였다. 극정도 아주 어려 보였는데 혹시 강동의 기후가 몸에 이로운 영향을 끼치기 때문일까?

"정말 죄송합니다. 몸 상태가 좋지 않아서요."

순후는 여전히 오른손으로 관자놀이를 지그시 누른 채 겸연쩍게 말했다.

"하하, 다들 그래요. 처음 왔을 때 나도 그랬소."

장관이 누런 겉옷을 입은 수염을 기른 옆 사람을 소개했다.

"이쪽은 우리 돈목관과 연락을 담당하는 비부(秘府) 중서랑(中書郞) 설영(薛瑩) 선생이오."

"설 선생, 반갑습니다."

"순 주부, 편히 말씀하세요. 무창에 처음 오셔서 아직 풍토가 익숙지 않을 테니 일단 푹 쉬세요. 제가 돌아가는 대로 관부 의원에 잘 봐 드리라고 말해두겠습니다."

사근사근하게 다가서는 설영은 목소리가 가는 편이고 패군(沛郡) 억양이 있었다.

"설 선생, 우리 돈목관 주부가 도착하자마자 의원으로 실어가시려고요? 오나라는 손님 접대를 원래 이렇게 합니까?"

"촉나라 땅엔 돌림병이 많아 깔끔하게 청소 한번 해야 하지 않겠습니까?"

설영이 전혀 주눅 들지 않고 맞받아치고 장관과 함께 호탕하게 웃었다.

촉나라와 오나라 외교 관리들은 서로 스스럼없이 놀리는 것이 관례였다. 예전에 장온이 촉나라에 가서 진밀(秦密)과 논쟁을 벌였고 장봉(張奉)이 오나라에서 제갈근(諸葛瑾)과 나라 이름을 가지고 농담을 주고받았다. 등지는 면전에서 손권을 조롱할 정도였다. 이것은 두 나라의 관계가 매우 친밀함을 보여주는 상징적인 관례였다. 방금 전 설영과 장관의 대화는 촉나라와 오나라의 동맹은 여전히 굳건하다는 증거였다. 순후는 이렇게 생각을 정리하며 몸과 마음을 추스르고 설영에게 두 손을 모아 예의를 갖췄다. 이때 짐 정리를 마친 극정이 다가오자 장관이 설영에게 말했다.

"오늘 저녁에 순 주부 환영식을 준비했으니 설 선생도 참석하시지요."

설영이 하늘을 한 번 올려보고 고개를 흔들었다.

"요즘 조정 일이 바빠서 아무래도 오늘은 어렵겠습니다. 순 주부 체력이 회복된 후에 내가 제대로 자리를 마련해 대접하지요."

설영이 순후를 돌아보며 미안하다는 뜻을 전하고 바로 자리를 떠났다.

장관과 극정을 따라 돈목관에 들어서니 널찍한 대청이 한눈에 들어왔다. 양옆에 두루미 모양 구리 향로를 세워놓았는데 두루미 입에

323

서 모락모락 연기가 피어올랐다. 대청 한쪽에 네모반듯한 청동솥이 있고 그 위에 '돈목화합'이란 전서체[6] 문구를 걸었다. 놀랍게도 오나라의 중신이자 명필가로 유명한 장소(張昭)의 낙관이 찍혀 있었다.

세 사람이 모두 자리를 잡자 하인이 문을 닫았다. 장관이 극정과 다른 사람들을 내보낸 후 빙긋 웃으며 대화를 시작했다.

"순 공조, 촉한에는 별일 없겠지요?"

순후는 달라진 호칭에 주목했다. 순후의 대외 신분은 돈목관 주부이지만 사실 사문조 강동 분사 공조가 더 중요한 직책이었다. 장관이 순후를 공조라고 부른 것은 곧 정보 관련 이야기를 하겠다는 뜻이었다. 장관의 대외 신분은 무오 돈목사이고 사문조 강동 분사 종사를 겸하고 있기 때문에 이곳에서 순후의 상관인 셈이다. 순후는 성도와 한중 상황을 간단하게 보고했다. 장관은 오른팔을 청동솥에 걸치고 눈빛을 반짝였다.

"순 공조, 얼마 전까지 한중 정안사에 있었지요?"

"예."

순후는 살짝 긴장했다. 설마 장관이 한중에서 있었던 '그 사건'을 알고 있는 것일까?

"허허, 한중 정안사는 대내 정보 활동이고 우리 돈목관은 대외 정보 활동을 전담하기 때문에 업무 성격이 다르고 앞으로 겪게 될 문제들도 익숙치 않을 겁니다."

장관이 갑자기 웃음을 거두고 진지해졌다.

◇◇◇◇◇◇◇◇
6 篆書體, 한자 붓글씨체의 한 종류.

"작은 일에도 신중해야 합니다. 잘못하면 자칫 외교 문제로 번질 수도 있으니까요."

"예, 말씀 감사합니다. 각별히 주의하겠습니다."

"이미 알고 계시겠지만 한 번 더 말씀드리지요. 외교에는 작은 문제라는 게 없습니다. 사소한 일이라도 부적절한 행위는 양국 관계에 큰 손해를 끼칠 수 있습니다."

장관이 잠시 말을 멈추고 문을 힐끗 쳐다봤다.

"방금 본 설 선생이 어떤 사람 같습니까?"

순후는 잠시 고민하고 신중하게 대답했다.

"사람은 그런대로 괜찮아 보이는데 왠지 모를 거리감이 느껴졌습니다."

장관이 흐뭇하게 고개를 끄덕였다.

"허허, 제갈 승상 곁에 있던 분이라 역시 다르네요. 확실히 예리하군요. 설영은 개인적으로 아주 가까이 지내는, 오나라에서 가장 친한 친구입니다. 예전에 같은 스승을 모시기도 했고요. 하지만 외교와 정보 업무면에서 보면 설영은 우리 돈목관의 가장 큰 골칫거리지요. 절대 방심하면 안 됩니다."

순후가 고개를 끄덕였다. 순후는 외교상에 사적인 관계가 없다는 원칙을 알고 있다. 대표적인 사례가 제갈량과 그의 친형이자 오나라의 고위 관리인 제갈근이다. 두 사람은 양국을 대표하는 자리에서 혈육의 정을 뒤로 한 채 자국의 이익을 위해 최선을 다했다.

"오나라 사람들은 조금 이상한 면이 있어요. 사고나 행동 방식이 우리나 위나라 사람하고 뭔가 다릅니다. 이곳에서 정보 활동을 하려면 이 부분을 꼭 알아야 합니다. 뭐, 조금 시간이 필요하겠지만 곧 알게 될 겁니다. 촉나라와 오나라 관계가 겉으로는 훈훈해 보이지만, 알고 보면 무창의 정보 전쟁도 한중이나 농서만큼 쉽지 않습니다. 동맹이 적보다 더 다루기 힘든 법이지요."

"적이나 동맹보다도 더 상대하기 힘든 상대가 같은 편인 것 같습니다."

장관은 무슨 뜻인지 알겠다는 듯이 고개를 끄덕이고 입가를 만지작거리며 씩 웃었다.

"순 공조가 왜 이쪽으로 파견됐는지 알 것 같군요."

순후는 그저 쓴웃음만 지었다.

"이쪽 기본 업무 상황은 극정에게 물어보면 됩니다. 웬만한 일은 다 그 친구가 처리하고 있으니까요. 그런데……."

장관이 다시 문 쪽을 힐끔 쳐다본 후 손으로 입을 가리고 작게 속삭였다.

"저 친구가 정의감이 너무 과해서 융통성이 부족해요. 정보 관리답지 않게 말이죠. 미리 마음의 준비를 좀 해둬야 할 겁니다."

"알겠습니다. 최대한 빨리 무창 정보망을 파악하도록 하겠습니다. 그런데……."

갑자기 순후의 표정이 험하게 일그러졌다.

"그런데, 뭐요?"

장관은 살짝 긴장했다. 순후가 천천히 습기 많은 강남 공기를 내뱉으며 습관처럼 관자놀이를 꾹꾹 눌렀다. 그리고 아주 불쌍한 표정으로 왼손을 내밀었다.

"혹시, 성신환 한 알 더 주실 수 있나요?"

순후는 다음 날부터 극정의 도움으로 오나라의 전반적인 나라 사정, 정치 판도, 경제 정책, 군사 체계, 민생 문제를 파악하면서 오나라에 대한 밑그림을 그리기 시작했다. 그사이 몇 번 오나라 대신의 연회에 초대받아 직접 오나라 사람과 대화하며 그들의 사고와 행동 방식을 알아갔다. 어느 날은 손권을 직접 만나 귀한 대모[7] 장식품을 선물로 받았다.

어느 정도 시간이 지나면서 모호하고 흐릿했던 오나라의 이미지가 점점 구체적으로 그려졌다. 순후는 그 무렵 배서에게 보낸 서신에 이렇게 적었다.

……오나라는 두 차례의 권력 세습을 거치면서 수십 년 동안 상대적으로 안정적인 통치를 이어왔어. 그 때문인지 손견 시대에 빛났던 날카롭고 진취적인 기세는 안정과 평화에 묻혀 완전히 사라진 모양일세. 역사적인 이유에 지리적인 이유가 더해져 오나라의 군신들은 제3자 관점으로 자신을 바라보는 뭔가 모순적인 상황에 빠진 것 같아.

일단 그들은 우월감이 아주 강해. 어떻게 보면 아주 거만하다고도 할 수 있지. 오나라 주군부터 일반 백성에 이르기까지 아무도 오나라를 쳐들어올 수 없다고 생각하고 있어. 물론 이렇게 생각하는 데는 역사적인 이유가 있지. 손권이 즉위한 후 위나라와 우리나라에게 수차례 대규모 공격을 받았지만 모두 성공적으로 물리쳤으니까. 사실 장강이 이 승리에 직간접적으로 많은 영향을 끼쳤지. 오나라 사람들과 대화하다 보면 천연 요새인 장강이 지리적으로나 정신적으로 그들에게 큰 영향을 끼쳤다는 것을 알 수 있어. 장강이 주는 안정감 때문인지 그들은 외부 정치 변화에 별로 관심이 없어. 그래서 현재 상황에 만족하며 이 상황이 영원히 이어지리라 믿고 있어.

하지만 이는 동전의 양면과 같은 일이야. 이렇게 폐쇄적인 무사안일주의는 안정감을 주는 대신 발전의 걸림돌이 되고 있어. 뛰어난 수비 능력에 비해 오나라가 공격에 나선 역사는 매우 초라하지. 건안 19년 합비(合肥) 대전처럼 완패하거나 건흥 6년 석정(石亭) 전투처럼 난잡한 전략이거나. 석정 전투는 육손 장군이 빈틈없는 전술을 구사했음에도 불구하고 전략적으로 물자 소모가 너무 큰 탓에 아무런 성과도 올리지 못했어. 아마도 오나라 장군들이 나쁜 습관을 가지고 있는 것 같아. 오나라 남부는 우리나라 남부와 매우 비슷한 상황이야. 이민족 부족이 광범위하게 흩어져 있어서 오나라 장군 상당수가 이들을 진압하면서 경력을 쌓았지. 그래서 오나라 군사 작전에는 이민족 토벌 방식이 아주 뚜렷하게 남아 있어. 다시 말해 큰 틀에서의 전략 구상이 없고 수많은 단기 목표를 세우는 데만 정신이 팔려 있어. 명확한 전략 목표를 세우는 우리나라와 아주 큰 차이가 있어.

오나라의 군신이 우월감과 열등감이 공존하는 모순적인 상황에 빠진 탓에 무창은 군사적으로나 정치적으로 어떤 상징성도 갖지 못하고 있어. 그들은 스스로 독립 정권이라고 말하면서 위나라와 우리나라에 고개를 숙이며 신하를 자처해. 무창 정권이 한 나라의 중앙 왕조가 아니라 지방 할거 정권임을 인정할 수밖에 없는 상황이니, 큰 자괴감을 느끼겠지. 그런데 또 신하의 나라임을 공식화하려고 하면 바로 입장을 바꿔 독립성을 주장하지. 전략 없는 군사 작전처럼 지도층이 원칙 없이 왔다 갔다 하는 거야. 외부 사람뿐 아니라 그들 자신도 혼란스러운 상황이지.

이렇게 우월감과 열등감이 공존하는 심리 때문에 오나라의 시야는 점점 좁아지고 있어. 내가 만났던 오나라의 신하들은 대부분 위나라와 우리나라가 그들을 강하다고 생각하지 않는 것 때문에 두려움을 느끼지만, 오나라 독립 정권에 대한 우월감이 훨씬 강했어. 이런 심리가 존경하는 우리의 동맹국을 어떤 길로 인도할지, 앞으로 어떤 일이 벌어질지 참으로 궁금하다네.

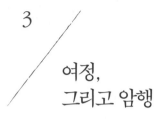

3

여정,
그리고 암행

4월 24일, 순후가 무창에 부임한 지 팔 일째 되는 날이다. 해가 중천에 뜰 무렵 돈목관을 나선 순후는 무창성에서 가장 번화한 주작구로 걸어갔다. 오늘은 눈에 잘 띄지 않는 옅은색 도포를 입고 오나라 사람처럼 가슴까지 반쯤 풀어헤친 양쪽 옷깃을 한 치씩 안으로 접어 넣었다. 강동 날씨는 벌써 더워져서 땀이 나지 않게 바람이 잘 통하도록 옷깃을 풀어헤쳐야 했다. 그리고 걷기 편하도록 허리띠로 도포 밑자락을 묶었다.

순후는 돈목관을 나서자마자 맞은편 홰나무 그늘에 있던 농부 차림의 두 남자가 멀찍이 떨어져 따라오는 것을 눈치챘다. 오나라 관부에서 보낸 미행자임을 알기에 전혀 놀라지 않고 자연스럽게 큰길을 따라 천천히 걸어갔다. 오나라가 무창 돈목관 관리를 감시하는 일은 공공연한 비밀이었다. 장관은 성내에서 혹시 길을 잃으면 그림자처럼 따라다니는 미행자에게 길을 물어보면 된다면서 재미있는 일화를 들려줬다.

한번은 돈목관 서기가 일이 있어 외출했는데 목적지가 미행자 중 한 명의 집 근처였다. 이 미행자는 서기를 뒤쫓다가 우연히 마누라가 다른 남자와 바람을 피우는 정황을 목격했다. 이 불운한 미행자는 화를 참지 못해 다짜고짜 간통 현장을 덮쳤다. 두 남자가 물어뜯고 싸우는 것을 돈목관 서기가 겨우 떼어놓고 관부에 보고했다. 이 일은 두고두고 오나라 정보기관의 망신거리로 남았다.

선양문 근처 돈목관에서 남쪽으로 5리쯤 걸어가면 무창 내하가 보이는 주작문이 나오는데 이 거리가 바로 어원로(御苑路)였다. 어원로 양편은 대부분 관부와 군부 기관이 들어서 있었다. 어원로는 주작문 앞에서 내하 물길을 따라 두 갈래로 나뉘었다. 한쪽은 장정, 다른 쪽은 구당으로 각각 상업 구역과 주거 구역이었다. 이곳이 무창에서 가장 번화한 거리였다.

순후는 어원로를 따라 느긋하게 걸었다. 주작문에 가까워질수록 행인과 상인, 오가는 마차가 점점 많아졌다. 두 남자는 일정한 거리를 유지하며 순후를 뒤쫓았다. 순후가 뒤돌아보면 얼른 고개를 돌려 가게를 구경하는 척했다.

'어설프군.'

순후는 살짝 신경 쓰이고 귀찮아 두 남자를 떼내기로 했다. 순후가 갑자기 빠르게 걷자 두 남자가 깜짝 놀라 저도 모르게 바짝 따라붙었다. 순간적으로 미행 사실이 드러났다. 순후는 뒤를 돌아보고 씩 웃으며 손을 흔들었다. 그리고 갑자기 오른쪽으로 방향을 틀고 달렸다.

깜짝 놀란 두 남자가 황급히 쫓아갔지만 비단 가게 앞에 걸어놓은 비단옷 사이로 얼핏 순후의 뒷모습이 보였을 뿐, 감쪽같이 사라졌다. 두 남자는 거칠게 사람들을 밀치며 순후가 사라진 방향으로 달려갔다.

마침 길 한쪽에서 오나라 고위 관리의 마차 행렬이 달려오고 있었다. 행렬 길이가 60보쯤 되는데 오색 나무 막대기를 높이 치켜든 두 의전병이 앞장섰고 그 양쪽에서 기병이 채찍을 휘두르며 비키라고 고함을 질렀다. 관리의 가마는 행렬 한가운데 있었다.

청고벽돌이 깔린 어원로 중앙길은 황제와 고위 관리가 행차하는 전용 대로였다. 중앙길 양편에 홰나무를 심고 깊이가 3척, 너비가 2척인 황궁으로 흘러들어가는 수로를 만들어 전용 대로와 평민이 다니는 길을 구분했다.

순후는 길가에 기다리고 있다가 마차 행렬이 진입하기 직전에 쏜살같이 달려 수로를 뛰어넘어 대로를 건너갔다. 거치적거리지 않게 도포 자락을 묶어둔 것이 도움이 됐다. 두 남자는 순후를 발견했지만 이미 늦었다. 마차 행렬이 그들 사이를 정확히 가로막았다. 두 사람도 순후처럼 수로를 뛰어넘으려다 기병이 휘두른 채찍에 맞았다. 너무 아파 온 얼굴이 일그러졌다.

마차 행렬이 지나간 후 순후도 온데간데없이 사라졌다. 두 남자는 서로 한 번 쳐다보고 잠깐 멍하니 서 있다가 씩씩거리며 돌아갔다.

'뭔가 이상한데.'

순후는 건너편 주점 이층에 숨어 두 남자가 돌아가는 모습을 내려다보다가 고개를 갸웃했다. 양쪽 모두 서로의 존재를 알고 있는 상황이기에 이 미행의 목적은 비밀리에 목표물을 뒤쫓는 것이 아니었다. 목표물에게 자신의 존재를 인지시켜 누군가와 정보를 주고받거나 다른 비밀 활동을 하지 못하도록 하는 것이 진짜 목적이었다. 다시 말해 미행자들은 미행 사실이 노출되어도 전혀 상관없었다. 그들은 목표물을 바짝 따라다니며 긴장하게 만들기만 하면 되니까.

그런데 두 남자는 목표물을 놓치자마자 바로 철수했다. 뭔가 이상했다. 일반적으로 미행자들은 대로 양편으로 달려가 목표물이 아직 시야에 있는지 확인하거나 지원 인력을 불러 주변 가게를 탐문해 목표물의 흔적을 쫓는다. 단순히 어설픈 자들일까? 아니면 혹시…….

순후는 이런저런 생각을 하며 주점 뒷문으로 빠져나갔다. 주변에 수상한 사람이 없는지 확인하고 익숙한 길을 걷듯 자연스럽게 어딘가로 향했다. 순후는 며칠 만에 무창 지리를 거의 다 익혔다. 혼자서도 여러 번 돌아다녔기 때문에 안내자가 없어도 원하는 곳을 찾아갈 수 있었다.

순후는 골목 두 개를 통과해 다시 어원로로 돌아와 북적거리는 오른쪽 구당 상업 구역으로 들어갔다. 길가에 각양각색의 가게들이 일렬로 늘어서 있다. 순후는 흥미롭게 구경하면서 간혹 발길을 멈추고 가게 주인과 몇 마디 주고받기도 했다. 그냥 시내를 구경하러 나온 사람처럼 보였다. 구리거울 가게 앞을 지나는데 주인이 손님을 끌려고 3척 너비의 큰 거울을 내다 걸고 있었다. 번쩍번쩍 빛나는 구리거울이 단박에 시선을 사로잡았다. 순후는 신기한 듯 구리거울을 구경하다가 피식 웃었다.

구리거울 덕분에 고개를 돌리지 않고도 사람들 틈에 숨어 있는 미행자를 발견했다. 미행자는 순후가 구리거울로 자신을 지켜본다는 사실을 꿈에도 모른 채 대놓고 순후만 뚫어지게 쳐다봤다. 오나라 정보국의 잔꾀가 틀림없다. 이중 미행이었다. 어설픈 미행자를 전면에 내세웠다가 미행이 발각된 후 철수하면, 대부분의 목표물은 방심하고 직접 목표 지점으로 이동한다. 일반적으로 미행이 끝났다고 생각하지 다른 미행자가 또 있을 것이라고 생각하는 사람은 많지 않을 테니까. 장관은 이 부분에 대해서도 이미 얘기했었다.

"오나라 사람들의 얕은 잔꾀일 뿐이오. 이중 미행이 도대체 무슨 의미가 있소? 미행자 한두 명 따돌렸다고 방심하면 어디 그게 전문 정보요원이겠소?"

순후는 구리거울 가게를 뒤로 한 채 여기저기 구경하며 한가롭게 거닐었다. 어원로를 따라 걷다 보니 어느새 나루터였다.

강동은 유명한 수향(水鄕) 도시다. 장강이라는 큰 물줄기 말고도 종횡으로 흐르는 크고 작은 강이 수없이 많았다. 무창성에는 무창 내하라 불리는 꽤 넓은 수로가 성을 가로질렀다. 무창 내하는 몇 군데 부교가 있지만 대부분의 사람들은 나룻배를 타고 건너다녔다. 순후가 나루터에 도착했을 때 배를 기다리는 사람이 이미 스무 명쯤 있었다. 사람들은 강기슭에 모여서 일제히 건너편에서 다가오는 나룻배를 주시했다. 순후는 그 사람들 틈에 끼어 그림자처럼 따라붙은 미행자를 힐끗 쳐다봤다.

나룻배가 거의 도착하자 나루터에 대기 중인 뱃사공이 밀짚모자를 들고 다니며 돈을 거뒀다. 순후는 품속에서 동전 한 닢을 꺼내 밀짚모자에 던져 넣었다. 뱃사공은 고맙다는 말과 함께 무로 만든 도장을 꺼내 순후 손목에 '수' 자를 찍었다. 그리고 다시 검사할 수

도 있으니 건너편에 도착하기 전에 지우지 말라고 했다. 순후가 뱃
삯을 지불하자 미행자도 서둘러 동전을 꺼내고 도장을 받았다.

　나룻배가 흔들흔들 강기슭에 닿자 나루터 뱃사공이 배와 나루터
사이에 나무판을 올렸다. 배에 타고 있던 승객들이 우르르하고 내렸
다. 성질이 급한 사람은 아무렇지도 않게 강물로 뛰어내려 훌쩍 사
라졌다. 승객이 모두 내린 후 뱃사공은 기다리던 사람들에게 타라고
손짓했다. 사람들이 왁자지껄 떠들며 몰리는 바람에 순식간에 난장
판이 됐다. 두 뱃사공은 혹시나 밀려 떨어지는 사람이 있을까 봐 대
나무 장대를 들어 나무판자 양쪽에 임시 난간을 만들었다.

　먼저 배에 오른 순후는 뒤에 탄 승객에게 떠밀려 배 가장자리까
지 갔다. 나중에 탄 미행자와 순후 사이에 대략 일고여덟 사람이 있
었다. 발 디딜 틈조차 없으니 더 이상 가까워질 수도 멀어질 수도
없었다. 배가 꽉 차자 뱃사공이 나루터에 있는 동료에게 나무판을
치우게 하고 나룻배 위쪽에 부착한 가느다란 쇠줄과 무창 내하를
가로지르는 굵은 쇠사슬을 연결했다. 이것은 나룻배가 물살에 휩쓸
려 떠내려가는 것을 방지하는 장치였다. 뱃사공이 긴 대나무 장대로
강기슭을 밀어내자 나룻배가 천천히 방향을 틀었다.

　방금 출발한 배가 나루터에서 3척쯤 멀어졌을 때, 순후가 갑자기
강기슭으로 뛰어내렸다. 순식간에 일어난 일이라 다들 무슨 일인가
싶었다. 특히 놀란 미행자는 잠시 멍해 있다가 약이 바싹 올라 사람
들을 밀어내며 순후를 쫓아가려 했지만 이미 늦었다. 나룻배와 나루
터의 거리는 이미 2장 이상이라 뛰어내릴 수가 없었다. 이미 출발한
나룻배를 되돌릴 수 없기에 미행자는 나루터에 서 있는 순후가 점
점 멀어지는 것을 지켜볼 수밖에 없었다.

미행자 셋을 따돌리는데 반 시진이나 걸렸다. 순후는 하늘을 올려보고 시간이 늦었다는 생각에 서둘러 약속된 접선 장소로 향했다.

오늘 순후의 최종 목적지는 무창성 동호(東湖) 옆 청룡장(靑龍場)이다. 원래는 꽤 넓은 연무장인데 오늘은 이곳에서 큰 장이 열렸다. 무창성 백성은 물론 주변 지역 사람들까지 모여들어 그야말로 인산인해였다. 순후가 도착했을 때 이미 장이 한창이라 아주 떠들썩했다. 호객과 고함 소리가 뒤섞이고 나귀와 말 울음소리, 어린아이 울음소리까지 정신이 없었다. 서편에 늘어선 잡화 노점에는 해남(海南)에서 온 향료, 삼베, 명주, 유연(幽燕)에서 온 인삼, 모피 등 온갖신기한 물건이 다 있었다. 동편에는 각종 먹을거리가 즐비했고 중앙에는 서역 기예단을 둘러싼 구경꾼들이 환호성을 지르고 있었다.

순후는 먹거리 가게 앞을 쭉 둘러본 후 완자탕 가게로 걸어갔다. 이 가게는 장사가 아주 잘 되는지 문밖에 일자로 늘어놓은 탁자가이미 만석이었다. 다들 김이 모락모락 나는 완자탕 그릇을 들고 맛있게 먹었다. 순후가 한 그릇 주문하자 주인이 대답과 동시에 완자 열댓 개를 솥에 넣고 한소끔 끓였다. 구멍이 숭숭 뚫린 국자로 휘휘 저은 후 사기그릇에 가득 담아내고 단물을 한 숟가락 얹었다.

그릇이 아주 뜨거웠다. 순후는 소맷자락을 끌어당겨 완자탕 그릇을 감싸 쥐고 탁자 앞으로 걸어갔다. 자연스럽게 자리에 앉아 후후 뜨거운 국물을 불었다.

"왔소?"

순후는 등 뒤에서 자신을 부르는 말이 들리자 엉겁결에 고개를 돌리려 했다.

"돌아보지 마시오."

순후가 고개를 바로 하고 다시 아무렇지 않게 국물을 후후 불었다.

"왜 장관이 오지 않은 거요?"

"다른 일이 있어서 제가 대신 왔습니다. 새로 부임한 사문조 공조입니다. 오늘부터 제가 연락 담당입니다."

지금 순후 등 뒤에 앉은 남자는 돈목관이 오나라 관부에 심어놓은 첩자였다. 이 남자가 제공한 정보는 꽤 가치가 높아 촉나라가 오나라 관련 외교 정책을 세울 때 큰 도움이 됐다. 사실 이 첩자에 대한 신뢰도를 높이 평가하는 데는 또 다른 이유가 있었다. 돈이 아니라 한나라 부흥을 강력히 지지해 첩자가 됐기 때문이다.

남자는 아주 조심스럽게 몇 차례 암호를 주고받은 후에야 경계심을 풀었다. 두 사람은 서로 등지고 앉아 각자 완자탕을 떠먹으며 대화를 주고받았다. 멀리서 보면 전혀 모르는 사람이 따로 앉아 완자탕을 먹는 것 같았다.

"새로운 정보가 있습니까?"

"최근 오나라 내부에 여러 가지 일이 있었소. 조만간 공개적으로 발표할 것 같긴 한데, 아직은 관부에서 내부를 통제하고 있소."

남자가 젓가락으로 건더기를 떠먹으며 자연스럽게 대화를 이어갔다.

"도대체 무슨 일입니까?"

"사람들이 황룡을 목격했다고 하오."

"황룡이요?"

"그렇소. 4월 6일 하구(夏口)에서 황룡을, 4월 8일 무창에서 봉황을 목격했다는 사람이 있었소. 이 두 사건은 정식 보고서로 작성되어 손권에게 전달됐소."

"황당하고 어이없는 일이네요."

"그렇소. 하지만 말이 안 되는 일에는 늘 배후가 존재하는 법이오. 아마도 이 두 사건은 손권이나 그 측근이 꾸민 자작극일 것이오. 사실 연초부터 비슷한 일이 종종 있었는데 최근에 더 잦아졌소."

묵묵히 음식을 삼키던 순후의 표정이 살짝 굳었다.

"3월 중순부터 무창에 들여오는 사치품과 건축자재 양이 크게 증가했소. 고급 직물은 월평균 삼백 필에서 오백 필로, 진주와 비취는 스무 건에서 마흔 건으로 늘었소. 대추목, 단향목, 구리도 눈에 띄게 많아졌고. 특히 이상한 것은 이 물건을 대량으로 구매한 상인이 손씨 일가의 측근이라는 것이오. 그리고 그제 밤 회계에서 운반해 온 검은 소 두 마리를 비밀리에 왕궁 마구간으로 옮겼소."

"아무래도 엄청난 일을 꾸미는 모양이군요."

"돈목관은 아무 소식도 못 들었소?"

"예. 공식적으로 전달받은 내용은 전혀 없습니다."

"그렇군. 동맹 협의에 따르면 촉나라와 오나라는 중대한 변화가 있을 경우 반드시 상대국에 알려야 하오. 그런데 아직까지 돈목관에 숨기고 있다면 분명히 촉나라와 관계있는 일일 것이오."

'오나라 사람들, 저만 잘난 줄 알고 잔꾀 부리는 건 정말 알아줘야겠군⋯⋯.'

순후가 지난 며칠 동안 이 사실을 정말 뼈저리게 느꼈다.

"아직 나한테까지 정식 통보되지 않은 것을 보면, 보안 등급이 꽤 높다는 뜻인데⋯⋯. 하지만 각 부문의 모든 관리에게 당분간 무창을 떠나지 말라는 지시는 이미 내려왔소."

"알겠습니다. 혹시 육손(陸遜) 장군 쪽 움직임도 있었습니까?"

"육손도 이미 무창으로 오고 있소. 그리고 원래 사상(柴桑)에 있던 오나라 수군 일부가 무현(巫縣), 자귀(秭歸) 등 촉나라 경계 지역으로 이동했소."

'잔꾀도 이런 잔꾀가 없구먼.'

순후는 속으로 혀를 차며 그릇을 싹 비웠다.

순후는 대화를 마치고 완자탕 한 그릇을 더 주문해 허겁지겁 먹어치웠다. 불룩 튀어나온 배를 두드리며 일어섰을 때 뒤에 앉았던 사람은 이미 사라진 후였다. 순후는 뒤돌아보지 말라는 말을 끝까지 지켰기 때문에 남자가 이미 떠났는지, 아니면 어느 길모퉁이에서 자신을 지켜보고 있는지 알 수 없었다.

순후는 돈목관으로 돌아가는 길에 우연히 설영을 만났다. 사실 설영이 돈목관 근처에서 기다리고 있다가 바로 나타난 것이었다. 순후가 먼저 반갑게 인사했다.

"아, 설 선생, 안녕하셨습니까?"

"순 주부, 기분이 좋아 보이는데 오늘 무창 나들이가 즐거우셨나 봅니다."

설영도 웃으며 인사를 받았지만 왠지 부자연스러웠다.

"아, 네. 그냥 물길 따라 걸으면서 여기저기 구경했죠."

"허허, 듣자니 강을 건너려다가 갑자기 마음이 변했다지요?"

설영이 눈을 가늘게 뜨고 물었다. 이미 부하에게 보고를 받은 모양이었다.

"이미 아셨겠지만, 제가 원래 마지막 순간에 갑자기 마음이 바뀌곤 합니다. 혹시 저 때문에 불편하셨다면 죄송합니다. 너그럽게 이해해주세요."

순후가 자못 진지하게 나오자 설영은 더 이상 뭐라 하지 못했다. 두 사람은 잠시 서로 뚫어지게 바라봤다. 설영이 의미심장한 눈빛으로 손가락 하나를 치켜세우고 까딱까딱 흔들었다.

"순 주부, 무창성에 흥미로운 볼거리가 많긴 하지만 그렇게 정신없이 돌아다니면 길을 잃기 십상입니다. 어딘지도 모르는 곳에서 무슨 일이라도 생기면 아무도 도와줄 수 없어요."

순후는 옷에 묻은 흙먼지를 탁탁 털고 비웃으며 반문했다.

"설 선생, 친구로서 걱정하는 말입니까? 아니면 비부 중서랑으로서 충고하는 겁니까?"

"둘 다요."

어차피 답이 없는 질문이기에, 순후는 가볍게 고개만 끄덕였다.

"그럼, 무창성에서 즐거운 시간 보내길 바라겠습니다."

설영은 말과 달리 매우 싸늘한 표정으로 한마디 툭 던지고 돌아섰다. 두 사람의 대화는 이렇게 빙빙 돌다가 끝났다. 어쨌든 동맹 관계이니 겉으로는 우호적인 태도를 유지해야 했다. 설영은 확실한 증거를 찾지 못한다면 외교 관리인 순후를 어쩌지 못할 것이다. 돈목사를 포함해 모든 촉나라 돈목관 관리에 대한 무례는 곧 촉나라 조정을 무시하는 처사이기 때문이다.

돈목관의 무창 첩보 활동은 이미 하루이틀 일이 아닌데, 왜 설영이 직접 나타나 이렇게 특별 경고까지 하는 것일까? 순후는 '그 남자'가 한 말을 떠올리며 자신의 추측에 더 강한 확신이 들었다.

순후는 곧바로 장관 집무실로 갔다. 장관과 극정은 오나라에 형주 남부 네 개 군을 개방하도록 요구하는 문서를 두고 얘기 중이었다. 두 사람은 순후를 보자마자 대화를 멈췄다.

"일은 잘 됐습니까?"

"정보는 잘 전달받았는데, 정보 자체가 난감합니다."

순후는 첫 마디를 꺼내면서 일단 문을 꼭 닫았다. 장관과 극정은 보고 있던 문서를 옆으로 치우고 자세를 바로잡았다. 극정이 순후에게 물을 준비해주려고 하인을 부르는 종을 흔들려다가 순후의 눈빛에 손을 멈췄다. 지금 순후는 배가 너무 불러 물 한 모금 마시고 싶지 않았다.

"도대체 무슨 정보요?"

장관은 습관인 듯 양손을 소매 안에 넣고 나지막이 물었다. 순후는 첩자에게 들은 정보를 자세히 전했다. 말없이 서로 눈만 마주치는 세 사람은 표정이 점점 어두워졌다. 다들 이 정보에 숨은 뜻을 알고 있는 듯 했다. 잠시 후 장관이 입을 열었다.

"순 공조는 이 정보가 어떤 의미라고 생각하시오?"

"아마도, 손권이 황제를 칭할 생각인 것 같군요."

장관과 극정은 약속한 것처럼 동시에 고개를 끄덕였다. 장관이 눈빛을 보내자 극정이 경전과 고사 등을 인용해 몇 가지 설명을 덧붙였다.

"역사적으로 황제가 등극할 때, 각지에서 황룡과 봉황 등 상서로운 조짐이 나타났다고 공언했습니다. 황제 등극의 당위성을 강조하고 여론을 조장하기 위함이죠. 검은 소는 제사용이 확실합니다. 황제 등극 의식에 제물이 필요하죠."

"지금 무창에 그 모든 일이 동시에 일어났으니, 다른 가능성은 없다는 뜻이겠지."

장관이 눈살을 찌푸리며 중얼거렸다.

"옛 법도대로라면, 그렇습니다."

극정이 진지하게 고개를 끄덕이는가 싶더니 한 가지 의문을 제기했다.

"혹시 일부러 놀래키려는 건 아닐까요? 사실 황제를 향한 손권의 야심이 어제오늘 일이 아니잖아요. 때마다 신하들이 상소를 올려 권했지만, 올해 연초까지만 해도 별다른 언급이 없었어요."

순후가 손가락으로 책상을 톡톡 두드리며 고개를 흔들었다.

"그런데, 이번 일들을 바로 공개하지 않았어요. 우리한테 통보하지도 않고. 뭔가 구린 데가 있다는 뜻이죠. 더구나 무창에 들여온 물자를 보면, 단순히 황제를 칭할 생각만 하는 게 아니라 실질적인 준비를 시작한 겁니다. 즉위식 말이에요. 하지만 우리는 아무것도 모르고 있었죠. 제 생각엔, 오나라가 확실히 마음을 정한 것 같습니다. 모든 준비를 마치고 기정사실이 된 후에 알릴 생각인 겁니다."

순간 쥐죽은 듯 조용해지면서 불안감이 밀려왔다. 손권이 황제를 칭하는 일 자체는 무서울 것이 없다. 그저 허울뿐인 이름이니까. 문제는 여기에서 파생되는 일련의 정치적 파장이다.

촉나라와 오나라는 대등한 동맹 관계이다. 그러나 '한나라 부흥'을 기조로 손을 잡은 터라 명분상으로는 촉나라가 우위에 있다. 촉한이란 명칭 자체가 한나라의 계승자라는 의미이고 오나라는 일찍이 한나라의 신하였다. 오나라는 이 부분이 늘 불만이었지만 딱히 반대 입장을 내놓지 못했다. 만약 지금 손권이 황제를 칭한다면 한나라를 계승한 촉한의 정통성을 부정하는 동시에 더 이상 한나라의 신하가 아닌 독립 국가임을 선포하는 것이 된다. 촉나라는 완전히 뒤통수를 얻어맞는 셈이다.

촉나라 입장에서 보면 이 일은 위나라가 한나라 황위를 찬탈하고 황제를 칭한 것과 다를 것이 없다. 도저히 용납할 수 없는 반역 행위다. 손권이 정치적 한계점을 넘어서는 도발을 감행할 경우 두 나라의 동맹 관계는 철저히 무너지고 또 한 번 대규모 군사 충돌에 휘말리게 될 것이다. 사상에 주둔했던 오나라 수군이 무현, 자귀 등 촉나라 경계 지역으로 이동했다는 사실만 봐도 이미 전쟁 준비에 들어갔음을 알 수 있다.

이쯤 되자 세 사람은 얼굴이 창백해졌다. 이 일은 돈목관이 자체적으로 해결할 수 있는 일이 아니었다.

"이건 파급력이 엄청난 일입니다. 한쪽 정보만으로 경솔하게 판단할 수 없으니 다른 쪽으로 다시 확인해 봐야겠어요. 지금 우리가 할 수 있는 건, 이 일이 사실인지 확인하고 최대한 빨리 성도에 알리는 것입니다."

"부디 그냥 허세였으면 좋겠어요."

말은 이렇게 했지만 세 사람 모두 그럴 가능성이 거의 없다는 사실을 잘 알았다.

돈목관은 첩자가 준 정보의 사실 관계를 확인하기 위해 즉시 모든 방법을 총동원했다. 하지만 시작부터 난관에 부딪쳤다. 설영이 낌새를 알아차렸는지 돈목관 주변에 수십 명을 풀어놓고 모든 움직임을 감시했다. 돈목관에서 나오는 사람이 있으면 바로 네댓 사람이 따라붙었다. 숨어서 몰래 뒤쫓는 일반적인 미행이 아니라 보란 듯이 대놓고 따라갔다. 해가 지고 어두워지니 거리에 인적이 끊겨 미행을 따돌리기가 더 힘들었다.

이런 상황에서는 돈목관이 기존에 구축해놓은 정보망을 이용할 수 없으니 장관이 직접 나서야 했다. 장관은 평소 사이가 좋은 오나라 고위 관리를 찾아가 뭐든 도움이 될만한 정보를 말하도록 유도해볼 생각이었다. 좌장군 제갈근, 서조연 감택(闞澤), 승상 고옹(顧雍), 보의중랑장(輔義中郎將) 장온(張溫) 집을 차례로 찾아갔다. 감택과 장온은 어떤 이야기를 하든 애매하게 말을 얼버무렸다. 제갈근은 아예 장관의 말을 무시한 채 '오나라는 동맹을 매우 중요하게 생각한다. 양국의 협력이 위나라를 무너뜨리는 초석이 될 것이다.'와 같은 원론적인 이야기만 되풀이했다. 고옹은 병을 핑계로 아예 얼굴도 비추지 않았다.

하지만 고위 관료들의 미심쩍은 행동이 오히려 손권의 야심에 대한 확실한 증거가 됐다. 돈목관이 4월 25일 새벽까지 쉬지 않고 돌아갔기 때문에 돈목관 관리도, 외부 감시자들도 완전히 지쳐버렸다. 장관, 극정, 순후 세 사람은 공개와 비공개, 합법과 불법을 넘나드는 온갖 방법을 동원한 끝에 조만간 손권이 황제에 등극할 확률이 9할 이상이라는 결론을 내렸다.

"매우 시급한 상황이에요. 순 공조, 지금 바로 극정과 보고서 초안을 작성해주시오. 오늘 오전 중에 우진 항구에 가서 외교선을 섭외해 바로 강주로 보내야 합니다."

장관은 밤을 새우느라 눈이 빨갛게 충혈됐다. 어제 저녁부터 쉴 새 없이 무창성을 돌아다니며 여러 사람을 만났더니 너무 피곤했다. 하지만 아직 끝나지 않았다. 그는 뜨거운 물수건으로 얼굴을 닦아내고 따뜻한 물과 성신환을 삼킨 후 다시 서둘러 돈목관을 떠났다. 오늘은 꼭 손권을 만나 해명을 들을 수 있기를 바라며.

순후는 문득 호충이 그리웠다. 이 자리에 호충이 있었더라면, 이 보잘것없는 정보를 잘 조합하고 분석해 중요한 단서를 찾아냈을 것이다. 안타깝지만 호충이 없으니 오늘 일은 순후 혼자 완성해야 한다. 사실 분석과 정리 작업은 순후의 장기가 아니었다. 그는 부하들을 데리고 밖으로 뛰어다니는 쪽이 체질에 맞았다.

극정이 문장력이 뛰어난 편이라 다행이었다. 이 젊은이는 정보 분석력은 보통 수준이지만 문장을 다듬고 꾸미는 데는 일가견이 있었다. 덕분에 순후의 무미건조한 문장이 문학 작품처럼 유려해졌다. 아무래도 훨씬 보기 좋았다.

보고서를 작성할 때는 손권이 황제를 칭할 계획이라는 사실 외에 현재 상황에 대한 분석까지 포함시켜야 한다. 이것은 촉한 정보국의 관례였다. 순후는 보고서를 쓰면서 제갈량이 이번 일을 어떻게 처리할지 예상해봤다.

오나라의 국가 선포는 촉나라 입장에서 확실히 체면이 깎이는 일이지만 현실적으로 참을 수밖에 없었다. 현재 촉나라는 대규모 전쟁 두 개를 동시에 감당할 상황이 안 된다. 무엇보다 경제가 완전히 붕괴될 것이다. 또한 북벌 전략을 이어가려면 기본적으로 오나라가 남쪽 전선에서 공조를 해줘야 한다. 제갈량은 실리를 중시하기 때문에 고작 명분을 세우자고 섣불리 군사를 움직일 사람이 아니었다. 오나라가 정치적으로 선을 넘긴 했지만 국익에는 문제가 없었다. 아마 손권은 이 정치적 틈새를 노려 꼼수를 부리려는 것이리라.

'오나라 놈들, 잔꾀는 정말 못 말리겠군.'

순후는 콧방귀를 뀌며 이 내용을 그대로 보고서에 적었다. 잠시 후 문장을 다듬던 극정이 이 내용을 보고 크게 놀랐다. 격분한 나머지 종이를 흔들며 따지듯이 물었다.

"순 공조, 어떻게 이런 말을, 이게 말이 됩니까? 저 반역의 무리랑 동맹을 유지해야 한다니요? 이건 정말 말도 안 돼요! 저놈들은, 분수도 모르고 버르장머리 없는 도둑놈들이라고요!"

"그럼, 극 영사는 우리가 어떻게 해야 한다고 생각하시오?"

"당장 오나라와 국교를 단절하고, 놈들의 비열한 행위를 온 세상에 알려야지요. 우리 촉한의 의지를 명백히 보여줘야 합니다."

"그건, 안 될 일이오."

순후는 고개를 절레절레 흔들었다. 책벌레라 책만 읽을 줄 알았지 정치에 대해서는 아무 것도 모르는군. 정치만 모르는 것이 아니라 현실성도 전혀 없었다. 만약 모든 일을 선현의 가르침대로 했다면 촉나라는 벌써 사면초가에 빠졌을 것이다. 제갈량은 표면적으로 유가를 받들지만 알고 보면 실리와 효율을 중시하는 법가의 제자이기도 했다.

극정이 눈을 동그랗게 뜨고 다시 따졌다.

"왜 안 돼요? 그럼, 우리의 명분을 부정하는 저 반역의 무리랑 계속 교류를 해야 한단 말입니까?"

"지금 우리의 주적 위나라를 상대하려면 연합할 수 있는 세력은 모두 규합해야 합니다. 동맹이 깨지면 남북으로 전쟁을 치러야 하는데, 과연 이길 수 있겠습니까?"

"한나라의 정통성을 계승하고 정의와 천명을 받들어 세워진 우리 촉한이 어떻게 질 수 있습니까?"

순후는 당당한 기개로 정의를 외치는 극정을 보면서 어쩔 수 없다는 듯 고개를 흔들고 그저 개인적인 의견일 뿐이라고 답했다. 그리고 극정에게 '현실을 모르는 고리타분한 서생'이라는 꼬리표를 붙였다.

보고서는 오전 중에 마무리됐다. 순후의 상황 분석 뒤에 극정의 유려한 대서사시가 이어졌다. 극정이 말하고자 하는 바는 명백했다. 명분도 없고 의도가 불순한 자들이니 교류하지 말아야 한다, 동맹을 끊고 온 세상에 정의를 알려야 한다.

극정은 글을 마무리한 후 보고서 끝에 돈목사 인장을 찍었다. 순후가 보고서를 돌돌 말아 비단으로 감싸고 촛농으로 이음새를 봉했다. 마지막으로 '한어우봉(漢御郵封)'이라는 문구가 새겨진 구리 고리를 끼웠다. 외교 문서 밀봉에 사용하는 이 구리 고리는 '황제의 문서'라는 의미였다. 문서 전달 과정에서 어느 누구도, 어떤 이유로도 뜯어볼 수 없다는 뜻이기도 했다. 황제의 문서는 황제와 동일시되는 신성한 존재였다.

순후는 밀봉이 끝난 문서를 손에 쥐고 일어섰다.

"난 문서를 발송하고 올 테니, 장 대사가 돌아오면 말씀 전해주시오."

"예."

극정은 마지못해 대답하긴 했지만 조금 전 논쟁 때문에 기분이 안 좋아 보였다. 한시가 급한 상황이라 순후는 바로 말을 준비하라고 소리치며 밖으로 뛰어나갔다.

보고서는 최대한 빨리 발송해야 했다. 하루라도 빨리 성도에 도착해야 촉나라가 정확한 외교 정책을 수립할 수 있을 테니까.

순후가 돈목관 정문을 나서자 하인이 말을 끌고 나와 돈목관 깃발을 꽂았다. 저쪽에서 감시자가 지켜보고 있었지만 말 옆구리를 세게 걷어차며 쏜살같이 달려나갔다.

돈목관 깃발 덕분에 앞길을 막는 자가 없어 외교 전용 우진 항구에 금방 도착했다. 순후는 훌쩍 말에서 뛰어내려 선착장으로 걸어갔다. 그런데 뭔가 이상했다. 저 앞에 선착장이 보이는데 배는 한 척도 보이지 않았다. 원칙적으로 외교 항구에는 하루종일 쾌속 외교선이 대기했다. 순후는 다급한 마음에 항구 초소로 달려가 꾸벅꾸벅 졸고 있는 병사를 깨웠다.

"난 촉나라 돈목관 주부요. 지금 바로 긴급 문서를 보내야 하는데, 돈목관 전용 외교선은 어디 있소?"

병사가 게슴츠레한 눈을 비비며 어눌하게 대답했다.

"죄송합니다. 오늘, 모든 배를 점검 수리 중입니다."

"모든 배?"

"예. 오늘 아침 일찍 모든 배를 이동시켰습니다."

"수리가 언제 끝나오?"

"글쎄요, 아마 이삼 일 걸리겠지요? 선박 수리가 원래 좀 복잡합니다. 우리 수군도 배를 수리할 때 보통 그 정도 걸리거든요."

병사는 초조해하는 순후를 애써 위로하기까지 했다.

순후는 이것이 설영의 농간임을 확신했다. 감히 황제의 문서를 가로막을 수 없기에, 일부러 오늘 전체 선박 점검을 지시해 운송 자체가 불가능하게 만든 것이다.

지금 오나라는 이 문서의 전달을 막는 일이 매우 중요했다. 손권이 정식으로 황제를 칭하기 전에 촉나라가 이 사실을 알면 외교적으로 선수를 칠 것이 분명하기 때문이다. 손권이 사전에 촉나라에 알리지 않고 비밀리에 일을 진행한 이유가 바로 이것이었다.

결국 외교 문서를 보내 사실을 알리겠지만 황제 등극 전과 후의 차이는 매우 컸다. 사전에 문서를 보낸다면 이 일에 대한 동의와 의견을 구하는 것이다. 어디까지나 상징적이긴 하지만, 의견을 구한다는 자체가 동맹국이 이 문제에 상당한 영향력이 있음을 인정하는 꼴이 된다. 반면 사후 문서라면, 이 일이 오나라의 내정(內政)이므로 다른 나라의 의견이 필요 없다는 뜻이다. 동맹국이라도 사후 통보로 끝날 일이라는 의미다.

따라서 언제 외교 문서를 보내느냐는 오나라의 자존심이 걸린 문제였다. 하지만 오나라가 문서 전달을 막으려는 행동 자체가 이미 그들의 열등감을 적나라하게 보여줬다.

'또 잔꾀를 부리는군.'

하지만 이번 잔꾀로 가장 난처한 사람은 바로 순후였다.

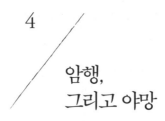

4

암행,
그리고 야망

돈목관과 성도가 연락을 주고받는 방법은 통상 세 가지다. 첫째,
일반 문서와 서신은 촉나라 관부와 관계가 있는 상선을 이용했다.
둘째, 비밀문서는 무창 서편 우진 항구를 드나드는 외교선을 이용했
다. 셋째, 특별 긴급 문서는 오나라의 역참 체계를 이용해 육로로 강
주에 전달했다.

지금은 우진 항구의 외교선도 이용할 수 없는 상황이니 육로 역
참은 말할 것도 없었다. 설영이 무슨 핑계를 만들어서라도 문서 전
달을 늦출 것이다. 남은 방법은 단 하나, 다른 선택지가 없었다.

순후는 다시 말에 올라타 힘껏 채찍을 휘둘렀다. 그가 향하는 곳
은 무창 동편 귀산(龜山) 항구다.

무창 최대 규모를 자랑하는 귀산 항구는 서편의 방산 항구와 더

불어 장강 유역 운하 상업의 중심지였다. 귀산 항구에는 일 년 내내 수많은 배가 드나들었다. 오나라와 촉나라 상선뿐 아니라 위나라, 서역, 야마타이[8], 고구려, 천축국[9]에서 온 각양각색의 선박으로 늘 북적였다. 항구 옆에 객잔과 여관을 비롯해 상인들을 위한 다양한 편의시설이 들어서서 작은 도시를 형성했다.

순후는 귀산 항구 입구에서부터 돈목관 깃발을 흔들며 길을 비키라고 크게 외쳤다. 빨리 달리지 말라는 경고 푯말을 무시한 채 촉나라 상선 전용 선착장으로 쏜살같이 달려갔다.

촉나라 상인은 오나라의 동맹이자 주요 무역 상대로서 오나라 경제에 매우 중요한 위치를 차지하고 있다. 이에 오나라는 외교와 경제 수요를 모두 만족시키기 위해 귀산 항구에 촉나라 상선 전용 선착장을 설치했다. 선착장 초소 병사가 순후가 흔드는 깃발을 알아보고 조용히 뒤로 물러섰다.

촉나라 전용 선착장에 정박해 있는 상선은 대략 서른 척 정도였다. 상선마다 깃발이 두 개가 펄럭였다. 하나는 촉나라를 상징하는 염한황기(炎漢黃旗)이고, 다른 하나는 각 상단의 깃발이다. 염한황기는 중앙 돛대에 높이, 상단 깃발은 그보다 조금 아래 걸렸다. 순후는 말을 타고 선착장을 돌아보다가 '미(麋)'라고 쓴 상단 깃발이 휘날리는 대형 오동나무 상선 앞에 멈췄다.

이 상선은 성도에서 명성이 자자한 거상인 미 씨 가문 소유였다. 미 씨 가문을 일으킨 이는 소열 황제의 노신 미축(麋竺)이다. 미축은 일찍이 서주 시절부터 어마어마한 거부였다. 나중에 유비를 따르면서 서천으로 이주했고 안한장군(安漢將軍)에 봉해졌다. 미축은 동생 미방(糜芳)이 오나라에 투항한 후 불안에 시달리다가 장무 2년에 병사했다. 그 후 미 씨 가문은 정치에 일절 관여하지 않고 다시 상업 분야로 돌아가 장사꾼으로서의 특기를 발휘했다. 조정의 정책적인 지원이 더해져 미 씨 가문은 촉나라를 대표하는 거상으로 발전했다. 미 씨 가문이 거느린 상선만 해도 수십 척이고 미축 때보다 더 많은 재산을 축적했다. 평소 돈목관 일반 문서를 익주로 보낼 때 종종 미 씨 가문 상선을 이용했다.

"돈목관 급사요, 안에 사람 있소?"

순후가 선실을 향해 크게 외치자 상인 차림의 노인이 걸어 나와 손으로 햇빛을 가리고 순후를 바라봤다. 노인은 돈목관 깃발을 보고 깜짝 놀라 황급히 뱃머리로 달려가 공손히 두 손을 모으고 예를 취했다.

"나리를 몰라뵙고 인사가 늦었습니다. 소인 미범, 부디 용서를 청하옵니다."

말에서 뛰어내린 순후는 형식적인 인사치레를 생략하고 단도직입적으로 물었다.

"이 배, 바로 닻을 올릴 수 있소?"

"가능은 합니다만, ……이 배는 지금 정향[10] 더미를 기다리는 중이라, 아마 오늘 밤에나 출발할 수 있을 것 같습니다."

---

10 丁香. 정향나무의 꽃봉오리. 식재료와 향신료로 사용됨.

"그건 다른 배에 실으시오. 지금 당장 성도에 보내야 할 긴급 문서가 있소."

순후의 말투는 매우 단호했다. 미범은 순후의 언행과 오랜 경험을 바탕으로 논쟁을 벌여봤자 소용없음을 직감하고 순순히 응하기로 했다. 일단 순후를 선실로 안내한 후 차를 내줬다. 그런 다음 하인을 불러 뭍에 나가 있는 선원들을 빨리 찾아오라고 지시했다.

기다리는 동안 미범은 가만히 순후를 살폈다. 이 돈목관 관리는 손깍지를 끼고 불안한 표정으로 계속 선착장 입구를 주시했다. 얼마나 중요한 문서이길래.

향 세 대 피울 시간이 지났을 즘, 선원들이 돌아왔다. 미범은 즉시 돛을 펴고 닻을 올려 출발 준비를 하라고 재촉했다. 그리고 선실로 돌아와 상대 비위를 맞추듯 나긋하게 말했다.

"모든 준비를 마쳤습니다."

순후가 굳은 표정을 살짝 풀고 안도의 한숨을 내쉬었다.

그런데 이때, 요란한 말발굽 소리가 들려왔다. 순후의 낯빛이 확 바뀌더니 벌떡 일어나 선실 밖을 바라봤다. 기병 부대를 이끌고 이 배를 향해 달려오는 설영이 보였다. 순후를 감시하던 미행의 보고를 받고 달려온 것이 분명했다.

설영이 바로 배 앞에까지 달려와서야 고삐를 잡아당기고 선주를 불렀다.

'오늘 왜 이렇게 까다로운 사람들이 줄줄이 찾아오는 거야?'

미범은 정말 죽을 맛이었지만 어쩔 수 없이 설영 앞으로 나가 웃는 낯으로 굽신거렸다.

"나리, 어쩐 일로 오셨습니까?"

설영은 반쯤 펼친 돛을 가리키며 물었다.

"이 배, 지금 출항하려는 거요?"

"예, 예, 맞습니다."

"목적지가 어디요?"

"익주로 돌아갑니다."

미범은 설영을 따라온 귀산 항구 경비 대장에게 무슨 일이냐고 눈짓을 보냈다. 평소 여러 가지 편의를 봐주는 대가로 경비 대장에게 찔러 준 돈이 적지 않았고 그만큼 사이가 좋았다. 그런데 오늘은 웬일인지 굳은 표정으로 알은척도 하지 않았다. 그는 잠시 머뭇거리다가 책 읽듯 딱딱하게 말했다.

"규정상 모든 배는 출발 전에 출항 검사를 받아야 합니다. 관문 출입 허가 문서를 포함해 관련 문서를 가져오시오."

미범은 굽신거리며 웃는 낯으로 대답하고 선실로 들어갔다. 그리고 순후에게 달려가 바깥 사정을 설명하고 어찌해야 할지 물었다. 순후는 문서를 소매 깊숙이 밀어 넣으면서 평소처럼 행동하라고 말했다. 순후에게 뭔가 기대했던 미풍은 불만스럽게 돌아서서 문서를 챙겨 들고 다시 밖으로 나갔다.

미범이 두 손으로 공손히 문서를 바쳤고 설영과 경비 대장이 천천히 문서를 살폈다. 한 글자 한 글자 곱씹어 읽는지 행동이 정말 느렸다. 몇 장 안 되는 문서를 얼마나 오래 뒤적였는지 모른다. 드디어 다 읽었는지 경비 대장이 문서를 내려놓고 미범을 보며 고개를 가로 저었다.

"유감스럽게도 이 배는 지금 출발할 수 없습니다."

"예? 왜, 왜요?"

"수속 문서에 문제가 있습니다. 여기 선박 안전 검사 통과 문서가 빠졌습니다."

미범은 난감하고 어이없다는 듯한 표정을 지으며 한동안 말을 잇지 못했다.

오나라 항구 규정에 모든 배는 출항하기 전에 반드시 목재에 이상이 없는지 안전 검사를 받아야 했다. 운항 중 갑자기 전복될 경우 항로가 막힐 수 있기 때문이다. 이것은 이론적으로 매우 합리적인 규정이지만 오나라 관부를 포함해 대부분이 제대로 지키지 않았다. 안전 검사를 받는 데 반나절 혹은 꼬박 하루가 걸리기 때문에 현실적으로 매번 검사를 받기는 힘들었다.

귀산 항구를 드나들면서 이 규정을 지키는 상선은 거의 없었고 항구 경비대도 알고도 모른 척 넘어가기 일쑤였다. 선장이 다음번에 꼭 검사를 받겠다고 말하면 대부분 그냥 보내주곤 했다. 이것은 귀산 항구의 암묵적인 규칙이나 다름없었다. 경비 대장이 갑자기 이 규정을 들먹인 이유가 뭘까? 절대 보내주지 않으려고 일부러 트집을 잡는 것이 분명했다. 미범은 더 이상 어쩔 수가 없어 다급하게 순후를 불렀다.

"순 주부 나리, 여기 나리들에게 설명 좀 해주세요."

순후는 천천히 밖으로 나오다가 그제야 설영을 발견한 척하며 반갑게 인사를 건넸다.

"이런, 설 선생 아닙니까? 이런 우연이 있나? 여기에서 뵐 줄은 정말 몰랐습니다."

"그러게 말입니다. 참 뜻밖이네요."

설영도 억지웃음을 지었다.

"이 배에 무슨 문제가 있길래, 설 선생이 직접 검사를 하러 왔습니까?"

"아, 배를 제대로 점검하지 않아 출항하자마자 침몰하는 경우가 종종 있어서요. 이게 다 여러분을 위한 조치 아니겠습니까? 그런데 순 주부는 어쩐 일입니까? 벌써 강동이 지겨워졌습니까? 이렇게 급히 떠나시다니요?"

설영이 교활한 눈빛으로 순후를 비웃었다.

"아니요, 그럴 리가요. 강동 풍경이 아름답기로 유명하니, 배를 타고 한번 돌아볼 셈이었지요. 우진 항구에 갔더니 공교롭게도 오늘 모든 선박을 점검하러 보냈더군요. 그래서 잠시 상선을 빌렸습니다."

"허허, 걱정 마세요. 우리 오나라는 선박 기술이 뛰어나서 사흘이면 점검이 끝날 겁니다. 그땐 외교선이든 상선이든 마음대로 타고 나가시면 됩니다."

설영은 순후의 길을 막겠다는 의도를 숨김없이 드러냈다. 돈목관의 외부 연락 방법 세 가지를 완벽하게 차단했다. 그 이유가 지극히 합당하니 돈목관 입장을 내세우거나 하소연할 길도 없었다. 순후는 난감한 듯 머리를 긁적이며 조심스럽게 양해를 구했다.

"설 선생, 한 번만 봐주시면 안 되겠습니까?"

"순 주부가 정말 무창의 풍경을 보고 싶은 거라면, 그건 문제없습니다. 우리 강동인들은 늘 성심껏 손님을 대접해왔으니, 제가 직접 모시지요. 하지만 국경을 넘어가려는 것이라면 반드시 안전 검사 통과 문서가 있어야 합니다."

설영의 의도와 달리 순후는 화를 내기는커녕 손뼉을 치며 좋아했다.

"오랫동안 강동 풍경을 흠모해온 터라 길을 나서긴 했는데 이곳 지리며 역사를 잘 아는 안내자가 없어 아쉬워하던 참입니다. 설 선생이 나서준다니 이보다 좋을 수가 없습니다. 그럼, 우리 같이 뱃놀이 한번 해볼까요?"

설영은 이미 뱉은 말도 있고 순후가 이렇게 적극적으로 권유하니 도저히 거절할 수가 없었다. 뭔가 의심쩍었지만 결국 고개를 끄덕였다.

"좋습니다. 당연히 손님을 모셔야죠. 어디 한번 같이 신나게 놀아봅시다."

설영은 부하들에게 돌아올 때까지 대기하라고 이른 후 상선에 올랐다. 뜻밖의 전개였으나 크게 걱정할 일은 아니었다. 어쨌든 본인이 옆에서 지키고 있으니 혹여 무창을 떠나려 하더라도 '수속 문제'를 이유로 배를 되돌리게 하면 된다고 생각했다. 이 상황에서 순후가 어떤 수작도 부릴 수 없다고 확신했다.

미범은 겉으로는 웃었지만 도대체 무슨 영문인지 답답해 미칠 지경이었다. 하지만 워낙 높으신 분들이라 감히 두 사람 뜻을 거스를 수가 없었다. 설영과 순후를 선실로 안내하고 차와 간식을 준비한 후 배를 출발시켰다. 미범은 뱃머리를 둘러본 후 선실로 돌아가 설영과 순후에게 어디로 갈지 물었다.

"순 주부가 가고 싶은 곳이 있는지 알아야겠지요?"

설영이 여유롭게 한 손으로 순후를 가리키며 물었다. 아무래도 하루 종일 순후를 붙잡고 늘어질 모양이었다.

"강동은 어디나 다 절경이라지요. 꼭 한군데를 정해놓을 필요 있나요? 오늘 날씨도 좋으니, 두루두루 돌아다니며 심신 수양하는 셈치지요."

"허허, 순 주부 취미가 아주 고상하십니다."

"아닙니다."

순후는 겸손하게 설영을 응대한 후 선실 입구에 서 있는 미범에게 손짓을 했다.

"선장, 출발합시다."

미범은 순후의 손가락이 가리키는 방향을 확인한 후 별말 없이 허리를 숙이고 밖으로 나갔다.

선실 밖에서 몇 차례 고함소리가 들렸다. 일단 돛을 반 정도 펴고 선원 스무 명이 구호에 맞춰 노를 저었다. 상선이 귀산 항구를 빠져나간 후 서쪽으로 방향을 잡고 돛을 완전히 펼쳤다. 마침 서북풍이 불어와 돛이 크게 부풀자 상선이 장강 상류로 거슬러 올라가기 시작했다.

순후와 설영은 초조한 속마음을 전혀 드러내지 않았다. 서로 술잔을 부딪치고 바깥에 보이는 강동 풍경을 감상하며 즐거운 분위기를 연출했다. 언뜻 보면 오래된 친우의 평범한 뱃놀이 같았다.

세상사를 이야기할 때는 두 사람이 막상막하였지만 경학과 시문을 논할 때는 순후가 한참 밀렸다. 설영은 정보 관리답지 않게 문학 소양이 뛰어났다. 경전 문구와 고사성어를 자유자재로 인용하는 수준이 웬만한 경학박사나 유학자 못지않았다. 순후는 맞장구를 치고 고개를 끄덕이며 다음에는 극정을 보내 실력을 겨루게 해야겠다고 생각했다.

배가 서쪽으로 반 시진쯤 이동했을 때 순후가 바깥 풍경을 보다가 갑자기 벌떡 일어났다.

"설 선생, 바깥에 나가서 구경하는 게 어떻겠습니까?"

두 사람은 선실 밖으로 나갔다. 마침 상쾌한 바람이 불어와 강물에 잔잔한 물결이 일고 답답한 마음이 뻥 뚫려 가슴이 시원했다. 이 감흥으로 다시 한번 실력을 뽐내려던 설영은 갑자기 뭔가 이상한 느낌이 들었다. 강 한가운데 떠 있던 배가 서서히 강 언덕과 가까워지고 있었다.

"지금 어디로 가는 겁니까?"

설영이 경계하며 목소리를 높였다. 유학자의 면모가 순식간에 사라지고 정보 관리 특유의 날카로움이 떠올랐다.

"그저 풍경이나 보려는 것이니 너무 긴장하지 마세요."

순후가 가볍게 대꾸하고 바로 미범을 돌아보며 속도를 높이라고 지시했다. 그렇게 2각쯤 더 가니 강 언덕과 거리가 10장 정도로 가까워졌다. 이는 통상 접안이 시작되는 거리였다. 설영은 팔짱을 긴 채 배에 탄 사람들의 움직임을 자세히 살폈다. 잠시 후 저 앞에 항구 구조물이 보이고 수심이 눈에 띄게 낮아졌다.

"우진 항구?"

설영이 갑자기 순후를 옆으로 제치고 미범에게 달려가 멱살을 틀어쥐고 소리쳤다.

"당장 뱃머리를 돌려! 더 이상 항구에 가까이 가지 말라고."

"하, 하지만 이미 늦었습니다. 지금 북풍이 부는 데다 돛을 완전히 편 상태라……. 바로 돛을 내려도 이미 가속도가 붙어 바로 멈추기는 어렵습니다."

"상관없어! 빨리 배를 돌리라고!"

당황한 미범이 허둥지둥 장부와 걸음쇠를 꺼내 이것저것 재보더니 더듬더듬 상황을 설명했다.

"이게, 제가 계산한 대로라면, 이 배가 강 위에서 뱃머리를 돌릴 때 필요한 포물선 길이가 최소 160보입니다. 그런데 지금 우진 항구와의 거리가 100보밖에 안 돼서……."

설영은 불같이 화를 내며 미범의 장부를 박박 찢어버리고 계속 배를 멈추라고 소리를 질렀다.

하지만 이 배는 선체가 워낙 커서 이미 되돌릴 수 없었다. 뱃머리가 이미 대나무 수문을 통과해 우진 항구 입항 수로에 진입했다. 선원 대여섯 명이 뱃머리로 달려가 노와 대나무 장대로 강바닥을 짚으며 배를 멈추게 하고 배 양쪽으로 닻을 던졌다. 이로써 상선은 우진 항구 선착장에 완전히 멈췄다.

순후는 그제야 침착하게 미범 앞으로 걸어가 영패를 내보이며 설영도 들을 수 있도록 크게 외쳤다.

"미 선생, 지금부터 촉나라 돈목관 주부의 자격으로 귀하의 배를 잠시 외교선으로 징발하겠소."

"예, 예. 황제 폐하를 위한 일이니 그저 영광일 따름입니다."

미범이 연신 고개를 끄덕이며 대답했다. 한편 기품 있고 침착한 평소 모습으로 돌아온 설영이 이글거리는 눈빛으로 순후를 노려봤다. 일그러진 표정에 패배의 고통이 고스란히 드러났다.

원래 설영의 계획은 완벽했다. '수리 점검'을 핑계로 외교 항구의 모든 배를 치워버리고 민간 상선은 수속 문제로 꼬투리를 잡아 출항을 금지하면 돈목관의 문서 전달을 원천 봉쇄할 수 있다고 생각했다. 그런데 순후가 이 두 가지 잔꾀의 허점을 정확히 간파할 줄이야. 민간 상선을 우진 항구에 입항시켜 외교선으로 둔갑시킨 것이다.

이로써 순후는 민간 상선의 출항 금지 규정을 교묘히 피하면서 우진 항구에 외교선을 마련했다. 두 나라의 외교 협정 중 '우진 항구의 모든 배는 외교 관리가 탑승하면 곧 외교선이다.'라는 내용이 있는데, 자세히 살펴보지 않으면 간과하기 쉬운 추가 조항 중 하나였다.

설영이 고심 끝에 마련한 두 가지 잔꾀가 어이없이 무너졌다. 이제 외교선이 된 상선에 출항 수속 금지 규정을 적용할 수 없었다. 설영은 더 이상 출항을 막을 방법이 없었다. 순후의 잔꾀가 드디어 오나라 사람의 잔꾀를 이긴 것이다.

외교선으로 승격된 상선은 긴급 비밀문서를 싣고 당당하게 우진 항구를 떠났다. 순후와 설영은 나란히 선착장에 서서 저 멀리 강주를 향해 사라지는 상선을 오래도록 지켜봤다.

돈목관에서 순후를 맞이하러 보낸 마차가 먼저 도착했다. 순후가 선심 쓰듯 같이 타고 가자고 제안했지만 설영이 깍듯이 거절했다. 차라리 강물에 뛰어들지언정 죽어도 순후와 같은 마차를 탈 수 없다는 표정이었다.

결국 순후는 혼자 무창성으로 돌아갔다. 돈목관에 도착하니 장관도 이미 돌아와 있었다. 극정을 포함해 여러 사람이 모여 심각하게 의견을 나누고 있었다. 극정이 제일 먼저 순후를 발견하고 왜 이렇게 늦었냐고 물었다. 순후가 저간의 사정을 풀어놓기 시작하자 장관이 초조해하며 불쑥 끼어들었다.

"순 주부, 어떻게 했는지는 궁금하지 않아요. 그래서, 성공했는지부터 말해주시오."

"문서는 이미 출발했습니다. 중간에 다른 사고만 생기지 않는다면 열흘 안에 성도에 도착할 겁니다."

"그럼, 됐소. 이미 좀 늦은 감이 있지만……."

"손권은 만났습니까?"

장관의 표정에 이미 답이 나와 있었다.

"아니요. 선양문에서 제지당해 내성에도 못 들어갔어요."

장관은 고개를 가로저었지만 이미 예상했던 결과라 크게 실망하는 표정은 아니었다. 손권 입장에서는 꿍꿍이가 있으니 당연히 촉한 돈목사를 만나고 싶지 않을 것이다. 극정은 손권이 대의를 저버리는 줄 알면서 끝까지 고집을 부린다며 분개했다. 손권이 이 적확한 질책을 듣지 못하는 것이 안타까울 따름이었다.

세 사람은 다시 의견을 나눠 봤지만 별다른 소득이 없었다. 지금은 그저 성도의 지시를 기다릴 뿐 돈목관이 당장 할 수 있는 일은 아무것도 없었다. 돈목관의 역할을 계속 수행할지, 전쟁이 시작되기 전에 서둘러 짐을 싸 익주로 철수해야 할지, 현재 상황으로는 전혀 예측 불가능했다.

날이 저물자 장관이 모두에게 일단 돌아가 쉬라고 했다. 순후는 온종일 정신없이 뛰어다니느라 너무 피곤해서 두 사람에게 인사하고 바로 침소로 갔다. 순후의 침소는 넓은 편은 아니지만 푸른 대나무 몇 그루가 있는 작은 정원이 딸렸고 구석진 위치라 조용하고 아늑했다. 순후는 방에 들어가자마자 땀 냄새가 진동하는 옷을 벗어 문 앞 광주리에 던져 넣고 그대로 침대에 뻗어 깊이 잠들었다.

얼마나 지났을까? 순후는 잠결에 누군가 자신을 흔드는 것을 느꼈지만 짜증스럽게 손을 흔들고 등을 돌렸다. 다시 잠을 청하려는데 그 사람이 순후를 더 세게 흔들었다. 게슴츠레 눈을 뜨자 자신을 흔들며 다급하게 외치는 극정이 보였다.

"순 공조, 순 공조."

순후는 정보 관리 특유의 습관 덕분에 금방 정신을 차렸다. 벌떡 일어나 얼굴을 비비고 옷을 뒤적거리며 무슨 일인지 물었다. 순후가 평상시 관복을 집어 들자 극정이 얼른 한마디 했다.

"그 옷 말고 조복(朝服)을 입으셔야 합니다."

"뭐요? 조복? 대체 무슨 일이오?"

"방금 손권의 특사가 왔는데, 손권이 지금 당장 접견하겠답니다."

"다행이네요. 우리를 잡아다 제물로 쓰려고 병사들이 몰려와 돈목관을 포위한 줄 알았어요."

순후는 극정처럼 호들갑을 떨지 않았다. 두 사람이 돈목관 대청에 도착하니 조복 차림의 장관과 손권의 특사가 기다리고 있었다. 순후가 가만히 시간을 확인했는데 대략 자정 무렵이었다. 낮에 장관이 찾아갔을 때는 거절하더니 한밤중에 갑자기 입궁하라니, 손권의 의도가 무엇인지 도무지 예측이 안 됐다.

돈목관 정문 앞에 일인용 비취색 수레 네 대가 서 있었다. 특사가 탄 수레가 내성을 향해 앞장서 달리고 장관, 순후, 극정을 태운 수레 세 대가 그 뒤를 따랐다. 늦은 시간이라 거리가 텅 비었고 모든 집들이 어둠에 뒤덮여 온통 새카맸다. 달가닥, 달가닥 말발굽 소리가 유난히 크고 또렷하게 울려 퍼졌다.

수레가 빠르게 청계교와 금봉궐을 지나 내성 우측 단문(端門) 앞에 멈췄다. 세 사람이 수레에서 내리자 기다리고 있던 호위병이 문을 열었다. 장관 일행은 등롱을 들고 안내하는 호위병을 따라 궁전 안으로 들어갔다. 모퉁이를 여러 번 돌며 한참을 걷다가 작은 대전에 도착했다. 이 대전은 지나오면서 봤던 다른 대전보다 규모는 작았지만 엄숙과 위엄이 깃들어 있었다. 주변 다른 건물은 모두 캄캄한데 이곳에만 대형 등롱 여러 개가 달려 있어 대낮처럼 환했다.

세 사람이 대전에 들어갔을 때 손권은 이미 자리를 잡고 기다리고 있었다. 오늘 손권의 자리가 유난히 높고 30보 가까이 떨어져 있어 그 유명한 푸른 눈과 붉은 수염이 잘 보이지 않았다. 좌우로 각각 장소와 고옹이 자리를 지키고 있었다.

밤늦은 시간에 급히 소집한 접견인 탓인지 복잡한 절차를 대부분 생략했다. 손권은 평소 촉나라 대사를 접견하면 무창 생활이 불편하지 않은지 다정하게 묻고 했는데 오늘은 장관 일행에게 물 한잔 대접하지 않고 바로 본론으로 들어갔다. 순후는 흐릿하게 보이는 오나라 통치자의 목소리에서 긍지, 두려움, 분노, 불안 등 다양한 감정을 느꼈다.

"오늘 대사를 부른 이유는 조만간 우리 오나라가 정치적으로 중대한 행사를 치를 것이기 때문이오. 동맹국에 대한 예의 차원에서 미리 귀국에 알릴 필요가 있다고 생각했소. 귀국의 이해와 지지를 바라오."

"제가 제갈 승상에게 잘 전달하도록 하겠습니다."

손권은 '황제 등극'이란 표현을 직접 언급하지 않았다. 대신 부친 손견(孫堅)과 형 손책(孫策)으로 이어지는 일련의 강동 역사를 읊었다. 중간중간 감정이 북받치는 것 같았다. 순후는 이야기에 귀를 기울이면서 손권이 '손 씨 강동'이라는 표현을 여러 번 강조하고 있음에 주목했다.

중간에 화제가 바뀌었다. 이번에는 소열 황제 유비가 강하(江夏)

로 쫓겨왔을 때 오나라가 도움을 줬던 일, 두 나라가 연합해 조조를 물리쳤던 일 등을 언급했다. 손권은 점점 더 감정이 북받치는지 수시로 팔을 휘둘렀고 목소리가 파도처럼 휘몰아쳤다. 기술적으로만 보면 아주 훌륭한 연설이지만 겨우 여섯 명 모인 자리에서 이렇게 격정적인 연설이라니, 도무지 어울리지 않았다.

이 격정적인 연설은 향 두 대 피울 시간 동안 이어졌다. 연설이 막바지에 접어들면서 손권이 현재 두 나라 동맹의 중요성과 제갈량에 대한 존경심을 언급했다.

"나는 지혜로운 제갈 승상이 분명히 이해해주리라 믿소. 두 나라의 동맹은 역사적으로나 현실적으로나 반드시 굳건하게 이어가야 하오. 무슨 일이 있어도 반드시……."

순후는 드디어 본론이 나오겠구나 싶었다.

"이상의 내용으로 볼 때, 나는 오촉 동맹이 조금 수정되어야 한다고 생각하오. 그래야 효과적으로 위나라를 위협할 수 있소."

손권은 여기까지 말하고 입을 닫았다. 바로 이어 앞으로 나선 고옹이 장관 일행을 보며 말을 이었다.

"오나라의 모든 신하와 백성은 우리의 주군이 황제에 등극해 귀국 황제와 함께 위나라에 맞서야 마땅하고 생각하오. 그래야 두 나라 군대의 사기를 드높이고 위나라를 크게 위협할 수 있소."

드디어 오나라 최고위층 입에서 황제 등극이란 말이 흘러나왔다. 장관 일행은 서로 눈빛만 교환할 뿐, 할 말이 없었다. 사실 극정은 강하게 항변하고 싶었지만 장관과 순후의 매서운 눈빛에 밀려 꾹꾹 참았다. 항변은 이들의 임무가 아니었다. 이들의 임무는 오나라 관부의 목소리와 그 안의 숨은 뜻을 파악해 성도에 전달하는 것이고 최종 판단은 촉한 조정의 몫이다.

"양국이 성공적으로 중원을 되찾은 후 예주(豫州), 청주(青州), 서주, 유주(幽州)는 오나라에, 연주(兗州), 익주, 병주(幷州), 양주는 촉나라에 귀속시키면 두 나라가 함곡관을 경계로 천하를 양분하게 될 것이오."

'이건 뭐지? 우리랑 잘 해보자는 거야, 협박하는 거야?'

순후는 오나라가 이 상황에서 굳이 천하 양분 지도를 언급하는 이유를 알 수 없었다. 이 이야기는 오나라의 야심을 확실히 드러낼 뿐 현실적으로 아무 의미도 없고 아무런 도움도 되지 않는다. 아마도 손권이 황제 등극을 앞두고 본인의 지위에 걸맞는 전략적 목표를 세우고 싶었던 모양이다.

"우리 주군의 황제 등극 소식은 분명히 많은 억측과 비방을 불러일으킬 것이오. 우리의 동맹국이 불필요한 오해를 하지 않길 바라기에 오늘 특별히 대사를 불러 입장을 분명히 밝혔으니, 부디 귀국의 이해와 협조를 바라는 바이오."

순후는 이 외교적 언사에 코웃음밖에 안 나왔다. 오나라가 정말 진심이라면 황제 등극을 결정하기 전에 의견을 구했어야 한다. 최소한 즉위식을 하기 전에 촉나라 조정에 정식 통보해야 한다. 만약 오늘 문서 발송에 성공하지 못했다면, 이들은 즉위식 당일까지 철저히 비밀로 했을 것이다. 아마도 돈목관에서 황제 등극 소식을 알리는 문서를 이미 발송했다는 사실을 알고 부랴부랴 회의를 거쳐 이 밤 늦은 시간에 돈목사를 소환한 것이리라. 오나라가 이 일을 독단적으로 결정한 것이 아님을 강조하고 싶었겠지만 결국 그들의 불안한 심리만 드러났을 뿐이다.

"새로운 오촉 동맹은 하늘의 뜻이니, 반역의 무리 위나라는 오래 버티지 못할 것이오. 부디 제갈 승상도 이 사실을 알길 바라오."

손권이 이 말을 던지고 바로 자리를 떠났다. 장관 등 세 사람은 끝까지 손권의 얼굴을 똑똑히 확인하지 못했다. 장소가 바로 뒤따라 나갔고 홀로 남은 고옹은 뭔가 할 말이 있는 표정이었다.

정안사 사람들이 평소에 '윗사람은 번지르르한 말만 늘어놓고 궂은일은 아랫사람이 다 한다.'라는 말을 많이 하는데, 지금 상황이 딱 그랬다.

고옹이 장관을 보며 활짝 웃고 순후와 극정에게도 친절한 미소를 보였다. 하지만 세 사람은 어떤 반응도 보이지 않았다. 오나라가 명백한 입장을 밝히긴 했지만 이들은 성도에서 결정을 내리기 전까지 어떤 입장도 표명할 수 없었다.

"장 대사, 우리 주군은 새로운 오촉 동맹에 대한 기대가 아주 크십니다. 양국 협력 관계를 증대시키고 우리의 진심을 표현하는 의미에서……."

고옹이 말을 하다 말고 소매 안에서 화려한 비단 두루마리를 꺼내 장관에게 건넸다. 장관은 두루마리를 바로 펼쳤다. 오나라가 촉나라에 베푸는 일련의 정책이 적혀 있었다. 무역 관세를 내리고 비단, 측죽 궁노, 소금 수입량을 크게 늘리고 양국 변경 주둔군 규모를 감축하고, 오나라 땅에 거주하는 익주 유민을 돌려보내고 양국 정보 자료를 공유하는 것 외에도 여러 가지가 있었다. 촉나라 조정의 강렬한 반대를 염려해 미리 양보 태세를 취한 것이다. 다른 관점에서 보면 그야말로 병 주고 약 주는 격이었다.

"그리고 우리 주군께서 귀국 황제 폐하의 생신을 맞이해 약소하나마 선물을 준비했소. 이건 선물 명단이오."

"예, 잘 알겠습니다. 귀국의 의견을 제갈 승상에게 잘 전달하도록 하겠습니다."

장관은 모범 답안으로 응수했다. 너무 뻔한 대답이라 아무 말도 안 한 것과 똑같았다. 고옹이 약간 실망한 표정이었다.

세 사람이 돈목관에 돌아온 직후 장관이 극정에게 오늘 접견 내용을 기록하라고 지시했다. 이 작업은 원래 극정의 임무이고 극정만큼 잘할 사람이 없었다. 극정이 기록 작업을 하러 나간 후 순후는 관련 배경 자료를 정리했다. 이것은 성도에서 이 문제를 논의할 때 중요한 참고 자료가 될 것이다. 더 이상 논의는 필요 없기에 세 사람은 말없이 작업에 몰두했다. 어차피 이들의 의견은 대세에 아무런 영향을 주지 못했다.

4월 26일 새벽 무렵, 보고서 작성과 자료 정리가 모두 끝났다. 장관은 한껏 격앙된 극정을 보고 보고서를 다시 확인한 후 '교활한 눈빛으로 우리를 쳐다봤다', '후안무치한 조항', '음흉하게 말했다'처럼 개인의 감정이 담긴 표현을 삭제했다.

이번에도 순후가 직접 우진 항구까지 문서를 가져갔다. 우진 항구는 어제와 전혀 다른 상황이었다. 이삼 일 걸려야 점검이 끝난다더니, 수많은 외교선이 빼곡히 정박해 있었다. 설영이 머쓱해하며 다가와 보고서를 더 빠르게 보내야 한다면 오나라 육로 역참을 열어주겠다고 했지만 순후는 완곡하게 거절했다. 돈목관은 이 보고서가 어제 비밀문서보다 먼저 도착하기를 바라지 않았다.

순후는 보고서를 실은 외교선이 출항한 것까지 확인한 후에야 지친 몸을 이끌고 돈목관으로 돌아갔다. 장관이 애써 순후를 위로했다.

"이번에 순 공조가 큰 공을 세웠습니다. 어제 정말 대단했어요. 순 공조가 비밀문서 발송에 성공하면서 손권의 외교 정책이 엉망이 된 거죠. 어쩔 수 없이 우리한테 미리 알려야 했을 겁니다. 덕분에 촉나라는 외교적으로 훨씬 유리해졌어요."

순후는 대꾸할 기운도 없어 빙긋 웃기만 했다. 장관이 순후 어깨를 두드렸다.

"순 공조의 공로를 보고서에 기록할 생각입니다."

"그전에 부탁이 하나 있습니다."

"뭔데요?"

"잠 좀 자게 해주세요. 아무한테도 방해받지 않았으면 합니다."

순후의 표정이 정말 불쌍했다. 4월 24일부터 지금까지 꼬박 만 하루 이상 눈을 붙이지 못했다.

간주
맺음

손권의 황제 즉위식이 거행된 4월 30일, 이제 오나라는 지방 세력이 아닌 정식 황제국이 됐다. 진정한 위, 촉, 오 삼국 시대는 바로 이날부터였다.

성도의 촉나라 조정이 돈목관의 비밀문서를 받은 날은 5월 5일이었다. 이튿날 돈목관이 정식으로 발송한 두 번째 문서가 도착했다. 두 번째 문서에는 손권과 접견한 대화 기록, 오나라의 입장 표명, 오나라가 제안한 보상 조건 등이 포함됐다. 그리고 5월 10일, 오나라 황제 손권의 특사가 촉나라에 정식으로 '국서'를 전달했다.

촉나라 조정은 이 일로 충격과 분노에 휩싸였다. 대다수 대신이 극정처럼 당장 오나라와 단절하고 감히 황제라 칭한 반역의 무리를 토벌해야 한다고 주장했다. 그러나 역시 순후의 예상이 적중했다.

실리 정치를 추구하는 제갈량이 결국 대신들을 모두 설득했다. 이미 벌어진 일이니 오나라를 합법적인 황제국으로 인정하고 안정적인 외교 관계를 유지하자고.

5월 15일, 촉나라는 축하 인사를 전하기 위해 위위(衛尉) 진진(陳震)을 특사로 파견했다. 6월 1일에 무창에 도착한 진진은 융성한 접대를 받았다. 이날 손권은 양국 동맹의 새로운 시대가 열렸다고 선포했다.

5월 20일, 무창.

순후는 눈앞에 우뚝 서 있는 기둥 건물이 정말 신기했다. 이 건물은 남만의 건축물과 아주 비슷했다. 땅 위에 박은 나무 기둥 수십 개가 건물 전체를 떠받치고 있는 형태로 입구 쪽에 나무 계단을 설치했다.

"강동은 비가 많이 내려 습기가 강하죠. 비단과 종이 문서를 보관하기 위해 특별히 지은 문서 보관실입니다."

순후는 옆에 서 있던 설영의 설명을 듣고 고개를 끄덕이며 건물 아래 빈 공간을 유심히 지켜봤다. 설영이 입을 삐죽거리고 일부러 쌀쌀맞게 말했다.

"순 주부, 이제 그만 들어갑시다."

"아, 예, 그래요."

순후가 겸연쩍은 듯 코를 만지작거렸다. 두 사람은 나무 계단을 올라가 문 앞에 섰다. 설영이 허리춤에서 열쇠를 꺼내 자물쇠를 열고 양쪽 문을 밀어젖혔다. 순후가 안으로 들어가려 하자 설영이 팔을 뻗어 제지했다.

"순 주부, 들어가기 전에 주의사항을 다시 확인하겠습니다."

"예, 새겨듣지요."

"개인적으로는 문서 공개에 반대하지만 상부의 명령이니 어쩔 수 없이 따르는 겁니다. 하지만 주의사항을 꼭 지키세요. 첫째, 문서는 보관실 안에서만 열람할 수 있고 절대 가지고 나갈 수 없습니다. 둘째, 다른 관리는 절대 출입할 수 없고 순 주부가 직접 필사하는 것만 가능합니다. 셋째, 문서 열람 시 반드시 내가 동행합니다. 만질 수 없는 문서는 즉시 제재할 겁니다. 알았습니까?"

"예, 예. 만질 수 있는 문서만 열람해도 평생 걸릴 텐데요, 뭘."

그저 가벼운 농담일 뿐인데 설영은 표정이 더 경직됐다.

손권이 황제로 등극한 지 곧 한 달이다. 많은 사람들이 두 나라의 군사 충돌을 예상했지만 그런 일은 벌어지지 않았다. 촉나라가 오나라를 합법적인 황제국으로 인정하고 오나라는 보상 차원에서 촉나라에게 여러 가지 우대 정책을 베풀었다. 그중 하나가 양국 정보 문서 공유였다.

얼핏 보면 공평하고 대등한 교류 같지만 현실적으로는 촉나라에 매우 유리한 정책이었다. 북벌 전략에 전력투구 중인 촉나라 입장에서는 오나라가 수집한 위나라 정보가 전반적인 전략을 세울 때 큰 도움이 된다. 반면 오나라는 북벌에 전혀 뜻이 없기 때문에 위나라 정보가 크게 중요하지 않았다.

두 나라 조정은 이번 조치를 '양국 군사 협력의 첫걸음'으로 규정했다. 돈목관 정보 관리이기도 한 순후는 오나라 자료실의 수많은 문서를 열람하고 촉나라에 도움이 되는 가치 있는 정보를 선별해 한중으로 전달하는 임무를 맡았다.

설영은 이번 조치에 크게 반대했다. 지난달에 순후에게 크게 한 방 먹은 터라 더더욱 내키지 않았지만 황제의 명령이니 따르지 않을 수 없었다. 어쩔 수 없이 순후를 응대하면서 속으로 이따위 조치를 결정한 고위 관리들에게 욕을 퍼부었다.

보관실에 들어서니 온갖 문서와 자료가 그야말로 산더미처럼 쌓여 있었다. 순후는 혼자서 이 많은 문서를 다 확인해야 한다고 생각하니 벌써부터 머리가 지끈거렸다. 오죽하면 설영이 많이, 많이 제재해줬으면 좋겠다는 생각이 들었다. 만질 수 없는 문서가 많아질수록 읽어야 할 문서가 줄어들 테니까.

'그래. 그래도《백호통의》[11]보다는 훨씬 재미있을 거야.'

순후는 이렇게 스스로 위로하며 주머니에 담아온 지필묵을 책상 위에 꺼내놓았다. 손바닥을 비비며 심호흡을 한 번 하고 선반 앞으로 갔다. 첫 번째 줄 맨 오른쪽 문서를 꺼내면서 설영의 반응을 살핀 후 책상 앞에 앉아 제대로 읽기 시작했다.

이 일은 정말 고통스러운 임무였다. 지루하고 재미없는 보고서와 통계 수치를 읽어야 하고 동시에 촉나라에 필요한지 아닌지를 판단해야 했다. 가치 있는 정보라고 판단하면 열심히 베껴 쓰기까지 해야 했다. 설영이 반드시 순후 혼자만 들어와야 한다고 못 박은 터라 다른 이의 도움도 받을 수 없었다. 그나마 다행인 점은 오나라 관리들의 서체가 훌륭해서 읽는 데 무리가 없는 것이었다.

이렇게 한 달이 지났다. 순후는 매일 네 시진씩의 시간을 문서 보

◇◇◇◇◇◇◇◇

11 白虎通義. 후한 시대 반고(班固)가 편찬한 경서.

관실에서 보냈다. 시간이 지날수록 등과 허리가 뻐근하고 눈과 손목이 시큰거렸다. 장관과 극정은 안타깝게 지켜볼 뿐 딱히 도울 방법이 없었다.

6월 20일. 오늘도 순후는 문서 보관실에서 문서를 열람했고 설영은 문틀에 기댄 채 팔짱을 끼고 감히 오나라의 비밀문서를 제멋대로 휘젓는 촉나라 관리를 날카롭게 지켜봤다.

"그럼, 오늘도 수고하시고 잘 부탁드립니다."

"해야 할 일을 하는 것뿐입니다."

두 사람은 여느 때처럼 형식적인 인사말을 주고받았다. 순후는 어제 마지막에 확인했던 문서 위치를 익숙하게 찾아가 다음 차례부터 다시 열람하기 시작했다.

한 시진쯤 지났을 때, 문서를 펼치던 순후의 손이 그대로 멈췄다. 크게 흥분했는지 얼굴이 벌겋게 달아오르고 심장이 쿵쿵 뛰었다. 설영은 순후의 이상징후를 바로 알아차렸다.

"순 주부, 왜 그래요? 어디 아파요?"

순후는 묻는 말에는 대답하지 않고 문서 중 한 장을 설영에게 건네면서 간신히 감정을 추스르고 물었다.

"이거, 이 일, 아직 기억하십니까?"

설영이 어리둥절한 표정으로 삼종이를 받았다. 지금으로부터 2년 전인 오나라 황무[12] 6년이자 촉나라 건흥 5년, 위나라에 파견됐던 사신이 작성한 보고서였다. 초안 작성자가 바로 설영인데 당시 상황

◇◇◇◇◇◇◇◇
12 黃武, 222~229년. 손권 시대의 연호. 손권은 황제 등극 이전부터 연호를 사용함.

을 비교적 잘 기억하고 있었다. 위나라 문제(文帝) 조비(曹조)가 죽고 아들 조예가 황제로 즉위했을 무렵이었다. 오나라는 대외적으로 위나라와 단교한 상황이지만 비공식적으로 최소한의 관계를 유지하고 있었다. 이에 손권이 조문을 위해 제갈각(諸葛恪)을 사신으로 파견했는데 설영이 서기로 수행했었다. 설영이 오나라에 돌아와 위나라에서 보고 들은 것을 보고서로 작성한 것이 바로 순후가 들고 있는 문서였다.

"여기, 여기를 보세요."

순후가 가리킨 문장은 이런 내용이었다.

위나라가 촉나라 내부에 고정간첩을 심었다는데, 관직이 매우 높다고 함. 상세한 내용은 듣지 못함.

"이게 왜요? 무슨 문제가 있어요?"

설영은 여전히 어리둥절했다. 그냥 보고서에 적은 수많은 평범한 문장 중 하나이고, 시시콜콜한 내용일 뿐인데 순후가 왜 이렇게 수선을 떠는지 정말 이상했다.

"이때 상황을 조금 더 기억할 수 있어요? 이 말이 누구 입에서 나왔습니까? 다른 말 더 들은 건 없습니까?"

설영은 순후의 절박한 모습을 보고 최대한 기억을 되살려보려 노력했다. 설영이 원래 기억력이 좋은 편이라 꽤 도움이 됐다. 이야기를 들은 장소는 대장군 조진이 마련한 연회였고 설영의 자리는 조조의 사위인 하후무(夏候楙) 옆이었다. 치렁치렁한 순금 목걸이를 걸고 나온 하후무는 말이며 행동이 매우 상스럽고 저급했다. 세상

물정 모르고 오만한 전형적인 부잣집 도련님이었다.

"그래도 하후무면 위나라 군부 고위급 인사죠."

"그냥 고위급 도령이지요."

순후가 한마디 끼어들자 설영이 코웃음을 치고 대답한 뒤 계속 설명을 이어갔다.

이때 조예가 보낸 사람이 계속 제갈각을 설득하고 있었다. 오나라와 다시 교류하고 싶다는 뜻을 손권에게 전해달라고. 그래서 연회에 참석한 위나라 관리들은 은근히 위나라의 실력을 과시하곤 했다. 술잔이 서너 번 돌고 돌자 하후무가 얼근하게 취해 말이 많아졌다. 옆에 앉은 설영의 소맷자락을 끌어당기며 끊임없이 종알거렸다. 처음엔 위나라 군대가 엄청 강하다고 허풍을 늘어놓더니 나중에는 유비가 죽은 후 촉나라는 아무것도 아니라고 비웃었다. 그러더니 갑자기 설영에게 바짝 얼굴을 들이밀고 "우리는 촉한에 눈이 있다고. 그놈들이 무슨 짓을 하든 촉룡이 다 알려주거든. 우리가 촉한을 훤히 들여다보고 있단 말이야."라고 말했다.

"그리고, 그리고요? 다른 말은 안 했어요?"

"그게 다예요. 곧바로 하인 둘이 달려와서 데리고 나갔으니까. 아마도 하후무가 말실수를 할까 봐, 조진 장군이 시킨 것 같았어요. 그냥 제멋대로 지껄인 말인 것 같아 진지하게 생각해보지는 않았고 보고서 쓰다가 생각나서 적어둔 것뿐입니다. 내가 알고 있는 건 이게 전부예요. 이게 도움이 됩니까?"

순후는 설영에게 대꾸할 정신이 아니었다. 순간순간 온갖 생각과 감정이 끊임없이 피어올라 복잡하게 뒤엉켰다. 하후무의 입에서 나온 '촉룡'은 미충이 노기 설계도를 훔치도록 조종하고 결국 미충을 죽여버린 촉나라 내부의 첩자가 틀림없다. 순후를 철저하게 무너뜨린 바로 그 촉룡이다.

죽어도 잊지 못할 그 이름. 이름을 듣는 순간 순후의 마음은 촉나라로 돌아가 있었다. 지난날 자신이 치열하게 싸웠던 그 한중 땅을 떠올리지 않을 수 없었다. 다 잊은 줄 알았던 쓰라린 패배의 고통이 다시 시작됐다.

2부

촉룡의 충성

1
야망,
그리고 위기

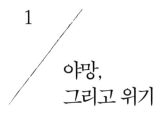

촉나라 건흥 9년, 1월 6일. 위나라 옹주 농서 지역, 상규성.

진공이 인상을 찡그리며 가슴을 쓸어내렸다. 최근 들어 불안 증세가 자주 나타났다.

진공이 농서 땅에 정착한 지 벌써 십 년이 넘었다. 지난 십 년 동안 볼품없는 모래알처럼 눈에 띄지 않게 조용히 태수부에 숨어 있었다. 지극히 평범한 중간 관리자의 역할을 묵묵히 수행했다. 진공의 삶은 늘 똑같고 평온했지만 주변 상황은 끊임없이 바뀌었다. 그런데 변화가 계속될수록 뭔가 이상했다. 보통 사람은 그냥 지나쳐버릴 아주 사소한 부분이지만 진공은 달랐다. 간첩 특유의 날카로운 직감으로 상규성에 불어닥친 불길한 징조를 알아차렸다.

지난 일 년 동안 진공과 가깝게 지내던 태수부 관리들이 이런저런 이유로 상규성을 떠났고 진공의 소속과 임무도 자주 변경됐다. 표면적인 이유가 모두 합리적이고 타당성이 충분해 특별히 문제 될 부분은 없었다.

하지만 매번 변화를 겪을 때마다 진공의 첩보 활동이 점점 어려워졌다. 얼핏 별개의 사건으로 보이는 일들이 사실은 하나로 연결된 느낌이었다. 누군가 보이지 않는 곳에서 조심스럽게, 눈에 띄지 않게 아주 조금씩, 진공을 정보 영역에서 밀어내는 것 같았다.

'아무래도 죽을 날이 머지않은 모양이군……'

간혹 이렇게 부정적인 생각에 휘말리곤 했다. 사실 그동안 정체가 탄로 나 잡혀가는 동료를 한두 번 본 것이 아니었다. 가장 최근 사건이 바로 백제의 죽음이다. 그래서 진공은 늘 마음의 준비를 하고 있었다. 언젠가 한밤중에 병사들이 쳐들어와 끌려가더라도 절대 놀라지 않을 것이다. 그동안 정보요원으로서 많은 성과를 냈으니 죽어도 여한이 없었다.

진공은 위나라 농서 태수부 주기로서 그저 기본에 충실한 관리였다. 그러나 촉나라 사문조 정보요원으로는 아주 뛰어난 인재였다. 지난해 위나라와 촉나라 간에 대규모 군사 충돌이 두 차례 있었다. 결과적으로 촉나라가 1승 1무를 거뒀다. 이 결과를 만드는 과정에서 진공의 공이 매우 컸다.

작년 건흥 8년 8월, 줄곧 방어적이었던 위나라가 대장군 조진의 전략을 바탕으로 유래없는 대규모 반격을 계획했다. 십이 만 대군을 넷으로 나눠 서성, 자오곡, 사곡, 기산을 지나 바로 한중을 공격할 계획이었다.

업성에서 활동 중인 적제가 논의 중인 이 전투 전략을 입수했고 진공은 농서 주둔군의 이동 상황을 분석해 위나라 군대가 대규모 전투 준비에 들어갔다고 파악했다. 두 사람의 합작한 결과 조진이 장안에서 출발하기도 전에 이 작전 계획의 핵심을 담은 보고서가 제갈량의 책상에 놓였다. 촉나라는 성고, 적판(赤阪) 지역에서 만반의 준비를 갖추고 위나라 군대를 기다렸다.

하지만 위나라 군대는 장마를 만나 길이 진창이 되는 바람에 자오곡을 넘을 수 없게 되자 결국 철수했다. 이때 진공은 위나라 군대가 철수하면서 농서가 일시적으로 비무장 상태에 빠졌다고 판단해 다음과 같은 보고서를 보냈다.

위나라 군대가 대규모 이동을 마친 후라 사기가 크게 떨어지고 물자 소모가 많았습니다. 이 틈을 타 옹주 서부 지역을 공격하십시오. 농서 수비군이 지친 상태라 막아내지 못할 것입니다.

제갈량이 이 제안을 받아들여 즉시 위연을 보내 농서 서부 양계(陽溪)를 공격했다. 농서 수비군 책임자인 옹주 자사 곽회와 우장군 비요(費曜)가 소식을 듣고 부랴부랴 지원군을 파견했다. 그러나 지원군 규모와 파견 날짜 등 관련 정보가 또 한 번 진공의 손에 들어갔고 진공이 신속하게 위연에게 전달했다.

위연은 이 정보를 토대로 양계 부근에서 아주 기본적인 매복 공격을 펼쳐 곽회와 비요의 지원군을 처참하게 박살냈다. 양계와 그 주변에 흩어져 있는 여러 강족 부락이 촉나라 손에 들어갔다. 이때부터 대다수 강족이 촉나라 쪽으로 크게 기울었고 위나라는 그 후로 오랫동안 강족과 관련된 민족 문제로 골머리를 앓았다.

이 승리는 촉나라에 매우 의미가 큰 승리였다. 진공도 이 승리로 큰 성취감을 맛봤지만, 또 다른 일들이 그를 기다리고 있었다. 진공을 끊임없이 불안하게 만든 인사 발령과 업무 변동이 시작된 시점이 바로 양계 전투 이후였다. 수없이 생각한 결과, 이 두 사건의 연결 고리는 너무나 명확했다. 누군가 진공의 행적에 의심을 품기 시작한 것이 틀림없었다.

그 누군가를 생각할 때면, 늘 매처럼 날카로운 간군사마 곽강의 눈빛이 떠올랐다. 그는 절대 만만히 볼 상대가 아니었다. 곽강이 농서에 부임한 후 진공의 첩보 활동이 힘들어졌고 백제는 결국 죽음을 맞이했다. 그동안 정보 누출 사건이 그토록 많았으니 어쩌면 곽강의 의심은 당연한 결과였다. 곽강이 우연으로 포장된 수많은 사건을 하나로 연결하는 그날이 진공의 제삿날이 될 것이다.

면현의 사문조 본부도 이 사실을 잘 알았다. 그래서 요유, 음집, 마신이 원한다면 언제든 한중으로 돌아오라고 몇 번이나 말했다. 하지만 진공은 선뜻 떠나지 못했다. 첫째, 아직까지 자신이 의심받고 있다는 명확한 증거가 없으니 어쩌면 모든 것이 우연이고 착각일 수도 있다. 둘째, 앞으로 농서를 목표로 하는 군사 계획이 더 많아질 텐데, 촉나라의 승리 확률을 높이려면 자신이 하루라도 더 자리를 지켜야 했다.

진공은 결국 모두의 염려를 뒤로 한 채 상규성에 남기로 했다.

"문례, 무슨 생각을 그렇게 골똘히 해요?"

진공은 동료 손령의 호기심 어린 질문에 얼른 생각을 접고 아무렇지 않게 대답했다.

"생각은 무슨. 어젯밤 자다가 좀 추웠는지 감기에 걸린 모양입니다.”

“조심해요. 다음 달 업성에서 순열사(巡閱使)가 도착할 텐데, 이런 상황에서 아프면 안 되지요.”

손령의 걱정에 진공이 괜찮다며 손을 흔들고 다시 정면을 주시했다. 저 앞에 청석과 자르지 않은 통나무가 산더미처럼 쌓여 있다. 일꾼 수십 명이 그사이를 분주히 오가며 고함을 질렀다. 화물을 가득 실은 수레가 덜컹덜컹 요란한 바퀴 소리를 내며 줄줄이 적재장으로 들어왔다.

대장군 조진이 지난 일 년 동안 농서에서 겪은 일련의 패배를 거울삼아 농서 군대의 수비력을 공고히 다지기로 마음먹었다. 계획의 일환으로, 전국 각지에서 좋은 건축 자재를 선별해 상규성으로 보냈다. 자재들은 기산 최전선 성채를 강화하는 데 사용될 것이다.

위나라 조정은 3월에 순열사를 파견해 이 계획의 진행 상황을 점검할 예정이었다. 옹주 자사 곽회는 순열사가 도착하기 전에 공사를 마무리 짓기 위해 작업 시간을 늘려 최대한 속도를 높이라고 지시했다. 현장을 감독하고 작업을 독촉하는 일은 자연스럽게 태수부 관리들이 떠맡았다.

손령은 적재장에 수레가 들어올 때마다 죽간에 획 하나를 추가했다. 죽간에는 검은 줄 수십 개가 이미 빽빽했다. 한참 획을 추가하던 손령은 시큰한 손목을 돌리며 불평을 늘어놓았다.

“우린 어디까지나 고상한 선비인데 곽 자사는 우리를 완전히 하급 관리 취급하는 거잖아요. 이런 하찮은 일이나 시키고. 이건 온 세상의 선비가 분개할 일입니다.”

진공은 아무 말도 못 들은 척 고개를 푹 숙인 채 빠르게 증가하는 청석과 통나무 수량을 기록했다. 한참 후에야 손령을 돌아보며 물었다.

"지금까지 들어온 수레가 모두 몇 대인가요?"

"어디, 보자. 총 마흔세 대요. 청석이 스무 대, 통나무가 스물세 대."

"서부 을구역 공사 계획상 오늘 밤에야 자재를 가지러 올 텐데, 지금 적재 속도로 봐서는 아무래도 신시[1]가 되기 전에 적재장이 꽉 찰 거 같아요. 혹시 태수부에 다녀올 수 있을까요? 다음 수레 행렬은 곧장 서부로 가야 한다고 알려야 할 것 같습니다. 남은 수레는 모래 운송하는 데 사용하면 되겠네요. 그쪽에서도 목 빠지게 기다리고 있을 테니."

"하지만 그건 규정에 어긋나는 일인데? 규정상 청석과 나무는 모두 이 적재장에 등록한 후에 다른 곳으로 운송해야 한다고 돼 있어요. 혹시 나중에 문제가 생기면 횡령죄를 뒤집어 쓸 수도 있어요."

"그래서 먼저 태수부에 보고하려는……. 됐어요, 그냥 내가 다녀올게요. 적재장 잔여 공간 확인이나 잘 해주세요. 8할이 넘으면 들여보내면 안 돼요."

진공은 속으로 한숨을 쉬며 일어섰다. 자칭 선비라는 자들은 늘 말만 번지르르할 뿐, 실제로는 아무짝에도 쓸모가 없다. 손령은 몇 달 전 관중에 다녀온 후로 하안(何晏), 하후현(夏候玄) 등을 숭배하며 청담 사상에 푹 빠졌다. 이때부터 유학 공부도 마다하고 장자에 심취해 온종일 고개를 절레절레 흔들며 현실과 동떨어진 얘기만 했

---

1 申時, 오후 3시~5시.

다. 사실 손령의 변화는 진공에게 좋은 일이었다. 청담 사상에 빠진 게으른 동료 덕분에 해야 할 일이 많아졌지만, 그만큼 정보를 접할 기회가 많아졌다.

그래서 진공은 몇 가지 더 당부하고 준비시킨 마차를 타고 바로 태수부로 달려갔다.

정신없이 바쁘기는 태수부도 마찬가지였다. 문리와 병사들이 각종 문서와 호부를 들고 쉴 새 없이 들락거렸다. 진공은 보초병과 인사를 나누고 익숙하게 태수부 정원으로 들어갔다. 이곳은 상규성을 관할하는 관부인데 한눈에 봐도 너무 초라하고 규모가 작아서 상규성의 모든 행정 부문을 수용할 수가 없었다. 그래서 대부분의 업무실이 태수부 밖으로 쫓겨났고 이곳엔 핵심 부문 몇 개만 남아 있었다.

태수부 탁지조(度支曹)로 가는 회랑은 특히 좁아서 오가다 다른 사람과 마주치면 한쪽이 길을 비켜줘야 했다. 관료 사회에서 당연히 직급이 높은 사람에게 우선 통행권이 주어졌다. 맞은편에서 걸어오던 미색 관복을 입은 하급 관리가 공손히 옆으로 길을 비켰다. 진공은 살짝 고개를 끄덕이고 회랑 끝에 보이는 나무문을 향해 걸어갔다. 진공이 나무문 앞에 도착하자마자 끼이익 하며 문이 열렸다. 다음 순간 눈앞에 나타난 사람은 바로 곽강이었다.

사실 진공은 곽강을 바로 알아보지 못했다. 오늘은 무슨 일인지 갑옷 차림이 아니라 진홍색 평상복 차림이었기 때문이다. 덕분에 독하고 사나운 느낌이 훨씬 덜했지만 그 날카로운 눈빛만은 그대로였다. 가장 위험하고 경계해야 할 상대가 불쑥 눈앞에 나타났지만 노련한 진공은 전혀 놀라거나 당황하지 않았다. 곽강이 지나갈 수 있도록 공손히 오른쪽으로 길을 비켰다.

곽강은 고마워하기는커녕 오만한 눈빛으로 진공을 힐끗 쳐다보고 제 갈 길을 갔다. 주기 따위는 쳐다볼 필요도 없다고 생각하는 것 같았다. 진공 입장에서는 정말 반가운 일이었다. 진공은 곽강이 완전히 지나간 후에야 탁지조에 들어가 문을 닫았다.

진공은 신도 아니고 뒤통수에 눈이 달리지도 않았으니, 문을 닫는 순간 멀쩡히 걸어가던 곽강이 갑자기 걸음을 멈추고 돌아서서 잠시 탁지조 나무문을 뚫어지게 바라본 사실을 알지 못했다. 그 눈에서 한겨울 삭풍처럼 매섭고 싸늘한 기운이 느껴졌다.

곽강의 뒤에서 발걸음을 멈춘 관리는 감히 간군사마를 방해할 수 없어 이러지도 저러지도 못하고 발만 동동 굴렀다. 곽강이 다시 고개를 돌리자 관리가 옆으로 길을 비켰다. 곽강은 옆 사람을 거들떠보지도 않고 빳빳하게 고개를 든 채 앞만 보고 지나갔다.

태수부 정문 깃대 앞에 곽강의 부하 둘이 준마를 준비해놓고 기다렸다. 부하들은 곽강이 나타나자마자 얼른 달려갔다. 곽강이 안장 끈을 단단히 묶으면서 부하에게 감시 상황을 물었다.

"감시는 잘 하고 있나? 새로운 소식 없어?"

"없습니다. 지금까지 계속 지켜봤는데 진 주기는 의심스러운 행동이 전혀 없습니다."

"접촉자 중에 의심스러운 자가 없었나?"

"없습니다. 평소에 만나는 사람이 전부 다 태수부 관리입니다."

부하가 곽강의 눈치를 보며 머뭇거리다가 조심스럽게 다시 말을 꺼냈다.

"소인 보기엔 아무래도 진 주기는 간첩이 아닌 것 같습니다."

"그만큼 노련하다는 거겠지. 절대 경계심 풀지 말고 감시 잘해. 일단 영천에 다녀와서 다시 얘기하지."

부하는 더 이상 대꾸하지 못하고 뒤로 물러서서 두 손을 맞잡고 예를 취했다.

"곽 장군, 다녀오십시오."

곽강은 말에 올라탄 후에도 몇 가지 더 당부하고 힘차게 채찍을 휘둘러 쏜살같이 달려나갔다.

곽강은 지난해부터 진공을 의심하기 시작했다. 지난해 위나라 군대가 잇따라 작전에 실패하자 촉나라가 뭔가 강력한 패를 쥐고 있다는 의심이 생겼다. 특히 숙부 곽회가 양계에서 촉나라 매복군에게 크게 당한 후 상규성 내부에 촉나라로 정보를 빼돌리는 첩자가 있다고 확신했다. 이 첩자는 얼마 전 백제 체포 작전 중 빠져나간 바로 그 올빼미일 것이다.

그래서 곽회의 도움을 받아 상규성에서 은밀하게 뒷조사를 시작했다. 군부와 관부를 막론하고 관료 체계 안에 있는 모든 사람이 조사 대상이었다. 이외에 공문 열람 기록, 정보 자료와 접촉한 모든 관리를 포함해 정보가 새어나갈 가능성이 있는 모든 부분을 꼼꼼하게 여러 번 반복 조사했다.

곽강은 장장 두 달에 걸친 조사 결과를 토대로 올빼미일 가능성이 있는 관리 다섯 명을 추려냈다. 세부 조사를 통해 다시 세 명으로 압축했는데 그중 하나가 진공이었다. 그것도 가장 유력한 후보였다.

그동안 새어나간 정보 대부분이 직간접적으로 진공과 관계가 있었다. 사건 하나하나만 놓고 보면 관계성이 명확하지 않아 단순한 우연처럼 보였다. 그러나 우연이 계속 반복된다면 뭔가 필연적인 요소가 없는지 의심할 수밖에 없다.

그러나 확실한 증거를 잡지 못한 상황이라 섣불리 진공을 어쩔 수는 없었다. 곽강은 지난 이 년의 경험으로 더욱 조심스럽고 신중해졌다. 그래서 일단 사람을 붙여 진공을 감시하기 시작했다. 진공이 눈치채지 못하도록 적당한 거리를 두면서 최대한 은밀하게. 그리고 티 나지 않게 여러 번의 인사이동을 거쳐 진공이 문서 업무와 조금씩 멀어지도록 조치했다. 아직은 올빼미가 자신을 덮칠 올가미가 준비돼 있음을 눈치채면 안 된다.

곽강은 반드시 올빼미를 잡으리라 굳게 다짐했다. 이것은 그의 임무이기도 하지만 존경하는 숙부의 명예를 회복하는 길이기도 했다.

곽강은 진공에 대해 꼭 알아내야 할 정보가 하나 더 있었다. 그의 정확한 신분. 그래서 진공의 본적지인 영천에 가서 직접 조사하기로 했다.

중원 한복판에 위치한 영천군은 인구수가 대략 삼만 가구로 꽤 풍요로운 도시였다. 위나라의 주요 곡물 생산지로 이곳에서 거둬들이는 세금은 방대한 군사비의 주요 수입원이었다. 또한 순욱(荀彧), 순유(荀攸), 희지재(戱志才), 곽가(郭嘉) 등 위나라 군대의 기초를 다진 초기 책사들이 모두 영천 출신인 까닭에 주요 도시로 꼽혔다.

진공의 신상 정보에 따르면, 한나라 건안 6년에 영천군 허현(許縣)에서 태어났다. 열아홉 살 되던 건안 25년에 아버지 진기와 함께 한중으로 갔다. 그러나 도중에 산적을 만나 일행이 모두 죽고 가장 나이 어린 진공만 살아남았다. 그 후로 줄곧 농서에 머물렀다. 농서에서 공부를 마치고 천수 태수부 서리로 관직 생활을 시작한 그는 차근차근 경력을 쌓고 실력을 인정받아 주기까지 승진했다.

곽강이 영천군 관부가 있는 허창(許昌)에 도착한 날은 1월 20일이었다. 진공은 허창 진 씨의 후손이다. 허창에는 진 씨가 아주 많았다. 현임 영천 사공(司空)인 진군(陳群)도 영천 진 씨이니, 아마도 진공과 먼 친척일 것이다. 하지만 진공의 신상 정보에는 가문에 대한 정확한 기록이 없었다. 이 부분은 큰 문제는 아니었다. 당시 중원은 오랫동안 전란을 겪은 터라 한나라 때의 호적 기록이 거의 사라졌기 때문이다.

먼 길을 달려온 곽강이 영천 태수부에 도착해 정문 호위병에게 자신의 신분을 밝혔다. 잠시 후 관복을 입은 남자가 나타났다. 한눈에 봐도 못생겼는데 양쪽 콧망울 아래로 팔자를 그린 이방 수염과 오른쪽 눈 밑에 난 검은 사마귀 때문에 더 비호감이었다.

"곽 장군이 맞습니까?"

"그렇소."

남자는 다소 과할 정도로 반갑게 인사하며 본인 소개를 했다.

"저는 영천 태수부 문하순행(門下循行) 한승이고, 자는 백선입니다. 상 태수의 명으로 장군을 맞이하러 왔습니다."

곽강은 굳은 표정으로 가볍게 고개를 끄덕였다. 이 반응은 원래 성격이기도 했지만 먼 길을 달려오느라 지친 탓이기도 했다. 눈치 빠른 한승은 곽강에게 먼저 휴식을 취하겠느냐고 물었다. 그러나 곽강은 바로 태수를 만나겠다는 뜻으로 손을 휘휘 흔들었다. 한승은 두 하인에게 곽강의 말을 보살피도록 명하고 곽강을 안으로 안내했다.

초라하기 그지없는 농서 태수부에 비하면 영천 태수부는 그야말로 대궐 같았다. 본 건물의 하층부 기반만 보더라도 거대한 돌을 1장 높이로 쌓았고 그 위에 화려한 조각을 새겨넣었다. 돌 기반 위에 만든 회랑 난간은 보통 왕궁을 지을 때나 사용하는 한백옥이었다. 본 건물 대청은 한 면에 기둥 일곱 개가 들어갔고 용마루에 해당하는 정척이 하나, 내림마루 수척이 네 개인 겹지붕 구조로 웅장함을 자랑했다.

곽강과 한승이 대청에서 상 태수를 기다렸다. 잠시 후 관리 하나가 뛰어와 태수가 도착했음을 알렸고 곧이어 쉰 살이 넘은 통통한 남자가 나타났다. 이 남자가 영천 태수 상엄이다.

상엄이 자리에 앉아 두 손을 배 위에 걸치고 곽강을 위아래로 훑어보다가 먼지투성이인 것을 보고 얼굴을 찌푸렸다.

"농서에서 오셨다고?"

상엄이 무시하는 투로 물었다. 풍요로운 중원 도시 영천 입장에서 보면 농서는 수준 떨어지는 시골 마을이나 다름없었다.

"그렇습니다. 여기 협력 요청서입니다. 확인해보시지요."

곽강은 상엄의 태도를 모른 척하고 최대한 예의를 갖춰 두 손으로 문서를 건넸다. 상엄은 문서를 펼친 후 먼저 문서 서명란을 확인했다. 옹주 자사 곽회.

"곽 자사가 혹시……."

"예. 숙부되십니다."

상엄은 이 말을 듣자마자 표정이 온화해졌다. '음, 음.' 추임새를 넣어가며 문서 내용을 자세히 읽고 마지막으로 인장 부분을 손가락으로 슥슥 비볐다. 혹시 위조가 아닐까 확인하는 것 같았다. 그리고 천천히 곽강과 대화를 시작했다.

"어떤 일인지 대략 알겠네. 자네 일을 도울 사람을 붙여주겠네."

"고맙습니다."

"그런데, 한 가지 주의할 것이 있네. 진가는 영천에서 손꼽히는 집안이오. 진군도 진가 사람이니, 혹여 그 사람들 심기를 건드리지 않도록 조심하게. 잘못하면 큰 대가를 치를 수도 있으니."

"주의하겠습니다."

"백선, 이 일은 자네가 맡아서 처리하게."

"예."

곽강은 이것으로 상엄의 의도를 알아차렸다. 태수부 문하순행은 실제로 하는 일이 거의 없는 허울뿐인 직책이다. 관료 체제에 포함돼 있으나 사실 식객이나 다름없었다. 상엄이 곽강에게 문하순행을 붙여준 것은 이 일과 곽강을 대수롭지 않게 여긴다는 뜻이었다.

'상관없어. 내 일을 방해만 안 하면 되니까.'

상엄이 바로 자리를 떠난 후 한승이 곽강을 역관 전용 숙소로 안내했다. 곽강은 일단 간단히 세수를 하고 필요한 물건을 꺼내 정리한 후 잠깐 눈을 붙였다. 정오쯤 눈을 떴는데 여독이 거의 풀렸다. 이제 본격적으로 임무에 돌입할 때였다. 마침 한승이 찾아와 식객 관리답게 실실 웃으며 술상과 기녀를 준비했다고 말했다.

"오후에는 원하신다면 허창 성내를 돌아보시지요. 오늘 큰 장이 열려서 아주 볼만합니다. 농서에는 이렇게 화려한 볼거리가 절대 없을 걸요."

"필요 없소. 지금 바로 조사를 시작할 것이오."

곽강은 그런 일에 전혀 관심 없다는 듯 한승의 제안을 단칼에 거절했다. 머쓱해진 한승이 짧은 콧수염을 만지작거리며 고개를 끄덕였다. 두 사람은 일단 태수부 바로 옆에 위치한 영천 호부(戶部)로 갔다. 이곳에 보관된 영천 호적 자료가 대략 이만 호인데 민적(民籍), 군적(軍籍), 사적(士籍) 세 종류로 분류돼 있었다.

"어느 쪽부터 확인하시겠습니까?"

"사적부터 봅시다."

사적은 명문가의 호적 자료다. 진공은 진 씨이니 영천 진가에 속해 있을 가능성이 가장 컸다. 한승이 하급 관리에게 서가에 꽂힌 붉은 표지 호적 문서를 가져오게 했다. 곽강은 목차를 펼쳐 '허창 진씨'를 찾았다. 첫 순서는 현임 사공 진군 일파이고 그 뒤로 일곱 개 방계 집안이 이어졌고 각 집안의 가족 구성이 상세히 기록돼 있었다. 그런데 이 안에 진공도, 그 아버지 진기의 이름도 없었다.

잠시 후 곽강은 진군의 아버지 이름도 '진기'라는 것을 발견했다. 만약 두 사람이 같은 집안이라면 절대 같은 이름을 쓸 수 없다. 같은 이름은 반드시 피해야 한다. 다시 말해 진공은 사족(士族)이 아니라는 뜻이다.

곽강은 민적과 군적 문서도 요청해 처음부터 끝까지 꼼꼼하게 훑었다. 호적 조사는 지루하고 힘든 작업이다. 곽강과 한승, 그리고 서리 셋이 달라붙어 오후 내내 찾은 결과 기록된 '진공'은 총 세 명이었다. 그중 한 명은 올해 여섯 살이고 다른 한 명은 작년에 사망했고 마지막 한 명은 영천군 관리였다. 세 사람 모두 농서의 진공과 전혀 관계가 없었다. 그리고 진기라는 이름은 진군의 아버지 한 명뿐이었다.

"이 호적 문서는 언제 만든 거요?"

가장 나이 많은 서리가 황초[2] 2년이라고 대답했다.

◇◇◇◇◇◇◇◇◇
2 黃初. 220~226년. 위나라 문제의 연호.

"초본은 어디에 있소?"

"초본은 없습니다. 한나라 때 만든 호적은 모두 유실됐고 이 호적은 문제 폐하가 즉위하신 해에 실시한 호구 조사 자료를 가지고 만든 겁니다."

곽강이 재빨리 암산을 시작했다. 진공이 올해 서른한 살이고 농서 태수부 신상 정보에 따르면 열아홉 살 되던 건안 25년에 허창을 떠나 양주로 갔다. 그러니까 황초 원년에 영천 호구 조사를 진행하고 다시 호적을 만들 때 스무 살 진공은 이미 농서에 거주하고 있었다. 그렇다면 영천 호적 문서에 진공의 이름이 없는 것이 말이 된다. 곽강이 얼굴을 찌푸리고 다른 방법을 생각했다.

"호적 문서에서 진공의 다른 가족이나 친척을 찾을 수 있겠소?"

"호적 문서에 본가 가족만 기록하기 때문에 친척 관계를 조사하려면 집집마다 돌아다니며 족보를 확인해야 합니다. 그런데 범위를 좁힐 만한 구체적인 조건이 없다면……."

나이 많은 서리는 매우 난감했다. 허창의 육천 가구 중 진 씨 가구가 칠백 호가 넘는다. 그중 9할이 제전진의 후예지만 시간이 지나면서 스무 개가 넘는 파로 나뉘었다. 그 많은 족보를 일일이 뒤지는 일은 상상 이상으로 힘든 일이 될 것이다.

"천하가 안정된 것이 이제 겨우 십 년 아닙니까? 호적 문서가 유실되어 안타깝지만 어쩔 수 없지요. 곽 장군, 너무 실망하지 마세요."

한승이 홀가분한 표정으로 가볍게 위로했다. 그런데 곽강이 손가락 관절을 꺾으며 잠시 골똘히 생각하더니 단호하게 내뱉었다.

"그렇다면 한 집 한 집 찾아봐야겠군."

한승은 농담인 줄 알고 하하하 웃다가 곽강의 진지한 표정을 보고서야 그냥 하는 소리가 아님을 알았다.

1월 21일, 곽강과 한승은 허창 진 씨 족보 조사의 긴 여정을 시작했다. 두 사람은 영천 태수부 공문서를 들고 본가 족보를 관리하는 집을 일일이 방문해 족보 열람을 요청했다. 그리고 모래사장에서 바늘을 찾듯 한 장 한 장 빈틈없이 살폈다. 관부 호적 문서는 황초 이후 허창 상주 인구만 기록한 것이라 그 전에 진공이 영천에 살았었는지 확인하려면 족보를 찾아보는 방법이 가장 확실했다.

대부분 곽강의 협조 요청을 흔쾌히 받아들였지만 외부인이 족보를 열람하는 것을 꺼림칙하게 생각하는 사람도 있었다. 어떤 부잣집에서는 곽강에게 먼저 조상을 모신 사당에서 사죄를 해야 족보를 보여주겠다고 했다. 또 족보를 보관하는 방에서만 봐야 하고 절대 등불을 켜면 안 된다는 집도 있었다. 곽강은 어쩔 수 없이 어둠 속에서 족보와 사투를 벌였다. 최대한 눈을 크게 뜨고 집중해야 누런 종이에 적힌 깨알 같은 글씨가 겨우 보였다. 이렇게 온종일 족보를 확인하고 나면 밤새도록 눈이 아프고 눈물이 났다.

이 고난의 여정이 열흘 넘게 이어졌다. 그러던 중 2월 2일에야 작은 실마리를 찾았다. 진방이라는 허창 의원의 집에서 원하던 기록을 찾아냈다. 족보 기록으로 따져보면, 진방의 조부 진동에게 아들이 셋 있었다. 큰아들이 진방의 아버지 진요이고 둘째 아들 진양은 요절했고 셋째 아들 이름이 진기였다. 그리고 진기 이름 아래 진공이란 이름이 적혀 있었다. 곽강은 눈이 번쩍 뜨였다.

"진공이나 진기를 직접 본 적이 있소?"

곽강이 족보에 적힌 이름을 가리키며 물었다. 진방은 잠시 기억

을 떠올린 후 대답했다. 아버지 형제는 일찌감치 분가했단다. 그 과
정에서 크게 다뤄서 형제끼리 왕래가 거의 없었단다. 아주 어렸을
때 한번 본 것 같기도 한데 그저 흐릿한 장면이 떠오를 뿐 자세한
기억은 없었다.

"건안 25년에 두 사람이 농서로 갔다는 얘기를 들은 적이 있소?"

"듣긴 들었는데 자세히는 모릅니다. 나중에 들으니 도중에 산적
을 만나 모두 죽었다더군요."

진방은 진기 가족의 변고에 전혀 관심이 없다는 듯 가볍게 대답
했다. 여기까지는 진공 본인이 말한 신상 정보와 일치했다.

"그럼 진기가 살던 허창 집이 어디인지 아시오?"

"성 서부에 있는 본가에 살았을 겁니다. 조부가 돌아가신 후 저희
아버지는 이 집을 물려받았고 성 서부 본가는 셋째 숙부가 받았다
들었습니다."

진방은 곽강에게 상세 지도를 그려줬다. 하지만 본인도 오랫동안
가보지 않았으니 본가가 아직 남아 있을지 잘 모르겠다고 했다. 곽
강과 한승은 진방의 집에서 나오자마자 바로 성 서부로 향했다. 진
방의 지도대로라면 진 씨네 본가가 위치한 곳은 성 서부 외곽 택구
마을이다.

반 시진 후 전형적인 중원의 작은 마을에 도착했다. 멀리서 바라
보니 온통 황토색이었다. 대부분이 토담집이고 그사이로 울퉁불퉁
한 길이 이어져 있었다. 여기저기 흙길이 파이고 가축 분뇨 천지였
다. 전쟁 때 사용했을 마을 입구의 작은 보루가 이 마을에서 가장
눈에 띄는 건물이었다.

두 사람은 가장 먼저 마을 이장을 찾아갔다. 이장은 곽강이 찾아

온 이유를 듣고 눈을 가늘게 뜨며 멀리 보이는 큰 나무를 가리켰다.

"저기가 진 씨 본가요. 지금은 주인이 바뀌었지만."

현재 이 집에는 조 씨 가족이 살고 있었다. 호주 조흑은 성실한 본토 농민이었다. 곽강이 찾아갔을 때 조흑은 돼지 먹이를 주고 있었다. 이장이 표정이 심각한 낯선 두 사람을 데리고 오자 당황한 조흑은 낯빛이 변하고 손을 정신없이 움직였다.

"조 씨, 괜찮아. 여기 두 나리가 몇 가지 물어볼 게 있다는군."

이장의 부드러운 말투에 조흑의 마음이 조금 진정됐다. 곽강은 먼저 집 안을 둘러봤다. 진 씨 본가는 조금 넓고 지붕에 띠를 얹었을 뿐, 일반 토담집과 크게 다르지 않았다.

"여기 이사 온 것이 정확히 언제인가?"

"황, 황초 2년입니다."

"그때 이 집을 누구한테 샀나?"

"에, 그게……. 현에서……."

조흑은 긴장한 티가 역력했다. 곽강이 이상하다는 표정을 짓자 이장이 한승의 눈치를 한 번 보더니 곽강의 팔을 끌어당겼다.

"사실, 황초 원년 문제 폐하가 제위에 오르신 후 이 마을에 역병이 돌았습니다. 그때 죽은 사람이 꽤 많았어요. 헌데 문제 폐하가 등극한 지 얼마 안 되어 감히 역병이 발생했다고 고할 수가 없었지요. 그래서 태수부가 고심 끝에 병주 유민을 데려와 빈집에 살게 했어요. 호적 머릿수를 채우려고."

"그러니까, 이 마을 사람들은 황초 원년 역병 발생 이후에 이주해 왔다는 말인가?"

곽강은 크게 실망했다.

"거의 그렇죠. 저도 그때 왔습니다."

"그럼, 그전에는 이 집에 누가 살았지?"

"모르지요."

이장이 고개를 흔들었다. 이때 조흑이 할 말이 있는지 조심스럽게 손을 들었다.

"생각나는 사람이 하나 있는데요. 제가 알기로는 이 마을에서 유일하게 황초 원년 이전부터 살고 있는 사람입니다."

"누군가?"

"교 씨 어른이요."

환갑이 넘은 백발 노인 교 씨는 역병이 휩쓸고 간 택구 마을의 유일한 생존자였다. 교 씨는 가족이 모두 죽은 후 관부의 지시에 따라 마을 동쪽으로 이사해 묘지기를 하고 있었다. 외로운 독거노인 교 씨는 새로 이주해 온 마을 사람들과 교류가 거의 없었다. 조흑은 혼자 사는 노인을 불쌍히 여겨 종종 먹을 것과 옷가지를 가져다주곤 했다.

세 사람은 조흑을 따라 마을 동편 공동묘지로 향했다. 저 멀리 남루한 양피 저고리를 걸치고 묘비 옆에 쭈그려 앉아 삼색 끈이 달린 대나무 장대를 흔드는 사람이 보였다.

교 씨는 사람들이 코앞까지 왔는데 인기척을 못 느끼는 것 같았다. 조흑이 교 씨 옆에 앉아 귀에 대고 크게 말하니 그제야 고개를 돌렸다. 눈도 잘 안 보이는지 흐리멍덩했다.

"대신 물어보게. 이 마을에 살던 진 씨 본가의 진기와 진공 부자를 기억하는지."

조흑은 곽강이 시키는 대로 교 씨 귀에 대고 크게 소리쳤다. 교 씨가 뭐라고 웅얼거렸다. 성질 급한 한승이 나섰다.

"뭐라는 건가?"

"기억나는 것 같답니다."

기억이 난다는 건지 아닌지, 애매한 대답이었다. 곽강이 다시 잘 생각해보라고 전하게 했다. 교 씨가 한참 조용하더니 갑자기 그르렁 그르렁 하더니 맞은편 묘비에 퉤 하고 가래를 뱉어냈다. 그리고 다시 중얼거렸다.

"진기라는 사람이 어르신한테 이천 칠백 전을 빌려갔대요."

곽강도 안달이 났다.

"다른 건? 다른 거 생각나는 건 없고?"

교 씨의 기억은 지극히 단편적이었다. 특정 사건은 아주 자세히 기억했지만 다른 일은 전혀 기억하지 못했다. 조흑이 몇 번 더 물었지만 대부분 애매하게 대답했다. 가끔 정확하게 기억하는 일은 다 쓸데없는 내용이었다.

크게 실망한 곽강이 그만 가자는 뜻으로 손을 흔들었다. 이때 교 씨가 또 침을 뱉더니 씩씩거리며 욕을 지껄였다. 조흑이 귀를 기울여 듣고는 곽강을 올려봤다.

"어르신이 그러는데, 진 씨네 생강자가 어르신 솜옷을 태워 먹었대요. 큰 구멍이 세 개나 났다고."

"뭐라고? 생강자? 그게 뭔가?"

한승이 잽싸게 끼어들었다.

"이 지역에는 임신한 여자가 생강을 먹으면 육손을 낳고 산토끼 고기를 먹으면 언청이를 낳는다는 미신이 있습니다. 그래서 육손인 아이를 생강자라고 부릅니다."

"어이, 진 씨네 아이가 육손이 확실한지 다시 물어보게."

조흑이 다시 묻자 교 씨가 아주 단호하게 대답했다. 이번에는 그 손이 오른손이라는 내용까지 덧붙였다. 교 씨는 그 아이가 얼마나 장난이 심했는지 모른다고 계속 욕을 퍼부었다.

곽강은 돌아서서 품에서 꺼낸 얇은 금붙이를 조흑에게 줬다. 그리고 교 씨를 죽을 때까지 잘 보살피라는 당부를 남기고 바로 자리를 떠났다.

곽강은 이번 조사의 목적을 달성했다. 농서 진공의 오른손은 정상이다. 손가락을 잘라낸 흉터도 없었다. 지금 곽강이 해야 할 일은 최대한 빨리 농서로 돌아가는 것이다.

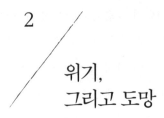

2

위기,
그리고 도망

2월 15일, 상규성.

진공은 평소보다 반 시진 일찍 일어났다. 저절로 눈이 떠진 것이
아니라 밖에서 세게 대문을 두드리는 소리가 들렸기 때문이다.

정신을 차리는 순간, 드디어 위나라 간군사마가 자신을 잡으러
왔다고 생각했다. 그렇지 않으면 이 시간에 찾아올 사람이 없었다.
진공은 반사적으로 베개 밑에서 빨간색 환약을 꺼냈다. 위급 상황에
대비해 비상과 천오를 섞어 만들어둔 독약이다.

독약을 꼭 쥔 채 바깥 동정에 귀를 기울였다. 늙은 하인의 발소리
에 이어 끼이익, 문이 열렸다. 곧이어 병사들의 요란한 발소리가 들
릴 줄 알았는데, 아니었다.

잠시 후, 늙은 하인이 문밖에서 공손하게 말을 전했다.

"나리, 서영이란 분이 찾아왔습니다."

"서영?"

진공은 미간을 찌푸리며 머리를 쥐어짰지만 그간 만났던 사람 중에 그런 사람은 없었다. 어쨌든 침대에서 일어나 밖으로 나갔다. 오른손에 붉은색 독약을 꼭 쥔 채로.

대문 앞에 마흔 살 정도로 보이는 중년 남자가 서 있었다. 키는 보통이지만 다부진 체격이었다. 긴 얼굴에 가느다란 주름이 가득했고 오른쪽 눈 옆에 긴 흉터가 있었다. 남자는 위나라 군대의 진홍색 평상복 차림이었다. 진공은 긴장하지 않을 수 없었다.

"누구를 찾아오셨습니까?"

"진 주기, 진공을 찾아왔습니다."

서영은 매우 다급해 보였다.

"내가 진공입니다."

서영은 다급한 중에도 얼른 말하지 않고 진공 뒤에 따라온 늙은 하인을 힐끔힐끔 쳐다봤다. 진공은 망설였다. 지금 하인을 물러가게 하면 뭔가 켕기는 일이 있다는 반증이 될 수 있다.

"단둘이 얘기했으면 합니다."

서영의 눈빛은 매우 심각하고 단호했다. 진공은 결국 노인을 물러가게 하고 팔짱을 낀 채 불청객의 이야기를 기다렸다. 2월, 이른 봄이지만 농서는 아직 많이 추웠다. 바람까지 강하게 불자 진공은 겉옷을 걸치지 않은 것이 심히 후회됐다. 서영은 하인이 완전히 사라진 후에야 다급하게 말을 쏟아냈다.

"나는 위나라 중서성 직속 간군사마의 독군종사(督軍從事) 서영입니다. 지금 바로 촉한으로 가고 싶습니다."

진공은 너무 놀라 입이 다물어지지 않았다. 독군종사는 직급 체계상 간군사마 바로 아래이니 위나라 정보국 내에서 꽤 높은 직급이다. 그런 사람이 꼭두새벽에 찾아와 촉한으로 망명하겠다니, 도무지 말이 되지 않는 상황이었다. 진공은 경험 많고 노련한 정보요원이지만 이 순간에는 대처 방법이 떠오르지 않았다.

"뭔가 오해가 있는 모양인데, 지금 당장 내 집에서 떠난다면 정오 전까지는 곽강 장군에게 이 일을 보고하지 않겠습니다."

"정오까지 기다릴 필요 없을 겁니다. 곽강 장군이 한 시진 안에 찾아올 테니."

"뭐요?"

"곽강 장군은 오늘 새벽에 돌아왔습니다. 허창에서 당신이 가짜 진공이라는 사실을 알아냈고 지금 당신을 체포하러 올 준비를 하고 있어요."

진공은 서영의 눈을 뚫어지게 보고 있자니 마음이 흔들렸다. 아무래도 이 사람이 자신에 대해 많은 것을 알고 있는 듯했다.

"진 주기를 협박하는 게 아닙니다. 상황이 아주 급박해요. 지금 당장 결단을 내리셔야 합니다. 여기에 남아 죽음을 기다리든지 나를 데리고 한중으로 돌아가든지. 위급 상황에 대비한 철수 노선이 준비돼 있으리라 믿습니다."

"……잠시만요. 그쪽은 왜 촉한에 망명하려는 겁니까?"

"젠장, 그 문제는 가면서 얘기해도 되지 않소? 지금 곽강이 언제 들이닥칠지 모른단 말입니다!"

이마에 식은땀이 나기 시작한 서영은 초조한 나머지 살짝 으르렁거렸다.

"곽강이 들이닥치면 우린 둘 다 끝장입니다."

우리? 진공은 서영이 우리라고 말한 것에 집중했다.

"그래요. 우리. 우리가 잡히면, 당신보다 내 최후가 더 처참할 거요. 이렇게 당신을 찾아온 건, 나도 이미 다른 방법이 없다는 뜻이오."

서영이 허리춤에서 비수를 꺼내며 비장한 표정을 지었다.

"진 주기가 나를 믿지 못하고 내 부탁을 거절한다면, 난 당신을 없앨 수밖에 없어요. 내가 망명하려던 것을 들키지 않으려면 이 방법뿐이오."

'이건 굉장히 경솔하고 무모한 짓이다. 확실히 빈틈이 많아.'

서툴고 경솔한 방법이지만 완벽하고 빈틈없는 계획이 아니라 오히려 갑자기 망명을 결심한 사람다웠다. 경험 많고 노련한 진공은 너무 완벽한 상황일수록 의심스럽다는 사실을 잘 알았다.

잠시 시간이 흘렀다. 진공은 어떻게든 결정을 내려야 했다. 이 독군종사의 말이 진실인지 거짓인지는 알 수 없으나 진공의 신분이 탄로 난 것만은 분명했다. 그렇다면 철수해야 한다. 진공은 드디어 농서 생활이 끝났다는 생각에 깊은 한숨을 내쉬며 고개를 끄덕였다.

"알겠습니다. 간단히 짐을 챙겨올 테니 기다려 주세요."

"시간이 없습니다. 곽강이 곧 나타날 겁니다. 성격상 절대 시간을 늦추지 않을 겁니다."

"잠깐이면 됩니다."

진공이 서둘러 방으로 들어가 선반에 정리해놓은 정보 자료를 꺼내 침상 옆에 활활 타오르고 있는 화로에 던져 넣었다. 갈고리로 화로 덮개를 덮은 후 종이 한 장을 꺼내 몇 글자 휘갈겨 썼다. 종이를 접어 품에 넣은 후 대문으로 나갔다. 마당에서 기다리는 서영은 계속 대문 밖을 살피며 식은땀을 닦고 있었다.

"갑시다."

두 사람은 진공 집을 나서자마자 오른쪽 골목으로 꺾어 들어갔다. 서영이 진공 뒤에 바짝 붙어 쫓아갔다. 세상은 아직 고요했다. 병사들이 몰려올 조짐은 전혀 없었다.

"조금 더 서두르죠. 곽강이 진 주기 집에 도착하기 전에 성을 빠져나가지 못하면 도망칠 길이 막혀요. 진 주기가 도망친 걸 알면 곽강이 바로 성문을 봉쇄할 겁니다."

진공은 서영의 재촉에 대꾸하지 않았다. 이미 알고 있는 바이고 지금 충분히 빨리 걷고 있었으니까. 두 사람이 남쪽 성문에 도착했을 때, 다행히 별다른 이상 징후는 없었다.

"어떻게 나갈 겁니까?"

성문은 굳게 닫혔고 성문이 열리는 시간까지 아직 한 시진이나 남았다. 진공이 의아해하며 되물었다.

"날 찾아오기로 했을 때 이 문제도 생각 안 했어요?"

"난 그쪽에 위급 상황에 대비한 철수 방법이 있을 줄 알았죠. 당신들 행동은 항상 완벽했잖아요."

진공은 지금 이게 아첨하는 건가 싶어 쓴웃음을 지으며 조금 전 품에 넣은 종이를 꺼냈다. 왼쪽 귀퉁이에 태수부의 인장이 찍힌 통행 허가 문서였다. 업무상 태수부 인장을 사용할 때 몰래 빈 문서를 준비해 같이 찍어둔 것이었다. 언제든 필요할 때 감쪽같이 문서를 위조할 수 있도록. 아니, 이것은 확실히 진짜 문서다. 단지 문서 내용 기입과 날인 순서가 바뀌었을 뿐. 방금 집을 떠나기 직전, 빈 문서에 '통행 허가'라고 적었다. 이렇게 해서 완전한 격식을 갖춘 합법적인 통행 허가 문서가 완성됐다. 진공은 '글씨 위에 날인을 해야 한다.'는 사소한 부분도 놓치지 않았다.

두 사람은 성문으로 걸어가 당직 수문병에게 문서를 건넸다. 밤새 근무하고 아직 교대하기 전이라 정신이 몽롱한 수문병은 통행문서를 대충 훑어보고 돌려줬다. 안절부절못하던 서영은 그제야 마음이 놓이는 모양이었다. 수문병이 동료들을 불러모아 단문 빗장을 풀고 한쪽 문만 열어 두 사람을 내보냈다. 진공과 서영은 고맙다고 인사하고 침착하게 상규성을 빠져나갔다.

성 밖으로 나온 두 사람은 곧장 외곽 마을 농가로 향했다. 이곳은 촉한 정보국의 '사점'이다. 사점이란 한 번 이용하면 바로 노출될 확률이 큰 거점이다. 딱 한 번이기 때문에 원칙적으로 아주 긴급할 때만 이용해야 한다. 이 농가는 상규성 기병의 전투마를 관리하는 곳이다. 마구간에 전투마 여덟 마리가 준비돼 있었다.

진공이 전투마 두 마리를 끌고 나와 서영과 나눠 타고 남쪽으로 달렸다. 두 사람이 떠난 후, 농가 주인은 남은 말을 모두 독살하고 다른 길을 이용해 촉나라로 떠났다.

진공과 서영은 쉴 새 없이 채찍을 휘두르며 정신없이 달렸다. 작은 언덕을 지날 즘 갑자기 뒤에서 날카로운 호각 소리가 들렸다. 두 사람이 고삐를 잡아당기고 돌아보니 상규성 상공으로 연달아 향전을 쏘아 올리고 있었다. 방향으로 보아 진공의 집이 위치한 서부 구역에서 쏘아 올린 것 같았다. 짧게 세 번, 길게 한 번 울린 호각 소리는 아무도 출입하지 못하도록 당장 성문을 봉쇄하라는 뜻이었다.

'만약 함정이라면 이제 슬슬 그물망을 거둬들여야겠지.'

진공이 마음의 준비를 하고 쳐다보는데 서영이 식은땀을 훔치며 안도의 한숨을 내쉬었다.

"다행이네요. 제때에 빠져나왔어요."

두 사람은 눈을 한 번 마주친 후 약속이나 한 듯 동시에 채찍을 휘둘렀다.

2월 16일, 두 사람은 진령산맥 중부에 있는 소금 밀매상 집결 장소에 도착했다. 진공은 이곳에서 다른 접선자를 만났다. 여기에서 소금 밀매상으로 위장해 다른 밀매상들과 함께 촉나라로 이동했다. 도중에 위나라 군대의 검문이 몇 차례 있었지만 뇌물을 이용해 별 탈 없이 통과했다. 그러던 중 곽강이 보낸 특별 수색대를 만나 위험한 순간을 맞이했으나 경험 많고 노련한 진공 덕분에 무사히 넘어갔다.

이 무렵 서영은 진공에게 본인 사정을 털어놓았다. 서영은 원래 위나라 중서성 소속 간군사마 양위의 부하였다. 양위는 대장군 조진의 아들 조상(曹爽)과 가까운 사이였다. 그래서 많은 사람들이 서영도 조상의 사람이라고 생각했다. 대장군 조진은 올해 들어 병세가 깊어지자 아들에게 자신의 자리를 물려줄 계획을 세웠다. 이 과정에서 조상과 조정 중신 사마의가 암암리에 대립하면서 연초에 정치 풍파가 일었다. 이때 서영이 큰 실수를 저질렀다. 사마의 쪽에서 이 일을 약점 삼아 압박해오자 조상이 서영을 희생양으로 삼으려 했다.

서영은 원래 조진의 측근이었다. 그래서 와병 중인 조진이 서영을 보호할 목적으로 잠시 외지로 보내 위기를 피하도록 조치했다. 서영은 정보 관리 신분으로 농서 지역을 돌아보는 순열사 일행에 합류해 상규성으로 향했다.

순열사 일행은 도중에 허창에서 상규로 돌아가던 곽강을 우연히 만나 동행하게 됐다. 서영은 공식적으로 조정에서 파견한 감찰 정보 관리이기 때문에 곽강은 자연스럽게 진공에 대한 조사 활동을 포함해 농서 지역 정보 활동을 보고했다.

곽강과 순열사 일행이 가정에 도착했을 때 서영은 조진이 위중하다는 소식을 들었다. 이때부터 사마의의 보복이 두려워졌다. 불안해하던 서영은 결국 진공을 이용해 촉나라에 망명하기로 결심했다. 그래서 순열사단이 상규성에 도착하자마자 곽강이 진공을 체포하러 가기 전에 진공을 찾아간 것이었다. 이것이 서영이 갑자기 망명길에 오른 이유였다.

진공은 서영의 사정을 듣고 별다른 반응을 보이지 않았다. 앞뒤 상황은 빈틈없이 맞아떨어지지만 진실 여부는 아직 알 수 없으니까. 하지만 한편으로는 '서영이 정말 망명을 원하는 것이라면?'이라는 생각이 머릿속을 맴돌았다. 사실이라면 서영은 그 자체로 정보의 보물창고였다. 그는 간군사마까지 감찰할 수 있는 독군종사인 데다 얼마 전까지 위나라 조정의 핵심에 있었으니 중요한 정보를 많이 접했을 것이다. 그야말로 금덩어리가 굴러들어온 셈이었다.

문제는 이렇게 엄청난 보물창고가 저절로 굴러들어왔다는 사실이다. 정보 활동 중에 요행이나 행운이 전혀 없지는 않지만 그런 경우는 극히 드물었다. 행운이라고 생각한 일들의 9할 이상이 행운을 가장한 음모다. 진공은 이런 생각을 최대한 숨겼다. 아직은 때가 아니었으므로.

두 사람은 3월 초에 무사히 촉나라 군사 지역에 도착했다. 진공은 곧바로 각 지역에 설치된 사문조 정보참(情報站)을 찾아갔다. 진공의 이야기를 들은 정보참 관리는 즉시 면현으로 전령을 파견했다.

이후 진공과 서영은 각기 다른 방에서 지냈다. 매끼 진수성찬과 무료하지 않도록 읽을거리도 제공해줬지만 외출도 할 수 없고 다른 사람과 대화를 할 수도 없었다. 서영이 불안해하자 진공은 특별한 조치가 아니라 정보 업무의 특성을 고려한 기본 규칙이라고 안심시켰다.

이틀 후 진공과 서영은 면현 사문조에서 파견한 특사가 곧 도착한다는 소식을 들었다. 두 사람은 깨끗한 옷으로 갈아입고 병사들과 함께 정보참 정문으로 나가 특사를 기다렸다. 잠시 후 먼저 덜커덩, 덜커덩 요란한 바퀴 소리가 들리고 곧이어 의전용 마차 두 대가 나타났다. 화려한 오색 마차 지붕에 새하얀 준마 두 마리가 눈에 확 띄었다.

서영은 격식을 갖춘 마차 외관을 보고 최소한 자신을 범죄자 취급은 안 하는구나 싶어 안도의 한숨을 내쉬었다. 진공은 그 반응을 보고 속으로 웃었다.

두 마부가 동시에 워워 외치며 정보참 정문 앞에 나란히 마차를 세웠다. 한쪽 마차에서 한 노인이 내렸다. 이 노인은 진공을 보자마자 감정이 북받쳐 마차가 꽤 높음에도 불구하고 훌쩍 뛰어내렸다.

"보국! 드디어 돌아왔군!"

진공은 이 이름을 듣자 눈시울이 뜨거워졌다. 거의 십 년 만에 들어보는 자신의 진짜 이름이다. 하지만 오랜 간첩 생활로 감정을 억제하는 습관이 들어 먼저 차분하게 두 손을 맞잡고 예를 취했다.

"스승님, 그동안 별고 없으셨습니까?"

사문조 특사는 다름 아닌 사문사 사승 음집이었다. 음집이 특사로 파견된 사실만으로 사문조가 흑제의 귀환을 얼마나 중요하게 생

410

각하는지 알 수 있었다. 사실 음집이 직접 움직인 데는 개인적인 이유도 컸다. 십 년 전, 앳된 스무 살 청년을 간첩으로 훈련시키고 가장 위험한 농서 지역으로 파견한 사람이 바로 음집이었다. 십 년 전 앳된 청년은 어느새 듬직한 어른이 됐고 무사히 조국으로 돌아왔다. 음집은 이 순간이 너무나 감격스러웠다.

음집은 계속 진공의 어깨를 두드렸고 너무 기쁜 나머지 웃음이 멈추질 않았다. 진공은 어리둥절해하는 서영을 돌아봤다.

"아, 제 소개를 다시 하지요. 소인은 두 씨이고 이름은 필, 자는 보국입니다."

서영은 그제야 고개를 끄덕였다. 진공이 가짜 신분인 줄은 알았지만 진짜 이름은 지금 처음 알았다.

"그런데, 진짜 진공은 어떻게 됐습니까?"

"십 년 전, 산속에서 길을 잃어 아버지, 다른 일행들과 함께 촉나라 땅에 들어왔지요. 다른 사람들은 모두 산적에게 살해당했고 우리 군이 구한 사람은 진공뿐이었습니다. 당시 사문조는 농서에 고정간첩을 파견할 계획이었지요. 그래서 나이와 체형이 비슷한 제가 진공의 신분을 이용해 농서로 가게 됐습니다. 진공은 아마도 성도에서 아직까지 연금된 상태로 지내고 있을 겁니다."

두필이 확인차 시선을 돌리자 음집이 제 머리를 톡톡 치면서 대답했다.

"그래. 계속 성도에서 지냈지. 이제 네가 돌아왔으니 그 녀석도 풀어줘야겠구나."

음집은 그제야 서영이 보이는지 눈을 가늘게 뜨고 위아래로 살폈다. 너무 대놓고 쳐다보니 서영은 초조하고 난감해 몸둘 바를 몰

411

랐다.

"서 독군, 촉한에 오신 것을 환영하오. 제갈 승상께서 경의를 표한
다고 전해달라 하셨소."

음집이 품에서 승상부 인장이 찍힌 서신 봉투를 꺼내 서영에게
건넸다.

"제갈 승상의 친필 서신이오."

서영이 두 손으로 공손히 서신을 받으며 감사 인사를 하려는데
느닷없이 또 한 사람이 마차에서 뛰어내렸다. 이 사람은 곧바로 두
필과 서영에게 다가와 두 손을 맞잡고 예를 취한 후 새하얀 이를 드
러내며 활짝 웃었다. 음집이 대신 그 사람을 소개했다.

"이쪽은 정안사 종사 순후요. 나와 함께 두 사람을 맞이하러 왔소."

두필과 서영은 동시에 크게 놀랐다. 두필은 순후의 이름을 들은
적이 있었다. 농서에서 정보 활동을 할 때는 면현에서 내려오는 지
시를 일방적으로 받기만 해서 한중 소식을 잘 알지 못했다. 하지만
순후가 정안사 책임자였고 몇 해 전 노기 설계도 유출을 막지 못해
쫓겨났다는 것은 알고 있었다. 그런데 이 사람이 다시 복직했다니,
어떻게 된 일인가 싶었다.

한편 서영은 순후의 직함을 듣고 불안에 떨었다. 정안사가 촉한
의 내부 감찰 임무를 수행한다는 사실을 잘 알았다. 정안사 종사가
직접 나왔다는 것이 어떤 의미인지 두말할 필요가 없었다. 순후는
두 사람의 표정을 눈치채지 못했는지 반갑게 인사하고 먼저 두필에
게 말을 건넸다.

"흑제, 말씀 많이 들었습니다. 무사 귀환을 환영합니다."

그리고 바로 서영을 돌아보며 말을 이었다.

"서 독군, 어둠을 떨치고 광명을 찾아오셨다니, 우리 모두 얼마나 기쁜지 모릅니다. 이것이야말로 한나라 부흥의 전조가 아니겠습니까?"

이 말은 지극히 형식적인 외교적 언사로 큰 의미가 없었다. 그래도 최소한 정안사가 호의를 지니고 있음을 보여주는 말이었다.

인사를 주고받다 보니 어느덧 정오였다. 네 사람은 일단 정보참에서 술과 밥을 배불리 먹었다. 식사를 마치자마자 음집이 한중에 가서 해야 할 일이 많다며 서둘러 돌아가자고 재촉했다.

네 사람이 마차 두 대에 나눠 탔다. 예상과 달리 음집은 제자 두필이 아닌 서영과 같은 마차에 탔다. 두필은 순후와 같은 마차에 탔다. 모두 착석하자 마부가 덜커덩거리며 마차를 돌려 면현으로 향했다. 두필은 가끔 막을 걷고 밖을 내다보며 감개무량한 표정을 지었다. 익주를 떠난 지 십 년이니 그럴 만도 했다.

"어떤가요? 그동안 익주 풍경 많이 변했지요?"

순후가 가볍게 한마디 툭 던졌다. 그런데 두필이 고개를 절레절레 흔들며 막을 내리고 조금 시무룩하게 대답했다.

"허허, 한두 마디로 말하기 힘드네요. 풍경보다 사람이 더 많이 변하지 않았을까요? 소열 황제가 돌아가신 지도 꽤 됐지 않습니까?"

"예, 벌써 구 년이 다 돼 갑니다."

"제가 익주를 떠날 때까지만 해도 폐하께서 패기만만하셨던 걸로 기억하는데……."

마차가 규칙적으로 흔들리는 가운데 목소리가 무겁게 가라앉은 두필이 감상에 젖은 듯 마차 팔걸이를 톡톡 두드렸다. 분위기가 살짝 무거워지자 순후가 화제를 바꿨다.

"어쨌든 두 선생이 무사히 돌아오시다니, 촉한으로서는 정말 큰 행운이 아닐 수 없습니다. 최근 몇 년간 농서 정보 활동을 혼자 감당하면서 대단한 공까지 세우지 않으셨습니까?"

"과찬이십니다. 결국 발각되어 정신없이 도망쳐 나오지 않았습니까."

"무슨 그런 말씀을요. 두 선생의 정보가 없었다면 정안사는 제대로 알지도 못하고 멋대로 추측만 할 뻔했습니다. 다른 부문은 모르겠지만, 정안사는 정말 두 선생의 무사안위를 기원하는 사당을 세우고 싶었어요. 일 년 내내 매일 향 세 대씩 태우면서 말입니다."

순후의 농담에 두 사람 모두 유쾌하게 웃었다. 그동안 두 사람은 서로의 얼굴도, 이름도 몰랐지만 줄곧 같은 목표를 위해 함께 싸운 전우였다. 덕분에 만나자마자 빠르게 가까워질 수 있었다. 두필은 조금 편한 자세로 바꾸고 두 손을 배 앞에 포개며 순후를 돌아봤다.

"얼마 전에 자리 이동이 있었다고 들었습니다."

순후가 머쓱한지 코를 만지작거리면서 어쩔 수 없다는 듯이 중얼거렸다.

"아이고, 그 소문이 농서까지 퍼졌습니까? 좋은 일은 알리고 싶어도 안 퍼지는데, 나쁜 일은 정말 천 리를 가는군요."

"노기 설계도, 그 일 때문인가요?"

두필이 조심스럽게 물었다. 그 일은 자신과도 관계가 있었다. 한편 순후는 이 말을 듣자마자 얼굴에 어두운 그림자가 스쳤다. 지울 수 없는 좌절감을 안겼던 일이었으니. 순후가 뒤로 달아나는 마차 밖 풍경을 물끄러미 바라보며 천천히 대답했다.

"예. 그 작전이 실패한 건 분명히 제 책임이었죠. 그래서 강등되어 외지로 쫓겨났죠."

"보아하니, 그 일에 아직도 미련이 많으신가 봅니다."

"그게, 온전히 저만의 문제가 아니지 않습니까? 제가 잘못하는 바람에 결국 우리 촉한에 막대한 손실을 끼쳤으니까요."

두필이 의미심장한 미소를 짓더니 눈을 감고 고개를 젖히며 천천히 운을 띄웠다.

"순 종사, 그 사건 뒷얘기가 궁금하지 않으십니까?"

"네? 그 후에 무슨 일이 있었습니까?"

순후가 의아해하며 느긋한 두필을 뚫어지게 쳐다봤다.

노기 설계도가 위나라에 넘어간 후, 두 나라 사이에 대규모 군사 충돌은 딱 한 번뿐이었다. 당시 촉나라 군대가 매복으로 대승을 거둔 터라 위나라 군대가 원융과 촉도 제작에 성공했는지 확인할 방법이 없었다. 두필이 손가락으로 마차 벽을 톡톡 두드리며 기분 좋게 이야기를 시작했다.

"사실 저도 자세한 내용은 최근에 알았습니다. 그 노기 설계도는 건흥 7년 봄에 급사중 마균에게 확실히 전달됐습니다. 마균은 얼마간 연구한 후, 촉나라의 노기 기술이 생각했던 것만큼 대단하지 않다면서 본인은 다섯 배 이상 강력한 연노를 만들 수 있다고 말했답니다."

"흥! 그놈이 기술을 제대로 이해하지 못해서 헛소리를 지껄인 것이오."

순후는 언급할 가치도 없다는 듯 코웃음을 쳤다. 그는 촉나라 기술에 대한 자부심이 누구보다 강했다.

"어쨌든 마균이 천재인 것은 사실이잖아요. 하지만 그건 하나도 중요하지 않아요. 순 종사도 알겠지만 위나라 황제 조예가 사치와 향락을 즐기고 궁전 짓기를 좋아하지요. 건흥 7년 연말 조등(曹騰), 조숭(曹嵩), 조조, 조비를 기린다며 낙양에 종묘를 짓기로 결정했어요. 이 대규모 건설에 필요한 비용을 충당하려고 각 지방 관부마다 예산을 삭감해 중앙에 바쳤어요. 이때 중앙 예산을 심의하는 중서령 손자(孫資)가 노기제작방 건설 비용이 너무 많다며 삭감시켰답니다. 그렇게 해서 노기 제작 계획이 중단되고 마균은 다시 업성으로 돌아갔어요."

"그렇게 됐군요. ……위나라 황제가 촉나라 우리 동료보다 믿음 직스럽군요."

순후가 자조적으로 중얼거렸다.

"네? 그게 무슨 말씀입니까?"

순후는 두필에게 촉룡과 관련된 일을 자세히 말해줬다. 두필은 심각한 표정으로 한동안 골똘히 생각했지만 그동안 수집한 자료에서 촉룡이란 이름은 전혀 언급된 적이 없었다. 두필이 결국 고개를 흔들며 힘없이 말했다.

"아마도 저보다 더 노련하게 깊이 숨어 있나 봅니다. 옹주 노선을 거치지 않을 것을 보면 위나라 중앙에서 직접 관리하는 쥐새끼일 수도 있어요."

"어쨌든 현재로서는 놈에 대한 정보가 전혀 없습니다. ……저 친구가 희소식을 전해줄지 두고 봐야죠."

순후가 마차 막을 걷어 올렸다. 두 사람은 저 앞에 누런 흙먼지를 일으키며 달려가는 마차를 조용히 응시했다.

순후는 돈목사 주부와 사문조 공조를 겸하며 강동에서 십사 개월을 보냈다. 그 십사 개월 동안 오나라와의 첩보 경쟁에서 여러 번 승리를 거두며 눈부신 활약을 했다. 돈목사 장관이 극찬했을 뿐 아니라 오나라 관리들도 순후가 만만치 않은 상대임을 인정했다. 특히 설영은 순후에 대해 '내가 가장 싫어하는 유형이다. 너무 뛰어나서 도저히 이길 수가 없다.'라고 평하기도 했다.

작년 건흥 8년 6월, 한중의 사문조는 조진이 한중을 목표로 대규모 군사 작전을 계획한다는 흑제의 보고서를 받았다. 제갈량은 한중 주둔군에 철저히 대비할 것을 명하고 동부 전선을 지키던 상서령 이평(李平)의 이만 군대를 한중으로 이동시켰다. 이때 한중의 정보 안전을 공고히 하기 위해 이평의 군대와 함께 순후를 다시 불러들였다. 순후는 정안사 종사로 복귀해 다시 내부 감찰 임무를 맡았다.

사실 순후뿐 아니라 한중 관료 체계 전반에 큰 변화가 있었다. 상서령 이평이 한중에 합류하면서 기존 관료계 판도에 새로운 중심축이 등장했다. 한중의 문무관 상당수가 이 새로운 중심축에 분할 귀속됐다. 순후와 가깝게 지냈던 군모사 호충과 면현 수비를 담당하던 성번도 이평 수하 참군과 독군으로 차출됐다. 그리고 순후의 직속 상관이었던 풍응은 유형과의 관계가 드러나 내부 조사를 받은 후 사문조 서조연에서 군모사 사승으로 강등됐다. 순후의 부하 중 고당병은 남방 지역으로 자리를 옮겼고 요회는 몹쓸 병에 걸려 죽었다. 한중에 남아 있는 제5조 요원은 배서와 아사이뿐이었다. 순후는 지난 이 년간의 변화를 생각할 때마다 인생무상을 절감했다.

3월 6일 정오 무렵 마차 두 대가 면현 관할 지역에 들어섰다. 마차가 달리는 길이 조금씩 넓고 평평해졌다. 좌우로 지나가는 풍경은 여전히 온통 황토빛이었지만 가끔 나타나던 드넓은 보리밭이 점점 많이 보였다. 그렇게 한 시진을 더 달리니 저 앞에 우뚝 솟은 면현성 성벽이 나타났다.

그런데 이상했다. 마차가 갈림길에서 성문을 향해 직진하지 않고 오른쪽으로 방향을 꺾어 성벽을 따라 동쪽으로 달렸다. 잠시 후 주변 풍경이 다시 황량해졌다. 두필이 의아해하며 순후에게 물었다.

"지금 우리, 어디로 가는 겁니까?"

"아, 놀랄 것 없습니다. 면현 동부 청룡산으로 가는 중입니다. 예전 군계방 총부였던 건물을 정안사가 사용하고 있거든요. 일단 그곳에 지내면서 천천히 적응하시면 됩니다."

두필은 순후의 의도를 눈치채고 의미심장한 미소를 지었다.

"서영과 나를 믿을 수 있는지 확인하기 전에는 면현 성내에 들여보내지 않겠다는 것 아닙니까? 나도 사문조 사람인데 뭘 그렇게 돌려 말합니까?"

속마음을 들킨 순후는 난처한 듯 머리를 긁적이며 차분하게 해명했다.

"음 사승과 나는 당연히 믿지요. 촉한을 위해 십 년 동안 큰 공을 세운 요원을 의심할 수가 없죠. 하지만, 에…… 그게……. 아시다시피, 규정 아닙니까?"

두필이 하하하 웃으며 순후 어깨를 툭툭 쳤다.

"이해합니다. 예고 없이 갑자기 철수한 상황이니, 누구라도 의심하는 게 당연하죠. 내가 위나라 정보국에 잡혀갔다가 이중간첩이 됐을 수도 있는 거니까요. 한중 땅을 밟기 전에 이미 각오하고 있던 일입니다."

두필은 아무렇지 않으니 미안해할 필요 없다는 뜻으로 어깨를 으

418

쓱해 보였다.

"사실 서영이 문제죠. 망명 이유는 흠잡을 데 없이 완벽한데 아무리 생각해도 너무 갑작스럽단 말이죠."

"그게 바로 지금부터 제가 밝혀내야 할 일이죠."

순후는 앞서 달리는 마차의 뒤꽁무니를 뚫어지게 보다가 문득 심란해졌다. 왠지 이번 임무가 쉽지 않을 것 같았다. 만약 서영의 망명이 위장이라면, 무슨 목적으로 촉한에 온 것일까? 반대로 진짜 망명이라면, 그에게서 얼마나 많은, 얼마나 가치 있는 정보를 얻을 수 있을까?

지금 가장 중요한 정보는 촉룡에 대한 것이다. 서영이 과연 촉룡에 대해 알고 있을까?

순후의 관심은 온통 이 문제에 쏠렸다.

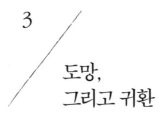

3

도망,
그리고 귀환

이평이 맑은 향기가 그윽한 물을 한 모금 마시고 잔을 내려놓았
다. 지금 앉은 자리에서 창밖으로 고개를 돌리면 두꺼운 청고벽돌을
높이 쌓아 올린 승상부 담장이 보였다. 저 담장을 볼 때마다 왠지
모르게 가슴이 답답했다. 숨쉬기조차 힘들 만큼 압도적이었다. 사실
담장뿐 아니라 승상부 전체를 뒤덮은 보이지 않는 압박감이 자신의
공간을 강하게 짓누르는 느낌이었다. 따지고 보면 이유는 간단했다.
이 승상부의 주인이 자신이 아니라 제갈량이기 때문이다.

이평은 제갈량을 떠올리는 순간 또 한 번 답답하고 우울해졌다.

두 사람은 선제 유비가 임종을 앞두고 후사를 부탁했던 탁고(托
孤) 신하였다. 그러나 제갈량이 건흥 3년 남정을 시작하면서부터 이
평은 자신이 권력의 핵심에서 밀려나고 있다는 느낌이 들었다. 그는

원래 조정의 통관내외군사(統管內外軍事)에서 강주의 수비를 책임지는 지방관으로 전락했다.

지난해 이평은 제갈량의 요청으로 군대를 이끌고 한중으로 돌아왔다. 무언의 압박을 느껴 응할 수밖에 없었다. 이평은 동굴에서 겨울잠을 자다가 억지로 끌려 나온 곰이 된 기분이었다. 절대 본인의 의지가 아니었다. 한중에 도착한 후 이평이 끌고 온 병사 이만 명은 여러 군영에 나뉘어 편입됐다. 이평 자신은 중도호(中都護) 직함을 받고 승상부에 배치됐다. 한마디로 제갈량과 평등한 위치였던 이평이 제갈량의 부하가 된 것이다.

자존심이 강한 이평으로서는 도저히 용납할 수 없는 모욕이었다. 하지만 이런 감정을 드러내지 못하고 속으로 삭여야 했으니, 답답하고 우울할 수밖에 없었다.

'어쨌든 난 선제의 탁고 신하가 아닌가? 그런데 이렇게 초라한 몰골로 조수 노릇이나 해야 한다니!'

이런 생각을 하다 보니 저도 모르게 물병을 쥔 손에 힘이 들어가 손가락 끝이 살짝 아팠다. 물론 목소리를 아예 내지 않았던 것은 아니다. 강주에서 부를 설치하고 주변 다섯 개 군을 따로 떼어 파주(巴州)를 만들어야 한다고 제안했지만 모두 묵살됐다. 그래서 한중에 군대를 파견하라는 제갈량의 요청을 두 번이나 거부했었다. 이평은 늘 자신이 탁고 신하에 걸맞는 지위에 올라야 한다고 생각했다.

이평이 이런 생각에 빠져 있을 때 문을 두드리는 소리가 났다. 이평이 가볍게 대답하고 다시 잔을 들었다. 문을 열고 등장한 사람은 참군 호충이었다. 호충은 지난 이 년 동안 변한 것이 없었다. 여전히 바르고 차분했다. 다만 귀밑머리가 살짝 희끗했다. 그는 이평에게 공손히 인사부터 했다.

"이 도호, 모두 처리했습니다."

이평은 증오의 감정을 거두고 담담하게 대꾸했다.

"수고했네. 아무도 눈치 못 챘겠지?"

호충이 힘주어 고개를 끄덕였다.

"역시 전 군모사 종사는 다르군. 실망시키는 법이 없어."

이평이 제 무릎을 탁 치며 칭찬을 아끼지 않았다.

호충은 이평이 특별히 요청한 사문조의 인재였다. 능력이 출중한
데다 본적이 익주이기 때문이다. 이평은 형주 출신보다 익주 쪽이
더 믿을 만하다고 생각했다. 호충의 일 처리는 예상만큼 훌륭했고
이평은 자신의 안목이 정확했음을 확인해 더욱 기뻐했다. 한중은 온
통 제갈량의 사람들로 가득하니 이평은 믿을 만한 측근이 절실했다.

이평이 다른 생각에 빠진 사이 호충이 기다리다 못해 말했다.

"성번이 대기하고 있습니다. 분부하실 내용 있으면 안으로 들라
고 할까요?"

이평이 눈을 가늘게 뜨고 손을 흔들었다.

"아니야. 전에 얘기한 대로 처리하라고 전해."

"예."

호충이 이평 집무실을 나와 복도 모퉁이로 갔다. 보고서를 들고
기다리는 성번을 보며 고개를 흔들었다.

"안 기다려도 돼요. 이 도호가 계획대로 하라는군요."

"잘 됐네. 어차피 나도 그 얼굴 보고 싶지 않았는데. 꼭 빚쟁이 면
상이잖아."

성번은 이평의 푸대접에 크게 신경 쓰지 않았지만 그래도 굵고

단단한 두 팔을 쭉 뻗어 기지개를 켜며 투덜댔다.

"뒤에서 상관을 욕하는 건 도리가 아니에요."

호충이 농담 반 진담 반으로 경고했다. 성번은 대수롭지 않다는 듯 죽간 보고서를 허리춤에 꽂았다. 네모반듯한 죽간이 얼핏 보면 거대한 갑옷의 미늘 같았다.

"이 도호가 그렇게 말했으면 우리, 당분간 크게 할 일이 없는 거 아니오? 저녁에 효화 불러서 술이나 한잔합시다. 모두 오랫동안 못 봤는데."

"예, 나도 꽤 오래 못 봤어요. 요즘 또 무슨 큰 일이 있는지 코빼기도 보기 힘드네요."

"저번처럼 소란 피우고 강동으로 좌천되는 일은 없어야 하는데. 술친구가 줄어드는 건 딱 질색이란 말이오."

성번이 안타까워하자 호충이 살짝 미소 지으며 성번의 허리춤에 꽂혀 있는 죽간을 손가락으로 튕겼다.

"말 한마디로 천 냥 빚도 갚는다는데, 그 친구는 그 입이 문제죠."

순후는 두 친구가 이런 말을 하는지 꿈에도 모를 것이다. 어쩌면 들어도 눈코 뜰 새 없이 바빠서 투덜거릴 틈도 없을 것이다.

3월 6일, 순후와 음집이 두필과 서영을 데리고 청룡산에 위치한 정안사 분사에 무사히 도착했다. 이곳에서 두 사람은 멀리 떨어진 다른 방에서 지냈다. 물론 두 사람의 처지는 크게 달랐다.

먼저 조사를 받은 사람은 두필이다. 정안사, 사문사, 군부 관리가 모두 참여한 합동 조사단이 연속 사흘간 두필을 조사했다. 합동 조사단은 모든 세부 사항과 그에 대한 동기와 이유를 꼬치꼬치 반복

423

적으로 캐묻고 두필의 답변을 꼼꼼히 비교 대조했다. 이외에 군모사는 지난 이 년 간 두필이 제공한 정보 중에서 의심스럽거나 모순되는 부분이 있는지 조사했다.

순후와 음집도 조사단에 포함됐다. 두 사람은 누구보다 까다롭고 철저하게 조사를 진행했다. 두필이 절대 이중간첩이 아님을 확신하기 때문에 하루빨리 결백을 입증하기 위해서였다. 비슷한 질문이 여러 번 반복됐지만 두필은 전혀 싫은 내색을 하지 않았다. 시종일관 협조적이고 침착하게 답변했고, 그의 대답은 늘 간결하고 논리적이었다. 순후는 조사 내내 두필의 대응에 크게 감탄했다.

두필이 조사받는 동안 서영은 아주 편하게 지냈다. 조사가 없으니 해가 중천에 뜰 때까지 실컷 자고 저절로 눈이 떠지면 일어났다. 하루 세 끼 야채와 고기 반찬이, 성도 술 저장고에서 빚은 촉주도 사흘에 한 번씩 제공됐다. 가끔 정안사 관리들이 찾아와 친절하게 말동무도 해줬다. 그리고 정안사 요원이 동행해야 했지만 밖에 나가 주변 산책도 할 수 있었다.

이것은 음집의 제안에 따른 조치였다. 경험이 풍부한 음집은 망명자가 망명 초기에 매우 불안해하기 때문에 이때 잘 관리하지 않으면 나중에 문제가 될 수 있다고 판단했다. 망명을 했으나 믿음이 생기지 않아 거짓 정보를 제공하거나 심하면 심적 부담을 이기지 못해 자살하는 경우도 있을 수 있다. 순후는 이런 조치가 마음에 들지 않아 불만을 표시했다.

"그럼 임신부 시중하듯 떠받들란 말입니까?"

"바로 그거요. 시중을 잘 들어야 우리에게 건강한 아이를 낳아줄 테니까."

음집이 의미심장한 표정으로 손가락을 흔들며 강조했다. 사문조 관리들끼리는 망명자를 '산모', 망명자에게 정보를 캐내는 임무를 아이를 받는 '조산'에 비유했다. 상부에서 저속한 표현이라고 여러 번 꾸짖었지만 이미 사문조 내부 용어로 굳어져 고치기가 힘들었다.

3월 8일, 드디어 두필의 조사가 끝났다. 합동 조사단의 결론은 매우 신중했다. 현재 상황으로 볼 때 두필은 이중간첩 혐의가 없고 조사관들은 모두 촉나라에 대한 두필의 충성은 의심할 여지가 없다고 판단했다. 하지만 군부 소속 조사관은 만약에 대비해 당분간 두필의 업무 범위를 제한해야 한다고 고집했다. 순후는 다른 생각이 있기에 이 의견에 반대하지 않았다. 업무 범위를 제한하면 두필은 핵심 부서에서 일할 수 없다. 그리고 군부는 정안사를 쓸데없는 말썽이나 일으키는 한심한 부서로 생각하고 있으니 두필을 대놓고 정안사에 데려올 수 있을 것이다.

다음은 서영의 출산을 도와야 할 차례였다.

3월 9일, 순후는 아침 일찍 일어났다. 요 며칠 집에 가지 않고 계속 청룡산에서 지내고 있었다. 군계방 총부가 폐지된 후 정안사가 이곳을 접수했다. 이곳은 이 년 전 처음 미충을 맞닥뜨린 장소였다. 당시 절대적 우세에도 불구하고 놈을 놓쳤다. 그래서 순후에게는 각별한 의미가 있는 장소였다.

순후는 방문을 열고 신선한 공기를 마시다가 늘어지게 하품을 했다. 동쪽 하늘이 뿌옇게 밝아왔지만 해는 아직 지평선 아래 있었다. 순후는 방구석 물항아리에서 물 한 국자를 퍼 입을 헹구고 창가에 올려둔 화분에 뱉어냈다. 남은 물을 구리 대야에 붓고 꼼꼼하게 세수를 한 후 이번에는 조금 더 큰 나무 대야에 물을 부었다. 저녁에 돌아와 발 씻을 물로 남겨 놓은 것이다. 물이 부족한 한중에서는 흔한 일상 풍경이었다.

문득 창밖에 인기척이 느껴졌다. 자세히 보니 두필이었다. 가벼운 옷차림으로 보아 산책을 다녀온 모양이었다.

"보국, 왜 이렇게 일찍 일어났어요?"

순후가 조금 크게 외쳤다. 두필이 듣고 순후 쪽으로 걸어왔다. 오랫동안 서북 고원에서 생활한 탓에 얼굴이 거뭇하고 거칠었다. 특히 광대뼈에 고원 사람 특유의 붉은 기운이 돌았다. 이제 겨우 서른 초반인데 마흔이라고 해도 믿을 만큼 초췌했다. 차분하고 점잖은 행동은 정말 마흔 넘은 어르신 같았다.

"하하, 습관이 돼서요. 농서에서도 늘 일찍 일어났답니다. 그런데 효화도 너무 일찍 일어난 것 아닙니까? 아직 보초병들 교대 시간도 안 됐는데."

청룡산에서 지내는 동안 두 사람은 급속도로 가까워졌다. 이것은 지하 첩보 세계의 특이한 현상 중 하나다. 적국에서 간첩으로 활동했던 사람은 본국의 내부 감시자에게 쉽게 마음을 열었다. 왜 그런지, 이유는 알 수 없지만.

순후가 작은 나무 막대기로 이를 닦으며 말했다.

"난, 잠이, 안 와서……. 오늘이, 조산 시작, 이잖아요."

"하하하, 아들인지 딸인지 두고 봐야겠군요."

두필이 이해한다는 듯 고개를 끄덕였다. 그는 어제서야 혐의를 완전히 벗고 정안사에 배치됐다. 현재 직함은 정안사 비자(備咨)다. 순후는 서영 조사단에 두필을 꼭 포함시켜야 한다고 강력히 주장했다. 두필이 위나라 내부 사정을 잘 알기 때문에 서영이 진술한 정보의 진위 여부를 가리는 데 도움이 될 것이라고 생각했기 때문이다. 또한 탈출 과정에서 서영이 두필을 의지하고 신뢰가 쌓였기 때문에 망명자의 심리 안정에도 도움이 될 터였다.

"그런데, 효화. 조사할 때 처음부터 촉룡 얘기를 꺼내지 마세요. 승상부 관리와 관계됐을 수도 있으니까요. 서영의 진술을 완전히 믿을 수 있다고 판단하기 전에 이 문제를 꺼내면 일을 망칠 수도 있어요. 탈출하면서 겪어보니 서영은 마음이 약하고 금방 긴장하는 사람이라 너무 몰아붙이면 역효과가 날 수도 있습니다."

순후는 두필의 충고에 동감을 표시하면서 표주박으로 물을 떠 입안 잔여물을 깨끗하게 헹궈냈다. 수건으로 물기까지 닦은 후에야 제대로 된 말을 내뱉었다.

"우리가 힘을 합해 제갈 승상이 출병하기 전에 반드시 임무를 완수해야 합니다."

"북벌을 또 진행합니까?"

두필은 이제 막 돌아온 터라 한중 군부 사정을 전혀 몰랐다.

"네. 오는 4월인데 구체적인 날짜는 아직 미정입니다. 한 달쯤 남았네요."

"그 정도면 충분합니다."

두필이 자신 있게 고개를 끄덕였다.

순후는 서영의 심문 장소에도 심혈을 기울였다. 궁중 장식 담당자를 초빙해 실내 분위기가 전체적으로 너무 딱딱하고 엄숙하지 않게 바꾸었다. 그리고 정안사 관리의 부인들을 불러 세부 장식을 맡겼다. 어쨌든 최종 목적은 이 방에 들어오는 사람에게 편안한 느낌을 주는 것이었다.

심문은 사시 정각에 시작됐다. 오늘 심문에 참여한 사람은 순후와 두필, 그리고 기록 담당 관리 셋뿐이었다. 방 한쪽에 얇은 비단 막을 드리웠는데, 그 뒤에서 악공들이 칠반악[3]을 연주했다. 잔잔한 연주가 흐르니 분위기가 한결 가볍고 편안했다.

순후는 맞은편에 꿇어앉은 서영을 가만히 살폈다. 어젯밤에 잠을 이루지 못했는지 눈이 많이 부은 채였다.

"수성, 긴장할 것 없습니다. 말이 심문이지, 이미 한 집안 사람 아닙니까?"

순후가 친근하게 서영의 자를 부르며 상대의 마음을 편안하게 해 줬다.

서영은 억지로 미소를 짜냈지만 여전히 칼날 앞에 서 있는 사람 같았다. 순후와 두필은 눈빛을 마주치고 약속한 것처럼 동시에 문서를 내려놓았다. 두필이 자리에서 일어나 기록관에게 잠시 붓을 내려 놓으라고 손짓한 후, 한쪽에 준비해둔 술단지에서 술을 퍼 잔 세 개를 채웠다.

"자, 자. 수성, 우리 일단 목 먼저 축입시다."

두필이 분위기를 띄우고 서영에게 술잔을 건네며 무심하게 툭 던졌다.

"제갈 승상이 어제 특사를 보내셨어요. 독군의 충심이 갸륵하니 촉한은 절대 충신의 마음을 저버리지 않을 것이라고."

술기운 때문일까, 아니면 두필의 암시 때문일까? 서영은 술 한 잔

<hr />

을 마시자 금방 얼굴이 빨개지고 기분이 한결 편안해졌다. 순후가 이 순간을 놓치지 않고 질문을 시작했다.

질문 순서는 치밀한 계산을 거쳐 미리 구성해놓았다. 가장 먼저 가족 관계를 질문했다. 이는 조사받는다는 느낌을 최소화해 편하게 말을 꺼낼 수 있도록 하기 위함이었다. 사람들은 보통 가족 얘기를 할 때 말이 술술 나온다. 그리고 한번 말이 터지면 그 흐름이 꽤 유지된다. 다음 질문은 관리 경력과 사회 인간관계에 대한 내용이었다. 하루 전 정안사가 서영의 진술의 진위 여부를 판단하기 위해 위나라 관직 관련 자료를 정리해놓았다. 마지막으로 서영에게 망명 이유와 경위를 자세히 진술하도록 했다. 이때 순후는 망명 대신 귀순이란 표현을 사용했다. 서영의 대답은 추후에 두필의 진술과 대조 검증할 것이다.

첫날 심문은 오후 늦게야 끝났다. 순후는 천천히 다가가야 한다는 두필의 충고를 받아들여 서영을 너무 몰아붙이지 않도록 주의했다. 첫날은 아무 성과도 없었지만, 충분히 예상한 상황이었다. 간단히 몸만 풀었을 뿐이고, 두 사람은 앞으로 서영이 스스로 본인의 역할을 찾아가도록 만들 계획이었다.

"산파의 임무는 직접 아이를 끄집어내는 것이 아니라 산모에게 아이 낳는 방법을 알려주는 것이오."

음집은 심문을 앞두고 순후에게 이렇게 충고했다. 물론 이 저속한 말은 기록에 남기지 않았다. 순후는 음집의 충고를 기억하며 차분하고 편안한 분위기에서 심문을 진행했다. 순후가 신경 써서 준비한 농담도 꽤 효과가 있었다. 서영도 적극적으로 협조했다. 세 사람은 서두르지 않고 매일 세 시진씩 심문을 이어갔다.

3월 11일 저녁, 사흘째 심문을 마친 순후가 청룡산을 잠시 떠나 면현 도관으로 향했다.

"애는, 낳았나?"

요유가 순후를 보자마자 단도직입적으로 물었다. 서영의 귀순은 사문조 입장에서 매우 큰 사건이기에 사문조를 이끄는 동조연 요유는 순후가 맡은 심문 결과에 촉각을 곤두세우고 있었다. 서조연 풍웅이 군모사로 좌천된 후 요유가 순후의 직속 상관이 되어 직접 보고를 받았다. 순후는 요유의 책상에 두꺼운 종이 뭉치를 올려놓았다.

"첫 아이입니다."

"이게 뭔가? 왜 정리를 안 했나?"

요유가 종이를 대충 들추고 인상을 찡그리며 불만을 표시했다. 종이 뭉치 두께가 얼추 3촌은 될 것 같았다. 휘갈겨 쓴 글씨를 보니 정리를 하지 않은 원본임이 틀림없었다. 순후가 옷에 묻은 흙먼지를 탁탁 털어내고 말했다.

"심문이 끝나자마자 달려오느라 정리할 시간이 없었습니다. 그리고 정리를 거치는 동안 누군가 이 내용을 알게 될 텐데, 지금 단계에서는 내용이 유출되지 않는 일이 가장 중요한 것 같습니다."

요유는 순후의 의도를 충분히 이해했다.

"그래서, 지금까지 알아낸 것이 뭔가?"

"서영이 면현에 숨어 있는 쥐새끼에 대해 진술했습니다."

"촉룡 말인가?"

"아닌 것 같습니다. 서영이 말한 자는 직급이 높지 않으니 촉룡이 아닐 겁니다. 아직 서영에게 촉룡에 대해서는 물어보지 않았습니다."

순후는 물 한 모금을 마시고 말을 이었다.

"서영의 진술에 따르면 그자가 위나라에 포섭된 지 이미 사 년이 됐다고 합니다."

요유는 순후가 말한 '그자'의 이름과 직위를 듣고서 천천히 손가락 관절을 꺾었다. 사실 그자의 이름과 직위는 크게 중요하지 않았다. 요유는 관리 세계의 내막을 잘 알기에 그자의 뒷배경이 누구인지 금방 떠올렸다. 잠시 침묵하던 요유가 다시 질문했다.

"지금, 이 일을 아는 사람이 누구인가?"

"저, 두필, 서영, 기록 담당관입니다. 심문이 끝난 후, 세 사람 모두 격리시킨 후 제가 직접 원본을 가지고 온 겁니다. 도중에 만난 사람은 아무도 없습니다."

"잘했네. 그런데, 서영의 말을 온전히 믿어도 되겠는가?"

요유가 고개를 끄덕이다가 갑자기 불안한 눈빛으로 물었다.

"현재까지는 믿을 만합니다. 그가 진술한 내용이 다른 사실과 모두 맞아떨어집니다."

"어쩌면, 다 믿게 해놓고 이것만 거짓말한 것일 수도 있어."

"그건, 오늘 밤에 알게 될 것입니다."

요유가 고개를 번쩍 들었다. 순후가 남다른 행동파라는 사실을, 그 역시 잘 알았다.

"오늘 밤에 바로 움직인다고?"

"빠를수록 좋습니다. 시간을 끌면 그쪽에서 냄새를 맡을 수도 있어요. 쥐새끼의 후각은 워낙 예민하니까요."

요유가 순후를 뚫어지게 쳐다보다가 드디어 마음을 정했다.

"좋아. 진행하게. 부디 신중하게 처리하게. 너무 시끄러워지지 않도록."

"알겠습니다."

순후가 인사를 하고 나가려는데 요유가 다시 불러세웠다.

"잠깐, 자네가 오늘 밤 작전을 지휘하면, 청룡산 심문은 어떻게 되는 건가?"

"하루 중단하고 서영에게 휴식 시간을 줄 생각입니다. 안 된다면 음 사승과 두 비자가 이어서 진행해도 되고요."

"두필은, 정말 온전히 믿어도 되겠는가?"

요유는 두필을 만난 적이 없었다. 그는 기본적으로 모르는 사람을 절대 믿지 않았다. 사실 아는 사람도 온전히 믿지는 않았지만. 이 질문에 순후가 웃음을 터트렸다. 그리고 또 쓸데없는 농담을 내뱉었다.

"최소한 군부 놈처럼 짜증 나는 인간은 아닙니다."

이날 밤, 순후는 배서와 아사이, 그리고 정안사 요원 일곱 명을 데리고 은밀히 면현성 동부 주택가로 향했다. 이미 늦은 시간이라 사방이 칠흑처럼 어두웠다. 북소리 다섯 번이 울리며 성문이 닫힌 후라 일반인은 일찌감치 집으로 돌아갔고 모든 거리가 쥐죽은 듯 고요했다. 간간이 야간 순찰병이 보일 뿐이었다.

"이 집이 확실하지?"

순후가 정면에 보이는 집을 주시하며 물었다. 대문 좌우 담장이 군데군데 패였고 나무 대문은 칠이 다 벗겨지고 지붕의 처마도 금방이라도 떨어질 것처럼 덜렁거렸다. 집주인 사정이 좋지 않은 것이 분명했다.

배서가 품에서 지도를 꺼내 확인한 후 확실하다고 고개를 끄덕였다. 순후는 먼저 두 사람에게 뒷길로 난 후문을 지키게 한 후 아사이에게 시작하라고 눈짓을 보냈다. 아사이가 씩 웃으며 두 주먹을 맞댄 모습으로 응답한 후 대문을 두드렸다. 안에서 발소리가 들리고 곧이어 문틈으로 여자 목소리가 새어나왔다.

"누구세요?"

"여기가 등 공조, 등선의 집이 맞습니까?"

"맞아요. 그런데 저희 바깥분은 외지에 일을 보러 가셨어요. 지금 집에 저 혼자뿐이라 문을 열 수 없습니다."

"안 계시다니 어쩔 수 없군요. 그럼, 이 물건 좀 전해주시겠습니까?"

여자는 잠시 망설이다가 문을 살짝 열고 틈새로 밖을 내다봤다.

"무슨 물건입니까?"

"옥입니다. 덩어리가 좀 커서, 죄송하지만 문을 조금 더 열어주시겠습니까?"

등 부인은 아사이의 훤칠한 외모와 매력적인 미소를 보는 순간 무의식적으로 네, 하고 답하며 문을 반쯤 열었다. 아사이가 오른팔로 문을 잡고 오른발을 문안으로 밀어 넣으며 억지로 문을 밀고 들어갔다. 등 부인이 깜짝 놀라 문을 닫으려 했지만 이미 늦었다. 이때 순후와 배서, 나머지 정안사 요원이 우르르 몰려와 대문을 에워쌌다.

등 부인은 갑자기 나타난 사내들을 보고 강도라고 생각했다. 얼굴이 하얗게 질려 저도 모르게 뒷걸음질했다. 아사이가 얼른 다가가 등 부인 입을 막았다. 비명이라도 질러 이웃이 들으면 큰일이니까. 등 부인은 몇 번 버둥거리다가 아사이의 힘을 당해내지 못하자 반항을 멈추고 부들부들 떨었다.

순후는 등 부인이 조용해진 것을 확인하고 나머지 요원들에게 집 안으로 들어가라고 손짓했다. 혹여 밖에서 보지 못하도록 대문 단속을 한 후 등 부인을 끌고 집 안으로 들어갔다. 대청 한쪽에 촛불이 켜져 있고 그 옆에 천과 바늘이 놓여 있었다. 대문을 열러 나오기 전에 바느질을 하고 있었던 모양이다. 아사이가 등 부인을 놓아줬지만, 그녀는 열 명이나 되는 남자들 앞에서 소리조차 지르지 못했다. 그리고 갑자기 다리에 힘이 풀렸는지 바닥에 주저앉았다.

"우리 집엔, 돈 될 만한 것이 없어요."

예상치 못한 반응에 순후가 피식 웃었다. 그리고 등 부인 앞에 쪼그려 앉아 부드럽게 타이르듯 말했다.

"무서워할 것 없소. 돈 뜯어가는 세리(稅吏)가 아니라 승상부에서 나온 정안사 관리요."

순후가 자신의 말을 증명하듯 품에서 인장을 꺼내 등 부인 얼굴 앞에서 흔들었다.

"그, 그럼 도대체 무슨 일로⋯⋯."

등 부인이 여전히 겁먹은 표정으로 더듬거리며 물었다.

"우리가 알고 싶은 건, 지금 당신 남편이 있는 곳이오."

"흥세(興勢)에 일을 보러 간다고 했어요. 이 도호 지시로 재고 조사에 파견됐다고⋯⋯."

"언제 돌아온다고 했소?"

"사흘 전에 갔으니, 내일이면 돌아올 거예요."

"좋소. 마지막 질문이오. 남편이 평소에 자주 왕래하는 사람이 누구요?"

등 부인은 왼쪽 발을 살짝 움직이며 덜덜 떨며 대답했다.

"모, 모릅니다. ⋯⋯저희 부부는 면현에 온 지 일 년밖에 안 돼서 아직 아는 사람이 많지 않아요. 그리고 남편은 일 얘기는 거의 안

434

해서……."

순후가 흡족한 듯 고개를 끄덕이고 일어났다. 그리고 호기심 어린 눈빛으로 집 안을 둘러본 후 다시 등 부인에게 물었다.

"우리가 집 안을 살펴봐도 괜찮겠지요?"

"네? 그, 그건……. 왜, 왜요?"

등 부인이 크게 당황해 어쩔 줄을 몰랐다.

"염려 마세요. 혹여 망가지는 물건이 생기면 정안사에서 몇 배로 보상해드리지요."

순후의 명령이 떨어지자 정안사 요원들이 집 안을 이 잡듯 뒤지기 시작했다. 순후는 의자에 앉아 당황한 등 부인을 느긋하게 지켜봤다. 대략 2각쯤 됐을 때 배서가 비단 꾸러미를 안고 나왔다. 전체적으로 누렇게 변색됐고 여기저기 흙이 묻어 있었다. 얼핏 보니 깨알 같은 해서체가 빼곡했다.

"어디에서 찾았나?"

"방 안 이중벽 틈새에서요. 집은 이렇게 낡았는데 벽은 새로 발라서 티가 확 나더라고요. 이건 뭐, 너무 어설퍼서 도전 욕구가 안 생기네요."

"그건 우리 업무 범위가 아니야. 위나라 황제한테 가서 따지라고."

순후는 비단 꾸러미를 받아 살폈다. 7촌 정사각형으로 반듯하게 자른 비단 조각마다 촉나라의 군대 배치 상황, 정책 동향 등 각기 다른 내용이 적혀 있었다. 그러나 순후의 예리한 안목으로 판단할 때 이것은 매우 조잡하고 단편적인 정보였다. 이것저것 광범위하게 언급했지만 깊이가 없었다. 그나마 가장 상세한 내용은 한중 둔전 통계였다.

'보아하니 서영의 말이 거짓이 아니었군.'

이 정보의 특징은 서영이 진술한 쥐새끼 상황과 딱 맞아떨어졌다.

등선, 자는 탁지, 건흥 8년에 중도호 이평 수하의 참군으로 한중에 왔다. 현재 한중 둔전 통계 업무를 담당하고 있다.

그래서 여러 정보 중 둔전 통계만 정확하고 나머지 분야는 대충 보이는 대로 기록한 것이다.

상국 위나라 귀하신 나리님께 엎드려 서신을 올립니다.

순후는 어느 비단 문서의 제목을 보고 너무 어이없고 한심스러워 코웃음을 쳤다. 전문적인 간첩은 비밀문서에 절대 제목이나 안부 인사를 적지 않는다. 이자는 역시 전문 간첩은 아니다. 위나라와 몰래 접촉하는 썩어빠진 문관일 뿐이다.

순후는 이날 한밤의 작전을 여기에서 마무리했다. 등 부인이 외부와 접촉하지 못하도록 감시하기 위해 두 사람만 남기고 나머지는 면현성 북문에 잠복했다. 등선이 곧 돌아올 것이다.

3월 12일 새벽, 해가 동쪽 지평선에 반쯤 걸리자 온 세상이 환해졌다. 성으로 들어가려는 사람들이 성벽 앞에 옹기종기 모여 있었다. 성문이 열리려면 아직 반 시진이 더 남았기 때문에 사람들은 삼삼오오 모여 성벽에 기대어 짐을 정리하며 기다렸다. 멀리서 소와 닭 울음소리가 간간이 들려왔다.

순후는 상쾌한 새벽 공기를 깊이 들이마셨다. 밤새 작전을 수행하느라 피곤했는데 맑고 차가운 공기를 들이마시니 정신이 번쩍 들었다. 그는 배서와 함께 성벽 위에서 아래를 내려다보며 그들이 기다리는 등선을 찾는 중이다.

"없는 것 같습니다. 아직 도착하지 않은 모양입니다."

배서가 사람들 숫자를 하나하나 헤아리고 순후에게 보고했다. 배서는 북두칠성의 여섯 번째 별 개양(開陽)을 단박에 찾아낼 만큼 시력이 뛰어났다.

순후는 말없이 팔짱을 낀 채 성벽 앞에 쪼그려 앉아 있었다. 몸을 앞으로 살짝 구부린 모습이 서서 잠든 새 같았다. 배서는 성벽 아래를 한 번 더 살피고 조금 걱정스러운 말투로 물었다.

"그런데, 그자를 꼭 잡아야 합니까?"

"응? 그게 무슨 뜻이야?"

"아시잖아요. 등선은 이평 도호가 강주에서 데려온 측근 중 한 명입니다. 이 도호가 나서면 일이 커지지 않겠어요?"

배서의 걱정은 충분히 이해가 됐다. 작년에 순후가 독단적으로 결정해 마대 장군을 끌어들이는 바람에 군부가 강렬히 반발하면서 결국 강동으로 쫓겨난 전례가 있으니까. 이평은 지금 면현에서 별다른 세력을 규합하지 못했지만 어쨌든 중도호이다. 행정 관리 체계상 제갈량 바로 아래 직급이니 표면적으로는 면현의 이인자였다. 그래서 이평의 이름이 언급되는 순간 함부로 건드릴 수 없는 사람이라는 생각이 들었을 것이다.

순후는 잘 알고 있다는 듯이 응, 하고 가볍게 대꾸한 후 무표정하게 손을 쑥 내미는가 싶더니 제 어깨를 괜히 한 번 툭툭 털어냈다. 눈치 빠른 배서는 더 이상 묻지 않고 다시 성벽 아래를 살폈다.

물론 순후는 계획이 다 있었다. 사실 그는 강동에서 돌아온 후 비공식적으로 제갈량을 만난 적이 있었다. 그때 제갈량은 이평의 인사이동과 순후의 복직이 동시에 이뤄진 것이 우연이 아니라 어느 정도 의도가 있었다고 말했다. 이평이 한중에 돌아왔기에 한중 내부 감찰을 강화하기 위해 순후가 꼭 필요했던 것이다. 제갈량은 직접적인 언급을 피했지만 순후가 자신의 뜻을 이해하리라 믿었다. 당연히 순후는 제갈량의 뜻을 명확히 파악했다.

지금 이평의 측근이 위나라 간첩 혐의를 받게 됐으니, 확실히 간단한 문제는 아니다. 순후는 이평과 직접 교류한 적이 없어 어떤 사람인지 잘 몰랐다. 하지만 워낙 유명한 고위 관리이니 떠도는 풍문이 많았다. 이런 소문은 이평의 명성과 인품을 직접 평가할 만한 것은 아니지만, 고위 관리층의 내막을 어렴풋이 추측할 수 있어 호사가들이 좋아할 만한 내용들이었다.

예를 들면 이런 것들이다. 건흥 7년, 이평이 한중으로 돌아오라는 제갈량의 요청을 거절했고 오랫동안 관리해온 강주 지역 다섯 개 군을 분리해 새로운 '파주'를 만들어 자신이 자사를 맡겠다고 제안했다. 건흥 8년에 제갈량이 재차 군대 증원을 요청했을 때 이평은 또 한 번 새로운 부 설립을 요구하며 승상부 외의 의사 결정 기구가 있어야 한다고 주장했다. 결국 이평은 강주의 통치권을 아들 이풍(李豊)에게 물려주는 조건으로 제갈량의 군대 증원 요청을 받아들였다.

소문의 진위 여부는 알 수 없지만 한 가지는 확실했다. 건흥 5년 이후 두 사람 관계가 틀어지고 갈등이 깊어지면서 이평이 제갈량에게 소극적인 반항을 시작한 것이다. 촉나라 내부 인사들은 이평이 한중으로 돌아온 것이 큰 실수라고 입을 모았다. 이 선택이 이평을 더 소극적으로 움츠러들게 할지, 혹은 그 반대일지 현재로서는 예측하기 힘들었다.

갑자기 우렁찬 호각 소리가 울렸다. 순후는 깊은 생각에 빠졌다가 정신이 번쩍 들었다. 곧이어 귀청이 떨어질 것 같은 북소리가 들렸다. 북소리는 성벽 깃대에 쌓인 먼지가 눈송이처럼 날릴 정도로 요란했다. 기다리던 사람들이 성문 앞으로 몰려들었다.

"저기, 저기 보세요."

갑자기 배서가 목소리를 누르며 외쳤다. 배서가 가리킨 방향으로 시선을 돌리자 멀리서 말을 타고 쏜살같이 달려오는 한 사람이 보였다. 말을 탄 사람은 관복 차림이고 말 엉덩이에 승상부 전용 덮개가 씌워져 있었다.

"그자인가?"

배서가 고개를 끄덕였다. 기억력이 뛰어난 배서는 이평 환영 연회에서 딱 한 번 봤던 등선의 생김새를 떠올렸다.

더 이상 기다릴 필요가 없었다. 순후가 벌떡 일어나 저린 다리를 간단히 풀어주고 재빨리 성벽을 내려갔다. 배서가 바로 뒤따랐다.

등선은 성문이 가까워지자 고삐를 잡아당겨 말 속도를 줄였다. 그리고 채찍을 옆으로 휘두르며 사람들에게 길을 비키라고 소리를 질렀다. 성문 앞에서 밀고 밀리던 사람들이 채찍과 호통을 피해 양옆으로 갈라지며 길을 텄다. 등선은 미안하거나 고마운 기색 하나 없이 사람들을 뒤로 한 채 성문 앞에 다가섰다. 때마침 우르릉 소리와 함께 수문병이 육중한 성문을 안에서 밖으로 밀어젖혔다. 등선이 그대로 성문을 통과하려 하자 수문병이 앞을 가로막았다.

"죄송하지만, 명패를 보여주십시오."

"뭐라고? 난 승상부 사람이야. 이거 안 보여?"

등선이 불쾌해하며 소리쳤지만 수문병은 주눅 들지 않고 당당하게 한 번 더 반복했다.

"명패를 보여주십시오."

이때 다른 수문병이 다가와 말고삐를 붙잡았다. 등선은 어쩔 수 없이 명패를 꺼내며 수문병을 매섭게 노려봤다.

"내가 누군지 알기나 해?"

"등선이 맞습니까?"

이 대답을 한 사람은 수문병이 아니라 어디선가 갑자기 튀어나온 관복 차림의 남자였다. 평범한 관리로 보이는 남자가 수문병이 들고 있던 명패를 낚아챘다. 명패 앞뒤를 꼼꼼하게 살펴보고 다시 등선에게 돌려줬다.

"정안사 종사 순후입니다. 말씀을 좀 나눠야 할 것 같습니다만."

순후가 본인 명패를 두 손으로 공손하게 건넸다. 거만하던 등선의 낯빛이 확 바뀌었다.

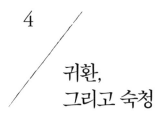

4

귀환,
그리고 숙청

순후가 등선에게 말을 걸고 있을 때 성문 양쪽에서 정안사 요원들이 쏟아져 나왔다. 등선은 자신이 완전히 포위되어 빼도 박도 못하게 됐음을 깨달았다.

"정안사에 가서 하던 얘기 계속 나누시지요."

순후가 공손하게 요청했지만 등선은 입술만 깨물며 꿈짝하지 않았다. 순후가 등선을 말에서 내리게 하라고 부하에게 눈짓을 보냈다. 등선은 온몸이 경직됐을 뿐 특별한 반항은 하지 않았다. 미리 준비한 정안사 마차에 등선을 태우고 힘센 요원 두 명을 양옆에 앉힌 후 밖에서 보이지 않도록 막을 내렸다. 순후는 막을 내리기 직전 등선을 힐끔 쳐다봤다. 두 요원 사이에 조용히 끼어 앉은 등선은 소매 안에 두 손을 모은 채 꿈쩍도 하지 않았다.

순후와 나머지 사람들이 마차를 둘러싸고 정안사로 향했다. 사정을 모르는 사람이 보면 마차에 대단한 사람이 타고 있는 줄 알았을 것이다. 정안사 종사가 마차 옆에 달라붙어 도보로 수행하고 있으니 말이다.

가장 먼저 이상징후를 발견한 사람은 배서였다. 마차 뒤를 지키던 배서는 행렬이 현무지 옆을 지날 때 마차 바닥에서 뭔가 똑똑 떨어지는 것을 발견했다. 황톳길에 지네가 기어가는 것 같은 붉은 선이 그어졌다. 배서는 쪼그려 앉아 손가락으로 붉은 선을 찍어 냄새를 맡아보고 갑자기 고함을 질렀다.

"당장 멈춰!"

마차 행렬 선두에서 걷던 순후가 바로 고개를 돌렸다. 배서가 마차를 세우라고 손을 흔들며 앞으로 달려오는 것을 보고 순후도 재빨리 뒤돌아 달려갔다. 배서가 마차 막을 확 걷어냈다. 등선의 양옆에 앉아 있던 두 요원은 영문을 몰라 멍하니 배서를 쳐다봤다. 둘 사이에 앉은 등선은 여전히 굳은 모습으로 꼼짝 않고 있었다. 배서가 버럭 소리를 질렀다.

"너희 둘! 제대로 안 지키고 뭐 하는 거야?"

"뭐가 말입니까? 마차에 타자마자 한마디도 안 하고 조용히 있었는데……."

하나가 어리둥절한 표정으로 고개를 돌릴 때 다른 하나가 소스라치게 놀라며 비명을 질렀다.

"피!"

배서가 왼편에 앉아 있던 부하를 끌어내리자 갑자기 기댈 곳이 사라진 등선이 힘없이 왼쪽으로 고꾸라졌다. 그제야 등선의 오른쪽 손목에 난 깊은 상처가 보였다. 배 위에 놓인 오른손 손목에서 피가 줄줄 흘러나와 허벅지와 발을 적신 후 마차 바닥에 작은 핏물 웅덩이를 만들었다. 그사이 등선의 바지는 핏물에 흠뻑 젖었다.

배서가 등선의 머리를 움켜쥐고 이리저리 살폈다. 하지만 이미 동공이 풀리고 숨결도 전혀 느껴지지 않았다. 이때 순후가 달려와 상황을 주시하다가 조용히 다가가 등선의 왼손을 확인했다. 날카로운 칼날이 쥐어져 있었다. 2촌밖에 안 되는 작은 칼이지만 아주 예리해서 경맥을 끊기에 충분해 보였다.

순후는 다시 등선 몸을 살피다가 왼쪽 소맷부리 가장자리에서 칼자국을 발견했다. 대략 2촌 길이였다. 안감에 작은 천을 덧대고 꿰맨 흔적이 있었다. 소매 안에 뭔가를 숨기기 위해 작은 주머니를 만든 것이다. 아마도 여기에 칼날을 숨겨 다녔겠지.

등선은 두 손을 소매에 넣고 마차에 올라탔다. 이때 소매 안에 숨겨둔 칼날을 꺼내 스스로 오른 손목을 긋고 가만히 앉아 죽음을 기다린 것이다. 넓은 소매와 이미 창백하게 질렸던 표정 덕분에 아무도 자살 시도를 눈치채지 못했다.

죄를 추궁당할 것이 두려워 자살한 것이 분명했다. 순후가 할 수 있는 일은 여기까지였다. 등선이 어떻게 위나라와 내통하기 시작했는지, 면현에 다른 일당이 있는지, 그동안 누설한 정보가 어떤 것들인지, 아무것도 알아낼 수 없었다. 무엇보다 이자가 촉룡과 관계가 있는지 확인하지 못한 것이 가장 안타까웠다. 이 모든 의문은 이제 영원히 밝힐 수 없게 됐다.

등선을 지켰던 두 관리가 순후 앞에 무릎을 꿇고 중요한 죄인을 지키지 못한 책임을 인정하며 머리를 조아렸다. 순후가 소맷부리를 강하게 털어내며 차갑게 외쳤다.

"그건 도관에 돌아가서 얘기하고 일단 현장부터 정리해."

이때 길을 지나던 사람들이 무슨 일인가 싶어 모여들기 시작했다. 감히 다가오지 못하고 멀리서 삼삼오오 짝을 지어 수군거렸다. 배서가 부하들에게 등선의 시체를 다시 마차에 싣게 한 후 주변 가게에서 빗자루를 빌려와 흙을 쓸어 핏자국을 덮었다.

순후는 도관에 돌아와 뒷정리를 배서에게 맡기고 곧장 요유를 찾아갔다. 요유는 초조하게 순후가 돌아오기를 기다리고 있었다. 어젯밤 순후가 기습 작전을 펼치러 떠난 후, 도관 집무실에서 꼼짝도 하지 않고 결과를 기다렸다.

"어떻게 됐나?"

"임무는 대략 성공했습니다."

"대략?"

"예. 어떤 시각으로 보느냐에 따라 다를 수 있습니다."

"말 돌리지 말고 똑바로 말하게."

요유가 들고 있던 문서를 내려놓고 두 손을 모아 턱을 괴었다. 그의 얼굴에 불만이 가득했다.

"정안사는 이번 작전에서 두 가지 성과를 얻었습니다. 첫째 쥐새끼 등선을 잡았고, 둘째 서영의 신뢰를 확인했습니다."

"여기까지는 아주 훌륭하군. 그런데 뭐가 문젠가?"

"등선이 방금 자결했습니다."

요유의 눈썹이 높이 치켜 올라갔다. 각진 자줏빛 얼굴이 푸르뎅뎅하게 변했다.

"도대체 어떻게 했길래!"

순후가 전후 과정을 모두 보고했다. 요유는 두 눈을 감고 양쪽 관자놀이를 꾹꾹 누르며 책상 앞으로 몸을 기댔다. 그렇게 한참이 지난 후 겨우 입을 뗐다.

"시끄러워지지 않게 처리해야 한다고 미리 경고하지 않았나."

"저의 실책입니다. 하지만 쥐새끼는 확실히 잡았습니다."

순후는 잘못을 인정하면서도 공을 놓치고 싶지 않았다.

"그게 중요한 게 아니잖아. 등선이 누구야? 이 도호가 강주에서 데려온 측근이야. 이 도호가 어떤 사람인지 몰라? 그 작자가 알면 절대 가만있지 않을 거야."

"하지만 증거가 명확합니다."

"명확했겠지. 증인이 이미 죽었으니, 증거 따위는 어떻게 해석하느냐에 따라 전혀 쓸모없는 물건이 되겠지. 직급이 높을수록 본인의 해석이 유리해질 테고."

요유가 불안한 듯 계속 옥패를 만지작거렸다. 관료 사회에는 무시해버려도 되는 갈등이 있고 신중하고 조심스럽게 대처해야 할 갈등이 따로 있는 법이다.

물론 순후는 요유의 생각에 동의할 수 없었다. 등선은 사소한 골칫거리가 아니라 중요한 돌파구다. 그러나 지금은 자기 뜻을 주장할 때가 아니기에 잠시 물러서서 느긋하게 기다렸다. 요유가 굳은 표정으로 책상을 톡톡 두드렸다. 그 둔탁한 타격음이 요유의 감정을 대변했다.

"아무튼 이 일은 잠시 절대 비밀로 하게. 일단 양 참군과 제갈 승상에게 보고하고 의견을 들어봐야겠네."

"예, 알겠습니다."

순후가 일단 수긍했다. 요유의 걱정을 이해 못 하는 것은 아니었다. 정안사는 늘 타 부문과 애매한 관계였다. 예를 들어 정안사가 어느 부문의 모 관리를 의심해 조사했을 때, 무고하다고 밝혀지면 해당 부문 책임자가 정안사가 말도 안 되는 죄를 뒤집어씌운다며 펄펄 뛰었다. 반대로 명명백백히 죄상이 밝혀져도 정안사가 빨리 잡아내지 못하고 뭐 하고 있었느냐며 비난했다.

"자네는 일단 청룡산에 돌아가 심문을 다시 시작하게. 등선 일은 배서한테 넘기고 나한테 직접 보고하라고 하게."

"서영에게 뭐라고 얘기할까요?"

"사실대로 말하게. 정안사 관리가 눈물 나게 무능하고 한심해서 당신이 폭로한 간첩이 운 좋게 혹독한 징벌을 피해갔다고. 다음부터는 유용한 정보가 있으면 꼭 유용한 사람에게 직접 말하라고. 뭐 이 정도면 되겠군."

"……알고 있습니다. 제 잘못입니다."

두 사람은 서로에게 집중하느라 문밖의 작은 인기척을 전혀 눈치채지 못했다.

순후는 요유의 집무실을 나온 후 바로 청룡산으로 돌아가지 않았다. 일단 옷을 갈아입고 심부름꾼 아이에게 빨래를 맡겼다. 다음에 부엌 머슴에게 구운 떡 두 장을 부탁해 고사리잎과 물을 곁들여 먹었다. 그리고 정안사 당직실 침상에 누워 한숨 잤다.

반 시진 후 느릿느릿 일어나 나무통에 물을 퍼 세수를 한 후 당직실을 나왔다. 도관은 여느 때처럼 북적거렸다. 다들 종이 뭉치를 들고 어디론가 발걸음을 재촉했다. 순후가 바로 청룡산에 돌아갈까, 조금 더 있다 갈까 고민할 때 누군가 그를 불렀다.

"효화!"

순후를 부른 사람은 바로 호충이었다. 두 사람은 같은 면현에 살면서도 열흘 넘게 얼굴을 보지 못했다. 반가운 마음에 인사를 건네려는데 문득 한 가지 사실이 떠올랐다. 호충은 지금 이평의 참군이다. 하필 지금 정안사에 나타나다니, 절대 좋은 일이 아닐 것이다. 순후는 인사 대신 단도직입적으로 물었다.

"어허, 도대체 무슨 일로 오셨을까요? 만약 날 보러 온 거라면 매우 기쁘겠지만, 그게 아니라면······."

"아무래도 상심이 크시겠습니다. 명령을 받고 온 거예요. 공무 중입니다."

"공무요? 누구 명령인데요?"

"당연히 이 도호지요. 제 상관 아닙니까?"

순후는 오른손으로 제 이마를 탁, 치며 깊은 한숨을 쉬었다.

"그럼, 다 알고 있는 겁니까?"

"예."

"내 말은, 등선 일 말입니다."

"당연하지요. 설마, 이 도호 심기를 건드릴 일이 또 있습니까?"

"지금은 그게 다예요."

호충이 순후를 뚫어지게 쳐다보다가 툭 한마디 던졌다.

"효화, 요 조연을 뵈러 가야 하는데 안내 좀 해주시겠습니까?"

"내가요? 왜요? 요 조연 집무실은 나보다 더 잘 알잖아요."

"왜인지 아시잖아요."

호충은 물러설 기색 없이 단호하게 대답했다. 결국 호충에게 끌려가게 된 순후는 볼멘소리로 투덜거렸다.

447

"알았어요. 알았어. 제가 모시지요. 만날 때마다 꼭 이렇게 긴장감이 넘치면 좋겠네요. 뭐, 이것도 나쁘지 않아요."

호충은 가타부타 대답이 없었다. 두 사람이 어느 방 앞을 지날 때 문틈에서 날카로운 눈빛이 반짝였다.

이때 요유는 어떻게 양 참군에게 보고해야 할지 고민 중이었다. 양 참군은 날이 갈수록 괴팍해져서 걸핏하면 부하들에게 성질을 부리곤 했다. 가장 큰 이유는 철천지원수인 위연이 요즘 계속 승승장구하고 있기 때문이다.

"밖에 호 참군이 뵙기를 청하십니다."

"호 참군이 누구야?"

요유가 짜증스럽게 버럭했다. 방금 교묘히 돌려 말할 적당한 표현이 생각났는데 흐름이 끊어졌다.

"호충 참군입니다."

요유는 이 이름 하나로 어떤 상황이 펼쳐질지 대략 짐작이 됐다. 소리는 나지 않았지만 입술을 달싹이는 모양으로 보아 욕을 하는 것 같았다. 호충이 들어오자마자 옛 상관에게 최선을 다해 공손히 예를 취했다. 요유가 답례를 하면서 호충 뒤에 서 있는 순후를 날카롭게 노려봤다. 한두 마디 의례적인 인사말이 오간 후 호충이 본론을 꺼냈다.

"이렇게 찾아뵌 것은 이 도호께서 등선 사건을 자세히 알아보라 명하셨기 때문입니다."

"호 참군, 그 질문에 답하기 전에 내가 먼저 하나 물어보겠소. 이 도호는 어디에서 이 소식을 들으셨소?"

요유의 얼굴에 서릿발이 섰다. 순후는 억울했지만 일단 조용히 서 있었다.

"저희도 자체 정보망이 있습니다."

호충이 즉답을 피하고 에둘러 대답했다. 순후가 더 이상 참지 못하고 퉁명스럽게 끼어들었다.

"이봐, 수의. 다 아는 처지인데 뭘 그렇게 돌려 말합니까? 요 조연 옆에 끄나풀 하나 심어둔 거 아닙니까?"

"저희 정보망은 다양합니다."

호충은 묻는 말에 대답하지 않고 다른 어떤 말도 하지 않았지만 순후와 요유는 그 숨은 뜻을 분명히 알았다. 세 사람 모두 그저 웃을 수밖에 없었다. 덕분에 분위기가 조금 가벼워졌다.

호충이 품에서 종이뭉치를 꺼내고 손가락에 침을 묻혀 그중 한 장을 빼냈다. 사담이 끝나고 본격적인 공무가 시작되자 요유의 표정이 다시 굳었다. 반면 호충은 여유를 부리며 요유를 안심시켰다.

"요 조연, 그렇게 긴장하실 필요 없습니다. 이 도호가 문제를 키우려고 절 보낸 것이 아닙니다."

호충이 문서를 요유에게 건넨 후 설명을 시작했다.

"이 도호는 등선 소식을 듣고 크게 놀라셨습니다. 그리고 제게 등선의 이력과 관련 자료를 전달하라면서 정안사 조사에 도움이 되길 바란다고 하셨습니다."

"뭐라고?"

요유와 순후는 동시에 크게 놀랐다. 이평의 반응이 두 사람의 예상과 정반대였으니. 난리법석을 떨기는커녕 먼저 나서서 협조할 줄은 상상도 못했다.

"이 도호는 하루빨리 사건의 진상이 밝혀지길 바라십니다."

호충이 의도적으로 순후에게 시선을 돌리자, 순후는 쓴웃음을 지었다.

문서 전달이 끝난 후 호충은 바로 돌아가 보고해야 한다며 요유가 직접 초대하는 식사 자리를 정중히 거절했다. 순후가 배웅을 자처해 호충과 함께 사문조 정문까지 같이 걸어갔다. 두 사람은 오랜 친구 사이로 돌아가 즐거운 대화를 나눴다. 순후가 성번의 근황을 묻자 호충은 성번이 바람을 피우다 들켜서 부인이 아주 난리가 났었다고 말해줬다. 순후는 눈물이 나도록 웃었다. 칸막이벽으로 가려진 구석진 회랑을 지날 때 순후가 다시 본심을 드러냈다.

"수의, 사실 난 이 도호의 행동이 매우 의심스러워요."

호충은 전혀 놀라지 않았다. 순후에게 계속 얘기하라는 뜻으로 가만히 눈만 깜빡였다.

"이 도호가 자신은 등선 사건과 관계가 없다고 확실히 선을 긋는 모양인데 뭔가 들킬까 봐 미리 발을 빼는 느낌이에요. 굳이 이렇게까지 할 필요가 없는데, 너무 부자연스러워요."

"그럼, 어떤 게 자연스러운 반응입니까?"

"보통 자기 부하가 정안사 조사를 받는다고 하면 대부분의 상관은 어떻게든 먼저 자기 사람을 빼내려고 하지요. 진상 확인은 그다음이죠. 그런데 이 도호는 소식을 듣자마자 한 시진도 안 돼서 등선의 자료를 보냈어요. 마치 등선이 간첩이라는 사실을 미리 알고 있었던 것처럼 말이죠."

"효화가 그동안 당하기만 하다가 모처럼 협조하겠다는 사람이 있으니 너무 놀라서 몸둘 바를 모르는 것이지요?"

순후는 호충의 놀림에 어깨를 으쓱하며 자조적으로 중얼거렸다.

"그런가 봅니다. 정안사가 다른 부문이랑 유쾌하게 협력한 일이 언제였는지 기억도 안 납니다. 선제께서 아직 건재하실 때였나?"

"이 세상에 '나 첩자요.' 하고 이마에 써 붙이고 다니는 첩자가 어디 있답니까?"

"내가 그랬죠. 정보 요원 훈련받을 때요."

"그래서 어떻게 됐는데요?"

"정안사 요원한테 붙잡혀 갔었죠. 그 사람들 농담이 당최 안 통하더라고요."

"그래서 정안사에 들어갔군요? 정안사 사람들한테 농담을 가르치려고?"

"지금은 내가 웃음거리가 될 판이죠."

순후가 하늘을 보면서 무력하고 자조적으로 중얼거렸다.

두 사람은 도관 정문 앞에서 작별인사를 나눴다. 호충이 말에 올라타고 심부름꾼 아이가 기둥에 묶어놓은 고삐를 푸는 동안 순후가 크게 외쳤다.

"도대체 정안사의 어떤 인간이 그쪽에 소식을 전한 거요?"

"어허, 그걸 어떻게 말하겠소? 예의가 아니지요."

호충이 얄밉게 대답하고 말을 돌려 사라졌다. 순후도 돌아서며 씩 웃었다. 그는 '어떤 인간'이 누구인지 이미 알고 있었다. 순후와 호충은 말하지 않아도 통하는 것이 많은 사이였으니까.

3월 12일 해질 무렵, 순후는 꼬박 하루 비웠던 청룡산에 도착했다. 등선 사건 뒷정리는 배서가 맡았는데 이평 쪽에서 적극적으로 협조하고 있으니 순조롭게 진행될 것이다. 아마도 내일쯤이면 등선 사건의 기초 조사 보고서 초안이 완성될 것이다.

청룡산에서 쉬고 있던 서영은 별문제 없이 잘 지내고 있었다. 그는 오늘 음집과 바둑도 두고 오후에 호위병들과 축국⁴ 시합도 했단다. 서영과 두필이 같은 편이었는데 합이 잘 맞아 삼 대 영으로 대승을 거뒀다고 했다.

이날 밤, 순후는 두필과 음집을 한자리에 불러 어젯밤 사건을 자세히 전했다.

"……등선이 집에서 키운 쥐새끼인지 야생 쥐새끼인지는 내일 조사 평가서가 나와 봐야 알겠지만, 한 가지는 확실합니다. 어느 쪽이든 쥐새끼는 쥐새끼죠."

정안사 내부 용어 중에 '집에서 키운 쥐새끼'는 원래 촉나라 관리였는데 적에게 포섭되어 변절한 간첩이고 '야생 쥐새끼'는 애초에 위나라에서 침투시킨 간첩을 의미했다. 일반적으로 더 교활하고 악랄한 것은 야생 쥐새끼지만 더 위험하고 타격이 큰 쪽은 집에서 키운 쥐새끼다.

"그렇다면, 서영이 말한 정보가 믿을 만하다는 뜻이오?"

음집이 조금 마음이 가벼워졌는지 편안하게 뒤로 기댔다.

"최소한 등선의 정보는 거짓이 아닌 것이지요."

"그런데 서영의 정보 중에 세부적인 모순이 있는 것도 사실이오. 예를 들면……. 등선이 건흥 8년 5월부터 행동했다고 했는데, 그때 등선은 아직 이 도호와 강주에 있었으니. 한중에 들어와 일을 시작

◇◇◇◇◇◇◇◇
4 蹴鞠. 공을 땅에 떨어뜨리지 않고 차던 놀이.

한 것이 7월이오."

"사소한 착오일 뿐입니다. 서영도 본인이 이쪽 정보망에 직접 참여한 것이 아니라고 하지 않았습니까? 애초에 거짓말을 할 생각이었으면 더 그럴듯하게 했겠죠."

"그럼, 순 종사는 서영의 혐의를 거둬도 된다고 생각하오?"

"7할, 아니 8할 정도는 혐의가 없다고 생각합니다. 너무 낙관하면 안 되니까 그 정도입니다."

이때 줄곧 침묵하던 두필이 주저하며 입을 열었다.

"명확한 이유가 있는 건 아니지만, 왠지 이제 촉룡 얘기를 꺼낼 때가 된 것 같습니다."

순후가 붓에 묻은 먹물을 찍어내고 붓걸이에 걸었다.

"같은 의견입니다. 이번에 서영이 또 어떤 이야기를 들려줄지 두고 봐야죠."

3월 13일, 하루 중단됐던 심문이 다시 재개됐다. 지난 며칠 익숙해진 탓인지 서영은 심문 형식의 대화에 잘 적응했다. 그는 심문실에 들어오자마자 순후, 두필과 반갑게 인사하고 털방석이 깔린 의자에 앉았다. 모든 행동이 여유롭고 자연스러웠다. 이곳에서 융숭한 대접을 받으며 마음 편히 지낸 덕분인지 살이 붙은 것 같기도 했다. 얼굴이 확실히 통통해졌고 피부에 윤기가 흘렀다.

"서 독군, 어제 하루 잘 쉬셨습니까?"

"예, 예. 덕분에 잘 쉬었습니다. 순 종사는 어제 많이 바쁘셨나 봅니다. 하루 종일 뵐 수가 없던데요."

서영은 순후의 눈빛을 읽고 넌지시 운을 띄웠다.

"예, 그랬지요."

의례적인 인사는 여기까지였다. 순후와 두필은 일단 등선 사건은 자세히 말하지 않기로 했다. 그러면 서영은 자신의 정보가 아직 확실히 검증되지 않았다고 생각해 초조하고 다급해질 것이고 신뢰를 얻는 데 급급해 스스로 더 많은 정보를 내놓을 것이다. 순후의 계획은 어찌 보면 잔꾀인 셈이다. 두필이 순후와 눈빛을 마주치며 고개를 끄덕인 후, 붓을 들고 뚜껑을 열었다. 질문은 순후가 먼저 시작했다.

"서 독군, 촉한 내부에서 활동하고 있는 위나라 간첩 상황에 대해 말해주시겠습니까?"

"예? 이미 말하지 않았습니까? 등선, 그자 아직 확인 안 해봤습니까?"

"지금 확인 중이니 내일쯤 결과가 나오겠지요. 지금 묻는 건 다른 간첩에 대한 것입니다."

순후가 침착하게 되묻자 서영이 잠시 생각하다가 고개를 가로저었다.

"이쪽이 제가 맡은 분야가 아니라서요. 등선 말고 다른 이름은 생각나지 않습니다."

"예전에 동료들이 얘기하는 걸 들었다거나 문서에서 뭔가 단서가 될 만한 것을 본 적이 없습니까?"

"그때는 망명할 생각이 전혀 없었으니 봤어도 금방 잊어버렸죠. 앞으로는 꼭 제대로 보겠습니다."

서영의 농담에 다 같이 한바탕 웃었다.

"서 독군이 기억을 떠올리도록 돕는 게 우리가 할 일이죠. 우리에게나, 서 독군에게나 매우 중요한 일입니다."

순후는 환하게 웃으면서 은근히 서영을 압박했다. 서영은 순후의 말을 알아듣고 난감한 듯 고개를 숙인 채 골똘히 생각했다. 한참 후에야 고개를 들고 힘없이 흔들었다.

"지금 생각나는 이름이 하나 있긴 한데, 그자는 이 년 전에 이미 체포된 걸로 알고 있습니다. 황예라는 자입니다."

두필이 반사적으로 순후를 쳐다봤다. 황예 사건은 순후에게 아주 큰 의미가 있는 사건이었으니까. 하지만 순후는 별다른 반응을 보이지 않고 조용히 턱을 만지작거리며 다시 질문했다.

"맞습니다. 황예는 이 년 전에 이미 처형됐지요. 그런데 그 사건 배후에 또 다른 내부 간첩이 있습니다. 서 독관이 황예를 알고 있다면 그 배후 인물 이름도 들었을 텐데요."

"그런 일이었습니까? 그게 누구죠?"

서영이 크게 놀라며 당황했다. 두필은 서영을 뚫어지게 살폈지만 그 반응이 정말인지 연기인지는 구분하기 힘들었다.

"이름은 모릅니다. 우리가 아는 건 이자가 면현에 숨어 있고, 아주 위험한 놈이라는 것뿐이죠. 우리가 놈에 대해 아는 건 딱 하나, 놈의 암호입니다."

순후는 마지막 한마디를 일부러 천천히 또박또박 힘주어 말했다. 서영은 순후의 말을 듣고 표정이 심각해졌다.

"촉룡. 그자의 암호입니다. 혹시 생각나는 것이 있습니까?"

순후는 이 말을 내뱉자 무거운 짐을 내려놓은 것처럼 홀가분했다. 하지만 이 이름은 서영의 심리에 큰 영향을 끼치지 못했다. 최소한 두필의 눈에는 별다른 심리 변화가 보이지 않았다. 난생처음 듣는 이름이라는 반응이었다. 서영은 깍지 낀 두 손을 무릎 위에 올려놓고 미간을 찌푸려가며 생각을 쥐어짰지만 결국 다시 고개를 흔들었다. 아무리 생각해도 촉룡이란 이름은 들어본 적이 없었다.

"그게 말입니다. 보통 위나라 간군사마가 간첩 암호명을 정할 때 나름의 규칙이 있습니다. 대부분 천간[5]과 출신지를 결합하는 방식이죠. 예를 들어 등선의 암호명은 정연입니다. 최소한 제가 알고 있는 암호명 중에는 고대 신화의 동물 이름은 없었습니다. 간군사마 중에《산해경》[6]을 읽은 사람은 거의 없을 테니까요."

순후가 실망한 표정으로 두필을 바라본 후 심문을 잠시 중지했다.

문 앞에 대기 중이던 병사가 들어와 서영을 옆방으로 데리고 갔다. 옆방에는 술과 고기, 과일 등 푸짐한 먹거리와 무희 둘이 기다리고 있었다. 순후는 자비를 털어 특별히 무희까지 준비했다.

서영이 나가자마자 순후가 붓을 탁자에 휙 던지고 초조한 듯 거칠게 숨을 내뱉었다. 두필은 조용히 기록을 정리하고 있었다.

"보국이 보기엔 어떻습니까?"

"글쎄요. 전체적으로 그럴 듯합니다. 적어도 앞뒤가 맞지 않는 부분은 없었으니까요."

두필은 차분했지만 순후는 씩씩거리며 이를 갈았다.

"그게 제일 짜증나요. 노련한 거짓말로 진실을 숨기는 건 오히려 쉬워요. 그런 자의 입을 열게 만드는 방법은 아주 많으니까. 그런데 정말 아무것도 모르면 어떻게 할 방법이 없으니, 이런 상황이 제일

---

5 天干. 육십갑자의 윗부분을 이루는 요소. 갑(甲), 을(乙), 병(丙), 정(丁), 무(戊), 기(己), 경(庚), 신(辛), 임(壬), 계(癸)의 열 글자를 통틀어 이르는 말.
6 山海經. 중국에서 가장 오래된 지리서로 신화와 전설 이야기를 많이 다룬다.

골치 아파요."

"허허, 결론을 내리기는 아직 이릅니다."

"우리가 더 이상 뭘 할 수 있어요? 업성에 서신을 보내 조예한테 물어볼 수도 없고."

두필이 순후 어깨를 두드리며 조용히 물잔을 건넸다. 흥분을 가라앉히라는 뜻이었다. 순후는 물잔을 받아 꿀꺽꿀꺽 들이켰다. 초조한 마음이 조금 가라앉았다.

"너무 조급해하지 마세요. 아직 시간이 많아요."

"운도 많아야 할 텐데."

오후에 심문이 재개됐다. 내용은 여전히 촉룡의 신분에 집중됐다. 순후와 두필은 여러 번 반복해서 묻고, 또 물었다. 나중에는 이 문제에 만족스러운 답을 주지 않으면 승상부의 신뢰를 얻기 힘들다는 뜻을 내비쳤다. 그렇게 두 시진이 지났을 때 서영이 벌떡 일어나 절망적으로 소리쳤다.

"그냥 면현 관리 명단을 주고 당신들이 가장 싫어하는 자가 누군지 알려주시오. 그자가 촉룡이라고 진술하면 되는 것 아니오?"

서영이 흥분해서 감정을 다스리지 못하자 두필이 서둘러 심문을 중지하고 호위병을 불러 서영을 방으로 데려가게 했다.

다음 날 3월 14일, 배서가 등선 조사 보고서를 들고 순후를 찾아왔다. 보고서 내용에 따르면 등선은 강주에서 이미 위나라에 매수됐을 가능성이 높고 군무사가 지금 등선이 몇 년간 유출한 정보 범위와 영향력을 조사하고 있다고 했다. 보고서와 별도로 배서가 등선 집에서 나온 정보가 고위층 묵인 없이 수집할 수 있는 것들이 아니라고 강조했다. 배서의 의도를 이해한 순후는 보고서 겉표지를 손가락으로 튕기며 흡족한 미소를 지었다.

"아주 좋아. 이번 보고서 분석은 아주 훌륭해."

"이건, 풍웅이 작성한 겁니다."

"풍웅이? 이걸 직접 썼다고?"

순후가 믿을 수 없다는 듯 되물었지만 배서의 대답은 같았다.

"허허, 이 사람 후각이 엄청 예민하군. 이렇게까지 냄새를 잘 맡다
니……"

"예? 무슨 말입니까?"

배서가 어리둥절하며 되묻자 순후가 일부러 빙빙 돌려 말했다.

"어제 이 도호한테 그렇게 빠르고 정확하게 등선 사건을 알린 사
람이 누구라고 생각하나?"

배서는 그제야 알았다는 표정으로 아, 하고 탄식했다. 사실 풍웅
을 의심하긴 했지만 진짜일 줄이야. 하지만 순후가 그게 다가 아니
란 뜻으로 고개를 흔들며 씩 웃었다.

"애초에 풍웅이 이 도호에게 몰래 정보를 흘린 건, 날 골탕 먹이
려는 수작이었겠지. 그런데 이 도호가 등선의 혐의를 바로 인정해버
리자 윗분의 의중을 헤아려 바로 태세를 전환한 거야. 그래서 보고
서를 직접 작성하면서 등선과 이 도호를 엮으려고 한 거야. 풍웅, 눈
치 한번 끝내주게 빠르군."

배서는 더 이상 말할 가치도 없다는 듯 경멸조로 코웃음을 쳤다.
그리고 문서 전달 확인 인장을 찍으며 가볍게 질문을 던졌다.

"서영 쪽은 어떻습니까? 새로운 정보가 있습니까? 혹시 촉룡에
대한?"

"아직 없어. 자기는 촉룡에 대해 아는 것이 전혀 없다고 강력하게

부인하고 있어. 어쩌면 정말 모를 수도 있고. 아무튼 지금 좀 답답한 상황이야."

"제가 좀 도와드려요?"

"뭐? 심문을 하겠다고?"

"왠지 구미가 당기는데요? 혹시 알아요? 사람이 바뀌면 뜻밖의 성과가 있을지."

순후가 눈을 치켜뜨고 팔짱을 낀 채 느닷없이 나선 배서를 위아래로 훑어봤다. 한참 고민한 끝에 결국 고개를 끄덕였다.

"좋아."

심문이 시작됐다. 서영은 심문실에 들어서자마자 심문실의 변화를 바로 알아차렸다. 평소에는 맞은편에 순후와 두필 두 사람만 있었는데 오늘은 멀끔한 젊은이가 한 명 더 있었다. 맨 오른쪽에 앉은 젊은이는 온화하고 점잖은 느낌이었다. 순후는 배서를 사문조의 떠오르는 샛별이라고 소개하면서 방청인 자격으로 참석한다고 설명했다. 서영은 무슨 영문인지 이해가 안 됐지만 그냥 조심스럽게 고개를 끄덕였다.

어제 분위기가 너무 경직됐던 점을 고려해 오늘은 촉룡 언급을 최대한 자제하고 위나라 군대 상황을 집중적으로 파고들었다. 서영은 한결 마음이 편해졌는지 본인이 알고 있는 위나라 내부 사정을 자세히 설명하며 적극적으로 협조했다. 심문을 주도하는 사람은 순후와 두필이고 배서는 거의 목소리를 내지 않았다. 가끔 질문 기회가 있었지만 크게 중요한 내용이 아니었다. 그는 오른손으로 붓을 빙글빙글 돌리면서 주의 깊게 서영을 관찰했다.

이날 심문은 서로 협조하며 매우 순조롭게 진행됐다. 해가 기울기 시작하자 두필이 오늘은 여기까지 하자고 말했다. 순후, 두필, 배서 세 사람은 바로 자료를 챙겨 자리에서 일어났다. 맨 뒤에 걸어가던 배서가 서영의 옆을 지나면서 갑자기 어깨를 툭 쳤다. 오늘 협조에 대한 칭찬의 의미였다. 하지만 서영은 깜짝 놀랐다가 곧 달갑지 않은 표정을 지었다. 오른손으로 어깨를 어루만지는 척하며 슬쩍 배서의 손을 밀어냈다. 배서는 어쩔 수 없이 손을 거두고 난처한 표정으로 코를 만지작거리며 순후를 뒤쫓아갔다.

곧이어 서영의 보호 및 감시를 책임지는 호위병 둘이 들어왔다. 서영은 그제야 자리에서 일어나 남은 술을 쭉 들이켜고 호위병들과 함께 방으로 돌아갔다.

서영은 방으로 들어가 자연스럽게 문을 꼭 닫았다. 다시 한번 주위를 확인하고 꼭 쥐고 있던 오른손을 천천히 펼쳤다. 손바닥 안에 돌돌 말린 종이를 펼치자 '자정, 북쪽 담장'이라고 써 있었다.

3월이지만 한중의 밤은 한겨울만큼 추웠다. 특히 이곳 청룡산은 암석 사이에서 불어오는 바람이 뼈가 시릴 정도였다. 서영은 침상에 반듯하게 누워 두 손을 배 위에 올려놓고 꿈쩍도 하지 않았지만, 사실 잠든 것이 아니었다. 시각을 알리는 딱따기 소리가 세 번 울리자 서영이 벌떡 일어났다. 살금살금 걸어가 조심스럽게 문을 열었다.

순후는 서영에 대한 신뢰의 표시로 방문 앞에는 보초를 세우지 않았다. 서영은 언제든 자유롭게 정원에 나가 산책을 할 수 있었다. 단, 정원을 벗어나면 바로 따라붙도록 조치해뒀다. 깊은 밤이라 사방이 고요했다. 야간 순찰병 외에는 모두 잠들었을 시간이다. 서영은 방문 틈새로 멀리 보이는 초소를 확인했다. 외투를 걸치고 불을 쬐던 보초병이 꾸벅꾸벅 졸고 있었다. 재빨리 방을 빠져나와 회랑 한쪽에 딱 붙어 북쪽 담으로 걸어갔다.

　북쪽 담은 높이가 3장이 훨씬 넘었다. 아래 절반은 청고벽돌을 쌓았고 위에 절반은 흙을 다져 세웠다. 달빛이 비추니 푸르고 누런빛이 뒤섞여 더 견고하고 단단해 보였다. 이 년 전 미충이 뛰어넘었던 바로 그 담장이다. 물론 서영은 그 사실을 모르지만. 서영은 담장 앞에서 초조하게 사방을 두리번거렸다. 이때 담장 끄트머리 어둠 속에서 누군가 손을 흔드는 것이 보였다.

　"서 독군, 왔군요."

　"당신, 누구요?"

　서영은 경계하는 눈빛으로 최대한 목소리를 낮추며 물었다.

　"촛불을 입에 물고 밤낮을 비추네."

　어둠 속의 남자가 시구를 읊으며 모습을 드러냈다. 그는 바로 배서였다.

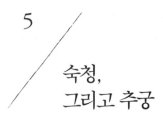

5

숙청,
그리고 추궁

"서 독군, 며칠 동안 조사받느라 정말 고생하셨소."

달빛이 배서의 얼굴을 또렷이 비췄다. 배서의 말투는 차분하고 편안했지만 서영은 긴장을 늦출 수 없었다.

"……그런데, 이 늦은 밤에 왜 날 불러낸 거요?"

"허허, 황제 폐하에게 충성할 때가 된 것이지요."

"어떤 황제 폐하 말이오?"

서영의 질문에 배서가 말 대신 미묘한 눈빛을 반짝이며 북쪽 방향을 가리켰다. 서영이 두 손을 소매 안에 넣고 목을 움츠렸다. 한밤의 추위가 견디기 힘든 모양이었다.

"저들이 일단 추궁을 멈췄지만, 순후는 촉룡에 대한 심문을 절대 포기하지 않을 것이오. 당신을 믿지 않으니까. 조만간 함정을 파서 당신이 진실을 말하게 할 것이오. 사실 오늘 심문이 끝난 후 순후와 두필이 계획을 세우는 걸 들었소."

"배 선생, ……당신이 한 말 중에 내가 동의할 수 있는 말은 딱 하나밖에 없소."

"뭐요?"

"순 종사가 날 믿지 않는다는 사실."

서영의 말투에 침통함과 분노가 느껴졌다. 배서는 이때다 싶어 한 걸음 더 다가갔다.

"맞소. 순 종사는 당신을 보물 상자 정도로 생각하고 있소. 보물을 다 꺼내고 나면 상자는 헌신짝 버리듯 팽개칠 것이오. 오랫동안 같이 일해 왔으니, 누구보다도 그 사람을 잘 알지요."

서영이 갑자기 웃음을 터뜨렸다. 하지만 금방 웃음을 거두고 매섭게 배서를 노려봤다.

"당신은 촉룡이 아니오."

서영이 뒷걸음질로 정원 한가운데까지 가서 크게 외쳤다.

"순 종사, 두 선생, 대체 언제까지 이 놀이를 계속할 겁니까?"

갑작스러운 외침에 담장 옆 홰나무에 앉아있던 까마귀들이 깜짝 놀라 푸드득 날갯짓하며 밤하늘로 날아갔다. 곧이어 사방에서 사람들이 쏟아져 나왔다. 가장 눈에 띄는 두 사람은 바로 순후와 두필이었다. 두 사람은 한참 동안 이곳에 매복하고 있었다.

"순 종사, 평소에 농담을 즐기는 것까지는 좋은데, 이번 장난은 너무 치졸하지 않소?"

서영이 차갑게 노려봤지만 순후의 표정은 난처한 건지 기가 죽은 건지 알 수가 없었다.

"사실, 이건……. 장난이 아닙니다."

"그렇다면 더 최악이군요."

두필이 다가가 무슨 말을 꺼내려고 했지만 서영이 비통한 듯 고개를 흔들며 아무 말도 하지 말라는 뜻으로 손바닥을 펼쳐 막았다.

"보국, 필요 없습니다. 아무 말도 듣고 싶지 않아요."

순후가 등롱을 들고 천천히 서영에게 다가가 얼굴을 비췄다.

"맞습니다. 우린 아무 말도 할 필요가 없어요. 무슨 말이든 해야할 사람은 서 독군, 당신이니까요."

순후의 말에 서영의 표정이 더 험악해졌다.

"이 나라를 믿고 망명한 사람한테 어찌 이럴 수가 있소? 세상의 비웃음이 두렵지 않소?"

"우린 서 독군의 진심을 믿었고 서 독군이 제공해준 정보에 매우 감사했습니다. 그런데 서 독군은 여전히 뭔가를 숨기고 있어요. 지금 우리에게 가장 필요한 자세는 솔직함입니다. 안 그래요?"

"내가 뭘 숨겼다는 거요?"

"촉룡. 이건 명백한 사실이지요."

"몇 번이나 말했잖소. 난 모른다고. 당신들이 아무리 치졸한 수단으로 날 시험해도……."

서영이 배서를 가리키며 화를 내다가 갑자기 말을 멈추고 그대로 굳어버렸다. 순후의 입가에 미소가 번졌다. 드디어 걸려들었다.

"그래서요? 서 독군, 계속 말씀하시지요."

분노가 사라진 서영의 얼굴이 빨갛게 달아올라 입술만 달싹일 뿐 말을 잇지 못했다. 순후가 옆 사람에게 등롱을 건네고 차분하게 말을 이었다.

"인정하지요. 우리 방법이 좀 치졸했어요. 그런데 촉룡에 대해 아무것도 모른다더니, 배서가 촉룡이 아닌 줄은 어떻게 알았나요?"

"저 친구는 이제 스물이 넘었을 뿐이잖아요. 고위 관리인 촉룡이 이렇게 젊을 수는 없지요."

서영이 열심히 변명을 늘어놓았다.

"촉룡이 우리 촉한에서 높은 지위에 있다는 것을 어떻게 알았습니까?"

"심문받을 때 얼핏 들었어요."

서영이 겨우 지푸라기를 잡았다고 생각할 때 순후가 가져온 자루에서 두꺼운 종이뭉치를 꺼내 힘차게 흔들었다.

"거참, 이상하군요. 이건 지난 며칠의 심문 기록이오. 한 번 직접 찾아보시오. 우리가 촉룡이 면현의 고위 관리라고 말한 내용이 있는지. 서 독군이 촉룡에 대해 전혀 모른다고 했고, 이 심문 기록에는 촉룡이라는 간첩이 있다는 것 말고 상세 정보는 아무것도 없었소. 결국 서 독군이 이미 알고 있었다는 뜻이 아니오?"

"그, 그렇지 않아요. 내, 내가 촉룡이 누군지 안다면 이 쪽지를 받았을 때 함정인 줄 알았을 겁니다."

서영이 배서를 힐끔 쳐다보며 더듬더듬 해명했다. 두필은 넓은 소맷부리 밖으로 드러난 서영의 손이 사시나무처럼 부들부들 떠는 모습을 발견했다. 두필이 서영에게 다가가 외투를 걸쳐주고 부드럽게 달랬다.

"우리는 서 독군의 임무가 촉룡 정보망과 관련이 없었다는 것을 믿습니다. 하지만 서 독군은 촉룡에 대해 분명히 알고 있습니다. 도대체 뭣 때문에 주저하는 겁니까?"

서영은 이미 막다른 길에 몰렸음을 깨닫고 고개를 푹 숙이며 힘겹게 한숨을 토해냈다. 불안한 듯 쉴 새 없이 두 손을 꼼지락거리며 속마음을 털어놓았다.

"맞아요. 난 확실히 촉룡에 대해 아는 것이 있습니다. 하지만 아주 사소한 내용일 뿐, 확실한 정체는 모릅니다. 솔직히 경솔하게 말을 꺼냈다가 쥐도 새도 모르게 죽을까 봐 두려웠어요. ……솔직히 당신들 중 한 명일 수도 있잖아요?"

서영이 의심의 눈초리로 주변 사람을 훑어봤다.

"그 점은 안심하세요. 청룡산에 있는 사람들은 모두 철저하게 검증했고, 우리가 무슨 일이 있어도 서 독군을 지킬 겁니다."

순후가 하늘을 올려본 후 상황을 정리했다.

"자, 시간이 늦었으니, 일단 다들 눈 좀 붙입시다. 이 문제는 내일 다시 상의하기로 하지요."

순후가 서영에게 눈짓을 보내고 배서에게 따로 지시를 내렸다.

"배서, 아사이와 함께 서 독군을 안전하게 지키게. 그리고 취사방에 이 시간 이후 모든 음식의 안전 점검을 최고 등급으로 유지하라 전하게."

짧은 소동은 이렇게 막을 내리고 북쪽 담장 주변은 다시 고요해졌다. 잠시 뒤 건흥 9년 3월 15일 아침 해가 밝았다.

어젯밤 소동이 있었기 때문에 오늘 심문은 한 시진 늦게 시작했다. 오늘은 심문실 분위기는 확 달라졌다. 무희와 악공이 사라지고 술과 고기 안주 대신 물 한 잔만 준비됐다. 화려하게 꾸몄던 장식들도 모두 걷어버려 회백색 벽, 기둥, 창살이 고스란히 드러났다. 이 변화는 서영의 위기감을 고조시키기 위한 일종의 장치였다. 정안사는 더 이상 당신을 신뢰하지 않는다, 만약 협조하지 않고 계속 버틴다면 더 큰 대가를 치르게 될 것이라는 무언의 압박이었다. 음집이 늘 '조일 때와 풀어줄 때를 잘 알아야 한다.'라고 했는데 지금은 확 조여야 할 때다.

오늘 심문에는 순후, 두필, 배서가 모두 등장했다. 순후는 어젯밤 계획이 배서의 머리에서 나온 것이니 배서가 직접 심문에 참여하는 것이 효과적이라고 생각했다.

서영이 심문실에 들어서는 순간, 분위기 변화를 감지하고 크게 당황하는 눈치였다. 다리에 힘이 풀렸는지 휘청거리고 불안한 눈빛으로 맞은편 세 사람을 계속 힐끔거렸다. 입이 마르는지 수시로 입술에 침을 발랐다.

"앉으시오."

순후는 근엄한 표정으로 그 전과 달리 말을 낮췄다. 털방석도 빼고 단출한 의자만 제공했다. 예전에 순후가 평의를 받을 때 앉았던 것과 똑같은 의자였다. 서영은 얼른 자리에 앉았다. 불편한지 몇 번 자세를 고쳐 앉고 앞에 놓인 물 한 잔을 한 번에 다 들이켰다. 서영을 데려온 아사이는 문밖에서 대기했다.

"서 독관 잠은 잘 잤소?"

순후는 일부러 뻔한 질문부터 던졌다. 어젯밤 거짓말이 들통난 사실을 강조하자 서영이 잔뜩 움츠러들었다.

"예, 그럼요."

"다행이군. 그럼 시작합시다."

순후가 굳은 붓 끝에 침을 바른 후 본격적으로 질문은 시작했다.

"촉룡에 대해 얼마나 아시오?"

서영이 무의식적으로 물잔을 들었다가 비었음을 알고 애절한 표정으로 물을 요청했다. 배서가 책상을 탕탕 두드리며 매몰차게 거절했다.

"질문에 답변부터 하시오. 물은 그다음에 줄 테니."

서영은 기분이 상한 듯 뾰로통하게 물잔을 내려놓고 손가락으로 마른 입술을 문질렀다.

"촉룡에 대해 얼마나 아시오?"

두필이 방금 전 질문을 다시 반복했다.

서영은 말할 듯 말 듯 주저하다가 결국 사실을 털어놓았다. 촉룡이란 이름을 처음 들은 것은 태화 원년, 업성에 있을 때라고 말했다. 배서가 바로 끼어들어 태화 원년이 아니라 건흥 5년이라고 지적했다. 당시 서영은 간군사마 양위의 보좌관 자격으로 신임 간군사마 발탁을 위한 심사 면접에 참여했다.

위나라 정보국은 촉나라, 오나라와 크게 달랐다. 가장 큰 특징은 촉나라의 사문조, 오나라의 비부처럼 정보 업무를 총괄하는 기관을 따로 만들지 않고 중서성 직속 간군사마들이 이 역할을 수행했다. 간군사마마다 개별 수하 조직을 거느리고 담당하는 지역이 달라서, 업무가 완벽하게 분리돼 있었다. 다시 말해 간군사마 한 명, 한 명이 곧 정보국인 셈이었다. 예를 들어 양위는 업성과 주변 지역의 정보 업무를 담당했고 서영을 포함해 수하 조직원이 대략 스무 명이었다.

서영이 참여한 심사 면접의 대상자는 곽강이라는 젊은 장군으로 곽회 장군의 조카뻘되는 먼 친척이라고 했다. 곽강은 옹량 지역 간군사마에 지원했다. 간군사마는 관직 체계상 직급은 높은 편이 아니지만 막강한 권한이 주어지기 때문에 지금까지 이렇게 젊은 장군이 발탁되는 사례가 거의 없었다. 그래서 양위와 서영은 곽강이 어떻게 이 자리까지 왔는지 매우 의아했다.

면접 중에 양위가 농서 지역 정보 활동에 대해 어떻게 생각하느냐고 질문했다. 그때 곽강은 매우 직설적인 화법으로 조정이 서북 지역 군사 상황에 너무 소홀하다고 날카롭게 비판했다. 촉나라가 조만간 이 지역을 노릴 것이니 반드시 대비해야 한다고 지적했다. 그러면서 본인이 이미 준비해놓은 계획이 있다고 덧붙였다.

이날 곽강은 극비리에 진행 중인 작전 계획표를 양위에게 보여줬다. 서영은 극비 문서를 볼 자격이 없기 때문에 제목밖에 보지 못했다. 세부 항목 제목 중에 눈에 확 띄는 빨간색 글씨가 있었는데, 바로 '촉룡'이었다. 촉룡을 처음 접한 게 이때였는데 막연히 간첩의 암호명이겠거니 생각했다. 그때는 이 암호명보다 곽강의 대담함이 훨씬 인상적이었다. 중서성 승인도 없이 독단적으로 간첩을 심어놓았고, 암호명은 관례를 따르지도 않았다. 이 정도 대담함이라면 반드시 배후가 있을 텐데, 아마도 곽회일 것이라고 추측했다.

양위는 정보 업무 책임자로서 자존심이 상했는지 곽강의 임용에 반대했다. 그는 기본적으로 모든 자원을 동남 전선에 집중시켜야 한다고 생각했다. 유비가 없는 촉나라는 전혀 위협적이지 않기 때문이다. 다른 조정 관리들도 양위와 비슷한 생각이기 때문에 옹량 지역 간군사마 발탁은 잠시 보류하기로 했다.

태화 원년 4월, 서영은 동료와 함께 하후무 장군 수하에 내부 감찰 조직을 만드는 일을 돕기 위해 장안에 파견됐다. 그는 장안에 머무는 동안 촉나라 내부 정보가 주기적으로 위나라에 전달되는 특별한 정보망이 존재하며 그 중간 관리 담당자가 하후무라는 사실을 알았다. 규정상 서영은 이 부분에 접근할 수 없었다. 그러던 어느 날 담소를 나누던 하후무가 이 정보망의 반대편 끝자락의 주인공이 촉룡이라고 말했다.

서영의 말에 귀를 기울이던 순후는 이 부분에서 눈에 띄게 고개를 끄덕이며 종이에 뭔가 크게 표시해뒀다. 서영의 진술이 오나라 정보 관리 설영에게 들었던 내용과 딱 맞아떨어졌다. 설영이 사절단의 일원으로 업성에 갔던 것이 위나라 태화 원년이고, 그때 촉룡이란 이름을 언급했던 이도 하후무였다. 두 사람의 진술이 완전히 일치했다.

그러나 당시까지만 해도 촉룡은 그리 중요한 존재가 아니었다. 위나라 입장에서는 '없는 것보다 나은' 수준에 불과한 2급 간첩에 해당했다. 서영은 이런 상황이 건흥 6년 제갈량이 1차 북벌을 일으키면서 크게 바뀌었다고 회상했다. 촉나라의 갑작스러운 군사 도발에 식겁한 위나라는 그제야 서북 전선이 중요하다는 사실을 깨달았다. 1차 북벌이 끝난 직후 곽강을 간군사마로 발탁해 옹량 지역 정보 업무를 시작했고 촉룡은 단숨에 1급 정보원으로 존재감을 과시했다.

촉룡 정보망의 책임자가 곽강이고 곽강의 직속 상관이 중서감 유방인 관계로 촉룡 관련 정보는 보안 등급이 매우 높았다. 서영은 물론이고 그의 상관인 양위도 촉룡의 정체를 알 수 없었다.

"다른 사건은 없었소? 또 생각나는 것 없소?"

순후는 점점 초조해졌다. 서영의 진술로 촉룡에 대한 정보가 많아지기는 했지만 그의 정체를 밝힐 수 있는 실질적인 내용이 없었다. 서영은 다시 골똘히 생각하다가 머뭇머뭇 입을 열었다.

"제가 촉한 땅을 밟기 넉 달 전, 곽강이 양위에게 서신을 보내 등선을 본인 정보망으로 사용하고 싶다고 요청했습니다."

순후는 두필, 배서와 눈빛을 주고받았다. 그리고 이번엔 배서가 질문을 이어갔다.

"그 일, 자세히 말해보시오."

"예, 예. 하지만 이 사건은 대부분 제 추측일 뿐입니다. 아시겠지만 등선은 강릉 지역 간군사마가 강주에 심어놓은 첩자였는데 나중에 이평을 따라 한중으로 이동하면서 강릉과 연락하기가 힘들어졌죠. 그래서 곽강이 자기 수하로 넣으려고 했는지 모릅니다. 아무래도 농서가 한중과 연락 체계를 유지하기 수월하니까요."

배서가 순후와 두필만 들을 수 있도록 작게 말했다.

"저 말은 맞습니다. 이 도호가 제공한 자료와 군모사의 분석으로 볼 때 등선은 강주에 있을 때부터 이미 정보를 빼돌렸습니다."

순후는 고개를 끄덕이고 일어나 서영에게 직접 물을 가져다주고 계속 얘기하도록 격려했다.

"곽강이 양위에게 보낸 서신을 직접 봤는데 등선이 한중에서 현지의 도움으로 '자도(子度) 건설' 작업에 큰 역할을 할 수 있을 것이라고 언급했습니다. 제 생각엔 이 현지의 도움이 아마도 촉룡이 아닐까 합니다."

"자도 건설?"

"건설은 위나라 정보 관리들이 사용하는 용어인데, 적국 고위 관리를 포섭하는 일입니다."

두필은 심각한 표정으로 깊은 생각에 빠졌고 배서가 끼어들어 한마디 보탰다.

"방금 생각났는데, 자도는 맹달의 자입니다."

"맹달은 건흥 6년에 죽었어……. 여기에서 말하는 건설 대상이 아니야."

순후는 뭔가 이상하다고 생각하면서 계속 서영을 추궁했다.

"그 서신에 또 무슨 말이 있었소?"

"아, 네. 곽강은 이평이 한중에 온 후로 촉나라 관료 체계가 개편된 덕분에 건설 과정이 순조롭게 진행됐다고 했습니다."

서영은 여기까지 말하고 다시 물잔을 싹 비웠다. 그리고 갑자기 뭔가 생각났는지 눈을 동그랗게 떴다.

"이미 등선을 체포했잖습니까? 직접 물어보면 되잖아요."

순후가 붓을 내려놓고 담담하게 대답했다.

"등선은 체포되자마자 자결했소."

"아, 그랬군요. 정말 안타깝네요. 하지만 제가 말한 건 모두 사실입니다. 이제는 정말 아는 게 없습니다."

심문이 끝나고 아사이가 서영을 방으로 데려갔다.

서영이 나간 후 세 사람은 한동안 굳은 표정으로 말이 없었다. 다들 정보 분야의 고수인지라 서영의 모호한 진술에서 매우 위험한 기운을 감지했다.

맹달은 원래 촉나라 장수였으나 배신을 밥 먹듯 하는 인물로 유명했다. 촉나라를 배신하고 위나라에 투항했다가 또 나중에 위나라를 배신하고 다시 촉나라에 투항하려 했다. 결국 반란을 눈치챈 사마의에게 죽임을 당했다. 곽강이 이 이름을 건설 임무 작전명으로 사용한 데는 분명히 이유가 있을 것이다. 그리고 맹달이 촉한 고위층에서 가장 가깝게 지낸 사람이 바로 이평이었다.

전체적으로 풍응의 사견이 많긴 했지만 군모사 분석에서도 이 부분을 확실히 지적했다. 고위층이 묵인하거나 관리를 소홀히 한 것이 아니고서야 등선이 그 많은 정보를 빼돌릴 동안 발각되지 않을 수가 없었다. 그리고 등선의 직속 상관이 바로 이평이다.

이평이 한중에 합류한 시점과 곽강이 등선을 자도 건설에 합류시킨 시점이 거의 일치하는 것으로 보아, 이것은 단순한 우연이 아닐 것이다. 또한 이평이 제갈량에게 강한 불만을 품고 있다는 사실은 모르는 사람이 없을 정도이니, 동기도 충분했다.

모든 정황상 화살이 이평을 가리켰다. 그는 위나라가 포섭하려는 고위 관리일 가능성이 매우 높았다. 사실 순후는 이미 제갈량에게 언질을 받은 터라 어느 정도 예상한 일이었다. 제갈량이 순후를 한중으로 불러들인 가장 큰 이유가 이평을 경계하기 위함이었다.

"그런데, 촉룡이 누구인가는 여전히 풀리지 않는 문제네요."

"서영의 진술 마지막 내용을 참고하면, 촉룡은 이평이 한중에 온 후 촉나라 관료 체계가 개편된 덕분에 이평에게 접근이 용이해진 위치에 있습니다. 다시 말해 촉룡의 현재 직무가 이평과 밀접하게 연결된다는 것이니, 여기에서부터 조사를 시작해야 하지 않을까요? 두 분 생각은 어떠십니까?"

두필은 본인 생각에 집중하느라 순후와 배서의 표정이 점점 굳어가는 것을 눈치채지 못했다. 사실 두필의 제안은 두 사람 머릿속에 떠오른 생각과 일치했다. 다만 두필은 순후의 인간관계를 모르니, 이 방법으로 조사를 시작할 경우 가장 혐의가 큰 두 사람이 순후의 절친한 친구라는 사실을 알지 못했다.

호충과 성번. 두 사람은 이평이 한중에 온 후 그의 참군과 독군으로 자리를 옮겼다. 명확한 조사 대상이었다.

순후는 뭐든 다 부숴버릴 것처럼 강하게 두 손을 비벼대며 복잡한 심경을 드러냈다. 정안사 종사 노릇을 한 것이 한두 해도 아니고 그동안 잡아들인 첩자가 수도 없이 많았지만, 친우가 혐의자가 된 경우는 처음이었다.

'정안사 관리에게 모든 사람은 적이거나 내 편을 가장한 적이다.'

순후는 문득 전임 정안사 사승 왕전이 남긴 가르침이 떠올라 더 심란했다. 현재 심문실에서 순후 직급이 가장 높기 때문에 배서와 두필은 일단 말을 아끼고 그의 반응을 기다렸다. 순후가 한참을 고민한 끝에 힘든 결정을 내렸다.

"이 일은 고위 관리와 관계된 일이니 서영의 진술에만 의지할 수 없네. 이평이든 촉룡이든 아주 신중하게 접근해야 해."

두필 입장에서는 순후의 반응이 매우 의외였다. 그동안 보여준 행동파 이미지와 전혀 다른 모습이었다. 두필은 순후가 일의 심각성을 인지하지 못한다고 생각했다.

"하지만, 바로 움직이지 않으면 때를 놓칠 겁니다. 이 도호가 등선의 죽음에 자극을 받아 촉룡의 건설을 받아들이면……."

두필은 다음 말은 굳이 입 밖으로 내지 않았다. 촉나라 2인자의 배신, 그 심각성은 굳이 말할 필요가 없었다.

"차라리 제갈 승상에게 보고하고 처분을 기다리죠. 우리가 손을 대기엔 이 도호 지위가 너무 높습니다. 이 일은 진위 여부를 떠나 엄청난 파장을 일으킬 겁니다."

순후는 두필의 제안을 단칼에 거절했지만 자신이 왜 그랬는지 스스로도 납득할 수 없었다. 배서가 두필을 끌어당겨 귓속말을 속삭였다. 두필은 크게 놀랐다가 알았다는 듯 고개를 끄덕였다. 그는 천천

히 순후 앞으로 걸어가 두 손으로 책상을 짚고 위엄과 신뢰를 담은
눈빛으로 또박또박 말했다.

"순 종사의 심정은 이해합니다. 하지만 반드시 공정하게 처리하
리라 믿습니다."

"알고 있소."

지금 순후가 할 수 있는 말은 이것뿐이었다.

청룡산의 세 사람이 혼란에 빠져 있을 때, 10리 넘게 떨어진 면현
성 성문 밖에 숙연한 풍경이 펼쳐졌다.

중호보병(中虎步兵) 이천 명과 청강기병(青羌騎兵) 삼백 명이 면현
성 북문 밖 갈림길 양옆으로 반듯한 대열을 갖췄다. 수많은 투구과
갑옷이 번쩍번쩍 빛났다. 맨 앞줄 병사들은 바닥까지 내려온 소가죽
나무 방패를 오른쪽 배 앞에 바짝 붙였다. 방패와 방패가 빈틈없이
맞닿아 길 양옆으로 누런 담장을 세워놓은 것 같았다. 다음 줄 노기
병들은 화살을 장착하지 않은 빈 원융을 길게 세워 두 팔로 끌어안
고 서 있었다. 마지막으로 칼과 창을 든 병사들이 뒤를 받쳤다. 대열
맨 앞에 '한(漢)'이란 글자가 박힌 대형 깃발이 바람에 펄럭였다.

이렇게 많은 병사들이 한자리에 모여 있는데 사방은 쥐죽은 듯
고요했다. 깃발이 펄럭이는 소리가 유난히 크게 들려 분위기가 더
엄숙하고 투지와 살기가 꿈틀거렸다. 이 모습은 누가 봐도 출정하는
군대였다. 하지만 의장 깃발, 의식용 솥, 제단 등 출정식에 있어야
하는 것들이 보이지 않았다. 가장 기본적인 초와 향도 없었다.

이때 성벽 위에서 우렁찬 북소리가 울리고, 여기에 화답하듯 갈
림길 양쪽 대열에서 호각 소리가 울렸다. 육중한 양쪽 성문이 쿠르

릉 소리와 함께 활짝 열렸다. 곧이어 제갈량, 이평, 그리고 승상부 핵심 관리들이 걸어나왔다. 제갈량을 제외한 나머지 관리들은 관복을 제대로 갖춰 입지 못한 상태였다. 다들 예상치 못한 일인 듯 놀라고 당황한 기색이 역력했다.

아무런 장식도 하지 않은 소박한 마차 한 대가 관리들 뒤편까지 와서 멈춰 섰다. 마부가 고삐를 당기자 두 마리 말이 걸음을 멈췄다. 제갈량이 마차에 다가가 나무 손잡이를 탁탁 두드렸다. 굳게 다문 입술에서 엄숙함과 강한 의지가 느껴졌다. 두건 아래로 흘러내린 은발의 머리카락이 바람에 휘날려 평소보다 더 수척해 보였다.

이평이 한 걸음 앞으로 나와 옷매무새를 매만지고 수많은 관리들을 대표해 제갈량에게 물었다.

"승상, 어찌하여 이렇게 갑자기 출병을 앞당긴 겁니까? 원래 계획으로는 정식 출병이 4월 초 아니었습니까?"

제갈량이 호위병에게 받은 도포를 걸치며 차분하게 대답했다.

"위나라 대장군 조진이 며칠 전에 죽었다 하오. 위나라 군대가 한동안 혼란스러울 테니 기회를 놓칠 수 없지요."

"그럼, 며칠만 더 기다려 주시지요. 아직 보급 운송과 조달 계획이 완성되지 않았고 한중과 기산 사이 보급참도 준비가 덜 된 상태입니다."

"허허, 이번엔 목우유마[7]를 배치했으니 부족한 군량은 금방 보충할 수 있을 것이오. 그리고 정방[8]이 있지 않소? 정방이 능력을 발휘

---

7 木牛流馬, 제갈량이 개발한 운송 도구.
8 正方, 이평의 자.

하면 보급에 문제가 생길 리 없지요."

제갈량이 가벼운 미소를 지었다. 이평이 황급히 머리를 조아리며 '과찬이십니다.'를 연발하다가 그래도 할 말은 해야겠는지 다시 고개를 들었다.

"그렇다 해도 승상의 출병 결정은 너무 급작스럽습니다. 저희 보급 담당 관리가 오늘 아침에야 통보받아, 출정식도 제대로 준비를 못 했는데……."

이평의 말투에 불평불만이 확실히 드러났다.

어쨌든 만인이 떠받드는 한중의 이인자이자 위풍당당한 중도호인데 당일 아침에야 대군의 출정 소식을 접하다니. 이평은 또 한 번 무시당했다는 생각에 각진 얼굴이 벌겋게 달아올랐다. 제갈량은 그 표정을 의식하지 못했는지 이평의 어깨를 툭툭 두드렸다.

"상황이 급박하니, 한 걸음이라도 서둘러 기선을 제압해야지요. 출정식이든 뭐든 필요 없는 건 다 생략합시다."

"승상, 그래도 저한테 말은 해주셨어야……."

이평이 목소리를 높이려는데 제갈량이 중간에 말을 잘랐다.

"정방, 아무튼 보급 일은 잘 처리해주길 바라오. 그리고 내가 없는 동안 면현과 한중도 잘 부탁하오."

제갈량이 말을 마치고 마차에 올라탔다. 자리에 앉아 배웅하는 관리들에게 두 손 모아 예를 표했다.

"여러분, 대군이 전방에서 싸우는 동안 후방은 이 도호와 여러분이 잘 맡아주시오."

"황제 폐하와 승상의 기대를 절대 저버리지 않겠습니다."

모든 관리가 일제히 허리를 굽혀 인사를 올렸다. 맨 앞에 있는 이평은 가장 먼저 허리를 굽혔으나 입만 우물거리고 소리는 내지 않았다. 두 손이 도포 자락을 찢어버릴 것처럼 단단히 움켜쥐고 있었지만 표정은 전혀 보이지 않았다.

제갈량은 흐뭇하게 깃털 부채를 흔들며 자세를 바로잡았다. 두 병사가 성문 앞으로 달려가 가장 큰 깃발을 뽑아 마차 뒤에 꽂은 후 쇠고리로 고정시켰다. 모든 준비가 끝나자 성벽 위에서 다시 우렁찬 북소리가 울렸다. 제갈량이 탄 마차가 천천히 움직이며 방향을 바꿨다. 이어서 허공을 가르는 채찍 소리와 함께 준마 두 마리가 북쪽을 향해 쏜살같이 달려갔다. 열 명 남짓한 호위병이 그 뒤를 바짝 뒤쫓았다.

제갈량이 떠난 후 길 양옆에 대기하던 중급 군관들도 말을 타고 각자 대열 앞으로 달려가 호령했다. 곳곳에서 호각 소리가 울렸다. 면현성 성문 밖 중호보병 대열은 호각 소리에 맞춰 제갈량의 마차가 달려간 방향으로 일사분란하게 움직였다.

한편 저 멀리 남산(南山)과 한성(漢城) 등에 주둔한 촉나라 주력부대도 위연, 고상(高翔), 오반(吳班)의 인솔하에 정해진 집결지로 향했다. 10만에 달하는 촉나라 군대가 신속 정확하게 집결해 아주 강하고 예리한 칼날을 드러냈다. 이들의 목표는 진령산맥 서편, 위나라 농서 방어선의 핵심 요충지인 기산이었다.

촉나라는 이렇게 느닷없이 4차 북벌의 막을 올렸다. 때는 바야흐로 건흥 9년 3월 15일이었다.

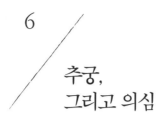

6

추궁,
그리고 의심

순후는 도관으로 향하던 길에 촉나라 군대가 갑작스레 출정했다는 소식을 접했다. 바로 말고삐를 당기고 한 손으로 머리를 쥐어뜯으며 고뇌가 담긴 깊은 한숨을 내쉬었다.

제갈량이 직접 대군을 지휘하고 승상부 막료들도 모두 따라나섰을 것이다. 그렇다면 사문조의 최고 지휘관 두 사람, 제갈량과 양의가 모두 면현을 떠났다는 뜻이다. 보고해야 할 상관이 한순간에 사라져버렸으니, 정말 난감했다. 이평과 관계된 일이니 사문조 동조연 요유 선에서 해결할 일이 아니었다.

더구나 제갈량이 떠났으니, 지금 면현 최고 권력자는 당연히 중도호 이평이다. 이런 상황에서 정안사가 할 수 있는 일은 아무것도 없었다. 순후의 보고를 들은 요유도 별다른 방법이 없었다.

"지금으로선 아무것도 할 수가 없어. 이 작전은 반드시 상부 승인을 받아야 하는데 작전 목표가 바로 그 상부라니. 죄송합니다만, 당신을 체포할 작전을 승인해주십시오. 사문조 대표로 이평 앞에 가서 이렇게 말하라고?"

"그럼, 정말 아무것도 안 하고 그냥 있으라고요? 지금 면현의 고위 관리가 모반을 획책하고 있단 말입니다."

"알아, 알아."

지금 요유는 어쩌나 난감하고 초조한지, 두 손을 한곳에 가만 놔두지 못했다. 가볍게 그러쥔 두 주먹이 책상 위를 방황하다가 간혹 손가락을 펼쳐 한두 번 흔들다가 이내 씩씩거리며 다시 수그러들었다. 가장 중요한 사건이 가장 불리한 상황에 터져버렸다. 사문조 역사상 이렇게 불운한 위기는 없었다. 요유가 고민 끝에 한 가지 명령을 내렸다.

"좋아. 일단 승상부와 성문 네 곳에 사람을 보내 이 세 사람 출입 상황을 살피도록 해. 그리고 호충과 성번의 이력과 주변 관계를 다시 조사하고……."

요유가 말하다 말고 저도 모르게 헛웃음이 났다. 하지만 순후는 시종일관 무표정했다.

"아무튼 간접적인 방법으로 두 사람을 조사해보게. 가까이 접근하지 말고. 미행도 절대 안 돼. 쓸데없는 모험 하지 말라고."

"알겠습니다."

순후가 굳은 표정으로 고개를 끄덕였다. 촉룡이나 이평이 정안사의 행동을 눈치채면 자극을 받아 더 과격하게 나올 수도 있다. 어쩌면 촉나라에서 내란이 일어날지도 모른다. 더구나 지금은 제갈량이 출정한 상황이라 후방 보급을 책임지는 이평에게 문제가 생기면 자칫 촉나라 군대 전체가 위기에 빠질 수도 있다. 요유가 순후를 주시하다가 한마디 덧붙였다.

"그리고, 직접 호충과 성번을 찾아가는 일은 삼가도록 하게."

"왜 안 됩니까?"

사실 순후는 당장 두 사람을 찾아가 확인하고 싶은 마음이 굴뚝같았는데, 요유에게 들켜버린 것이다.

"두 사람을 시험할 때 본인 마음을 들키지 않을 자신이 있나?"

"……호충 쪽은 자신 없습니다."

순후는 요유의 지적을 순순히 인정했지만 그래도 뭐든 해보고 싶었다.

"하지만 성번은 가능합니다. 어쨌든 촉룡은 한 사람이니 성번이 아니란 게 확실해지면……."

순후가 말끝을 흐렸다. 이런 추측은 상상하고 싶지도 않았다. 하지만 요유는 집요하고 날카로웠다.

"만약 성번이 촉룡이라면 어쩔 건가?"

"그건……."

"성번이 자네와 친우인 것도 알고 주변 평가도 익히 들었네. 사내답긴 한데 부인을 무서워하고 허당끼가 많다지. 만약 성번이 촉룡이라면, 그자의 위장술은 정말 대단할 거야. 어쩌면 명석한 호충보다 훨씬 무서운 사람이겠지. 호충도 자신 없다는 사람이, 그런 무서운 사람을 시험해보겠다는 건가?"

요유의 적확한 지적에 순후는 할 말이 없었다.

"물론, 아무것도 하지 않겠다는 뜻은 아니야. 일단 호충과 성번의 신상 정보를 자세히 살펴보고, 서영의 진술과 이 년 전 노기 설계도 도난 사건을 꼼꼼하게 대조해보게. 뭔가 나올 수도 있어."

"알겠습니다."

"음……. 사실, 난 성변이 촉룡이었으면 좋겠네. 만약 수의, 아니지, 호충이 촉룡이라면 정말 큰일이 아닌가? 호충이 그동안 군모사에서 다룬 기밀 정보가 수도 없이 많은데……."

요유가 결국 말끝을 흐렸다. 이 점은 순후도 공감하는 바였다. 만에 하나 호충이 촉룡이라면, 공적으로나 사적으로나 순후에게는 엄청난 충격일 것이다. 이때 요유가 다시 한 가지 물었다.

"참, 서영은 지금 어디 있나?"

"아직 청룡산에 있습니다."

"비밀리에 성도로 옮기게. 한중에 남겨두면 조만간 이평 쪽 사람이 알게 될 테니까. 지금 촉룡 사건을, 또 누가 알고 있나?"

"배서와 두필인데, 두 사람은 확실히 믿을 수 있습니다."

요유가 어깨를 으쓱하며 인상을 찡그렸다.

"우리 둘, 그리고 그 둘. 총 네 명이면 이미 연회를 벌일 만큼 충분히 많은 숫자일세. 이번 일은 등선 사건과 달라. 절대 밖으로 새나가면 안 돼. 알겠나?"

"어쩌면 다섯 번째 인물이 있을 수도 있습니다. 지금 당장 해결해야 할 중요한 문제죠."

순후가 요유에게 가까이 다가가 귓속말을 속삭였다. 요유가 크게 놀라더니 피곤하다는 듯 고개를 절레절레 흔들며 앓는 소리처럼 중얼거렸다.

"어떻게 하나같이 이렇게 내 속을 썩이는 게야……."

"제게 좋은 방법이 있습니다. 그야말로 일거양득이지요."

순후가 간만에 특유의 교활하고 짓궂은 미소를 지었다.

3월 17일, 동조연 요유 명의로 사문조 내부 공고가 발표됐다. 군모사 사승 풍응을 자료 조사를 위해 성도 사문조 본부에 파견한다는 내용이었다. 기간은 반년이고 그동안 군모사는 종사가 총괄하도록 했다. 이 소식은 별다른 반향을 일으키지 않았다. 물론 당사자 풍응은 매우 불만스러워했다. 누군가 풍응이 씩씩거리며 요유의 집무실에 들어가더니 잠시 후 창백한 얼굴로 나오는 모습을 봤다고 한다.

3월 20일, 풍응이 정식으로 길을 떠나던 날, 풍응과 그의 수행원 외에 마차 한 대가 더 등장했다. 이 마차는 외부를 두꺼운 막으로 모두 가려 안에 누가 타고 있는지 보이지 않았다. 그리고 건장한 호위병 여럿이 마차를 에워쌌다. 청룡산에서 출발한 마차는 면현성 남문에서 풍응 일행과 합류했다. 이 마차에 누가 타고 있는지는 전혀 알 수 없었다.

풍응 일행을 전송하러 나온 사람은 요유 한 사람뿐이었다. 요유는 풍응에게 서신을 건네며 사문조 본부까지 잘 전달하라고 명했다. 그리고 반년이 그리 길지 않을 것이라며 위로의 말을 덧붙였다. 풍응은 굳은 표정으로 서신을 받고 말없이 길을 떠났다. 그는 이제 한중에 자신의 미래가 없다는 사실을 분명하게 깨달았다.

요 며칠, 순후 주변에 몇 가지 사건이 있었다.

먼저 두필의 거취 문제. 두필은 한중에 돌아오자마자 정안사 비자라는 임시 직급을 달았을 뿐, 행정적으로 정식 신분을 부여받지 못하고 청룡산에 틀어박혀 있었다. 이제 서영이 떠났으니 지난 십 년 간 두필이 농서에서 활약하며 촉나라를 위해 세운 업적을 정식으로 치하할 때였다. 하지만 비밀 신분 특성상 공개적으로 표창할 수 없기에 사문조 관리 몇 사람만 참석했다. 먼저 요유가 두필의 빛나는 첩보 활동을 크게 칭찬하고 제갈량의 뜻을 전했다. 원래 이 행사는 제갈량이 주관할 예정이었지만 갑자기 출정을 떠나는 바람에 어쩔 수 없었다. 현재 한중의 이인자 이평은 여러 가지 이유로 이 자리에 초대받지 못했다.

사실 두필의 거취 문제는 사문조 내부에서 의견이 분분했다. 사문사 사승 음집은 두필을 사문사에 배치해야 한다고 강력히 주장했고 마신도 이 주장에 힘을 실었다. 그러나 순후는 서영 심문 과정에서 두필이 탁월한 능력을 발휘했다며 정안사에 꼭 필요한 인재라는 의견을 피력했다. 최종 결정권자인 요유는 공정하고 명확한 결론을 내렸다. 두필을 군모사 사승에 임명해 풍응의 빈자리를 메우도록 했다. 모두의 의견을 뛰어넘는 파격적인 대우였지만 아무도 이의를 제기하지 않았다. 두필은 충분히 자격이 있었으니까.

그리고 순후 자신의 문제. 성도의 사문조 본부가 일련의 심의를 거쳐 순후의 아내와 아들이 한중으로 이주할 수 있도록 승인했다. 드디어 가족이 한집에 모여 살 수 있게 된 것이다. 아내와 아들이 정식으로 한중에 도착하기까지는 아직 두 달도 더 남았지만 순후는 들뜬 마음에 새집을 보러 다니느라 정신이 없었다. 신경 쓸 일은 또 있었다. 아들 순정이 이제 일곱 살이 됐으니, 스승을 찾아 본격적으로 공부를 시작해야 했다. 성도는 도읍이라 대학자가 워낙 많지만 한중은 군사 도시라 좋은 스승을 찾기가 어려웠다. 하지만 순후는 이상적인 스승을 찾아냈다. 바로 두필이었다.

두필은 농서에 파견되기 전까지 학문에 매진하는 훌륭한 학생이었다. 농서에 있는 동안 주기직을 수행하면서 꾸준히 경전을 공부했고 의지가 강하며 점잖은 인품을 지녔다. 이 정도면 훌륭한 스승의 조건을 다 갖춘 셈이었다.

이런 일을 모두 처리한 후 마지막에 남은 문제는 순후가 가장 피하고 싶은 문제였다. 개인적으로는 호충이나 성번이 절대 위나라 간첩일 리 없다고 생각했지만, 이성적으로 판단하면 두 사람의 혐의가 가장 크다는 사실을 누구보다 잘 알았다. 이런 모순적인 생각과 감정 때문에 도무지 의욕이 생기지 않았다. 이러한 감정은 좌절감보다 더 극복하기 힘들었다.

호충과 성번이 몇 번이나 술 한잔하자고 찾아왔지만 순후는 매번 일을 핑계로 거절했다. 순후는 남의 비밀을 밝혀내는 데는 선수였지만 자신의 비밀을 숨기는 데는 서툴렀다. 이런 감정을 숨긴 채 어쩌면 촉룡일지도 모르는 친구들과 아무렇지 않게 술을 마시는 일은 아무리 생각해도 불가능했다.

요유가 이평, 호충, 성번을 직접 조사하지 말라고 엄명을 내렸기 때문에 순후는 배서에게 세 사람의 움직임을 간접적으로 조사하라고 지시했다. 또한 승상부와 성문 네 곳에 잠복한 요원을 통해 세 사람과 관계된 모든 공개 서신, 통보, 명령 등을 수집해 신임 군모사 사승 두필에게 분석을 맡겼다.

두필은 얼마 전 호충을 직접 만났다. 호충이 전임 군모사 종사 입장에서 신임 군모사 사승을 축하하는 의미로 두필을 식사에 초대한 것이다. 그날 두 사람은 밤새도록 아주 유쾌한 시간을 보냈다. 두필은 이 일을 순후에게 알리면서 만약 호충이 촉룡이라면, 그의 위장술은 그야말로 완벽하다고 말했다. 다시 말해 두필이 보기에는 전혀 의심할 부분이 없었다는 뜻이다. 이 말에 순후는 쓴웃음을 지으며 고개를 흔들었다. 사실 얼마 전 성번의 친구에게 넌지시 이것저것 물어봤는데 질투심 많은 부인이 또 한바탕 난리를 피웠다는 얘기뿐이었다.

어느 날 사문조 정기 회의 중 배서가 한 가지 의문을 제기했다.

"혹시 이럴 수도 있지 않을까요? 서영이 거짓으로 투항한 위장 간첩이고 위나라가 일부러 거짓 정보를 흘린 거죠. 우리 군대 고위층에 내분을 일으키려고요."

"그럴 경우 서영은 어떻게 될까? 서영이 목적을 달성하는 순간 모든 것이 거짓임이 드러날 텐데."

"아마도 죽을 각오였겠죠."

"솔직히, 개인적으로 가장 바라는 결과일세."

그럴 경우 호충과 성번의 결백이 증명될 테니까. 순후가 두필을 쳐다보자 두필이 고개를 절레절레 흔들었다. 경솔한 발언을 나무라는 표정이었다. 정보 요원은 어떤 선입견에도 사로잡혀선 안 된다.

"순 종사의 인간관계가 부당한 편견으로 이어지면 안 됩니다. 서영은 충분한 심문을 거쳐 신뢰할 수 있음이 증명됐습니다."

"압니다. 그저 내 자신이 가장 바라는 결과라는 것이지, 가장 신빙성이 높다는 뜻은 아니에요."

두필은 그제야 편하게 웃었다. 그는 불과 며칠 만에 고정간첩에서 군모사 사승으로 완벽하게 변신했다. 업무 능력이 전임자보다 훨씬 뛰어났다.

요 며칠 순후의 주요 업무는 호충과 성번의 개인 정보와 이력 중 이상한 점이 없는지 하나하나 꼼꼼히 확인하는 것이었다. 이 일은 생각보다 쉽지 않았다. 오랫동안 가까이 지내온 친구이니 그들의 이력은 곧 세 사람 우정의 역사이기도 했다. 우정을 의심하고 조사하는 기분이라 정말 씁쓸했다. 특히 최대한 객관적인 관점을 유지하며 조사에 임해야 했기 때문에 정신적으로 너무 힘들었다.

호충은 건안 원년에 태어났으니 올해 나이 서른다섯, 본적은 파서 낭중(閬中), 양친 모두 평민이다. 낙성(雒城)에서 유장의 아들 유순(劉循) 수하에서 근시서리(近侍書吏)로 있을 때 마침 유비가 낙성을 공격해왔다. 이듬해 유비가 낙성을 점령한 후 호충과 대다수 하급 관리는 순순히 투항했다. 이때 호충은 형주 종사 마속 수하에 편입됐다.

그 후 건흥 3년, 제갈량이 남정 당시 마속에게 정보 업무를 총괄하도록 지시했다. 이에 마속은 옛 정보국 '사정독관' 명칭을 '사문조'로 바꾸고 대대적으로 인재를 선발했는데, 호충도 그중 한 명이었다. 호충은 처음에 사문조 군모사 성도 유수(留守)였다. 이 년 후, 승상부가 핵심 부서를 한중으로 옮기면서 호충을 포함한 사문조 전체가 면현으로 이동했다. 그 후 호충은 뛰어난 능력을 발휘해 군모사 종사에 올랐다. 그리고 건흥 8년, 중도호 이평이 면현에 합류한 후 승상부 명령에 따라 이평의 참군이 됐다.

성번은 한나라 초평⁹ 원년에 태어나 마흔한 살이고 본적은 파군

<hr>

9 初平, 190~193년, 후한 헌제의 연호.

강주, 나름 알아주는 집안 출신이었다. 건안 10년, 유장의 수하인 재동(梓潼) 현령 왕연(王連)의 친위 대장으로 곡장, 둔장 등을 역임했다. 건안 18년 유비가 공격해왔을 때 끝까지 성을 지켰는데 이때 성번은 재동성 서문을 맡았다. 익주가 평정된 후 성번은 줄곧 왕연의 측근으로 자리를 지켰다.

건흥 2년에 왕연이 병사한 후, 그의 승상장사(丞相長史) 직무를 향랑(向朗)이 계승하자 성번은 향랑 수하 비장군(裨將軍)이 됐다. 건흥 5년 승상부가 한중으로 옮겨가면서 성번도 향랑을 따라 면현에 왔다. 건흥 6년, 향랑이 마속의 과오를 은폐한 죄로 성도로 쫓겨갔는데 성번도 여기에 연루되어 면현 수성위(戍城尉)로 강등됐다. 건흥 8년, 중도호 이평이 면현에 합류한 후 승상부 명령에 따라 이평의 독군이 됐다.

순후는 이 두 개의 문서를 꼼꼼하게 대조하는 데 거의 하루를 보냈다. 그리고 확인 작업이 끝날 즈음, 두 가지 공통점을 발견했다. 첫째, 두 사람 모두 익주 출신이다. 둘째, 두 사람 모두 유장의 수하였다가 소열 황제 유비에게 투항했다.

현재 촉나라 관료 사회에서 출신 지역에 따른 편견은 거의 존재하지 않는다. 하지만 유장 수하에서 투항한 유장파와 오랫동안 소열 황제를 따랐던 유비파 사이에는 늘 미묘한 거리감이 존재했다. 이 거리감은 종종 인간관계와 관리 임용에 영향을 미치곤 했다. 이평은 남양 출신이지만 유장에게 투항한 전력이 있고 다시 유비에게 투항했기 때문에 익주 출신 유장파에 더 가까웠다.

그리고 처음부터 줄곧 의문이었던 문제가 하나 있었다. 호충과 성번을 이평의 수하로 이동시킨 이유가 명확하지 않다는 것이다. 문서상에는 '결원 보충'이라고 적혀 있지만 납득하기 어려웠다. 서영의 진술에 따르면 이평이 한중으로 이동한 사실을 안 곽강이 곧바로 촉룡을 이평에게 접근시키고 등선에게 이 건설 임무를 보조하도록 했다. 다시 말해, 만약 호충과 성번 둘 중 하나가 촉룡이라면 그들이 먼저 이평의 수하로 옮기겠다고 요청하거나 최소한 그런 의도를 조금이라도 표현했어야 한다. 순후는 다시 한번 문서를 꼼꼼이 읽었지만 별 소득이 없었다. 최소한 공식 문서에는 호충과 성번이 본인의 의지와 상관없이 상부 명령에 따라 자리를 이동한 것으로 적혀 있었다. 특별히 두 사람인 이유도 없어 무작위로 선발했다는 느낌이었다.

'안 되겠어. 승상부에 가서 확인해 봐야겠어.'

순후가 벌떡 일어났다. 지금 순후가 보고 있는 문서는 사본이기 때문에 내용만 베껴 쓰고 인장을 확인할 수 없었다. 이것은 승상부에서 발행한 인사명령서이니 승상부 보관대(輔官臺)에 원본이 있을 것이다. 모든 인사명령서에는 관련 부문 책임자의 인장이 찍히기 때문에 해당 인사명령이 어떤 과정으로 진행됐는지 파악할 수 있다.

순후는 두 개의 문서를 선반에 올려두고 뻑뻑한 눈을 비비며 크게 하품을 했다. 밤이 깊었지만 검은 외투를 꺼내 입고 촛불을 끈 후 방을 나섰다.

달빛이 유난히 아름다운 밤이다. 밤하늘에 구름이 한 점도 없어 밝은 달빛이 마치 새하얀 눈처럼 고요한 면현성을 뒤덮었다. 덕분에 백 보 이상 떨어진 먼 경치까지 한눈에 들어왔다. 성 전체가 깊이 잠든 이 시각, 승상부 정문 양쪽에 걸린 대형 팔각 등롱만이 눈부시게 빛났다. 제갈량이 한중에 온 후로 이 등롱은 매일 밤 꺼지지 않는 면현성의 상징이 됐다.

순후가 승상부 정문 앞에 도착했을 때 가장 먼저 시야에 들어온 것은 오른쪽 기둥에 묶인 말 한 마리였다. 자세히 보니 준마로 유명한 청총마[10]였다. 가지런하게 정리된 갈기, 푸른빛이 도는 가죽 고삐와 재갈, 금장식이 박힌 안장으로 보아 말 주인은 지위가 상당히 높은 사람일 것이다.

"이 늦은 밤에 누굴까?"

순후는 말을 뚫어지게 쳐다보며 승상부 안으로 들어갔다. 승상부 정원을 지나 깊이 들어가면 각 부문 관리의 인사 기록 문서를 보관하는 보관대가 있다. 촉나라 군대가 대승을 거두거나 대패할 때마다 한바탕 소란이 일 뿐 평소에는 인적이 드물어 아주 조용했다. 그래서 보관대로 이어지는 오솔길은 유난히 잡초가 무성했다.

오늘 보관대 당직은 전쟁에서 한쪽 손과 한쪽 눈을 잃은 병사였다. 순후가 안으로 들어설 때 당직 병사는 정해진 위치에 반듯한 자세로 서 있었다. 보는 이 하나 없었지만 한 치도 흐트러지지 않은 자세였다. 병사가 팔을 뻗어 순후를 가로막으며 외쳤다.

"암호!"

"광무."

순후가 암호를 답하고 신분을 밝히자 병사는 그제야 팔을 내리고 말투가 공손해졌다.

"실례가 많았습니다."

◇◇◇◇◇◇◇◇◇
10 靑驄馬, 갈기와 꼬리가 푸르스름한 백마.

"음, 인사 기록을 열람하러 왔소."

"승인 문서를 보여주십시오."

군대에서 훈련을 잘 받은 병사였다.

"정안사 관리는 언제든 인사 기록을 열람할 권한이 있소."

순후가 불쾌한 듯 영패를 흔들어 보였다. 새로 배치됐는지 아직 규정을 잘 모르는 것 같았다. 병사가 영패를 자세히 확인한 후 실수를 깨달았다. 얼굴이 벌겋게 달아올라 바로 영패를 돌려줬다.

"죄송합니다. 제가 헷갈렸습니다."

"허허, 설마 오늘 나 말고 누가 또 왔었소?"

"네, 방금 전에요."

순후의 눈빛이 확 바뀌었다. 순간 승상부 정문 앞에서 본 말이 떠올랐다.

"그게 누구요? 아직 기억하겠지?"

"이 도호의 참군 호충입니다."

순후는 뒤통수를 얻어맞은 기분이었다. 살짝 피곤했었는데 졸음이 싹 달아났다. 호충이 이 밤에 왜 보관대에 왔을까? 인사 기록에 남아 있는 단서를 감추려고?

순후는 당장 문을 열라고 외쳤다. 병사가 어리둥절해하며 열쇠를 꺼내 문을 열었다. 순후는 바로 뛰어들어가 인사 기록 명부를 집어 들었다. 병사에게 촛불을 켜라고 명령하고 명부에서 호충의 이름과 분류 번호를 확인한 후 어느 선반에서 호충의 인사 기록 원본을 찾았다.

순후가 떨리는 손으로 문서를 펼쳤다. 특별히 변조한 흔적이 없고 문서의 쪽 번호도 그대로였다. 순후는 다행이다 싶어 작게 한숨을 내쉬었다. 적어도 아직까지는 호충이 촉룡이라는 명확한 증거는 없으니까. 현재 순후의 심리 상태는 매우 모순적이었다. 두 사람 중 누가 촉룡인지 밝히기 위해 최선을 다하는 한편, 정답이 나오지 않기를 바라는 마음 또한 컸다.

"좀 전에 호충이 어떤 문서를 찾아봤는지 아시오?"

병사가 미간을 좁히며 기억을 더듬다가 자신 없는 표정으로 한쪽을 가리켰다.

"그게, 대충 이쪽이었습니다."

순후는 병사가 가리킨 문서 더미를 통째로 꺼내 하나하나 살폈다. 보아하니 최근 발탁된 신임 관리의 문서라 따로 모아둔 것이었다. 그렇다면 호충이 여기에서 관심을 가질 만한 사람은 딱 한 명이다. 신임 사문조 군모사 사승, 두필의 인사 기록을 확인했을 것이다.

그런데 호충이 두필에게 관심을 보이는 이유가 얼른 떠오르지 않았다. 순후는 꺼냈던 문서 더미를 다시 제자리에 올려놓고 원래 확인하려고 했던 문서부터 보기로 했다. 성번의 문서를 찾아 호충 것과 나란히 펼쳐놓고 촛불에 의지해 한 글자 한 글자 확인했다.

순후는 호충의 '도호 참군 이동령' 문서에서 개인 인장을 발견했다. 대체로 크고 새빨간 관부 인장에 비해 훨씬 작아서 눈에 잘 띄지 않았다. 그러나 고풍스럽고 중후한 두 글자는 명확히 알아볼 수 있었다.

'제갈'.

순후는 이 인장이 어떤 의미인지 잘 알았다. 비록 개인 인장이지만 제갈 승상의 뜻이니 사문조 관부 인장 천만 개보다 확실한 효력을 발휘했다. 그렇다면 호충의 인사이동을 제갈량이 직접 승인했다는 뜻이다. 어쩌면 뛰어난 인재를 내주는 것으로 이평의 불만을 잠재우려 했는지 모른다.

그런데 성번의 '도호 독군 이동령'에는 제갈량의 개인 인장이 없었다. 그리고 이보다 몇 배나 흥미로운 사실을 발견했다. 관부 인장을 자세히 살피던 중 고과조(考課曹) 인장 끝부분이 중도호 인장 위로 겹친 것을 발견했다. 이것은 매우 비상식적인 일이었다. 이동령 발부 시 보통 인사를 주관하는 고과조가 먼저 확인한 후 인장을 찍는다. 해당 관리를 받아들이는 부문의 인장은 그다음에 찍혀야 한다. 그런데 성번의 이동령은 이평의 중도호 인장이 먼저 찍혔고 고과조 인장이 나중에 찍혔다. 이것은 성번이 먼저 이동을 요청했다는 증거는 아니지만 뭔가 숨겨진 비밀이 있다는 뜻이다.

순후는 병사에게 촛불을 치우라는 눈짓을 하고 자리에서 일어났다. 저린 다리를 잠시 주무른 후 문서를 제자리에 올려놓았다.

현재로서는 성번의 혐의가 갑자기 커졌다. 순후는 중요한 단서를 찾았지만 전혀 기쁘지 않았다. 두 친구 중 하나가 정말 쥐새끼라면, 어느 쪽이든 똑같이 충격적일 것이다.

순후는 보관대를 나서면서 하늘을 올려봤다. 많이 늦은 시각이라 얼른 돌아가 잠자리에 들어야겠다 싶었다. 내일도 처리해야 할 일이 많을 테니까. 요유가 이평과 촉룡 사건을 두필과 배서 외에는 아무도 알지 못하도록 진행하라고 했기 때문에 부하들에게 임무를 지시할 때 머리를 쥐어짜며 그럴듯한 상황을 만들어야 했다. 지시를 받는 부하들이 임무를 정확히 이해하면서도 그 임무의 진짜 의도는 눈치채지 못하게 해야 했다.

순후는 천천히 왔던 길을 되돌아갔다. 고개를 푹 숙이고 깊은 생각에 빠져 귓불을 스치는 밤바람과 은은한 뽕나무 향기도 느끼지 못했다. 그렇게 걷다 보니 어느새 승상부 정문에 도착했다. 정문 양옆에 내걸린 대형 팔각 등롱은 여전히 눈부시게 밝았다.

"효화!"

순후는 등 뒤에서 들린 익숙한 목소리에 반사적으로 고개를 돌렸다. 저쪽에서 반갑게 손을 흔들며 걸어오는 사람, 바로 성번이었다. 순후는 온몸의 피가 차갑게 굳어버리는 것 같았다. 이 순간에, 이곳에서, 이 사람을 만날 줄은 꿈에도 몰랐다. 그래도 명색이 잘 훈련된 정안사 정보 요원이라 재빨리 호흡을 정리하고 복잡한 감정을 숨겼다.

성번은 순후가 평소와 다른 것을 전혀 눈치채지 못했다. 어쩌면 그런 척하는 것일 수도 있고. 아무튼 싱글벙글하며 다가와 허물없이 순후 어깨를 툭툭 쳤다.

"이 늦은 시간에, 무슨 일로 승상부까지 오셨소?"

"아, 정안사 일 때문에……. 아무튼, 오랜만입니다."

"그러게 말이오. 같이 술 한잔했던 게 언제인지 기억도 안 나오. 정안사가 매일 이렇게 늦게까지 바쁜 걸 보니, 요즘 한중에 쥐새끼가 많은가 보오."

순후는 이 상황에 딱 들어맞는 성번의 농담을 듣고 어색하게 웃으며 얼른 화제를 돌렸다.

"나는 그렇다 치고, 성 장군은 이 늦은 시간에 무슨 일입니까? 부인한테 혼나는 거 아닙니까?"

"허허, 나도 일 때문에 온 거요. 내일 정식으로 발표될 일인데, 효화한테만 먼저 말씀드리지요. 절대 비밀을 누설하면 안 됩니다. 맞다, 그건 효화 전문이니 걱정 안 하겠소."

성번이 대단한 비밀인 양 눈을 가늘게 뜨고 말했다. 순후는 성번이 평소 남들한테 말을 전하길 좋아한다는 사실을 잘 알았다.

"뭔데요?"

순후가 바로 맞장구를 쳐주자 성번은 아주 신이 났다.

"방금 전선에서 급보가 전해졌소. 우리 군대가 농서에서 대승을 거뒀다오!"

"예? 정말이에요?"

간만에 듣는 기쁜 소식이었다. 아주 기쁜 소식이었다. 오늘이 4월 20일이니, 군대가 출정한지 벌써 한 달이 지났다. 그동안 촉룡 사건 때문에 정신이 없어서 전쟁 쪽은 생각도 못하고 있었다.

"허허, 지난달에 조진이 죽었잖소. 그래서 위나라가 남쪽에 있던 사마의를 서부 전선 지휘관으로 불러들였는데, 이거 아주 멍청한 놈이오. 승상이 기산을 공격하는 척했더니 사마의가 바로 계략에 걸려들어서 주력 부대를 이끌고 기산을 구하러 간 모양이오. 이때 승상이 재빨리 군대를 돌려 텅 빈 상규성을 기습해서 4월 9일에 곽회와 비요 군대를 대파했다지요. 사마의 군대가 돌아오기 전에 우리 군대가 상규성 주변 보리밭을 몽땅 베어버렸답니다. 하하하."

"성은 점령 못 한 겁니까?"

"효화가 잘 모르는 모양인데, 곽회가 오랫동안 상규성을 잘 관리해온 터라, 점령은 그렇게 쉬운 일이 아니오. 게다가 사마의 군대가 돌아오고 있으니 섣불리 성을 공격했다가 죽도 밥도 안 되는 수가 있소."

성번은 목에 힘을 주며 순후가 모르는 부분을 짚어줬다.

"지금 양군이 험준한 진령에서 대치 중이라 아마도 지구전이 될 모양이오. 이 도호가 지구전에 대비해 후방 보급을 정비할 계획을 세운다고 한밤중에 우리를 불렀소."

"우리요? 호충도 말입니까?"

"그래요. 그런데 호충은 군기사에 일이 있어 먼저 갔소. 목우유마를 운송 부대에 배치하는 최종 단계 시험을 확인하러 간 거요. 이 일은 우리 군대의 성공적인 보급을 위한 매우 중대한 문제라오."

순후는 이 말을 듣고 몇 가지 일들이 떠올랐다. 이틀 전 배서가 가져온 공문 중에 군기사 초준이 '기술 심사' 참여를 요청하는 내용이 있었다. 노기 설계도 도난 사건 이후 군기사는 정안사에 대체로 협조적인 태도를 보였다. 그래서 새로운 개발품이 나올 때마다 보안 강화를 위해 자발적으로 정안사에 심사를 요청했다. 그날 순후는 도저히 시간을 낼 수 없어 배서를 대신 보냈다.

성번이 하늘을 올려보고 난처한 듯 머리를 긁적였다.

"이런, 시간이 너무 늦어서 이만 가봐야겠소. 안 그러면 마누라가 또 난리를 칠 테니……. 다들 바쁜 일 지나면, 내가 좋은 술 준비할 테니 한번 봅시다. 강족 수령한테 선물 받은 건데 셋이 같이 마시려고 기다리는 중이요."

"이번 일 끝나고 정말 우리 셋이 한자리에 모여 기분 좋게 한잔 할 수 있었으면 좋겠습니다."

순후가 은근슬쩍 속마음을 드러냈다. 정말 그런 기회가 다시 있을까 생각하니 콧잔등이 시큰했다. 성번이 힘차게 팔을 휘저으며 자리를 떠났다. 그런데 몇 걸음 가다가 갑자기 할 말이 생각난 듯 고개를 획 돌렸다. 그리고 살짝 미간을 좁히며 고개를 갸웃했다.

"효화, 오늘 좀 이상해 보이는데 무슨 일 있소?"

"잘못 본 거 아니에요?"

순후는 억지로 미소를 짜내느라 표정이 더 이상해졌다. 성번이 눈을 가늘게 뜨고 순후를 훑어보다가 박수를 쳤다.

"이건 분명히 허구한 날 밤샌 탓이오. 내가 늘 말했잖소. 일은 술이랑 달라서 몸을 상하게 한다니까."

"아니, 술은 몸을 상하게 안 한답니까?"

"술도 그렇긴 한데, 어쨌든 마실 때는 기분이 좋지 않소. 효화는 일하면서 술 마실 때만큼 기분이 좋소?"

"아니요……. 특히 요즘 하는 일은 정말 괴롭죠."

순후는 저도 모르게 표정이 어두워졌다.

"하하하. 그러니까, 적당히 하고 몸 좀 챙기시오."

성번은 큰 문제 아니라는 듯 습관적으로 수염을 쓰다듬고 다시 힘차게 승상부 정문을 나섰다. 순후는 잠시 멍하니 그 자리에 서 있다가 조용히 발걸음을 옮겼다. 정문 밖으로 나갔을 때 그 앞에 묶여 있던 말은 이미 보이지 않았다.

순후는 도관에 돌아오자마자 마침 당직을 서고 있는 배서를 찾아가 내일 군기사 감사에 자신이 직접 가겠다고 말했다. 배서가 이유를 묻자 희미하게 웃으며 대답했다.

"우연한 만남이 필요하거든."

현재 성번의 혐의가 높아졌으니 호충의 혐의는 낮아진 셈이다. 순후는 지금이 호충에게 접근할 좋은 기회라고 생각했다. 공식적으로 군기사 기술 심사에 참여했다가 우연히 만나는 상황이니 요유의 명령을 어기는 것은 아니다.

순후는 배서에게 성변의 '독군 이동령'에서 발견한 인장 문제를 알려주고 이 일을 담당한 관리에게 접근해 당시 상황을 자세히 알아보라고 지시했다.

순후는 다음 날 아침 일찍 면현 순천 곡식 저장소에 갔다. 이곳은 기산으로 향하는 기나긴 보급 행렬이 시작되는 면현 최대의 곡식 저장소였다. 매일 각지에서 보내온 물자를 이곳에 모은 후, 운송 부대를 편성해 전선으로 보냈다.

곡식 저장소에 들어서자마자 이백 대가 넘는 나무바퀴 밀차가 눈길을 사로잡았다. 가지런히 대오를 맞춘 밀차가 곡식을 건조하는 마당에 빽빽하게 들어서 있었다. 이 나무 밀차의 생김새는 그동안 봐온 것과 크게 달랐다. 각 밀차 옆에 미색 옷을 입은 일꾼 몇 사람이 서 있었다. 그리고 검은 옷을 입은 군기사 기술 관리 수십 명이 밀차 사이를 부지런히 오가며 간간이 멈춰 서서 미리 준비한 도구로 밀차를 두드렸다. 잠시 후 머리 위에서 열정이 사그라든 무미건조한 목소리가 들려왔다.

"순 종사, 어떻게 직접 오셨소?"

고개를 젖히고 위를 보니 군기사 종사 초준이 나무 기둥을 엮어 올린 높은 단 위에서 순후를 내려다보고 있었다. 왼쪽 귀에 여우털 붓을 꽂고 오른손에 죽간 몇 편을 들고 있었다.

순후와 초준은 같은 면현에 살지만 일 년 이상 만난 적이 없었다. 초준은 두더지처럼 대부분의 시간을 군기사 동굴에서 보냈기 때문에 오랫동안 햇빛을 보지 못한 피부가 종잇장처럼 하얬다. 그리고 지난 이 년간 동굴 통풍구 환기를 금지해 온몸에 곰팡이 냄새가 진동했다.

"초 선생, 그간 별고 없으셨습니까?"

순후가 먼저 두 손을 모아 예를 취한 후 계단을 올라갔다. 단 위에 초준 혼자인 것으로 보아 호충은 아직 오지 않은 모양이었다. 초준은 가벼운 콧소리로 대답을 대신했다. 그는 순후를 쳐다보지도 않고 왼쪽 귀에 꽂았던 붓을 들고 죽간에 이것저것 표시한 후 아래를 보며 부하들에게 크게 호통을 쳤다. 순후는 특이하게 생긴 밀차를 보면서 호기심을 표시했다.

"군기사에서 새로 발명한 놀잇감인가요?"

"목우와 유마요."

초준이 엄하게 순후의 말을 바로 잡았다.

"예, 예. 목우, 유마. 그런데 보통 밀차와 다른 점이 뭡니까?"

방금 괴팍한 노인네 심기를 건드린 순후는 분위기를 전환하려 기술 문제로 화제를 바꿨다. 역시나 초준의 얼굴에 화색이 돌면서 기분이 좋아진 듯 순후를 돌아보며 대답했다.

"우리 군대가 북벌할 때 가장 힘든 점이 무엇이오?"

"보급이죠."

"그렇소. 우리 군은 북벌 때마다 식량 보급이 문제였소. 사람이나 가축을 이용한 기존 수레가 험준한 산길을 지나기 힘들기 때문이오."

초준이 갑자기 말을 멈추더니 먼 곳을 향해 정중히 절을 하며 공경을 표했다.

"우리 군기사는 지난 이 년 동안 제갈 승상의 지도편달을 받아 서북 산지에 적합한 특수 밀차를 개발했소. 바로 목우와 유마요."

"그래서 운송 효율이 개선됐습니까?"

"그냥 개선이 아니라 어마어마한 개선이오!"

초준이 고함을 지르다시피 대답하고 바로 옆에 준비해둔 흰 비단을 펼쳐 보였다.

"보시오. 이게 목우 설계도요. 기존 이륜 수레에 소머리 모양 끌채를 설치해 험준한 산길이나 잔도를 지날 때 효과적으로 균형을 유지할 수 있소. 목우 한 대에 곡식 열 석[11]을 실을 수 있고 세 사람이 움직일 수 있소. 기존 이륜 수레에 비해 3할 이상 효율을 높일 수 있소."

초준이 또 다른 비단을 펼쳤다.

"유마는 긴급 운송을 목적으로 속도에 중점을 두고 설계했소. 앞에 외바퀴를 설치하고 바퀴 받침대와 두 손잡이를 최적화해 절묘하게 연결시켰소. 이렇게 해서 수레 자체의 무게를 줄이고 균형감을 더 강화했소. 유마 한 대에 최대 곡식 여덟 석을 싣고 한 사람이 움직일 수 있소."

초준은 비단 설계도를 말아 정리한 후 순후와 함께 내려가 목우 앞으로 걸어갔다. 그는 붓대로 손잡이와 받침대를 연결하는 부분을 두드렸다. 연결 부위를 감싼 쇠붙이가 번쩍번쩍 빛났다. 초준이 의기양양하게 목우의 몸통을 툭툭 쳤다.

"목우와 유마의 중요 부위는 목제 대신 철판으로 고정시켰고 구조 자체를 최대한 단순화했소. 기존 수레는 50리마다 멈춰서 손을 봐야 했는데 목우와 유마는 최대 적재량으로 150리, 최대 200리를

◇◇◇◇◇◇◇◇
11 石, 우리나라의 '섬'에 해당. 시대에 따라 기준이 다른데 대체로 1석은 200킬로그램.

간 후에 점검해도 충분하오. 목우와 유마에 비교하면 기존 수레는
종이 쪼가리나 다름없소.”

초준이 신나게 여기저기 두드리고 가리키며 처음 듣는 어려운 전
문 용어와 수치를 쏟아냈다. 순후는 한마디도 끼어들지 못하고 연신
고개만 끄덕였다. 초준이 한참 떠든 후에야 겨우 어렴풋이 상황을
정리했다.

“어쨌든 예전보다 훨씬 빨리, 훨씬 많이 운송할 수 있다는 뜻이
지요?”

“물론이오. 경전 문구나 읊어대는 책벌레에 비하면 우리 같은 사
람이 진짜 한나라 부흥의 초석이 아니겠소?”

힘차게 고개를 끄덕이는 초준은 자부심이 하늘을 찌르는 듯 했
다. 초준의 조카뻘 친척인 초주(譙周)는 촉나라 조정의 권학(勸學)
종사로 익주에서 명성 높은 대학자였다. 초준과 초주는 사이가 좋지
않아 썩어빠진 선비, 쓸모없는 기술공이라고 서로를 비난했다. 이
소문은 촉나라에 널리 퍼져서 모르는 이가 없었다.

순후는 마음이 급했지만 꾹 참고 초준의 말을 끝까지 경청했다.
기술 자부심이 대단한 노인의 자기 자랑은 반 시진이 지나서야 끝
났다. 주위를 둘러보니 목우 행렬은 출발 점검을 마치고 곡식을 싣
기 시작했다. 웃통을 벗은 일꾼들이 곡식 가마니, 야채, 절인 고깃덩
어리 등을 목우에 싣고 삼밧줄로 동여맸다. 그런데 호충은 이때까지
도 나타나지 않았다.

“초 선생, 호 참군은요? 호 참군도 참석하기로 하지 않았습니까?”

“아, 호 참군은 벌써 출발했소.”

“예? 출발했다고요? 어디로요?”

"당연히 전선이지요."

초준이 기술 이외의 일에는 전혀 관심 없다는 듯 무심하게 대답했다.

"어젯밤 목우 운송 부대 이백 오십 대가 1차로 출발했소. 전선 상황이 워낙 급박하잖소. 목우를 실전에 투입하는 일이 처음이라 이도호가 특별히 호 참군에게 호송 부대 지휘를 맡겼소."

"그럼, 호 참군은 언제쯤 돌아옵니까?"

"일반적으로는 한 달쯤 걸리는데, 전방 상황을 워낙 종잡을 수 없으니 누가 알겠소? 만약 제갈 승상이 내일 당장 천수를 공격한다면 보급 노선이 더 길어질 텐데."

순후는 인부들이 보급품을 가득 실은 목우 밀차를 곡식 저장소 밖으로 밀고 나가는 모습을 멍하니 지켜봤다. 흩날리는 먼지 속에서 다행인지 유감인지 모를 복잡 미묘한 감정에 휩싸였다. 어쩌면 둘 다인지도 모르겠다. 그리고 다음 순간 한 가지 의문이 떠올랐다.

'이평이 왜 하필 호충을 보냈을까?'

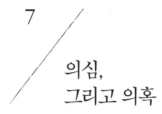

7

의심,
그리고 의혹

아직 4월이지만 한중의 한낮 태양은 한여름처럼 강렬했다.

종택이 2열로 세운 부하 병사 열여섯 명을 거느리고 흙먼지가 날리는 황톳길을 따라 천천히 동쪽으로 이동했다. 햇볕이 너무 뜨겁고 입안이 바짝바짝 마르니 몸이 축 늘어져 사기가 뚝 떨어졌다. 지치고 힘들긴 종택도 마찬가지였지만 부하들 앞에서 티를 낼 수는 없었다. 그는 부하들을 이끌고 상부의 지시를 완수해야 하는 도백(都伯)이었다. 이를 악물며 정신을 바짝 차리고 축 처진 병사들에게 속도를 올리라고 소리쳤다.

종택은 원래 부하 아홉 명을 관리하는 십장(什長)이었다. 그는 아홉 명이 본인의 능력으로 감당할 수 있는 한계라고 생각했다. 하지만 전쟁터에 한계란, 존재하지 않는다. 고상 장군 직속 소부대에 소속된 종택은 4차 북벌에 참가해 줄곧 최전방에서 싸웠다. 4월 11일의 전투에서 촉군이 사마의 군대를 완벽하게 무너뜨리고 유례없는 대승을 거뒀다. 이 승리 이후 기산 전투는 전략적 대치 국면에 접어들었다. 이 전투에서 최선봉에 섰던 종택의 소부대는 누구보다 열심히 싸웠지만 사상자가 8할이 넘어 피해가 막심했다.

촉군 편제상 소부대 인원이 오십 명인데, 이를 다섯으로 나누고 그 밑에 십장 다섯을 두어 각 열 명씩 관리하게 했다. 전투가 끝난 후, 소부대 지휘관 도백과 다른 십장 네 명이 모두 전사했다. 종택이 소부대 생존자 중 직급이 가장 높았기 때문에 살아남은 병사 열여섯 명을 임시로 지휘하고 있었다. 새로 합류할 보충 병력이 아직 도착하지 않았지만, 고상 장군이 이 소부대를 선봉 부대에서 제외시켰다. 이들이 이미 전투력을 상실했기에 잠시 배려하는 차원이기도 했다. 지금 종택의 소부대는 임시로 보급 노선 순찰대에 편성되어 무도 부근에 파견된 상황이었다.

"빨리 못 걸어? 확 엉덩이를 차버릴까 보다. 이런, 빌어먹을! 꾸물거리지 말라고!"

종택의 호통에 지친 병사들의 발걸음이 조금 빨라졌다. 종택의 소부대가 맡은 순찰 지역은 대략 30리 길인데, 이 길을 매일 서너 번 왕복해야 했다. 종택은 이 소부대 병사들이 새로 도착하는 군대에 편입돼 다시 전선에 투입될 것임을 잘 알았다. 그때가 되면 이 열여섯 명은 전투를 이끄는 중심 역할을 수행하겠지. 그래서 종택은 이들을 미리 준비시키는 중이다. 준비된 자만이 용기와 행운을 동시에 거머쥘 수 있다. 용기만 있고 불운한 자들은 진즉에 모두 죽었다.

이때 멀리서 요란한 말발굽 소리가 들렸다. 종택은 부하들에게 조금 흩어져 대형을 넓히라고 지시했다. 혹시 모를 돌발 상황에 대처하기 위함이었다. 말발굽 소리가 금방 가까워졌다. 종택은 손차양을 하고 눈을 가늘게 뜨며 시선을 집중시켰다. 말발굽 소리는 요란했는데 실제로는 한 마리가 달려왔다. 말을 탄 사람은 무장 군인 차림이 아니었다. 하지만 번쩍이는 구리 말머리 장식이 예사롭지 않았다.

'전령인 모양이군.'

종택이 멈추라는 뜻으로 크게 팔을 휘둘렀다. 그는 황명의 받은 전령을 제외하고 이 길을 지나는 모든 사람을 조사할 권리와 의무가 있었다. 말을 탄 사람이 순순히 고삐를 당기며 종택과 다섯 걸음 떨어진 곳에 정확히 말을 멈췄다. 종택은 말이 내뿜는 뜨거운 콧김의 열기를 느꼈다.

"명패를 보여주십시오."

말을 탄 사람이 품에서 꺼낸 명패와 공문을 같이 건넸다. 종택은 명패와 공문을 확인하다가 저도 모르게 눈썹을 치켜올렸다. 이 사람은 한중 승상부 소속 고위 관리였다.

"그런데, 운송 부대는……."

종택이 먼 곳을 응시하며 의문을 제기했다. 공문 내용으로 보아 이 사람은 전선으로 가는 보급품 운송 부대의 호송 책임자였다.

"아, 군영에 급히 알려야 할 일이 있어서 길을 서두르는 중이오. 운송 부대는 20리 뒤에 따라오고 있고 호위병은 미리 조치해뒀소."

종택이 시야를 확보하기 위해 투구를 벗고 상대방이 가리키는 방향을 응시했다. 중간중간 튀어나온 누런 산비탈이 시야를 가리긴 했지만 저 멀리 황토빛 흙먼지가 피어오르는 것이 보였다. 그 흙먼지 아래 운송 부대가 있다는 뜻이리라. 종택이 고개를 끄덕이며 명패와 문서를 돌려줬다.

"행운을 빌겠습니다."

말을 탄 고위 관리는 문서를 돌려받고 바로 출발하지 않았다. 호기심 어린 눈빛으로 잠시 종택을 훑어보다가 느닷없는 질문을 던졌다.

"자네, 어느 부대 소속이었나?"

뜬금없는 질문이라 이상했지만 순순히 대답했다.

"소인, 고상 장군 수하의 부곡이었습니다."

"그 전에는?"

종택은 살짝 눈살을 찌푸렸다.

"황충(黃忠) 장군입니다."

"역시, 내 생각이 틀리지 않았군. 하하하."

말을 탄 고위 관리가 손가락으로 목을 가리키자 종택이 크게 놀랐다.

촉나라의 정예 부대 하면 가장 먼저 떠오르는 것이 중호보병과 무당비군(無當飛軍)이다. 하지만 시간을 조금 더 거슬러 올라가면 황충 장군 수하에 명성이 자자한 추봉영(推鋒營)이 있었다. 추봉영은 대략 삼백 명으로 규모는 크지 않으나 모든 병사가 까다로운 선발 과정을 통과한 용맹한 전사였다. 이들은 다른 부대 병사와 확실히 다르다는 의미로 목 오른쪽 부분에 호피 문신 세 줄을 새겼다. 추봉영 병사들은 황충과 함께 한중 쟁탈전의 수많은 전투에 참가해 중간 돌파 부대 역할을 담당했다. 추봉영의 가장 대표적인 업적은 하후연이 전사한 정군산 전투였다. 정군산 전투의 대승으로 큰 찬사를 얻었지만 그에 못지않은 질투와 시기가 뒤따랐다. 추봉영의 강한 개성과 과도한 단결력이 오히려 누군가에게는 비호감으로 작용했다.

건안 25년에 황충이 세상을 떠나자 촉나라 군부가 적당한 평계를 찾아 추봉영을 해산시켰다. 소속 병사들은 여러 부대로 분산 배치됐다. 당시 종택은 고상 장군 수하에 배치되어 오장(伍長) 직책을 맡았다. 그런데 이 산길에서 문신만 보고 자신의 과거를 꿰뚫어 보는 사람을 만날 줄이야.

"이런 곳에서 추봉영 전사를 만날 줄은 꿈에도 몰랐소. 정말 뜻밖이오."

말을 탄 사람만큼이나 종택도 이 상황이 너무 놀라웠다. 아직까지 추봉영을 기억하는 사람이 있다는 사실이 감격스럽기까지 했다. 당시 종택은 말단 병사였지만 추봉영의 일원이라는 사실이 너무나 자랑스러웠다. 그는 오른쪽 어깨에 큰 흉터가 있는데, 바로 정군산 전투에서 생긴 훈장이었다.

"지금 남아 있는 추봉영 병사가 몇이나 되오?"

"제가 알기론 오십 명이 채 못 됩니다."

"그렇군. 당신 뒤에 병사들은 뭐요?"

"저들은 아닙니다. 하지만 추봉영만큼 훌륭합니다."

종택은 이렇게 자꾸 캐묻는 것이 좀 성가시고 이상했다. 긴급 서신을 전한다더니 전혀 급해 보이지 않았다. 종택의 생각을 눈치챘는지 말을 탄 사람이 허허 웃으며 상체를 바로 세우고 달려나갈 자세를 취했다.

"십장, 이름이 무엇이오?"

"종택입니다. 지금은 도백입니다."

"알겠소. 종 도백. 그럼 이만."

말을 탄 사람이 고삐를 내려치자 말이 힘찬 울음소리와 함께 종택 옆으로 스치듯 지나가 북쪽으로 달려나갔다. 말이 일으킨 흙먼지 절반이 종택의 회갈색 갑옷 위에 내려앉았다. 종택은 말이 완전히 사라진 후에야 별일이라는 표정으로 흙먼지를 툭툭 털어내고 다시 투구를 썼다. 그리고 부하들에게 다시 출발하라고 지시했다. 20리 밖에서 촉나라 식량 운송 부대가 오고 있으니 이들도 곧 호송 대열에 참여해야 한다.

종택은 치밀하고 생각이 깊은 사람이 아니라 다른 일을 하면서 이 일은 금방 잊었다. 이때까지만 해도 종택은 꿈에도 상상하지 못했다. 머지않은 훗날 종택의 소부대가 거대한 역사의 소용돌이에 휘말리게 되리라는 사실을.

아는 것이 많지 않은 종택과 아는 것이 너무 많은 정안사 관리. 세상일은 언제나 많이 아는 자가 더 고통스러운 법이다.

순후는 호충이 갑자기 떠났다는 소식을 듣고 크게 당황했다. 어떻게 해야 할지 몰라 일단 두필과 배서를 불렀다. 현재 사문조 전체에서 이 사건에 관여할 수 있는 사람은 요유와 이들 셋이 전부였다. 순후가 두 사람에게 지금까지의 상황을 간단한 설명하고 공문 사본 하나를 꺼내 보여줬다.

"이건 오늘 아침에 양전조에서 발표한 공문 사본인데, 호충한테 예정보다 하루 일찍 출발하라는 명령을 내린 사람은 이평이 확실해요."

"이게 무슨 뜻일까요?"

"모르겠어요."

배서가 자신 없는 말투지만 조심스럽게 의견을 밝혔다.

"혹시 호충이 촉룡이라는 뜻일까요? 이렇게 갑자기 떠나다니, 이평의 모반이 가까워졌다는 신호가 아닐까요?"

순후는 배서의 추측을 단호하게 부정했다.

"그건 말이 안 돼. 적국의 고위 관리에게 모반을 부추기는 일이 절대 쉬운 일이 아니야. 그런데 이평이 모반 직전에 촉룡을 외지로 내보냈다? 말도 안 되지. 모반을 일으킬 사람은 모반을 부추기는 사람이 옆에 딱 붙어 있어야 안심이 될 테니까. 이건 모반의 기본 원칙이기도 해."

"그럼 나머지 해석은 뻔하지 않나요? 이평이 호충을 내보낸 건, 그가 모반을 일으키는 데 방해가 된다는 뜻인데……. 아! 그럼, 성번이 촉룡일까요?"

배서가 본인도 말이 안 된다 싶었는지 머리를 긁적였다. 순후는 고개를 절레절레 흔들고 입을 굳게 다물고 오른손으로 턱을 어루만졌다.

"확실한 증거가 없는 상황이니 섣부른 결론은 내리면 안 됩니다. 잘못된 선입견에 사로잡힐 수 있으니까요."

두필이 배서에게 충고한 후 다시 순후에게 질문했다.

"지금, 성번과 이평 쪽은 어떤 상황입니까?"

"아직 둘 다 면현성 안에 있어요. 특별한 움직임은 없고요."

두필은 갑자기 뭔가 생각난 듯 배서를 돌아봤다.

"들자니, 지도 연구에 일가견이 있다던데, 맞소?"

배서가 겸손하면서도 분명한 태도로 고개를 끄덕였다.

"한중 지역 지도를 완전히 숙지했다고 봐도 되겠소?"

"그렇습니다."

"그렇다면, 지리적 상황으로 볼 때, 만약 이 도호가 우리를 배신하고 위나라로 도망친다면 어떤 길을 택할 것 같소?"

배서는 관자놀이를 꾹꾹 눌러가며 잠시 고민하다가 몸을 일으켰다.

"잠시만 기다려주십시오."

배서가 옆방 책장에서 한 변이 3척인 네모반듯한 비단 종이에 그린 지도를 가져왔다. 그는 지도를 커다란 구리판 위에 펼치고 양 끝을 촛대로 누른 후 붓대로 지도를 가리키며 설명을 시작했다.

"음, 제 생각에 가능성이 높은 길은 총 세 곳입니다. 첫 번째는 포진도 북쪽 수양 계곡 길입니다. 하지만 이 길은 아주 험하고 전선과 가까워 매우 위험합니다. 이 년 전, 미충이 도망가려고 했던 길인데, 위나라가 이 위험한 길을 다시 선택했을 것 같지는 않습니다."

두필이 순후를 힐끔 쳐다봤다. 이 년 전 순후가 그 길을 확실히 봉쇄했었다.

"두번째는 대산관(大散關)을 지나 진창으로 가는 길입니다. 이 길은 상대적으로 평탄하고 진창에 주둔한 위나라 수비군과 바로 접선할 수 있다는 장점이 있습니다. 하지만 이쪽은 군사 요충지라 우리 군대도 많이 배치되어 있으니 통과하기가 쉽지 않을 겁니다. 그리고 곧 우기가 시작되기 때문에 사곡 쪽은 아예 지나가지 못할 겁니다. 아시다시피, 일 년 전 조진이 자오곡에서 결국 철수했었지요."

"그렇다면, 북쪽 전체가 다 마찬가지 아닌가?"

두필은 얼마 전 천수에서 도망쳐 왔기 때문에 진령 주변 지리가 아주 익숙했다.

"맞습니다. 제 예상으로는 이 도호가 도망간다면, 만약에 말이죠, 서남쪽일 가능성이 큽니다."

"서남쪽?"

순후가 잠시 지도를 뚫어지게 바라보다가 한 곳을 가리키며 되물었다.

"여기 말인가?"

"한수를 따라 서남쪽으로 촉한 수비군이 밀집한 성고를 크게 돌아 지나가면 서향 노선을 따라 위나라 국경 지역 석천(石泉)으로 들어갈 수 있습니다. 현재로서는 이 길로 도망갈 가능성이 가장 높습니다. 거리도 짧고 길도 좋은 편입니다. 무엇보다 우리 군대의 배치가 대부분 북쪽에 밀집해 있어 이쪽은 상대적으로 빈 곳이 많으니까요. 일단 석천까지만 가면 그 후엔 선택지가 아주 많습니다. 동쪽으로 이동해 상용으로 갈 수도 있고, 북쪽 길로 자오곡을 지나 바로 장안으로 갈 수도 있습니다. 어느 쪽이든 다 위나라 군대가 주둔하고 있으니 걱정할 것이 없지요."

이 년 전 미충이 이 노선을 이용해 촉나라에 잠입했다는 사실을, 이 세 사람은 전혀 몰랐다.

"그렇다면 면현성 남문과 동문 감시를 강화해야겠군. 서향 등 주변 관문도 경계 등급을 격상해야겠고."

순후의 결론에 두필이 맞장구를 쳤다.

"누가 촉룡인지, 이 도호가 정말 배신하고 도망갈지는 아직 확실치 않지만 그래도 대비해야죠."

"하지만 그것도 쉽지 않아요. 가능한 조용히 움직여야 하니까. 실무자에게 일의 중요성을 확실히 주지시키면서 이 도호가 우리 의도를 눈치채지 못하게 해야 합니다. 현재 면현성의 최고 행정관이 이 도호죠. 각 성문과 관문에 보낼 공문 초안은 군모사에서 수고해주시지요."

순후가 두필의 어깨를 두드리며 웃었다. 순후는 보고서나 공문을 그럴듯하게 꾸미는 데는 소질이 없었다. 그래서 솔직하게 자신의 무능을 인정하고 적임자에게 맡겼다.

이때 정중하게 문을 두드리는 소리가 들렸다. 순후가 두 사람에게 책상 위에 펼쳐놓은 문서들을 엎어놓으라고 손짓하면서 자리에서 일어났다. 방음용 돌 병풍을 돌아나가 문을 열었다. 정안사 호위병인데 웬 구리 요패를 가져왔다.

"무슨 일인가? 회의 중에는 아무도 만나지 않겠다고 말했을 텐데?"

"예. 알고 있습니다. 그런데 누가 순 종사를 찾아왔는데, 이분의 명령은 거절할 수가 없어서……."

"뭐?"

순후가 구리 요패를 확인한 후 허리춤에 꽂았다. 호위병에게 일단 물러가라고 손을 흔든 후 방으로 들어와 두필과 배서에게 상황을 설명했다.

"회의를 중단해야겠습니다. 긴급 접견 명령이라, 안 갈 수가 없어요."

"누가요?"

"방금 우리 대화의 주인공이요. 이 도호."

순후는 애매하게 웃었고 두 사람은 표정은 조금 다르지만 똑같이 침묵했다.

면현성 최고 행정관을 접견하러 승상부로 향하는 것이 벌써 몇 번째인가? 전에는 승상부에 가면 집에 돌아온 것처럼 편안하고 일종의 귀속감이 느껴졌다. 촉나라 전체가 집이라면 면현 승상부는 엄하지만 든든한 가장과 같은 존재였다. 하지만 오늘은 승상부 정문을 들어서는 순간 적진에 뛰어든 기분이었다.

'촉룡이 어딘가에서 날 주시하고 있겠지.'

승상부 정원을 걷는 내내 이 생각이 머릿속에서 떠나지 않았다. 순후는 강박에 사로잡혀 무의식적으로 계속 고개를 돌리며 좌우에 늘어선 푸른 뽕나무에 가려진 문과 창문 틈새를 노려봤다.

제갈량이 출정한 후 승상부는 고요하고 평온했다. 승상부 관리 절반이 제갈량을 따라갔기 때문에 마주치는 사람이 거의 없었다. 간혹 보이는 검은 옷을 입은 하인들이 잡일을 처리하느라 빠르게 지나갔다.

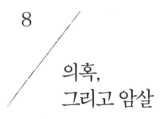

8

의혹,
그리고 암살

이평의 집무실은 제갈량의 집무실과 멀지 않은 곳에 위치한 청고 벽돌에 회색 기와를 얹은 건물이다. 절대적인 면적을 보면 제갈량의 집무실보다 넓었다. 입구에 황금색 비단으로 묶은 물고기 무늬 구리 검을 걸어놓았다. 칼날을 갈지 않았지만 칼날의 결과 모양에서 고귀함이 느껴졌다. 이 앞을 지나는 사람에게 이 방의 주인이 지금은 승상부에서 고작 후방 보급을 담당하고 있지만, 선제가 직접 선택한 탁고 신하이며 중군(中軍)을 통솔하는 중도호임을 일깨워주는 듯했다. 어쩌면 이 구리 검은 제갈량을 향한 이평의 소리 없는 반항인지 모른다.

순후가 도착했을 때 이평은 집무실 한가운데 점잖게 앉아 있었다. 바로 앞 탁자에는 먼지 한 톨 없고 고급 도자기 용품, 각종 문서들과 두루마기가 반듯하게 정리돼 있었다. 한쪽에 물이 끓고 있는 작은 화로가 보였다.

"순 종사, 잘 지내셨소?"

이평이 자리에서 일어나 예의를 갖춰 인사를 건넸다. 순후는 강동에서 돌아올 때 이평 군대와 함께 이동했기 때문에 안면이 있었다. 순후도 공손하게 예를 갖춘 후 아랫자리에 앉았다.

이평은 정방(正方)이라는 자에 딱 어울리는 외모였다. 각진 얼굴이 다부지고 중후한 분위기를 풍겨 처음 만나는 사람도 자연스럽게 호감을 갖게 만들었다. 말투와 행동 모두 아주 신중해서 내향적인 이미지가 강했다. 그래서 이 년 전 강동에서 처음 만났을 때 순후도 상당한 호감을 느꼈다. 하지만 지금은 이 가식적인 겉모습 뒤에 뭔가 의미심장한 내막이 숨겨져 있다는 직감이 들었다.

"이 도호께서 절 찾으셨다는데, 무슨 일이신지요?"

순후가 단도직입적으로 묻자 이평이 허허 웃으며 차 한 모금을 마시고 천천히 대답했다.

"오늘 순 종사를 부른 이유는 다름이 아니라, 내부 첩자 등선 사건에 대해 자세히 듣고 싶어서요."

'거짓말.'

순후는 이평이 자신을 부른 이유가 절대 이 일이 아님을 확신했다. 최소한 온전히 이 이유만은 아닐 것이다. 등선 사건의 상세 보고서는 이미 닷새 전에 이평에게도 전달했다. 보고서에 모든 내용을 다 적은 터라 더 이상 얘기할 거리도 없었다.

"보고서 상세 내용 중에 명확하지 않은 부분이 있었습니까?"

아직 이평의 의도를 파악하지 못했기 때문에 최대한 조심스럽게 수비적인 자세로 물었다. 이평은 매우 애석하지만 어쩔 수 없다는 투로 말했다.

"내 밑에서 이런 일이 일어날 줄은 정말 몰랐소. 정말 안타까운 일이고 나 역시 책임을 통감하오. 앞으로 이런 비극이 두 번 다시 일어나지 않도록 방비하려면 조금 더 자세히 알아봐야 할 것 같소."

순후는 어쩔 수 없이 보고서를 읽듯 사건을 설명했다. 특별히 생략하거나 추가하는 말 없이 보고서 내용에 따랐다. 이평은 미간을 좁히며 매우 집중했다. 이미 다 알고 있는 내용인데 지루해하는 기색이 전혀 없었다. 순후가 설명을 마치자 직접 잔을 채워주기까지 했다.

"이런 내용입니다. 아직도 명확하지 않은 점이 있습니까?"

"설명이 아주 명쾌하오. 역시 정안사 종사답소."

이평이 일단 칭찬으로 시작한 후 본론으로 들어가며 말투를 확 바꾸었다.

"그런데, 그중에 조금 더 자세히 알고 싶은 내용이 있소."

"어떤 부분입니까?"

"정안사가 등선의 배반을 알아낸 과정."

이평은 오른손 엄지손가락으로 도자기 그릇 가장자리를 가볍게 문지르며 무심하게 툭 내뱉었다. 순후는 심장이 덜컥했다. 역시 이것이었군.

등선을 체포할 수 있었던 건 위나라에서 망명한 서영의 고발 덕분인데, 서영의 존재는 극소수만 알고 있는 극비 사항이었다. 그래서 이평에게 보내는 보고서에 이 부분을 생략하면서 등선을 의심한 이유를 '정안사 담당 요원의 성실한 조사'라고만 설명했다.

순후는 마음을 가라앉히며 머리를 쥐어짰지만 답을 찾기가 쉽지 않았다. 허위로 조작한 말은 상관을 기만하는 것으로 중죄에 해당한다. 그렇다고 사실대로 말하면 이평과 어딘가 숨어 있을 촉룡을 자극하게 될 테니 어떤 일이 벌어질지 모른다.

"이 도호, 정안사가 등선을 의심한 것은 하나의 정보에 의존한 것이 아닙니다. 여러 가지 정보를 종합해 내린 결론이기 때문에 한두 마디로 설명하기는 힘듭니다."

순후가 곤란한 표정을 짓자 이평이 이해한다는 듯 너그럽게 대꾸했다.

"알고 있소. 정안사 정보 체계는 매우 엄격하니, 말하기가 곤란할 것이오. 그중에는 외부인에 공개할 수 없는 것들도 많을 테고."

이평의 말투는 온화했지만 그 안에는 확실히 불만이 내포돼 있었다. 정보망의 세부 내용은 최고위층이 아닌 사람에게는 절대 공개할 수 없다. 하지만 이평은 지금 면현성 최고 행정관이다. 순후가 이 자리에서 대답을 거부한다면 최고위 상관의 뜻을 거스르는 일이 된다.

집무실 양쪽에 멋진 조각으로 장식한 창문이 활짝 열려 있지만 왠지 답답하고 숨이 막혔다. 순후는 천천히 잔을 들고 한 모금 음미하며 최대한 시간을 끌었다. 잔을 다시 탁자에 내려놓은 즈음, 드디어 마음을 정했다.

"사실대로 말씀드리지요. 정안사가 등선을 조사하기 시작한 가장 큰 이유는 위나라 정보국 출신 망명자가 제공한 정보 때문입니다."

"뭐요? 망명자?"

이평이 잔을 문지르던 손동작을 멈추고 반사적으로 몸을 앞으로 기울였다. '위나라 정보국 출신 망명자'라는 말 자체가 매우 중대한 사건이란 뜻이었다.

"그건 정말 크나큰 성과가 아니오? 그럼, 그자는 지금 정안사에 있소?"

"그랬습니다만, 지금은 이미 조정으로 인계했습니다."

순후는 이 부분의 단어 선택이 가장 힘들었다. 이평의 질문에 반드시 답하면서 거짓말을 피하는 동시에 실질적인 내용도 언급하지 않아야 했다. 여기에서 가장 중요한 핵심은 망명자가 이미 성도 중앙 조정의 관할이니 승상부 대리인 이평이 개입할 여지가 없다는 것이다. 다시 말해 망명자의 이름이나 현재 위치를 포함해 정안사가 얻어낸 정보가 무엇인지도 더 이상 추궁할 수 없다는 뜻이다. 그 모든 것이 이미 중앙 조정의 일이기 때문이다.

이평은 오랫동안 관료 사회의 산전수전을 모두 겪은 터라 순후의 마지막 말에 숨겨진 의미를 분명히 알았다. 이평의 새하얀 얼굴은 잔잔한 호수처럼 평온했다. 천천히 두 손을 모으고 담담하게 말했다.

"그렇군. 정안사의 일 처리가 확실히 훌륭하오."

"이 도호, 염려 마십시오. 등선은 위나라가 포섭한 하급 첩자에 불과합니다. 정안사는 이 도호와 다른 막료들이 이 일과 무관하다는 것을 알고 있습니다."

"허허, 그래도 나에게는 아랫사람을 제대로 단속하지 못한 책임이 있소."

"이 도호, 그렇게 자책하지 않아도 됩니다. 어차피 등선이 누설할 수 있는 정보에는 한계가 있어서 우리 군의 손실도 그리 크지 않았습니다."

"이게 다 정안사가 빈틈없이 노력한 결과요. 제갈 승상 수하엔 역시 대단한 인재들이 많구려."

순후는 이평의 눈을 똑바로 응시했다. 별다른 동요가 느껴지지
않았다. 한번 떠볼까 생각하다가 목구멍까지 올라온 말을 겨우 삼켰
다. 지금은 때가 아니다. 괜히 어설픈 말을 꺼냈다가 정안사가 의심
하고 있다는 사실을 눈치챌 수도 있으니까. 더구나 정안사는 지금
매우 불리한 상황에 처해 있다. 정안사의 상대는 한중의 최고 권력
자이고, 정안사의 무기라곤 불확실한 증언뿐이다.

그 후로 두 사람은 잡담이나 다름없는 대화를 주고받았다. 순후
는 겸손한 자세로 상관의 말을 경청했다. 반 시진쯤 지난 후 순후가
작별인사를 하고 자리에서 일어섰다. 이평은 승상부 정문까지 순후
를 배웅했다.

순후가 도관으로 돌아오자 두필과 배서가 한걸음에 달려와 이평
과 무슨 얘기를 했느냐고 물었다. 순후는 일단 깨끗이 손을 씻고 천
천히 돌아서면서 가볍게 대꾸했다.

"그냥 이것저것 한담을 나눴소."

4월 22일, 순후는 관례대로 면현성 외곽 비밀 초소를 순시했다.

순후는 승상부 접견에 다녀온 후 이평이 초조함을 드러낸 것이라
고 판단했다. 두필의 생각도 같았다. 만약 이평이 정말 말하지 못할
비밀을 가지고 있다면, 등선의 정보를 제공한 사람이 자신까지 폭로
할까 봐 불안했을 것이다. 어쨌든 정안사는 이평, 성번, 호충의 감시
를 더욱 강화해야 한다. 제갈량이 돌아올 때까지 그들이 함부로 움
직이지 못하도록.

문제는 제갈량이 언제 돌아올지 모른다는 점이다. 현재 기산 전

선은 교착 상태에 빠졌다. 사마의가 4월 11일에 참패를 당한 후 줄 곧 상규성에 틀어박혀 움직이지 않았다. 일단 승기를 잡긴 했지만 견고한 상규성 성벽을 뚫기는 역부족이었다. 일 년 전 곽회가 실행 했던 전쟁 준비가 빛을 발휘했다. 아이러니하게도 이 전쟁 준비에 가장 열심이었던 상규성 관리가 바로 진 주기, 진공이었다.

정안사가 면현성 외곽에 설치한 비밀 초소는 총 스물여섯 곳이 다. 면현성에서 10리 이내의 주요 길목과 비밀 지름길 주변에서 밤 낮없이 감시 활동을 이어갔다. 비밀 초소 감시는 지루하고 힘든 임 무였다. 정안사 인력이 충분하지 않은 관계로 감시병들의 교대 주기 가 점점 길어지자 집중도와 투지가 크게 떨어졌다. 이에 순후는 예 전보다 더 자주, 직접 순시에 나섰다. 지금 면현성 감시망에 구멍이 뚫려서는 절대 안 된다.

지금 순후는 면현성 서북쪽 산언덕에 위치한 초소로 향하고 있다. 비교적 완만한 남쪽 비탈이 검푸른 이끼와 관목으로 뒤덮였다. 이 비탈 아래로 기산 전선으로 향하는 길이 지나간다. 흙먼지가 휘날리 는 이 길은 저 멀리 진령까지 뻗어 있다. 이 초소는 언덕 꼭대기 움 푹 파인 돌 틈에 설치되어 시야가 뺑 뚫린 것이 장점이다. 날씨가 좋을 때는 3리 밖의 동정까지 살필 수 있었다. 하지만 초소 내부 바 닥은 울퉁불퉁하게 깔린 단단한 바위 때문에 지내기가 매우 불편했 다. 지금 이 초소의 근무자는 쉰 살이 다 되어가는 상이 병사다.

배서의 분석에 따라 가능성 높은 동남쪽에 인력을 집중 배치했기 때문에 북쪽 초소는 상대적으로 일손이 부족했다.

순후는 비탈 반대편으로 돌아가 타고 온 말을 나무 기둥에 묶었 다. 보따리에서 돼지고기 육포와 술 한 병을 챙겨 초소로 올라갔다.

초소 감시병들은 상관의 칭찬보다 이런 포상품을 훨씬 반가워했다. 순후를 발견한 감시병이 좁은 초소 안에서 힘들게 몸을 돌렸다. 순후는 그냥 있으라고 손짓한 후 직접 허리를 굽혀 안으로 들어갔다. 그리고 챙겨온 술과 육포를 낡은 보자기 위에 내려놓았다. 보자기 위에 말린 음식 부스러기가 떨어져 있었다. 이곳에서는 말린 음식이 감시병의 생존을 책임지는 주식이다. 감시 초소 규정상 불을 피울 수 없기 때문에 근무 기간 중에는 더운 음식을 먹을 수 없었다.

"상황이 어떤가?"

"이상 없습니다. 특별히 의심스러운 사람은 없었습니다."

이미 예상한 답변이었다. 이 길은 주요 보급로이기 때문에 순찰 부대가 수시로 오갔다. 은밀히 움직여야 하는 사람이라면 당연히 피해야 하는 길이다. 순후는 몇 가지 형식적인 질문을 하고 격려의 말을 남긴 후 돌아섰다. 오늘에만 여섯 곳을 더 둘러봐야 했다.

그런데 감시병이 갑자기 미간을 좁히며 왼쪽으로 고개를 돌렸다. 순후도 감시병을 따라 남쪽으로 고개를 돌렸다. 저 멀리에서 마차 행렬이 다가오고 있었다. 선두 마차에 검은 테두리를 두른 노란색 삼각 깃발이 펄럭였다. 보급 운송 부대였다.

지금 촉나라와 위나라 군대가 한창 대치 상황이라 후방 보급 부대도 정신없는 상황이었다. 식량과 사료를 가득 싣고 면현과 기산을 오가는 마차 부대가 거의 매일 보이는 상황이니 운송 부대 자체가 그리 특별한 것은 아니었다. 순후가 놀란 이유는 다른 데 있었다. 운송 부대 깃발 옆에 직사각형 표기(標旗)가 하나 더 있었다. 표기는 부대 지휘관을 상징하는 깃발이기 때문에 보통 지휘관의 성씨를 새겨넣었다. 촉나라 군대는 관례적으로 비장군 이상 고위 군관만 표기를 사용할 수 있다. 운송 부대 앞에 표기가 휘날린다는 것은 이 행렬 중에 고위 군관이 있다는 뜻이다.

"저 표기에 써 있는 글자가 보이는가?"

순후는 바람에 펄럭이는 표기에 시선을 고정시킨 채 물었다. 그는 그때 강동에서 불빛도 제대로 들어오지 않는 문서 창고에 온종일 틀어박혀 수많은 보고서와 문서를 확인하는 임무를 마친 후 시력이 크게 나빠졌다. 감시병은 눈을 가늘게 뜨며 시력을 집중한 후 대답했다.

"'성'입니다."

"성이라……."

면현성 고위 군관 중에 성 씨가 누구 있는지 생각해봤다. 아무리 생각해도 딱 한 사람, 성번뿐이었다. 순후는 초소 입구에 엎드린 채 점점 가까워지는 마차 행렬을 주시했다.

이 행렬은 목우 삼십 대, 일반 수레 삼십 대로 구성된 식량 운송 부대였다. 목우와 유마는 운송 효율이 높지만 아직 충분히 만들어내지 못해 일반 수레도 같이 이용했다. 마차 행렬 좌우로 기병 열 명과 보병 스무 명이 붙어 있고 맨 앞에 가죽 갑옷을 입은 군관이 행렬을 이끌었다. 건장한 몸집에 우락부락한 외모, 순후는 그 군관을 한눈에 알아봤다. 성번, 바로 성번이었다. 이런 우연이 있나!

성번은 그의 친우가 아주 가까운 언덕 위에서 자신을 지켜보고 있는 줄 꿈에도 모를 것이다. 한 손에 고삐를, 다른 손에 채찍을 쥐고 울퉁불퉁한 지면 때문에 흔들리는 말등에 가볍게 몸을 맡겼다. 좌우에 호위병이 가까이 붙어 있었다.

이 운송 부대 행렬은 서두르는 기색이 전혀 없었다. 2각이 지나서야 초소 언덕 앞을 지나갔다. 순후는 당장 뛰어나가 성번에게 도대체 어떻게 된 일이냐고 묻고 싶었지만, 그럴 수 없었다. 그랬다간 이곳 비밀 초소가 발각될 것이다. 만약 성번이 촉룡이라면 정안사의 모든 계획이 물거품이 될 수도 있다.

순후는 지금 목격한 사실만으로 여러 가지 상황을 추측해봤다. 일단 성번의 현재 임무는 이평이 지시한 것이 틀림없다. 이 도호 수하의 독군을 움직일 수 있는 사람은 이 도호뿐이니까. 지금 순후가 가장 이해할 수 없는 것은 이 도호가 호충에 이어 성번에게까지 보급 운송 임무를 맡겼다는 사실이다. 이것이 정말 이평의 명령이라면 확실히 이상하다. 물론 보급 자체는 중요한 임무지만 대단한 능력을 필요로 하는 일은 아니다. 이평은 왜 본인 수하의 참군과 독군에게 이런 대단치 않은 시켰을까?

'혹시, 방해가 되는 사람을 치워버리려고? 저들이 없어야 도망치기 수월하니까?'

하지만 이내 고개를 흔들었다. 촉룡은 반드시 이평과 함께 있어야 한다. 같이 있지 않으면 이평은 도망칠 수 없다. 그런데 지금 보니 촉룡 혐의자 두 사람이 모두 면현성을 떠나 있었던 셈이다.

순후는 마차 행렬이 완전히 사라질 때까지도 이평의 의도를 가늠하지 못했다. 그는 스스로 머리를 쥐어박으며 어깨를 늘어뜨린 채 초소에서 기어 나왔다. 좁은 구덩이를 들락거리면서 옷에 구멍이 몇 개나 뚫렸지만 전혀 의식하지 못했다. 순후는 나머지 여섯 초소는 가지 않기로 했다. 당장 돌아가 방금 본 것을 두필, 배서, 그리고 사문조에 보고해야 했다. 수수께끼 그림의 조각 하나를 더 찾았지만 전체 그림은 여전히 모호했다. 아니, 오히려 더 혼란스러웠다.

'차라리 서영의 말이 다 거짓이면 좋겠어. 모두 다 거짓이면 이런 고생 안 해도 될 텐데.'

면현성으로 돌아가는 길에는 이런 유치한 생각까지 들었다.

면현에서 수백 리 떨어진 곳에 있는 서영은 순후가 이런 유치한 생각을 할 줄은 상상도 못했다. 이때 서영은 도강언(都江堰) 하구가 내려다보이는 민강(岷江) 강변 청성산(靑城山) 산자락의 초가집에서 지내고 있었다.

면현 사문조가 비밀리에 서영을 성도로 보낸 후, 사문조 본부는 서영을 도강언 근처 초가집에서 지내도록 했다. 이 초가집은 사문조가 마련한 비밀 가옥으로, 주로 신분이 특별한 망명자가 지내는 곳이었다. 주변의 농민과 어민들은 이 초가집이 관부와 관계 있다는 것만 알았다. 그래서 함부로 접근하지 않았고 그곳에 누가 사는지 관심도 갖지 않고 입에 올리지도 않았다. 서영과 함께 지내는 두 사람은 망명자를 보호하는 동시에 감시하는 임무를 수행 중이었다. 만약 망명자가 도주를 시도하면 상부에 보고하지 않고 바로 죽일 수도 있었다. 실제로 망명자의 도주는 빈번하게 발생했다.

성도 사문조 책임자 곽유지(郭攸之)는 서영이 성도에 도착했을 때 비공개로 접견했다. 곽유지는 먼저 어둠을 떨치고 광명을 찾아온 그의 선택을 극찬했다. 지금은 공개적으로 포상하지 못하지만 이번 전쟁이 끝난 후 제갈량이 조정에 포상 및 승진 보고서를 올릴 예정이고, 그때 전쟁에서 공을 세운 사람들과 함께 서영도 포상을 받게 될 것이라고 말했다.

서영은 일단 이 강변 초가집에 칩거할 수밖에 없었다. 매일 경전을 읽고 마당에서 권법을 수련하는 것 외에는 할 일이 없었다. 사문 조가 외출을 금지하지는 않았지만 나갈 때마다 두 사람이 바짝 뒤 따라 붙어 매우 불편했다. 그래서 매일 저녁 무렵 강가를 산책하는 것 말고는 밖에 나가지 않았다.

이날도 서영과 두 감시자는 같은 시간에 산길을 따라 강변 산책 을 나갔다. 이 산길은 원래 농부들이 나무를 베거나 양을 칠 때 산 을 넘어 다니면서 생긴 길인데, 나중에 관부가 조금 넓히면서 정비 한 것이었다. 길은 대체로 평평했지만 일부 구간은 구불구불하고 꽤 험했다. 길 양편이 온통 무성한 풀과 울창한 나무였다. 수많은 소나 무와 측백나무가 경쟁하듯 가지를 뻗쳐 녹음이 짙게 우거졌다. 산길 과 강물이 가까운 편이라 산책하는 내내 촉촉한 습기를 느낄 수 있 었다.

오늘 반팔 무명옷을 입은 서영은 소맷부리와 바짓가랑이를 끈으 로 단단히 동여맸다. 산에서 걷기 편한 넝쿨손으로 엮은 신발을 신 었다. 뒤따라오는 두 감시자도 같은 차림이었다. 다른 점이라면 감 시자 허리춤에는 비수가 꽂혀 있었다. 매일 다니는 길이라 세 사람 모두 익숙하고 편안했다. 간혹 바닥에 이끼가 낀 곳이 있어 미끄러 지지 않도록 양쪽 나뭇가지를 잡고 조심조심 걸었다. 어제 한바탕 큰 비가 내려 바닥이 평소보다 축축했다. 서영이 앞에서 걷고 두 감 시자는 두 걸음 정도 뒤에서 바짝 따라갔다.

서영은 숨을 깊이 들이마시며 걸었다. 비 온 후 맑고 신선한 공기 를 마시니 아주 상쾌했다. 좁은 산길이 오른쪽으로 크게 굽는 부분 에서 조금 속도를 늦췄다. 너무 빨리 걸으면 자칫 발을 헛디뎌 길옆 으로 굴러떨어질 수도 있고 한편으로는 뒤의 두 사람을 배려한 것이기도 했다. 두 감시자는 서영이 잠시라도 시야에서 사라지면 매우 불안해했기 때문이다. 어느 정도 걸었더니 다리가 조금 무거워졌다.

잠시 후 두 감시자도 오른쪽으로 길을 꺾었다. 그런데 서영이 길 바닥에 쭈그려 앉아 있었다.

"서 선생, 무슨 일입니까?"

서영이 이맛살을 찌푸리며 손가락으로 땅바닥을 가리켰다. 서영의 손가락이 가리킨 곳을 보니 떨어진 나뭇잎이 어지러이 널린 진흙 바닥에 발자국이 있었다. 아직 진흙이 마르지 않아 발자국이 아주 선명했다.

"뭡니까?"

"발자국이요."

"발자국이 왜요?"

"예사롭지 않은 발자국이에요."

서영은 정보 요원 출신답게 위기 감지력이 뛰어났다. 감시자가 뭐가 이상하냐고 물어보려 했지만 안타깝게도 입을 열 기회가 영영 사라졌다. 갑자기 양쪽 풀숲에서 검은 그림자 여섯 개가 뛰어나왔다. 두 감시자는 비명 한번 지르지 못하고 바닥에 고꾸라졌다.

서영은 운 좋게 1차 공격을 피했다. 그리고 그중 한 명의 다리를 꽉 붙잡고 온 힘을 다해 앞으로 밀었다. 좁은 산길이라 서영의 공격이 꽤 효과가 있었다. 검은 그림자는 바닥에 주저앉은 서영이 시야에 잘 들어오지 않았고 다리를 붙들려 중심을 잡기 어려웠다. 검은 그림자가 결국 비틀거리며 쓰러지자 서영이 벌떡 일어나 달리기 시작했다. 이미 여러 번 와본 길이라 조금만 가면 갈림길이 나오는데 그 부근에 산지기의 집이 있다.

서영은 죽을힘을 다해 달렸다. 서영의 두 다리는 진흙 길을 아랑 곳하지 않고 쉴 새 없이 빠르게 교차했다. 넘어지면 몇 번 구르고 다시 일어나 정신없이 달렸다. 결국 뒤에서 쫓아오는 검은 그림자를 어느 정도 따돌렸다. 하지만 검은 그림자의 정체가 무엇인지, 도대 체 누가 보낸 자객인지 생각할 여력이 없었다. 생명의 위협을 강하 게 느끼며 오직 살아야겠다는 생각뿐이었다.

작은 언덕을 하나 넘으니 저 멀리 갈림길이 보였다. 하지만 이때 또 다른 검은 그림자 두 개가 나타나 서영의 앞길을 막았다. 서영은 거친 숨을 몰아쉬며 다리가 부들부들 떨림을 느꼈다. 하지만 아직 희망이 있다고 생각했다. 물론 운이 따라야 하겠지만. 검은 그림자 가 서서히 다가오기 시작했다. 복면을 썼지만 눈 부분은 뚫려 있었 다. 서영은 지친 척하며 바닥에 주저앉아 양손에 흙을 움켜쥐었다. 검은 그림자가 코앞까지 왔을 때 힘껏 흙을 뿌렸다.

불시에 급습을 당한 검은 그림자가 흙을 털어내느라 정신없이 눈 을 비비는 사이, 서영은 두 사람 사이를 뚫고 다시 달렸다. 드디어 위기를 벗어났다고 생각하는 순간 갑자기 뒤통수에 강렬한 통증이 느껴졌다. 곧이어 뜨거운 불길에 휩싸인 것 같은 격렬한 고통이 이 어졌다.

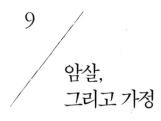

9

암살,
그리고 가정

순후가 서영의 사망 소식을 전해 들은 것은 5월 초였다. 순후는 너무 화가 나 공문을 구겨버렸다. 성도 사문조 본부에서 보낸 이 공문은 원래 요유 앞으로 왔고 요유가 다시 순후에게 전달한 것이었다.

공문의 내용을 대략 이랬다. 서영은 4월 21일 저녁 무렵, 거주하던 초가집 부근 산길을 산책하던 중 의문의 암살자들에게 살해당했다. 뒤통수가 박살 날 만큼 강한 둔기로 가격당해 그 자리에서 즉사했다. 서영을 감시하고 보호하던 사문조 감시자 두 명은 부상을 당했지만 목숨은 건졌다. 현장 조사 결과 서영과 감시자 외에 최소 여섯 명 이상으로 추정되는 발자국이 발견됐다. 두 감시자는 1차 습격을 받고 정신을 잃었기 때문에 암살자들이 검은 옷을 입었다는 사실밖에 기억하지 못했다.

처음으로 현장을 발견한 사람은 인근에 사는 나무꾼이었다. 나무꾼이 끔찍한 현장을 발견하자마자 근처에 있는 산지기의 집으로 달려갔고 산지기는 바로 도강언 수비 부대에 신고했다. 이 때문에 현장을 수습한 관부는 사문조가 아니라 성도 위수영이었다. 성도 위수영은 서영의 존재를 몰랐기에 단순히 촉나라 백성인 줄 알고 일반적인 살인 사건으로 처리했다. 사문조는 다음 날 오전에 사고 소식을 듣고 바로 성도성과 주변 지역에 봉쇄령을 내렸지만 이미 늦었다. 자객들은 지난밤에 성도를 빠져나갔으니 이미 어디로든 갈 수 있었다.

성도 사문조는 보고서 마지막 부분에서 이 사건은 위나라가 배신자를 보복 살해한 것이니 한중에서 의심 가는 인물을 더 강력히 수사해달라고 요청했다. 순후는 성도 동료들의 무능에 화도 나고 부끄럽기도 했다. 괜히 애꿎은 배서에게 소리를 질렀다.

"여섯이야, 여섯! 머리가 있으면 좀 생각을 하라고! 이게 어떻게 위나라 짓이야? 위나라가 성도에서, 대낮에, 여섯 명이나 모아서 사문조가 극비리에 보호하는 사람을 살해하고 흔적도 없이 사라질 수 있다면, 바로 황궁을 습격했겠지!"

배서는 순후가 집어던진 공문을 주워들고 안타까워하며 대꾸했다.

"너무 그러지 마세요. 지금 성도에 난리가 났으니, 그 사람들도 엄청 힘들 거예요."

배서는 순후에게 말조심하라는 의미로 은근한 눈빛을 보냈다. 혹여 누가 듣고 꼬투리를 잡아 순후가 또 평의에 불려 갈까 걱정됐다.

서영 살해 현장에 먼저 도착한 것이 위수영이었으니, 사문조는 더 이상 서영의 존재를 숨길 수 없었다. 어쩔 수 없이 사실을 털어놓고 서영의 시체와 두 감시 요원을 인계받았다. 이렇게 해서 서영 사건이 일파만파 퍼져 나가고 성도 각계에 큰 반향을 일으켰다. 일부 조정 관리는 사문조가 불공대천 원수인 위나라 관리를 숨겨줬다며 분노했고 또 어떤 이는 어둠을 떨치고 광명을 찾아온 망명자를 제대로 지키지 못해 중대한 정치 선전 기회를 놓쳤다며 사문조를 비난했다. 군부도 사문조가 대어를 낚고도 정보를 공유하지 않았다며 큰 불만을 드러냈다. 어쨌든 지금 촉나라에서 가장 불쌍한 사람은 성도 사문조 책임자였다.

이 소식은 한중 사문조에도 큰 충격을 안겼다. 서영이 성도에서 이렇게 살해당할 줄 누구도 예상하지 못했다. 더구나 이렇게 민감한 순간에. 요유가 순후, 두필, 음집, 마신 등 사문조 고위 관리를 모두 모아 어떻게 대처할지 회의를 열었다. 하지만 아무리 토론해도 뾰족한 방법이 나오지 않았다. 어차피 성도에서 발생한 일이니 한중 사문조가 할 수 있는 일은 아무것도 없었다. 회의 참석자 중 이 일을 진심을 다해 안타까워하는 사람은 거의 없었다. 서영은 어차피 위나라 사람인 데다 망명자로서의 가치도 이미 수명을 다했기 때문이다. 이들이 분노하는 이유는 누군가 자신의 영역을 침범했기 때문이었다. 서영의 죽음에 진심으로 마음 아파한 사람은 두필뿐이었다. 두필의 입장에서는 서영이 생명의 은인이었으니까.

회의는 아무 결과 없이 흐지부지됐다. 요유가 각 부문에 한중의 의심스러운 인물에 대한 감시 및 조사를 강화하라고 당부한 후 회의를 끝냈다. 음집과 마신이 먼저 자리를 떠난 후, 요유의 눈빛을 읽은 순후와 두필만 남았다. 세 사람만 남자 요유가 긴 한숨을 내쉬고 의도적으로 목소리를 낮췄다.

"두 사람은, 서영의 죽음이 지금 우리가 조사하는 일과 관계가 있다고 생각하는가?"

"개인적인 의견을 말해도 됩니까?"

"그렇네."

"증거는 전혀 없습니다. 그저 추론일 뿐이죠."

"그래도 말해보게. 어차피 비공식 회의라 기록을 남길 것도 아니니까."

"서영의 죽음은 이평과 깊은 관계가 있습니다."

순후의 대답은 간결하고 단호했다. 대담한 발언이었지만 요유와 두필은 크게 놀라지 않았다. 두 사람도 같은 생각이었으니까. 요유가 오른손으로 구리 벼루를 만지작거리며 눈을 가늘게 뜨고 물었다.

"이유는? 증거는 없어도 그렇게 생각한 이유는 있겠지?"

"4월 21일, 이평이 저를 승상부로 불러 정안사가 등선이 간첩인 줄 어떻게 알아냈는지 물었습니다."

"그래. 자네 보고는 이미 확인했어. 어떤 내용도 발설하지 않고 아주 기가 막히게 잘 대답했더군."

"그랬죠. 확실히 서영에 대한 구체적인 정보는 언급하지 않았습니다. 하지만 이평은 두 가지 사실을 분명히 알았죠. 첫째, 사문조가 고급 정보를 가진 위나라 망명자를 관리하고 있다. 둘째, 이 망명자가 성도 사문조로 압송됐다."

"그게 뭐가 문제인가? 성도에서도 서영의 존재는 극비였을 텐데."

순후는 반사적으로 비웃음을 흘렸다.

"저는 그렇게 생각하지 않습니다. 지금 저는 성도 동료들의 업무 능력을 신뢰할 수 없습니다. 반면 이평은 촉나라 관리 사회가 어떻게 돌아가는지 아주 잘 알고 있죠. 서영이 성도 사문조 보호 아래 있다는 사실을 바로 알아차렸을 테고 조금만 손을 쓰면 서영이 지내는 비밀 장소도 충분히 알아낼 수 있습니다."

"그게 가능하다고?"

"이미 해내지 않았습니까? 생각해보세요. 서영을 습격한 자객단은 최소 여섯 명이고 서영이 지내고 있는 집과 일과까지 정확히 알고 있었어요. 사람 수와 치밀한 계획으로 볼 때, 절대 위나라 간첩이 벌인 일이 아닙니다. 다소 직설적이라도 이해해주십시오. 이 사건의 배후에는 분명히 내부의 적이 있습니다. 그것도 지위가 아주 높은 자입니다."

"확실히 대담한 추론이군."

줄곧 듣기만 하던 두필이 드디어 입을 열었다.

"그러니까 이평이 서영의 존재를 알고 촉룡에 대한 정보를 노출해서 본인이 위험해질까 봐 성도 세력을 은밀히 이용해서 암살을 계획했단 말입니까?"

"그렇습니다. 안타깝지만 명확한 증거는 전혀 없어요."

순후의 말은 너무 솔직해서 안타까움은 크게 느껴지지 않았다.

요유와 두필은 순후의 설명을 충분히 이해했다. 서영의 죽음은 안타깝지만 어쩔 수 없는 일이었다. 요유가 먼저 자리를 떠나면서 정안사의 현재 경계 태세를 각별히 유지하라고 당부했다. 그리고 서영 암살 사건 조사에 참여할 한중 사문조 요원을 파견해 조사 과정을 수시로 보고받을 계획이라고 말했다.

두필과 순후는 회의실을 나가 나란히 걸었다. 지금 어두운 회색 벽돌로 만든 복도에 이 두 사람뿐이라 발소리가 유난히 또렷하게 울렸다. 순후가 문득 두필을 돌아보며 말했다.

"서영 일은 정말 유감이네요."

두필은 만감이 교차하는 눈빛에 비통한 표정으로 북쪽으로 뻗은 푸른 처마 끝자락을 바라봤다.

"이곳에서 더 나은 삶을 기대하며 날 믿고 따라왔는데……. 날 원망했을 거예요."

"보국이 어떻게 할 수 있는 일이 아니었소. 보국은 최선을 다했어요."

"어쩌면 서영을 성도로 보낸 일이 큰 실수였는지 몰라요."

"보국, 서영의 죽음은 정말 가슴 아프지만, 우리는 정보 요원이니 이럴 때일수록 냉정해야 합니다. 아직 우리가 해야 할 일이 아주 많아요."

순후는 두필을 격려하며 음집의 말을 떠올렸다. 그는 두필에 대해 얘기하다가 감상적인 성격이 유일한 단점이라고 말했었다. 두필이 고맙다는 의미로 순후의 어깨에 손을 얹으며 미소를 지었다.

"걱정 마세요. 잘 알고 있습니다. 한두 번 겪는 일도 아닌 걸요."

두 사람은 잠시 말없이 나란히 걸었다. 순후가 분위기를 바꿀 겸 화제를 돌려 질문을 던졌다.

"아, 군모사 쪽엔 진전이 좀 있나요?"

정안사는 간첩 조사와 체포 등 직접적인 행동을 담당하고 두필이 지휘하는 군모사는 각지에서 보내온 정보를 취합, 정리하는 분석 업무를 진행했다. 두 부서는 서로에게 꼭 필요한 존재한 상호 보완적 관계였다.

현재 이평과 촉룡에 대한 조사는 네 사람만 아는 극비 상황이므로 촉룡과 관련된 정보는 두필이 직접 다뤘다. 지금 그는 지난 오 년의 정보 흐름과 정보가 유출될 만한 빈틈을 꼼꼼하게 살피면서 촉룡의 흔적을 찾는 중이다. 이는 결코 아무나 할 수 있는 만만한 일이 아니었다.

"예, 이 년 전 노기 설계도 도난 사건을 다시 살펴보고 있어요. 순 종사가 촉룡의 존재를 알게 된 건 그때가 처음이지요?"

순후의 표정이 금방 어두워졌다. 성공을 코앞에서 놓친, 그날의 뼈아픈 실패는 절대 잊을 수 없었다. 하지만 순후는 바로 감정을 추스르고 밝게 웃었다.

"미충 사건 말이군요. 쓸 만한 것 좀 찾았어요?"

"아직은 없어요. 문서량이 어마어마하더군요. 각종 문서에, 회의 기록에, 서신에, 진술서에, 장황한 정안사 내부 보고서까지, 저 혼자 다 읽고 대조까지 하려니 해도 해도 끝이 없네요."

순후는 두필의 말투가 왠지 비웃는 것 같았지만 어쩔 수 없다는 듯 어깨를 으쓱하며 가볍게 받아쳤다.

"능력 있는 사람이 일을 더 많이 하셔야지요."

두 사람은 회랑 모퉁이를 도는 순간 반대편에서 빠르게 걸어오던 시종과 부딪힐 뻔했다. 시종이 크게 놀라 발길을 멈추고 고개를 번쩍 들었다. 그는 순후를 알아보고 얼른 공손히 예를 취했다.

"순 종사, 방금 배 선생에게 전갈이 왔습니다. 급히 돌아오시랍니다."

순후와 두필이 눈빛을 마주쳤다.

"무슨 일인지는 말하지 않았나?"

"말했습니다."

"뭐라던가?"

시종이 살짝 머뭇거리자 순후는 바짝 긴장해서 저도 모르게 목소리가 높아졌다. 특별히 중요한 일이 아니라면, 배서가 이렇게 다급히 순후를 찾지 않을 테니까.

"순 종사 부인과 아드님이 안전하게 면현에 도착해 지금 정안사 전용 역참에서 기다리고 있다고 합니다."

눈썹을 치켜떴던 순후는 놀라지 않은 척 담담한 표정을 지으려 했지만 마음대로 되지 않았다.

순후는 스물다섯 살 되던 건안 24년에 부인을 맞았다. 부인은 동료 관리 조 씨의 딸로, 온화하고 따스한 여자였다. 혼인 후 늘 부부 사이가 좋았고 건흥 2년에 아들 순정이 태어났다.

건흥 5년, 제갈량이 북벌 준비를 위해 승상부를 한중으로 옮겼다. 이때 순후도 정안사 분사와 함께 한중으로 이동했다. 규정상 고위 관리가 아니면 가족을 데려갈 수 없어 부인과 아들은 성도에 남아 장인 집에서 지냈다. 건흥 5년부터 정안사 업무가 크게 바빠지면서 지난 삼 년 동안 성도 집에 돌아간 것은 딱 한 번뿐이었다. 그것도 강동으로 인사이동 하면서 지나는 길에 잠시 들른 것이고 그 후로 줄곧 떨어져 지내며 서신만 주고받았다. 건흥 9년 초, 순후는 녹봉 이백 석에서 삼백 석 품계로 승진해 가족을 데려올 수 있는 자격이 생기자 바로 신청서를 올렸고 지난 3월에 승인을 받았다. 순후의 아내와 아들은 승인 소식을 듣고 바로 길을 떠나 먼 여정 끝에 면현에 도착한 것이다.

순후는 두필에게 작별인사를 하고 도관을 나와 곧장 정안사 전용 역참으로 향했다. 역참 앞에 마차 여러 대가 늘어서 있었다. 마차 측

535

면에 꽂힌 뾰족한 적오[12] 깃발로 보아 매월 면현과 성도를 오가는 정기 우편마차 행렬이 도착한 모양이었다. 순후의 부인과 아들은 이 마차를 타고 왔을 것이다.

순후는 역참 입구에서 대충 옷매무새와 상투를 정리하고 안으로 들어갔다.

"아버지!"

정문을 통과하자마자 귀를 찌르는 외침 소리와 함께 벌써 일곱 살이 된 아들이 달려와 순후의 품에 안겼다. 아들은 계속 아버지를 외치며 폴짝폴짝 뛰었다. 순후가 아들을 품에 안고 부드럽게 머리를 쓰다듬으며 혼자 말하듯 중얼거렸다.

"키가 더 컸네. 우리 정이, 많이 컸구나……."

"아버지, 많이 보고 싶었어요."

"아버지도 많이 보고 싶었단다."

순후가 사랑을 듬뿍 담아 아들 볼을 어루만졌다. 순정은 아직 일곱 살이지만 어느덧 아버지를 닮아가고 있었다. 뒤에서 발소리가 들려 돌아보니 아내가 환하게 웃으며 서 있었다. 먼 길을 오느라 피곤해 보이긴 했지만 아내의 미소는 여전히 따뜻했다. 신혼 때와 변한 것이 없었다.

"당신도 왔구려."

"네. 저희 잘 도착했어요."

"오는 동안 힘들지 않았소?"

---

12 赤烏, 붉은 빛의 까마귀.

"네, 괜찮았어요. 정이가 마차 타는 걸 좀 힘들어하긴 했지만요."

두 사람은 간단한 인사말만 나누고 말을 아꼈다. 대신 애틋한 마음이 담긴 눈빛을 주고받았다. 순후가 아들을 한 손으로 안아 올린 후 아내의 거친 손을 잡았다. 오랫동안 홀로 아이를 키우며 고생한 손이었다. 순후는 미안한 마음으로 아내 손에 배긴 굳은살을 만지작거렸다.

"많이 피곤할 텐데 어서 집으로 갑시다. 다 준비해놨소. 짐은 나중에 가져오라고 하겠소."

"예, 먼저 집으로 가요."

순후는 부인이 자연스럽게 내뱉은 집으로 가자는 말에 따뜻하고 뭉클한 감동을 느꼈다. 이 순간 말할 수 없이 큰 행복이 파도처럼 밀려왔다. 촉룡과 이평, 그리고 다른 모든 고민이 아무것도 아닌 일처럼 느껴졌다. 3월부터 누적된 피로, 불안, 초조, 좌절 등이 눈 녹듯 사라졌다. '집에 간다.'는 평범한 한마디가 모든 감정의 찌꺼기를 깨끗이 씻어냈다.

그동안 순후가 돌아갔던 집은 벽돌을 쌓아 만든 혼자만의 공간에 불과했다. 이제 순후에게도 드디어 진정한 '집'이 생겼다. 필요한 수속 절차를 마치고 가족과 함께 역관을 나섰다. 순후는 한 손으로 아들을 안고 다른 손으로 아내의 손을 잡고 싱글벙글 웃으며 밖으로 나갔다. 그리고 미리 준비한 마차를 타고 집으로 향했다.

"가족과 함께 있으니 정말 보기 좋네."

배서가 역관 앞에서 멀어지는 순후의 가족을 바라보며 부러움을 담아 한숨을 내쉬었다. 그는 방금 전까지 계속 순후 옆에 있었는데 순후는 그를 한 번도 쳐다보지 않았다. 아사이가 실실 웃으며 배서를 놀렸다.

"부러워요? 한중에 여자가 없는 것도 아니고, 배 선생도 용기를
내보시지요."

"됐어. 여기 여자는……. 차라리 자네 고향 남만에 가서 찾는 게
낫지."

"네? 취향 참 독특하시네. 거기서 거기예요. 어차피 다 똑같아요."

배서가 못마땅한 표정으로 한 번 째려보고 입을 다물었다. 이 부
분만큼은 아사이의 상대가 되지 못했다. 두 사람은 역관 안으로 들
어가 하인에게 마차를 준비시켰다. 먼저 순후의 부인이 성도에서 가
져온 짐을 집으로 보냈다. 그리고 다시 사람을 불러 좋은 술과 채소
도 보냈다. 정안사 동료들이 순후의 가족을 환영하는 뜻으로 보내는
선물이었다. 대충 정리가 끝난 후 배서가 아사이에게 정안사에 다녀
오라는 지시를 내렸다.

"가서 순 종사 휴가 신청 좀 처리해주게. 하루 정도는 가족들과
시간을 보내셔야지."

"예. 하루라도 편히 쉬게 해드려야죠. 어차피 당분간 별일 없잖
아요."

아사이가 손뼉을 치며 찬성했다. 두 사람은 아사이가 말한 상황
이 채 하루를 넘기지 못할 줄은 꿈에도 몰랐다.

험준한 진령 산봉우리를 스쳐 간 부드러운 초여름 바람이 양군
진영 사이에서 자취를 감췄다. 때는 바야흐로 초여름이지만 이곳 산
비탈은 여전히 한겨울 북풍처럼 매서운 살기로 뒤덮여 있다.

양군 진영은 한눈에 들어올 만큼 가까운 거리였다. 두 진영 사이

에 불쑥 솟은 구릉이 자연스럽게 양군의 경계가 됐다. 구릉 너머 양편에 소가죽과 양탄자를 늘어뜨린 회색 막사가 비온 후 웃자란 버섯처럼 넓게 퍼져 있었다. 해 질 무렵 여기저기에서 모닥불 연기가 피어올랐다. 양쪽 진영 중간중간 조금 높은 구릉마다 세워놓은 나무 감시탑에 '대한', '제갈', '대위', '사마' 글자가 새겨진 대형 깃발이 휘날렸다. 진영 바깥쪽으로는 사슴뿔, 작은 돌, 나무토막 등으로 각자 영역을 표시한 울타리를 만들었다.

사마의가 지난 3월 처참하게 패하고 성안에 틀어박힌 후로 양군의 대치가 두 달 넘게 이어졌다. 사마의는 겁먹은 쥐새끼처럼 쥐구멍에 기어들어간 후 촉군이 아무리 도발해도 꿈쩍도 하지 않았다.

"승상."

강유가 제갈량 뒤로 다가섰다. 제갈량은 멀리 보이는 위나라 깃발에 시선을 고정한 채 돌아보지도 않았다.

"승상, 보여드릴 것이 있습니다."

"뭔가?"

강유가 품에서 서신 두 개를 꺼내 두 손으로 공손히 건넸다. 제갈량이 내용을 확인한 후 나지막이 중얼거렸다.

"한중으로 돌아갈 때가 됐군."

제갈량이 안타까움과 피로감을 동시에 드러내며 말했다. 곧 서신을 나무 상자에 넣은 후 어쩔 수 없다는 듯 어깨를 으쓱했다.

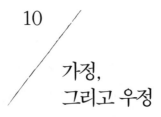

10

가정,
그리고 우정

5월 5일 오후.

순정이 새로 이사 온 집 대문 앞에서 백양나무 꼭대기의 참새 둥지를 올려보고 있었다. 마침 참새 새끼 네 마리가 고개를 내밀고 쨱쨱 울었다. 순후의 아내는 머리에 남색 천을 두르고 대문 안팎에서 열심히 비질을 했다. 이때 순후는 대문 문턱에 걸터앉아 작은 칼로 열심히 나무 막대기를 깎고 있었다. 발밑에 소가죽 조각과 구리못 몇 개가 뒹굴었다. 촉나라 승상부 사문조 정안사 종사 순후의 현재 임무는 아들에게 줄 새총을 만드는 것이었다.

이 임무는 촉룡을 잡는 일보다 결코 쉬운 일이 아니었다. 순후는 새총을 만드는 방법은 알고 있다. 하지만 '방법을 아는 것'과 '만들 수 있는 것'은 별개의 일이었다. 순정이 수시로 달려와 다 만들었느

냐고 몇 번이나 물었다, 순후는 금방 다 된다고 부드럽게 달래면서
'정안사 말고 군기사에 들어갈걸.'이라고 후회했다. 초준에게 도움을
요청하고 싶은 마음이 굴뚝 같았다.

툭! 나무 막대기가 또 부러졌다. 이번에도 실패다. 순후가 절망적
으로 머리를 감싸 쥐었다가 다시 다른 나뭇가지를 집어 들었다. 발
밑에 흩어져 있는 부러진 나무 막대기가 이미 열 개가 넘었다.

이때 멀리서 요란한 말발굽 소리가 들렸다. 순후가 손을 멈추고
굳은 표정으로 고개를 번쩍 들었다. 말발굽 소리는 금방 가까워졌고
바로 집 앞에서 멈췄다. 순후는 칼을 내려놓고 천천히 일어섰다. 아
사이가 대문 앞에 나타나자 순정이 그의 독특한 외모를 신기하게
쳐다봤다.

순후는 아사이의 심각한 표정만으로 큰일이 일어났다는 것을 알
수 있었다. 조금 전까지 자상했던 아버지의 눈빛이 정안사 종사의
눈빛으로 돌변했다.

"무슨 일이야?"

"두 선생이 최대한 빨리 모셔오라고 하셨습니다."

"무슨 일이라고 얘기는 안 했고?"

"예."

"흠……."

아사이에게 말하지 않은 것으로 보아 이평이나 촉룡과 관계된 일
이 분명했다. 순후는 아내에게 몇 마디 당부하고 서둘러 대문을 나
서려다가 갑자기 발길을 멈췄다.

"아, 참. 아사이, 이왕 왔으니 좀 더 있게나. 내가 만들던 새총 좀
완성하고 와."

"새, 새총이요?"

"그래, 새총."

이 임무를 아사이에게 떠맡길 수 있어 참 다행이었다. 남만 사람들은 새총에 일가견이 있어서 촉나라 군대가 남정 당시 꽤 애먹었다고 했었다. 순후가 아사이의 어깨를 두드리고 대문을 나섰다. 문밖에 있던 순정은 아버지가 또 일하러 가는 것을 알고 크게 실망했다. 순후가 순정의 머리를 쓰다듬고 눈높이를 맞춰 쪼그려 앉았다.

"아버지가 일이 있어서 잠깐 나갔다 올게. 대신 이 아저씨가 새총을 만들어줄 거야. 엄청 대단한 아저씨거든. 이 아저씨가 만든 새총은 높이 나는 비둘기도 맞출 수 있어."

순정이 두 눈을 번쩍 뜨며 기뻐했다. 바로 돌아서서 어리둥절해 하는 아사이에게 매달렸다.

순후는 밖으로 나와 말에 올라타고 쏜살같이 정안사로 향했다. 정안사로 가는 이 길을 수백 번, 수천 번 달렸지만 오늘은 유난히 긴장됐다. 두필도 순후가 가족과 함께하기 위해 휴가를 받은 사실을 알기 때문에 아주 급한 일이 아니라면 부르지 않았을 것이다.

"촉룡이에요, 이평이에요?"

순후는 두필을 보자마자 이렇게 내뱉었다. 두필은 질문에 대한 답도 하지 않고 순후 가족의 안부도 묻지 않았다. 굳게 입을 다물고 따라오라는 뜻으로 손만 흔들었다.

두 사람은 나란히 두필의 집무실로 들어갔다. 집무실 한가운데 놓인 책상에 비단과 삼종이, 죽간 등이 어지럽게 널려 있었다. 전부 다 건흥 7년 때 문서였다. 아마도 미충 관련 문서를 확인했을 것이다. 두필이 문을 꼭 닫고 약간 거뭇해진 죽간 하나를 집어들어 순후에게 건넸다.

"미충 사건과 관련된 문서를 모두 확인했습니다. 몇 가지 의문점을 발견했는데, 사건 당사자였던 순 종사에게 다시 확인을 해야겠습니다. 만약 제 생각이 맞다면 지금 바로 행동에 들어가야 합니다."

"알겠습니다."

"이 년 전 건흥 7년 3월 5일 새벽, 정안사가 면현 위수영 병사들과 함께 요양현 오두미교 신도 체포 작전을 펼쳤지요. 맞습니까?"

"네. 그때 체포한 오두미교 신도가 백 명이 넘었는데 미충과 황예, 그리고 좨주급은 모두 빠져나갔어요."

"보고서 내용을 보니, 순 종사가 관련 정보를 받은 시간이 3월 4일 오후이고 체포 작전이 시작된 건 3월 5일 새벽 축시에서 인시[13] 무렵이었어요. 이렇게 늦어진 이유가 뭡니까?"

순후가 미간을 좁히며 기억을 더듬었다.

"원래는 3월 4일 유시에 출발해서 3월 5일 자시에 작전을 시작할 계획이었어요. 하지만 면현성 위수영 병사들이 모이는 시간이 한 시진 정도 늦어졌어요."

"아, 위수영 부대 동원 명령 문서는 저도 봤습니다. 성번 장군이 서명했더군요."

"맞아요. 그때 성번이 면현성 수성위였으니까."

"나중에 성번이 늦은 이유를 설명했습니까?"

순후는 두필의 숨막히는 추궁이 상당히 불편했다. 몇 년 전 평의

◇◇◇◇◇◇◇◇

13 寅時, 오전 3시~5시.

받을 때가 생각났는데 지금 두필의 추궁이 그때보다 더 날카로웠다.

"위수영 일손이 부족해서 정안사 작전을 지원하려면 면현성 수비 배치를 다시 짜야 해서 시간이 걸린다고 했어요."

두필은 다른 문제로 화제를 돌렸다.

"이 체포 작전의 주요 목표물들은 정안사의 기습 체포 작전이 시작되기 전에 모두 도망쳤어요. 보고서에 이렇게 적은 것 맞습니까?"

"맞아요. 여러 가지 정황으로 볼 때 목표물들은 갑자기 연락을 받고 다급하게 도망쳤어요."

"그래요……."

두필은 드디어 뭔가 찾았다는 듯 미소를 지었다. 순후는 그 미소에 숨겨진 의미를 알 것 같았지만 왠지 수긍하고 싶지 않았다. 일단 제자리에 꼿꼿이 서서 다음 질문을 기다렸다. 두필이 다른 문서를 가져와 순후 앞에 펼쳐놓았다. 순후 본인이 직접 쓴 보고서였다.

"제가 읽어보지요. 3월 6일, 황예 일행이 기술공 행렬을 습격해 그중 한 명을 납치해 포진도를 경유해 위나라로 도망치려 했다. 정안사는 포진도 입구에 매복했지만 적의 유인 작전에 당했다. 미충이 이 틈을 노려 군기사에 잠입해 노기 설계도를 훔쳐갔다. 맞습니까?"

순후가 못마땅한 표정으로 고개를 끄덕였다.

"제가 오랫동안 한중을 떠나 있었던 탓에 조금 헷갈리긴 하는데요, 군기사 수비 임무도 면현 위수영 관할 아닙니까?"

"맞아요. 군기사 경비는 편제상 위수영에 소속돼 있어요. 하지만 실제로는 굉장히 독립적이어서 거의 다른 부대나 다름없죠. 하지만 행정상으로는 확실히 성번 관할입니다."

"그러니까요."

두필은 마치 이 말을 기다렸다는 듯이 맞장구를 쳤다. 그리고 또 다른 죽간을 집어 들었다. 길이가 5촌쯤이고 한쪽 끝이 뾰족하고 원래 노랗던 색이 거뭇하게 변해 있었다.

"이건 3월 6일 오전에 수성위 명의로 발표한 이동 명령서입니다. 군기사 수비군 삼 분의 일을 면현성 북부 산지 임시 경비로 파견하라는 내용입니다."

"아, 내가 그 전날 위수영에 정안사 작전에 병사를 지원해달라고 요청했었습니다."

두필은 그 문제는 중요하지 않다는 듯이 고개를 흔들었다.

"그렇다고 해도 군기사처럼 중요 기관의 수비군까지 이동시킬 필요가 있었을까요? 이건 굉장히 비상식적입니다. 그래서 3월 5일 위수영 수비 배치를 확인해봤습니다. 그날 면현성 안에 마구간과 무기고를 지키는 병사만 오십 명이 있었습니다. 성번은 왜 가까운 곳에 오십 명이나 되는 병사를 두고 굳이 그 먼 곳에 있는 군기사 수비군을 이동시켰을까요?"

"하고 싶은 말이, 설마……."

순후는 갑자기 심장 박동이 빨라졌다.

"맞습니다. 이것이 과연 우연인지는 모르겠습니다. 위수영과 연관되지 않은 상태에서 실행한 정안사 작전은 모두 성공했습니다. 예를 들면 청룡산에서 미충을 잡으려고 매복했을 때와 고당병을 첩자로 심은 것. 하지만 그 후에 실시한 두 번의 작전은 모두 성공의 문턱에서 좌절했지요. 그것도 두 번 모두 수성위의 비상식적인 조치와 관련이 있습니다. 첫 번째는 작전 시간을 지연시키는 바람에 미충과 황예 일행이 도망쳤고 두 번째는 군기사 수비 병력을 말도 안 되게 줄여버리는 이동 명령 때문에 빈틈이 생겨 적이 목표를 달성했죠. 그리고 지금 이 수성위는 우연히도 이평의 수하가 돼 있습니다. 효화, 정말 안타까운 상황입니다."

두필은 분석 결과를 명확히 언급하지 않았지만 순후가 충분히 눈치챘으리라 생각했다. 순후는 초조한 듯 연신 입술에 침을 바르며 한동안 말이 없었다. 두필의 분석은 촉나라 군대의 큰 자랑인 노기만큼이나 날카롭고 강력해서 순후의 마음을 감싸고 있던 우정의 갑옷을 단번에 꿰뚫어버렸다. 결국 순후는 가장 마주하고 싶지 않은 두 가지 진실 중 하나를 인정할 수밖에 없었다.

"지, 지금, 성번은 어디 있소?"

"감시자 보고에 따르면 오늘 막 한중에 도착했다고 합니다. 그래서 급히 순 종사를 부른 겁니다. 그리고 호충도 돌아왔습니다."

순후는 재빨리 날짜를 계산했다. 호충은 잠시 미뤄두고 성번의 경우, 운송 부대 호위를 맡아 출발한 것이 4월 22일이었고 오늘이 5월 5일이다. 어떻게 이렇게 빨리 돌아왔을까? 사실 성번이 운송 부대 호위를 맡은 것 자체가 의외였다. 이쯤 되자 순후도 두필의 분석 쪽으로 생각이 기울었다.

"당장 뭐든 조치를 취해야 합니다."

전형적인 행동파인 순후는 급한 마음에 일단 이렇게 외쳤다. 그런데 두필의 행동이 순후보다 더 빨랐다. 벌써 문 앞까지 걸어간 두필이 순후를 돌아보며 말했다.

"맞습니다. 어서 가시지요."

"어디로요?"

"양전조."

나른한 오후, 후끈한 초여름 바람이 창문에 드리운 푸른색 발을 살랑살랑 흔들 때마다 그 틈새로 황금색 햇빛이 쏟아져 들어왔다. 나석은 창밖의 태양 위치를 보고 대충 시간을 가늠했다. 집에 돌아갈 시간이 한 시진쯤 남았을 것이다. 집에 갈 생각을 하니 몸이 더 늘어지는 것 같아 무심코 허리를 쭉 폈다. 이 나른함이 양전조 업무실 전체에 퍼져 여기저기서 하품 소리가 들려왔다. 위나라와 전쟁이 시작된 후 양전조가 오늘 오후처럼 한가한 적이 없었다.

사실 나석은 이 일을 좋아하지 않았다. 지루하고 재미없고 급료도 너무 적었다. 양전조 서리가 하는 일은 매일 창고의 재고 수량을 점검하고, 들고나는 양을 계산하고, 이 숫자들을 장부에 기록하는 것이다. 똑같은 일이 매일, 일 년 내내 반복됐다. 가끔은 전선의 병사들이 부럽다는 생각까지 들었다. 전선의 병사는 위험천만한 상황이지만 열정을 불태울 수 있지 않나.

'그 옛날 반초[14]가 왜 서역으로 떠났는지 이해가 되네.'

하지만 나석은 자신을 너무 잘 알았다. 그는 영원히 붓을 던지고 전쟁에 나가지 못할 것이다. 사실 젊은 시절의 꿈은 시인이었다. 나석은 무심하게 책상으로 손을 뻗어 붓, 조각칼, 먹통, 벼루, 산가지[15], 죽간 장부 등을 반듯하게 정리했다. 서리들은 대부분 무료한 시간을 이렇게 보냈다.

이때 문밖에서 발소리가 들렸다. 업무실의 모든 서리가 갑자기 책상에 머리를 박고 괜히 바쁜 척했다. 한 관리가 문서 뭉치를 들고

<hr />

14 班超, 후한 시대 무장. 사절단으로 파견되어 서역 개척에 나섰다.
15 대나무나 뼈 등으로 만든 수효를 셈하는 데 쓰던 막대기.

들어와 문 앞에서 소리쳤다.

"승상부에서 보내온 보급 운송 문서인데, 누가 처리하겠소?"

업무실이 쥐죽은 듯 조용했다. 갑자기 날아든 일거리 때문에 모처럼의 여유를 방해받고 싶은 사람은 아무도 없었다. 다들 서로 눈치를 보며 누군가 용감하게 나서주기만을 기다렸다.

보급 운송 문서는 전선으로 떠나는 보급 운송 부대에 발부한 문서로 해당 회차에 운송한 수량, 운송 과정에 필요한 소모량, 후방 창고 잔고 상황 등을 기록했다. 이 문서가 다시 면현으로 돌아올 때는 전선의 잔고 상황, 소모 속도 등 전선에서 기록한 내용이 추가된다. 양전조 서리는 이 숫자 기록을 면현에 기록된 창고 잔고, 출고량과 하나하나 대조해 틀린 것이 없는지 확인했다. 보급 운송 문서를 작성하는 이유는 전선 지휘관과 후방 보급 부문이 통일된 방식으로 보급 상황을 파악하고, 운송 과정에서 사리사욕을 채우려는 부정을 막기 위함이었다. 이 일은 어렵지는 않으나 매우 번거로웠다. 종종 멀리 떨어진 창고에 직접 가서 장부를 일일이 확인해야 할 때도 많았다.

"아무도 안 하면, 제가 하지요."

나석이 무심하게 붓대로 귀구멍을 쑤시며 손을 들었다. 얼마 전에 면현성 곡식과 사료 창고 잔고를 전면 조사한 보고서가 아직 본인 책상에 놓여 있었다. 수치가 이미 나와 있으니 크게 어려울 것 없었다.

동료 관리에게 보급 운송 문서를 받은 나석은 익숙하게 줄을 풀어 죽간을 하나하나 분리해 책상 위에 펼쳐놓았다. 그리고 다른 한쪽에 면현성 4월 창고 잔고 상황이 담긴 보고서를 펼쳐놓고 그사이에 산가지 한 움큼을 준비했다.

일 자체는 매우 간단했다. 먼저 보급 운송 문서 숫자를 보고 여기에 해당하는 산가지를 그 앞에 내려놓는다. 다음에 면현성 창고 잔고 숫자를 확인하고 공식대로 계산해 산가지를 추가 혹은 제거했다. 마지막으로 최종 수치를 새로운 죽간에 표시한다.

나석은 퇴근 시간 전에 마무리할 수 있기를 바라면서 일에 집중했다. 그런데 보급 운송 문서 수치를 훑어보다가 뭔가 이상한 느낌이 들었다. 이 일만 벌써 칠 년 째라 대략적인 수치만 봐도 어느 정도 결과를 예상할 수 있었다.

"어딘가 분명 문제가 있어."

나석은 혼잣말을 중얼거리며 문서에 코를 박고 자세히 살폈다. 일단 하나하나는 문제가 없는데 여전히 이상했다. 어쩌면 착각일 수도 있지만, 민감한 전시 상황이라 그냥 넘길 수 없었다. 작은 빈틈이 자칫 큰 문제가 될 수도 있으니까. 나석은 책임감을 발휘해 꼼꼼하게 확인하기로 했다. 일단 자리에서 일어나 대각선 방향 자리에 앉은 동료를 불렀다.

"어이, 팽 씨, 3월 창고 잔고 통계 가지고 있나?"

"응? 아, 그쪽에 있어. 자네 뒤에, 오른쪽에서 세 번째 궤짝."

나석이 궤짝에서 필요한 문서를 찾아 본인 책상으로 돌아와 꼼꼼히 읽었다. 나석의 눈이 문서 세 개 사이를 쉴 새 없이 오갔다. 문서에 적힌 숫자를 보면 볼수록 나석의 얼굴이 점점 강한 의혹에 물들어갔다. 돌멩이를 던진 잔잔한 호수에 물결이 퍼져나가듯이. 결국 나석은 가슴에 손을 얹고 놀라움을 금치 못하며 중얼거렸다.

"이럴 수가, 도대체 이게 어떻게 된 거야……."

순후와 두필이 양전조에 도착한 때, 이미 해가 많이 기울어 관리들이 대부분 집에 갈 준비를 하고 있었다. 이 시간에 나타난 불청객이니 당연히 곱지 않은 시선은 받을 수밖에.

"미안합니다, 순 종사. 규정상 곡식 사료 관련 문서는 기밀 사항이므로 이 세 가지 신청서를 준비해오면 심사 후 열람할 수 있습니다."

양전조 중간 관리의 말투는 지극히 사무적이고 무심했다. 그러나 수시로 창문 앞 해시계를 힐끔거리는 얼굴에는 짜증이 가득했다. 순후가 성질을 꾹꾹 누르며 물었다.

"얼마나 걸리겠소?"

"글쎄요, 빠르면 사흘? 하지만 전선 사정이 급박해서 원래 우리 일만 해도 정신이 없어요."

말과 달리 말투는 아주 느리고 여유로웠다. 관리는 귀찮은 불청객을 빨리 쫓아버리겠다는 심산으로 팔짱을 끼고 버텼다.

순후는 예전에 한 번 양전조와 얽힌 일이 있었다. 미충 사건 말미에 순후가 노기 설계도를 가진 혐의자가 운송 부대에 끼어 있으니 당장 멈추게 하라고 요청했지만, 양전조가 '긴급한 군대 사정'을 이유로 거부하면서 결국 노기 설계도가 위나라로 넘어갔다. 이때 순후는 양전조의 안일한 관료주의적 태도에 큰 분노를 느꼈다. 그런데 지금 보니 이 못된 습관이 더 심해져 있었다.

순후가 한 걸음 바짝 다가서서 눈을 부라리며 관리를 노려봤다. 일찍이 오나라 땅에서도 모든 정보 문서를 자유롭게 열람했었는데 같은 촉나라에서, 대단치도 않은 양전조에서 이런 문전박대를 당하다니! 순후의 자존심은 이 상황을 용납할 수 없었다. 관리에게 손가락질을 하며 위협적인 말투로 분노를 표출했다.

"이건 긴급 상황이오. 정안사 명의로 양전조 문서를 조사해야 한다는 뜻이오!"

"양전조는 면현성의 중요 관부입니다."

관리도 물러설 생각이 전혀 없었다. 그 역시 승상부 권력 구조에 미묘한 알력 다툼이 존재한다는 사실을 알았다. 나아가 어떤 문제가 주목받고 어떤 문제가 무시당하는지도 잘 알았다. 정안사의 뒷배는 양의이고 양전조는 위연의 세력 범위에 속했다. 그는 양의가 정안사를 위해 발 벗고 나서서 위연을 자극하는 일은 절대 없으리라 생각했다.

관리의 강경한 태도에 순후가 결국 분노를 터트렸다. 순후가 코가 맞닿을 만큼 가깝게 얼굴을 들이밀자 관리가 깜짝 놀라 부들부들 떨며 뭐 하는 짓이냐고 소리쳤다. 순후는 아랑곳하지 않고 관리의 옷깃을 움켜쥐고 허공에 주먹을 휘둘렀다. 당황한 두필이 순후를 말리며 잘 달랬다.

"효화, 잘못하면 일이 복잡하고 커집니다. 지금은 문제를 키울 때가 아니에요."

순후는 간신히 화를 눌렀지만 여전히 씩씩거리며 사색이 된 관리를 놓아주었다. 이 작은 소동은 여러 관리들의 시선을 집중시켰다. 수문병까지 달려와 무슨 일인가 들여다볼 정도였다. 두필은 안 되겠다 싶어 순후의 팔을 잡아당겼다.

"이미 저 사람 얼굴에 먹칠한 셈이 됐으니 아무래도 오늘은 힘들겠습니다. 그만 가지요."

"젠장, 빌어먹을 서리 놈들!"

순후는 끝까지 성질을 부리고 돌아섰다.

두필과 순후는 밖으로 나와 하인이 말을 내올 때까지 잠시 기다렸다. 순후는 말없이 저녁놀에 물든 하늘을 바라봤다. 그러나 여전히 화가 가라앉지 않아 잔뜩 골 난 표정으로 씩씩거리며 땅을 툭툭 걷어찼다. 두필은 팔을 걷으며 가만히 순후를 지켜봤다. 잠시 후 하인이 말을 끌고 나타났을 때 두필이 가볍게 헛기침을 하고 순후에게 한마디 했다.

"효화, 지금 무슨 생각하는지 다 알아요."

"뭐요?"

순후는 뜨끔하면서도 설마 진짜 알까 싶었다.

"오늘 밤 아사이한테 양전조 문서를 훔치라고 할 생각이잖아요."

"……."

"분명히 말해두는데, 안 됩니다. 절대 안 돼요. 그러다가 정말 문제가 커진다고요."

순후는 두필에게 마음을 들키자 불쾌한 표정으로 입을 다물었다. 바로 이때, 한 서리가 두 사람 옆을 가까이 스치면서 빠르게 한마디 던졌다.

"두 분 나리, 잠시 얘기 나누고 싶습니다."

이 서리는 따라오라는 손짓을 보내고 멀찍이 앞서 어딘가로 걸어갔다.

순후와 두필은 눈빛을 주고받은 후 조용히 서리를 쫓아갔다. 서리를 따라 양전조를 나선 후 길을 여러 번 돌고 돌아 성 외곽의 한적한 장소에 도착했다. 양전조가 성 밖에 있기 때문에 성문을 통과할 필요는 없었다.

이곳은 버려진 작은 사당이었다. 오랫동안 손을 보지 않아 엉망

진창이었다. 내부 벽이 거미줄로 뒤덮였고 조각상은 두꺼운 먼지에 뒤덮여 원래 색과 모양을 알 수 없었다. 벽에 바른 흙이 쩍쩍 갈라지고 큰 틈이 생겨 금방이라도 무너질 것처럼 위태로워 보였다.

사당에 들어간 후, 서리는 두 사람에게 잠시 말하지 말라고 손짓한 후 주위를 한참 살폈다. 그리고 다 썩어빠진 나무문을 조심스럽게 닫은 후 두 사람과 마주 섰다. 창밖에 아직 석양 빛이 남아 있어 서리의 생김새를 살필 수 있었다. 마흔이 조금 넘어 보이는 비쩍 마른 중년 남자였다. 양전조 서리들이 입는 갈색 옷차림이고 오른손 두 번째 손가락에 먹물 흔적과 칼에 베인 상처가 있었다. 경험 많고 노련한 서리의 전형적인 모습이었다. 아주 반듯해 보이는 얼굴이지만 지금은 뭔가 불안하면서도 흥분한 표정이었다. 순후는 서리의 소맷자락에 주목했다. 안에 뭔가 단단한 물건을 감췄는지 소매 모양이 이상했다.

"두 분 나리, 혹시 군정사에서 나오셨습니까?"

서리가 조심스럽게 물었다. 순후는 전혀 망설이지 않고 바로 고개를 끄덕였다. 서리는 한결 부담을 덜어낸 표정이지만 여전히 우물쭈물하며 왼손으로 오른쪽 소맷부리를 만지작거렸다.

"긴장하지 말고 천천히 말하세요."

순후는 상대가 갑자기 마음을 바꾸지 않도록 천천히 대답을 유도했다.

"사실 말을 해야 하는 건지 아닌지 잘 모르겠습니다. 어쩌면 별일 아닐 수도 있고, 그런데⋯⋯."

"편하게 말하세요. 우리가 들어보면 중요한 일인지 아닌지 알 수 있으니까요."

서리는 순후의 격려에 쭈뼛쭈뼛 소매 안에서 죽간 문서를 꺼내 내용이 위로 보이도록 들었다.

"저는 양전조 서리 나석입니다. 이건, 추측, 예, 어디까지나 추측일 뿐인데요. 아, 아무래도 양전조 혹은 보급 운송 부대 내부의 누군가가 면현성 비축 곡식과 사료를 빼돌린 것 같습니다."

한중 관료 사회를 감독하는 군정사는 관리의 직무유기, 횡령, 직권 남용 등을 감찰하는 것이 주요 임무였다. 나석은 순후와 두필을 군정사 관리로 오해해 부정부패 사건을 고발하려 두 사람을 부른 것이었다. 순후는 일단 내색하지 않고 계속 말하라고 눈짓했다.

"오늘 3월과 4월 곡식, 사료 잔고 통계와 보급 운송 문서를 대조 검사하는 과정에서 이상한 점을 발견했습니다. 3월 말에 발표한 면현성 곡식, 사료 잔고와 전방 비축 비율이 오 대 일이었는데 4월 초에 이 비율이 칠 대 일로 올라갔습니다."

"그 비율이 무슨 뜻입니까?"

"아, 네. 후방 곡식, 사료 잔고와 전방 비축의 비율입니다. 비율이 높을수록 보급 효율이 낮다는 뜻입니다. 평소에는 사 대 일 수준이고 전시에는 육 대 일 혹은 칠 대 일까지 올라가기도 합니다. 만약 칠 대 일을 넘어가면 전방에 곡식과 사료가 부족하다는 뜻입니다."

본인의 전문 분야가 나오자 나석이 청산유수로 설명을 쏟아냈다.

"그렇군요. 계속 말해봐요."

"이 상황은 4월 중순까지 이어졌습니다. 한때 팔 대 일까지 치솟아 운송 효율이 계속 좋지 않았습니다. 그런데 4월 말에 이 비율이 갑자기 육 대 일로 떨어졌어요. 그래서 다른 관련 기록을 조사해봤는데 비율 하락 원인은 운송 효율 개선이 아니라, 누군가 수치를 수정한 것이었습니다."

순후가 답답한 듯 손을 흔들며 재촉했다.

"기술적 부분은 생략하고 결론을 말해주시지요."

"아, 네. 간단히 말하면, 누군가 4월 면현성 잔고 수치를 조작한 것 같습니다. 장부 수치상 전방 보급이 넉넉해 보이도록 말입니다. 하지만 실제 잔고 상황을 보면, 전방의 보급 위기는 3월 말부터 지금까지 전혀 나아지지 않았습니다."

"그걸 어떻게 알 수 있죠? 증거가 있습니까?"

"마침 제가 4월 잔고 통계를 가지고 있었습니다. 이건 제가 4월 19일에 직접 창고에 가서 조사해 확인한 수치입니다. 조작된 잔고 통계는 4월 20일에 발표한 것이고요. 두 통계의 잔고 차이가 무려 오십만 곡에 달합니다. 어떤 통계 수치를 사용하느냐에 따라 전방 보급 잔고 상황이 크게 달라집니다."

나석이 가져온 죽간을 순후에게 건넸다.

"그렇다면 누군가 잔고 수치 조작으로 전방 보급 문제를 덮으려 한다는 말인가요?"

"네, 맞습니다. 전방 보급 담당자는 조작된 수치를 보고 보급 계획을 세웠을 겁니다. 수치가 바로잡히지 않는 이상 전방 지휘관은 후방에서 계속 열심히 보급품을 운송하고 있다고 생각할 겁니다. 하지만 실제로 우리 창고에 있는 곡식은 그렇게 많지 않습니다. 조작자는 이 차액을 어디론가 빼돌렸을 겁니다."

"네, 무슨 말인지 알겠습니다."

두필이 맞장구를 치는 동안 순후는 죽간을 바라보며 깊은 생각에 잠긴 듯 말이 없었다.

"두 분께서 빨리 해결해주십시오. 시간이 지연되면 우리 군이 큰 위험에 빠질 수 있습니다."

나석이 침을 삼키며 떨리는 목소리로 덧붙였다.

"그, 그리고 신고자가 저라는 사실은 공개하지 않았으면 좋겠습니다. 군정사에 그런 규정이 있다고 들었는데……."

"걱정 마십시오. 조사 과정에서 당신의 존재가 언급되지 않도록 하지요."

"아, 네네. 감사합니다."

나석은 그제야 한시름 놓았는지 소맷부리를 줄곧 움켜쥐던 손을 풀었다. 그리고 허리를 굽혀 두 사람에게 인사를 하고 조심스럽게 물었다.

"그럼, 저는 이만 가봐도 되겠습니까?"

가도 좋다는 말이 떨어지자 나석은 사당 문을 열고 아무도 없는 것을 확인한 후 부리나케 뛰어나갔다. 이미 어두워진 터라 그의 모습이 금방 사라졌다. 나석이 떠난 후 두필이 다시 문을 닫고 순후에게 물었다.

"어때요? 쓸 만한 정보일까요?"

순후는 빠른 손놀림으로 죽간을 휘휘 돌리며 미묘한 표정을 지었다.

"아직 자세히 조사한 것은 아니니 결론을 내리긴 어렵지만, 일단 최대 수혜자가 누군지는 알 수 있을 거 같아요."

"그래요?"

"사실이든 아니든, 후방에서 보급품 공급에 문제가 없다고 통보하면 전방 군대는 쉽게 철수하지 않을 겁니다. 제갈 승상도 계속 전방에 있을 것이고……. 그렇게 되면 한중에 있는 누군가는 자신이 하고 싶은 일을 마음 편히 할 수 있겠지요. 아무런 방해도 받지 않고."

순후는 날카로운 눈빛으로 악의에 찬 추론을 완성했다.

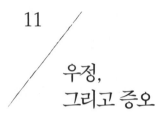

11

우정,
그리고 증오

이경[16]이 지나 칠흑처럼 어두웠지만 승상부 서편 건물에는 아직 불이 켜지지 않았다. 창문 격자 사이로 비치는 희미한 달빛이 이 방 안의 유일한 빛이었다. 그 차가운 빛에 짙은 어둠이 조금 옅어졌다. 한쪽 모퉁이에 놓인 붉은 구리 향로에서 한 줄기 연기가 피어올랐다. 허공을 선회하는 향 연기가 오랜 속박에서 벗어난 비룡처럼 길고 구불구불한 선을 그리며 쉽사리 흩어지지 않았다.

이평이 방석 위에 바르게 앉아 살짝 튀어나온 아랫배 앞에 가지런히 두 손을 모았다. 찻상 위 도자기 그릇 가장자리 곡선에 시선을

◇◇◇◇◇◇◇◇◇

16 二更, 밤 9시~11시.

고정시킨 채 오른손 검지로 왼손 손등을 가볍게 문질렀다. 잠시 후 하인이 그릇 뚜껑을 열고 펄펄 끓인 물을 부었다. 짙은 갈색 물이 도자기 그릇을 채웠다. 뜨거운 김이 피어올라 이평의 표정이 흐릿해졌다.

"나리, 물을 다 끓였습니다."

이평이 물러가라고 손을 흔들었다. 그리고 직접 그릇에 물을 따라 한 모금 음미했다. 살짝 떫은맛이 혀끝을 맴돌았다. 순간 알 수 없는 감동이 밀려와 저절로 눈이 감기며 몸이 부르르 떨렸다. 뭐라 표현하기 힘든 쾌감이 온몸으로 퍼져나갔다.

창밖의 달빛은 여전히 맑고 투명했다. 이평이 그릇을 내려놓고 희끗희끗한 수염을 쓰다듬는데 저도 모르게 입가에 희미한 미소가 떠올랐다. 남자의 수염이란 연륜 그 자체다. 그 안에 인생의 흥망성쇠와 다시 되돌릴 수 없는 시간에 대한 서글픔이 고스란히 담겼다. 인생과 시간은 그저 그렇게 흘러가는 것이니…….

이평의 나이 마흔아홉, 하늘의 뜻을 이해한다는 지천명(知天命)이 코앞이다. 이평은 오른손을 천천히 아래로 쓸어내렸다. 손가락 끝에 닿는 수염 한 가닥 한 가닥을 느끼며 깊은 생각의 소용돌이로 빠져들었다. 빛바랜 역사책을 펼친 것처럼 과거의 기억이 파도처럼 밀려왔다.

제갈량을 만나고 벌써 몇 년이 흘렀던가?

이평은 지금도 제갈량과의 첫 만남을 또렷하게 기억했다. 건안 19년 성도. 그때 그는 개명하기 전이라 이엄(李儼)이라 불리는 투항 장수였고 제갈량은 선제 유비의 군사이자 중랑장이었다. 이평은 다른 유장의 수하들처럼 새로운 정권에서 어떤 처지가 될지 몰라 매우 불안했다. 그래서 유비의 특사 제갈량이 도착했다는 소식을 들었을 때 크게 긴장하고 당황스러웠다.

그런데 제갈량의 태도는 매우 뜻밖이었다. 먼저 다가와 바닥에 엎드린 이평을 일으켜 세우고 부드럽게 미소 지으며 다정하게 '정 방'이라고 불렀다. 서른넷 젊은 중랑장의 온화함과 친근함이 이평의 불안감을 한순간에 녹여버렸다. 그때 이평은 제갈량의 눈빛에 크게 놀라고 감동했다. 이렇게 깊은 진심과 성의를, 어떻게 이렇게 생생하게 담아냈을까? 그 옛날 맹자가 '사람의 마음을 살피는 데 눈동자보다 더 좋은 것이 없으니, 눈동자는 결코 나쁜 마음을 숨길 수 없다. 마음이 바르면 눈동자가 맑다.'라고 했는데, 바로 제갈량의 눈이 그랬다.

그때 제갈량은 여러 가지 말을 했다. 유비는 유장 수하들의 마음을 깊이 이해하며 크게 중용하고자 한다고. 그들의 마음을 의심하지 않으며 어떤 억압적인 조치도 하지 않을 것이라고. 오히려 새로운 정권의 기반을 다지는 데 그들의 힘이 필요하다며 유비 정권의 초석이 되어달라고. 제갈량의 목소리는 모래알을 날리는 미풍처럼 섬세하고 부드러웠다. 한 글자 한 글자 깊은 배려가 느껴졌다. 유비를 대신한 제갈량의 전언을 듣는 동안 이평은 긴장과 불안을 완전히 떨쳐버렸다. 유비의 굳은 약속이라는 생각 때문인지, 제갈량의 묘한 매력 때문인지는 확실치 않으나 그들에게 완전히 설득당했다.

제갈량은 공식적인 전언을 마친 후, 이평과 따로 한담을 나누었다. 두 사람은 뜻밖에도 공통점이 많았다. 특히 치국 이념 부분에서. 두 사람은 유가의 덕치는 빛 좋은 개살구일 뿐 실질적으로 나라의 기강을 세우고 조정을 바로잡는 방법은 법가라고 생각했다. 새로운 유비 정권이 스스로 바로 설 수 있는 방법이 무엇일까 생각하다가 약속한 것처럼 같은 말을 외치고 동시에 웃었다.

"법령!"

나중에 제갈량은 유비 앞에서 이평을 이렇게 평가했다.

"사람됨이 이름처럼 엄하고, 자처럼 바릅니다."

덕분에 이평은 바로 흥업장군(興業將軍)에 봉해졌고 제갈량의 지시로 촉나라 법령 및 조례집 편찬에 참여했다. 그때 제갈량과의 공동 작업은 정말 잊을 수 없는 경험이었다.

이평은 이쯤에서 옛 추억의 감상을 억지로 떨쳐냈다. 하지만 입가의 미소는 한동안 사라지지 않았다. 그릇은 아직 뜨거웠다. 뜨거운 김이 여전히 모락모락 피어올라 콧구멍을 간질였다. 이평은 깊은 숨을 들이마시고 다시 한번 감격스러운 과거의 기억에 빠져들었다.

장무 3년, 영안궁, 황제의 침궁 문 앞. 이평은 어깨를 늘어뜨린 채 담담한 얼굴로 눈앞에 펼쳐진 큰길을 응시했다. 이 순간 등 뒤의 문 안쪽에서 촉나라 개국 황제 유비가 마지막 생명의 시간을 조용히 흘려보내고 있었다.

이평은 장무 2년 10월에 유비의 부름을 받고 백제성에 왔다. 그전까지 건위태수(犍爲太守)였던 그는 백제성에 도착하자마자 상서령에 봉해졌다. 상서령이라니, 이평은 기쁘기도 하지만 놀랍기도 했다. 상서령은 고위직이기도 하지만 황제의 측근이라는 의미로 매우 영예로운 일이니 당연히 기쁠 수밖에. 반면 너무 뜻밖이라 놀라움을 감출 수가 없었다. 그동안 유비에게 중용되긴 했지만 투항 장군이라는 과거 때문에 정치적으로 이런 중책을 감당할 수 있을지 스스로 의심스러웠다.

특히 제갈량이 이 일을 알고 어떻게 생각할지가 가장 걱정이었다. 그동안 조정 안팎의 모든 사람들이 제갈량이야말로 진정한 상서령의 자격을 갖췄다고 생각해왔다. 이런 상황을 잘 알기에 꺼림칙한 마음을 지울 수가 없었다.

그 후 몇 달간, 두 사람은 공문만 주고받았기 때문에 이평은 제갈량이 어떤 생각인지 가늠할 수 없었다.

장무 3년 연초, 유비의 병세가 위중하다는 소식을 듣고 제갈량이 서둘러 백제성에 도착했다. 이평은 상서령 신분으로 곧 제갈량을 만나야 한다고 생각하니 왠지 불안하고 초조했다. 이평은 스스로 상서령 자리에서 물러나야 하는지 자문해본 적이 있었다. 깊이 고민한 끝에 나온 답은 '아니다.'였다. 상서령으로 지낸 몇 달 동안, 자신을 바라보는 주변인의 시선이 확연히 달라진 것을 느꼈다. 그는 이런 시선 속에서 큰 성취감과 만족감을 맛봤다.

그때 이평은 멀리 어둠을 뚫고 질주하는 말발굽 소리를 들었다. 퍼뜩 고개를 들자 서쪽에서 쏜살같이 달려오는 마차가 보였다. 마차 지붕 한 귀퉁이에 금색 테두리를 두른 보라색 용 깃발이 휘날리고 있었다. 등급이 가장 높은 긴급 통행 깃발이다. 황궁 앞까지 달려온 마차에서 황급히 내린 사람은 제갈량이었다. 흙먼지로 뒤덮인 도포, 흩날리는 귀밑머리, 절박하고 지친 눈빛이 한눈에 들어왔다. 성도에서부터 중간중간 마차만 갈아타고 단숨에 달려온 것이다.

"공명……."

이평이 나서서 제갈량을 맞이했지만 무슨 말을 해야 할지 몰라 말끝을 흐렸다.

"폐하는 지금 어디 계시오?"

이평은 하려던 말을 삼키고 조용히 황궁 문을 가리켰다.

"고맙소, 정방."

제갈량이 서둘러 궁으로 들어간 후 이평이 안도의 한숨을 내쉬고 뒤따랐다.

제갈량이 침상 옆에 무릎을 꿇고 앉아 고개를 떨구자 유비가 힘겹게 고개를 돌렸다. 그리고 그 뒤에 똑같은 자세로 앉은 이평을 바라봤다. 유달리 평온한 눈빛, 난세의 영웅 유비는 자신에게 남은 시간이 얼마 없음을 알고 있었다. 가볍게 기침을 하고 손을 살짝 그러쥔 그는 잿빛 천장에 시선을 고정시키고 천천히 입을 열었다.

"공명, 자네는 조비보다 훨씬 뛰어난 사람이니, 반드시 큰일을 이룰 것이오."

유비가 잠시 말을 멈췄다가 다시 평소처럼 담담하게 말했다.

"내 아들이 쓸 만한 그릇이면 잘 도와주고, 그릇이 아니라면 공명, 자네가 직접 나라를 다스리는 편이 나을 것이오."

유비의 목소리는 힘이 없었지만 제갈량과 이평에게는 청천벽력과 같은 말이었다. 제갈량이 흠칫 몸을 떨더니 바닥에 철퍼덕 엎드려 흐느꼈다.

"소신이 어찌 감히 충성을 다하지 않겠습니까. 죽는 날까지 이 한 몸 다 바쳐 태자를 보필하겠습니다."

이때 이평은 가슴이 덜컹했다. 유비의 눈이 제갈량의 어깨 너머로 자신을 주시하고 있었다. 아주 잠깐이었지만 그 눈빛에 담긴 의미는 아주 명확했다. 이평은 등줄기에 식은땀이 흐르고 온몸이 얼어붙어 손가락 하나 까딱할 수 없었다.

"정방."

유비의 부름에 이평은 얼른 침상으로 다가가 제갈량 옆에 납작 엎드렸다.

"짐은 그대를 중도호에 봉해 이 나라 중군과 외군을 맡기고자 하오. 이제 그대와 공명은 짐의 탁고 신하이니, 한나라 부흥의 대업이 두 사람에게 달려 있음을 잊지 마시오."

이평은 명령을 받들겠다고 대답했지만 제갈량을 쳐다볼 용기가 나지 않았다. 이제 이평은 중군과 외군을 지휘하는 중도호가 됐다. 촉나라의 군권을 거머쥐었으니 촉나라에서 유일하게 제갈량과 어깨를 나란히 할 실세가 된 것이다. 사실 유비의 의도는 명확했다. 임종 직전까지 이런 계략을 생각해내다니, 역시 한 시대를 뒤흔든 영웅다웠다. 이평은 이때부터 복잡 미묘한 감정에 휩싸였다.

다음 날 새벽, 유비가 숨을 거두었다. 이평은 제갈량을 찾아가 본인은 중도호를 맡을 능력도 자격도 부족하니 이 일은 제갈량에게 맡기고 본인은 건위태수로 돌아가겠다고 말했다. 제갈량이 한참 매섭게 노려보더니 크게 꾸짖기 시작했다.

"정방! 어찌 이런 말을 할 수 있소? 선제가 승하하신 지 하루도 안 됐는데 선제의 유언을 헌신짝처럼 차버리는 것이오? 아직 천하가 혼란스럽고 그대와 내가 탁고 신하가 되었는데, 다 내팽개치고 가버리면 나 혼자 무슨 수로 한나라 부흥의 대업을 이루겠소? 반드시 모두가 온 힘을 다하고 군대와 조정이 한마음이 되어야 마땅하지 않겠소!"

이평은 이날 제갈량의 눈빛에서 처음으로 혼란스러움을 느꼈다. 예전에는 한없이 맑고 투명했는데 지금은 도무지 속을 알 수가 없었다.

'군대와 조정이 한마음이 된다고?'

이평은 이 한마디를 몇 번이나 되새겼다. 그리고 눈썹을 파르르 떨며 속으로 비웃었다.

그로부터 삼 년 후, 승상 제갈량이 군대를 이끌고 남정에 나섰고 중도호 이평은 영안궁에 남았다. 이때부터 이평은 성도 조정의 권력 핵심과 멀어졌다. 군대와 조정이 한 사람에게 집중됐다. 두 사람은 표면적으로 친밀한 관계를 유지했지만, 어디까지나 정치적 필요에 의한 보여주기식일 뿐, 둘의 거리는 점점 멀어졌다.

밤이 더 깊어가면서 밤바람이 살랑거려 간간이 상쾌함을 느낄 수 있었다. 뜨겁던 물도 따뜻한 온기만 남았다. 이평은 그릇을 손바닥에 올리고 빙그르르 돌리다가 남은 물을 한 모금 더 마셨다. 미지근한 물이라 처음만큼 감동적이지 않았다. 혀 끝에 닿은 강한 쓴맛이 빠르게 퍼져나가 심장이 두근거렸다. 그동안 쌓인 울분과 불만이 봇물처럼 터졌다.

이평은 뒷짐을 지고 창가에 서서 회랑에 놓인 차나무 화분을 넋 놓고 바라보다가 수시로 문을 쳐다봤다. 드디어 회랑 끝에서 발소리가 들렸다. 이평은 얼른 초조함을 거두고 시선을 돌렸다. 촉나라의 중군과 외군을 지휘하는 중도호 직함을 달고 오랫동안 강주에 처박혀 있는 동안 그의 세력 범위는 일개 태수 수준이었다.

이평의 아들 이풍이 돌돌 말린 문서를 가지고 이평의 등 뒤에 다가와 공손히 말했다.

"아버지, 성도에서 보내온 회신입니다."

"그래."

덤덤하게 문서를 받아 한쪽에 내려놓고 물러가라고 손을 흔들었다. 아들이 나간 후 서둘러 비단 끈을 풀고 눈을 크게 뜨며 한 줄 한 줄 읽어 내려갔다. 그런데 표정이 점점 굳어가더니 분노를 감추지 못하다가 결국 문서를 책상에 내던지며 나지막이 포효했다.

"공명! 네 놈이 감히!"

이평은 늘 제갈량을 공명이라고 불렀다. 처음에는 순수하게 친밀함을 나타내는 말이었지만 나중에는 분노를 표출하는 창구가 됐다. 이평은 자신이 제갈량에 버금가는 매우 중요한 인물이라고 생각했다. 하지만 현실적으로는 아무것도 할 수 없으니 동급의 호칭으로 위안을 삼으려는 것이다.

지난달 이평은 제갈량이 승상부를 설치한 지 삼 년이 되는 시점에 맞춰 본인의 오랜 요구를 실현하기 위한 상주문을 올렸다. 제갈량이 부를 설치했으니, 같은 탁고 신하인 자신도 제갈량만큼 큰 규모는 아니더라도 자신의 세력 범위 안에서 어느 정도 비슷한 수준으로 올라가야 한다고 생각했다. 그래서 촉나라 동부와 오나라 인근의 강주 5군을 분리해 새로운 주를 만들고, 본인이 새로운 주의 자사가 되어 이곳에 부를 설치하게 해달라고 요청했다. 이 일은 이평에게 자존심이 걸린 문제였다.

이평은 이것이 절대 과한 요구가 아니며 제갈량이 두 사람의 우정을 고려해 진지하게 받아들여야 한다고 생각했다. 하지만 조정과 제갈량은 다시 생각해볼 여지가 전혀 없다는 듯 아주 단호하게 거부했다. 조정의 표면적인 이유는 이러했다.

현재 북방에 대적을 상대하고 있어 후방의 안정이 필요하며 행정적으로 전혀 불필요한 조치이다.

이평은 또 한 번 제갈량에게 자존심을 짓밟힌 기분이었다.

"난 선제의 탁고 대신이야. 보잘것없는 지방 태수가 아니라고. 공명, 내가 부를 설치하면 네 권력에 위협이 될까 봐 무서운 것이지? 공명! 공명! 이 촉나라가 제갈 씨 것인 줄 아느냐? 너야말로 선제의 유언을 헌신짝처럼 차버리는 것 아니냐!"

이평은 생각할수록 화가 났다. 유비가 임종 직전에 자신을 중도 호에 임명한 것은 분명히 제갈량의 권력 독점을 견제하기 위함이었다. 하지만 지금의 제갈량 중심의 정치 판도에서는 감히 이런 말을 꺼낼 수 없었다. 그저 가슴에 묻고 제갈량의 세력이 점점 커지는 것을 두고 볼 수밖에 없었다. 너무 화가 나고 가슴이 답답해서 미칠 것 같던 그 순간, 한 가지 생각이 뇌리를 스쳤다. 재빨리 책상 앞에 서서 종이를 펼치고 먹을 준비한 후 붓을 들었다.

공명은 임기응변과 책략이 풍부하며 재능이 뛰어나고 문무를 겸비하여, 이 나라의 큰 기둥이 되었습니다. 촉나라 천 리, 위나라와 오나라 10주를 통틀어 공명과 같은 군자는 어디에도 없습니다. 천하가 사분오열되어 흉악한 무리가 벌떼처럼 일어나는 세상에서 소열 황제께서 다진 기반을 공명이 잘 유지하고 있습니다. 위나라도 오나라도 감히 우리나라를 넘보지 못하는 것은 모두 공명이 강한 힘을 지니고 있기 때문이 아니겠습니까? 공명은 인의를 받들고 백성의 마음을 깊이 헤아려 백성이 평안하게 살 수 있게 했습니다. 민간의 죄악을 없애고 올바른 도리로 교화하고 멀리 남만까지 구했습니다. 공명의 공덕으로 세상 사람들은 사악함을 벗어났습니다. 먼 옛날 강상(姜尙)과 장량(張良)도 오늘날 공명에게 미치지 못합니다.

공명은 한나라에서 이어받은 기운을 크게 떨치고 위대한 공적을 쌓았습니다. 조정이 공을 존중하고 익주가 공을 따르고 만백성이 공을 우러르게 되었습니다.

이에 황제 폐하께 말씀을 아뢰어 어가[17]를 타고 곤룡포와 면류관을 착용하고 구석[18]을 받아들여 번왕(藩王)이라 칭하는 것이 어떻겠습니까? 주공의 덕망을 이어받고 선제의 숙원을 풀어야 하지만 3대 법령과 한나라의 제도를 따를 필요는 없습니다. 공이 이를 바로잡는다면 모든 관리가 환호하고 모든 백성이 기뻐할 것입니다. 민심에 순응하여 대계를 이루소서…….

이평은 증오에 눈이 멀어 정신없이 글을 써 내려갔다. 표면적으로는 온갖 미사여구로 포장한 찬사이지만 사실 제갈량이 모든 권력을 독점했다고 조롱하는 내용이었다. 이평은 이 서신을 바로 봉투에 넣어 제갈량에게 보냈다. 그리고 한 달 후, 제갈량의 회신을 받았다. 제갈량은 분수에 맞지 않는 터무니없는 생각을 한다고, 국가 대업을 완수하지 못했는데 어찌 부귀를 탐하겠느냐며 이평을 호되게 꾸짖었다.

이평은 뭘 이렇게까지 화를 내나 싶고 제갈량이 참 재미없는 인간이라고 생각했다. 한편으로는 본인의 서신을 읽고 제갈량 얼굴이 붉으락푸르락했을 것을 생각하니 왠지 기분이 좋았다. 사실 제갈량이 받아들일 것이라고는 생각하지 않았다. 그저 이것을 빌미로 남들

◇◇◇◇◇◇◇◇◇
17 御駕, 황제가 궐 밖으로 행차할 때 타는 수레.
18 九錫, 황제가 특별한 신하에게 내리는 아홉 가지 성은.

의 가벼운 농담 한마디도 용납하지 않는 제갈량을 놀려주고 싶었을 뿐이다.

이평의 입가에 미소가 떠올랐다. 어쨌든 이번 서신으로 원하는 결과를 얻은 셈이니까. 그는 기분 좋게 오른손을 들어 허공에 동그라미를 그렸다. 그리고 넓은 소맷부리를 흔들어 그릇 주위에 모여든 파리를 쫓아내고 물 한 모금을 마셨다. 그릇을 내려놓던 이평은 갑자기 쓰라린 기억이 떠올랐는지 미소가 싹 사라졌다. 여전히 촛불을 켜지 않아 희미한 달빛이 그려낸 이평의 검은 그림자가 얼핏 석상처럼 보였다. 이 검은 그림자는 한동안 꼼짝도 않다가 어느 순간 긴 한숨을 내쉬었다. 힘없는 노인의 안타까운 무력감이 느껴졌다.

도자기 그릇에 따랐던 물이 절반으로 줄었다. 물을 더 넣을까 하다가 그만두고 몸을 뒤로 젖혀 벽에 기댔다. 피곤한 듯 스르르 눈을 감고 두 손을 무릎 위에 내려놓았다.

건흥 9년 3월 15일, 제갈량이 예정을 크게 앞당겨 갑자기 북벌 출병했다. 사전에 이평에게 한마디 귀띔도 없었다. 이평은 대다수 하급 관리와 마찬가지로 출병 당일에야 이 사실을 알고 부랴부랴 성문으로 달려갔다. 제갈량은 출병 직전에 한중에 남는 관리들 앞에 나서서 형식적인 격려와 당부의 말을 전했을 뿐, 이평에게 따로 남긴 말은 한마디도 없었다. 말은커녕 손짓이나 눈짓도 없었다. 오랜 친구가 아니라 수많은 아랫사람 중 하나라고 생각하는 것 같았다.

이평은 일단 아무렇지 않게 면현성 승상부로 돌아와 보급품 운송 계획을 지시한 후, 본인 집무실에 틀어박혀 홀로 잔을 채우고, 홀로 잔을 비웠다. 잔에 채운 것은 물이 아니라 술, 그것도 아주 강한 독주였다. 그날 일은 이평의 강한 자존심에 큰 상처를 냈다. 수많은 사

람들 앞에서 따귀를 얻어맞은 기분이었다. 촉나라의 위풍당당한 도
향후(都鄕侯)이자, 가절(假節)이자, 전장군(前將軍)이자, 중도호인 자
신을 억지로 한중 승상부에 데려와 겨우 보급품 관리같은 잡일이나
시키다니.

명분상 제갈량과 어깨를 나란히 할 수 있는 직급이지만 실제로는
출병 결정 과정에 한마디도 보태지 못하고 제갈량의 뒷모습을 바보
처럼 지켜보기만 했다. 이평에게 이보다 더한 모욕은 없었다.

'나도 탁고 대신이란 말이다. 선제가 친히 중도호에 봉한다고 말
했다. 원래 우리 둘이 함께 나라를 다스려야 한다고. 공명, 네 놈이
감히 내 것을, 내 나라를 뺏어가다니!'

이평은 이 광기 어린 내면의 외침을 현실로 드러내고 싶다는 충
동에 휩싸였다. 하지만 결국 고개를 흔들었다. 수십 년의 관료 사회
경험으로 이런 충동적인 행동이 얼마나 무의미한 것인지 잘 알고
있기 때문이다. 그래서 한 잔, 또 한 잔 독주를 입안에 털어넣었다.
이 독주가 온몸의 신경세포를 다 태워버리길 바라는 마음으로. 미친
듯이 술을 마셔 정신이 몽롱해졌지만 한 가지 사실만은 점점 더 또
렷해졌다. 오늘부로 공명과의 우정은 완전히 사라졌다.

도자기 그릇을 채웠던 짙은 갈색 물이 모두 사라져 깨끗한 바닥
이 드러났다. 이평은 지금까지 잘 사용한 도자기 그릇을 찻상에 내
려놓고 소중한 보물을 다루듯 비단 수건으로 깨끗이 닦았다. 그리고
천천히 자리에서 일어나 도자기 그릇을 높이 들어 올렸다가 바닥에
내던졌다. 쨍그랑! 청고벽돌 바닥에 산산조각 난 도자기 그릇 파편
이 흩어졌다. 이 순간 이평의 눈빛은 매우 의연했다. 그는 이미 마음
을 정했다.

검은 구름이 달빛을 가리자 방안이 짙은 어둠에 휩싸였다. 바로 이때 누군가 방문을 열고 들어왔다. 몹시 어두워 이목구비는 보이지 않았다.

"난, 준비됐소."

"그럼, 떠납시다."

이평의 담담한 한마디에 촉룡이 차분하게 응수했다.

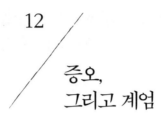

12

증오,
그리고 계엄

　나석의 제보를 받은 순후는 바로 행동을 취하지 않았다. 중요한 정보이긴 했지만 증거가 충분치 않았다. 이것만으로는 단순한 횡령인지, 어떤 음모의 일환인지 판단할 수 없었다. 정확히 판단하려면 잔고 통계 문서를 직접 볼 수 있고 수정할 수 있는 사람이 누구인지 알아야 한다. 하지만 양전조는 물론 모든 부서 관리가 퇴근해버렸으니 당장은 확인할 길이 없었다. 순후와 두필은 어쩔 수 없이 내일까지 기다리기로 했다. 내일, 5월 6일에 확실히 조사하기로. 사실 조금 전에 순후가 당장 성번을 찾아가 직접 물어보겠다고 했는데, 두필이 겨우 뜯어 말렸다.

　"잔고 통계 문서 수정이 성번이나 이평과 관계 있는지만 알아내면 어차피 모든 것이 확실해집니다. 확실한 증거를 가지고 찾아가는 것이 낫지 않겠습니까?"

일리 있는 말이었다. 순후는 굳은 표정으로 어쩔 수 없이 고개를 끄덕였다.

"내일까지만 기다리면 됩니다. 내일은 뭔가 나올 거예요."

두필이 위로하듯 순후의 어깨를 두드렸다.

그러나 5월 6일 이른 아침, 전혀 예상치 못한 상황이 벌어졌다. 정안사의 예상을 훨씬 뛰어넘는 최악의 상황이었다. 순후와 두필이 요유가 서명한 공문서를 들고 양전조로 출발하려는데 아사이가 헐레벌떡 뛰어와 두 사람을 가로막았다. 아사이는 땀을 닦을 새도 없이 숨을 몰아쉬며 계엄 소식을 전했다.

"뭐? 계엄령? 면현성 전체에?"

"예, 오늘 아침 승상부에서 긴급 계엄령을 내렸답니다. 지금 모든 성문이 봉쇄됐어요."

"이유가 뭔데?"

"1급 긴급 경계라는 것 말고는 아무것도 알 수가 없습니다."

순간 방안이 쥐 죽은 듯 조용해졌다. 1급 긴급 경계라는 말에 모두가 그대로 얼어붙었다. 방을 나서려던 순후 역시 큰 충격을 받은 듯 문 앞에 우뚝 멈췄다.

촉나라의 수비방어 경계 등급은 총 4단계로 나뉜다. 그중 1급 경계는 적군이 성벽 앞까지 쳐들어왔다는 뜻이다. 작년 건흥 8년에 위나라 군대가 자오곡을 침범했을 때도 2급 경계였다. 배서가 어리둥절한 표정으로 물었다.

"설마 위나라 군대가 기산에 있는 우리 주력군을 따돌리고 면현을 기습하러 왔단 말이야?"

"말도 안 돼. 면현성 경계 체계는 성고, 적판까지 이어져 있어. 정말 위나라 군대가 왔다면 최소한 이삼일 전에 소식이 왔어야 해. 적군이 코앞에 올 때까지 모를 수가 없어. 아사이, 승상부 계엄령에 다른 내용은 없었어?"

"네, 승상부 계엄령에는 부가 설명이 전혀 없었어요. 혹시나 해서 위수영에 있는 친구를 찾아가 봤는데 그쪽도 똑같은 명령만 받았고 다른 외부 상황은 전혀 모른답니다."

"그럼, 군계방은? 무슨 움직임 있어?"

"없는 것 같습니다."

순후가 이맛살을 찌푸렸다. 정말 이상했다. 만약 적군이 쳐들어온 것이라면 승상부가 위수영에 지시해 군계방을 열고 수비 방어를 위한 무기를 배치해야 한다. 그런데 승상부는 지금 계엄령을 발표한 후에 아무런 조치도 취하지 않고 있다. 이상해도 너무 이상했다. 순후는 자연스럽게 두필을 쳐다봤다. 두필도 같은 생각임이 분명했다.

"이 일이 촉룡과 관계된 것이라고 생각하는 거죠?"

"승상부에서 명령을 내리고 위수영이 명령을 집행하고 있으니, 다른 이유일 리 없잖아요. 양전조 일은 보국이 혼자 다녀와야겠습니다. 나는 승상부에 가봐야겠어요. 이평이 도대체 무슨 꿍꿍인지."

아사이는 사건의 내막을 모르기 때문에 순후가 이 도호를 이평이라고 부르자 너무 놀라 입이 떡 벌어졌다. 순후는 그 반응을 무시한 채 아사이를 다그쳤다.

"어제 면현성 외곽 감시 보고서, 가져왔나?"

"방금 그 일 때문에 나갔던 건데, 성문이 다 닫혀버렸잖아요. 저쪽에서 들어오지도 못하고, 내가 나가지도 못하고."

"정안사 공무라고 말해봐. 아무튼 무슨 방법을 써서라도 무조건 보고서 받아와."

순후는 마지막으로 배서에게 지시를 내렸다.

"자네는 도관에 남아 있어. 뭐든 새로운 정보가 들어오면 바로 알려줘."

"알겠습니다."

"자, 어서들 움직입시다."

순후가 야무지게 상황을 정리한 후 손을 탁탁 털고 일어나 도포자락을 펼치고 힘차게 걸어 나갔다. 이 뜬금없는 계엄령 배후에는 분명히 중대한 이유가 있을 것이다. 이 이유를 밝혀야 한다는 절실함이 의기소침했던 순후를 다시 일으켜 세웠다. 순후는 어렴풋이 적을 정면으로 마주하는 순간이 곧 다가오리라는 직감이 들었다.

도관을 나서자마자 면현성을 뒤덮은 무거운 긴장감이 느껴졌다. 거리에 오가는 사람이 거의 없었다. 계엄령 소식을 듣고 뒤늦게 발걸음을 재촉하는 사람이 간간이 보였다. 그리고 황톳길을 쿵쿵 울리며 다급하게 뛰어가는 위수영 병사들이 여기저기에서 뿌연 흙먼지를 일으켰다. 저 멀리 계엄령을 알리는 깃발이 높이 휘날리고 북소리도 끊임없이 울렸다.

위수영은 승상부 명령의 정확한 내막을 모른 채 면현성 수비 및 통제 조치를 신속하게 이행했다. 이들의 행동은 아주 빠르고 정확했다.

순후는 승상부로 가는 내내 이평이 도대체 왜 계엄령을 내렸을까 생각하고 또 생각했다. 한 가지 더, 성번은 여기에서 어떤 역할을 맡았을까? 호충은 과연 전혀 혐의가 없을까? 이 두 친구는 뭐가 그렇게 바쁜지, 최근 어디에서도 얼굴을 볼 수가 없었다. 물론 순후가 의도적으로 두 사람을 피하고 있지만, 두 사람도 예전과 달리 순후를 찾아오는 일이 거의 없었다. 세 사람이 우정을 키워오는 동안 이렇게 소원한 적이 없었다.

정식 관복 차림이라 특별히 순후의 말을 멈추게 하는 병사는 없었다. 덕분에 금방 면현 중심가를 지나 저 멀리 승상부가 보였다. 순후가 갑자기 말고삐를 잡아당겼다. 말이 세차게 도리질하며 불만스러운 듯 강한 콧김을 뿜어냈다.

승상부 앞에 회갈색 갑옷을 입은 병사 열댓 명이 반원 모양으로 빈틈없이 정문을 에워싸고 있었다. 외부인의 접근을 철저히 차단하겠다는 뜻이리라. 순후는 그들이 승상부 경비를 담당하는 직속 호위 부대임을 알아봤다. 그런데 병사들이 왜 저러고 있을까? 승상부에 금방 적이 쳐들어오기라도 할 것처럼 긴박해 보였다.

순후는 턱을 어루만지며 잠시 생각에 잠겼다가 고개를 흔들었다. 그리고 고삐를 가볍게 흔들어 천천히 승상부 정문으로 다가갔다. 잠시 후 순후를 발견한 병사가 앞으로 몇 걸음 걸어 나와 굵은 팔을 쑥 내밀며 말머리 앞을 가로막고 우렁차게 외쳤다.

"누구냐? 멈춰라!"

순후는 언짢은 표정으로 품에서 명패를 꺼내 보였다.

"정안사 종사 순후다. 긴급한 공무로 이 도호를 만나야겠다."

병사는 순후의 직함을 듣고 당황하며 표정을 바꾸었지만 뒤로 물러서지는 않았다. 대신 두 손을 맞대고 예를 취하고 공손하게 대답했다.

"순 종사, 죄송합니다만 이 도호는 지금 안에서 긴급 회의 중입니다. 아무도 들이지 말라고 명하셨습니다."

"중요한 군사 급보네."

순후는 병사에게 바짝 다가서며 다그쳤다.

"이 도호의 지엄한 명령입니다. 어느 누구라도, 어떤 이유라도 방해하지 말라고 하셨습니다."

순후의 의혹이 점점 짙어졌다. 그는 눈을 부라리며 호통을 쳤다.

"비켜라! 만약 때를 놓쳐 군사를 그르치면 자네가 책임질 텐가?"

하지만 병사는 꿈쩍도 하지 않고 같은 말만 계속 반복했다. 승상부 직속 호위 부대는 오직 승상부 최고 지휘관에게만 충성하기 때문에 외부인의 위협에 전혀 굴하지 않았다.

"이 도호께서 특별히 당부하셨습니다. 제갈 승상 외에는 어떤 사람도 들이지 말라고."

이 순간 기막힌 생각이 순후의 뇌리를 스쳤다. 그는 매우 준엄한 눈빛으로 병사를 주시했다.

"그 말, 이 도호가 직접 자네에게 말했나?"

병사가 잠시 어리둥절한 표정을 지었다.

"저는, 당연히 호위 대장의 명령을 받았습니다."

"그럼, 호위 대장은 이 도호한테 직접 명령을 받았나?"

"그, 그게……. 새벽에 공문을 받았습니다."

순후의 표정이 점점 음흉해졌다.

"그렇다면, 자네들 중에서 이 도호를 직접 본 사람은 아무도 없는 건가?"

병사가 다른 동료들을 돌아보자 모두 고개를 흔들었다. 이때 누군가 나서서 대신 대답했다.

"저희가 근무를 시작했을 때 승상부 정문은 이미 닫혀 있었고, 출입한 사람이 아무도 없었습니다."

"그럼, 자네들. 이 도호가 누구랑 회의를 하고 있는지는 아나?"

순후가 계속 추궁했지만 병사는 언짢은 듯 고개를 흔들 뿐, 입을 꾹 다물고 긴 창으로 순후 앞을 가로막았다. 순후는 계속 말해봤자 소용없겠다 싶어 잠시 승상부 정문을 주시하다가 말머리를 돌려 면현성 남문으로 쏜살같이 달려갔다.

면현의 모든 거리가 평소와 달리 아주 조용했다. 백성들은 모두 집으로 돌아갔고 병사들은 성문 네 곳에 집중 배치됐다. 텅 빈 거리엔 북소리와 말발굽 소리만 가끔 들렸다. 순후는 말 등에 납작 엎드린 채 끊임없이 이럇 하고 외치며 남문만 보고 달렸다. 얼핏 덤덤해 보이지만 사실 입술을 꽉 깨물고 있었다.

어느 순간 오른편 저쪽에서 누군가 휙 스쳐가는 것이 보였다. 순후는 고삐를 확 잡아당겨 오른쪽으로 방향을 틀면서 크게 외쳤다.

"아사이!"

아사이는 오른편으로 조금 떨어진 길에서 순후와 반대 방향으로 달리고 있었다. 다행히 순후 목소리를 듣고 고개를 돌려 확인한 후 바로 달려왔다. 순후는 아사이가 어느 정도 가까워지자 다급하게 물었다.

"보고서는 받았어?"

아사이가 고개를 푹 숙이며 흔들었다.

"주먹이 나가려는 걸 겨우 참았어요. 상부의 지엄한 명령이라 성문을 열면 목이 날아간답니다. 아무리 사정해도 소용이 없었어요."

"정안사에서 공무 수행이라고 말 안 했어?"

고삐를 틀어쥔 순후의 말투에 초조함이 역력했다.

"너무 답답해서 '내가 제갈 승상이다.'라고 말하고 싶었다니까요. 씨알도 안 먹혀요. 아무래도 내일 것까지 같이 받아와야 할 것 같아요. 계엄령이 그렇게 오래가겠어요?"

아사이가 어쩔 수 없다는 듯 두 손을 흔들었다.

"내일이면 늦어!"

순후가 버럭 소리를 질렀다. 이렇게 이유 없이 부하에게 화를 내는 모습은 처음이었다. 아사이는 너무 당황스러워 순후의 얼굴을 뚫어지게 쳐다봤다. 대체 그 감시 보고서가 왜 그렇게 중요한 건지, 순후가 이렇게까지 흥분하고 화를 낼 만큼 중요한 건지, 도무지 이해할 수가 없었다. 아사이는 무슨 말을 해야 할지 몰라 입술만 달싹거렸다. 순후는 무슨 생각을 하는지 잠시 손을 흔들다가 머리를 쥐어뜯다가 했다. 그러다 번쩍 고개를 들고 다시 목소리를 높였다.

"아사이, 당장 정안사로 돌아가 배서한테 부를 수 있는 사람 다 불러 모으라고 해. 그리고 가장 상태 좋은 말을 준비해놓으라고 해. 어서, 서둘러!"

"같이 안 가시고요?"

"난 보국을 데리고 갈 거야. 명심해! 내가 도관에 도착하기 전까지 다들 출발 준비를 마쳐야 해! 절대 늦으면 안 돼!"

"예, 알겠습니다."

아사이는 더 이상 묻지 못하고 말머리를 돌리고 채찍을 휘둘렀다. 말이 요란하게 울어대며 빠르게 달려나갔다. 아사이가 떠난 후 순후도 두 다리를 힘차게 구르며 양전조를 향해 질주했다. 양전조 정문에 도착해 나무에 묶여 있는 두 필의 말을 보니 조금 안심이 됐다. 말에서 뛰어내린 순후는 고삐를 묶을 겨를도 없이 양전조 안으로 뛰어 들어갔다.

"누구 찾으십니까?"

관리 한 명이 다가와 물었다. 순후가 다급하게 외쳤다.

"정안사에서 온 사람 지금 어디 있소?"

관리는 순후의 사나운 표정에 움찔하며 말을 더듬거렸다.

"그, 그분 지금 장부실에 있습니다."

순후는 관리를 밀치고 장부실로 달려갔다. 저 앞에 장부실이 보이자 회랑에서 고래고래 소리를 질렀다.

"보국! 보국!"

순후가 문 앞에 도착했을 때 마침 두필이 밖을 내다봤다. 헐레벌떡 달려온 순후를 본 두필은 어리둥절했다.

"효화, 승상부에 간다고 하지 않았습니까?"

"보국, 뭐 좀 찾았어요?"

순후가 대답을 건너뛰고 본인 할 말만 했다. 두필은 순후가 이렇게 조급해하는 모습을 처음 본 터라 조금 당황하며 대답했다.

"대략적인 결론은 나왔는데, 아무래도 신중해야 하니까요. 지금 다른 자료랑 대조 확인 중……"

"결론부터 말해요. 이평이에요, 성번이에요?"

순후가 말을 자르고 다짜고짜 물었다. 급한 것까지는 이해해도 그동안 지켜온 기밀을 이렇게 공개적으로 말하다니, 두필은 점점 더 당황스러웠다. 하지만 순후의 강렬하고 날카로운 눈빛 때문에 다른 생각을 할 수가 없었다. 두필이 한숨을 쉬며 붓을 내려놓았다.

"이평입니다. 관련 문서를 다 훑어봤는데 모두 이평이 최종 승인

자였어요. 숫자를 고치고도 발각되지 않을 사람은 이평뿐입니다. 4월 19일 창고 잔고 문서 열람 기록 중에서 이평 이름을 찾았어요. 그날은 나석이 정상적인 통계 작업을 마친 날이죠. 그다음 날 발표한 통계는 조작된 것이고요."

"이제 알겠어요. 역시 그랬군. 이평, 이 치졸한 놈!"

순후가 주변 시선을 아랑곳하지 않고 주먹을 움켜쥐며 욕을 내뱉었다. 장부실 관리들이 당황하고 겁먹은 표정으로 서로 눈치를 보다가 작게 수군거렸다. 두필은 순후가 왜 이러는지 도무지 이해할 수 없었다.

"뭘 알았다는 거예요?"

"따라와요. 가면서 얘기합시다."

순후가 두필을 잡아끌고 밖으로 나갔다. 두 사람은 양전조 정문을 뛰어나가 말을 타고 정안사로 달렸다. 사실 두필은 말을 타고 이렇게 빨리 달려본 적이 없었다. 납작 엎드린 채 말 목을 꽉 끌어안은 채 살짝 겁먹은 표정으로 순후에게 상황을 물었다.

"도대체 무슨 일이에요? 뭐가 이렇게 급해요?"

"방금 승상부에 갔는데 병사들이 이미 정문을 폐쇄했소. 승상부 호위병 말로는 이평이 지엄한 명령을 내렸답니다. 절대 아무도 들여보내지 말라고. 그런데 이상한 건, 승상부 호위병들이 승상부 안에 무슨 일이 있는지 전혀 모른다는 겁니다. 병사들이 근무를 시작했을 때 이미 승상부 문이 닫혀 있었답니다."

"그게 무슨 뜻입니까?"

"이 한 가지만으로는 확실히 뭐라 할 말은 없어요. 하지만 느닷없는 계엄령이나 방금 두 선생이 조사한 결과를 종합해보면 이평이 무슨 꿍꿍인지 알 수 있지요."

두필은 고삐를 쥔 손에 저도 모르게 힘이 들어갔다. 그 역시 짚이
는 것이 있었다. 하지만 먼저 이 말을 내뱉은 사람은 순후였다.

"이평은 이미 면현을 떠났을 겁니다. 아마도 촉룡과 함께 떠났겠
지요. 계엄령과 승상부 봉쇄 명령은 면현을 최대한 혼란스럽게 만들
어 그들의 탈출 계획에 방해가 되는 일을 최대한 늦추기 위함일 겁
니다. 이렇게 면현성이 가상의 적을 막기 위해 단단히 문을 걸어 잠
근 동안 이평과 촉룡은 느긋하게 위나라로 갈 수 있겠지요. 충성스
러운 승상부 호위 부대가 빈 승상부를 목숨 걸고 지키고 있으니 사
람들은 이평이 계속 그 안에서 회의를 하고 있다고 생각할 것이고,
그만큼 계엄령 효과가 오래 이어지는 것이죠."

"보아하니, 보급 잔고 통계 조작도 같은 이유겠군요."

"맞아요. 아마도 누구를 위한 것인지는 다르겠지요. 아마도 이번
에 발견한 것은 빙산의 일각일지 모릅니다. 처음부터 계속 농간을
부렸겠죠. 제갈 승상이 군량 보급 걱정 없이 계속 전선에 머물도록
이런 속임수를 쓴 거예요. 이렇게 한중 최고 행정관 자리를 유지하
면서 자신의 권한을 이용해 완벽하게 도망갈 방법을 계획했어요. 바
로 계엄령이죠."

"아주 주도면밀한 계획이군요. 이건 절대 단기간에 나온 계획이
아니에요."

"아마도 촉룡의 작품일 겁니다. 그자는 면현 내부 사정을 완벽하
게 꿰뚫고 있어요."

"촉룡이 누군지, 확실히 알아냈나요? 성번? 호충?"

순후가 손을 저으며 쓸쓸하게 대답했다.

"아직이요. 하지만 당장 두 집에 가보면 바로 알 수 있어요. 집에 없는 사람이 촉룡이죠. 그런데 지금은 그럴 시간이 없어요. 이젠 촉룡의 신분을 확인하는 일이 크게 중요하지 않기도 하고요. 지금 우리가 해야 할 일은 이평이 도망치지 못하게 막는 겁니다."

"그렇긴 한데, 그자들이 어떤 길로 갔는지는 알고 있어요?"

"그래서 어제 면현성 외곽 감시 보고를 확인하려는 거죠. 이평이 지나갔다면 그 길 초소에서 분명히 뭔가 봤을 테니까. 일단 도관으로 돌아갑시다. 배서한테 가능한 모든 인력을 준비해두라고 했어요. 무슨 수를 써서라도 성을 나가서 이평이 도망간 길을 확인해야 합니다. 쫓아가서 잡아야죠!"

두필은 멀리 성문에 휘날리는 깃발을 바라보며 우려를 나타냈다.

"지금 관건은 어떻게 성문을 돌파하느냐군요."

"맞아요. 지금 우리 앞에 닥친 가장 중대한 문제죠."

하지만 순후는 곧 자신의 생각이 틀렸음을 알게 됐다. 저 멀리 도관이 보이기 시작했을 때 반대편에서 달려오는 아사이가 보였다. 순후는 조금 더 속도를 올리며 배서에게 통보했느냐고 크게 소리쳤다. 그런데 아사이의 얼굴이 온통 식은땀투성이고 눈빛에 충격과 공포가 가득했다. 순후를 부르는 목소리도 두려움에 떨리고 있었다.

"순 종사!"

"무슨 일이요?"

어느새 쫓아온 두필이 불쑥 끼어들었다.

"도관, 도관에……."

아사이는 당황해서 단어가 잘 생각나지 않는지 한참 더듬거렸다.

"도관이 위수영 병사들에게 포위됐어요."

순간 순후는 한겨울 삭풍에 온몸이 휘감기고 강력한 원융 화살에 심장을 관통당한 것처럼 눈앞이 아찔했다. 욱신거리는 심장 통증을 견디려 가슴을 꾹 누르며 되물었다.

"어떻게 된 거야? 배서는? 만났어?"

아사이가 연신 땀을 훔치며 대답했다.

"정안사에 돌아오자마자 배 도위에게 명령을 전달했어요. 그런데 우리가 움직이기도 전에 밖에서 위수영 병사들이 들이닥치더니 도관을 포위해버렸어요. 그쪽 대장이 배 도위랑 아는 사이라 사정을 말해줬는데 상부 명령, 그러니까 오늘 오전에 승상부에서 공문을 보내왔답니다. 정안사 내부에 내부 첩자가 있으니, 첩자를 색출할 때까지 아무도 정안사를 떠나지 못하게 하라고요."

"그 공문도 이 도호가 승인한 것인가?"

"예. 게다가 그쪽 대장이 직급이 꽤 높아서 요 조연도 어쩌지 못하고 있습니다. 위수영 행동대장이 안타깝지만 공무 집행이라 무조건 따라야 한다고 했어요. 저는 봉쇄가 시작되기 직전에 뒷문으로 빠져나온 겁니다. 그러니 지금 돌아가면 안 됩니다."

순후는 분노, 고뇌, 좌절을 느끼면서도 강렬한 투지가 불타오르는 복잡 미묘한 감정으로 도관을 응시했다. 이것 역시 이평의 도망 계획 중 하나일 것이다. 순후를 의식해 정안사 전체를 마비시키기 위한 술수가 분명했다.

위수영 병사들은 그들에게 명령을 내린 최고위 상관이 이미 도망간 줄도 모르고 충성을 다해 그 명령을 집행하고 있다. 강한 충성심은 촉나라 군대의 큰 장점이지만 이 순간만큼은 가장 큰 골칫거리였다. 이평이 이미 사라졌건만 그의 명령은 여전히 유효했다. 승상부와 정안사의 정면 대결에서, 정안사는 전혀 승산이 없어 보였다. 순후는 천천히 사방을 둘러보다가 문득 한 가지 사실을 깨달았다.

'지금 정안사는 면현성에서 완벽하게 고립됐어. 사방이 모두 적이야.'

정안사는 원래 조직 내 청소부 역할을 담당했다. 같은 편 안에 숨어 있는 내부의 적을 찾아내는 일. 그런데 오늘에서야 절실히 깨달았다. 정안사 전체가 적에게 둘러싸여 있다는 사실을.

"순 종사, 우리 이제 어쩌죠?"

아사이 말투가 힘없이 늘어졌다. 이 현실이 도무지 믿기지 않는다는 표정이었다. 두필은 고삐를 꼭 쥐고 아무 말 없었지만 표정은 아사이와 크게 다르지 않았다.

지금 정안사는 위수영 부대에 완전히 제압당했다. 아마도 사문조 전체가 같은 상황일 것이다. 이평과 촉룡은 벌써 위나라로 향하고 있는데 순후는 아직도 면현성에 갇혀 오도 가도 못하는 상황이다. 눈앞에서 범인을 놓쳐야 하는 이 상황, 이 좌절감이 어쩐지 낯설지가 않았다. 이 년 전, 뼈에 사무치는 그 좌절감을 어떻게 잊겠는가? 이번 상황은 그때보다 더 최악이지만 신기하게도 좌절감을 능가하는 강한 기운이 솟구쳤다. 순후는 턱을 어루만지며 생각에 잠겼다. 날카롭기만 하던 순후의 눈빛이 조금씩 반짝거리기 시작했다.

두필이 이 미세한 변화를 포착하고 바로 물었다.

"지금 면현성에서 제대로 움직일 정보요원은 우리 셋뿐인 거 같은데, 어떻게 할 생각입니까?"

"……아니요, 네 명일 수도 있어요."

순후가 뭔가 생각해내려는 듯 관자놀이를 꾹꾹 눌렀다. 조금 전

585

까지 조급해하던 모습이 사라지고 유달리 진지하고 냉정했다. 두필과 아사이가 다시 물으려는데 순후가 "따라와요."라며 말머리를 돌리고 채찍을 휘두르며 어디론가 달려갔다. 두 사람은 서로 한 번 쳐다본 후 고삐를 세차게 흔들며 순후를 뒤따라갔다. 지금은 다른 선택의 여지가 없었다.

면현성 정안사의 정식 편제 인원은 총 예순두 명이다. 이 사람들은 촉나라 조정을 위해 일하고 조정이 주는 녹봉을 받는다. 하지만 면현성에는 다른 부류의 사람도 존재한다. 이들 역시 조정을 위해 일하지만 당당하게 녹봉을 받지는 못한다. 이들은 정상적인 방법으로 얻을 수 없는 세상 구석구석의 정보를 정안사에 제공했고 정안사는 그 대가로 이들에게 정보료를 지불했다.

도자기 상인 이담이 바로 그런 사람이다. 왜소한 몸집에 팔자 수염, 누가 봐도 알만한 전형적인 장사꾼 외모였다. 도자기는 전쟁과 관계없는 물자이기 때문에 위, 촉, 오 세 나라를 오가는 데 별문제가 없었다. 또한 이담이 워낙 능숙하게 관리들을 상대했기 때문에 지금까지 모든 일이 순조로웠다. 정안사는 소식통 이담에게 위나라와 오나라의 정보를 자주 사들였다. 간혹 촉나라의 민간 비밀 조직에 관한 정보를 사들이기도 했다. 그동안 정안사와 이담은 서로에게 만족을 주는 유익한 관계를 이어왔다.

이날 이담은 마침 면현성 집에서 도자기 잔고를 확인하고 있었다. 문밖에 스무 개가 넘는 둥근 강양 항아리가 쌓여 있었다. 이 항아리들은 면현 관부 주방과 군계방에서 주문한 것으로, 방금 서천 중부에서 운반해 온 것이다.

갑자기 울타리 밖에서 다급한 말발굽 소리가 들려왔다. 이담은 신경 쓰지 않고 계속 하나하나 물건을 셌다. 오늘 이른 아침부터 바깥에 병사들이 우르르 몰려다녀 계속 시끄러웠기 때문에 크게 놀라지 않았다. 그런데 이번에는 조금 달랐다. 말발굽 소리가 이담의 집 대문 앞에서 멈췄다. 곧 쾅쾅, 세게 문을 두드리는 소리가 들렸다.

"네, 나가요."

이담은 붓을 놓고 나가 바로 문을 열었다.

"아이고, 순 종사 아니십니까? 무슨 바람이 불어서 여기까지 오셨습니까?"

"급한 일이오. 이 선생 도움이 필요하오."

순후는 인사 따위 생략하고 바로 본론을 꺼냈다.

"네, 네. 순 종사 부탁이라면 당연히 들어 드려야지요. 말씀만 하세요."

"이 일이 잘 마무리되면 정안사에 할당된 비단으로 보상하겠소."

순후는 도움을 요청하기 전에 먼저 상대가 얻게 될 이익을 제시했다. 이것은 일종의 거래 원칙이다. 촉나라 관부의 각 부문은 해마다 일정량의 비단을 하사받았다. 이 비단을 위나라나 오나라에 가져가 팔면 꽤 많은 차익을 얻을 수 있었다.

"순 종사, 별말씀을 다 하십니다. 순 종사 일이라면 무조건 발 벗고 나서야지요. 물불도 안 가릴 판에 보상이라니요."

이담이 가슴을 탕탕 치며 자신 있게 대답했다. 순후가 흐뭇한 표정으로 이담의 어깨를 두드리고 찾아온 이유를 설명했다. 이담은 순후의 설명을 듣고 들고 있던 장부를 툭 떨어뜨렸다. 방금 전에 그렇게까지 자신 있게 말하는 것이 아니었는데, 후회막심이었다.

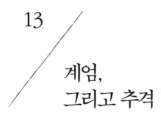

13

계엄,
그리고 추격

면현성 남문 수문장은 오늘 아침에 '성문을 굳게 잠그고 모든 병력을 모아 성안에서 경계 태세를 유지하라.'는 상부 명령을 받았다. 뜬금없는 명령이라 이상하긴 했지만 지엄한 군령이니 빈틈없이 실행했다. 이른 아침부터 성을 나가게 해달라고 읍소하는 사람이 한둘이 아니었지만, 모두에게 돌아온 대답은 같았다. 재고의 여지가 없는 단호한 거절. 자칭 정안사 관리라는 젊은 놈은 두 번이나 와서 고집을 부리더니 결국 씩씩거리며 돌아갔다.

해가 중천을 지날 무렵, 수문장은 긴 창을 들고 서서 계속 하품이 나오는 입을 틀어막았다. 계엄령이 내린 후 백성들이 모두 집에 틀어박힌 상태라 거리는 텅 비었고 성문에도 개미 새끼 한 마리 얼씬거리지 않았다.

이때 멀리서 다가오는 우마차가 보였다. 우마차를 끄는 검은 소는 몸집이 크고 건장했고 검은 뿔이 은은하게 빛났다. 수레에 실린 물건은 두꺼운 천으로 덮어 제대로 보이지 않았지만 얼핏 드러난 윤곽으로 보아 큰 항아리 같았다.

"멈춰! 지금 어디 가는 거요?"

수문장의 고함에 우마차가 우뚝 멈췄다. 마차에서 뛰어내린 이담이 실실 웃으며 수문장에게 다가갔다.

"나리, 소인 마차입니다."

"아, 자네였군."

수문장과 이담은 잘 아는 사이였다. 이담이 평소 남문을 자주 지나다녔기 때문에 다른 수문병도 모두 잘 알았다.

"수레에 실린 건 뭔가?"

"에잇, 이게 말입니다. 며칠 전에 항아리를 주문했는데 깨진 것들이 섞여 있지 뭡니까? 아쉽긴 한데 어쩔 수 없죠. 다시 가져가서 환불하려고요. 안 그러면 제가 엄청 손해거든요."

수문장이 안타까워하며 위로의 말을 건넸다.

"당연히 그래야지. 적은 돈이 아닐 텐데."

이담이 옳은 말이라며 고개를 끄덕이고 조심스럽게 목소리를 낮췄다.

"그래서 말인데요, 한 번만 사정 좀 봐주실 수 없을까요? 빨리 조치를 해야 해서요."

수문장은 이미 예상했지만 소용없다는 듯이 단호하게 손을 흔들었다. 대신 계엄령이 풀리면 제일 먼저 보내주겠다고 약속했다. 하지만 이담은 상인 특유의 끈질김을 발휘해 한참 동안 수문장을 괴롭히며 생떼를 부렸다. 그래도 수문장의 태도는 변함없었다.

두 사람이 한창 실랑이를 벌일 때 말을 탄 두 사람이 성문 쪽으로 다가오다가 우마차 옆에 멈췄다. 앞에 나선 사람은 제대로 갖춘 관복에 피부가 하얗고 표정이 근엄했다. 그는 우마차를 유심히 지켜보다가 수문장에게 상황을 물었다.

"난 승상부 직속 주기요. 지금 무슨 일이요?"

수문장은 상대방이 왠지 낯이 익었지만 정확한 기억은 떠오르지 않았다. 어쨌든 옷차림이나 태도로 보아 높은 사람이 분명했다. 함부로 무시할 수 없어 전후 사정을 자세히 보고했다. 관리는 말에서 내려 뒷짐을 지고 우마차 옆에 서서 이담을 위아래로 훑어봤다. 이담이 어색하게 웃으며 무의식적으로 발을 움찔했다.

"오늘 아침에 정안사 관리라는 자가 성문을 나가려고 시도하지 않았소?"

수문장은 즉각 허리를 곧게 펴며 큰 소리로 대답했다.

"그렇습니다. 하지만 통과시키지 않았습니다."

"아주 잘했소. 오늘 아침에 이 도호가 내린 명령은 정안사 내부에 숨어 있던 첩자를 잡기 위함이오. 그래서 한 놈도 빠져나가지 못하도록 성 전체를 봉쇄한 것이오."

수문장은 순찰병에게 이 명령을 전달받았는데, 지금 같은 내용을 확인하자 자신이 잠시나마 마음이 약해지지 않았던 것이 천만다행이라고 생각했다.

"그런데……. 여기 경계 태세가 조금 부족하군."

관리가 두꺼운 천을 확 걷어내자 큰 황토색 항아리 여러 개가 나타났다.

"무, 무슨……. 왜 그러십니까?"

관리가 차갑게 웃으며 항아리 사이를 가리켰다. 수문장이 고개를 들이밀고 자세히 살피자 천 쪼가리가 보였다. 아니, 항아리 사이에 사람이 숨어 있었다.

몸을 숨기느라 매우 고심한 흔적이 보였다. 항아리 두 개를 나란히 붙여놓고 아랫부분에 구멍을 뚫어 공간이 이어지도록 만들고 몸을 숨긴 것이다. 한쪽 항아리에 상체를, 다른 항아리에 다리를 접어 넣었다. 두 항아리가 딱 붙어 있기 때문에 자세히 보지 않으면 빈틈을 찾아내기 힘들었다.

수문장이 깜짝 놀라 창을 겨누며 크게 외쳤다.

"거기! 빨리 나와!"

다른 수문병들이 우르르 달려와 우마차를 에워쌌다. 항아리가 꿈틀거리기만 하고 사람이 나오지 않자 누군가 큰 망치로 내리쳤다. 쨍그랑! 항아리가 산산조각 나면서 숨을 곳이 사라지자 한 남자가 난감한 표정으로 다른 항아리에 들어가 있던 다리를 빼고 일어섰다. 이 남자는 바로 아사이였다.

"이런 도둑놈, 역시 네 놈이었어!"

수문장이 아사이에게 삿대질을 하며 욕을 해댔다. 그리고 무섭게 이담을 노려보고 부하들에게 두 사람을 포박하라고 명령했다. 관리가 뿌듯하게 수염을 쓸어내리며 수문장에게 잘했다고 칭찬했다.

"모두 나리 덕분입니다. 나리가 아니었으면 큰일 날 뻔했습니다."

수문장이 관리에게 정중하게 허리를 굽힌 후, 다시 부하들에게 명령을 내렸다.

"이 두 놈을 당장 군정사로 압송해!"

"잠깐."

관리가 멈추라는 뜻으로 손을 들었다.

"이 도호께서 첩자를 잡으면 즉시 그곳으로 데려오라 하셨소. 전문적으로 심문하는 곳이오."

수문장이 고개를 끄덕였다.

"그럼, 어서 성문을 여시오."

"예? 승상부로 가는 거 아닙니까?"

관리가 말을 타고 성문 앞에 바짝 다가서며 기밀을 다루는 핵심 인력 특유의 거만한 미소를 지었다.

"잘 모르는 모양인데, 기밀 유지를 위해 이 도호께서 청룡산 쪽에 특별 심문소를 마련해두셨소. 이 두 놈은 우리가 직접 그곳으로 압송할 것이오. 이건 수문장에게만 말해주는 것이니, 절대 다른 사람에게는 말하지 마시오."

"그, 그렇지만……. 계엄 명령이……."

수문장이 연신 입술에 침을 바르며 머뭇거렸다.

"계엄령은 내부 첩자가 도망치지 못하도록 조치한 것이었소. 지금 수문장이 이미 첩자를 잡았으니 계엄의 목적이 달성된 것이 아니오? 도대체 뭐가 문제란 말이오?"

관리는 의도적으로 '수문장이 잡았다.'라고 힘주어 말했다. 이 공을 수문장에게 돌리겠다는 암시였다. 수문장이 머리를 긁적이며 망설였다. 관리의 암시는 무시할 수 없는 큰 유혹이었고 그의 설명은 앞뒤가 딱딱 들어맞았다.

수문장이 마음을 정하고 돌아서서 오른손을 높이 들고 부하들에게 빗장을 내리고 차단 난간도 치우라고 명령했다. 그리고 오른쪽 성문을 말 두 마리가 지나갈 정도만 열도록 했다. 먼저 두 병사가 아사이와 이담을 데리고 나갔고 관리와 그 수하가 그 뒤를 따랐다. 관리가 막 성문을 나서려는 순간, 갑자기 수문장이 고함을 질렀다.

"잠깐, 잠깐만요. 생각났어요."

관리는 수문장의 외침을 듣고도 그대로 성문을 통과하려 했다. 하지만 이미 늦었다. 수문장이 말 굴레 매듭에 창끝을 걸어 세게 잡아당겼다.

"생각났어요. 당, 당신, 승상부 주기가 아니라 사문조 사람이잖아요."

말이 끝나기가 무섭게 수문장의 귓가에 강한 바람 소리가 스쳤다. 깜짝 놀라 돌아보니 줄곧 조용히 뒤따르던 관리의 수하가 갑자기 채찍을 휘둘렀다. 그리고 수문장과 관리 옆을 쌩하고 지나쳐 성문 밖으로 뛰쳐나갔다. 수문장은 워낙 정신이 없어 관리의 수하는 크게 신경 쓰지 못했는데 이제야 생각났다. 정안사 종사이고 순 씨인 것까지는 분명했다.

"효화, 얼른 가요. 여긴 신경 쓰지 말고!"

두필이 순후를 향해 크게 외치고 힘껏 말머리를 돌려 애초에 넓지 않았던 문틈을 완벽하게 가로막았다. 아사이는 자신의 팔을 잡고 있던 병사를 뿌리치고 성문 앞으로 달려가 수문장 코를 향해 주먹을 날렸다. 두필의 말에 걸린 창을 떼어내려던 것이다.

면현성 남문은 순식간에 난장판이 됐다. 고함과 비명이 난무하는 데다 성루에서 요란하게 북까지 울려댔다. 두필과 아사이가 필사적으로 저항했지만 수적으로 워낙 차이가 커 얼마 버티지 못하고 바로 제압됐다. 이담은 벌써 어디론가 사라졌다. 수문장은 코피가 흐르는 코를 어루만지며 분노와 증오의 눈빛으로 두 포로를 사납게 노려봤다.

"저, 도망친 자를 추격할까요?"

한 수문병이 최대한 상관의 심기를 건드리지 않으려 조심스럽게 물었다.

"모든 사람의 성문 출입을 금한다는 계엄령이 아직 유효하니, 함부로 성 밖에 나갈 수 없다. 바로 승상부에 가서 보고해. 이 도호의 지시에 따라야 한다."

수문장은 매우 신중해졌다. 또 다시 군령을 어길 수는 없었다. 물론 수문장은 영원히 승상부의 답변을 듣지 못할 것이다. 이평의 계엄령이 이번에는 순후에게 큰 도움이 됐다.

겨우 면현성을 빠져나온 순후는 남겨진 동료들의 상황을 걱정할 여유가 없었다. 곧바로 성 외곽 구릉지대로 달렸다. 면현성 남쪽은 다른 곳에 비해 유난히 황량했다. 나무가 거의 없고 온통 모래밭이었다. 초록빛이라고는 도시 경계를 표시하려고 일부러 심은 작은 관목 숲뿐이었다.

순후는 얼마 가지 않아 관목 숲 사이에 쪼그려 앉은 짙은 남색 무명옷을 입은 젊은이를 발견했다. 따분한 표정으로 면현성을 바라보며 돌을 던지고 있었다. 순후는 젊은이에게 달려가 말을 멈추고 크게 고함을 질렀다.

"빨리 보고서 줘!"

무더운 햇살을 견디지 못해 점점 눈이 감겨가던 젊은이는 고함소리에 놀라 균형을 잃고 작은 구릉 아래로 굴러떨어졌다. 정신을 차리고 엉거주춤 일어나 고함을 지른 사람을 돌아봤다. 뜻밖에도 정안사 최고 지휘관이 서 있었다.

"순, 순 종사……."

젊은이가 더듬더듬 말끝을 흐렸다. 그는 성안에 무슨 일이 일어났는지 전혀 몰랐다. 약속한 시간이 지나도록 아무도 보고서를 가지러 오지 않아 답답한 마음으로 성문 쪽만 바라보고 있었다.

"보고서! 빨리!"

순후가 더 크게 소리쳤다. 젊은이는 그제야 품에서 삼종이를 꺼내 조심스럽게 내밀었다. 순후가 홱 낚아채 쉭쉭 소리가 날 만큼 거친 손길로 종이를 펼쳤다.

"오늘 아침 묘시[19]까지의 감시 기록입니다. 총 스물여섯 개 초소 기록을 모두 모았습니다."

젊은이가 눈치를 보며 설명을 덧붙였다. 하지만 순후는 동쪽 외곽 초소 보고 내용에 집중하느라 아무 말도 들리지 않았다. 동쪽 지역 다섯 개 초소에서 오늘 새벽 인시에 말을 탄 두 사람이 초소 부근을 지나갔다고 기록했다. 달리는 속도는 아주 빠른 편은 아니었고 두 사람은 군용 도포를 걸치고 얼굴을 교묘히 가렸다.

여기에서 중요한 것은 이 다섯 개 초소가 모두 같은 길 위에 있다는 사실이다. 그리고 이 길은 배서가 이평의 도주 경로로 지목한 바로 그 길이다. 모든 것이 명확해졌다. 순후는 삼종이를 내던지고 불안해하는 젊은이를 주시했다.

"말을 타고 왔나?"

◇◇◇◇◇◇◇◇◇

19 卯時, 오전 5시~7시.

"네? 아, 네, 네. 저기 뒤에 묶어 놨습니다. 말이……."

"열 셀 동안 준비해서 날 따라와. 최대한 빨리 달려. 알겠어?"

"알겠습니다. 아 참, 저는 양의라고……."

"빨리 준비해!"

순후는 젊은이의 자기소개나 듣고 있을 여유가 없어 버럭 소리를 질렀다.

열을 다 셀 즈음, 순후와 양의는 면현성 동쪽으로 쏜살같이 달려 나갔다. 앞장 선 순후는 불쌍한 말의 기운을 다 뽑아내겠다는 듯이 죽을힘을 다해 채찍질했다. 양의는 무슨 영문인지 몰라 어리둥절한 채 순후 뒤를 쫓아갔다. 바람처럼 달리는 두 마리 말이 면현성 동남부에 큰 반원을 그리다가 동쪽으로 방향을 꺾었다. 이들이 지나간 길을 따라 뿌연 흙먼지가 피어올랐다.

보고 기록에 따르면 도망자는 이평과 촉룡 두 사람 뿐이다. 지극히 상식적인 상황이다. 몰래 도망가려면 머릿수가 적을수록 안전하니까. 순후에게는 불행 중 다행인 상황이었다. 대규모 추격부대를 조직할 시간도 여력도 안 됐으니까. 두필과 아사이가 성문에서 잡히는 바람에 순후 혼자 적진에 뛰어들게 됐으니 상대해야 할 적이 적을수록 좋다.

젊은이를 합류시켜 억지로 이 대 이를 만들었지만 사실 일 대 이와 별 차이가 없었다. 이론적으로 볼 때 두 사람이 도망자 둘을 제압할 가능성은 거의 없다. 최소한 다섯 배 이상의 머릿수가 필요했다. 이 대 이로 맞붙을 경우, 어느 쪽이 이길지 전혀 가늠할 수 없었다. 순후는 문관 출신이고 양의는 실전 경험이 거의 없었다. 상대방은 노련한 백전노장과 완벽한 수수께끼의 인물이다.

아무리 생각해도 비관적일 수밖에 없었다. 순후는 뒤따라오는 양의를 힐끗 쳐다봤다. 말 등에 납작 엎드린 양의는 형편없는 기마술로 울퉁불퉁한 노면과 악전고투 중이었다. 그 한심한 모습을 보니 더욱 절망적이었다.

'어쩔 수 없지. 일단 뛰어들었으니 끝까지 가보는 수밖에.'

순후는 더 세게 고삐를 틀어쥐었다. 무슨 일이 있어도 이평과 촉룡을 막아내야 한다. 이것은 순후가 반드시 해야 할 일이며 자존심이 걸린 문제였다. 이 년 전의 좌절이 다시 떠올랐다. 그 뼈에 사무치는 좌절감이 바로 끝까지 포기하지 않고 촉룡을 추적할 수 있었던 원동력이었다. 만약 이평 무리가 수백 명이고 순후는 혈혈단신이라도, 똑같이 자신의 사명을 다하기 위해 끝까지 추격할 것이다.

이 일의 결과는 곧 알게 될 것이다. 순후가 촉룡을 잡거나 촉룡을 잡다가 죽거나. 제3의 결과는 생각하고 싶지도 않았다. 이는 정안사 특유의 '편집'일 수도 있다. 어느 정보계 인사는 '그런 편집광만이 정안사 업무를 감당할 수 있다.'라고 말했었다.

울창한 숲이 빠르게 뒷걸음질하고 귓가에는 강한 바람 소리만 들려왔다. 엄청난 속도 때문에 눈을 가늘게 뜰 수밖에 없었다. 두 사람은 한 시진 반을 달려 면현성 구역을 완전히 벗어나 서향 외곽에 진입했다. 순후는 말을 달리면서 끊임없이 생각했다. 이평과 촉룡은 지금쯤 남향이나 면수 하류 어딘가를 지나고 있을 것이다. 무슨 일이 있어도 석천에 도착하기 전에 그들을 잡아야 한다. 그렇지 않으면 모든 것이 물거품이 될 테니까.

'어떤 길로 가든 운무산(雲霧山)을 반드시 지나야 한다. 그들은 아마도 남쪽으로 크게 돌다가 동쪽으로 방향을 틀겠지. 우리가 지름길

로 운무산을 넘으면 따라잡을 수도 있어.'

처음부터 반나절 늦게 출발했으니 가능성은 크지 않지만, 어쨌든 큰길로 가면 그들을 따라잡을 수 없다. 운무산을 넘어가는 지름길이 있지만 험한 산길이고 중간에 말을 바꿀 역참이 없다. 열 시진 넘게 달려야 하는 불쌍한 말들에게 아무 일이 일어나지 않기만을 바라야 한다. 만약 이평을 앞지를 수 있다면 그것만으로도 엄청난 행운일 것이다.

순후는 생각에 생각을 거듭하면서도 속도를 전혀 늦추지 않았다. 저녁 무렵 두 사람은 서향의 어느 역참에 도착했다. 여기에서 지친 말을 바꾸면서 새로운 정보를 얻었다. 오후에 승상부 문서를 가진 두 사람이 이곳에서 말을 바꾸고 남쪽으로 떠났단다. 잠시도 쉬지 않고 찐빵 몇 개만 챙겨 바로 떠났다고.

순후는 대로를 따라 두 시진을 달리다가 드디어 마음을 정하고 산길로 접어들었다. 지금으로서는 이것이 유일한 방법이었다.

"순 종사, 꼭 이 길로 가야 합니까?"

양의는 겁먹은 표정으로 시커먼 숲을 바라보며 머뭇거렸다. 오늘 아침까지만 해도 면현성 주변에서 서신이나 전달하던 조무래기였는데 몇 시진 후 정안사 종사를 따라 한중 동부 험준한 산길을 넘어야 할 운명이 됐다.

"반드시 이 길을 넘어야 해."

5월이지만 산속에서의 밤은 꽤 추웠다. 순후와 양의는 두꺼운 외투를 걸치고 습기와 한기를 막기 위해 양가죽으로 다리를 감쌌다. 사방은 칠흑처럼 어두웠고 끝없이 펼쳐진 울창한 숲의 무성한 나뭇가지가 마치 거미줄처럼 하늘을 뒤덮어 달빛과 별빛마저 가려버렸다. 무겁게 가라앉은 숨 막힐 듯한 공기가 이 암흑의 숲을 영원히 빠져나가지 못할 것 같은 깊은 절망감을 느끼게 했다. 두 사람은 말 목에 달린 방울 소리와 서로 부르는 소리를 듣고 상대방의 위치를 대충 짐작했다.

말의 속도가 현저하게 느려졌다. 한밤중의 산길은 매우 위험하다. 어디가 벼랑이고 어디가 길인지 구분하기 힘들었다. 위험한 구간이 시작되자 두 사람은 말에서 내려 한 걸음 한 걸음 조심스럽게 말을 끌고 갔다. 발끝에 걸린 돌이 비탈 아래로 굴러떨어지는 소리가 수시로 들렸다.

순후는 이 고난과 위기에 대해 딱히 할 말이 없어 묵묵히 걷기만 했다. 지금 면현성 상황은 어떻게 변했을까? 면현의 군관과 관리들이 최고 지휘관이 도망간 사실을 알아차렸을까? 두필과 아사이는 아무 일 없겠지? 잠시 이런저런 사소한 생각을 떠올리다가 다시 심각한 주제로 이어졌다.

"순 종사, 그런데 우리가 쫓는 사람이 누굽니까?"

지금 두 사람은 쭉쭉 뻗은 소나무로 뒤덮인 가파른 산비탈을 내려가고 있다. 길이 없어 소나무 사이사이로 조심스럽게 발을 옮겼다. 이 산비탈이 얼마나 높은지는 하늘만 알 것이다.

순후는 눈살을 찌푸렸다. 이 문제는 언급하고 싶지 않았지만 온종일 함께 말을 달려 여기까지 데려온 이상 말하지 않을 수 없었다. 그래서 전후 사정을 간단히 설명했다. 양의는 도무지 믿기지 않아 입을 다물 수 없었다. 한 손을 휘휘 저으며 놀람과 흥분을 그대로 드러냈다.

"그러니까, 정말 이 도호가……."

"조심해!"

순후의 경고는 이미 늦었다. 양의가 흥분해서 팔을 휘젓다가 다리가 휘청하면서 말고삐를 틀어쥔 채 넘어졌다. 순후는 본인 말을 내버려 두고 양의에게 달려가며 소리쳤다.

"고삐를 놔!"

양의가 고삐를 놓는 것과 동시에 순후가 양의의 뒷덜미를 잡았다. 하지만 양의가 놓아버린 말은 가속이 붙어 빠르게 굴러떨어졌다. 처참한 울부짖음에 우지끈 나무 부러지는 소리가 이어진 후 다시 적막이 감돌았다. 순후는 얼빠진 양의를 끌어당긴 후 다시 굴러떨어지지 않도록 소나무를 붙잡게 했다. 양의는 숨을 헐떡이며 온몸을 벌벌 떨었다. 그리고 공포에 질린 눈으로 말이 굴러떨어진 곳을 응시했다. 순후는 그런 양의에게 냉정하게 쏘아붙였다.

"혹여 내가 잊으면 꼭 알려줘. 자네한테는 절대 아무것도 알려주면 안 된다는 사실을."

잠시 후, 비탈을 무사히 내려오자 산세가 완만해졌다. 산기슭 그림자 사이사이로 희미하게나마 울퉁불퉁한 산길이 보였다. 그런데 정말 운이 없는지, 순후의 말도 문제가 생겼다. 조금 전 사고가 났을 때 놀라서 조금 날뛰었는데 그때 다리를 삐끗한 모양이었다. 절뚝거리며 간신히 움직이긴 했는데 달리기는 불가능했다. 이 불행은 순후에게 큰 충격이었다. 솔직히 조금 전 양의를 구하는 것이 아니었다는 생각마저 들었다. 말이 없으면 이평을 추격할 수 없으니까. 가장 가까운 역참도 40리를 가야 했다.

순후는 비틀거리며 길 한가운데로 걸어가 동쪽을 보고 웅크려 앉았다. 등이 동그랗게 굽어 처량하기 짝이 없었다. 양의는 순후가 어떤 표정인지 모르지만 감히 말을 걸 수 없어 초조하게 두 손을 비비며 뒤에 멀찍이 떨어져 서 있었다. 그는 자신이 얼마나 큰 잘못을 저질렀는지 알기에 얼굴이 점점 창백해졌다.

이때 어딘가에서 요란한 말발굽 소리가 들렸다. 꽤 여러 마리인데 뭔가 정렬된 느낌이었다. 순후와 양의가 소리 나는 방향으로 동시에 고개를 돌렸다. 저 멀리 어둠 사이로 스무 명이 조금 못 되는 기병 대오가 두 사람을 향해 달려오고 있었다.

기병 대오가 두 사람을 발견하고 대략 스무 보 거리에 멈춰 섰다. 선두가 오른손을 번쩍 들자 나머지 기병이 신속하게 양쪽으로 갈라져 순후와 양의를 둥그렇게 에워쌌다. 순후는 기병의 복장과 마구(馬具)를 보고 촉나라 군대라는 것을 알았지만 정확한 소속까지는 알 수 없었다.

"뭣 하는 자들이냐? 이 야심한 시간에 왜 여기에 있지?"

대장으로 보이는 자가 준엄하게 물었다. 묵직하고 힘 있는 목소리였다.

"난 면현성 사문조 정안사 종사 순후요. 지금 공무 수행 중이요. 그쪽은 어디 소속이요?"

순후는 이렇게 반문하며 대장의 오른쪽 목에 새긴 호피 문신 세 줄을 주시했다. 기병 대장은 몰골이 이렇게 처참한 사람이 승상부 중간 관리라는 사실이 믿기지 않아 눈썹을 움찔했지만 살짝 말투를 누그러뜨렸다.

"저는 종택입니다. 고상 장군 수하의 보급 노선 순찰대 도백입니다. 저 역시 임무 수행 중입니다."

"보급 노선 순찰대가 한중 남부에는 무슨 일이오?"

"임무 수행 중입니다."

종택은 '임무 수행'이란 말만 반복할 뿐 더 이상 설명하지 않았다. 순후는 이해한다는 듯이 고개를 끄덕이고 품에서 정안사 구리 영패를 꺼냈다.

"종 도백, 그쪽 임무가 뭔지 잘 모르겠지만 지금 여기에서 멈추길 바라오. 지금부터 나와 함께 다른 긴급 임무를 수행해야겠소. 이쪽이 우선이오."

"순 종사, 죄송합니다만 저희 임무가 우선입니다."

달빛이 희미했지만 순후는 종 도백의 단단하고 날카로운 아래턱을 보면서 의지가 강하고 고집이 센 사람이라고 생각했다. 아마도 본인 생각을 쉽게 바꾸지 않을 것이다. 문득 하늘을 올려보며 안타까운 시간이 계속 흐르고 있다는 사실을 깨달았다. 순후는 모든 사실을 털어놓기로 하고 종택에게 가까이 다가섰다.

"좋소. 다 얘기하리다. 종 도백, 사실⋯⋯."

종택은 순후의 이야기를 다 듣고도 여전히 꿈쩍도 하지 않았다. 마치 자신과 아무 관계없는 일이라는 듯 표정 하나 바뀌지 않았다.

"정말 죄송합니다. 저는 확실치 않은 정보만으로 제 임무를 중단할 수 없습니다."

"이 일이 우리 촉나라에 돌이킬 수 없는 막대한 손실을 가져올 수도 있는데 말이오?"

순후가 추궁하듯 밀어붙였다. 종택은 잠시 고민한 후 대답했다.

"순 종사, 이렇게 하시지요. 제가 말 두 필을 빌려드릴 테니 각자 본인 임무를 수행하도록 하지요. 어떻습니까?"

"안 되오!"

순후가 단박에 거절했다. 초조하고 마음이 급해 다른 생각할 여유가 없었다. 한편 순후의 무리한 요구에 기분이 언짢아진 종택은 답답한 듯 옷깃을 살짝 풀고 얘기했다.

"그럼, 도대체 어쩌자는 겁니까?"

"당신들 전부를 원하오. 난 최대한 빨리 운무산 동곡도(東谷道) 입구로 가야 하오. 촉룡과 이평이 지나가기 전에 막아야 한단 말이오."

순후는 다시 몇 걸음 옮겨 종택의 말 앞에 서서 두 팔을 벌렸다.

"나와 함께 동곡도로 갈 건지, 아니면 여기에서 날 밟아 죽이고 당신 임무를 수행하러 갈 건지 결정하시오."

종택은 순후의 무례한 행동에 당황해 무의식적으로 한 걸음 물러섰다. 상대의 기세에 약간 눌린 표정이었다. 양의와 종택의 부하들은 찍소리 하나 내지 않고 조용히 두 사람을 지켜봤다.

"시간이 없소. 빨리 결정하시오!"

순후의 재촉에 종택이 어깨를 으쓱하며 긴 한숨을 내쉬었다.

"좋습니다. 순 종사 뜻에 따르지요. 동곡도 입구로 갑시다. 어차피 우리 목적지도 그곳에서 멀지 않으니까요."

마지막 말은 종택 자신에게 정당성을 부여하기 위함이었다.

순후와 양의는 종택의 기병 대오에 합류했다. 종택이 부하 둘에게 말을 양보하게 하고 다 함께 길을 떠났다. 순후는 종택을 만난 것이 정말 행운이라고 생각했다. 이들은 산지 경험이 풍부한 아주 훌륭한 기병대였다. 특별히 훈련받은 말에 기병들의 기마술 또한 뛰어났다. 험한 산길인데 평지에서 달리는 것만큼 빨랐다. 순후는 종택이 왕년에 황충 장군 수하의 추봉영 소속으로 정군산 전투의 살아 있는 전설이라는 사실을 전혀 몰랐다. 이 사실을 알았다면 이 기병대의 실력이 그리 놀랍지 않았을 것이다.

5월 7일 정오 무렵 드디어 동곡도 입구에 도착했다. 정말 기적에 가까운 어마어마한 속도로 달려왔다. 동곡도는 산골짜기를 따라 자연적으로 형성된 좁고 긴 길이다. 길 너비는 말 세 마리가 나란히 지나갈 정도밖에 안 됐고 양쪽에 우뚝 솟은 회색 암석이 겹겹이 이어졌다. 암석 사이사이에 듬성듬성 짧은 풀이 자랐고 빗물이 흘러간 길을 따라 작은 도랑들이 나타났다. 동곡도의 동쪽 입구는 위나라 석천으로 이어지고, 또 다른 출구로 나가 남쪽으로 방향을 틀면 운무산 남쪽 기슭을 따라 한중 미창산(米倉山)으로 갈 수 있다. 이곳은 군사적으로 가치가 없어 위나라와 촉나라 모두 군대를 파견하지 않아 황폐해질 대로 황폐해졌다.

순후는 이평과 촉룡이 이곳을 지나갔는지는 알 수 없었다. 그저 자신의 계산이 틀리지 않기를 바랄 뿐이었다. 종택의 부하들을 입구 양쪽에 매복시키고 순후와 종택은 우뚝 솟은 방패 모양 바위 뒤에 숨었다. 이곳은 숨어서 동곡도 입구를 지켜보기 좋은 위치였다.

"해가 저물 때까지 아무도 나타나지 않으면 저희는 철수해야 합니다. 저도 임무가 있으니까요."

순후는 산골짜기 길을 지켜보느라 고개도 돌리지 않고 무심하게 고개를 끄덕였다. 해가 질 때까지 나타나지 않는다면 순후 일행이 매복하기 전에 이미 두 도망자가 이곳을 지나갔다는 뜻이다. 그렇다면 수백, 수천 명이 있어도 소용없다.

'정안사의 불운은 대체 언제까지 계속될까?'

순후는 바위 뒤에 쪼그려 앉아 두 손으로 세게 얼굴을 비볐다. 어제 아침부터 지금까지 잠시도 눈을 붙이지 못했다.

종택은 이때서야 여유가 생겨 순후를 유심히 살펴봤다. 언제부터 자랐는지 모를 새치 몇 가닥, 밤새 달려오는 동안 온몸에 쌓인 먼지, 그는 지칠 대로 지쳐 보였다. 하지만 정신은 또렷했다. 말을 달리게 하는 채찍처럼 끊임없이 활력을 만들어내는 뭔가 특별한 원동력이 존재하는 것 같았다. 예전에 배수진을 치고 싸울 때 봤던 동료들의 눈빛이 딱 이러했다. 강인한 정신력을 가진 사람에게서만 볼 수 있는 눈빛이다.

종택이 하늘을 올려다봤다. 해가 중천에 걸려 기세등등하게 뜨거운 열기를 뿜어냈다. 드문드문 자란 식물들이 강렬한 햇빛을 견디지 못해 시들해졌고 바위까지 뜨거워졌다. 종택은 행낭을 머리 밑에 깔고 누웠다. 무심코 풀 하나를 뽑아 입에 넣고 천천히 씹었다. 쓴맛과 단맛이 뒤섞여 혀끝에 맴돌았다. 해가 지기까지 아직 시간이 꽤 많이 남았다.

그렇게 두 시진이 지나고 미시에서 신시로 넘어갈 무렵, 동곡도 입구에 드디어 두 사람이 나타났다. 순후와 종택을 포함해 모두가 정신이 번쩍 들었다. 순후는 떨리는 손으로 바위 끝을 잡고 조심스럽게 상황을 살폈다.

"저 두 사람이 맞아요?"

종택이 가까이 다가와 조용히 물었다. 순후는 잠시 굳어 있다가 천천히 대답했다.

"그렇소."

'그렇소.'라는 말을 이렇게 또박또박 힘주어 말하는 경우는 흔치 않았다.

드디어 결전의 순간이 왔다.

두 사람은 잠시 후 무슨 일이 벌어질지 상상도 못한 채 천천히 동곡도 입구로 향했다. 두 사람 모두 군용 회갈색 행군 도포를 걸쳤다. 흙먼지를 막으려고 도포 한쪽을 들어 올려 얼굴을 가렸다. 두 사람이 탄 말은 진한 밤색이고 안장 뒤에 대롱대롱 매달린 가죽 물통이 쉬지 않고 흔들렸다. 조금 앞선 말에는 승상부를 상징하는 검은 깃발이 꽂혀 있었다. 이 깃발만 있으면 촉나라 땅 어디에서든 무사통과였다.

"시작하지요."

두 사람이 포위망 안에 진입하자 종택이 먼저 운을 떼웠다. 순후는 말없이 고개를 끄덕였다. 이들은 이미 물샐틈없이 완벽한 포위망을 구축해놓았다. 일단 여섯 명이 목표물 앞뒤를 가로막을 것이다. 적당히 높은 위치에 미리 매복한 여섯 명은 목표물이 도주하면 바로 말을 사살하기로 했다. 만약에 대비해 조금 더 바깥쪽에 가장 빠른 기병 넷을 배치했다.

두 사람이 조금 더 가까이 왔을 때, 종택이 벌떡 일어나 오른손을 흔들며 크게 외쳤다.

"시작해!"

포위망 안에 준비하고 있던 병사들이 일제히 고함을 지르자 크게 당황한 두 사람은 그 자리에 멈춰 선 채 어쩔 줄을 몰랐다. 길 양편에서 병사 여섯 명이 뛰어나가 두 사람을 에워싸고 칼을 겨눴다. 이때 두 사람 중 한 명이 칼을 뽑아 들고 말 옆구리를 박차며 앞으로 달려나갔다. 나머지 한 명은 당황한 나머지 고삐줄을 꽉 쥔 채 제자리를 계속 맴돌았다. 병사들이 달려들어 한 명은 재갈을 틀어쥐고 두 명이 말에 타고 있는 사람을 끌어내려 땅바닥에 꿇어 앉혔다.

먼저 달려나갔던 사람은 말로 병사들을 밀어내고 포위망을 뚫는 듯 했으나, 허공을 가르며 날아온 화살이 말의 목을 정확히 꿰뚫었다. 말이 처절한 울음소리와 함께 옆으로 쓰러졌다. 말에 타고 있던 사람은 미처 자세를 바꾸지 못해 같이 넘어지면서 말 밑에 깔려 꼼짝도 할 수 없었다.

열다섯 걸음 떨어진 곳에 순후가 서 있었다. 그는 천천히 노기를 내려놓으며 자신이 잡은 목표물을 차갑게 노려봤다. 아무도 몰랐지만 사실 그는 뛰어난 궁수였다.

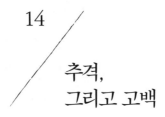

14

추격,
그리고 고백

체포 작전에 걸린 시간은 향 하나 피울 시간의 오 분의 일도 되지 않았다. 두 사람은 완전히 제압당했다. 두 병사가 좌우에서 단단히 도망자의 팔을 붙잡았고 또 다른 병사가 도망자의 목에 칼을 들이 댔다.

'드디어, 끝난 건가?'

순후는 가슴이 벅차올랐다. 걸음을 옮기는데 마치 구름 위를 걷는 기분이었다. 오랫동안 열망해온 순간이지만 막상 눈앞에 닥치니 현실감이 느껴지지 않았다. 그저 꿈을 꾸고 있는 것 같았다. 순후는 포위망을 박차고 나갔던 사람에게 천천히 다가가 얼굴을 가린 도포 자락을 걷어내고 정중히 고개를 숙였다.

"이 도호, 이렇게 다시 만나는군요."

이평은 평소 점잖고 엄숙했지만 지금은 두렵고 고통스러워 보였다. 그의 넓은 이마에서 콩알만 한 땀방울이 흘러내렸다. 방금 전 말 아래 깔리면서 다리가 부러져 양쪽에서 부축을 해줘야 겨우 걸을 수 있었다. 순후는 이평의 눈빛에서 절망을 읽었다. 이 도박에 자신의 인생을 걸었는데 완벽하게 패배하고 말았다. 이 한 번으로 모든 것을 다 잃었다. 어제까지 위풍당당한 촉나라의 중도호였으나 지금은 일개 포로로 전락했다. 이평은 거친 숨을 몰아쉬며 순후의 입술을 노려봤다. 뭔가 말하려는 듯 우물거렸지만 결국 입을 다물었다.

"여기, 이 도호 다리 좀 치료해 드리시오."

순후는 이평을 외면하고 다른 한 사람에게 시선을 돌렸다. 그는 도포 자락으로 얼굴을 가린 채 한마디도 하지 않고 조용히 서 있었다. 병사들이 양팔을 제압할 때도 전혀 반항하지 않았다. 순후는 심호흡을 한 번 했다. 웃고 싶기도 하고 울고 싶기도 한, 이 복잡한 감정을 정확히 표현할 수 있는 표정이 있을까?

건흥 7년부터 9년까지, 이 년이 흘렀다. 지난 이 년 간 보이지 않는 적과 싸워야 했던 외롭고 치열한 투쟁이 드디어 대단원의 막을 내리는 순간이다. 지금 순후와 적 사이에는 얇은 도포 자락뿐이다. 순후는 마른침을 삼키며 왼손으로 가슴을 눌렀다. 미친 듯이 날뛰는 심장을 감당하지 못한 연약한 가슴이 터져버릴 것 같았다. 그는 가볍게 팔을 흔들며 생각했다.

'촉나라가 유사 이래 가장 큰 화근을 제거하는 동시에 나는 가장 소중한 친구를 잃게 되겠지. 그래서 이 순간을 피하고 싶은가? 망설여지는가?'

순후의 답은 이미 정해졌다. 한 치의 망설임도 없이 팔을 뻗어 도포 자락을 벗겨냈다. 드디어 촉룡의 얼굴을 마주했다.

오나라 돈목관 시절, 곡정에게 촉룡의 전설을 들은 적이 있었다. 촉룡은 용의 몸통에 사람 머리를 한 신화 속 짐승으로 촛불을 입에 물고 해가 없는 서북쪽 어두운 세상에 살았다. 촉룡이란 명칭은《산해경》에 등장하는데 곡정이 원문까지 들춰가며 열심히 설명했다.

서북쪽 바다 너머, 적수의 북쪽에 장미산(章尾山)이 있다. 이곳에 용 몸뚱어리에 사람 얼굴을 한 신이 있었다. 붉은 몸 전체가 천 리에 달하고 눈도 아주 길었다. 그가 눈을 감으면 온 세상이 어두워지고 그가 눈을 뜨면 곧 밝아졌다. 먹지도, 잠들지도, 숨을 쉬지도 않고, 비바람을 불렀다. 이것이 바로 촉구음(燭九陰)이고 촉룡이라 부른다.

그때 순후는 신화 속 촉룡과 그가 상대하는 촉룡의 공통점이 딱 하나라고 생각했다. 둘 다 어둠 속에 존재한다는 사실. 신화 속 촉룡은 입에 촛불을 물고 어두운 곳을 밝게 비춰주지만 현실의 촉룡은 어두운 세상을 더 어둡고 혼란스럽게 만들고 있다. 이 암호를 만든 사람이 촉룡 자신인지 곽강인지 알 수 없지만, 냉소적인 반어법의 달인임이 분명했다.

촉한의 어둠 속에 숨어든 촉룡은 건흥 7년 이후 정안사에 수많은 좌절과 고민을 안겨줬다. 그는 단연코 촉한 역사상 가장 큰 파괴력을 지닌 위나라 간첩이라고 할 수 있다. 순후는 이자를 잡기 위해 제대로 먹지도 자지도 못하며 전력투구했지만 번번이 실패와 좌절을 맛봐야 했다. 하지만 건흥 9년 5월 7일, 바로 오늘, 그 기나긴 싸움이 드디어 유종의 미를 거뒀다.

최후의 순간에 이르러 줄곧 어둠에 숨어 있던 촉룡의 정체가 백일하에 드러났다. 지금 그는 촉룡이 아닌 본래 모습 그대로 순후를 마주했다.

순후는 벗겨낸 도포 자락을 움켜쥔 채 다른 손에 든 노기 화살 끝을 촉룡의 가슴에 겨눴다. 손가락을 현도[20]에 걸고 가볍게 중얼거렸다.

"그래, 너였군."

이 년 동안 수많은 의문을 파헤쳐 얻어낸 답이지만, 순후는 전혀 기뻐하거나 흥분하지 않았다. 그의 표정은 이상하리만큼 차분하고 평온했다. 양쪽의 병사들이 촉룡의 팔을 꽉 움켜쥐었지만 촉룡 역시 평온해 보였다. 처참하게 실패한 간첩이 아니라 한가롭게 바둑을 즐기는 선비처럼 편안해 보였다.

"허허, 효화, 여기까지 쫓아올 줄은 몰랐소. 정말 존경스럽소."

"나도 당신이 여기까지 와서야 잡힐 줄은 몰랐소. 정말 대단하오."

순후는 여전히 촉룡의 가슴에 노기를 겨눈 채 차갑게 응수했다. 지금은 개인의 감상적인 감정에 빠져 있을 때가 아니었다. 이 순간 순후는 완벽한 정안사 종사의 모습으로 돌아가 최대한 단조롭고 사무적인 말투를 유지했다.

"효화는 정말 뛰어난 종사요. 확실히 인정할 수밖에 없군요. 그 어렵고 제한적인 상황을 뚫고 나와 이렇게 완벽한 성공을 만들어낼 줄은, 정말 상상도 못했소."

◇◇◇◇◇◇◇◇◇
20 懸刀, 노기의 방아쇠 부분으로 노기는 활과 달리 발사 장치가 존재함.

"이제 와서 대범하게 패배를 인정하겠다? 그런 입에 발린 말은 면현에 가서 하시지. 어이, 친구. 우리 그동안 쌓인 얘기가 정말 많지 않소? 면현에 가서 핵심과 본질을 자세히 토론해봅시다."

순후가 코웃음을 치고 비아냥거렸지만 촉룡은 여전히 여유로웠다.

"효화, 면현까지 갈 거 뭐 있소? 지금 얘기해도 되지 않소?"

순후는 저도 모르게 멈칫했다. 촉룡의 여유로운 말투와 부드러운 미소가 오히려 순후를 초조하게 만들었다.

'이런, 빌어먹을!'

간첩의 정체를 밝혀내고 성공적으로 체포했는데, 순후는 자꾸 이상한 기분이 들었다. 여전히 옅은 안개에 휩싸여 있는 느낌이었다. 촉룡의 미소 뒤에 알 수 없는 자신감이 엿보였다. 그냥 단순한 허세일까?

"그러니까, 지금 당장 얘기를 하고 싶다는 것이오?"

순후가 의도적으로 한발 물러서며 말투를 누그러뜨렸다. 그런데 상대에게 주도권을 뺏겼다는 생각에 불쑥 화가 치밀었다.

"이건 우리 모두에게 아주 중요한 일이오."

순후가 하늘을 올려보며 시간을 가늠했다. 해가 중천을 지나 살짝 서쪽으로 옮겨갔지만 여전히 뜨거운 열기를 내뿜었다. 주변이 온통 메마른 황토와 암석뿐이라 보기만 해도 답답하고 숨이 막혔다. 그리고 이곳은 적국 땅이 멀지 않은 경계 지역이다. 만약 여기에서 느긋하게 촉룡과 얘기하다가 위나라 군대가 들이닥치면 한순간에 전세가 역전될 것이다.

"효화, 혹여 위나라 군대가 들이닥칠 것이 걱정이라면 일단 안전한 곳까지 후퇴해서 적당한 장소를 찾아봐도 좋소."

촉룡이 순후의 생각을 읽고 선수를 쳤다. 순후는 살짝 부끄럽고 난감했다. 어느 순간 촉룡에게 대화의 주도권을 뺏겨 번번이 끌려가는 상황이 됐다. 멋쩍은 듯 머리를 긁적이다가 문득 이렇게 약해 보이면 안 된다는 생각에 최대한 싸늘하게 말했다.

"적당한 장소, 당연히 내가 알아서 정할 것이오. 그쪽이 신경 쓸 일이 아니오."

촉룡은 말없이 특유의 부드러운 미소를 지었다. 순후는 그 미소에 마음이 흔들릴 것 같아 얼른 돌아섰다. 감출 수 없는 미세한 떨림을 절대 들켜선 안 된다.

순후는 모두를 재촉해 왔던 길로 한참 되돌아갔다. 같은 길이지만 사람은 두 명이 늘었다. 그 두 사람은 밧줄로 꽁꽁 묶은 후 기병과 함께 말에 태워 압송했다. 앞뒤, 좌우로 기병 넷이 바짝 붙어 만약에 대비했다. 순후는 맨 뒤에서 멀찍이 따라가며 두 사람을 관찰했다. 두 사람 모두 담담했지만 느낌이 달랐다. 한쪽은 모든 것을 잃어 절망한 상태고 다른 한쪽은 너무 태연해서 도무지 속을 알 수가 없었다.

한 시진 반쯤 달리자 파산(巴山) 언저리의 울창한 소나무 숲이 보였다. 계곡물이 흘러드는 제법 큰 연못이 있어 사람과 말이 목을 축이며 잠시 쉬어가기 좋은 곳이었다. 종택이 부하 둘에게 포로를 나무에 묶은 후 지키게 하고 나머지는 흩어져 쉬도록 했다. 지친 병사들은 명령이 떨어지자마자 환호성을 지르며 흩어졌다. 신이 나서 옷깃을 풀고 연못가에 꿇어앉아 두 손으로 물을 떠마셨다. 말들도 연못에 고개를 처박고 열심히 물을 먹었다. 연못가가 한동안 시끌벅적했다. 순후가 가죽 물통을 가득 채워 이평에게 다가가 입에 갖다

댔다.

"이 도호. 물 드시지요."

이평이 힐끔 한 번 쳐다보고 아무 말 없이 입을 벌려 꿀꺽꿀꺽 들이켰다. 급하게 마시느라 턱과 가슴을 따라 물이 줄줄 흘러 화려한 비단옷을 흠뻑 적셨다.

"이곳엔 물이 이것뿐이니, 입맛에 맞지 않아도 양해해주십시오."

이평이 쓴웃음을 짓고 다시 혀를 내밀어 입가에 흐르는 물방울을 핥았다. 이평은 잡힌 순간부터 지금까지 한마디도 하지 않았다. 순후가 물통을 들고 일어나 촉룡에게 다가섰다.

"마시겠소?"

"정답게 얘기를 나누려면 아무래도 목을 축여야겠지요. 고맙소."

촉룡은 이 상황에서도 농담을 던지고 꿀꺽꿀꺽 물을 들이켰다.

"정다운 대화? 배신자의 헛된 마지막 변명이겠지."

순후가 툭 내뱉고 돌아서서 병사들을 불러 촉룡을 소나무 숲 안쪽으로 데려가 다른 나무에 묶으라고 지시했다. 연못에서 대략 30보 떨어진 곳에 병풍 같은 큰 바위가 있고 주변에 대나무가 무성해 시원하고 조용한 장소가 있었다. 간혹 바람이 불 때마다 은은한 솔향이 퍼졌다.

병사들이 촉룡을 옮겨 묶자 순후가 손을 흔들며 조금 떨어져 망을 보라고 지시했다. 대화 내용이 무엇이든 듣는 사람이 없어야 한다고 생각했다. 이것은 정보 관리 특유의 습관이기도 했다. 병사들이 자리를 떠나자 순후와 촉룡만 남았다. 순후는 평평한 바위를 옮겨와 촉룡 맞은편에 놓고 옷자락을 들고 앉았다. 그리고 촉룡을 뚫어지게 응시했다.

"어디 한번 변명해보시오. 판단은 내가 할 테니."

촉룡은 순후의 눈빛을 피하지 않고 덤덤하고 차분하게 입을 열었다.

"효화, 일단 자세한 이야기는 제쳐두고 결론부터 말하자면, 사실 아주 간단하오. 난 단 한 번도 촉한을 배신한 적이 없소."

"아, 그렇군. 하고 싶은 말이 이거였소? 알다시피, 정안사는 세부 사항에 더 관심이 크오. 그게 더 중요하니까."

"믿기 힘들다는 거 알고 있소. 자세한 내용을 설명하려면 시간이 필요하오."

"그 자신감이 대체 어디서 나온 건지 모르겠지만, 현재 상황으로 봐서는 당신한테 유리한 건 아무것도 없는 거 같은데."

"세상엔 보이는 것이 다가 아닐 때가 많소."

"그건 당신이 어떻게 해명하느냐에 달린 것 같군."

순후는 촉룡이 끼어들 틈을 주지 않고 선수를 쳤다.

"당신은 건흥 7년, 노기 설계도 도난 사건에서 중요한 역할을 맡았소. 맞소?"

"그건 인정하오."

"2월 26일, 미충을 처음 만났을 때, 그자에게 면현성 수비 편제와 노기 설계도 보관 장소와 관련된 정보를 제공했고 함께 대략적인 작전 계획을 의논했소. 그리고 3월 2일, 당신은 공적으로 알게 된 전문가에게 의뢰해 자물쇠를 여는 도구를 두 개 만들었고, 그중 하나를 우정을 통해 미충에게 전달하려고 했으나 우정이 실패했지요. 3월 2일 밤, 위험을 무릅쓰고 직접 미충을 만나 도구를 전달하고 군계방 총부에 보관 중인 설계도를 훔치라고 지시했소. 3월 4일, 정안사가 요양현을 수색한다는 것을 알고 일부러 시간을 지연시켰고, 후에 미충과 유인 작전을 계획했소. 3월 6일, 황예 일행과 정안사 인력이 모두 포진도에 몰려가 있을 때 군기사 경비병을 이동시켜 미충의 작전을 도왔소. 같은 날, 계획대로 설계도를 위나라에 보낸 후 당신이 직접 미충을 죽였소."

순후는 한 번도 쉬지 않고 사건 내역을 정리했다. 대부분 황예와 오두미교 신도들의 진술을 참고했고 나머지는 순후의 추론이었다. 지난 이 년간 그날의 실패를 한순간도 잊은 적이 없었다. 수없이 되새긴 덕분에 날짜와 세부 내용까지 줄줄 외울 정도였다.

"이상의 내용, 모두 인정하시오?"

"그렇소. 추론이 완벽하지는 않지만, 대체로 사실과 일치하오."

예상과 달리 촉룡은 조금도 머뭇거리지 않고 바로 대답했다. 머뭇거리기는커녕 아주 자신만만했다.

"혐의는 모두 인정했으니, 그럼 어디 한번 들어봅시다. 도대체 뭘로 당신의 충성을 증명할 거요? 당신이 촉나라를 위해 한 일이 뭐가 있소?"

"먼저 한 가지 물어봐도 되겠소? 그 일로 우리가 잃은 것이 무엇이오? 위나라가 얻은 것은 있소?"

"우리는 중요한 군사 기술 자료를 빼앗겼지. 그로 인해 우리 촉나라의 병사들이 농서에서 큰 희생을 치를 것이오!"

촉룡이 동의할 수 없다는 듯 고개를 저었다.

"효화, 방금 말하지 않았소? 눈에 보이는 것이 다가 아니라고. 그 사건을 자세히 분석해보면, 사실 어렵지 않게 알 수 있소. 표면적으로는 우리가 정보를 잃은 것 같지만 결과적으로는 큰 승리를 얻었소."

"헛소리 집어치워!"

"첫째, 우리는 한중에 남아 있던 마지막 오두미교 잔당을 깨끗이 제거했소. 이로써 사회 불안 요소를 줄이는 동시에 위나라 간첩의 활동 기반을 약화시켰소. 둘째, 위나라에서 손꼽히는 우수한 간첩을 면현에서 제거했지요. 이것은 위나라 정보국 입장에서 매우 큰 손실이오."

순후는 도저히 참을 수 없어 버럭 소리를 질렀다.

"본말전도로구먼. 좋소. 그 두 가지는 확실히 위나라의 손실이오. 하지만 위나라는 결국 그들이 꿈에 그리던 노기 설계도를 손에 넣었소."

"세 번째로 말하려던 것이 바로 그것이오. 아마 효화도 알 것이오. 위나라 무기 기술의 일인자 마균이 노기 설계도를 보고 형편없다면서 본인이 다섯 배 이상 강력한 노기를 만들 수 있다고 말했다지요. 애초에 기대가 컸던 위나라 고위층이 크게 실망했고 결국 천수 무기 제작소 계획이 백지화 됐습니다. 이것이 무슨 의미인지 아시겠소?"

이 일은 순후도 두필에게 들어 알고 있었다. 그때는 단순히 위나라 놈들이 기술을 이해하지 못한 줄 알았는데 지금 다시 생각해보니 확실히 미심쩍긴 했다. 촉룡의 설명을 듣다 보니 자꾸 자신이 없어졌다. 촉룡은 순후의 대답을 기다리지 않고 바로 말을 이었다.

"사실 아주 간단하오. 애초에 위나라는 원융과 촉도 설계도를 손에 넣지 못했소."

"말도 안 돼! 미충이 분명히 가져갔잖소!"

"가져간 것이 만약 가짜라면? 그럼 말이 되겠소?"

"설계도를 바꿔치기했단 말이오?"

"그렇소. 미충이 위나라에 보낸 것은 삼 년 전 설계도였소."

순후는 잔뜩 찌푸렸던 미간에 힘을 풀고 처음 대화를 시작할 때처럼 냉정한 표정으로 비아냥거렸다.

"변명이 꽤 그럴듯하군. 하지만 당신의 말에는 아주 치명적인 모순이 있소."

"어디 들어봅시다."

촉룡은 밧줄이 조이는 부분이 불편했는지 살짝 몸을 비틀었다.

"설계도를 바꿔치기했다는데, 도대체 언제 바꿨소? 미충이 군기사에서 설계도를 훔쳐 나온 후 바로 농서로 가는 보급 운송 부대 편으로 보냈소. 그리고 나서 당신을 만났지. 당신이 설계도를 바꿀 상황이 전혀 아니었단 말이오. 아, 혹시 그 전에 군기사에서 바꿨다고 하려나? 미리 말해두겠는데, 그건 절대 불가능하오."

"어째서 불가능하오? 내가 군기사 경비 병력도 이동시켰는데."

"당연히 불가능하오. 노기 설계도 보관과 경비는 별도 체계니까. 그리고 설계도를 열람하려면 복잡한 절차를 거쳐야 하는데, 이미 조사한 열람 기록에 당신 이름은 없었어."

순후가 빈틈없이 몰아붙였지만 촉룡은 전혀 당황하지 않았다. 오히려 더 차분해 보였다.

"역시, 예리한 통찰력이오. 그렇소. 확실히 내 권한으로는 군기사에서 설계도를 바꿔치기할 수 없소. 사실 병력 이동도 내 권한이 아니오."

"그렇다면, 거짓말이라는 것을 인정하는 것이오?"

"효화의 분석은 아주 정확했지만, 내가 못 한다고 해서 다른 사람도 못 하는 것은 아니오."

순후가 두 눈을 동그랗게 뜨며 벌떡 일어섰다. 면현성 안에 촉룡의 공범이 있다고? 촉룡이 진지한 얼굴로 주위를 살핀 후 목소리를 낮췄다.

"군기사 병력을 이동시켜 미충의 작전을 돕고 설계도를 바꿔치기 할 수 있는 사람은, 현실적으로 딱 한 명뿐이오."

"그게 누구요?"

"제갈 승상."

순후는 그동안 별의별 일을 다 겪어왔지만 이렇게 충격적인 일은 난생처음이었다. 힘이 풀려 다리가 후들거리고 숨도 제대로 쉬기 힘들었다. 촉룡은 안타깝게 바라보며 잠시 말을 아꼈다. 지금 순후에게는 시간이 필요했다.

'아니야, 말도 안 돼.'

순후는 너무 놀라 제대로 말도 안 나왔지만, 당황한 마음을 숨기려 애써 단호한 표정을 지었다.

"설계도 열람 기록을 제대로 확인했다면, 도난당한 설계도를 마지막으로 본 사람이 제갈 승상이라는 사실을 잘 알 것이오."

"그러니까, 미충의 작전을 도운 것이 승상의 지시였다는 말이오?"

"그렇소. 그렇게 해야 위나라가 의심 없이 우리 함정에 걸려들 테니까."

이 순간 촉룡은 그 어느 때보다 진지하고 근엄했다.

"지금부터 하는 말은 원래 계획에 없던 것이지만, 개인적인 판단 하에 효화도 알아야 할 권리가 있다고 생각하오."

순후는 아직 충격에서 헤어나오지 못했지만 일단 고개를 들고 촉룡을 주시했다.

"사실, 이 계획은 건흥 4년에 시작됐소. 그때 제갈 승상은 향후 면 현성이 위나라 간첩의 목표가 되리라 예견했소. 그래서 정안사 역할 을 강화하는 한편 따로 장기적인 계획을 준비했던 것이오."

"그게 바로 당신인가?"

"그렇소. 승상은 가만히 앉아 위나라 간첩을 기다리기보다 우리 가 먼저 그들을 찾아가는 방법을 택하셨소. 이 이중간첩이 위나라 정보국의 신임을 얻기만 하면, 우리는 위나라 간첩의 침투 상황을 알 수 있고 반대로 위나라에 거짓 정보를 흘릴 수 있소. 양방향으로 아주 많은 것을 얻을 수 있는 것이오. 이 계획은 작전명이 없소. 어 차피 승상과 나 이외에는 그 존재를 아는 사람이 없으니, 굳이 명칭 이 필요치 않았소. 건흥 4년, 나는 승상의 지시로 신중하게 위나라 와 접촉하기 시작했소. 조심스럽게 적을 상대하는 동시에 내부의 눈 도 살펴야 했소. 그리고 건흥 5년, 드디어 곽강이라는 위나라 군관 과 선이 닿았소. 어린 나이에 야심이 큰 곽강은 자신의 능력을 증명 하기 위해 어떻게든 공을 세우고 싶어 안달이 나 있었소. 덕분에 난 단숨에 곽강의 가장 중요한 패가 되었고, 그자의 상황을 이용해 위 나라와 확실한 정보망을 구축했소. 그때부터 곽강에게 많은 정보를 줬소. 그중에는 진짜도 있고 가짜도 있고, 때로는 우리 군대를 희생 시키는 일도 있었소. 대가로 적들의 신뢰는 더욱 깊어졌소. 건흥 7년 연초, 곽강이 위나라 중서성을 대표해 내게 촉나라 노기 기술을 겨냥한 작전에 협조할 것을 요청해 왔소. 제갈 승상과 난 고심 끝에 가짜 설계도로 놈들의 계획을 역이용하기로 했소. 그 후 난 세부 내 용을 변경한 새로운 계획안을 곽강에게 보냈소. 지하에 숨어 있는 오두미교 세력을 최대한 이용하고, 임무를 완수한 후 내 신분이 탄로 나지 않도록 미충을 죽이자는 것이 내 의견이었소. 얼핏 보면 아주 합리적인 것 같지만 사실 촉나라에 도움이 되는 계획이었소. 곽강은 이 모든 계획을 의심 없이 받아들였소."

촉룡이 여기까지 말하고 힘없이 웃었다.

"그다음은 효화가 아는 그대로요. 미충이 면현에 잠입해 나와 접선한 후 계획을 실행했소. 그런데 승상과 내가 미처 생각지 못한 것이 하나 있었소. 바로 효화, 당신이오. 효화의 조사 능력은 정말 상상 이상이었소. 그렇다고 효화에게 진실을 말해줄 수는 없으니, 어쩔 수 없이 양쪽으로 동시에 작전을 진행해야 했소. 미충이 성공하도록 도우면서 효화를 경계해야 했소. 효화, 청룡산 군계방 총부 작전은 정말 대단했소. 너무 훌륭해서 하마터면 우리 계획을 다 망칠 뻔 했소."

"그렇다면, 청룡산에 있던 설계도도 가짜였소?"

순후는 처음으로 질문을 던졌다.

"그렇소. 효화의 완벽한 매복 작전 때문에 우린 또 한 번 계획을 수정해야 했소."

"그럼, 처음에 왜 유 씨 부녀를 조사하라고 귀띔했던 것이오?"

"그건, 내 실수였소. 그때 난 풍웅과 유형의 관계를 알고 있던 터라 효화의 관심을 돌리려 했던 것인데, 유 씨 부녀가 황예와 연결돼 있을 줄은 몰랐소. 미충을 숨겨주고 작전에 동참한 부분은 예상 밖의 일이었소. 나중에 정안사가 유형에게 고당병을 접근시킨 일은 더 당황스러웠소. 그 바람에 우리 계획이 또 실패할 뻔 했으니까."

"이거 참, 운이 좋았다고 해야 할지, 나빴다고 해야 할지……."

"다행히 승상이 빠르게 새로운 계획을 구상하셨소. 그다음은 효화도 잘 알 것이오. 내가 미충에게 첩자를 역이용하는 계획을 알려 줬소. 황예 일행, 고당병과 정안사 등 모든 이목을 포진도에 집중시키고 군기사 경계가 느슨한 사이에 미충이 설계도를 훔쳤소. 설계도는 그 전날 제갈 승상이 열람하면서 바꿔치기한 것이오. 아무것도 모르는 미충이 설계도를 성공적으로 전송했고, 난 미충을 제거했소."

순후는 이 상황에서 잘했다고 말해도 될지 애매했다. 이내 고개를 흔들었지만 이 한마디는 하지 않을 수 없었다.

"정말 완벽한 계획이군."

"그렇소. 제갈 승상은 정말 천재요. 마지막에는 아주 절망적이었는데 그 상황에서도 침착하게 대응해 결국 작전을 성공시켰소. 아무튼, 그 사건은 드러나진 않았지만 우리의 대승이었소. 위나라는 뛰어난 간첩과 오두미교 세력을 잃었고 천수 무기 제작소는 어마어마한 물자만 낭비한 채 폐기됐소. 그쪽은 아무것도 얻지 못했지요. 하지만 우리는 한중 내부의 사회 불안 요소를 제거했고 나에 대한 위나라의 믿음은 더욱 굳건해졌소."

순후는 나무에 묶인 촉룡을 보면서 복잡 미묘한 감정을 느꼈다. 이 상황에서 도대체 뭐라고 말해야 할까? 이 년 전, 죽을힘을 다했던 십이 일간의 노력이 다 헛수고였단 말인가? 고당병도, 황예 일행의 습격으로 목숨을 잃은 젊은 병사도, 이 완벽한 계획에서는 전혀 의미 없는 희생을 치른 셈이다. 하지만 누구도 원망할 수 없다. 이 모든 일이 한나라 부흥을 위한 것이니까.

"사실, 이 작전을 수행하면서 내가 가장 마음에 걸렸던 사람이 바로 효화, 당신이요. 제갈 승상도 마찬가지고. 특히 효화에게 이 일에 대한 모든 책임을 떠안기고 강동으로 떠나보낸 것 때문에 제갈 승상이 줄곧 죄책감을 느끼셨소."

촉룡은 말투를 누그러뜨리며 확실히 미안해하는 눈빛이었다. 순후는 살짝 마음이 흔들렸다. 이 눈빛과 말투는 진심에서 우러나온 것이다. 절대 거짓이 아니다.

소나무 숲은 바람까지 잦아들어 아주 고요했다. 졸졸 흐르는 계곡물이 없었다면 시간의 흐름을 전혀 느끼지 못했을 것이다. 순후는 촉룡을 풀어줄 생각으로 자리에서 일어섰다. 이때 숲 저편에서 병사들이 크게 웃는 소리가 들렸다. 순후는 멈칫했다가 다시 뒤로 물러섰다. 이번 사건은 아직 끝나지 않았다.

"그럼, 이 도호는 어떻게 된 거요? 지금 이게 다 무슨 일이오?"

순후가 다시 촉룡에게 다가가 밧줄을 툭 치며 무섭게 노려봤다. 노기 사건도 중요한 일이지만 단순히 기술 정보가 목표였고 기껏해야 중급 관리자가 관련됐을 뿐이다. 하지만 이평의 탈주는 촉나라 고위층을 뒤흔드는 엄청난 사건이다. 이 두 사건은 비교 자체가 불가능하다. 사실 순후도 어느 정도 추측하는 바가 있었지만 촉룡에게 직접 듣는 편이 확실할 것이다. 촉룡은 순후의 질문에 일단 한숨부터 내쉬었다.

"효화, 걱정 마시오. 오늘은 어차피 다 말할 것이니. 하지만 절대 아무에게도 말하지 않겠다고 약속해주시오. 이 일은 아직 끝나지 않았으니까."

"알았소."

순후가 한 걸음 물러서서 혹시 엿듣는 사람이 없는지 주위를 살핀 후 팔짱을 끼자 촉룡이 다시 이야기를 시작했다.

"이 일의 시작은 작년 건흥 8년 6월이었소. 아시다시피 그해에 조진이 우리나라를 기습했었소. 그 후 제갈 승상은 수비 방어 체계를 보완하기 위해 이평의 군대를 한중으로 이동시켰소. 그때 효화가 이평 군대와 같이 면현에 돌아왔지요."

"그렇소."

"곽강이 이 사실을 알고 내게 아주 대담한 계획을 제안했소. 이평이 촉나라를 배신하고 위나라로 망명하도록 설득하라는 것이었소. 그 옛날 이평의 친우 맹달처럼 말이오. 처음엔 너무 황당한 제안이라 거절하려고 했는데, 제갈 승상이 다른 계획을 내놓으셨소."

촉룡이 잠시 말을 끊었지만 순후는 다그치지 않았다. 경청하는 자세를 유지하며 묵묵히 기다렸다.

"그래서 제갈 승상이 날 이평의 참군으로 이동시킨 것이오. 처음에 이평은 이상한 점이 전혀 없었고 나 역시 위풍당당한 중도호가 이렇게 도망길에 오르리라고는 생각지 못했소. 그런데 이평은 자신의 군대가 한중의 다른 부대에 분할 흡수되고 자신에게 후방 보급 관리 임무가 주어지자 불안해하기 시작했고 걸핏하면 화를 냈소. 난 한동안 우회적으로 이평의 의중을 떠보다가 위험을 감수하고 일단 위나라 간첩이라는 사실을 밝혔소. 이평의 반응은 확실히 미심쩍었소. 날 고발하거나 체포하지 않고 오히려 밖에 나가서 함부로 떠들고 다니지 말라고 조심시켰소. 그 순간 제갈 승상의 임무를 완수할 수 있겠다는 희망이 보였소. 제갈 승상의 지시는 간단했소. 일단 곽강의 계획에 따르라. 그때부터는 위나라 간첩 역할에 충실하며 열심히 이평을 설득했소. 처음엔 모호한 암시 수준이었지만 나중에는 적극적으로 망명을 권유했소. 효화도 잘 알겠지만, 촉나라 정치 판도에서 이평의 입지가 날로 좁아지고 있었기 때문에 이 부분을 강조해 이평을 자극했소. 너무 서두르거나 너무 늦춰도 안 되는 일이라 조심스럽게 완급 조절을 하며 이평의 마음을 열었소."

순후는 이 부분에서 뭔가 고심하듯 표정이 심각해졌다.

"그런데 말이오. 내가 한중에 돌아온 직후 제갈 승상이 내게 이평이 의심스러우니 잘 지켜보라고 명하셨소. 당신 말이 사실이라면, 이건 대단히 모순적인 상황 아니오?"

"전혀 아니오. 적당한 외부 압력이 있어야 이평의 심리 변화를 앞당길 수 있으니까요. 역사적으로 이런 사례는 매우 많소. 사람은 도망칠 생각을 했다가도 잠시 주저하기 마련인데, 이때 외부의 압력을 느끼면 바로 마음을 정하게 되지요."

순후는 이 말을 듣고 그래도 자신이 촉나라의 이익에 필요한 일을 했구나 싶었다. 하지만 아무것도 모르고 이용당했다는 느낌은 지울 수가 없었다. 촉룡은 순후의 마음을 모른 채 다음 말을 이었다.

"그런데 전혀 예상치 못한 일이 벌어졌소. 서영의 망명은 누구도 예상하지 못한 일이니. 서영은 우리 입장에서 정보의 보물창고임이 분명하지만 내가 이평을 설득하는 계획에는 큰 걸림돌이었소."

"등선 때문이오? 그자는 이번 계획에서 어떤 역할이었소?"

"그자는 이번 일과 전혀 상관없소. 거긴 곽강 쪽의 정보망이 아니라, 완전히 따로 움직였소. 등선은 촉룡의 신분을 전혀 모르고 이평을 회유하려 시도한 적도 없소. 기껏해야 윗사람 몰래 정보를 팔아먹는 잔챙이일 뿐이오. 그래서 등선이 체포된 것을 알았을 때 이평이 가차 없이 버린 것이오. 자신의 결백을 증명하기 위해 확실히 선을 그은 것이지요. 내가 말하는 걸림돌은, 서영이 내가 이평을 회유하고 있다는 사실을 정안사에 알린 것이오."

"다 내 탓이오."

"원래 계획에서 정안사의 역할은 적당히 거리에서 의심하고 있다는 사실만 보여줌으로써 이평을 불안하게 만드는 것이었소. 그런데 갑자기 서영이 등장하면서 정안사의 반응이 우리 예상을 뛰어넘어 버렸소."

"그래서 입을 막으려고 서영을 죽인 것이오?"

"설마 그렇게까지 했겠소? 하지만 이평이 불안해하며 나까지 의심하기에 특단의 조치가 필요했소. 그래서 제갈 승상이 다시 손을 썼소. 서영을 납치하면서 살인 사건으로 위장한 것이오. 성도 사문조를 포함해 모두의 눈을 속인 것이오. 지금 서영은 주제(朱提) 부근 산속에서 요양 중일 것이오."

"그럼, 도대체 이평은 언제 도망칠 결심한 것이오?"

"올해 3월 15일, 제갈 승상이 예정을 크게 앞당겨 출병한 바로 그 날이오. 이평은 출병 소식을 당일에서야 통보받은 것에 대해 크게 분노했소. 승상부에 돌아오자마자 노발대발했소. 바로 그 지점이 이번 계획의 큰 전환점이었소. 이평이 자기 입으로 위나라로 망명하겠다고 말했으니까."

"왜 바로 움직이지 않고 어제서야 떠난 것이오?"

"허허, 수십 년간 관료 사회에서 산전수전 다 겪은 이평이 그렇게 경솔할 리가 있겠소? 몇 가지 준비가 필요했소. 첫째, 이평이 위나라 고위 관료의 친필 서신을 원했소. 최소한 사마의나 조상에게 확실한 약속을 받고 싶었던 것이오. 둘째, 도망 계획은 그렇게 간단하지가 않소. 여러 가지 상황을 종합하느라 꽤 오랜 시간이 걸렸소. 셋째, 사실 이 점이 가장 중요했소. 이평은 제갈 승상이 속을 알 수 없는 사람이라며 불안해했소. 언제 갑자기 면현으로 돌아올지 모른다고 생각했던 모양이오."

"그래서 당신을 보낸 것이군. 전선 상황을 파악하려고."

"역시, 제대로 봤소. 이평이 날 전선에 파견한 이유는 두 가지였소. 위나라 고위층의 친필 서신을 전달받고 제갈 승상의 의중과 전선 상황을 파악하는 것. 내가 두 가지 임무를 완수하고 돌아온 후 이평이 본격적인 도주 준비를 시작했소. 그사이, 정안사 때문에 번거로운 일들이 있었지만 이평은 크게 신경 쓰지 않는다고 했소. 어쨌든 본인이 면현 최고 권력자이니 정안사 쯤은 전혀 문제 되지 않는다고 생각한 거요."

"젠장, 틀린 말은 아니네."

"그런데 이 계획은 4월 초에 또 한 번 위기를 맞이했소. 제갈 승상과 사마의 대치가 길어지면서 기산 전선의 보급에 문제가 생겼소. 이평이 아무 생각 없이 실제 창고 잔고 상황을 그대로 알리는 바람에 제갈 승상이 당장 철수하겠다는 서신을 보내왔소. 아직 도망 준비가 끝나지 않은 상황이라 이평이 크게 당황했고, 내가 한 가지 방법을 제안했소."

"곡식 창고 잔고 기록을 위조하는 것 말이오?"

순후는 그제야 수수께끼 조각을 하나하나 맞춰나갔다.

"그렇소. 이평은 후방 보급 관리 책임자인 동시에 면현 최고 행정관이니, 충분히 가능한 일이었소. 그래서 4월 19일 저녁, 이평이 직접 양전조 기록을 위조한 후 제갈 승상에게 서신을 보냈소. 보급에는 전혀 문제가 없으니 섣불리 철수해서 좋은 기회를 놓치면 안 된다고 말이오."

"그리고 5월 6일, 드디어 준비가 끝나 바로 도망친 것이오?"

"그렇소. 특별히 정안사의 방해에 대비하고자 이평이 면현성 계엄령을 내렸소. 그런데 결국 효화의 추격을 막지 못하고 상황이 이렇게 되어버렸소. 진심으로 하는 말인데, 효화, 정말 대단하오."

순후는 칭찬을 듣고도 전혀 기쁜 표정이 아니었다. 그는 아직도 궁금한 것이 많고, 여전히 심각했다. 갑자기 손가락으로 제 머리를 톡톡 두드리며 질문을 던졌다.

"만약 내가 미리 도착해 매복하지 못했다면? 그대로 위나라로 넘어갈 작정이었소?"

"당연히 아니오. 이미 비밀리에 우리를 가로막을 누군가를 준비해뒀소. 효화가 늦었어도 그들이 우리를 막았을 거요."

"그게 누구요? 어디에 있소?"

"바로 종택과 그 부하들이오. 추봉영의 기운을 이어받은 정예병이지요."

촉룡이 고개를 돌려 흐뭇하게 숲 너머를 바라봤다. 순후는 저도 모르게 살짝 목소리가 커졌다.

"말도 안 돼! 저들은 도중에 우연히 만나 내가 억지로 끌고 왔단 말이오. 정말 완전히 우연이었소! 더구나 종택과 그 부하들은 당신을 전혀 모르는 눈치였소."

"종택 부대가 효화를 만난 건 우연이 맞소. 하지만 그들이 동곡도 입구에 온 건 우연이 아니오. 음평에 있어야 할 보급 노선 순찰대가 어떻게 한중 동남부 산길에 나타났겠소? 내 명령을 받고 움직인 것이오. 이 소부대는 전선에서 철수한 직후라 이동을 해도 알아차릴 사람이 거의 없소. 그리고 그 옛날 추봉영 출신이기에 산지에서도 기마술이 뛰어나오. 이번 임무와 딱 맞아떨어지는 조건이었소."

"당신 명령이라고요? 그럼, 방금 전에 저들이 당신을 체포하는 척 연기를 했단 말이오?"

"아니, 그건 아니고. 직접 만나서 명령을 내린 것이 아니오. 종택은 승상부 인장이 찍힌 비밀 서신을 받았을 것이오. 5월 7일, 동곡도 입구로 가서 그곳을 통과하려는 모든 사람을 막으라는 내용이지요. 종택은 누가 명령을 내렸는지, 목적이 무엇인지 전혀 모르고, 단순히 명령대로만 움직인 것이오."

"그런데……. 같은 목적인 것을 알면서 종택이 왜 내게 말을 안 했지? 말만 안 한 것이 아니라 계속 다른 임무가 있는 것처럼 말했단 말이오."

"답은 간단하오. 비밀 유지를 위해. 승상부 비밀 서신에 이번 작전의 목적지를 절대 누설하면 안 된다고 강조했소. 종택은 고지식하면서도 훌륭한 군인이기 때문에 명령을 충실히 이행했을 것이오. 그러니 목표가 일치해도 절대 말하지 않았을 것이오."

"도저히 이해가 안 되네. 그럼, 제갈 승상이 단지 이평의 망명을 유인하려고 북벌을 일으켰단 말이오?"

촉룡이 이 유치한 질문에 한바탕 크게 웃었다. 순후는 머쓱해하며 머리를 긁적였다.

"설마 제갈 승상이 그렇게 분별력이 없는 사람이겠소? 이평의 망명은 이번 북벌의 부수적인 결과물일 뿐이오. 승상은 이평이 보급 잔고를 조작하리라고는 예상하지 못했으니까. 전선 보급에 문제가 생긴 것을 알고 나서 이평을 확실히 압박하기로 한 것이오."

촉룡의 설명이 끝난 후 한동안 침묵이 흘렀다. 꼬리에 꼬리를 물고 이어지던 긴 대화가 이렇게 중단됐다. 한참이 지난 후 순후가 마른 입술에 침을 바르고 계속 머릿속에 맴돌던 질문을 던졌다.

"그런데 제갈 승상은 대체 왜 이평이 불만을 품고 배신할 때까지 그냥 내버려둔 것이오? 왜 당신한테 온갖 방법을 동원해 망명하게 만든 것이오? 망명하게 유인하고 왜 또 마지막에 가로막은 것이오? 일을 이렇게까지 복잡하게 만든 이유가 뭐요? 제갈 승상의 진짜 목적이 대체 무엇이오?"

촉룡이 크게 한숨을 내쉬었다. 손발을 움직일 수 없어 그저 말없이 뚫어져라 순후를 바라보기만 했다. 조금씩 떨리는 촉룡의 얼굴이 수많은 말을 대신했다. 순후도 똑같은 눈빛으로 답했다. 두 사람 사이에는 여전히 말하지 않아도 통하는 것이 있었다. 잠시 후 순후가 촉룡의 어깨에 손을 얹고 담담하게 말했다.

"알겠어요. 자세히 말해줘서 고맙소. 수의."

"효화, 알아줘서 고맙소."

호충의 입가에 다시 부드러운 미소가 번졌다.

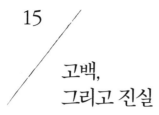

15

고백,
그리고 진실

장합(張郃)은 눈앞에 벌어진 광경이 도저히 믿기지 않았다. 이를 악물고 상체를 일으키자 오른쪽 무릎에 단단히 박힌 정교한 노기 화살이 보였다. 화살촉이 무릎 깊이 박혀 검은색 화살대 끝부분만 보였다. 화살대를 타고 용솟음친 검붉은 선혈이 사방으로 콸콸 흘러내렸다. 화살촉 끝에 고리가 달려 있어 맨손으로는 뽑아낼 수 없었다.

'이게 바로 원융 노기의 위력이군…….'

순식간에 많은 피를 흘리다 보니 온몸에 힘이 빠져나가고 시야가 점점 흐릿해졌다. 지난 몇 년간 농서 전쟁터를 누비면서 이 노기 화살의 위력을 수없이 많이 목격했다. 수많은 위나라 병사들이 이 화살을 맞는 순간 처절한 비명을 지르며 죽어갔다. 오랜 동료 왕쌍도 그중 한 명이었다. 그리고 지금은 장합 자신이 이 공포를 경험할 차례였다.

장합은 힘없이 숨을 토해냈다. 예상외로 이 순간이 그렇게 공포
스럽지는 않았다. 아마도 전쟁터에서 보낸 시간이 너무 많은 탓이리
라. 어느덧 환갑을 넘긴 그는 모든 죽음에 무뎌졌다. 심지어 자신의
죽음조차도. 장합은 천천히 주위를 둘러봤다. 위나라 병사 수십 명
과 말의 시체가 어지럽게 널려 있었다. 그 시체마다 화살이 최소 세
대 이상 박혀 있었다. 저쪽에 깃대가 부러져 나뒹구는 위나라 깃발
이 보였다. 깃대를 쥔 병사의 몸에서 흘러나온 피가 깃발 모퉁이를
빨갛게 물들였다.

'우리 군에도 이렇게 강력한 무기가 있었더라면……. 뭔가 있었다
는 거 같은데…….'

장합의 머릿속에 한 가지 의문이 스쳐 갔다. 그러나 이 의문은 다
른 수많은 생각에 밀려 사라졌다. 사람은 죽기 직전에 지난 일들이
주마등처럼 떠오른다고 한다. 일평생 전장을 누빈 백전노장도 예외
가 아니었다. 문득 고개를 들자 저 멀리 떼지어 움직이는 촉나라 노
기병들이 희미하게 보였다. 이것이 장합이 본 마지막 적의 모습이었
다. 그의 입가에 희미한 미소가 번졌다. 바람에 흙먼지가 일어 시야
가 더 흐릿했다.

'농서의 바람은 정말 싸늘하구나…….'

촉나라 건흥 9년, 위나라 태화 5년, 제갈량은 군량이 떨어지자 어
쩔 수 없이 대치를 끝내고 전면 철수를 결정했다. 위나라 좌장군 장
합은 철수하는 촉나라 군대를 추격하다가 목문(木門)에 매복한 촉
나라 원융 노기 부대의 기습으로 전사했다. 촉나라 군대는 곧장 한

중으로 돌아갔다. 제갈량의 4차 북벌은 이렇게 막을 내렸다.

5월 10일, 순후 일행은 이평과 호충을 압송해 면현성에 도착했다. 호충은 내내 결박당한 채로 감시를 받았다. 이평은 호충을 동병상련의 아픔을 나누는 동지라고 생각했고 종택은 반역에 실패한 썩은 관리라고 생각했다. 순후는 진실을 아는 유일한 사람이었지만 끝까지 침묵을 지켰다. 그는 가능한 두 죄인과 멀리 떨어지기 위해 가장 뒤로 빠졌다.

순후 일행이 도착했을 때 면현성은 그야말로 뒤죽박죽 난장판이었다. 이평이 도망치기 직전에 취했던 일련의 조치가 야기한 혼란은 상상 이상이었다.

봉쇄 시간이 길어지면서 외부와 완전히 차단된 면현성은 행정 체계가 마비되어 무질서와 혼란에 빠졌다. 많은 관리들이 계엄령을 해제하라고 강력히 요구했지만 위수영은 꿈쩍도 하지 않았다. 사실 며칠이 지나도록 승상부가 후속 명령을 내리지 않으니 위수영도 뭔가 의심스럽기는 했다. 사정이 이렇다 보니 무력으로 성을 뚫고 나가려는 사람들이 점점 많아졌다.

승상부는 직속 호위 부대의 철통 경비 덕분에 출입이 완전히 통제되어 며칠째 고요함을 유지했다. 승상부가 텅 빈 사실을 전혀 모르는 호위 대장도 뭔가 의심스럽기는 했지만 여전히 명령이 최우선이었다. 지난 며칠간 이 도호를 만나겠다는 사람이 한두 명이 아니었다. 승상부에 전달할 서신과 문서를 가져온 전령들도 들어가야 한다고 아우성쳤지만 줄줄이 퇴짜를 맞았다.

한편 정안사 봉쇄는 이미 유명무실해졌다. 포위 부대는 승상부의 후속 명령이 없는 상태에서 어쩔 수 없이 자리를 지킬 뿐 투지가 사라졌다. 정안사 관리들이 몰래 빠져나가도 못 본 척 눈을 감았다. 어차피 성을 빠져나가지는 못할 테니까. 실제로 갇혀서 꼼짝 못 하는 사람은 두필과 아사이뿐이었다. 두 사람은 순후가 탈출할 때 남문에서 체포된 후 철저한 감시하에 감옥에 갇혔다. 그러나 무력으로 성을 빠져나가려다 체포된 사람들이 많아지면서 감옥 감시도 느슨해졌다.

순후 일행은 이평을 내세워 무난하게 성에 진입했다. 넋이 나간 이평은 돌출 행동 없이 순후가 시키는 대로 수문병에게 중도호 신분을 입증하고 성문을 열도록 했다. 길어지는 계엄령에 지칠 대로 지친 수문병들은 이평이 나타나자 크게 기뻐했다. 당연히 승상부에 있어야 할 사람이 왜 성 밖에서 나타났는지 따져보지도 않고 얼른 성문을 열었다.

순후 일행은 성에 진입해 바로 승상부로 향했다. 여기에서도 이평이 나서서 직속 호위 부대에게 계엄 해제 명령을 내리고 별다른 설명 없이 안으로 들어갔다. 순후는 그제야 안도의 한숨을 내쉬었다. 성에 진입하는 과정에서 이평이 갑자기 돌변해 면현성 병사들에게 순후와 종택 부대를 체포하라고 하지 않을까 걱정했는데, 다행히 이평은 그렇게까지 어리석지는 않았다.

종택의 엄중한 감시하에 이평이 잠시 면현성 최고 행정관 역할을 수행했다. 최대한 빨리 면현성 질서를 회복하기 위한 임시 조치였다. 이평은 대외적으로 지난 며칠 강양 지역 순시를 다녀왔다고 발표했다. 사람들은 대부분 이 말을 믿지 않았지만 어쨌든 줄곧 침묵하던 승상부가 며칠 만에 내놓은 첫 공식 성명이었다. 호충은 병을 핑계 삼아 자택에 연금하고 종택의 부하 서너 명이 붙어 철저히 감시했다.

순후는 면현성 질서 회복을 위한 기본 조치를 취한 후 곧장 감옥으로 달려가 며칠 동안 갇혀 고생하던 두필과 아사이를 풀어줬다. 두필은 감옥에서 나오자마자 순후를 붙잡고 어떻게 됐느냐고 물었다. 순후는 아직 사실을 말할 수 없어 우연히 만난 종택 부대의 도움으로 이평의 망명을 막는 데 성공했다고만 설명했다.

"촉룡은요? 도대체 누구예요?"

순후는 당황하지 않을 수 없었다. 이미 답을 찾았으나 말할 수 없는 이 상황을 어떻게 설명해야 할지 난감했다. 촉룡의 정체는 물론이고 서영이 살아 있다는 소식도 아직 말할 수 없었다. 한참 고민하던 순후는 결국 구차한 변명을 선택했다.

"아직은 기밀 사항이라 말할 수 없어요. 보국, 미안합니다."

두필은 살짝 눈썹을 꿈틀거렸지만 금방 이해한다는 듯이 웃으며 순후의 어깨를 두드렸다.

"괜찮아요. 다 같은 일을 하는 사람들 아닙니까? 어떤 상황인지 이해합니다."

순후는 두필의 말이 고맙긴 했지만 마음이 편하지는 않았다. 어떤 관점에서 봐도 이번 결론은 아주 완벽했다. 친우는 촉나라를 배신하지 않았고 촉나라는 위나라와의 정보전에서 확실한 승리를 거뒀으니 공적으로나 사적으로나 기뻐해야 마땅했다. 하지만 순후의 마음은 먹구름이 낀 것처럼 한없이 우울했다. 이것은 단순히 우정의 문제가 아니라 나라에 대한 충성이 무엇인지를 다시 생각하게 만들었다. 두필이 멍하니 먼 곳을 바라보는 순후의 눈앞에 손가락을 흔들며 말했다.

"효화, 무슨 생각을 이렇게 넋 놓고 합니까? 많이 피곤한가 봅니다. 그럴 수밖에요. 내가 서영과 돌아온 후로 계속 정신없었잖아요. 일단 좀 쉬셔야겠어요."

"그래요. 좀 쉬어야겠어요."

순후는 억지로 웃음을 쥐어짜며 어깨를 늘어뜨렸다. 지금 그는 확실히 피곤했다. 완전히 지쳤다.

그날 밤 순후는 성번을 찾아갔다. 성번은 오랫동안 보지 못했던 친구의 갑작스러운 방문을 크게 반기며 당장 술판을 벌였다. 잠시 후 성번은 술을 마시는 것이 아니라 들이붓는 순후를 보고 크게 놀랐다. 순후는 아무 말 없이 성번과 술잔을 부딪치고 마시기를 반복했다. 그리고 결국 취해서 곯아떨어졌다.

5월 15일, 제갈량이 면현으로 돌아왔다. 이날 분위기는 2차 북벌 때와 비슷했다. 실질적인 결과물이 없는 전쟁이었기 때문에 사람들은 크게 환호하지 않았다. 후퇴 과정에서 위나라의 백전노장 장합을 죽인 것이 유일한 기쁨이었다. 성문 앞에 모인 사람들은 대부분 이런 마음으로 제갈량의 행렬을 맞이했다.

순후는 제갈량을 맞이하러 나가지 않았다. 이평을 군정사 밀실로 옮기고 호충과 함께 밀실 앞에 대기하라는 명령을 받았기 때문이다. 이곳 밀실은 창문이 없어 이평이 지금 어떤 표정인지 궁금했지만 볼 수가 없었다.

"효화, 그간 어떻게 지냈소?"

호충은 줄곧 연금되어 있다가 오늘에야 풀려났다. 순후는 별말

없이 어깨를 으쓱해 보이고는 계속 엄숙한 자세를 유지했다. 두 사람이 각자의 방식으로 나라에 충성한 것이니, 호충에게 특별한 감정은 없었다. 하지만 아무렇지 않게 예전처럼 마음 편히 대할 수는 없었다. 호충은 순후의 반응에 쓴웃음을 지었다. 지금 순후가 어떤 마음인지 잘 알기에 그저 조용히 기다렸다. 두 사람은 그렇게 서로를 외면한 채 석상처럼 굳은 표정으로 꼼짝 않고 밀실 문 양편에 서 있었다.

이곳은 지하라 매우 습하고 곰팡이 냄새가 진동했다. 복도 양쪽 벽에 박아놓은 구리 촛대에 촛불을 켜놓았다. 반 시진쯤 지났을 때 복도 저편에서 발소리가 들렸다. 순후와 호충이 동시에 번쩍 고개를 들었다. 제갈량과 강유가 굳은 표정으로 걸어오고 있었다. 그 뒤에 군정사 병사들이 있었지만 접근하지 말라는 명령을 받은 듯 꿈쩍도 하지 않았다.

제갈량이 밀실 문 앞에서 걸음을 멈추고 순후와 호충을 차례로 유심히 쳐다봤다. 두 사람은 공손히 두 손을 모으고 예를 취했다.

"승상."

제갈량은 그제야 부드러운 미소를 보였다.

"효화, 수의. 두 사람 정말 잘해줬네."

"모두 한나라 부흥을 위한 것입니다."

제갈량이 흐뭇하게 고개를 끄덕이고 다시 순후를 응시했다. 눈이 마주치는 순간, 순후는 제갈량이 출정 전보다 많이 초췌해졌다고 느꼈다.

"효화, 이미 다 들었겠지?"

제갈량의 목소리는 여전히 묵직했다. 순후는 느닷없는 질문에

637

"예, 승상." 하고 간단히 대답했다. 제갈량이 감회에 젖은 듯 흐릿한 눈빛으로 물었다.

"음, 이 년 전 우리의 만남을 아직 기억하나?"

"예, 승상."

순후의 말수가 눈에 띄게 줄었다. 이 년 전, 군부의 악의적인 평의가 끝난 후 제갈량이 비밀리에 순후를 불렀었다. 순후는 그때 나눈 대화가 힘든 시기를 견딜 수 있게 한 원동력이라고 생각해왔다.

"그때 내가 했던 말 기억하나? 지도자로서 내부 안정을 책임져야 하고, 안정에는 희생이 필요하다고 했었지."

제갈량이 도포를 벗어 강유에게 건넸다. 순후는 즉답을 회피하려 질문의 핵심에서 벗어난 대답을 내놓았다.

"승상께서 하신 말씀, 모두 마음에 새겼습니다."

제갈량은 애매한 대답에 불쾌해하지 않고 수염을 쓰다듬으며 고개를 살짝 끄덕였다.

"이해할 거라고 믿네. 한나라 부흥에 자네가 꼭 필요하니까."

순후는 또 한 번 두 손 모아 예를 취하고 겸손하게 몇 마디 대답한 다음 다시 처음 자세로 돌아갔다.

제갈량은 다른 말 없이 문을 열고 밀실로 들어갔다. 강유가 밖에서 문을 닫고 호충과 순후 사이에 섰다. 세 사람은 침묵하며 서로 눈만 마주쳤다. 강유는 이 년 전에 비해 훨씬 노련해 보였다. 젊은이 특유의 호기로움 대신 차분하고 신중한 분위기가 느껴졌다. 강유는 호기심 어린 눈빛으로 순후를 힐끔 쳐다봤다. 고위 관리 특유의 거만함도 아니고 과하게 친근해 격의 없는 느낌도 아니었다.

"두 분 모두 정말 훌륭했소. 다른 사람들은 두 분의 공적을 기억하지 못하겠지만, 나는 꼭 기억할 것이오."

강유가 한 말은 이 말뿐이었다.

밀실 안 분위기는 바깥과 달리 아주 침울했다. 이곳에는 창문이 없어 촛불을 여러 개 켜놓았다. 네모반듯한 나무 탁자에 술 주전자와 술잔 두 개가 놓여 있었다. 그 앞에 이평이 무표정한 얼굴로 앉아 있었다. 제갈량은 이평의 맞은편에 앉아 일단 조용히 술잔을 가득 채웠다. 이평이 초조한 듯 옷깃을 움켜쥔 채 시선을 피했다. 그 위풍당당했던 중도호가 지금은 놀란 거북이처럼 목을 움츠리고 있었다.

"자, 정방. 일단 선제께 한잔 올립시다."

제갈량이 술잔을 들어 올리며 엄숙하게 말했다. 이평은 제갈량이 그저 조롱하는 것이라고 생각해 차마 술잔을 들지 못했다. 제갈량은 아무렇지 않은 듯 단숨에 술잔을 비우더니 갑자기 술잔을 내던졌다. 쨍그랑 소리와 함께 무겁게 가라앉은 밀실 공기도 조각조각 흩어졌다. 이평은 바늘에 찔린 것처럼 흠칫 놀라 온몸을 부르르 떨었다. 드디어 제갈량의 분노가 폭발했다.

"왜? 선제께 술을 올릴 면목이 없는 것인가?"

"공명……. 아니, 승상. 그게……."

"난 도저히 믿을 수가 없네. 선제의 탁고 신하라는 자가 한나라로부터 이어온 스물다섯 황제의 이름을 욕되게 하는 길을 택하다니!"

이평은 제갈량이 이렇게 크게 화내는 모습을 본 적이 없었다. 이년 전, 마속이 가정을 지키지 못했을 때도 이렇게까지 분노하지 않았다. 공포에 질린 이평은 무릎을 꿇고 바닥에 납작 엎드렸다.

"모든 죄를 인정합니다. 모든 책임을 지고 죗값을 치르겠습니다.

제 가족만 살려 주십시오."

"모든 책임을 진다고?"

제갈량이 손가락질을 하며 쓴웃음을 지었다.

"책임질 수 있다고 생각하오? 망명을 시도한 중도호를 참수라도 할까? 이 사실이 알려지면 오나라와 위나라가 우리를 얼마나 비웃겠소? 촉나라가 인덕으로 나라를 다스린다는 말을 누가 믿겠소?"

이평은 제갈량의 말에 뭔가 다른 뜻이 있음을 알아차렸다. 조심스럽게 고개를 들었지만 그 뜻이 무엇인지는 알 수 없었다.

"정방, 당신이 내게 얼마나 어려운 문제를 만들어줬는지 알기나 하오? 공적으로는 우리 촉나라가 다른 나라의 웃음거리가 되는 것을 막아야 하오. 정방, 옛 동료를 참수하라는 명령을 내리는 것이 어떤 마음인지 아시오? 사적으로 그런 경험은 한 번으로 충분하오. 두번 다시 겪고 싶지 않소."

제갈량이 언급한 일은 이 년 전에 있었던 마속 사건이다. 1차 북벌이 실패한 후, 제갈량은 가정을 지키지 못한 마속을 참수하라는 명령을 내렸다. 매우 아끼는 인재였기에 눈물을 머금고 내린 결정이었다. 그 일은 오랫동안 제갈량 마음에 어두운 그림자로, 아픈 상처로 남아 있었다. 이 순간 이평은 한 가닥 삶의 희망을 발견했다. 통풍구를 타고 들어온 산바람에 실내 공기가 조금 서늘해졌다. 흔들리는 촛불을 따라 두 사람의 표정에도 미묘한 변화가 생겼다. 제갈량이 화제를 돌려 다른 얘기를 꺼냈다.

"이평, 당신이 보급에 문제가 생긴 것을 은폐하기 위해 보급 관련 문서를 조작하고 군량이 충분하다고 거짓 보고를 했기 때문에 이번 군사 작전이 실패한 것을 인정하오?"

이평이 깜짝 놀라 제갈량을 뚫어지게 바라봤다. 제갈량의 눈빛은 단순한 비난과 책임 추궁이 아니었다. 이평은 순순히 고개를 끄덕였다.

"당신은 이 일이 탄로날까 봐 우리 군이 돌아오기 전에 면현을 빠져나가 저현(沮縣), 장현(漳縣)을 거쳐 강양으로 돌아가려 했소. 그 후에 황제 폐하께 거짓으로 책임을 회피하는 상주문을 올리려 했소. 인정하오?"

"예……."

"그리고 참군 호충이 최선을 다해 설득한 끝에 결국 마음을 돌리고 면현으로 돌아와 자수한 것이오. 인정하오?"

이평은 그제야 제갈량의 뜻을 알아차렸다. 다른 이유를 만들어 이평의 반역 행위를 감추려는 것이었다. 체면은 살리고 누가 봐도 수긍할 수 있는 이유로. 이평은 과거의 우정이 되살아난 것 같아 눈가가 촉촉해졌다.

"며칠 조사를 받고 판결을 내릴 텐데, 직무유기죄가 적용될 것이오. 최악의 경우 유배형에 처할 수도 있으니 마음의 준비를 하시오."

"승상, 감사드립니다……."

이평이 다시 납작 엎드렸다. 직무유기죄와 유배형이 기뻐할 일은 아니지만, 죽어 마땅한 반역죄를 지었으니 이보다 나을 수는 없었다. 제갈량이 흐뭇하게 웃으며 이평을 일으켜 세웠다.

"걱정하지 마시오. 이 판결이 정방 아들 이풍의 앞길을 망치지는 않을 것이오. 내가 잘 돌보겠소."

이평은 무슨 말을 해야 할지 몰라 계속 고맙다는 말만 되풀이했다.

"지금 촉나라는 인재가 절실한 시국이오. 정방이 이런 큰 실수를 저지르지 않았다면 내 오른팔로서 큰 역할을 할 수 있었을 텐데…….
하지만 잘못을 뉘우치고 몇 년 자숙하다 보면 다시 돌아올 기회가
있을 수도 있소."

"정, 정말입니까?"

이평이 도저히 믿기지 않아 두 눈이 휘둥그레졌다.

"선제의 이름을 걸고 맹세하오. 대신 앞으로 잘 협조해주시오. 부
디 잘 버티고 살아남으시오. 지금은 그것이 가장 중요하오."

"죄인 이평, 승상의 명령을 받들겠습니다."

이평은 이 말을 끝으로 다시 납작 엎드려 흐느꼈다. 제갈량이 다
시 술잔을 가득 채워 이평에게 건넸다.

"자, 정방. 한나라의 부흥을 위해 건배합시다."

이번에는 이평도 기꺼이 술잔을 받아 단숨에 들이켰다.

밀실 대화는 그리 오래 이어지지 않았다. 반 시진 후 제갈량이 문
을 열고 나왔다. 강유가 황급히 달려가 제갈량을 부축했다. 순후는
제갈량의 미간 주름이 확실히 펴졌다는 것을 알 수 있었다. 대화 결
과가 매우 만족스러웠던 모양이다.

제갈량은 호충과 순후를 흐뭇하게 바라보며 손을 흔들고 자리를
떠났다. 그의 뒷모습이 복도 끝으로 사라졌다. 구불구불한 벽면 촛
대에 꽂힌 희미한 촛불이 음침한 복도를 밝혀주니 마치 서북의 어
둠을 밝히는《산해경》의 촉룡이 나타난 것 같았다.

5월 16일, 승상부는 중도호 이평이 직무유기로 체포되어 투옥 중
이라고 발표했다. 그리고 5월 25일에 자세한 조사 내용을 공개했다.
조사 내용은 대략 다음과 같았다.

4월 초, 이평이 보급 부족 상황을 알려 대군이 철수 준비를 시작했다. 그런데 4월 중순, 갑자기 전선 보급에 문제가 없다고 말을 바꿔 북벌 전선에 큰 혼란을 야기했다. 촉군은 결국 작전을 이어가지 못하고 한중으로 돌아와야 했다. 양전조 장부를 심층 조사하고 양전조 관리의 증언을 확보해 이평의 장부 조작 사실을 밝혀냈다. 5월 6일, 이평이 처벌을 피하기 위해 면현을 빠져나가 강양으로 도주하려 했다. 이후 정안사의 추격과 참군 호충의 설득으로 면현에 돌아와 처분을 기다렸다. 이평은 위의 사실을 모두 인정했다.

공고문에 구체적인 처벌 내용은 밝히지 않았다. 조정에 상주해 승인을 받아야 하기 때문이다. 어쨌든 이평은 중도호이기 때문에 황제 유선의 승인을 받아야 처벌할 수 있었다.

공개된 내용은 사실이 아니지만 순후는 전혀 의아해하지 않았다. 어차피 이평의 반역 사실을 숨길 수밖에 없었다. 이 사실을 공개하면 촉나라 조정의 체면이 크게 떨어지고 촉룡의 존재가 드러나기 때문이다. 제갈량이 이렇게 심혈을 기울여 이평의 반역을 부추긴 것은 이것을 빌미로 향후 이평이 반항하지 못하도록 하기 위함일 테다. 물론 어디까지나 순후의 추측일 뿐이며 그가 관여할 수 있는 일도 아니었다.

한 달 후, 순후는 정안사 사승으로 승진해 정안사의 진정한 최고 지휘관이 됐다. 그리고 삼 년 후, 역병에 걸린 순후는 멀리 오장원(五丈原)에 나가 있는 제갈량과 같은 날에 세상을 떠났다.

두필은 군모사 사승직에서 물러난 후 성도에서 간의(諫議) 직을 맡아 조용히 지냈다.

훗날 촉나라 문인 양희(楊戱)가《계한보신찬(季漢輔臣贊)》에 이렇게 적었다.

소부(少府)는 수양이 깊어 신중하고 홍려(鴻臚)는 총명하고 진실했네. 간의는 은거하고 유림(儒林)은 천문에 능통했네. 올바른 도리를 교화하며 누군가는 앞에서 끌고 누군가는 뒤에서 밀었네. 왕원태(王元泰), 하언영(何彦英), 두보국(杜輔國), 주중직(周仲直)을 찬양하네.[21]

하지만 양희와 사람들은 이 간의가 일찍이 적국 심장부에서 은밀히 활약해 촉나라의 승리를 이끌었다는 사실을 알지 못했다.

한편 모든 혐의를 인정한 이평은 관직을 박탈당하고 평민으로 강등되어 재동군에 유배됐다. 제갈량이 오장원에서 병사해 조정으로 돌아갈 희망이 사라지자 한스러워하며 죽었다.

마지막으로 호충은 석 달 후 어느 날 소리 소문 없이 한중에서 사라졌다. 몇 년 후 위나라에서 고평릉 정변[22]이 일어났다. 이 과정에서 피살된 하급 관리의 집에서 위나라 조정의 극비 정보가 발견됐다. 그러나 워낙 혼란스러운 상황이라 아무도 이 사실을 눈여겨보지 않았다. 이 하급 관리의 조사 보고서는 수많은 문서 더미에 파묻혀

◇◇◇◇◇◇◇◇

21 소부, 홍려, 간의, 유림은 모두 관직명.

22 사마의가 주도한 정치 사건으로, 위나라 정권이 조 씨에서 사마 씨로 넘어가는 계기가 됨.

영원히 빛을 보지 못했다.

　유일하게 변치 않은 것은 진령산맥에서 불어오는 농서의 싸늘한 바람뿐이었다. 농서의 바람은 험준한 산봉우리 사이를 끊임없이 맴돌며 변해가는 세상을 묵묵히 주시했다.

2부
맺음

건흥 9년 7월 20일, 이평 도주 사건 두 달 후.

"순 사승, 판결이 나왔어요. 이평은 서민으로 신분을 강등하고 재
동군으로 보낸답니다. 이건 제갈 승상이 올린 상주문 사본입니다.
한번 훑어보세요."

배서가 힘차게 걸어와 순후의 책상에 공문서를 올려놓았다.

이평은 중신으로서 과분한 총애를 받았으나 충성을 다해 보답할 생각
을 하지 않고 근거 없는 낭설을 지어내고 방자하게 굴며 제 할 일을
하지 않고 조정을 어지럽혔습니다. 판결을 함에 있어 다음과 같이 밝
힙니다. 이평은 법령을 따르지 않고 간사한 일을 꾸미도록 시키고 의
지와 생각이 저열하고 부정해 천지 분간을 하지 못했습니다. 스스로

계획한 간사한 일이 드러나자 불안한 마음이 생겨 대군이 돌아올 것이라는 말을 듣고 병을 핑계로 저현으로 돌아갔습니다. 군대가 다시 저현에 당도하니 돌연 강양으로 가려다가 참군 호충의 간언을 듣고 마침내 그만두었습니다. 왕조를 찬탈한 도적이 아직 소멸되지 않았고 사직에 어려움이 많으니, 국가의 대사는 오직 화합해야만 어려움을 이겨낼 수 있으나 이런 자를 포용하면 국가 대사를 망칠 수 있으니…….

"허허허."

순후가 허탈하게 웃으며 상주문 사본을 엎어놓고 창밖의 석양을 바라봤다. 그는 뭐라 형용하기 힘든 복잡 미묘한 감회에 젖어들었다.

후기 1

드디어 끝났다.

이십 만 자가 훌쩍 넘는 분량은 처음부터 차근차근 이야기를 풀어나갈 수 있는 프로 작가에게는 별일 아니겠지만, 천성이 게으른 내게는 한계를 절감하는 일이었다.

일본 작가 다나카 요시키(田中芳樹)는 "나는 다음 생에 할 일까지 미리 다 했다."라고 말했다. 나는 이 말에 깊이 공감해 '앞으로 죽을 때까지 샐러리맨으로 살 것이다. 뼈와 살을 갈아 넣는 이런 일은 두 번 다시 하지 않을 것이다.'라고 생각했다. 하지만 이 작품은 첫 장편 소설이었고 결국 전업 작가로 전향해 더 긴 작품을 썼다.

내가 《풍기농서》를 낳은 부모라면 크리스티앙 자크(Christian Jacq)와 프레더릭 포사이스(Frederick Forsyth)는 친조부모이고 나관중(羅

貫中), 진수(陳壽), 댄 브라운(Dan Brown)은 외조부모쯤 되시겠다.

나는 크리스티앙 자크의 이집트 시리즈 중《이집트의 판관(Judge of Egypt)》에서 첫 영감을 얻었다. 대학 시절 기숙사에 틀어박혀 이 책을 완독한 후, 마치 신대륙을 발견한 기분이었다. 역사 소설을 이렇게도 쓸 수 있구나.

이집트 역사의 맥락에 정통한 크리스티앙 자크는 사실에 근거한 거대한 역사의 흐름 사이사이에서 미세한 빈틈을 찾아내 사실보다 더 사실 같은 수많은 에피소드를 추가해 현대적 숨결이 느껴지는 새로운 고대 세계를 창조했다. 현대와 고대 세계관을 맥락 없이 뒤섞은 다른 역사 소설과 차원이 달랐다. 크리스티앙 자크의 소설은 극도의 세심함과 신중함이 느껴진다. 그는 여러 가지 현대적인 요소를 고대 세계에 억지스럽게 끼워 넣지 않았다. 아주 작은 부분부터 시작해 중간중간 자연스럽게 에피소드를 연결함으로써 독자들이 은연중에 새로운 세계에 적응하고 빠져들게 만들었다.

사실 나는 천성적으로 일반적인 것보다 특이한 것을 좋아하는 성향이 강하다. 철저한 고증을 기반으로 한 역사 소설보다 이렇게 새로운 역사 소설이 훨씬 매력적이다. 적어도 내게는 그렇다.《풍기농서》를 집필하면서 최대한 열심히 역사 자료를 조사하고 현대적 감각이 살아 숨 쉬는 삼국 시대를 창조하고자 노력했으나 어색한 흔적을 지우기가 쉽지 않았다. 결과적으로 새로운 삼국 시대를 만들어 냈으나 어색한 흔적은 지우지 못했다.《이집트의 판관》은 사실과 허구가 완벽한 혼연일체를 이뤘지만《풍기농서》는 가공의 흔적이 고스란히 드러났다.

정안사, 사문조, 군정사 등《풍기농서》에 등장하는 관부 명칭과 자질구레한 촉나라의 행정 절차는 모두 명확한 고증 없이 지어낸 것들이다. 생동감 넘치는 이야기 전개를 위해 일부러 만들어낸 관부 명칭이 많다. 엄밀히 말하면《풍기농서》는 삼국 역사 소설이 아니라 삼국 역사를 차용한 공상 소설이다. 누군가 내게 삼국 역사를 제대로 보기는 했느냐고 비난한다면 아마도 이렇게 변명할 것 같다.

"아, 사실 이건, 다른 차원의 세상에서 일어난 일입니다."

《풍기농서》는 크리스티앙 자크가 영감을 주고 프레더릭 포사이스가 살을 붙이게 해준 작품이다. 영국과 프랑스의 두 대가가 나를 일으켜 세우다니, 다시 없을 영광이다. 이야기가 샛길로 빠진 듯싶다. 다시 본론으로 돌아가자.

가장 먼저 접한 프레더릭 포사이스의 작품은《자칼의 날(The Day of the Jackal)》이고 올해 초 그의 작품집을 구매해 독주를 한입에 털어넣 듯 단숨에 완독했다. 그의 문장은 아주 차분하고 간결했다. 어떤 상황 묘사든 늘 변함없이 맺고 끊음이 명확했다. 화려한 수식이나 군더더기가 전혀 없는, 그야말로 첩보 작전에 딱 어울리는 명료한 문장이다. 그리고 매우 섬세했다. 사소한 사건도 대충 넘기지 않고 세부 사항까지 자세하게 묘사했다. 예를 들면 비행기 편명, 등장인물이 물건을 구매했던 상점의 이름까지 빠짐없이 등장한다.《전쟁의 개들(The Dogs of War)》의 경우 마지막을 장식하는 대통령 관저 공격 장면이 스무 페이지를 넘지 않는다. 그 앞의 수백 페이지가 모두 이 마지막 공격을 계획하는 과정인데, 그 과정 중의 크고 작은 에피소드를 아주 상세하게 묘사했다. 보통 이런 경우 쓸데없이 장황한 전개가 되기 쉬운데 프레더릭 포사이스의 소설은 생생한 현실감을 완성해 절로 감탄사를 연발하게 한다.

《풍기농서》는 첩보 소설이다. 독창성이 떨어지는 나는 주저 없이 프레더릭을 롤모델로 삼아 그의 문체와 플롯을 모방했다. 프레더릭의 팬이라면《풍기농서》에서 그의 흔적을 찾을 수 있을 것이다. 서영의 망명은《사기꾼(The Deceiver)》의 단편〈신랑 지참금(The Price of the Bride)〉에서, 미충의 죽음은《제4의 정서(The Fourth Protocol)》중 페트로브스키가 바실리예프를 죽이는 장면에서 힌트를 얻었다.

문체 부분도 당연히 많은 영향을 받았다. 나는 첩보 소설이라면 당연히 프레더릭처럼 써야 진정한 첩보 소설이라고 생각한다. 그동안 영어판《풍기농서》의 번역이 너무 서구식이라는 말을 많이 들었다. 이름과 지명만 바꾸면 전형적인 냉전 시대 미소 첩보 소설이라는 얘기도 들었다. 이 부분에 대해 해명하겠다.

"일부러 그런 건데요? 하하하!"

심오한 이유 같은 건 없다. 전혀 상관없어 보이는 두 가지를 하나로 묶으면 왠지 색다른 재미가 있을 것 같았다. 다시 말해, 이 엄청난 분량의 원고는 내 멋대로 패러디한 소설이다. 시간이 남아돌아서 말이다.

나관중과 진수에게 받은 영향은 두말하면 잔소리다. 다른《삼국지》열혈팬들이 그렇듯 나 역시 나관중 덕분에 눈을 뜨고 진수 덕분에 깊이를 알았다. 삼국 시대를 배경으로 선택한 이유는, 사실 간단하다. 개인적으로 좋아하니까. 하지만 전쟁과 정복의 역사를 다룬 소설은 많아도 너무 많다. 명작만 꼽아도 차고 넘친다. 그래서 차별화된 새로운 길을 개척해야 했기에 색다른 관점으로 역사를 바라보려고 노력했다. 아무튼 삼국 시대를 배경으로 한 첩보 소설은《풍기농서》가 처음일 것이다. 일단 이 최초라는 사실에 만족한다.

마지막으로 댄 브라운의 음모론적 관점은 절대적으로 내 취향이다. 나는 확실히 음모론자다. 그래서 모든 역사 사건에는 반드시 내막이 존재한다고 믿는다. 정말 없다면? 그럼 만들어야지. 사실 역사 소설에서 팩트와 진실은 크게 중요하지 않다. 장르를 불문하고 모든 소설은 재미있어야 한다. 내가 음모론을 좋아하는 이유는 그것이 역사의 진실과 더 가깝다거나 인간 내면의 추악한 진실을 보여주기 때문이 아니다. 첩보 소설의 기본 요소인 계략과 내막, 그 이중성과 딱 맞아떨어지기 때문이다. 음모론적 관점은 확실히 색다른 세계를 만드는 데 유용하다. 특히 휘황찬란한 정치 무대 이면의 그림자는 더할 나위 없이 매력적이다.

《풍기농서》에 그런 매력을 담으려 했다. 이 안에 등장하는 음모는 당연히 팩트가 아니다. 실존 인물과 실제 사건을 이용한 공상일 뿐이다. 나는 전혀 다른 세상의 관점에서 이중적으로 해석할 수 있는 새로운 가능성을 제기한 것이다. 이 가능성은 역사적 사실과 거리가 멀지만 아주 흥미롭다. 역사적 사실은 영원히 변하지 않지만 그 내막에는 수많은 가능성이 존재한다. 《다빈치 코드(The Da Vinci Code)》는 명화에 얽힌 사소한 에피소드를 아주 그럴싸한 천 년의 전설로 만들었다. 많은 사람들이 그것이 공상이라는 것을 알면서도 그 안의 세계에 푹 빠지지 않았던가?

후기 2

《풍기농서》를 완성하고 출간한 지 벌써 십 년이 지났다.

이 소설을 집필하던 시간들이 아직도 생생하게 기억난다. 그해 여름에 나는 광저우에서 휴가를 보냈다. 책상에 진수의 《삼국지》와 프레더릭 포사이스의 소설책 몇 권이 널려 있었다. 그때까지 난 짧은 소설 몇 편을 써봤을 뿐, 감히 장편 소설에는 도전하지 못했다.

무료해서 소설을 이것저것 뒤적거리다가 살짝 졸았다. 그 몽롱하던 순간에 머릿속을 스치는 생각이 있었다. 이 둘, 진수와 포사이스의 소설을 뒤섞어보면 어떨까? 처음에는 나도 황당하다고 생각했지만 어쨌든 아무도 시도하지 않은 일이었다. '아무도 시도하지 않은 일'이란 사실에 의미를 두기로 했다.

그래서 일단 간단한 플롯을 짜고 짧은 이야기를 구성해봤는데,

나름 괜찮았다. 아니, 꽤 근사하다고 생각하며 이야기를 이어갔다. 앞부분은 크게 고민하지 않고 단숨에 써내려갔다. 그때 미친 듯이 문장을 쏟아내면서 느꼈던 그 희열은 지금도 잊을 수가 없다.

십 년이 훌쩍 지난 후, 다시 보니 여기저기 부족한 부분이 많았다. 하지만《풍기농서》는 나의 작가 인생을 열어준 첫 작품이다. 이 작품을 통해 역사의 빈틈에 수많은 가능성이 존재한다는 사실을 깨달았다. 이 가능성은 물론 사실이 아닐 수도 있지만, 상상력을 더해보는 일은 나름의 의미가 있다. 나는 이런 류의 작품을, 불변의 역사적 사실을 현대적으로 새롭게 해석한 '역사 가능성 소설'이라고 부르고 싶다. 역사 소설이 역사라는 족쇄에 묶여 단순히 춤을 추는 것이라면, 역사 가능성 소설은 똑같이 역사라는 족쇄에 묶여 있으나 새로운 현대 무용 안무를 선보이는 것이다.

나는《풍기농서》이후에도 계속 '역사 가능성 소설'의 길을 걸으며 더 큰 날갯짓을 위해 노력해왔다. 따지고 보면, 다소 부족했던《풍기농서》가 내 작가 인생의 기원인 셈이다.

이번 개정판은 기본 구성을 그대로 유지하면서 일부 오류와 문장 스타일 수정에 중점을 뒀다. 초판 원고에서는 일부러 번역투 문장과 현대 용어를 사용해 의도적으로 위화감을 조성했다. 고백하건대, 확실히 젊은 날의 아집이었다. 가능한 기존 원고를 유지하되, 전혀 그럴 필요 없었는데 사춘기 중학생처럼 쓴 비뚤어진 말들을 조금 더 정상적인 문장으로 수정했다.

문장 스타일 외에 역사적인 오류도 제법 있었다. 초판에서 한중을 산시성(陝西省) 북부 느낌의 황토 고원으로 묘사했는데, 나중에 직접 현장을 답사해보니 산 좋고 물 좋은 곳이었다. 그리고 예전에는 제갈량의 한중 거처가 남정인 줄 알았는데, 나중에 알고 보니 대부분의 시간을 면현에서 보냈다고 한다. 또한 이야기 중에 차를 마시는 장면이 많이 나오는데 역시 전형적인 역사 오류였다. 당시에는 차를 우려 마시는 문화가 없었다. 초판 원고에서 주인공들이 입만 열면 '대인', '대인' 하고 서로를 불렀는데, 이 표현 역시 송나라 이후에 나타났다고 한다. 가장 어이없는 오류는 등장인물이 고구마를 먹는 부분인데, 고구마가 중국에 전해진 때는 명나라 이후다.

개정판 수정은 꽤 흥미로운 작업이었다. 젊은 시절의 자신과 마주 선 기분이었다. 일단 감격스러웠지만 끓어오르는 화를 삭이느라 무척 애써야 했다. 지금의 시각으로 보면 그 시절의 나는 딱 사춘기 소년 수준이었다. 철없이 제멋대로 날뛰는 문장을 보고 있자니 정말 한 대 쥐어박고 싶었다.

"글 좀 제대로 못 써? 쓸데없이 횡설수설, 이게 뭐야?"

시간은 되돌릴 수 없지만, 글은 가능하다.

개정판 수정 작업을 하는 동안 잠시나마 젊은 시절로 돌아간 기분이었다. 회춘한 기분이 이런 것일까? 적어도 나는 그랬다. 독자 여러분도 나와 같은 기분이길…….

흥기농서

1판 1쇄 발행 2021년 4월 23일
1판 2쇄 발행 2021년 7월 5일

지은이 마보융
옮긴이 양성희

발행인 양원석 **편집장** 정효진 **책임편집** 차지혜
디자인 이은혜, 김미선 **영업마케팅** 양정길, 강효경

펴낸 곳 ㈜알에이치코리아
주소 서울시 금천구 가산디지털2로 53, 20층 (가산동, 한라시그마밸리)
편집문의 02-6443-8862   **도서문의** 02-6443-8800
홈페이지 http://rhk.co.kr
등록 2004년 1월 15일 제2-3726호

ISBN 978-89-255-8876-6 (03820)